思想的・睿智的・獨見的

經典名著文庫

學術評議

丘為君　吳惠林　宋鎮照　林玉体　邱燮友
洪漢鼎　孫效智　秦夢群　高明士　高宣揚
張光宇　陳秀蓉　陳思賢　陳清秀　陳鼓應
曾永義　黃光國　黃光雄　黃昆輝　黃政傑
楊維哲　葉海煙　葉國良　廖達琪　劉滄龍
黎建球　盧美貴　薛化元　謝宗林　簡成熙
顏厥安（以姓氏筆畫排序）

策劃　楊榮川

五南圖書出版公司 印行

經典名著文庫

學術評議者簡介（依姓氏筆畫排序）

- 丘為君　美國俄亥俄州立大學歷史研究所博士
- 吳惠林　臺灣大學經濟系博士、美國芝加哥大學經濟系訪問研究
- 宋鎮照　美國佛羅里達大學社會學博士
- 林玉体　美國愛荷華大學哲學博士
- 邱燮友　國立臺灣師範大學國文研究所文學碩士
- 洪漢鼎　德國杜塞爾多夫大學榮譽博士
- 孫效智　德國慕尼黑哲學院哲學博士
- 秦夢群　美國麥迪遜威斯康辛大學博士
- 高明士　日本東京大學歷史學博士
- 高宣揚　巴黎第一大學哲學系博士
- 張光宇　美國加州大學柏克萊校區語言學博士
- 陳秀蓉　國立臺灣大學理學院心理學研究所臨床心理學組博士
- 陳思賢　美國約翰霍普金斯大學政治學博士
- 陳清秀　美國喬治城大學訪問研究、臺灣大學法學博士
- 陳鼓應　國立臺灣大學哲學研究所
- 曾永義　國家文學博士、中央研究院院士
- 黃光國　美國夏威夷大學社會心理學博士
- 黃光雄　國家教育學博士
- 黃昆輝　美國北科羅拉多州立大學博士
- 黃政傑　美國麥迪遜威斯康辛大學博士
- 楊維哲　美國普林斯頓大學數學博士
- 葉海煙　私立輔仁大學哲學研究所博士
- 葉國良　國立臺灣大學中文所博士
- 廖達琪　美國密西根大學政治學博士
- 劉滄龍　德國柏林洪堡大學哲學博士
- 黎建球　私立輔仁大學哲學研究所博士
- 盧美貴　國立臺灣師範大學教育學博士
- 薛化元　國立臺灣大學博士
- 謝宗林　美國聖路易華盛頓大學經濟研究所博士候選人
- 簡成熙　國立高雄師範大學教育研究所博士
- 顏厥安　德國慕尼黑大學法學博士

經典名著文庫010

中國小說史略

匯編釋評

魯　迅 著
周錫山 匯編釋評

經典永恆・名著常在

五十週年的獻禮・「經典名著文庫」出版緣起

五南，五十年了。半個世紀，人生旅程的一大半，我們走過來了。不敢說有多大成就，至少沒有凋零。

五南忝爲學術出版的一員，在大專教材、學術專著、知識讀本已出版逾七千種之後，面對著當今圖書界媚俗的追逐、淺碟化的內容以及碎片化的資訊圖景當中，我們思索著：邁向百年的未來歷程裡，我們能爲知識界、文化學術界作些什麼？在速食文化的生態下，有什麼值得讓人雋永品味的？

歷代經典·當今名著，經過時間的洗禮，千錘百鍊，流傳至今，光芒耀人；不僅使我們能領悟前人的智慧，同時也增深我們思考的深度與視野。十九世紀唯意志論開創者叔本華，在其「論閱讀和書籍」文中指出：「對任何時代所謂的暢銷書要持謹慎的態度。」他覺得讀書應該精挑細選，把時間用來閱讀那些「古今中外的偉大人物的著作」，閱讀那些「站在人類之巔的著作及享受不朽聲譽的人們的作品」。閱讀就要「讀原著」，是他的體悟。他甚至認爲，閱讀經典原著，勝過於親炙教誨。他說：

> 「一個人的著作是這個人的思想菁華。所以，儘管一個人具有偉大的思想能力，但閱讀這個人的著作總會比與這個人的交往獲得更多的內容。就最重要的方面而言，閱讀這些著作的確可以取代，甚至遠遠超過與這個人的近身交往。」

爲什麼？原因正在於這些著作正是他思想的完整呈現，是他所有的思考、研究和學習的結果；而與這個人的交往卻是片斷的、支離的、隨機的。何況，想與之交談，如今時空，只能徒呼負負，空留神往而已。

三十歲就當芝加哥大學校長、四十六歲榮任名譽校長的赫欽斯（Robert M. Hutchins, 1899-1977），是力倡人文教育的大師。「教育要教眞理」，是其名言，強調「經典就是人文教育最佳的方式」。他認爲：

> 「西方學術思想傳遞下來的永恆學識，即那些不因時代變遷而有所減損其價値的古代經典及現代名著，乃是眞正的文化菁華所在。」

這些經典在一定程度上代表西方文明發展的軌跡，故而他爲大學擬訂了從柏拉圖的「理想國」，以至愛因斯坦的「相對論」，構成著名的「大學百本經典名著課程」。成爲大學通識教育課程的典範。

歷代經典・當今名著，超越了時空，價值永恆。五南跟業界一樣，過去已偶有引進，但都未系統化的完整舖陳。我們決心投入巨資，有計畫的系統梳選，成立「經典名著文庫」，希望收入古今中外思想性的、充滿睿智與獨見的經典、名著，包括：

- 歷經千百年的時間洗禮，依然耀明的著作。遠溯二千三百年前，亞里斯多德的《尼克瑪克倫理學》、柏拉圖的《理想國》，還有奧古斯丁的《懺悔錄》。
- 聲震寰宇、澤流遐裔的著作。西方哲學不用說，東方哲學中，我國的孔孟、老莊哲學，古印度毗耶娑（Vyāsa）的《薄伽梵歌》、日本鈴木大拙的《禪與心理分析》，都不缺漏。
- 成就一家之言，獨領風騷之名著。諸如伽森狄（Pierre Gassendi）與笛卡兒論戰的《對笛卡兒『沉思』的詰難》、達爾文（Darwin）的《物種起源》、米塞斯（Mises）的《人的行爲》，以至當今印度獲得諾貝爾經濟學獎阿馬蒂亞・森（Amartya Sen）的《貧困與饑荒》，及法國當代的哲學家及漢學家余蓮（François Jullien）的《功效論》。

梳選的書目已超過七百種，初期計劃首爲三百種。先從思想性的經典開始，漸次及於專業性的論著。「江山代有才人出，各領風騷數百年」，這是一項理想性的、永續性的巨大出版工程。不在意讀者的眾寡，只考慮它的學術價值，力求完整展現先哲思想的軌跡。雖然不符合商業經營模式的考量，但只要能爲知識界開啓一片智慧之窗，營造一座百花綻放的世界文明公園，任君遨遊、取菁吸蜜、嘉惠學子，於願足矣！

最後，要感謝學界的支持與熱心參與。擔任「學術評議」的專家，義務的提供建言；各書「導讀」的撰寫者，不計代價地導引讀者進入堂奧；而著譯者日以繼夜，伏案疾書，更是辛苦，感謝你們。也期待熱心文化傳承的智者參與耕耘，共同經營這座「世界文明公園」。如能得到廣大讀者的共鳴與滋潤，那麼經典永恆，名著常在。就不是夢想了！

總策劃 楊榮川

二〇一七年八月一日

前言

魯迅（一八八一—一九三六），原名周樹人，浙江紹興人。以魯迅這個筆名聞於世。

魯迅被公認爲二十世紀中國新文學的開山祖，他的主要貢獻是理論研究、小說創作和雜文創作。

魯迅的理論著作和文學創作都是短篇作品，只有《中國小說史略》是個例外。《中國小說史略》是魯迅全部著作中唯一的長篇學術專著，也是他全部著作中的唯一長篇作品。

魯迅先生《中國小說史略》作爲本學科的開創之作，高屋建瓴，視野寬廣，比較完整全面地寫出了中國小說史的發展概況，不少觀點深刻精當，文筆典雅優美，至今未有同類著作可以媲美，遑論超越，信爲巨著傑作。

《中國小說史略》原爲魯迅先生一九二〇年在北京大學授課時的講義，後經修訂增補，由北京大學新潮社於一九二三年和一九二四年分上下冊出版，成爲中國小說史學科的開創之作。郭沫若將此書與王國維開創中國戲曲史學科的《宋元戲曲史》（上海商務印書館一九一三年出版，又名《宋元戲曲考》）並譽爲「雙璧」。

由於小說和戲曲作爲通俗文學，在中國古代一直被排斥在主流文壇之外，爲文學界和學術界所藐視，所以中國小說史一直沒有人做過系統全面的研究。魯迅繼王國維撰寫中國第一部戲曲史、開創中國戲曲學學科之後，撰寫中國第一部小說史，開創了中國小說學學科，厥功甚偉。

《中國小說史略》在北京大學新潮社出版之後，一九二五年由北京北新書局合印一冊出版，一九三一年又由已遷上海的北新書局出修訂本初版。於短短的四年後，即至一九三五年，北新版已經出到第十版。出版第十版時，作者又做個別改訂。次年，作者即不幸逝世，以後各版均與第十版相同。

在完成《中國小說史略》之後，魯迅又有《中國小說的歷史的變遷》的講稿，共有六講：從神話到神仙傳、六朝時之志怪與志人、唐之傳奇文、宋人之「說話」及其影響、明小說之兩大主潮、清小說之四派及其末流。這是魯迅先生一九二四年七月在西安講學時的記錄稿，經他本人修訂後，收入西北大學出版部一九二五年三月印行的《國立西北大學、陝西教育廳合辦暑期學校講演集》（二）。後因本篇所講題旨與《中國小說史略》相同，其內容可與《中國小說史略》互補，所以作爲《中國小說史略》的附錄，附印在此書之後。

此後，魯迅又有一些與《中國小說史略》有關的文章：

中國小說史略再版附識（《集外集拾遺補編》）
中國小說史略日本譯本序（《且介亭雜文二集》）
關於《三藏取經記》等（《華蓋集續編》）
關於《唐三藏取經詩話》的版本（《二心集》）
柳無忌來信按語（《集外集拾遺補編》）

魯迅還有多篇有關中國小說史的文章：

六朝小說和唐代傳奇文有怎樣的區別（《且介亭雜文二集》）
宋民間之所謂小說及其後來
破《唐人說薈》（《集外集拾遺補編》）
《遊仙窟》序言（《集外集拾遺》）
《絳洞花主》小引（《集外集拾遺補編》）
言論自由的界限（《僞自由書》）

《何典》題記（《集外集拾遺》）
題《淞隱漫錄》（《集外集拾遺補編》）
《古小說目錄》兩件
關於小說目錄兩件（《集外集拾遺補編》）
《古小說鉤沉》序
《唐宋傳奇集》稗邊小綴
《唐宋傳奇集》序例
流氓的變遷（《三閑記》）
望勿糾正（《熱風》）

筆者初讀《中國小說史略》是在一九六四年暑假，離今正好四十年。第二次閱讀此書是在一九七一年，此時上海圖書館和上海市黃浦區圖書館於「文革」之初關閉五年之後重新開放，但當時正是「文革」中期大夜彌天之時，只開放科技書，文史書籍尚未「解放」，我雖然重入上圖和黃圖，卻無書可讀，唯魯迅著作可資一閱。於是重讀《中國小說史略》，當年情景歷歷在目。一九七九年春節假日，購得此書，三讀此書。後於研究有關課題撰寫論文時翻閱，漸有心得。今因北京邦道文化有限公司總經理汪俊先生盛情相邀，爲此書撰寫注釋和解讀，不勝榮幸。

本書的注釋，力求向讀者提供完整正確的知識；解讀因限於篇幅，有的篇章作全面的解釋，有的篇章不復述一般文學史著作所提供的基本知識和藝術評價，而是突破難點，尤其是提供新的觀點和資訊（都標明出處），以及我本人超越前人的見解。任何新的學術成果都應是前人成果基礎上的新發展。本書的注釋，參考或運用前人和當代學者業已出版的重要有關著作，尤其是人民文學出版社出版的《魯迅全集》一九八〇年版的注釋本、趙景深《中國小說史略》注釋本、《中國文學大辭典》等名著和多種《中國小說史》著作等。因限於篇幅和體例，注釋中未能一一說明，在此特致謝忱。

魯迅先生的《中國小說史略》作爲二十世紀中國學術史上的經典著作之一，學術成就和影響巨大。本書在解讀中，盡力在學術界已有研究成果的基礎上分析和總結其巨大的學術成就，有時也提出自己的一些新見解。世界上沒有十全十美的著作，因此本書同時也指出《中國小說史略》和其他篇章的不足或錯誤之處。這些不足和錯誤，其造成的原因，有的是時代的侷限，有的是作者當時客觀條件的侷限，有的是作者的學術傾向所造成的偏頗——即認識的偏頗，有的則是魯迅先生學養的侷限。儘管魯迅先生是學貫中西、博古通今的大學者、大作家，人無十全，必有侷限。學術是天下之公器，我不揣淺陋，在本書中謹慎指出魯迅這部學術巨著的不足和錯誤之處，無損於魯迅先生作爲一代大家和文壇領袖的偉大，目的是能使青年讀者得到正確完整的知識，並有助於中國學術的發展。

周錫山　二〇〇四年八月十二日於滬上九學齋

再版前言

本書初版本名爲《中國小說史略》釋評本，今改名《〈中國小說史略〉彙編釋評》，是因爲增補了《中國小說史略》最早的初版本《小說史大略》和魯迅有關《中國小說史略》和小說史、古代小說的所有文章。這些內容，初版本原也已經收入，當時因超過了規定的篇幅，所以全部刪除。

本書是《中國小說史略》唯一有詳盡注釋和解讀的釋評本，並力求學術性、知識性和可讀性的結合。由於上海文化出版社初版責編黃慧鳴老師極其認眞和細心的審閱和校對，更因她的古典文學專業水準過硬，我雖未修改清樣，而印出之書，編校品質上乘。故而初版伊始，即受到好評和歡迎。

上海文藝出版總社網當時評價此書：「此次推出的《中國小說史略》釋評本，爲嚴肅的學術著作提供了一個既有學術分量，又能消除閱讀障礙的相對輕鬆的閱讀版本。除魯迅原著外，『注釋』和『解讀』兩個板塊，對原著提及的作品、作家、創作事宜等作了詳盡的考證和旁注，甚至指出魯迅原作的不足和錯誤，其中不乏釋評者在可靠材料支撐下的大膽創新的觀點，爲讀者讀懂和更進一步理解原著打下了堅實的基礎。而穿插的一些逸事、評點，也增加了閱讀趣味。」

當時《文匯讀書週報》和《揚子晚報》等多家著名媒體作了出版報導，並評論說：「編著者周錫山較前人對魯迅先生的作品進行更爲準確、全面的詮釋，提出了對權威的質疑和新見解，融知識性和趣味性於一體，文中涉及大量典故及名人逸事，全書具有相當的參考價值。」《藏書報》發表洪光榮《中國小說史略的兩種注釋本》對比趙景深師的《中國小說史略旁證》和拙著，並評論拙著說：「全書於原文之後，只列『注釋』與『解讀』兩項內容：前者的工作對象，從地名、書名、人名、官名到歷代紀元及成語、術語和語詞典故，幾乎無微不至；

而後者的行文，亦從源到流，由面到點，將每一篇正文中所提到的作品，分析得有條有理，進而與『注釋』中所提到某一作品的解說遙相呼應，且主次分明、詳略得當。有時，著者還根據自己的所見所聞將有關作品在某一時期或某一方面曾經產生的爭議加以羅列和論述，並盡力避免傳統上的『爲尊者諱』，而相當客觀、公正和深入。」此後，有的讀者在網上讚譽此書「有評注，對以後教學會有幫助」，有的讀者在網上熱情推薦此書，有的讀者如「向雪而歸」在自己的博客中表達閱讀此書的愉悅。北京書友網發表一位讀者的評論說：「好，裝幀精美，注釋詳細。」也有一位熱心的讀者在網上對本書一個注釋提出誠懇的批評意見（本書收入了這條意見，供讀者參考）。北京師範大學——香港浸會大學聯合國際學院中國語言文化中心等高校機構，將此書列入有關專業學生的學習書目中。搜狗網等以本書爲依據回答讀者的提問等。臺灣省專門出版學術著作和教材的著名出版機構——臺北：五南出版有限公司，出版了本書的豎排繁體字本。

《中國小說史略》是魯迅在北京大學講課的名牌課程的自編教材，又是他建立中國小說史學科的創始之作，和王國維《宋元戲曲考》（又名《宋元戲曲史》）並列爲二十世紀文藝史著的雙璧，名聲卓著。

魯迅當年在北京大學開設「中國小說史」課時，據聽講者回憶，聽課者坐滿了教室，甚至在教室外也擠滿了旁聽者，盛況空前，氣氛熱烈。他的紹興官話，照理是難以聽懂的，但學生們依然歡迎，還反映強烈，我感到他的幽默風趣肯定起了作用。果然，有關的回憶文章說：「《中國小說史略》雖是授課的講義，魯迅卻不照本宣科。」魏建功回憶說：「他講授的小說史，是非常受歡迎的。他講話眞有高度的語言藝術，在我們的課堂上，經常出現兩種情況，學生回答的是普通話，他自己講話時，卻帶著濃重的紹興方言。他一個音節又一個音節的吐字，是那麼安詳，是那麼蒼勁。他講話的樣子，使大家十分親切，有時話音剛落，引起一堂皆笑，他卻鎭靜自如，這是他使用語言藝術的效果吧！」（《憶二十年代的魯迅先生》）倪墨炎描述許廣平一九二三年聽魯迅授講《史略》的情景道：「當他以濃重的浙江紹興口音的『藍青官話』開始講課以後，全教室卻肅靜無聲了。從不知道的知識，經他娓娓道來，把大家緊緊地吸引住了。而他常常在講義外，講一些例子，而在關鍵之處，他又喜歡幽默地畫龍點睛似的一點，引發全教室一片笑聲。正聽得入神，下課的鐘聲響了。同學們都感到這一堂課，時間特別地短。」（《魯迅與許廣平》）魯迅自己也說：「只是呆板的解釋本文，覺得沒有什麼意思。所以我講《中國小說史略》，東拉西扯，總是要連帶討論些問題的。」（許欽文《跟魯迅先生學小說的第一點》，一九四七年二月一日上海《青年界》月刊第二卷第二期）討論些什麼問題呢？馮至說：「那門課名義上是『中國小說史』，實際講的是歷史的觀察，對社會的批判，對文藝理論的探索。」（《笑談虎尾記猶新》）那麼這三者的比例是如何呢？近又有人介紹聽課者的回憶：「魯迅的小說史我倒不曾缺過課，實際他在課堂上同林公鐸犯了同樣的毛病，批評時事多於就書本的正面發揮，而其引人入勝則在其詼諧。」（眉睫《許君遠的北大記憶》，《中華讀書報》二○○八年九月十七日）原來幽默和詼諧有時是結合時事評論來發揮的，講的是這種淺顯而當時青年又熟悉並有興趣的時事內容，故而容易吸引青年；如果專講古代小說，聽者就費勁吃力了，效果肯定大打折扣。

以我在學校的學習經驗，和我在高校講課、開講座的體會，感到：有本事的教授必須要在課程規定的時間內，盡力提供本課程完整全面的核心知識和學問，但要善於將枯燥艱深的內容，講得明白易懂；同時要善於旁徵博引，包括介紹當代學者的最新成果，舉例精彩豐富，語言不乏生動、幽默，但無不圍繞課題的中心，緊扣講課內容，沒有廢話、不「開無軌電車（離題萬里）」，這樣才能使學生眞正受益，甚至大開眼界，並能使其中優秀者能夠學會舉一反三的本領，這才是優秀的大學教師。

我認爲魯迅的中國小說史課這種「開無軌電車」的「毛病」，對學生的學習是不利的，這種講課作風絕對不應提倡，而這位許君遠先生的回憶和評論即充溢著對魯迅的批評和寬容。其之所以能夠寬容的原因是魯迅有自編的精彩教材，即這部《中國小說史略》，在課後以講義的形式發給學生，彌補了課堂教育的缺陷。這個優勢，不僅彌補了聽課者的遺憾（當然，如果上課再緊扣教材就完美了），還澤被後世，使「餘生也晚」而不及聽他講課和沒有機會上大學，尤其是名牌大學的人，通過認眞讀這本教材，也可以學習這門課程。

本書這次增訂再版，對初版的內容沒有任何修改，只給原來的解讀作了增補，還補寫了《中國小說的歷史變遷》的解讀；增加了附錄的內容，收齊了魯迅關於中國小說史和古代小說的全部成果，便於讀者和學者學習和研究。因篇幅所限，新增的附錄，不再做注，而且其中的知識點都有關中國古代小說，前面正文中已多有注釋，也不必再做注釋，但仍有解讀，並將必要的簡注在解讀中表述，以便青年讀者閱讀並供學者參考。

本書解讀的增補五年前業已完成，今因楊柏偉先生的美意，改由上海書店出版社以高規格的標準出版，謹致謝忱！魯迅生前出版的諸集皆是普通平裝本，他看到精裝的《中國小說史略》日譯本，極感欣喜。如果他在地下有知，獲悉此書以精裝本精印，一定更爲歡欣。

不當之處，歡迎讀者和學者繼續指出。

周錫山　二〇一四年六月二日於上海靜安九思齋

目次

附錄一　中國小說的歷史的變遷……375

附錄二　小說史大略……415

題記

回憶講小說史時，距今已垂十載，即印此梗概，亦已在七年之前矣。爾後研治之風，頗益盛大，顯幽燭隱，時亦有聞。如鹽谷節山教授[1]之發見元刊全相《平話》殘本及「三言」，並加考索，在小說史上，實爲大事；即中國嘗有論者，[2]謂當有以朝代爲分之小說史，亦殆非膚泛之論也。此種要略，早成陳言，惟緣別無新書，遂使尚有讀者，復將重印，義當更張，而流徙以來，斯業久廢，昔之所作，已如雲煙，故僅能於第十四、十五，及二十一篇，稍施改訂，餘則以別無新意，大率仍爲舊文。大器晚成，瓦釜以久，雖延年命，亦悲荒涼，校訖黯然，誠望傑構於來哲也。

一九三〇年十一月二十五日之夜，魯迅　記

注釋

【1】鹽谷節山（一八七八－一九六二）：鹽谷溫，位元組山，日本漢學家。研究精深，著述宏富，名著有《中國文學概論講話》等。他在所著〈關於明的小說「三言」〉一文（載於一九二四年日本漢學雜誌《斯文》第八編第六號）中，介紹了新發現的元刊《全相平話》五種及「三言」。「平話五種」及「三言」，請分別參看本書第十四篇和第二十一篇。

【2】論者：指鄭振鐸。本篇手稿原作：「鄭振鐸教授之謂當有以朝代為分之小說史，亦殆非膚泛之論也。」鄭振鐸（一八九八—一九五八），福建長樂人。學者、小說家。一九一七年入北京鐵路管理學校學習，後任上海商務印書館編輯、北京燕京大學和上海暨南大學教授等職，曾主編《小說月報》和《文學季刊》。一九四九年後歷任中國科學院考古研究所所長、文學研究所所長、文化部文物局局長和文化部副部長等職。一九五八年於出國訪問途中因飛機失事遇難。主要著作有《文學大綱》、《插圖本中國文學史》、《中國俗文學史》、《中國文學研究》和《鄭振鐸古典文學論文集》等。

解讀

「題記」簡略介紹此書出版和修訂經過。我們還可以做些補充說明。

魯迅先生出版這本十五萬字的專著，先用十年的時間做學術準備：閱讀大量作品，輯集已經散佚的重要作品，自一九〇九年起，編校《古小說鉤沉》、《小說舊聞鈔》、《唐宋傳奇集》和《稗邊小綴》等，做了許多堅實的基礎工作，然後才給學生講課，印發講義。例如《古小說鉤沉》，從《太平御覽》、《太平廣記》、《藝文類聚》等多種類書和載籍專書中摘抄輯錄自先秦至隋唐的小說佚文；《小說舊聞鈔》從眾多筆記、文集和古書中將有關「小說」的記載、資料、考證、論說等摘編輯錄成書，所用功夫都很深。他在《小說舊聞鈔》的〈再版序言〉中自敘：「《小說舊聞鈔》者，實十餘年前在北京大學講《中國小說史略》所集史料之一部。」「廢寢忘食，銳意窮搜，時或得之，瞿然則喜，故凡所掇，雖無異書，然以得之之難也，頗亦珍惜。」這是一九〇九年至一九一九年，即他從（虛齡）二十九歲到三十九歲的十年青春歲月業餘從事學術研究的甘苦之回憶。

魯迅先生自一九二〇年在北京大學和北京師範大學教中國小說史時，最早所印發的油印本講義，稱爲《中國小說史大略》，總計十七篇（單演義，〈關於最早油印本《小說史大略》講義的說明〉）。這爲《中國小說史略》奠定了基礎及研究的總方向。在此基礎上，他繼續收集資料，修訂增補，成爲二十六篇的《中國小說史略》鉛印講義本，後由北京大學第一院新潮社發行的二十八篇本，分爲上下卷，先後於一九二三年十二月和一九二四年六月正式出版。

一九二五年此書由北京北新書局合印一冊出版，一九三一年又由已遷上海的北新書局出修訂本初版。至一九三五年，北新書局出到第十版時作者對本書再做個別改訂，終於成爲最後的定本。也在一九三五年，也即魯迅逝世前一年，增田涉翻譯的《中國小說史略》的日文版取名《支那小說史》由東京賽棱社出版。對於日譯本，魯迅曾高興地寫信給增田涉說：「《中國小說史略》豪華的裝幀，是我有生以來，

著作第一次穿上漂亮的服裝。我喜歡豪華版，也許畢竟是小資產階級的緣故吧。」（一九三五年六月十日〈致增田涉〉）

《題記》中「中國嘗有論者」指的是鄭振鐸，魯迅對增田涉做了說明：我還記得一件事，在他的《小說史略》訂正版的《題記》裏，有這樣的話：「……即中國嘗有論者，謂當有以朝代分之小說史，亦殆非膚淺之論也。」這題記的底稿是給了我的，現在還在手邊，原文稍有不同，在「中國嘗有論者」的地方，明顯地寫作「鄭振鐸教授」。可是，付印的時候，鄭振鐸教授知道點了他的名字，要求不要點出，因此，校正的時候，改作「嘗有論者」了。乍一看來，好像他對鄭振鐸的說法有同感，我問他爲什麼鄭不願意提出他的名字呢？他給我說明了：「殆非膚泛之（淺薄之）論，實際上正是『淺薄之論』，所以鄭本人討厭。」我感到像給狐狸精迷住了似的。但我想，也許「殆」字是表現既不肯定也不否定的含混意思，所以一聽這說明就糊塗了。可是，實際上，僅就「殆」字而論，雖是如此，但「殆」字的有或無都一樣，在文章上是肯定形，在心理上卻是否定形。因爲細看原稿，「殆」字是後來改訂的（開始用「固然」，後來把它塗去，改爲「殆」字）。所以寫作時沒有「殆」字，是想說「淺薄之論」的，而把「非淺薄之論」作爲文字寫出。不是由於文法或什麼的，「非淺薄」的語詞，卻成爲「是淺薄」的意思。這種言外的含義，我們無論怎麼也不了解的，所以也無從議論它，只是回想起來，作爲他寫作多含蓄的文章中稍爲極端的一個例子。（增田涉《魯迅的印象．魯迅文章的「言外意」》）

魯迅竟然自稱是「小資」作家，如果我們看過列寧說「現代科學社會主義的創始人馬克思和恩格斯本人，按他們的社會地位來說，也是資產階級的知識份子」（〈怎麼辦？〉，《列寧選集》第一卷第二四七頁，人民出版社一九七二年第二版）這樣的話，也就不會感到過分奇怪了。

一九五九年，即魯迅逝世二十三年之後，北京的外文出版社出版了楊憲益、戴乃迭夫婦翻譯的英譯本，題爲：A BRIEF HISTORY OF CHINESE FICTION。至一九七六年出至第三版，這便是英譯本的修訂定本，小三十二開精裝，裝幀也頗爲精美。

序言

中國之小說自來無史；有之，則先見於外國人所作之中國文學史[1]中，而後中國人所作者[2]中亦有之，然其量皆不及全書之什一，故於小說仍不詳。

此稿雖專史，亦麤略也。然而有作者，三年前，偶當講述此史，自慮不善言談，聽者或多不憭，則疏其大要，寫印以賦同人；又慮鈔者之勞也，乃復縮爲文言，省其舉例以成要略，至今用之。

然而終付排印者，寫印已屢，任其事者實早勞矣，惟排字反較省，因以印也。

自編輯寫印以來，四五友人或假以書籍，或助爲校勘，雅意勤勤，三年如一，嗚呼，於此謝之！

一九二三年十月七日夜，魯迅記於北京

注釋

【1】外國人所作之中國文學史：最早有英國翟理斯（H. Giles）《中國文學史》（倫敦：威廉·海涅曼公司一九〇一年出版）、德國葛魯貝（W. Grube）《中國文學史》（一九〇二年萊比錫出版）等。

【2】中國人所作者：魯迅生前出版的有林傳甲《中國文學史》（奎垣學校一九〇四年發行；上海科學書局一九一〇年出版）、王夢曾《珍貴文學史》（上海商務印書館一九一四年出版）、張之純《中國文學史》（商務印書館一九一五年出版）、朱希祖《中國文學史要略》（北京大學一九一六年出版）、謝無量《中國大文學史》（一九一八年出版）、葛祖蘭（遵禮）《中國文學史》（上海會文堂新記書局一九二〇年出版）、曾毅《中國文學史》（上海泰東圖書局一九三〇年出版）和譚正璧《中國文學史》（光明書局一九三五年出版）等。林著排斥小說，謝著全書六十三章，僅有四個章節論及小說。鄭振鐸《插圖本中國文學史》（一九三二年出版）論述小說頗精當。

解讀

中國古代只重視詩文，一貫看不起戲曲小說。直到近代，文壇中部分的人開始重視小說。一九〇二年，梁啓超在〈論小說與群治之關係〉一文中還首先提倡小說界革命。在晚清的文壇，以上海爲中心，小說的創作和翻譯已經蔚然成風。同時，探討小說理論和小說評論的文章也成批出現。但小說史的完整研究，依舊滯後，直到魯迅，才寫出中國第一部小說史，建立了中國小說史學科。

所以，《中國小說史略》是中國小說史研究的開創著作，建立了中國小說史的基本體系，也成爲魯迅本人的最高學術水準的主要代表作。蔡元培在魯迅逝世時所獻的輓聯是：「著述最嚴謹非徒中國小說史，遺言太沉痛莫作空頭文學家。」可見此書在魯迅一生創作中的重要地位。

關於魯迅寫作和發表《中國小說史略》的緣起，日本著名漢學家、爲此書日譯而向魯迅請益並得到魯迅多日親授的弟子和青年朋友增田涉的名著《魯迅的印象》第三十一節〈寫作《中國小說史略》的勤勞〉說：

聽說，他在寫小說史以前，幾乎二十年之間，一個人勤苦地用功。偶然的，由於北京大學分配給周作人中國小說史的課目，因爲魯迅曾經做過這方面的研究，就推薦魯迅代替，所以他二十年的研究，才開始出現於世間。他在小說史研究準備階段，把原作品作成自己的手抄本，並整齊地裝訂起來。因爲舊刊本脫誤很多，所以他自己把各種刊本比較校訂，作成可以信用的底本。當我詢問時，他總是拿出自用的校訂抄本來說明。他的《古小說鉤沉》及《唐宋傳奇集》，就是拿抄本付印的。還有關於小說的作者及作者的古來的記錄，主要是從各家的筆記裡摘錄下來，這也經過校訂而作爲自用本，那就是《小說舊聞鈔》及《唐宋傳奇集》卷末所附《稗邊小綴》。像這樣的準備，這樣的努力，眞正是如實的「埋頭苦幹」。當時他充任官員，生活有保障，但卻珍惜時間，孜孜不息地工作，這是說明了他意志堅強的一面。

但是，魯迅先生作爲提倡白話文的新文學闖將，爲什麼用文言寫作此書？讀者一定會在心中產生這個疑問。增田涉《魯迅的印象》第三十節〈用古文寫作《中國小說史略》的用意所在〉回答了這個問題：

魯迅的《中國小說史略》是用文言文寫的，作爲白話文作家出現，並且獲得成就的他，卻用古文去寫那本書，對於這事，我怎麼也弄不明白，曾經問過他，爲什麼要用古文來寫呢？他說，因爲有人講壞話說，現在的作家，因爲不會寫古文，所以才寫白話。爲了要使他們知道他也能寫古文，便那樣寫了；加以古文還能寫得簡潔些。我雖然不大清楚，但他的古文造詣也是了不起的。

可見當年提倡白話文的五四闖將是具有深厚的國學和文言文的根柢的，而他們能夠寫出好的白話文作品，也首先是因爲具有深厚的國學和文言文的根柢。

筆者一貫認爲當今中國文學藝術沒有達到世界一流水準，首先是作家和藝術家未能繼承中國傳統文化和文學的優秀傳統造成的。以當代中國文學「垃圾」論的誤傳而震驚中國文壇的德國權威漢學家顧彬認爲「中國文學未達世界一流的根本原因是作家不懂外文，不能閱讀西方名著。」這個論點有重大偏頗。爲此筆者由上海比較文學研究會安排，在上海外國語大學主持了與顧彬的座談（基本內容見《與德國漢學家顧彬座談紀要》），周錫山主持，王幼敏記錄，法國巴黎《對流》總第六期），提出了我的上述觀點。顧彬接受了我的這個觀點，此後他與中國學者對話交流時說：「他們（指中國作家）的問題在哪兒呢？他們對中國古典文學、哲學了解不夠。這幾天我有機會跟上海外國語大學的老師探討這個問題，他們認爲中國當代作者看不懂中國古典文學，所以他們沒有什麼中國古典文學的基礎。」（顧彬．劉江濤《我的評論不是想讓作家成爲敵人》，《上海文化》二〇〇九年第六期第一一一頁）又曾複述我的部分觀點說：「不少人在中國的現代性中感覺無家可歸。這種無家可歸的感覺始於一九一九年的五四運動。那時人們認爲，可以拋棄所有的傳統。」「一九一九年在中國批判傳統的人，他們本身還掌握傳統，因此他們能留下偉大的作品。但是他們的後代不再掌握傳統，只能在現存的事物中生活、思考、存在……」（我的原話是「好的作品」，而非「偉大」。）（顧彬《中國學者平庸是志短》，《讀書》二〇一一 年第二期）而造成這種可悲現象，魯迅「不要讀中國書」的號召，應負重大責任。

第一篇　史家對於小說之著錄及論述

小說之名，昔者見於莊周之云「飾小說以干縣令」（《莊子．外物》），[1]然按其實際，乃謂瑣屑之言，非道術所在，與後來所謂小說者固不同。桓譚言「小說家合殘叢小語，近取譬喻，以作短書，治身理家，有可觀之辭」。（李善注《文選》三十一引《新論》）[2]始若與後之小說近似，然《莊子》云堯問孔子，《淮南子》云共工爭帝地維絕，當時亦多以爲「短書不可用」，[3]則此小說者，仍謂寓言異記，不本經傳，背於儒術者矣。後世眾說，彌復紛紜，今不具論，而徵之史；緣自來論斷藝文，本亦史官之職也。

秦既燔滅文章以愚黔首，[4]漢興，則大收篇籍，置寫官，成哀二帝，復先後使劉向及其子歆[5]校書祕府，歆乃總群書而奏其《七略》。《七略》今亡，班固作《漢書》，[6]刪其要爲《藝文志》，其三曰《諸子略》，所錄凡十家，而謂「可觀者九家」，[7]小說則不與，然尚存於末，得十五家。班固於志自有注，其有某曰云云者，唐顏師古[8]注也。

《伊尹說》二十七篇。[9]（其語淺薄，似依託也。）

《鬻子說》十九篇。[10]（後世所加。）

《周考》七十六篇。[11]（考周事也。）

《青史子》五十七篇。[12]（古史官記事也。）

《師曠》六篇。[13]（見《春秋》，其言淺薄，本與此同，似因託之。）

《務成子》十一篇。[14]（稱堯問非古語。）

《宋子》十八篇。[15]（孫卿道：「宋子，其言黃老意。」）

《天乙》三篇。[16]（天乙謂湯，其言殷時者，皆依託也。）

《黃帝說》四十篇。（迂誕依託。）

《封禪方說》十八篇。（武帝時。）

《待詔臣饒心術》二十五篇。（武帝時。師古曰，劉向《別錄》云：「饒，齊人也，不知其姓，武帝時待詔，作書，名曰《心術》。」）

《待詔臣安成未央術》一篇。（應劭曰，道家也，好養生事，爲未央之術。）

《臣壽周紀》七篇。（項國圉人，宣帝時。）

《虞初周說》九百四十三篇。（河南人，武帝時以方士侍郎，號黃車使者。應劭曰：其說以《周書》爲本。師古曰，「《史記》云：「虞初，洛陽人。」即張衡〈西京賦〉「小說九百，本自虞初」者也。）

《百家》百三十九卷。

右小說十五家，千三百八十篇。[17]

小說家者流，蓋出於稗官。街談巷語，道聽塗說者之所造也。孔子曰，「雖小道，必有可觀者焉，致遠恐泥，是以君子弗爲也。」[18]然亦弗滅也。閭里小知者之所及，亦使綴而不忘。如或一言可採，此亦芻蕘狂夫之議也。

右所錄十五家，梁時已僅存《青史子》一卷，至隋亦佚；惟據班固注，則諸書大抵或託古人，或記古事，託人者似子而淺薄，記事者近史而悠繆者也。

唐貞觀中，長孫無忌[19]等修《隋書》，《經籍志》撰自魏徵，[20]祖述晉荀勖《中經簿》[21]而稍改變，爲經史子集四部，小說故隸於子。其所著錄，《燕丹子》[22]而外無晉以前書，別益以記談笑應對，敘藝術器物遊樂者，而所論列則仍襲《漢書．藝文志》（後略稱《漢志》）：

小說者，街談巷語之說也。《傳》載輿人之頌，《詩》美詢於芻蕘。古者聖人在上，史爲書，瞽爲詩，工誦箴諫，大夫規誨，士傳言而庶人謗；孟春，徇木鐸以求歌謠，巡省，觀人詩以知風俗，過則正之，失則改之，道聽塗說，靡不畢紀，周官誦訓掌道方志以詔觀事，道方慝以詔辟忌，而職方氏掌道四方之政事與其上下之志，誦四方之傳道而觀其衣物是也。[23]孔子曰，「雖小道，必有可觀者焉，致遠恐泥。」

石晉時，劉昫等因韋述舊史作《唐書．經籍志》（後略稱《唐志》）則以毋煚等所修之《古今書錄》爲本，[24]而意主簡略，刪其小序發明，[25]史官之論述由是不可見。所錄小說，與《隋書．經籍志》（後略稱《隋志》）亦無甚異，惟刪其亡書，而增張華《博物志》十卷，[26]此在《隋志》，本屬雜家，至是乃入小說。

宋皇祐中，曾公亮[27]等被命刪定舊史，撰志者歐陽修，[28]其《藝文志》（後略稱《新唐志》）小說類中，則大增晉至隋時著作，自張華《列異傳》、戴祚《甄異傳》至吳筠《續齊諧記》等志神怪者十五家一百十五卷，[29]王延秀《感應傳》至侯君素《旌異記》等明因果者九家七十卷，[30]諸書前志本有，皆在史部雜傳類，與耆舊高隱孝子良吏列女等傳同列，至是始退爲小說，而史部遂無鬼神傳；又增益唐人著作，如李恕《誡子拾遺》[31]等之垂教誡，劉孝孫《事始》[32]等之數典故，李涪《刊誤》[33]等之糾訛謬，陸羽《茶經》[34]等之敘服用，併入此類，例乃愈棼，元修《宋史》，亦無變革，僅增蕪雜而已。

明胡應麟（《少室山房筆叢》二十八）[35]以小說繁夥，派別滋多，於是綜核大凡，分爲六類：

一曰志怪：《搜神》，《述異》，《宣室》，《酉陽》之類[36]是也；

一曰傳奇：《飛燕》，《太眞》，《崔鶯》，《霍玉》之類[37]是也；

一曰雜錄：《世說》，《語林》，《瑣言》，《因話》之類[38]是也；

一曰叢談：《容齋》，《夢溪》，《東谷》，《道山》之類[39]是也；

一曰辯訂：《鼠璞》，《雞肋》，《資暇》，《辯疑》之類[40]是也；

一曰箴規：《家訓》，《世範》，《勸善》，《省心》之類[41]是也。

清乾隆中，敕撰《四庫全書總目提要》，[42]以紀昀總其事，於小說別爲三派，而所論列則襲舊志。

> ……跡其流別，凡有三派：其一敘述雜事，其一記錄異聞，其一綴緝瑣語也。唐宋而後，作者彌繁，中間誣謾失眞，妖妄熒聽者，固爲不少，然寓勸戒，廣見聞，資考證者，亦錯出其中。班固稱「小說家流蓋出於稗官」，如淳[43]注謂「王者欲知閭巷風俗，故立稗官，使稱說之」。然則博採旁蒐，是亦古制，固不必以冗雜廢矣。今甄錄其近雅馴者，以廣見聞，惟猥鄙荒誕，徒亂耳目者，則黜不載焉。
>
> 《西京雜記》[44]六卷。《世說新語》三卷。……
>
> 右小說家類雜事之屬……
>
> 《山海經》十八卷。《穆天子傳》六卷。《神異經》一卷。[45]……
>
> 《搜神記》二十卷。……《續齊諧記》一卷。……
>
> 右小說家類異聞之屬……
>
> 《博物志》十卷。《述異記》二卷。《酉陽雜俎》二十卷，《續集》十卷。……
>
> 右小說家類瑣語之屬……

右三派者，校以胡應麟之所分，實止兩類，前一即雜錄，後二即志怪，第析敘事有條貫者爲異聞，鈔錄細碎者爲瑣語而已。傳奇不著錄；叢談、辯訂、箴規三類則多改隸於雜家，小說範圍，至是乃稍整潔矣。然《山海經》、《穆天子傳》又自是始退爲小說，案語云，「《穆天子傳》舊皆入起居注類，……實則恍忽無徵，又非《逸周書》[46]之比，……以爲信史而錄之，則史體雜，史例破矣。今退置於小說家，義求其當，無庸以變古爲嫌也。」於是小說之志怪類中又雜入本非依託之史，而史部遂不容多含傳說之書。

至於宋之平話，元明之演義，自來盛行民間，其書故當甚夥，而史志皆不錄。惟明王圻作《續文獻通考》，[47]高儒作《百川書志》，[48]皆收《三國志演義》及《水滸傳》。清初錢曾作《也是園書目》，[49]亦有通俗小說《三國志》等三種，宋人詞話《燈花婆婆》等十六種。然《三國》、《水滸》，嘉靖中有都察院刻本，[50]世人視若官書，故得見收，後之書目，尋即不載。錢曾則專事收藏，偏重版本，緣爲舊刊，始以入錄，非於藝文有眞知，遂離叛於曩例也。史家成見，自漢迄今蓋略同：目錄亦史之支流，固難有超其分際者矣。

注釋

[1] 飾小說以干縣令：語見《莊子·雜篇·外物》。縣令，魯迅《中國小說的歷史的變遷》中解釋說：「『縣』是高，言高名；『令』是美，言美譽。」

[2] 桓譚（西元前二十四—五十六）：字君山，東漢沛國相（今安徽濉溪縣西北）人，哲學家、文學家。東漢成帝時為奉車郎，王莽稱帝，為諫大夫，遷掌樂大夫，光武帝時官至議郎給事中，後觸怒光武帝，被貶六安郡丞，死於赴任途中。生平事蹟見《後漢書》卷二八。所撰《新論》、《桓譚集》皆散佚。《新論》，《隋書·經籍志》著錄十七卷，今存清人輯本。此處所引「小說家合殘叢小語」等語，見《文選》卷三十一江淹詩〈李都尉〉李善注，「殘叢」作「叢殘」，「譬喻」作「譬論」。

[3] 「短書不可用」：《太平御覽》卷六〇二引桓譚《新論》：「余為《新論》，術辨古今，亦欲興治也，何異《春秋》褒貶邪？今有疑者，所謂蚌異蛤、二五非十也。譚見劉向《新序》、陸賈《新語》，乃為《新論》。莊周寓言乃云：『堯問孔子』，《淮南子》云：『共工爭帝，地維絕』，亦皆為妄作，故世人多云：『短書不可用』。然論天間莫明於聖明，莊周等雖虛誕，故當採其善，何云盡棄邪？」按：《莊子》，戰國莊周撰。《漢書·藝文志》著錄五十二篇，今僅存三十三篇。「堯問孔子」，不見今本《莊子》。《淮南子》，西漢淮南王劉安及其門客編撰。《漢書·藝文志》著錄內篇二十一篇，外篇三十三篇，今僅存內篇。該書〈天文訓〉說：「昔者共工與顓頊爭為帝，怒而觸不周之山，天柱折，地維絕。天傾西北。故日月星辰移焉；地不滿東南，故水潦塵埃歸焉。」

【4】燔滅文章以愚黔首：語見《漢書．藝文志》總序。黔首，唐顏師古注：「秦謂人為黔首，言其頭黑也。」

【5】劉向（約西元前七十七—前六）：本名更生，字子政，西漢沛縣（今屬江蘇）人。經學家、目錄學家、文學家。漢皇族楚元王（劉交）四世孫，劉歆父。宣帝、元帝、成帝時官散騎諫大夫、給事中、光祿大夫、中壘校尉等。著述甚多，原有《劉向集》六卷，已散佚，明人輯有《劉中壘集》。所撰《說苑》、《新序》分類纂輯先秦至漢初軼事；《列女傳》記錄有通才卓識、奇節異行之女的事蹟。曾於天祿閣領校群書，撰成《別錄》，為中國目錄學之祖。《漢書》卷三六有傳。

劉歆（？—二十三），字子駿，後改名秀，字穎叔。劉向子。經學家、目錄學家、天文學家。官騎都尉、奉車光祿大夫。後謀誅王莽，事洩自殺。受詔繼父向總祕府群書，撰成《七略》，《隋書．經籍志》著錄七卷，已散佚，今存清人輯本一卷。著有《劉歆集》，已散佚，明人輯為《劉子駿集》。《漢書》卷三六有傳。

【6】班固（三二—九二）：字孟堅，東漢扶風安陵（今陝西咸陽東北）人。班彪子。史學家、文學家。官蘭臺令史。曾校書祕府，繼其父班彪編撰《漢書》共一百卷。其中《藝文志》記載：劉歆曾「總群書而奏其《七略》，故有《輯略》，有《六藝略》，有《諸子略》，有《詩賦略》，有《兵書略》，有《術數略》，有《方技略》。今刪其要，以備篇籍」。

【7】「可觀者九家」：《漢書．藝文志．諸子略》記述十家，為儒家、道家、陰陽家、法家、名家、墨家、縱橫家、雜家、農家及小說家，並評論說：「諸子十家，其可觀者九家而已。」

【8】顏師古（五八一—六四五）：名籀，以字行，唐京兆萬年（今陝西西安）人。學者、文學家。隋時為安養縣尉，入唐至太宗時累官至中書侍郎、祕書少監。學識淵博，精於訓詁，著述甚多，以注《漢書》著稱。《舊唐書》卷七三、《新唐書》卷一九八有傳。

【9】《伊尹說》：已散佚。《漢書．藝文志》道家類著錄《伊尹》五十一篇，亦已散佚。《玉函山房輯佚書》輯有《伊尹書》一卷，《全上古三代秦漢三國六朝文》輯有伊尹遺文十一則。伊尹，名摯，又稱伊摯，殷墟甲骨文中或簡稱伊。商初大臣，輔助成湯，伐桀滅夏，建立商朝。湯死後，又輔立其子。

【10】《鬻子說》：已散佚。又《漢書．藝文志》道家類著錄《鬻子》二十二篇，亦已散佚。《全上古三代秦漢三國六朝文》輯有《鬻子說》一卷。今本《鬻子說》一卷，其文與《列子》引道家之《鬻子》三條不同，與賈誼《新書》引小說家之《鬻子說》六條略同，故而清代學者懷疑係六朝以後人仿賈誼引文撰擬。鬻子，名熊。鬻又作粥（仍讀為ㄩˋ），又稱鬻熊子。《史記．楚世家》稱他是周文王時人。相傳他曾是周文王之師。周成王追封功臣，封其曾孫熊繹於楚蠻，熊繹建立楚國。

[11]《周考》：已散佚。

[12]《青史子》：周青史子撰，已散佚。青史子，青史係複姓，古代史官。《隋書·經籍志》、《燕丹子》題下附注：「梁有《青史子》一卷，……亡。」魯迅《古小說鉤沉》有輯本。

[13]《師曠》：已散佚。又兵陰陽家類著錄《師曠》八篇，亦已散佚。師曠，字子野，春秋晉國人，平公臣子，精通音樂，善彈琴。《春秋左氏傳》、《國語》、《逸周書》、《韓非子》和《呂氏春秋》等均曾記載他的事蹟和有關傳說。

[14]《務成子》：已散佚。《漢書·藝文志》有《務成子》十一篇，又五行家類著錄《務成子災異應》十四卷，房中家類著錄《務成子陰道》三十六卷，均散佚，均可能是後人依託之作。務成係複姓，名昭，又作務成、務成子跗。相傳為舜臣，舜曾從之學。東漢王符《潛夫論·贊學》又有「堯師務成」的記載。參見本書第三篇注[10]。

[15]《宋子》：《漢書·藝文志》小說家類著錄十八篇，已散佚。《玉函山房輯佚書》輯有一卷。宋子，名鈃（ㄐㄧㄢ），一作宋牼（ㄎㄥ）、宋榮、宋榮子。戰國時宋國哲學家，與孟子同時。宜王時曾遊學於齊稷下。參看本書第三篇。

[16]《天乙》：已散佚。《史記·殷本記》：「主癸卒，子天乙立，是為成湯。」下文《黃帝說》、《封禪方說》、《待詔臣饒心術》、《待詔臣安成未央術》、《臣壽周紀》、《虞初周說》、《百家》，亦均散佚。《百家》，劉向編撰。

[17]《漢書·藝文志》所錄小說總數，應為「千三百九十篇」。

[18]「雖小道，必有可觀者焉」等句，見《論語·子張》：「子夏曰：『雖小道，必有可觀者焉，致遠恐泥，是以君子不為也。』」

[19]長孫無忌（？—六五九）：字輔機，唐洛陽（今屬河南）人。先世出於北魏皇族。唐太宗長孫皇后之兄，策動玄武門之變，助太宗奪得帝位。官至太尉，封趙國公。永徽三年（六五二）奉命監修《隋書》十志。

[20]魏徵（五八〇—六四三）：字玄成，唐魏郡內黃（今河南內黃西北）人，一說館陶（今屬河北）人。少孤貧好學。隋末，曾為道士。後隨李密降唐，官至侍中，封鄭國公。曾校定祕府圖書，貞觀三年（六二九）主持梁、陳、北齊、北周、隋五朝史的編撰工作，並親撰《隋書》序論和《梁書》、《陳書》、《北齊書》總論。但魏徵只參與編撰《隋書》紀傳部分，《經籍志》係長孫無忌等人編撰。

[21]荀勖（ㄒㄩ）（？—二八九）：字公曾，晉潁川潁陰（今河南許昌）人。由魏入晉，領祕書監，官至尚書令。原有集，後佚，明人輯為《荀公曾集》。他曾據魏鄭默《中經》（得汲郡塚中古文竹書後，他奉詔編撰為《中經》，此為另一種書）撰成《中經簿》，係繼《七略》之後最詳盡的目錄學著作，現已散佚。據《隋書·經籍志》，《中經簿》分四部：甲部收六藝及小學等書；乙部收古諸子家、近世子家、兵書、兵家、術數；丙部收史記、舊事、皇覽簿、雜事；丁部收詩賦、圖贊、汲塚書。《隋書·經籍志》即據此將群書分為經、史、子、集四部；但以甲為經、乙為史、丙為子、丁為集，與荀勖所定以乙為子、丙為史有所不同。

【22】《燕丹子》：古小說，著者未詳，或言漢人所撰。《隋書·經籍志》著錄一卷。內容敘寫戰國時燕太子丹反對暴秦的一系列活動並命荊軻往刺秦王的故事，明胡應麟稱其為「古今小說雜傳之祖」（《少室山房筆叢》卷三二）。

【23】此處「職方氏」應作「訓方氏」。據《周禮·夏官》：「訓方氏掌道四方之政事，與其上下之志。誦四方之傳道，正歲則布而訓四方，而觀新物」；「職方氏掌天下之圖，以掌天下之地」。

【24】劉昫（ㄒㄩ）（八八八－九四七）：字耀遠，五代後晉涿州歸義（今河北雄縣西北）人，仕後唐後晉兩朝為相，曾監修《舊唐書》，故也題為修撰人。

韋述（？－七五七），唐京兆萬年（今陝西西安）人。家藏書兩千卷，幼時即遍讀群書。景龍進士，官至工部侍郎。典掌圖書四十年，任史官二十年，編著書籍多種，玄宗時曾預修《國史》一百三十卷。

毋煚（ㄐㄩㄥˇ），唐洛陽（今屬河南）人，曾任右率府胄曹參軍。參與整理、校訂內府圖書，與韋述等人重修成《群書四部錄》二百卷，後又獨自節取該書編成《古今節錄》四十卷。

【25】《漢書·藝文志》除總序外，每部類均有扼要評述，通稱小序。據《舊唐書·經籍志序》：「煚等撰集，依班固《藝文志》體例，諸書隨部皆有小序，發明其指。」其後《舊唐書》撰者據《古今書錄》編撰《經籍志》時，為簡略起見，將小序全部刪去。

【26】張華（二三二－三〇〇）：字茂先，晉范陽方城（今河北固安）人。文學家。累官至司空，進封壯武郡公。因拒絕參與趙王司馬倫、孫秀篡位陰謀，被殺。《晉書》卷三六有傳。原有集，已佚，明人輯有《張茂先集》。所撰《博物志》，志怪小說集，《新唐書·藝文志》著錄十卷。下文《列異傳》，一說魏曹丕撰，已散佚，魯迅《古小說鉤沉》有輯本。參看本書第五篇。

【27】曾公亮（九九九－一〇七八）：字明仲，北宋泉州晉江（今屬福建）人。天聖進士，曾任史館修撰，官至參知政事、同平章事、太傅。為宰輔十五年，歷仁宗、英宗、神宗三朝，號稱老成持重。他主持《新唐書》編撰工作，書成，由其具名奏進。

【28】歐陽修（一〇〇七－一〇七二）：字永叔，號醉翁、六一居士，北宋吉安（今屬江西）人。文學家、史學家。官至樞密副使、參知政事。為北宋文壇領袖，唐宋八大家之一。與宋祁合修《新唐書》，所撰有《新五代史》、《歐陽文忠公集》。生平事蹟見《宋史》卷三一九和宋韓琦〈歐陽修墓誌銘〉（《安陽集》卷五）、蘇轍〈歐陽文忠公神道碑〉（《欒城後集》卷二三）、吳充〈歐陽修行狀〉（《歐陽文忠公集》附錄卷一）等。

【29】戴祚：字延之，東晉江東（今安徽蕪湖以東之江南）人，曾隨劉裕西征姚泓，後任西戎主簿（一說西戎太守），生平事蹟見《水經注》卷十五、《封氏見聞錄》卷七、《冊府元龜》卷五五五。所撰小說《甄異傳》，《隋書．經籍志》著錄三卷，已散佚，今存佚文十七則，魯迅《古小說鉤沉》有輯本。

吳筠（四六九—五二〇），應作吳均（據《梁書．文學傳》、《隋書．經籍志》、兩《唐志》，吳筠均作「吳均」。吳筠，另有其人，是唐代文學家），字叔庠，梁吳興故鄣（今浙江安吉北）人。《梁書》卷四九、《南史》卷七二有傳。參看本書第五篇。此處所說「志神怪者十五家一百十五卷」，指張華《列異傳》一卷，戴祚《甄異傳》三卷，袁王壽《古異傳》三卷，祖沖之《述異記》十卷，劉質《近異錄》二卷，干寶《搜神記》三十卷，劉之遴《神錄》五卷，梁元帝《妍神記》十卷，祖臺之《志怪》四卷，孔氏《志怪》四卷，荀氏《靈鬼志》三卷，謝氏《鬼神列傳》二卷，劉義慶《幽明錄》三十卷，東陽無疑《齊諧記》七卷，吳均《續齊諧記》一卷。

【30】王延秀：南朝宋太原（今屬山西）人。曾任尚書郎。小說家。生平事蹟見《宋書》卷一六、六六，《梁書》卷二六，《南史》卷三〇、六〇。所撰《感應傳》，志怪小說集，《新唐書．藝文志》著錄八卷，已散佚；《太平廣記》存佚文二則。

侯君素：侯白，字君素，隋魏郡（郡治今河南臨漳）人。參看本書第七篇。所撰《旌異記》，志怪小說集，《新唐書．藝文志》著錄十五卷，《法苑珠林》作二十卷，已散佚；魯迅《古小說鉤沉》有輯本，共十條。此處所說「明因果者九家七十卷」，指王延秀《感應傳》八卷，陸杲《繫應驗記》一卷，王琰《冥祥記》十卷（《新唐書．藝文志》著錄一卷，《隋書．經籍志》和《舊唐書．經籍志》均著錄十卷。按九家七十卷，則以十卷為是），王曼穎《續冥祥記》十一卷，劉泳《因果記》十卷，顏之推《冤魂志》三卷，又《集靈記》十卷，無名氏《徵應集》二卷，侯君素《旌異記》十五卷。

【31】李恕：據《新唐書．宰相世系表》，唐代名李恕者有三人，一為隴西郡李晟之子，曾任光祿卿，餘二人皆趙郡人。《誡子拾遺》，《新唐書．藝文志》著錄四卷，撰者李恕為何人，待考。

【32】劉孝孫（？—六四一）：隋末唐初荊州（治所今湖北江陵）人。學者。曾任著作佐郎、太子洗馬等職。《新唐書》卷一〇二有傳。所撰《事始》，《新唐書．藝文志》著錄三卷，係劉孝孫、房德懋合撰。據晁公武《郡齋讀書志》載，《事始》全書分二十六門，內容係考述事物起源。

【33】李涪：唐末人。曾任國子祭酒。所撰《刊誤》，《新唐書．藝文志》著錄二卷。書中考究典故，引古制以正唐制之誤，下卷兼及雜事。

【34】陸羽（七三三—八〇四）：字鴻漸，唐復州竟陵（今湖北天門）人。學者、文學家。所撰《茶經》，《新唐書．藝文志》著錄三卷，係中國有關茶學的第一部專門著作。

【35】胡應麟（一五五一—一六〇二）：字元瑞，號少室山人，明蘭溪（今屬浙江）人。詩人、文學評論家。所撰《少室山房筆叢》，《明史．藝文志》著錄三十二卷，又續集十六卷。內容主要為關於經史百家的考據、史評，徵引典籍，極為宏富，其中對詩文、小說、戲曲的評述，材料豐贍，見解精當，尤為人所重視。

【36】《搜神》：即晉干寶《搜神記》；《述異》，即晉祖沖之《述異記》，參看本書第五篇；《宣室》，即唐張讀《宣室志》；《酉陽》，即唐段成式《酉陽雜俎》，參看本書第十篇。

【37】《飛燕》：即宋秦醇《趙飛燕外傳》；《太真》，即宋樂史《楊太真外傳》，參看本書第十一篇；《崔鶯》，即唐元稹《鶯鶯傳》；《霍玉》，即唐蔣防《霍小玉傳》，參看本書第九篇。

【38】《世說》：即南朝宋劉義慶《世說新語》；《語林》，即晉裴啓《語林》，參看本書第七篇；《瑣言》，即《北夢瑣言》，筆記小說集，五代宋初孫光憲撰，《宋史．藝文志》著錄十二卷，記唐、五代士大夫遺文、佚事、瑣語，多具史料價值；《因話》，即《因話錄》，筆記小說集，唐趙璘撰，《新唐書．藝文志》著錄六卷，記唐代帝王、官宦、平民遺聞軼事等，具有文學價值和史料價值。

【39】《容齋》：即《容齋隨筆》，筆記，宋洪邁撰，《宋史．藝文志》著錄五集七十四卷。內容為經史百家以及醫卜星算的辯證考據，尤熟宋代掌故，頗有史料價值。《夢溪》，即《夢溪筆談》，筆記，宋沈括撰，二十六卷，又《補筆談》三卷，《續筆談》一卷。內容涉及史地、科技、藝文等，內容廣博，頗有科學價值。《東谷》，即《東谷所見》，宋李之彥撰，《宋史．藝文志補》著錄一卷，係論說性短文。《道山》，即《道山清話》，撰者未詳。《四庫全書總目提要》著錄一卷，記宋代雜事。

【40】《鼠璞》：宋戴埴撰，《宋史．藝文志補》著錄一卷，書中多考證經史疑義及名物典故的異同。《雞肋》，即《雞肋編》，筆記，宋莊綽（季裕）撰，三卷，內容係前代歷史文學，以兩宋為主，考證古義，記敘軼事遺聞和山川地理、醫卜星相、民俗民諺等。《資暇》，即《資暇集》，又作《資暇錄》，唐李匡乂（ㄧˋ）撰，《新唐書．藝文志》著錄三卷，內容係考訂古物，記述史事，上篇正誤，中篇談原，下篇本物。李匡義，字濟翁。昭宗時，官宗正少卿。《辯疑》，即《辨疑志》（據《新唐書．藝文志》、宋陳振孫《直齋書錄解題》，「辯」均作「辨」），唐陸長源撰，《新唐書．藝文志》著錄三卷。據《說郛》所收佚文，內容係辨明釋道二教神怪靈驗說的虛妄。

【41】《家訓》：即《顏氏家訓》，北齊顏之推撰，《舊唐書·經籍志》著錄七卷，今本為二卷二十一篇。內容以講述立身治家之道為主，兼及考訂典故，評論人物和文藝。為研究魏晉南北朝時期社會思潮的重要著作之一。《世範》，即《袁氏世範》，宋袁采撰，《宋史·藝文志》著錄三卷。《勸善》，《宋史·藝文志》著錄王敏中《勸善錄》六卷，《郡齋讀書志》著錄周明寂《勸善錄》六卷，明沈節甫輯《由醇錄》中有秦觀《勸善錄》一卷。此處指何書待考。《省心》，即《省心雜言》，宋李邦獻撰，《宋史·藝文志》著錄一卷。以上三書均係講述立身處世之道。

【42】《四庫全書總目提要》：清乾隆三十七年（一七七二）至乾隆四十六年（一七八一），永瑢、紀昀奉命纂修《四庫全書》，並將抄錄入庫和抄存卷目的圖書，全部撰寫提要，共二百卷。收正式入庫書三四七〇種，存目書六八一九種。紀昀，字曉嵐。參看本書第二十二篇。

【43】如淳：三國魏馮翊（治所今陝西大荔）人，官陳郡丞。曾為《漢書》作注。引文見《漢書·藝文志》注。

【44】《西京雜記》：志人小說集，《舊唐書·經籍志》、《新唐書·藝文志》皆題葛洪撰，參看本書第四篇。

【45】《山海經》：地理著作，作者不詳，參看本書第二篇；《穆天子傳》，晉代從戰國魏襄王墓中發現先秦古書的一種，參看本書第二篇；《神異經》，舊傳漢東方朔撰，已散佚，今存輯本一卷，參看本書第四篇。

【46】《逸周書》：即《周書》，連序七十一篇。中國古代歷史文獻彙編。記敘內容主要是周代。古人認為此書收錄的是儒家整理《尚書·周書》後的逸篇，故稱《逸周書》。

【47】王圻：字元翰，明上海人。嘉靖進士，官至陝西布政司參議。後乞養歸，築室淞江之濱，以著書為事。所撰《續文獻通考》，共二五四卷，萬曆十四年（一五八六）成書。分類記載南宋嘉定至明萬曆初之間政治經濟和典章制度的沿革情況，兼收人物。關於《水滸傳》的記載，見該書卷一七七《經籍考》傳記類。

【48】高儒：明涿州（治所今河北涿縣）人。武弁出身，喜藏書。所撰《百川書志》，二十卷，係其藏書目錄。該書史部野史類著錄有《三國志通俗演義》、《忠義水滸傳》。

【49】錢曾（一六二九—一七〇一）：字遵王，清江南常熟（今屬江蘇）人。藏書家、學者、詩人。他藏書甚富，撰《也是園書目》，十卷，分經、史、子、集、三藏、道藏、戲曲小說七類。該書戲曲小說類通俗小說部分，著錄《古今演義三國志》、《舊本羅貫中水滸傳》、《梨園廣記》三種；宋人詞話部分著錄《燈花婆婆》、《種瓜張老》、《紫羅蓋頭》、《女報冤》、《風吹轎兒》、《錯斬崔寧》、《小（山）亭兒》、《西湖三塔》、《馮玉梅團圓》、《簡帖和尚》、《李煥生五陣雨》、《小金錢》、《宣和遺事》、《煙粉小說》、《奇聞類記》，及《湖海奇聞》十六種。其詩集有今人謝正光《錢遵王詩集箋校》。

【50】都察院刻本：據明周弘祖《古今書刻》上編，都察院項下列有《三國志演義》和《水滸傳》。

解讀

本書第一篇談史家對於小說之著錄及論述，即關於「小說」這個體裁、名稱的概念和定義的記錄、記載和評論。

歷代有關小說這個領域的文獻中，最重要的有《莊子．外物》首先提到「小說」這個名稱，桓譚和《漢書．藝文志》對「小說」所下的定義，孔子有關言論的轉述。還有明胡應麟給小說的分類。

先秦《莊子．外物》篇說：「飾小說以干縣令。」這是中國文獻中首次提到「小說」的最早出處。

東漢桓譚《新論》認爲：「小說家合叢殘小語，近取譬喻，以作短書，治身理家，有可觀之辭。」

東漢班固《漢書．藝文志》說：「小說家流，蓋出於稗官，街談巷語，道聽塗說者之所造也。孔子曰：『雖小道，必有可觀者焉；致遠恐泥，是以君子弗爲也。』」小道，意思是小說用瑣屑淺薄的語言，說明一些「小道理」。孔老夫子的「君子弗（不）爲」，一言定鼎，決定了小說在封建社會中被文壇主流所鄙視的不幸命運。

明胡應麟《少室山房筆叢》卷二八將小說分爲六類：志怪、傳奇、雜錄、叢談、辯訂和箴規。紀昀《四庫全書總目提要》分爲三派：敘述雜事、記錄異聞、綴輯瑣語。魯迅認爲，這三派，參考胡應麟所分，實際只有兩類：雜錄和志怪。

魯迅最後指出並批評：宋之平話（即話本），元明之演義（通俗長篇小說），自來盛行民間，作品雖然很多，但史志都不記錄，「史家成見」（也即偏見），自漢代到當今一直如此。魯迅將莊子也作爲史家，因爲古近代學術界認爲「六經皆史」。《莊子》雖是道家的哲學著作，但也反映了一定的史實。王國維和陳寅恪先生進而認爲神話也反映了遠古時代的一定的史實。

本篇提到的唐代陸羽，在當代中國名聲很大，因爲他精茶藝，號茶仙，著《茶經》。看來他爲人很瀟灑，實際上他的出身很苦。據唐趙璘《因話錄》卷三載，陸羽本棄嬰，爲竟陵（其家鄉，今湖北天門）

龍蓋寺一俗姓陸之僧人收養，故從姓陸。少爲伶人（古代地位低賤的唱歌、奏樂、演戲的藝人）。天寶五年（七四六），即他十四歲（古人都以虛歲計算）時居天門山攻讀。至德元年（七五六）二十四歲時避亂至越中（今浙江紹興一帶），上元元年（七六〇）二十八歲時隱居吳興（今浙江湖州）苕溪，閉門著書，或與名僧高士相交往。曾詔拜爲太子文學，後流寓上饒（今屬江西）、洪州（今江西南昌）。看來他在年輕時一直過著清苦的生活。後來入湖南觀察使裴胄、義成軍節度使李復幕府，與崔國輔、釋皎然（著名詩論著作《詩式》的作者）相友善，並廣交顏眞卿、皇甫冉、劉長卿、孟郊等著名文學家、書法家，他此時品茶著書，也成爲中國的文化名人了。

第二篇　神話與傳說

志怪之作，莊子謂有齊諧，列子則稱夷堅，[1]然皆寓言，不足徵信。《漢志》乃云出於稗官，然稗官者，職惟採集而非創作，「街談巷語」自生於民間，固非一誰某之所獨造也，探其本根，則亦猶他民族然，在於神話與傳說。

昔者初民，見天地萬物，變異不常，其諸現象，又出於人力所能以上，則自造衆說以解釋之：凡所解釋，今謂之神話。神話大抵以一「神格」爲中樞，又推演爲敘說，而於所敘說之神，之事，又從而信仰敬畏之，於是歌頌其威靈，致美於壇廟，久而愈進，文物遂繁。故神話不特爲宗教之萌芽，美術所由起，且實爲文章之淵源。惟神話雖生文章，而詩人則爲神話之讎敵，蓋當歌頌記敘之際，每不免有所粉飾，失其本來，是以神話雖託詩歌以光大，以存留，然亦因之而改易，而銷歇也。如天地開闢之說，在中國所留遺者，已設想較高，而初民之本色不可見，即其例矣。

天地混沌如雞子，盤古生其中，一萬八千歲。天地開闢，陽清爲天，陰濁爲地，盤古在其中，一日九變，神於天，聖於地。天日高一丈，地日厚一丈，盤古日長一丈，如此萬八千歲，天數極高，地數極深，盤古極長。後乃有三皇。（《藝文類聚》一引徐整《三五曆記》）

天地，亦物也。物有不足，故昔者女媧氏練五色石以補其闕，斷鼇之足以立四極。其後共工氏與顓頊爭爲帝，怒而觸不周之山，折天柱，絕地維，故天傾西北，日月星辰就焉，地不滿東南，故百川水潦歸焉。（《列子．湯問》）

迨神話演進，則爲中樞者漸近於人性，凡所敘述，今謂之傳說。傳說之所道，或爲神性之人，或爲古英雄，其奇才異能神勇爲凡人所不及，而由於天授，或有天相者，簡狄吞燕卵而生商，[2]劉媼得交龍而孕季，[3]皆其例也。此外尚甚衆。

堯之時，十日並出，焦禾稼，殺草木，而民無所食。猰貐、鑿齒、九嬰、大風、封豨、脩蛇，皆爲民害。堯乃使羿……上射十日而下殺猰貐。……萬民皆喜，置堯以爲天子。（《淮南子．本經訓》）

羿請不死之藥於西王母，姮娥竊以奔月。（《淮南子．覽冥訓》。高誘注曰，姮娥羿妻。羿請不死之藥於西王母，未及服之。姮娥盜食之，得仙，奔入月中爲月精。）

昔堯殛鯀於羽山，其神化爲黃熊以入於羽淵。（《春秋．左氏傳》）

瞽瞍使舜上塗廩，從下縱火焚廩，舜乃以兩笠自扞而下去，得不死。瞽瞍又使舜穿井，舜穿井爲匿空，旁出。（《史記．舜本紀》）[4]

中國之神話與傳說，今尚無集錄爲專書者，僅散見於古籍，而《山海經》中特多。《山海經》今所傳本十八卷，記海內外山川神祇異物及祭祀所宜，以爲禹益作者固非，而謂因《楚辭》而造者亦未是；[5]所載祠神之物多用糈（精米），與巫術合，蓋古之巫書也，然秦、漢人亦有增益。其最爲世間所知，常引爲故實者，有崑崙山與西王母。

崑崙之丘，是實惟帝之下都，神陸吾司之，其神狀虎身而九尾，人面而虎爪。是神也，司天之九部及帝之囿時。（《西山經》）

玉山。是西王母所居也。西王母其狀如人，豹尾虎齒而善嘯，蓬髮戴勝，是司天之厲及五殘。（同上）

崑崙之墟方八百里，高萬仞；上有木禾，長五尋，大五圍；面有九井，以玉爲檻；面有九門，門有開明獸守之。百神之所在。在八隅之巖，赤水之際，非仁羿莫能上。（《海內西經》）

西王母梯几而戴勝杖（案此字當衍），其南有三青鳥，爲西王母取食，在崑崙墟北。（《海內北經》）

大荒之中有山，名曰豐沮玉門，日月所入。有靈山，巫咸、巫即、巫朌、巫彭、巫姑、巫眞、巫禮、

巫抵、巫謝、巫羅，十巫從此升降，百藥爰在。（《大荒西經》）

西海之南，流沙之濱，赤水之後，黑水之前，有大山，名曰崑崙之丘。有神人面虎身有尾皆白處之。其下有弱水之淵環之。其外有炎火之山，投物輒然。有人，戴勝，虎齒，有豹尾，穴處，名曰西王母。此山萬物盡有。（同上）

晉咸寧五年，汲縣民不準盜發魏襄王塚，[6]得竹書《穆天子傳》五篇，又雜書十九篇。《穆天子傳》今存，凡六卷；前五卷記周穆王駕八駿西征之事，後一卷記盛姬卒於途次以至返葬，蓋即雜書之一篇。傳亦言見西王母，而不敘諸異相，其狀已頗近於人王。

吉日甲子，天子賓於西王母，乃執白圭玄璧以見西王母。好獻錦組百純，□組三百純，西王母再拜受之。□乙丑。天子觴西王母於瑤池之上。西王母爲天子謠，曰，「白雲在天，山陵[7]自出，道里悠遠，山川間之，將子無死，尚能復來。」天子答之曰，「予歸東土，和治諸夏，萬民平均，吾願見汝，比及三年，將復而野。」天子遂驅升於弇山，乃紀丌跡於弇山之石，而樹之槐，眉曰西王母之山。（卷三）

有虎在乎葭中。天子將至。七萃之士高奔戎請生捕虎，必全之，乃生捕虎而獻之。天子命之爲柙而畜之東虞，是爲虎牢。天子賜奔戎畋馬十駟，歸之太牢，奔戎再拜䭫首。（卷五）

漢應劭[8]說，《周書》爲虞初小說所本，而今本《逸周書》中惟〈克殷〉、〈世俘〉、〈王會〉、〈太子晉〉四篇，[9]記述頗多誇飾，類於傳說，餘文不然。至汲塚所出周時竹書中，本有《瑣語》十一篇，爲諸國卜夢妖怪相書，今佚，《太平御覽》[10]間引其文；又汲縣有晉立〈呂望表〉，亦引《周志》，[11]皆記夢驗，甚似小說，或虞初所本者爲此等，然別無顯證，亦難以定之。

齊景公伐宋，至曲陵，夢見有短丈夫賓於前。晏子曰，「君所夢何如哉？」公曰，「其賓者甚短，大上小下，其言甚怒，好俯。」晏子曰，「如是，則伊尹也。伊尹甚大而短，大上小下，赤色而髯，其言好俯而下聲。」公曰，「是矣。」晏子曰，「是怒君師，不如違之。」遂不果伐宋。（《太平御覽》三百七十八）

文王夢天帝服玄禳以立於令狐之津。帝曰，「昌，賜汝望。」文王再拜稽首，太公於後亦再拜稽首。文王夢之之夜，太公夢之亦然。其後文王見太公而糾之曰，「而名爲望乎？」答曰，「唯，爲望。」文王曰，「吾如有所見於汝。」太公言其年月與其日，且盡道其言，「臣以此得見也。」文王曰，「有之，有之。」遂與之歸，以爲卿士。（晉立〈太公呂望表〉石刻，以東魏立〈呂望表〉補闕字。）

他如漢前之《燕丹子》，漢揚雄之《蜀王本紀》，[12]趙曄之《吳越春秋》，[13]袁康、吳平之《越絕書》[14]等，雖本史實，並含異聞。若求之詩歌，則屈原所賦，尤在〈天問〉[15]中，多見神話與傳說，如：「夜光何德，死則又育？厥利惟何，而顧菟在腹？」「鯀何所營？禹何所成？康回憑怒，地何故以東南傾？」「崑崙縣圃，其尻安在？增城九重，其高幾里？」「鯪魚何所？鬿堆焉處？羿焉彃日？烏焉解羽？」是也。王逸[16]曰，「屈原放逐，彷徨山澤，見楚有先王之廟及公卿祠堂，圖畫天地山川神靈琦瑋譎佹及古賢聖怪物行事，……因書其壁，何而問之。」（本書注）是知此種故事，當時不特流傳人口，且用爲廟堂文飾矣。其流風至漢不絕，今在墟墓間猶見有石刻神祇怪物聖哲士女之圖。晉既得汲塚書，郭璞爲《穆天子傳》作注，又注《山海經》，作圖贊，[17]其後江灌亦有圖贊，[18]蓋神異之說，晉以後尙爲人士所深愛。然自古以來，終不聞有薈萃融鑄爲巨製，如希臘史詩者，[19]第用爲詩文藻飾，而於小說中常見其跡象而已。

中國神話之所以僅存零星者，說者[20]謂有二故：一者華土之民，先居黃河流域，頗乏天惠，其生也勤，故重實際而黜玄想，不更能集古傳以成大文。二者孔子出，以修身齊家治國平天下等實用爲教，不欲言鬼神，太古荒唐之說，倶爲儒者所不道，故其後不特無所光大，而又有散亡。

然詳案之，其故殆尤在神鬼之不別。天神地祇人鬼，古者雖若有辨，而人鬼亦得爲神祇。人神淆雜，則原始信仰無由蛻盡；原始信仰存則類於傳說之言日出而不已，而舊有者於是僵死，新出者亦更無光焰也。如下例，前二爲隨時可生新神，後三爲舊神有轉換而無演進。

蔣子文，廣陵人也，嗜酒好色，佻撻無度；常自謂骨青，死當爲神。漢末爲秣陵尉，逐賊至鍾山下，賊擊傷額，因解綬縛之，有頃遂死。及吳先主之初，其故吏見文於道，……謂曰，「我當爲此土地神，以福爾下民，爾可宣告百姓，爲我立廟，不爾，將有大咎。」是歲夏大疫，百姓輒相恐動，頗有竊祠之者矣。（《太平廣記》二九三引《搜神記》）

世有紫姑神，古來相傳云是人家妾，爲大婦所嫉，每以穢事相次役，正月十五日感激而死。故世人以其日作其形，夜於廁間或豬欄邊迎之。……投者覺重（案投當作捉，持也），便是神來，奠設酒果，亦覺貌輝輝有色，即跳躞不住；能占眾事，卜未來蠶桑，又善射鉤；好則大儛，惡便仰眠。（《異苑》五）

滄海之中，有度朔之山，上有大桃木，……其枝間東北曰鬼門。萬鬼所出入也。上有二神人，一曰神茶，一曰鬱壘，主閱領萬鬼。害惡之鬼，執以葦索而以食虎。於是黃帝乃作禮，以時驅之，立大桃人，門戶畫神茶、鬱壘與虎，懸葦索，以禦凶魅。（《論衡》二十二引《山海經》，案今本中無之）

東南有桃都山，……下有二神，左名隆，右名突，並執葦索，伺不祥之鬼，得而煞之。今人正朝作兩桃人立門旁，……蓋遺象也。（《太平御覽》二九及九一八引《玄中記》以《玉燭寶典》注補）

門神，乃是唐朝秦叔保、胡敬德二將軍也。按傳，唐太宗不豫，寢門外拋磚弄瓦，鬼魅呼號。……太宗懼之，以告群臣。秦叔保出班奏曰，「臣平生殺人如剖瓜，積屍如聚蟻，何懼魍魎乎？願同胡敬德戎裝立門外以伺。」太宗可其奏，夜果無警，太宗嘉之，命畫工圖二人之形像，……懸於宮掖之左右門，邪祟

以息。後世沿襲，遂永爲門神。（《三教搜神大全》七）

注釋

【1】齊諧：《莊子．逍遙遊》：「齊諧者，志怪者也。」後人以齊諧為志怪小說集書名的，有劉宋東陽無疑《齊諧記》、梁吳均《續齊諧記》。
夷堅，《列子．湯問》：溟海有鯤、鵬，「禹行而見之，伯益知而名之，夷堅聞而志之」。後人以夷堅為志怪小說集書名的，有宋洪邁《夷堅志》、金元好問《續夷堅志》。

【2】簡狄吞燕卵而生商：事見《史記．殷本紀》：「殷契，母曰簡狄，有娀（ㄙㄨㄥ）氏之女，為帝嚳次妃。三人行浴，見玄鳥墮其卵，簡狄取而吞之，因孕生契。」商，即契，商朝的始祖。商朝又稱殷。有娀，古氏族名。

【3】劉媼得交龍而孕季：事見《史記．高祖本紀》：「劉媼嘗息大澤之陂，夢與神遇。是時雷電晦冥，太公往視，則見蛟龍（《漢書．高帝紀》作「交龍」）於其上。已而有身，遂產高祖。」季，漢高祖劉邦，字季。

【4】瞽瞍欲害舜，據《史記．五帝本紀》：「瞽叟尚複欲殺之，使舜上塗廩，瞽叟從下縱火焚廩。舜乃以兩笠自扞而下，去，得不死。後瞽叟又使舜穿井，舜穿井為匿空，旁出。舜既入深，瞽叟與象共下土實井，舜從匿空出，去。」

【5】稱《山海經》作者為禹、益，見漢劉歆〈上山海經表〉：「禹別九州，任土作貢，而益等類物善惡，著《山海經》。」漢王充《論衡．別通篇》：「禹、益並治洪水，……以所聞見作《山海經》。」《山海經》因《楚辭》而造，見宋朱熹《楚辭辨證》（下）：「大抵古今說〈天問〉者，皆本此二書（按：指《山海經》和《淮南子》），今以文意考之，疑此二書，本皆緣解此〈問〉而作。」

【6】不準盜發魏襄王塚：不準，人名。魏襄王塚，一說安釐王塚。《晉書．武帝紀》載：咸寧五年（二七九）冬十月，「汲郡人不準掘魏襄王塚，得竹簡小篆古書十餘萬言。」又據《晉書．束皙傳》載：從汲塚中得竹書數十車，「其《紀年》十三篇，記夏以來至周幽王為犬戎所滅，以事接之，三家分，仍述魏事至安釐王之二十年。……《瑣語》十一篇，諸國卜夢妖怪相書也。……《穆天子傳》五篇。言周穆王遊行四海，見帝臺、西王母。……又雜書十九

篇：《周食田法》、《周書》、《論楚事》、《周穆王美人盛姬死事》。」這次發掘的史料非常珍貴，如《紀年》一般稱為《竹書紀年》，大約在宋朝又已亡佚，後人雜採各書，撰成《今本竹書紀年》，清朱右曾以為不可信，他廣集群籍所引之佚文，輯成《汲塚紀年存真》二卷，近代王國維又加補正，成《古本竹書紀年》一卷。

【7】陖，「陵」的異體字。下文「丌」、「䭫」分別為「其」、「稽」的異體字。

【8】應劭：字仲遠，東漢汝南南頓（今河南項城西南）人。學者。曾任泰山太守，後為袁紹軍謀校尉。撰有《風俗通義》、《漢書集解音義》等。《後漢書》卷四八有傳。

【9】《克殷》：為《逸周書》第三十六，記周武王在牧野戰勝殷紂事；《世俘》，為《逸周書》第四十，記周武王滅殷後，繼續追擊殷諸侯國及以俘虜祭祀事；《王會》，為《逸周書》第五十九，記周成王大會諸侯，各國進獻奇珍異物事；《太子晉》，為《逸周書》第六十四，記周靈王太子晉與晉大夫師曠對話時能言善辯事。

【10】《太平御覽》：類書，北宋李昉等人奉旨編輯，太平興國八年（九八三）書成。共一千卷，分五十五門，引書多至一六九〇餘種，剔去重複，仍有一千餘種。其所引古書，十之七八後已亡佚，其中漢人傳記百種，舊地方志二百種尤為珍貴，故而具有很高的文史資料價值。該書引有《瑣語》十七則。

【11】晉立〈呂望表〉：石刻碑文，一名〈太公碑〉。據宋趙明誠《金石錄》載：「晉太康十年三月，汲縣令盧無忌立。」表內引有《周志》「文王夢天帝」一段文字。《周志》，《左傳》文公二年：「志者記也，謂之《周志》，明是周世之書，不知其書何所名也。」下文「東魏立〈呂望表〉」，據清畢沅《中州金石記》載，晉立太公碑損裂後，於東魏武定八年（五四八）四月再立，由穆子容書寫。

【12】楊雄（西元前五三－十八）：亦作揚雄，字子雲，兩漢蜀郡成都（今屬四川）人。文學家、哲學家、語言學家。成帝時為給事黃門郎，王莽時，校書於天祿閣，官至大夫。其著作有明人所輯《揚子雲集》，六卷。其所撰之賦，沉痛絕麗，與司馬相如齊名，後世並稱「揚馬」。《漢書》卷八七有傳。所撰《蜀王本紀》，一卷，記蜀國開國至秦時諸蜀王的異事。

【13】趙曄：字長君，東漢山陰（今浙江紹興）人。所撰《吳越春秋》，《隋書．經籍志》著錄十二卷，隋以後缺二卷，今本多為六卷，分為十篇。內容記述吳國自太伯至夫差，越國自無餘至勾踐的歷史故事，除採自《左傳》、《國語》、《史記》、《越絕書》等外，還抄入不少民間傳說和見聞。

【14】袁康：東漢會稽（今浙江紹興）人。吳平，字君高，東漢會稽人。《越絕書》，內容記述吳越兩國的歷史地理及吳國國王夫差和先後從楚國來到吳越的名臣伍子胥、文種、范蠡等人的政治和軍事活動。《舊唐書．經籍志》著錄十六卷，題子貢撰。（按：該書記事下及秦漢，撰者不可能是子貢。）《四庫全書總目提要》推斷為「會稽袁康所作，同郡吳平所定」。

【15】〈天問〉：《楚辭》篇名，屈原撰。全詩由一百七十多個問題組成，對某些古代史事、神話傳說和自然現象提出疑問。魯迅〈摩羅詩力說〉稱此詩「懷疑自遂古之初直至百物之瑣末，放言無憚，為前人所不敢言」。王國維指出詩中有一些商朝的史料。

【16】王逸：字叔師，東漢南郡宜城（今屬湖北）人。文學家。安帝元初時為校書郎，順帝時進侍中。原有文集，已散佚，明人輯有《王叔師集》。所撰《楚辭章句》，是現存最早的《楚辭》注本。下文「本書注」，指王逸《楚辭章句》中〈天問〉章句序，此處有刪節。《後漢書》卷八○有傳。

【17】郭璞（二七六—三二四）：字景純，西晉河東聞喜（今屬山西）人。文學家、學者。曾任著作佐郎、王敦記室參軍。圖贊，《隋書．經籍志》著錄郭璞《山海經圖贊》二卷，是以《山海經》內容為題材的圖畫的贊詩。

【18】江灌：字道群，晉陳留（今屬河南開封縣）人，官至吳郡太守。據《舊唐書．經籍志》、《新唐書．藝文志》，江灌所撰係《爾雅圖贊》。

【19】希臘史詩：指長詩《伊利亞特》、《奧德賽》，相傳為西元前九世紀古希臘盲詩人荷馬所作，故又合稱荷馬史詩，經過長期的口頭傳誦，於西元前六世紀整理成書。作品串聯許多神話和歷史傳說，為後世的文學藝術創作提供了豐富的素材，對西方文學的發展有很大的影響。

【20】說者：指日本鹽谷溫。他解釋中國古代神話很少的兩個原因，見他所著《中國文學概論講話》第六章（孫俍工譯）。

解讀

魯迅認爲小說最早的起源是神話和傳說。魯迅給神話下的定義是：遠古時的人類祖先看到天地萬物的無窮變化，對超出人類能力範圍之外的種種現象無法理解，就自造眾多的說法來給予解釋；這種種的解釋，現在就稱之爲「神話」。

接著舉了神話作品的一些例子，尤強調中國的神話傳說沒有專書記錄，散見於各種古籍包括史書中，而以《山海經》一書中最多。又分析中國神話不發達，只有零星的存在，其原因有二：一是中國的民族的特點是重實際而輕幻想；二是儒家的創始人孔子推重實用的修身齊家治國平天下的思想，反對談論鬼神和遠古的荒唐故事，後世占據社會文化主流的儒家忠實地繼承了這個傳統。

《山海經》是一部地理博物書，裏面有博物地理的傳說，但書中也記載了許多上古和以後的神話傳說，兩者還常常互相融合。因此司馬遷在《史記．大宛列傳贊》中說：「《山海經》所有怪物，余不敢言之也。」首先指出其書的志怪性質。所以胡應麟認爲它是「古今語怪之祖」。《四庫總目提要》也認爲它是「體雜小說」，「書中序述山水，多參以神怪」，「實則小說之最古者爾」。將此書歸入小說家中。對於《山海經》中所描繪的地理，到底是什麼地方，眾說紛紜，莫衷一是。有的說是美洲的地形，並認爲這是中國人早就到了美洲的又一證明。

《山海經》中的有些神話傳說，如黃帝戰蚩尤、鯀和大禹父子先後治水等故事，即具有歷史記載的成分。

魯迅在本篇中特地指出：「若求之詩歌，則屈原所賦，尤在〈天問〉中。」屈原寫的詩歌，包括〈離騷〉，記載了大量楚國的巫術、神話和傳說。尤其是〈天問〉，全詩由一百七十多個問題組成，對某些古代史事、神話傳說和自然現象提出疑問。魯迅《摩羅詩力說》稱此詩「懷疑自遂古之初直至百物之瑣末，放言無憚，爲前人所不敢言」。

他後來又對小說起源神話說做了補充：「至於現在一般研究文學史者，卻多認小說起源於神話」，而在「文藝作品發生的次序中，恐怕是詩歌在先，小說在後的。詩歌起源於勞動和宗教。……至於小說。我以爲倒是起源於休息的」，人類勞動「休息時……談論故事，正就是小說的起源」，惟是「其要素總離不開神話」（《中國小說的歷史的變遷》）。杜貴晨〈魯迅「小說之起源」論辯證——中國小說起源於民間講故事說〉指出：他對《漢書．藝文志》的話的分析意識到了「小說之起源」與「小說書之起源」的區別，進而得出「小說之起源」於民間「街談巷語、道聽塗說」的活動，而「小說書之起源」則可能由於「稗官」之流的「採集」。中國小說起源於民間的「談論故事」即講故事，而講故事所以能夠發生，除了作爲敘事工具的人類語言的發明爲基礎之外，就是人類日益發展的好奇心之需。這二者永遠是小說發生的源泉和發展的動力。因此，中國古代小說按語體大致分爲文言與白話兩大類，其最初的源頭和永恆的滋養，卻都在「街談巷語、道聽塗說」的民間講故事活動；後世小說家的成長及其小說創作，也往往與作爲小說源頭的民間講故事活動有這樣那樣的聯繫，甚至是密切的聯繫。如果說上古「街談巷語、道聽塗說」的「故事」多自生自滅，僅有少量因被「採集」入史書等各體著作，成爲其中部分今人以爲是「小說成分」的文字，則有幸被以「雅言」單獨記錄彙編爲一書的，就是包括流傳至今的《搜神記》、《世說新語》等一類文言小說了。從而文言小說發達較早，卻不是直接講故事而來的言文合一的正宗，而是經文人出於各種不同目的地「採集」之後易以「雅言」出之的別體。這在中古以前爲不得不然。（文載《光明日報》）

我認爲小說雖然起源於民間，文人（西方稱爲知識份子）作家則將小說推向成熟和繁榮，使之成爲優秀文化的積累。沒有文人的這個貢獻，任何生長於民間的文藝形式和作品，肯定都只能自生自滅地歸於消失。我們展望當今世界各國，哪個國家的文化悠久發達，就是因爲那個國家的文人作家在歷史上做出了無可替代的重大影響。中國就是如此。

第三篇 《漢書・藝文志》所載小說

《漢志》之敘小說家，以爲「出於稗官」，如淳曰，「細米爲稗。街談巷說，甚細碎之言也。王者欲知里巷風俗，故立稗官，使稱說之。」（本注）其所錄小說，今皆不存，故莫得而深考，然審察名目，乃殊不似有採自民間，如《詩》之〈國風〉者。[1]其中依託古人者七，曰：《伊尹說》、[2]《鬻子說》、《師曠》、《務成子》、《宋子》、《天乙》、《黃帝》。記古事者二，曰：《周考》、《青史子》，皆不言何時作。明著漢代者四家：曰《封禪方說》、《待詔臣饒心術》、《臣壽周紀》、《虞初周說》。《待詔臣安成未央術》與《百家》，雖亦不云何時作，而依其次第，自亦漢人。

《漢志》道家有《伊尹說》五十一篇，今佚；在小說家之二十七篇亦不可考，《史記・司馬相如傳》注引《伊尹書》曰，「箕山之東，青鳥之所，有盧橘夏熟。」當是遺文之僅存者。《呂氏春秋・本味篇》[3]述伊尹以至味說湯，亦云「青鳥之所有甘櫨」，說極詳盡，然文豐贍而意淺薄，蓋亦本《伊尹書》。伊尹以割烹要湯，孟子嘗所詳辯，[4]則此殆戰國之士之所爲矣。

《漢志》道家有《鬻子》二十一篇，今僅存一卷，或以其語淺薄，疑非道家言。然唐宋人所引逸文，又有與今本《鬻子》頗不類者，則殆眞非道家言也。

武王率兵車以伐紂。紂虎旅百萬，陣於商郊，起自黃鳥，至於赤斧，走如疾風，聲如振霆。三軍之士，靡不失色。武王乃命太公把白旄以麾之，紂軍反走。（《文選・李善注》及《太平御覽》三百一）

青史子爲古之史官，然不知在何時。其書隋世已佚，劉知幾《史通》[5]云，「《青史》由綴於街談」者，蓋據《漢志》言之，非逮唐而復出也。遺文今存三事，皆言禮，亦不知當時何以入小說。

古者胎教，王后腹之七月而就宴室，太史持銅而御户左，太宰持斗而御户右，太卜持蓍龜而御堂下，諸官皆以其職御於門內。比及三月者，王后所求聲音非禮樂，則太史縕瑟而稱不習，所求滋味者非正味，則太宰倚斗而不敢煎調，而言曰，「不敢以待王太子。」太子生而泣，太史吹銅曰，「聲中某律。」太宰曰，「滋味上某。」太卜曰，「命云某。」然後爲王太子懸弧之禮義。……（《大戴禮記．保傅篇》及《賈誼新書．胎教十事》）

古者年八歲而出就外舍，學小藝焉，履小節焉；束髮而就大學，學大藝焉，履大節焉。居則習禮文，行則鳴珮玉，升車則聞和鸞之聲，是以非僻之心無自入也。……古之爲路車也，蓋圓以象天，二十八橑以象列星，軫方以象地，三十幅以象月。故仰則觀天文，俯則察地理，前視則睹和鸞之聲，側聽則觀四時之運：此巾車教之道也。（《大戴禮記．保傅篇》）

雞者，東方之畜也。歲終更始，辨秩東作，萬物觸户而出，故以雞祀祭也。（《風俗通義》八）

《漢志》兵陰陽家[6]有《師曠》八篇，是雜占之書；在小說家者不可考，惟據本志注，知其多本《春秋》而已。《逸周書．太子晉》篇記師曠見太子，聆聲而知其不壽，太子亦自知「後三年當賓於帝所」，其說頗似小說家。虞初事詳本志注，又嘗與丁夫人[7]等以方祠詛匈奴、大宛，見《郊祀志》，所著《周說》幾及千篇，而今皆不傳。晉唐人引《周書》者，有三事如《山海經》及《穆天子傳》，與《逸周書》不類，朱右曾[8]（《逸周書集訓校釋》十一）疑是《虞初說》。

泑山，神蓐收居之。是山也，西望日之所入，其氣圓，神經光之所司也。（《太平御覽》三）

天狗所止地盡傾，餘光燭天爲流星，長十數丈，其疾如風，其聲如雷，其光如電。（《山海經》注十六）

穆王田，有黑鳥若鳩，翩飛而跱於衡，御者斃之以策，馬佚，不克止之，蹶於乘，傷帝左股。（《文

選李善注》十四）

《百家》者，劉向《說苑》[9]敘錄云，「《說苑雜事》，……其事類眾多，……除去與《新序》復重者，其餘者淺薄不中義理，別集以爲《百家》。」《說苑》今存，所記皆古人行事之跡，足爲法戒者，執是以推《百家》，則殆爲故事之無當於治道者矣。

其餘諸家，皆不可考。今審其書名，依人則伊尹、鬻熊、師曠、黃帝，說事則封禪、養生，蓋多屬方士假託。惟青史子非是。又務成子名昭，[10]見《荀子》，《尸子》嘗記其「避逆從順」之教；宋子名鈃，見《莊子》，《孟子》作宋牼，《韓非子》作宋榮子，《荀子》引子宋子曰，「明見侮之不辱，使人不鬬」，[11]則「黃老意」，然俱非方士之說也。

注釋

【1】國風：《詩經》（風雅頌）的主要組成部分之一，大多是周初至春秋中期民歌。關於〈國風〉的意義，《漢書．藝文志》載：「古有採詩之官，王者所以觀風俗、知得失，自考正也。」

【2】《伊尹說》：《漢書．藝文志》道家類作《伊尹》。

【3】《呂氏春秋》：戰國末秦相呂不韋集門客共同編撰，《漢書．藝文志》著錄二十六卷，共一六〇篇。〈本味篇〉，見《呂氏春秋．孝行覽》，記伊尹歷舉各地山珍海味，謂僅天子之國始能享受，勸說湯改革政治，以取天下。

【4】割烹要湯：《孟子．萬章》：「萬章問曰：『人有言，伊尹以割烹要湯，有諸？』孟子曰：『否，不然！伊尹耕於有莘之野，而樂堯舜之道焉。……吾聞其以堯舜之道要湯，未聞以割烹也。』」

【5】劉知幾（六六一－七二一）：字子玄，唐徐州彭城（今江蘇徐州）人。曾任著作郎、左史等官，多次參加官修史書。在史館修史，深感宰相大臣監修，多所干預，不能秉筆直書，難以發揮史才，於是私撰《史通》，二十卷，分內外篇，內篇論史家體例，外篇論史籍源流得失，闡述自己的見解。此書係中國第一部史籍評著。又，「《青史》由綴於街談」，見劉勰《文心雕龍・諸子篇》，「由」原作「曲」。

【6】兵陰陽家：即兵書中的陰陽家。《漢書・藝文志》：「陰陽者，順時而發，推刑德，隨鬥擊，因五勝，假鬼神而為助者也。」唐顏師古注：「五勝，五行相勝也。」

【7】丁夫人：《漢書・郊祀志》：武帝太初元年（一〇四），西伐大宛，「丁夫人與雒陽、虞初等以方祀詛匈奴、大宛焉。」唐韋昭注：「丁，姓；夫人，名也。」

【8】朱右曾：字尊魯，清嘉定（今屬上海）人。曾官貴州遵義知府。撰有《逸周書集訓校釋》、《左氏傳解誼》等。

【9】《說苑》：一名《新苑》，筆記小說集，西漢劉向撰。最早著錄於《漢書・藝文志》，原有二十篇，七百八十四章，後僅存五卷，經宋曾鞏輯補校訂，編為二十卷，六百三十九章，清人增補為六百六十三章。分類纂述春秋戰國至秦漢間歷史故事和遺聞逸事，雜以議論。《說苑雜事》，即《說苑》。

《新序》，筆記小說集，劉向撰，《隋書・經籍志》著錄三十卷，又序錄一卷，內容體例與《說苑》相似。已佚，後經宋曾鞏校訂，編為十卷，一百六十六條。其所記歷史故事與《左傳》、《國語》、《戰國策》、《史記》有所不同，也可補諸史之不足。

【10】務成子：見《荀子・大略篇》：「不學不成。堯學於君疇，舜學於務成昭，禹學於西王國。」《尸子》卷下引務成子教舜曰：「避天下之逆，從天下之順，天下不足取也。」參見本書第一篇注【14】。《尸子》，戰國魯國屍佼撰，《漢書・藝文志》著錄二十篇，已散佚。今本《尸子》疑為魏晉時人依託補撰。

【11】「明見侮之不辱，使人不鬥」：語見《荀子・正論》。

解讀

此篇指出，《漢書·藝文志》認爲小說家「出於稗官」，也即來自民間。但因漢代有名目記載的小說已經全部亡佚，所以不能深入考察了，但根據留下的名目來看，很不像是採自民間的作品。接著例舉今日尚能見到的片斷佚文對這個觀點作了分析和論證。

稗官，原義爲古代採集閭巷風俗、民間傳聞以便統治者了解一些民情的小官。稗，原義爲細米，引申爲人民道聽塗說的街談巷說。於是，後即以稗官代稱小說或小說家。

其實，《漢書·藝文志》的小說名目不像是採自民間，說明到了遠古之後的先秦時期，哲學和歷史著作中就已有小說了，可見文人已經從事小說的記敘（指紀實小說）和創作了。魯迅沒有發現和指出這一點，是時代的侷限也是他本人的認識的侷限造成的。

我認爲《左傳》、《史記》等眾多歷史經典和名著中的有些傳記和篇章，由於事件記敘的完整生動，人物描寫得栩栩如生並突出了人物性格和寫出性格的發展，注意細節描寫，有時還可能在細節上具有虛構的成分，或採自有虛構成分的傳說，所以，這些傳記或篇章可以說是早期的歷史小說或紀實小說，更可以稱之爲歷史紀實小說。

第四篇　今所見漢人小說

現存之所謂漢人小說，蓋無一眞出於漢人，晉以來，文人方士，皆有僞作，至宋明尚不絕。文人好逞狡獪，或欲誇示異書，方士則意在自神其教，故往往託古籍以炫人；晉以後人之託漢，亦猶漢人之依託黃帝、伊尹矣。此群書中，有稱東方朔、[1]班固撰者各一，郭憲、[2]劉歆撰者各一，大抵言荒外之事則云東方朔、郭憲，關涉漢事則云劉歆、班固，而大旨不離乎言神仙。

稱東方朔撰者有《神異經》一卷，仿《山海經》，然略於山川道里而詳於異物，間有嘲諷之辭。《山海經》稍顯於漢而盛行於晉，則此書當爲晉以後人作；其文頗有重複者，蓋又嘗散佚，後人鈔唐宋類書所引逸文復作之也。有注，題張華作，亦僞。

> 南方有甘蔗之林，其高百丈，圍三尺八寸，促節，多汁，甜如蜜。咋囓其汁，令人潤澤，可以節蚘蟲。人腹中蚘蟲，其狀如蚓，此消穀蟲也，多則傷人，少則穀不消。是甘蔗能滅多益少，凡蔗亦然。（《南荒經》）
>
> 西南荒中出訛獸，其狀若菟，人面能言，常欺人，言東而西，言惡而善。其肉美，食之，言不眞矣。（原注，言食其肉，則其人言不誠。）一名誕。（《西南荒經》）
>
> 崑崙之山有銅柱焉，其高入天，所謂「天柱」也，圍三千里，周圓如削。下有回屋，方百丈，仙人九府治之。上有大鳥，名曰稀有，南向，張左翼覆東王公，右翼覆西王母；背上小處無羽，一萬九千里，西王母歲登翼上，會東王公也。（《中荒經》）

《十洲記》[3]一卷，亦題東方朔撰，記漢武帝聞祖洲、瀛洲、玄洲、炎洲、長洲、元洲、流洲、生洲、鳳麟洲、聚窟洲等十洲於西王母，乃延朔問其所有之物名，亦頗仿《山海經》。

玄洲在北海之中，戌亥之地，方七千二百里，去南岸三十六萬里。上有大玄都，仙伯眞公所治。多丘山。又有風山，聲響如雷電，對天西北門。上多太玄仙官宮室，宮室各異。饒金芝玉草。乃是三天君下治之處，甚肅肅也。

征和三年，武帝幸安定。西胡月支獻香四兩，大如雀卵，黑如桑椹。帝以香非中國所有，以付外庫。……到後元元年，長安城內病者數百，亡者大半。帝試取月支神香燒之於城內，其死未三月者皆活，芳氣經三月不歇，於是信知其神物也，乃更秘錄餘香，後一旦又失之。……明年，帝崩於五柞宮，已亡月支國人鳥山、震檀、卻死等香也。向使厚待使者，帝崩之時，何緣不得靈香之用耶？自合殞命矣！

東方朔雖以滑稽名，然誕謾不至此。《漢書・朔傳》贊云，「朔之詼諧逢占射覆，其事浮淺，行於眾庶，兒童牧豎，莫不眩耀，而後之好事者因取奇言怪語附著之朔。」則知漢世於朔，已多附會之談。二書雖僞作，而《隋志》已著錄，又以辭意新異，齊、梁文人亦往往引爲故實。《神異經》固亦神仙家言，然文思較深茂，蓋文人之爲。《十洲記》特淺薄，觀其記月支國反生香，及篇首云，「方朔云：臣，學仙者也，非得道之人，以國家之盛美，將招名儒墨於文教之內，抑絕俗之道於虛詭之跡，臣故韜隱逸而赴王庭，藏養生而侍朱闕。」則但爲方士竊慮失志，藉以震眩流俗，且自解嘲之作而已。

稱班固作者，一曰《漢武帝故事》，[4]今存一卷，記武帝生於猗蘭殿至崩葬茂陵雜事，且下及成帝時。其中雖多神仙怪異之言，而頗不信方士，文亦簡雅，當是文人所爲。《隋志》著錄二卷，不題撰人，宋晁公武《郡齋讀書志》[5]始云「世言班固作」，又云，「唐張柬之書《洞冥記》後云，《漢武故事》，王儉造也。」然後人遂逕屬之班氏。

帝以乙酉年七月七日生於猗蘭殿，年四歲，立爲膠東王。數歲，長公主抱置膝上，問曰，「兒欲得婦不？」膠東王曰，「欲得婦。」長主指左右長御百餘人，皆云不用。末指其女問曰，「阿嬌好不？」於是乃笑對曰，「好。若得阿嬌，當作金屋貯之也。」長主大悅，乃苦要上，遂成婚焉。

上嘗輦至郎署，見一老翁，鬚鬢皓白，衣服不整。上問曰，「公何時爲郎？何其老也？」對曰，「臣姓顏名駟，江都人也，以文帝時爲郎。」上問曰，「何其老而不遇也？」駟曰，「文帝好文而臣好武，景帝好老而臣尚少，陛下好少而臣已老：是以三世不遇。」上感其言，擢拜會稽都尉。

七月七日，上於承華殿齋，日正中，忽見有青鳥從西方來。上問東方朔，朔對曰，「西王母暮必降尊像上。」[6]……是夜漏七刻，空中無雲，隱如雷聲，竟天紫氣。有頃，王母至，乘紫車。玉女夾馭；戴七勝；青氣如雲；有二青鳥，夾侍母旁。下車，上迎拜。延母坐，請不死之藥。母曰，「……帝滯情不遣，慾心尚多。不死之藥，未可致也。」因出桃七枚，母自噉二枚，與帝五枚。帝留核著前。王母問曰，「用此何爲？」上曰，「此桃美，欲種之。」母笑曰，「此桃三千年一著子，非下土所植也。」留至五更，談語世事而不肯言鬼神，肅然便去。東方朔於朱鳥牖中窺母。母曰，「此兒好作罪過，疏妄無賴，久被斥逐，不得還天，然原心無惡，尋當得還。帝善遇之！」母既去，上惆悵良久。

其一曰《漢武帝內傳》，[7]亦一卷，亦記孝武初生至崩葬事，而於王母降特詳。其文雖繁麗而浮淺，且竊取釋家言，又多用《十洲記》及《漢武故事》中語，可知較二書爲後出矣。宋時尚不題撰人，至明乃並《漢武故事》皆稱班固作，蓋以固名重，因連類依託之。

到夜二更之後，忽見西南如白雲起，鬱然直來，徑趨宮庭，須臾轉近。聞雲中簫鼓之聲，人馬之響。半食頃，王母至也。縣投殿前，有似鳥集，或駕龍虎，或乘白麟，或乘白鶴，或乘軒車，或乘天馬，群仙數千，光曜庭宇。既至，從官不復知所在，唯見王母乘紫雲之輦，駕九色斑龍。別有五十天仙，……咸住殿下。王母唯扶二侍女上殿。侍女年可十六七，服青綾之袿，容眸流盼，神姿清發，眞美人也！王母上殿，東向坐，著黃金褡襴，文采鮮明，光儀淑穆，帶靈飛大綬，腰佩分景之劍，頭上太華髻，戴太眞晨嬰之冠，履玄璚鳳文之舄，視之可年三十許，修短得中，天姿掩藹，容顏絕世，眞靈人也！

帝跪謝。……上元夫人使帝還坐。王母謂夫人曰，「卿之爲戒，言甚急切，更使未解之人，畏於意志。」夫人曰，「若其志道，將以身投餓虎，忘軀破滅，蹈火履水，固於一志，必無憂也。……急言之發，欲成其志耳，阿母既有念，必當賜以尸解之方耳。」王母曰，「此子勤心已久，而不遇良師，遂欲毀其正志，當疑天下必無仙人，是故我發閬宮，暫捨塵濁，既欲堅其仙志，又欲令向化不惑也。今日相見，令人念之。至於屍解之方，吾甚不惜。後三年，吾必欲賜以成丹半劑，石象散一。具與之，則徹不得復停。當今匈奴未彌，邊陲有事，何必令其倉卒捨天下之尊，而使入林岫？但當問篤志何如。如其迴改，吾方數來。」王母因拊帝背曰，「汝用上元夫人至言，必得長生，可不勖勉耶？」帝跪曰，「徹書之金簡，以身佩之焉。」

又有《漢武洞冥記》四卷，題後漢郭憲撰。全書六十則，皆言神仙道術及遠方怪異之事；其所以名《洞冥記》者，序云，「漢武帝明俊特異之主，東方朔因滑稽以匡諫，洞心於道教，使冥跡之奧，昭然顯著。今籍舊史之所不載者，聊以聞見，撰《洞冥記》四卷，成一家之書。」則所憑藉亦在東方朔。郭憲字子橫，汝南人，光武時徵拜博士，剛直敢言，有「關東觥觥郭子橫」[8]之目，徒以潠酒救火一事，遂爲方士攀引，范曄作《後漢書》，[9]遂亦不察而置之《方術列傳》中。然《洞冥記》稱憲作，實始於劉昫《唐書》，《隋志》但云郭氏，無名。六朝人虛造神仙家言，每好稱郭氏，殆以影射郭璞，故有《郭氏玄中記》，有《郭氏洞冥記》。《玄中記》[10]今不傳，觀其遺文，亦與《神異經》相類；《洞冥記》今全，文如下：

黃安。代郡人也，爲代郡卒，……常服朱砂，舉體皆赤，冬不著裘，坐一神龜，廣二尺。人問，「子坐此龜幾年矣？」對曰，「昔伏羲始造網罟，獲此龜以授吾；吾坐龜背已平矣。此蟲畏日月之光，二千歲即一出頭，吾坐此龜，已見五出頭矣。」……（卷二）

天漢二年，帝升蒼龍閣，思仙術，召諸方士言遠國遐方之事。唯東方朔下席操筆跪而進。帝曰，「大夫爲朕言乎？」朔曰，「臣遊北極，至種火之山，日月所不照，有青龍銜燭火以照山之四極。亦有園圃池苑，皆植異木異草；有明莖草，夜如金燈，折枝爲炬，照見鬼物之形。仙人甯封常服此草，於夜暝時，轉見腹光通外。亦名洞冥草。」帝令剉此草爲泥，以途雲明之館，夜坐此館，不加燈燭；亦名照魅草；以藉足，履水不沉。（卷三）

至於雜載人間瑣事者，有《西京雜記》，[11]本二卷，今六卷者宋人所分也。末有葛洪跋，言，「其家有劉歆《漢書》一百卷，考校班固所作。殆是全取劉氏，小有異同，固所不取，不過二萬許言。今鈔出爲二卷，以補《漢書》之闕。」然《隋志》不著撰人，《唐志》則云葛洪撰，可知當時皆不信爲眞出於歆。段成式（《酉陽雜俎．語資篇》）[12]云，「庾信作詩，用《西京雜記》事，旋自追改曰，『此吳均語，恐不足用。』」後人因以爲均作。然所謂吳均語者，恐指文句而言，非謂《西京雜記》也，梁武帝敕殷芸撰《小說》，[13]皆鈔撮故書，已引《西京雜記》甚多，則梁初已流行世間，固以葛洪所造爲近是。或又以文中稱劉向爲家君，因疑非葛洪作，然既託名於歆，則摹擬歆語，固亦理勢所必至矣。書之所記，正如黃省曾序言，「大約有四：則猥瑣可略，閑漫無歸，與夫杳昧而難憑，觸忌而須諱者。」[14]然此乃判以史裁，若論文學，則此在古小說中，固亦意緒秀異，文筆可觀者也。

司馬相如初與卓文君還成都，居貧憂懣，以所著鷫鸘裘就市人陽昌貰酒，與文君爲歡。既而文君抱頸而泣曰，「我生平富足。今乃以衣裘貰酒！」遂相與謀，於成都賣酒。相如親著犢鼻褌滌器，以恥王孫。王孫果以爲病，乃厚給文君，文君遂爲富人。文君姣好，眉色如望遠山，臉際常若芙蓉，肌膚柔滑如脂，爲人放誕風流，故悅長卿之才而越禮焉。……（卷二）

郭威，字文偉，茂陵人也，好讀書，以謂《爾雅》周公所制，而《爾雅》有「張仲孝友」，張仲，宣王時人，非周公之制明矣。余嘗以問楊子雲，子雲曰，「孔子門徒遊夏之儔所記，以解釋六藝者也。」家君以爲《外戚傳》稱「史佚教其子以《爾雅》」，《爾雅》，小學也。又記言「孔子教魯哀公學《爾雅》」，《爾雅》之出遠矣。舊傳學者皆云周公所記也，「張仲孝友」之類，後人所足耳。（卷三）

司馬遷發憤作《史記》百三十篇，先達稱爲良史之才。其以伯夷居列傳之首，以爲善而無報也；爲項羽本紀，以踞高位者非關有德也。及其序屈原、賈誼，辭旨抑揚，悲而不傷，亦近代之偉才。（卷四）

（廣川王去疾聚無賴發）欒書塚，棺柩明器，朽爛無餘。有一白狐，見人驚走，左右擊之，不能得，傷其左腳。其夕，王夢一丈夫鬚眉盡白，來謂王曰，「何故傷吾左腳？」乃以杖叩王左腳。王覺，腳腫痛生瘡，至死不差。（卷六）

葛洪字稚川，丹陽句容人，少以儒學知名，究覽典籍，尤好神仙導養之法，太安中，官伏波將軍。以平賊功封關內侯。干寶深相親善，薦洪才堪國史，而洪聞交阯出丹，自求爲勾漏令，行至廣州，爲刺史所留，遂止羅浮，年八十一，兀然若睡而卒（約二九〇—三七〇），有傳在《晉書》。洪著作甚多，可六百卷，其《抱朴子》（內篇二）言太丘長潁川陳仲弓有《異聞記》，且引其文，[15]略云郡人張廣定以避亂置其四歲女於古塚中，三年復歸，而女以效龜息得不死。然陳實此記，史志既所不載，其事又甚類方士常談，疑亦假托。葛洪雖去漢未遠，而溺於神仙，故其言亦不足據。

又有《飛燕外傳》[16]一卷，記趙飛燕姊妹故事，題漢何東都尉伶玄子于撰，司馬光嘗取其「禍水滅火」語入

《通鑑》，[17]殆以爲眞漢人作，然恐是唐宋人所爲。又有《雜事秘辛》[18]一卷，記後漢選閱梁冀妹及冊立事，楊愼[19]序云，「得於安甯土知州萬氏」，沈德符（《野獲編》二十三）[20]以爲即愼一時遊戲之作也。

注釋

【1】東方朔（西元前一五四－前九三）：字曼卿，西漢平原厭次（今山東惠民）人。武帝初上書自薦，任太中大夫等職。滑稽多智。著名辭賦家。參看《漢文學史綱要》第九篇。班固，參看本書第一篇注【6】。

【2】郭憲：字子橫，東漢汝南新郪（今安徽太和）人。在王莽新朝時不仕，隱於海濱。東漢光武帝時拜為博士，官至光祿勳。為人剛直，時有「關東觥觥郭子橫」一語。《隋書．經籍志》著錄《漢武洞冥記》一卷，題郭氏撰；至《舊唐書．經籍志》著錄《漢（武帝）別國洞冥記》，四卷，逕題郭憲撰。今本四卷六十條。劉歆，參看本書第一篇注【5】。

【3】《十洲記》：又名《海內十洲記》、《十洲三島記》等，《隋書．經籍志》著錄一卷，志怪小說集，題東方朔撰。一般認為是三國曹魏時人作。

【4】《漢武帝故事》：又名《漢武故事》，《隋書．經籍志》著錄二卷，不題撰人。一般認為是三國曹魏時人作，已散佚，明吳琯《古今逸史》存一卷，為後人所輯。有《古今說海》、《粵雅堂叢書》和《說郛》本，魯迅《古小說鉤沉》有輯本。

【5】晁公武：字子止，號昭德先生，南宋鉅野（今山東巨野）人。著名藏書家、目錄學家。所撰《郡齋讀書志》，是中國最早一部附有提要的私家書目，不少失傳古籍可由此書知其梗概。關於《漢武帝故事》撰人的引文，見該書卷二史部傳記類：「世言班固撰。唐張柬之書《洞冥記》後云：『《漢武故事》，王儉造』。」

【6】「西王母暮必降尊像上」：魯迅《古小說鉤沉．漢武故事》據《紺珠集》卷九校補，作：「西王母暮必降尊像，上宜灑掃以待之。」

【7】《漢武帝內傳》：又名《漢武內傳》、《漢武帝傳》，志怪小說，舊題班固著，一作晉葛洪著。《隋書．經籍志》著錄三卷，不題撰人。新、舊《唐書》著錄二卷，《宋史．藝文志》也著錄二卷，注稱「不知作者」。明何允中《廣漢魏叢書》著錄一卷，題漢班固撰。

【8】「關東觥觥郭子橫」：《後漢書．方術列傳》載：「時匈奴數犯塞，帝患之，乃召百僚廷議。憲以為天下疲敝，不宜動眾，諫爭不合，乃伏地稱眩瞀不復言。帝令兩郎扶下殿，憲亦不拜。帝曰：『常聞關東觥觥郭子橫，竟不虛也！』」又載：郭憲曾從駕南郊。「憲在位，忽回向東北，含酒三潠。執法奏為不敬。詔問其故。憲對曰：『齊國失火，故以此厭之。』後齊果上火災，與郊同日。」

【9】范曄（三九八－四四五）：字蔚宗，南朝宋南陽順陽（今河南淅川西南）人，官至左衛將軍、太子詹事，元嘉二十二年，因牽涉謀立彭城王案，被殺。其所著史學巨著《後漢書》，〈成帝紀〉列傳部分九十卷，志的部分未成而死，後人將西晉司馬彪《續漢書》的八篇志分為三十卷併入。《宋書》卷六九、《南史》卷三三有傳。

【10】《玄中記》：此書舊題《郭氏玄中記》，清人避康熙玄燁諱改名《元中記》，志怪小說集。《隋書．經籍志》及兩《唐志》均未著錄，撰人不詳。宋羅泌《路史》以為晉郭璞撰。魯迅《古小說鉤沉》有輯本。

【11】《西京雜記》：志人小說集。《舊唐書．經籍志》、《新唐書．藝文志》著錄二卷，均題葛洪撰。葛洪跋中所說劉歆的《漢書》一百卷，史書經籍志、藝文志均未著錄。《西京雜記》所記皆西漢人物遺聞軼事，間亦雜有怪誕傳說。

【12】段成式（八〇三－八六三）：字柯古，唐臨淄（今山東淄博）人。文學家。曾任吉州刺使，後遷太常少卿。所撰《酉陽雜俎》，參看本書第十篇。《舊唐書》卷一六七、《新唐書》卷八九有傳。

【13】殷芸（四七一－五二九）：字灌蔬，南朝梁陳郡長平（今河南西華）人，文學家。在齊梁皆曾任官職，後任昭明太子侍讀。梁武帝命其撰《小說》，《隋書．經籍志》著錄十卷，世稱《殷芸小說》。魯迅《古小說鉤沉》有輯本。《梁書》卷四一、《南史》卷六〇有傳。

【14】黃省曾（一四九〇－一五四〇）：字勉之，號五嶽。明吳縣（今併入江蘇蘇州）人。詩文家、學者。著有《五嶽山人集》。《明史》卷二八七、《明儒學案》卷二五有傳。引文見其所撰《西京雜記序》。

【15】《抱朴子》：道家著作。東晉葛洪著。葛洪自號抱朴子，以其號為書名。《隋書．經籍志》著錄內篇二十一卷，音一卷，外篇三十卷。內篇《對俗》曾引陳仲弓《異聞記》「張廣定」一則。陳仲弓（一〇四－一八七），名寔，東漢潁川許（今河南許昌）人。曾任太丘長。所撰《異聞記》，已散佚。魯迅《古小說鉤沉》，有輯本。

【16】《飛燕外傳》：原名《趙后別傳》，後又名《趙飛燕外傳》。古小說。《隋書·經籍志》及兩《唐志》均未著錄。《宋史·藝文志》著錄《趙飛燕外傳》一卷，題伶玄撰。內容記漢成帝皇后趙飛燕姊妹宮廷生活。伶玄，字子於。西漢末潞水（今河北三河）人。曾官河東都尉。

【17】司馬光（一〇一九—一〇八六）：字君實，北宋陝州夏縣（今屬山西）涑水鄉人。寶元進士，官至尚書左僕射、兼門下侍郎。著有千古史學名著《資治通鑑》和《稽古錄》、《涑水紀聞》、《司馬文正公文集》等。「禍水滅火」，《通鑑》卷三十一載：飛燕姊妹被召入宮，「有宣帝時披香博士淖方成在帝后，唾曰『此禍水也，滅火必矣！』」

【18】《雜事秘辛》：明何允中《廣漢魏叢書》著錄一卷，題漢無名氏撰。梁冀（？—一五九），字伯卓，東漢安定烏氏（今寧夏固原東南）人。因兩妹為順帝、桓帝皇后，以外戚官大將軍。因弄權斂財，飛揚跋扈，其兩妹死後，桓帝與中常侍單超等共謀誅滅梁氏，他與妻被迫自殺，家產沒收變賣合三十餘萬，相當東漢當時半年的租稅之收入。

【19】楊慎（一四八八—一五五九）：字用修，號升庵，明新都（今屬四川）人，詩文家、著作家。官翰林學士。著作多至百餘種，明萬曆間張士佩將其主要者編為《升庵全集》八十一卷。主要事蹟見《國朝獻證錄》卷二一。

【20】沈德符（一五七八—一六四二）：字虎臣，又字景倩，明秀水（今浙江嘉興）人。詩文家，學者。生平事蹟見明末清初錢謙益《列朝詩集小傳》丁集、清朱彝尊《靜志居詩話》卷一七。所撰《萬曆野獲編》（簡稱《野獲編》），二十卷，續編十二卷。多記明開國至萬曆年間朝章國故及街談瑣語，並保存一些戲曲小說資料。《野獲編》卷二十三記載楊慎偽作《雜事秘辛》一事說：「近日刻《雜事秘辛》記後漢選閱梁冀妹事，因中有約束如禁中一語，遂以為始於東漢。不知此書本楊用修偽撰，託名王忠文得之土酋家者，楊不過一時遊戲，後人信書太真，遂為所惑耳。」

解讀

本篇指出現存漢人小說皆僞託，並分析僞託的原因：文人好逞狡獪，以示聰敏，逞強誇能；或者誇示自己有「異書」，作爲驕人的資本。而方士爲了將自己的宗教神化，所以往往假託古籍，作爲自己言行的根據並以此炫耀於人。

本篇介紹僞託的作品有：東方朔《神異經》、《十洲記》，班固《漢武故事》、《漢武內傳》，郭憲《漢武洞冥記》，劉歆《西京雜記》，伶玄《飛燕外傳》，及漢人《雜事秘辛》。

在例舉一些片斷之後，魯迅也公正指出：從歷史的角度看，這些作品是僞作，不足爲訓；但從文學的角度看，這些生動優美的篇章，在古小說中，倒也「意緒秀異，文筆可觀」，值得欣賞，很有價值。

本篇重點介紹的《西京雜記》是一部「採輯既富」，「可補《漢書》之闕」，有很高史料價值的雜史著作。西漢的許多遺聞軼事，諸如宮女王嬙不肯賄賂畫工導致遠嫁匈奴的昭君出塞，卓文君私奔司馬相如等許多妙趣橫生、留傳千古的故事皆首出此書，且爲後人引爲典故。魯迅定此書作者爲劉歆，是根據書末葛洪跋，言「其家有劉歆《漢書》一百卷，考校班固所作，殆是全取劉氏，小有異同，固所不取，不過二萬許言」。但當今仍有不少研究家認爲此書是葛洪所撰。

本篇未曾注意漢人的小說在劉安《淮南子》，尤其是劉向著《說苑》和《新序》這兩部筆記小說集中有不少精彩的作品。《淮南子》中的女媧補天、嫦娥奔月、夏禹治水等都有很高的史料和文學價值。劉向的《說苑》有很多精彩的歷史故事，《新序》的〈孫叔敖〉、〈醜女無鹽〉等，曲折生動，耐人尋味，令人深思，已開魏晉小說之先河。劉安（西元前一七九—前一二二）是漢高祖劉邦的孫子，襲封爲淮南王，西漢思想家，文學家，著述豐富，有賦作，寫過最早研究〈離騷〉的著作。作爲淮南王所主編的《淮南子》是雜家名著。劉向（約西元前七七—前六），本名更生，字子政，漢皇族楚元王（劉交）的四世孫。西漢經學家、目錄學家、文學家。其子劉歆（？—二三），也爲經學家、目錄學家，又是天文學家、文學家，也即魯迅認定的《西京雜記》的作者。漢高祖劉邦這位創作了〈大風歌〉的著名詩人和他的子孫及侄孫等人眞都是了不起的文學家。

第五篇　六朝之鬼神志怪書（上）

中國本信巫，秦漢以來，神仙之說盛行，漢末又大暢巫風，而鬼道愈熾；會小乘佛教亦入中土，漸見流傳。凡此，皆張惶鬼神，稱道靈異，故自晉訖隋，特多鬼神志怪之書。其書有出於文人者，有出於教徒者。文人之作，雖非如釋道二家，意在自神其教，然亦非有意爲小說，蓋當時以爲幽明雖殊途，而人鬼乃皆實有，故其敘述異事，與記載人間常事，自視固無誠妄之別矣。

《隋志》有《列異傳》三卷，魏文帝[1]撰，今佚。惟古來文籍中頗多引用。故猶得見其遺文，則正如《隋志》所言，「以序鬼物奇怪之事」者也。文中有甘露年間事，在文帝後，或後人有增益，或撰人是假託，皆不可知。兩《唐志》皆云張華撰，亦別無佐證，殆後有悟其牴牾者，因改易之。惟宋裴松之《三國志注》，[2]後魏酈道元《水經注》[3]皆已徵引，則爲魏晉人作無疑也。

南陽宗定伯年少時，夜行逢鬼，問曰，「誰？」鬼曰，「鬼也。」鬼曰，「卿復誰？」定伯欺之，言我亦鬼也。鬼問欲至何所，答曰欲至宛市，鬼言我亦欲至宛市。共行數里，鬼言步行大亟，可共迭相擔也。定伯曰大善。鬼便先擔定伯數里，鬼言卿大重，將非鬼也？定伯言，我新死，故重耳。定伯因復擔鬼，鬼略無重。如是再三。定伯復言，我新死，不知鬼悉何所畏忌？鬼曰，唯不喜人唾。……行欲至宛市，定伯便擔鬼至頭上，急持之。鬼大呼，聲咋咋索下。不復聽之，徑至宛市中，著地化爲一羊。便賣之。恐其變化，乃唾之，得錢千五百。（《太平御覽》八百八十四，《法苑珠林》六）

神仙麻姑降東陽蔡經家，手爪長四寸。經意曰，「此女子實好佳手，願得以搔背。」麻姑大怒。忽見經頓地，兩目流血。（《太平御覽》三百七十）

武昌新縣北山上有望夫石，狀若人立者。相傳云，昔有貞婦，其夫從役，遠赴國難，婦攜幼子，餞送此山，立望而形化爲石。（《太平御覽》八百八十八）

晉以後人之造僞書，於記注殊方異物者每云張華，亦如言仙人神境者之好稱東方朔。張華字茂先，范陽方城人，魏初舉太常博士，入晉官至司空，領著作，封壯武郡公，永康元年四月趙王倫之變，[4]華被害，夷三族，時年六十九（二三二—三〇〇），傳在《晉書》。華既通圖緯，又多覽方伎書，能識災祥異物，故有博物洽聞之稱，然亦遂多附會之說。梁蕭綺所錄王嘉《拾遺記》[5]（九）言華嘗「捃採天下遺逸，自書契之始，考驗神怪，及世間閭里所說，造《博物志》四百卷，奏於武帝」，帝令芟截浮疑，分爲十卷。其書今存，乃類記異境奇物及古代瑣聞雜事，皆刺取故書，殊乏新異，不能副其名，或由後人綴輯復成，非其原本歟？今所存漢至隋小說，大抵此類。

《周書》曰，「西域獻火浣布，昆吾氏獻切玉刀，火浣布汙則燒之則潔，刀切玉如蠟。」布漢世有獻者，刀則未聞。（卷二《異產》）

取鼈剉令如棊子大，擣赤莧汁和合，厚以茅苞，五六月中作，投池中，經旬臠臠盡成鼈也。（卷四《戲術》）

燕太子丹質於秦，……欲歸，請於秦王。王不聽。謬言曰，「令烏頭白，馬生角，乃可。」丹仰而歎，烏即頭白，俯而嗟，馬生角。秦王不得已而遣之，爲機發之橋，欲陷丹，丹驅馳過之而橋不發。遁到關，關門不開，丹爲雞鳴，於是衆雞悉鳴，遂歸。（卷八《史補》）

老子云，「萬民皆付西王母；唯王、聖人、眞人、仙人、道人之命，上屬九天君耳。」（卷九《雜說》上）

新蔡干寶字令升，晉中興後置史官，寶始以著作郎領國史，因家貧求補山陰令，遷始安太守，王導[6]請爲司徒右長史，遷散騎常侍（四世紀中）。寶著《晉紀》[7]二十卷，時稱良史；而性好陰陽術數，嘗感於其父婢死而再生，及其兄氣絕復蘇，自言見天神事，乃撰《搜神記》[8]二十卷。以「發明神道之不誣」（自序中語），見

《晉書》本傳。《搜神記》今存者正二十卷，然亦非原書，其書於神祇靈異人物變化之外，頗言神仙五行，又偶有釋氏說。

漢下邳周式，嘗至東海，道逢一吏，持一卷書，求寄載，行十餘里，謂式曰，「吾暫有所過，留書寄君船中，愼勿發之！」去後，式盜發視，書皆諸死人錄，下條有式名。須臾吏還，式猶視書。吏怒曰，「故以相告，而忽視之！」式叩頭流血，良久，吏曰，「感卿遠相載，此書不可除卿名，今日已去，還家三年勿出門，可得度也。勿道見吾書！」式還，不出已二年餘，家皆怪之。鄰人卒亡，父怒使往弔之，式不得已，適出門，便見此吏。吏曰，「吾令汝三年勿出，而今出門，知復奈何？吾求不見連累爲鞭杖，今已見汝，可復奈何？後三日日中，當相取也。」……至三日日中，果見來取，便死。（卷五）

阮瞻字千里，素執無鬼論，物莫能難，每自謂此理足以辨正幽明。忽有客通名詣瞻，寒溫畢，聊談名理，客甚有才辨，瞻與之言良久，及鬼神之事，反復甚苦，客遂屈，乃作色曰，「鬼神古今聖賢所共傳，君何得獨言無？即僕便是鬼！」於是變爲異形，須臾消滅。瞻默然，意色大惡，歲餘而卒。（卷十六）

焦湖廟有一玉枕，枕有小坼。時單父縣人楊林爲賈客，至廟祈求，廟巫謂曰，「君欲好婚否？」林曰，「幸甚。」巫即遣林近枕邊，因入坼中，遂見朱樓瓊室。有趙太尉在其中，即嫁女與林，生六子，皆爲祕書郎。歷數十年，並無思歸之志，忽如夢覺，猶在枕傍，林愴然久之。（今本無此條，見《太平寰宇記》一百二十六引）

續干寶書者，有《搜神後記》十卷。題陶潛撰。[9]其書今具存，亦記靈異變化之事如前記，陶潛曠達，未必拳拳於鬼神，蓋僞託也。

干寶字令升，其先新蔡人。父瑩，有嬖妾。母至妒，寶父葬時，因生推婢著藏中，寶兄弟年小，不之審也。經十年而母喪，開墓，見其妾伏棺上，衣服如生，就視猶暖，輿還家，終日而蘇，云寶父常致飲食，與之寢接，恩情如生。家中吉凶輒語之，校之悉驗，平復數年後方卒。寶兄常病，氣絕積日不冷，後遂寤，云見天地間鬼神事，如夢覺，不自知死。（卷四）

晉中興後，譙郡周子文家在晉陵，少時喜射獵。常入山，忽由岫間有一人長五六丈，手捉弓箭，箭鏑頭廣二尺許，白如霜雪，忽出聲喚曰，「阿鼠！」（原注，子文小字）子文不覺應曰「喏」。此人便牽弓滿鏑向子文，子文便失魂厭伏。（卷七）

晉時，又有荀氏作《靈鬼志》，[10]陸氏作《異林》，[11]西戎主簿戴祚[12]作《甄異傳》，祖沖之作《述異記》，[13]祖台之作《志怪》，[14]此外作志怪者尚多，有孔氏殖氏曹毗[15]等，今俱佚，間存遺文。至於現行之《述異記》二卷，稱梁任昉[16]撰者，則唐宋間人僞作，而襲祖沖之之書名者也，故唐人書中皆未嘗引。

劉敬叔字敬叔，彭城人，少穎敏有異才，晉末拜南平國郎中令，入宋爲給事黃門郎，數年，以病免，泰始中卒於家（約三九〇—四七〇），所著有《異苑》[17]十餘卷，行世（詳見明胡震亨所作小傳，在汲古閣本《異苑》卷首）。《異苑》今存者十卷，然亦非原書。

魏時，殿前大鐘無故大鳴，人皆異之，以問張華，華曰，「此蜀郡銅山崩，故鐘鳴應之耳。」尋蜀郡上其事，果如華言。（卷二）

義熙中，東海徐氏婢蘭忽患羸黃，而拂拭異常，共伺察之，見掃帚從壁角來趨婢床，乃取而焚之，婢即平復。（卷八）

晉太元十九年，鄱陽桓闡殺犬祭鄉里綏山，煮肉不熟。神怒，即下教於巫曰，「桓闡以肉生貽我，當

謫令自食也。」其年忽變作虎，作虎之始，見人以斑皮衣之，即能跳躍噬逐。（卷八）

東莞劉邕性嗜食瘡痂，以爲味似鰒魚。嘗詣孟靈休。靈休先患灸瘡，痂落在床，邕取食之，靈休大驚，痂未落者悉褫取飴邕。南康國吏二百許人，不問有罪無罪，遞與鞭，瘡痂落，常以給膳。（卷十）

臨川王劉義慶[18]（四〇三－四四四）爲性簡素，愛好文義，撰述甚多（詳見《宋書．宗室傳》），有《幽明錄》三十卷，見《隋志》史部雜傳類，《新唐志》入小說。其書今雖不存，而他書徵引甚多，大抵如《搜神》、《列異》之類；然似皆集錄前人撰作，非自造也。唐時嘗盛行。劉知幾（《史通》）云《晉書》多取之。

宋散騎侍郎東陽無疑有《齊諧記》[19]七卷，亦見《隋志》，今佚。梁吳均作《續齊諧記》[20]一卷，今尚存，然亦非原本。吳均字叔庠，吳興故鄣人，天監初爲吳興主簿，旋兼建安王偉記室，終除奉朝請，以撰《齊春秋》不實免職，已而復召，使撰通史，未就，[21]普通元年卒，年五十二（四六九－五二〇），事詳《梁書．文學傳》。均夙有詩名，文體清拔，好事者或模擬之，稱「吳均體」，[22]故其爲小說，亦卓然可觀，唐宋文人多引爲典據，陽羨鵝籠之記，尤其奇詭者也。

陽羨許彥於綏安山行，遇一書生，年十七八，臥路側，云腳痛，求寄鵝籠中。彥以爲戲言，書生便入籠，籠亦不更廣，書生亦不更小。宛然與雙鵝並坐，鵝亦不驚。彥負籠而去，都不覺重。前行息樹下，書生乃出籠謂彥曰，「欲爲君薄設。」彥曰，「善。」乃口中吐出一銅奩子，奩子中具諸餚饌。……酒數行，謂彥曰，「向將一婦人自隨。今欲暫邀之。」彥曰，「善。」又於口中吐一女子，年可十五六，衣服綺麗，容貌殊絕，共坐宴。俄而書生醉臥，此女謂彥曰，「雖與書生結妻，而實懷怨，向亦竊得一男子同行，書生既眠，暫喚之，君幸勿言。」彥曰，「善。」女子於口中吐出一男子。年可二十三四，亦穎悟可愛，乃與彥敘寒溫。書生臥欲覺，女子口吐一錦行障遮書生，書生乃留女子共臥。男子謂彥曰，「此女雖有情，心亦不盡，向復竊得一女人同行，今欲暫見之，願君勿洩。」彥曰，「善。」男子又於口中吐一婦人，年可二十許，共酌，戲談甚久，聞書生動聲，男子曰，「二人眠已覺。」因取所吐女人，還納口中。須臾，書生處女乃出謂彥曰，「書生欲起。」乃吞向男子，獨對彥坐。然後書生起謂彥曰，「暫眠遂久，君獨坐，當悒悒耶？日又晚，當與君別。」遂吞其女子，諸器皿悉納口中，留大銅盤可二尺廣，與彥別曰，「無以藉君，與君相憶也。」彥大元中爲蘭臺令史，以盤餉侍中張散；散看其銘題，云是永平三年作。

然此類思想，蓋非中國所故有，段成式已謂出於天竺，《酉陽雜俎續集．貶誤篇》云，「釋氏《譬喻經》云，昔梵志作術，吐出一壺，中有女子與屏，處作家室。梵志少息，女復作術，吐出一壺，中有男子，復與共臥。梵志覺，次第互吞之，柱杖而去。余以吳均嘗覽此事，訝其說以爲至怪也。」所云釋氏經者，即《舊雜譬喻經》，吳時康僧會譯，[23]今尚存；而此一事，則復有他經爲本，如《觀佛三昧海經》（卷一）說觀佛苦行時白毫毛相云，[24]「天見毛內有百億光，其光微妙，不可具宣。於其光中，現化菩薩，皆修苦行，如此不異。菩薩不小，毛亦不大。」當又爲梵志吐壺相之淵源矣。魏晉以來，漸譯釋典，天竺故事亦流傳世間，文人喜其穎異，於有意或無意中用之，遂蛻化爲國有。如晉人荀氏作《靈鬼志》，亦記道人入籠子中事，尚云來自外國，至吳均記，乃爲中國之書生。

> 太元十二年，有道人外國來，能吞刀吐火，吐珠玉金銀，自說其所受師，即白衣，非沙門也。嘗行，見一人擔擔，上有小籠子，可受升餘，語擔人云，「吾步行疲極，欲寄君擔。」擔人甚怪之。慮是狂人，便語之云，「自可耳。」……即入籠中，籠不更大，其人亦不更小，擔之亦不覺重於先。既行數十里，樹下住食。擔人呼共食，云「我自有食」，不肯出。……食未半，語擔人「我欲與婦共食」，即復口吐出女子，年二十許，衣裳容貌甚美，二人便共食。食欲竟，其夫便臥；婦語擔人，「我有外夫，欲來共食，

夫覺，君勿道之。」婦便口中出一年少丈夫，共食。籠中便有三人，寬急之事，亦復不異。有頃，其夫動，如欲覺，婦便以外夫內口中。夫起。語擔人曰，「可去！」即以婦內口中，次及食器物。……（《法苑珠林》六十一，《太平御覽》三百五十九）

注釋

【1】魏文帝，即曹丕（一八七—二二六）：字子桓。沛國譙縣（今安徽亳州）人。三國魏的建立者，文學家。曹操次子。操死，丕襲位為魏王。西元二二〇年代漢稱帝，以洛陽為京城，國號魏。撰有詩文集，已佚，有輯本《魏文帝集》。生平事蹟見《三國志》卷二。

【2】裴松之（三七二—四五一）：字世期，南朝宋河東聞喜（今屬山西）人。史學家、文學家。晉時任殿中將軍、州主簿，入宋歷任太子洗馬、永嘉太守、國子博士。奉宋文帝命注晉陳壽《三國志》，廣採異聞，博採群書一百四十餘種，保存了大量文史資料，開創作注新例。原有集，已佚，今僅存文七篇。《宋書》卷四三、《南史》卷一五有傳。

【3】酈道元（約四七〇—五二七）：字善長，北魏范陽涿縣（今河北涿州）人，官御史中尉、關右大使。為政威猛，執法嚴峻，後慘遭雍州刺史蕭寶夤（ㄧㄣˊ）殺害。所撰《水經注》四十卷，係中國古代具有高度文學價值的地理名著。

【4】趙王倫之變：趙王倫，即司馬倫（？—三〇一），字子彝。晉司馬懿第九子，晉武帝時封趙王。據《晉書．孝惠帝紀》載，永康元年（三〇〇）四月，趙王倫等「矯詔廢賈後為庶人」，起兵殺賈后，「司空張華、尚書僕射裴皆遇害」。後又廢惠帝自立，於是齊王、成都王、河間王等連兵討伐，惠帝復位，賜死。

【5】蕭綺：南朝梁南蘭陵（今江蘇常州）人。關於他節錄王嘉《拾遺記》事，參看本書第六篇。

【6】王導（二七六—三三九）：字茂弘，東晉琅琊臨沂（今屬山東）人。出身士族。西晉末，為琅琊王司馬睿（ㄖㄨㄟˋ）獻策移鎮建康。西晉滅亡後，司馬睿建立東晉，為晉元帝，他歷仕元、明、成三帝，官至丞相，穩定江南局勢。

【7】《晉紀》：共有六種，其中東晉干寶所撰《晉紀》，《隋書．經籍志》著錄二十三卷，記晉宣帝司馬懿在曹魏當權至愍帝前後五十三年間史事，編年體。《晉書．干寶傳》載：「其書簡略，直而能婉，咸稱良史。」

[8]《搜神記》：又名《搜神錄》、《搜神異記》、《搜神傳記》，志怪小說集，東晉干寶撰。原有三十卷，宋以後漸不傳，今本二十卷，係後人從類書中輯錄而成。

[9]《搜神後記》：又稱《搜神錄》、《續搜神記》、《搜神續記》，志怪小說集。《隋書・經籍志》著錄十卷，題陶潛撰。或以為別人偽託。

陶潛（三六五或三七二或三七六－四二七），又名淵明，字元亮，東晉潯陽柴桑（今江西九江）人。文學家。

[10]荀氏：生平不詳，僅其佚文〈南平國蠻兵〉中言及荀氏「為（南平）國郎中，親領此土」，其時為晉安帝義熙（四〇五－四一八）年間。所撰《靈鬼志》，《隋書・經籍志》史部雜傳類著錄三卷，志怪小說集，已散佚。

魯迅《古小說鉤沉》有輯本，共二十條。

[11]陸氏：據《三國志・鍾繇傳》裴松之注稱陸氏為陸雲之侄（陸機之子陸蔚或陸夏，父子同於晉惠帝太安二年，即西元三〇三年，被殺）。生平不詳。所撰《異林》，又稱《陸氏異林》，已散佚。

魯迅《古小說鉤沉》輯入一則佚文，記鍾繇遇鬼婦事。

[12]戴祚：參看第一篇注[29]。

[13]祖沖之（四二九－五〇〇）：字文遠，南齊范陽薊（今北京大興）人，官至長水校尉。中國古代傑出科學家、學者、文學家。他在天文、曆法、數學、機械製造等方面均有很高的成就，做出了卓越的貢獻。所撰《述異記》，志怪小說集，《隋書・經籍志》著錄十卷，已散佚。魯迅《古小說鉤沉》有輯本。

[14]祖台之：字元辰。祖沖之的曾祖父，東晉孝武帝太元（三七六－三九六）時任尚書左丞，安帝（三九七－四一八）時官至侍中、光祿大夫。所撰《志怪》，又稱《祖氏志怪》，志怪小說集，《隋書・經籍志》著錄二卷，已散佚。

魯迅《古小說鉤沉》有輯本，共十五條。

[15]孔氏：指孔約（據《太平廣記》卷二七六「晉明帝」條），晉人，生平不詳。所撰《志怪》，《隋書・經籍志》著錄四卷，《新唐書》題《孔氏志怪》，《藝文類聚》作《孔氏志怪記》。殖氏，生平不詳。所撰《志怪記》，《隋書・經籍志》著錄三卷。曹毗，字輔佐，東晉譙國人。文學家。《晉書》卷九二有傳。官至光祿勳。所撰《志怪》，《隋書・經籍志》及兩《唐志》均未著錄。三書均已散佚，魯迅《古小說鉤沉》各有輯本。

[16]任昉（四六〇－五〇八）：字彥升，南朝梁樂安博昌（今山東壽光）人。文學家。歷仕宋、齊、梁三朝。原有集，後散佚，明人輯有《任中丞集》。《梁書》卷一四、《南史》卷五九有傳。《述異記》，志怪小說集，唐以前史志不載，《宋史・藝文志》著錄二卷，題任昉撰，《四庫全書總目》認為係唐人偽托。

[17]《異苑》：志怪小說集，《隋書．經籍志》著錄十卷，題宋給事劉敬叔撰。劉敬叔，南朝宋彭城（今江蘇徐州）人，小說家。少穎敏，有異才。事晉宋兩朝，《晉書》卷二七、《宋書》卷一五和三〇有傳。

[18]劉義慶（四〇三—四四四）：南朝宋彭城（今江蘇徐州）人。小說家。宋武帝劉裕侄，襲封臨川王。性簡素，寡嗜欲，崇儒好文，喜招納文士。《宋史》卷五一、《南史》卷一三有傳。撰有《世說新語》、《徐州先賢傳》、《幽明錄》等。《幽明錄》，志怪小說集，《隋書．經籍志》著錄二十卷，已散佚。魯迅《古小說鉤沉》有輯本，共有二百六十五則，尚有遺漏，如《類說》卷一一所引「羊祜頭風」、「嵇康見鬼」等。劉知幾關於唐修《晉書》多取《幽明錄》等書的話，見《史通．採撰》：「晉世雜書，諒非一族，若《語林》、《世說》、《幽明錄》、《搜神記》之徒，其所載或詼諧小辯，或神鬼怪物。其事非聖，揚雄所不觀；其言亂神，宣尼所不語。皇朝新撰晉史，多採以為書。」

[19]東陽無疑：南朝宋小說家。生平不詳，僅知他宋時曾任散騎侍郎。所撰《齊諧記》，志怪小說集，《隋書．經籍志》著錄七卷，已散佚。有馬國翰《玉翰山房輯佚書》和魯迅《古小說鉤沉》兩種輯本，均十五則。後趙景深師《中國小說叢考》又從《古今圖書集成》卷四九三錄得佚文一則，敘錢唐徐秋夫為鬼治病故事，為馬本和魯迅輯本所無。

[20]《續齊諧記》：著名志怪小說集。南朝梁吳均撰。吳均（四六九—五二〇），字叔庠（ㄒㄧㄤˊ），吳興故鄣（今浙江安吉）人。著名文學家，詩文皆有傑作。原有集，後佚，明人輯有《吳朝清集》。《梁書》卷四九、《南史》卷七二有傳。《續齊諧集》，《隋書．經籍志》著錄一卷，原本久佚。今存明輯本，凡十七則，係從《太平廣記》等書抄合而成，另有少數佚文，見於《太平御覽》、《輟耕錄》等書所引。

[21]關於吳均撰《齊春秋》不實免職事，見《梁書．吳均傳》：「均表求撰《齊春秋》，書成奏之，高祖（梁武帝蕭衍）以其書不實，使中書舍人劉之遴詰問數條，竟支離無對，敕付省焚之，坐免職。尋有敕召見，使撰《通史》，起三皇，訖齊代，均草本紀、世家，功已畢。唯列傳未就。」

[22]「吳均體」：《梁書．吳均傳》載，吳均「文體清拔有古氣，好事者或斅之，謂為『吳均體』。」

[23]《舊雜譬喻經》：吳康僧會譯，二卷，經文集譬喻宣揚教義。

康僧會（？—二八〇），三國吳僧人。其先康居人，世居天竺（今印度），其父因商移居交趾（今越南北部）。他幼時喪雙親，入道勵行，吳赤烏十年（二四七）至建業（建康，今江蘇南京）弘揚佛法，孫權為之建塔寺，使譯經。譯有《六度集》、《舊雜譬喻經》等。

[24]《觀佛三昧海經》：十卷，東晉佛陀跋陀譯。以觀佛之相好及其功德作為教誨。以「海」譬喻三昧之功德深廣。

白毫毛相，白毫係佛教所說佛（如來）的三十二相（三十二種形象）之一，謂佛眉間長有白色毫毛，平時縮捲於眉毛旁。右旋宛轉，如日正中，放之則有光明。初生時五尺，成道時長一丈五尺，名白毫相。以下所引經文，源於佛家圓融互攝理論。其說以為世界萬事萬物均發源於心，心無大小，「相」亦無大小，故毛內有菩薩，菩薩不小，毛亦不大。

解讀

魯迅認爲，自六朝的志怪小說開始，中國的小說漸趨成熟。「志怪」一詞，首見於《莊子．逍遙遊》：「齊諧者，志怪者也。」齊諧，是人名。意爲齊諧所著之書，多怪異之事。至魏晉南北朝時，孔約、祖台之、曹毗等多人的小說以「志怪」爲書名。現在一般特指六朝——（在南方立國，以建康（吳國時名建業，今江蘇南京）爲首都的三國時的吳國、東晉和南朝的宋、齊、梁、陳，共六朝，也即魏晉南北朝時期）——時記載的怪異小說。志，記載。怪，古人認爲：「凡奇異非常（反常）皆曰怪」（《一切經音義》卷六）。後也指動植物或無生命者的精靈爲怪、怪物，包括人死後的鬼，可合稱爲妖魔鬼怪。產生怪的原因是「山林異氣所生，爲人害者」（《左傳》文公十八年注）。後世也有將「齊諧」作爲志怪小說的代名詞的，如南朝宋東陽無疑《齊諧記》、梁吳均《續齊諧記》、清袁枚《新齊諧》（即《子不語》）等，用來作志怪小說集的書名。

對於志怪小說的出現和興盛的原因，魯迅認爲：中國人本信巫術，秦漢以來，神仙的傳說盛行，漢末巫術又大肆流行，相信鬼的勢力更是強大，恰巧小乘派佛教從印度傳入中國並漸得流傳。這些原因的綜合，鬼神被發揚起來，靈異的怪事大受讚賞，所以自兩晉到隋朝，鬼神志怪之類的書特多。這些書籍，有出於文人之手的，也有出於教徒之手的。文人的此類作品，雖然不像佛道兩家爲了神化自己的宗教而爲，但也並非是有意創作小說，而是因堅信陽間和陰間雖然不同，鬼和人一樣都是的確有的，所以描寫此類奇異的故事，等同於人間常事，自認爲並無事實與虛妄的區別。

本篇所舉之例中，以干寶《搜神記》和劉義慶《幽明錄》最重要。這些作品所記敘的都是作者自認爲從社會、生活中獵取的眞實的人物和事蹟，儘管按照當今科學的觀點看，是不可能發生的，完全是藝術虛構的產物。正因爲當時的廣大讀者和這些作者一樣，相信巫術和佛教，閱讀的興趣很大，所以創作繁榮，作者也特地標榜自己的志怪作品的眞實性。如干寶《搜神記》，作者自稱搜集「古今怪異非常之事」，「足以發明神道之不誣也」，也都是眞實的，所以魯迅說干寶認爲「幽明雖殊途，而人鬼皆實有」。書中博採奇聞異事，舉凡神仙方術、神靈感應、妖祥卜夢、物怪靈異、死鬼還魂，神話故事、歷史傳說、人間奇事，無不畢載，歷歷如繪，可謂集魏晉志怪之大成。其中「干將莫邪」、「李寄斬蛇」、「韓憑夫婦」、「東海孝婦」（關漢卿《竇娥冤》即脫胎於此）、「董永織女」（黃梅戲《天仙配》即據這個故事變化而來）、「紫玉韓重」等篇，借助超越人世現實的離奇情節表達各種社會層次的人物的愛憎和理想，描寫的人物或智勇超人，或情意深厚，或經歷曲折，或心理深邃，尤爲世人稱道。其文筆簡潔而曲盡性情，語言樸素又雅致清峻，成爲志怪小說的典範，對後世文學藝術創作也很有影響，成爲創作素材的寶庫，其中不少故事，或爲詩文常用典故，或爲後世傳奇、話本、戲劇、繪畫所取材，續作、仿作和改作代不乏人，蔚成體系。中國歷代都有志怪作品，連《三國演義》、《水滸傳》、《紅樓夢》中也多此類故事，《聊齋志異》更是又一部集大成之作，這在世界文學史上是獨特的一大景觀。

此類作品爲古代和近代中國所獨步。數量多，成就高，古代和近代西方也有這樣的一些作品，現代西方逐步走向興盛，較早的有一九二一年獲諾貝爾文學獎的義大利劇作家皮蘭德婁的話劇《六個尋找劇作家的角色》、一九四〇年蘇俄白銀時代的大作家布林加科夫的長篇小說《大師和瑪格麗特》和其他名家的作品，後來拉美魔幻現實主義文學興起，衝擊和影響東西方文壇，一度風行天下，接著日本和西方也有名作湧現，成爲一股時代潮流，還連得諾貝爾文學獎，至今猶然。如一九九三年獲得諾貝爾文學獎的美國莫里森的《寵兒》，一九九四年獲獎的大江健三郎於一九九九年發表的《空翻》（中譯本，譯林出版社，二〇〇一）；一九九八年獲獎的葡萄牙若澤·薩拉馬戈《修道院紀事》，一九九九年獲獎的德國君特·格拉斯《鐵皮鼓》，二〇〇二年獲獎的奈保爾《靈異推拿師》，二〇〇六年獲獎的帕慕克《我的名字叫紅》，二〇〇七年獲獎的多麗斯·萊辛《金色筆記》等，以及當前風行世界的兒童文學名著和電影《哈利波特》、《魔戒》三部曲（電影《指環王》），都是此類作品。中國作品如獲一九九五年第三屆茅盾文學獎提名的二月河《雍正皇帝》也有大量的此類情節。獲一九九八年第四屆茅盾文學獎的陳忠實《白鹿原》，獲二〇〇一年第五屆茅盾文學獎的阿來《塵埃落定》，二〇〇五年第六屆獲獎的熊召政《張居正》、宗璞的《野葫蘆引》第二部《東藏記》（和第一部《南渡記》以及她的多篇中短篇小說），二〇〇八年第七屆賈平凹《秦腔》、遲子建《額爾古納河右岸》，二〇一一年第八屆莫言《蛙》等，都是此類作品。以上作品都描寫巫術、卜卦、特異功能和鬼魂、異夢等神秘內容，並賴此推動小說情節的發展，表現了豐富的藝術想像力。

拉美魔幻現實主義之所以稱爲「現實主義」，是因爲作者認爲他所描寫的「魔幻」內容都是眞實的。我認爲「魔幻」是西方語境的產物，中國稱之爲「神祕」。（中國以後，西方也有「神祕」一詞，則與宗教有關。）此類描寫中國早已有之，從《莊子》、《史記》到六朝志怪，直至明清小說。中國這方面的著作時間最早，爲中國所首創；而且數量最多，名家名作也最多，可稱蔚爲大觀，所以我在《神祕與浪漫》（百花洲文藝出版社一九九九年版）一書中，略作梳理，並用中國的概念「神祕」加上近代西方的概念「現實主義」，定名爲「神祕現實主義」。並將其定義修正爲「作者和部分（古代則是絕大部分）讀者都認爲是眞實的」。拉美魔幻現實主義只應該是中國首創的「神祕現實主義」文學流派的一個後起的支流而已。中國古代有的志怪小說作品或文藝作品中用神祕文化的資源構思和描寫的有些志怪內容，過於離奇，連作者本人也認爲事實上是不可能的，或者作者認爲可能，讀者多不信其眞，此類作品，我認爲可以定名爲「神祕浪漫主義」。

第六篇　六朝之鬼神志怪書（下）

釋氏輔教之書，《隋志》著錄九家，在子部及史部，今惟顏之推《冤魂志》[1]存，引經史以證報應，已開混合儒釋之端矣，而餘則俱佚。遺文之可考見者，有宋劉義慶《宣驗記》，[2]齊王琰《冥祥記》，[3]隋顏之推《集靈記》，侯白《旌異記》[4]四種，大抵記經像之顯效，明應驗之實有，以震聳世俗，使生敬信之心，顧後世則或視爲小說。王琰者，太原人，幼在交阯，受五戒，於宋大明及建元（五世紀中）年，兩感金像之異，因作記，撰集像事，繼以經塔，凡十卷，謂之《冥祥》，自序其事甚悉（見《法苑珠林》卷十七）。《冥祥記》在《珠林》及《太平廣記》中所存最多，其敘述亦最委曲詳盡，今略引三事，以概其餘。

漢明帝夢見神人，形垂二丈，身黃金色，項佩日光。以問群臣，或對曰，「西方有神，其號曰佛，形如陛下所夢，得無是乎？」於是發使天竺，寫致經像。表之中夏，自天子王侯，咸敬事之，聞人死精神不滅，莫不懼然自失。初，使者蔡愔將西域沙門迦葉摩騰等齎優塡王畫釋迦佛像，帝重之，如夢所見也，乃遣畫工圖之數本，於南宮清涼臺及高陽門顯節壽陵上供養。又於白馬寺壁畫千乘萬騎繞塔三匝之像，如諸傳備載。（《珠林》十三）

晉謝敷字慶緒，會稽山陰人也，……少有高操，隱於東山，篤信大法，精勤不倦，手寫《首楞嚴經》，當在都白馬寺中，寺爲災火所延，什物餘經，並成煨盡，而此經止燒紙頭界外而已，文字悉存，無所毀失。敷死時，友人疑其得道，及聞此經，彌復驚異。……（《珠林》十八）

晉趙泰字文和，清河貝丘人也，……年三十五時，嘗卒心痛，須臾而死。下屍於地，心暖不已，屈伸隨人。留屍十日，平旦，喉中有聲如雨，俄而蘇活。說初死之時，夢有一人來近心下，復有二人乘黃馬，從者二人，扶泰腋徑將東行，不知可幾里。至一大城，崔巍高峻，城色青黑。將泰向城門入，經兩重門，有瓦屋可數千間，男女大小亦數千人，行列而立。吏著皀衣，有五六人，條疏姓字，云，「當以科呈府君。」泰名在三十，須臾，將泰與數千人男女一時俱進。府君西向坐，簡視名簿訖，復遣泰南入黑門。

有人著絳衣坐大屋下，以次呼名，問，「生時所事？作何孽罪？行何福善？諦汝等辭，以實言也！此恆遣六部使者常在人間，疏記善惡，具有條狀，不可得虛。」泰答，「父兄仕宦，皆二千石。我少在家，修學而已，無所事也，亦不犯惡。」乃遣泰爲水官將作。……後轉泰水官都督知諸獄事，給泰兵馬，令案行地獄。所至諸獄，楚毒各殊：或針貫其舌，流血竟體；或被頭露髮，裸形徒跣，相牽而行，有持大杖，從後催促，鐵床銅柱，燒之洞然，驅迫此人，抱臥其上，赴即焦爛，尋復還生；……或劍樹高廣，不知限量，根莖枝葉，皆劍爲之，人眾相訾，自登自攀，若有欣競，而身首割截，尺寸離斷。泰見祖父母及二弟在此獄中，相見涕泣。泰出獄門，見有二人齎文書，來語獄吏，言有三人，其家爲其於塔寺中懸旛燒香，救解其罪，可出福舍。俄見三人自獄而出，已有自然衣服，完整在身，南詣一門，雲名開光大舍。……泰案行畢，還水官處。……主者曰，「卿無罪過，故相使爲水官都督，不爾，與地獄中人無以異也。」泰問主者曰，「人有何行，死得樂報？」主者唯言，「奉法弟子精進持戒，得樂報，無有謫罰也。」泰復問曰，「人未事法時所行罪過，事法之後，得以除不？」答曰，「皆除也。」語畢，主者開縢篋檢泰年紀，尚有餘算三十年在，乃遣泰還。……時晉太始五年七月十三日也。……（《珠林》七，《廣記》三百七十七）

佛教既漸流播，經論日多，雜說亦日出，聞者雖或悟無常而歸依，然亦或怖無常而卻走。此之反動，則有方士亦自造僞經，多作異記，以長生久視之道，網羅天下之逃苦空者，今所存漢小說，除一二文人著述外，其餘蓋皆是矣。方士撰書，大抵託名古人，故稱晉宋人作者不多有，惟類書間有引《神異記》者，則爲道士王浮[5]作。浮，晉人，有淺妄之稱，即惠帝時（三世紀末至四世紀初）與帛遠抗論屢屈，遂改換《西域傳》造老子《明威化胡經》者也[6]（見唐釋法琳《辯正論》六）。其記似亦言神仙鬼神，如《洞冥》、《列異》之類。

陳敏，孫皓之世爲江夏太守，自建業赴職，聞宮亭廟驗（原注云言靈驗），過乞在任安穩，當上銀杖一枚。年限既滿，作杖擬以還廟。捶鐵以爲幹，以銀塗之。尋徵爲散騎常侍，往宮亭，送杖於廟中訖，即進路。日晚，降神巫宣教曰，「陳敏許我銀杖，今以途杖見與，便投水中，當以還之。欺蔑之罪，不可容也！」於是取銀杖看之，剖視中見鐵幹，乃置之湖中。杖浮在水上，其疾如飛，遙到敏舫前，敏舟遂覆也。（《太平御覽》七百十）

丹丘生大茗，服之生羽翼。（《事類賦》注十六）

《拾遺記》十卷，題晉隴西王嘉撰，梁蕭綺錄。《晉書．藝術列傳》中有王嘉，略云，嘉字子年，隴西安陽人，初隱於東陽谷，後入長安，苻堅累征不起，能言未然之事，辭如讖記，當時鮮能曉之。姚萇入長安，逼嘉自隨；後以答問失萇意，爲萇所殺（約三九〇）。嘉嘗造《牽三歌讖》，[7]又著《拾遺錄》十卷，其事多詭怪，今行於世。傳所云《拾遺錄》者，蓋即今記，前有蕭綺序，言書本十九卷，二百二十篇，當苻秦之季，典章散滅，此書亦多有亡，綺更刪繁存實，合爲一部，凡十卷。今書前九卷起庖犧迄東晉，末一卷則記崑崙等九仙山，與序所謂「事訖西晉之末」者稍不同。其文筆頗靡麗，而事皆誕謾無實，蕭綺之錄亦附會，胡應麟（《筆叢》三十二）以爲「蓋即綺撰而託之王嘉」者也。

少昊以金德王，母曰皇娥，處璿宮而夜織，或乘桴木而晝遊，經歷窮桑滄茫之浦。時有神童，容貌絕俗，稱爲白帝之子，即太白之精，降乎水際，與皇娥宴戲，奏便娟之樂，遊漾忘歸。窮桑者，西海之濱，有孤桑之樹，直上千尋，葉紅椹紫，萬歲一實，食之後天而老。……帝子與皇娥並坐，撫桐峰梓瑟，皇娥倚瑟而清歌曰，「天清地曠浩茫茫，萬象迴薄化無方，浛天蕩蕩望滄滄，乘桴輕漾著日傍，當其何所至窮桑，心知和樂悅未央。」俗謂遊樂之處爲桑中也，《詩．衛風》云「期我乎桑中」，蓋類此也。……及皇娥生少昊，號曰窮桑氏，亦曰桑丘氏。至六國時，桑丘子著陰陽書，即其餘裔也。……（卷一）

劉向於成帝之末，校書天祿閣，專精覃思。夜，有老人著黃衣，植青藜杖，登閣而進，見向暗中獨坐誦書，老父乃吹杖端，煙燃，因以見向，說開闢已前。向因受五行洪範之文，恐辭說繁廣忘之，乃裂帛及紳，以記其言，至曙而去。向請問姓名，云，「我是太一之精，天帝聞卯金之子有博學者，下而觀焉」。乃出懷中竹牒，有天文地圖之書，「余略授子焉。」至向子歆，從向授其術。向亦不悟此人焉。（卷六）

洞庭山浮於水上，其下有金堂數百間，玉女居之，四時聞金石絲竹之聲，徹於山頂。楚懷王之時，舉群才賦詩於水湄。……後懷王好進奸雄，群賢逃越。屈原以忠見斥，隱於沅湘，披蓁茹草，混同禽獸，不交世務，採柏實以和桂膏，用養心神，被王逼逐，乃赴清冷之水，楚人思慕，謂之水仙。其神遊於天河，精靈時降湘浦，楚人爲之立祠，漢末猶在。（卷十）

注釋

[1] 顏之推（五三一－約五九〇之後）：字介，北齊琅琊臨沂（今屬山東）人。文學家。初仕梁為平原太守，入北齊為黃門侍郎，隋開皇中卒。《梁書》卷五〇、《北齊書》卷四五、《北史》卷八三有傳。所撰《冤魂志》，志怪小說集，《隋書．經籍志》著錄三卷，今本皆稱《還冤志》，一卷，三十六則。下文所說顏之推《集靈記》，志怪小說集，《隋書．經籍志》著錄二十卷，《舊唐書．經籍志》、《新唐書．藝文志》皆作十卷，已散佚。《說郛》和魯迅《古小說鉤沉》有輯本。

[2] 《宣驗記》：劉義慶撰，南朝最早的一部崇佛小說，《隋書．經籍志》著錄十三卷，已散佚。《說郛》和魯迅《古小說鉤沉》有輯本，有三十五條。

[3] 王琰（約四五四－？）：南朝齊太原（今屬山西）人。小說家。曾受戒，後還俗。齊太子舍人，入梁為吳興令。生平事蹟見《高僧傳序》、《冥祥記自序》和《三希堂法帖．萬歲通天帖》。所撰《冥祥記》，又名《冥祥傳》，志怪小說集，《隋書．經籍志》著錄十卷，已散佚。佚文存《法苑珠林》、《太平御覽》、《太平廣記》等。

魯迅《古小說鉤沉》有輯本，一百三十一則。

【4】侯白：參看本書第七篇。所撰《旌異記》，《隋書．經籍志》著錄十五卷，已散佚，魯迅《古小說鉤沉》有輯本。

【5】《神異記》：王浮撰。《隋書．經籍志》及兩《唐志》均未著錄。卷數未詳，已散佚。王浮，西晉小說家。曾為道士，後為祭酒。生平事蹟見《高僧傳》卷一。魯迅《古小說鉤沉》有輯本。

【6】帛遠：亦稱白遠，西晉僧人，俗姓萬，字法祖，晉河內（今河南沁陽）人。曾在長安講經，聽者多達數千人。王浮與帛遠辯論，多次失敗，遂託名老子撰《明威化胡經》。按：《西域傳》認為佛教先於老子，書中敘老子至罽（ㄐㄧˋ）賓國云：「我生何以晚，佛出一何早。」王浮撰《明威化胡經》則予倒換，說老子至流沙，成浮圖，死後變為佛，因而形成佛教。這反映當時佛道二教爭奪正統地位的激烈鬥爭。

【7】《牽三歌讖》：王嘉撰，《隋書．經籍志》及兩《唐志》均未著錄，已散佚，《晉書．王嘉傳》載：「其所造《牽三歌讖》，事過皆驗，累世猶傳之。」王嘉（？—約三九〇），字子年，隴西安陽（今甘肅渭源）人。東晉時前秦方士，小說家。滑稽好語，隱於東陽谷，弟子追隨受業者有數百人。著有《拾遺記》，志怪小說集，《先秦漢魏晉南北朝詩》存錄其詩九首。《晉書》卷九五有傳。

解讀

此篇介紹釋家（即佛家）宣傳因果報應思想的志怪小說和方士作爲勸誘的志怪小說。前者舉王琰《冥祥記》等爲例，後者舉王浮《神異記》和王嘉《拾遺記》等爲例。

在本講中，魯迅只是客觀介紹，而並不像現當代眾多學者那樣，正面批判這些宣揚佛教的小說不可信、因果報應和陰間神鬼之類是虛茫的東西、是違反現代科學的迷信思想的產物。魯迅從來不批判佛教和其他宗教，對於佛教，他常有正面的論述。例如，他評論被譽爲中國近代佛教「中興之祖」楊仁山的佛學「是好的。」（與徐梵澄的談話，錄自徐梵澄《星光舊影》，文刊《魯迅研究資料》第十一輯）「中國文化受到佛教的影響，實在太深了。」（出處同上）魯迅又曾說：「釋迦牟尼眞是大哲，我平常對人生有許多難以解決的問題。而他居然大部分早已明白啓示了，眞是大哲！」（許壽裳《亡友魯迅印象記》第四十六頁，人民文學出版社一九五三年版）這也是魯迅對佛教的高度評價。

佛教並非是世俗所認爲的那樣，人們可以通過燒香拜佛求得幸福、金錢（發財），甚至在考試時得到高分的世俗宗教。恰恰相反，佛教認爲人只有自己才能拯救自己，拯救的方法是修煉，人只有徹底地奉獻、吃苦才能修煉自己並脫離人間的苦難或苦海。佛經是佛教創始人釋迦牟尼的言論記錄，佛經在探索和教導修煉的方法的同時，又是探索宇宙人生的深奧著作。所以魯迅才會有這樣的感悟。

中國文化的一個優秀傳統就是具有極其謙虛、主動、熱情、認眞、踏實地學習外來優秀文化的氣度，第一次是用一千年的漫長歲月學習印度佛教文化，這個任務已經圓滿完成，並正在做新的發展；第二次是學習西方文化，在明末清初開始，中斷一陣後，於十九世紀後半期重新開始，到二十世紀初起進入高潮，至今方興未艾。我在《論印度佛教文化對中國文學的全面滲透和巨大影響》中從影響最大的文學的角度說：印度佛教文化自西元前後的西漢末年或東漢初年傳入中國，至今已有兩千年的悠長歷史。王國維指出其傳入的過程和意義說：「佛教之東，適值吾國思想凋敝之後，當此之時，學者見之，如饑者之得食，渴者之得飲，擔簦訪道者，接武於蔥嶺之道，翻經譯論者，雲集於南北之都，自六朝至於唐室，而佛陀之教極千古之盛矣。此爲吾國思想受動之時代。然當是時，吾國固有之思想與印度之思想互相並行而不相化合，至宋儒出而一調和之，此又受動之時代而稍帶能動之性質者也。自宋以後以至本朝（按指清朝），思想之停滯略同於兩漢，至今日而第二之佛教又見告矣，西洋之思想是也。」（《論近年之學術界》，拙編《王國維文學美學論著集》第一〇六頁，北嶽文藝出版社一九八七；《王國維集》第二冊第三〇一頁，中國社會科學出版社二〇〇八）此論簡明扼要地點出佛教東傳的重大意義和中國學者學習、引進、翻譯佛教經論的極大熱情。經過中國學者一千多年艱苦不懈的努力，佛教文化終於徹底內化，中國文化形成儒道佛三家鼎立和互補的宏偉格局。印度佛教文化極大地豐富和充實了中國文化的內容，並成爲中國文化重要的一部分。印度佛教文化對中國文學的全面滲透和影響，是在這個文化大背景下實現的；而中國文學又成爲宣傳和傳播佛教文化最有效的載體和工具之一，對佛教文化的中國化起了極其重大的作用。

佛教文化中的精華部分彌補或充實了儒道文化中的缺門或不足之處，對中國文學的發展起了巨大的作用。這個巨大作用表現在自南北朝起，中國文學理論即已受佛教影響，詩歌和小說創作也開始受佛教影響；至唐宋元時，盛極一時、在世界文學史上處於當時最高峰的中國文學諸種體裁，都受到佛教的重大影響，直到清末民國初年，依然如此。而且偉大作家和詩人幾乎全部受其影響，不少人甚至還是佛學家，眾多名著都受到佛教文化的深刻影響。印度佛教文化無疑已對中國文學全面滲透並產生其巨大影響。（九五．上海．第二屆「中國文化與世界」國際研討會論文，收入《中國文化與世界》第五輯，上海外語教育出版社一九九七）中國文化在宋代形成了儒道佛三家鼎立、互補的宏偉格局，佛教文化對中國文化的貢獻是巨大的。而中國文化的偉大還在於，由於中國文化的胸懷極其寬廣，將整個佛教文化寶庫搬入中國後，完整保存和精心研究佛教文獻，並編成漢譯《中華大藏經》，還有藏傳佛教，也形成了高深的學問，同時還創造了中國式的佛教新學科——禪宗，而印度本土則早已失傳，如要恢復，需將漢譯本回譯。

對於道教的志怪小說也應有新的認識，當代學者認爲：道教志怪小說的基本特點是以神異筆法來表達先民深沉的生命意識。道教向來關注生命，以壽命爲天之「重寶」。所以希望死而復生，描寫生命的特異能量以及精神在超人類社會中的存在，這便成爲道教志怪小說的重要內容。與佛教那種地獄世界的描述不同，道教志怪小說更多的是提供惹人喜愛的神仙樂園，奉道文人或者道士作家們試圖抹去生死之河的界限，他們以「寫實」的方法，試圖把生命從一種形態推向另一種更完美形態，於是神仙道人形象便成爲先民關注生命的集體潛意識的藝術載體。（詹石窗《道教志怪小說》）

第七篇　《世說新語》與其前後

漢末士流，已重品目，聲名成毀，決於片言，魏晉以來，乃彌以標格語言相尙，惟吐屬則流於玄虛，舉止則故爲疏放，與漢之惟俊偉堅卓爲重者，甚不侔矣。蓋其時釋教廣被，頗揚脫俗之風，而老莊之說亦大盛，其因佛而崇老爲反動，而厭離於世間則一致，相拒而實相扇，終乃汗漫而爲清談。渡江以後，此風彌甚，有違言者，唯一二梟雄而已。世之所尙，因有撰集，或者掇拾舊聞，或者記述近事，雖不過叢殘小語，而俱爲人間言動，遂脫志怪之牢籠也。

記人間事者已甚古，列禦寇、韓非皆有錄載，惟其所以錄載者，列在用以喻道，韓在儲以論政。若爲賞心而作，則實萌芽於魏而盛大於晉，雖不免追隨俗尙，或供揣摩，然要爲遠實用而近娛樂矣。晉隆和（三六二）中，有處士河東裴啓，撰漢魏以來迄於同時言語應對之可稱者，謂之《語林》，[1]時頗盛行，以記謝安語不實，爲安所詆，書遂廢（詳見《世說新語．輕詆篇》[2]）。後仍時有，凡十卷，至隋而亡，然群書中亦常見其遺文也。

婁護字君卿，歷遊五侯之門，每旦，五侯家各遺餉之，君卿口厭滋味，乃試合五侯所餉之鯖而食，甚美。世所謂「五侯鯖」，君卿所致。（《太平廣記》二百三十四）

魏武云，「我眠中不可妄近，近輒斫人不覺。左右宜愼之！」後乃陽凍眠，所幸小兒竊以被覆之，因便斫殺，自爾莫敢近。（《太平御覽》七百七）

鍾士季嘗向人道，「吾年少時一紙書，人云是阮步兵書，皆字字生義，既知是吾，不復道也。」（《續談助》四）

祖士言與鍾雅語相調，鍾語祖曰，「我汝潁之士利如錐，卿燕代之士鈍如槌。」祖曰，「以我鈍槌，打爾利錐。」鍾曰，「自有神錐，不可得打。」祖曰，「既有神錐，必有神槌。」鍾遂屈。（《御覽》四百六十六）

王子猷嘗暫寄人空宅住，使令種竹。或問暫住何煩爾？嘯咏良久，直指竹曰，「何可一日無此君。」

《御覽》三百八十九）

《隋志》又有《郭子》三卷，東晉中郎郭澄之撰，《唐志》云，「賈泉注」，[3]今亡。審其遺文，亦與《語林》相類。

宋臨川王劉義慶有《世說》八卷，梁劉孝標注之爲十卷，[4]見《隋志》。今存者三卷曰《世說新語》，爲宋人晏殊所刪併，[5]於注亦小有剪裁，然不知何人又加新語二字，唐時則曰新書，殆以《漢志》儒家類錄劉向所序六十七篇中，已有《世說》，因增字以別之也。《世說新語》今本凡三十八篇，自〈德行〉至〈仇隙〉，以類相從，事起後漢，止於東晉，記言則玄遠冷俊，記行則高簡瑰奇，下至繆惑，亦資一笑。孝標作注，又徵引浩博。或駁或申，映帶本文，增其雋永，所用書四百餘種，今又多不存，故世人尤珍重之。然《世說》文字，間或與裴郭二家書所記相同，殆亦猶《幽明錄》、《宣驗記》然，乃纂緝舊文，非由自造：《宋書》[6]言義慶才詞不多，而招聚文學之士，遠近必至，則諸書或成於衆手，未可知也。

阮光祿在剡，曾有好車，借者無不皆給。有人葬母，意欲借而不敢言。阮後聞之，歎曰，「吾有車而使人不敢借，何以車爲？」遂焚之。（卷上〈德行篇〉）

阮宣子有令聞，太尉王夷甫見而問曰，「老莊與聖教同異？」對曰，「將無同。」太尉善其言，辟之爲掾，世謂「三語掾」。（卷上〈文學篇〉）

祖士少好財，阮遙集好屐，並恆自經營，同是一累，而未判其得失。人有詣祖，見料視財物，客至，屏當未盡，餘兩小簏，著背後傾身障之，意未能平。或有詣阮，見自吹火蠟屐，因歎曰，「未知一生當著幾量屐？」神色閒暢。於是勝負始分。（卷中〈雅量篇〉）

世目李元禮「謖謖如勁松下風」。（卷中〈賞譽篇〉）

公孫度目邴原，「所謂雲中白鶴，非燕雀之網所能羅也。」（同上）

劉伶恆縱酒放達，或脫衣裸形在屋中。人見譏之。伶曰，「我以天地爲棟宇，屋室爲幝衣，諸君何爲入我幝中？」（卷下〈任誕篇〉）

石崇每要客燕集，常令美人行酒，客飲酒不盡者，使黃門交斬美人。王丞相與大將軍嘗共詣崇，丞相素不能飲，輒自勉強，至於沉醉。每至大將軍，固不飲以觀其變，已斬三人，顏色如故，尚不肯飲，丞相讓之，大將軍曰，「自殺伊家人，何預卿事？」（卷下〈汰侈篇〉）

梁沈約（四四一—五一三，《梁書》有傳）作《俗說》[7]三卷，亦此類，今亡。梁武帝嘗敕安右長史殷芸（四七一—五二九，《梁書》有傳）撰《小說》三十卷，至隋僅存十卷，明初尚存，今乃止見於《續談助》及原本《說郛》[8]中，亦採集群書而成，以時代爲次第，而特置帝王之事於卷首，繼以周漢，終於南齊。

晉咸康中，有士人周謂者，死而復生，言天帝召見，引升殿，仰視帝，面方一尺。問左右曰，「是古張天帝耶？」答云，「上古天帝，久已聖去，此近曹明帝也。」（《紺珠集》二）

孝武未嘗見驢，謝太傅問曰，「陛下想其形當何所似？」孝武掩口笑云，「正當似豬。」（《續談助》四。原注云，出《世說》。案今本無之。）

孔子嘗遊於山，使子路取水。逢虎於水所，與共戰，攬尾得之，內懷中，取水還。問孔子曰，「上士殺虎如之何？」子曰，「上士殺虎持虎頭。」又問曰，「中士殺虎如之何？」子曰，「中士殺虎持虎耳。」又問，「下士殺虎如之何？」子曰，「下士殺虎捉虎尾。」子路出尾棄之，因恚孔子曰，「夫子知水所有虎，使我取水，是欲死我。」乃懷石盤欲中孔子，又問，「上士殺人如之何？」子曰，「上士殺人使筆端。」又問曰，「中士殺人如之何？」子曰，「中士殺人用舌端。」又問，「下士殺人如之何？」子曰，「下士殺人懷石盤。」子路出而棄之，於是心服。（原本《說郛》二十五。原注云，出《衝波傳》。）

鬼谷先生與蘇秦、張儀書云，「二君足下，功名赫赫，但春華到秋，不得久茂。日數將冬，時訖將老。子獨不見河邊之樹乎？僕御折其枝，波浪激其根；此木非與天下人有仇怨，蓋所居者然。子見嵩岱之松柏，華霍之樹檀？上葉干青雲，下根通三泉，上有猿狖，下有赤豹麒麟，千秋萬歲，不逢斧斤之伐：此木非與天下之人有骨肉，亦所居者然。今二子好朝露之榮，忽長久之功，輕喬松之求延，貴一旦之浮爵，夫『女愛不極席，男歡不畢輪』，痛夫痛夫，二君二君！」（《續談助》四。原注云：出《鬼谷先生書》。）

《隋志》又有《笑林》[9]三卷，後漢給事中邯鄲淳撰。淳一名竺，字子禮，潁川人，弱冠有異才，元嘉元年（一五一），上虞長度尚爲曹娥立碑，[10]淳者尚之弟子，於席間作碑文，操筆而成，無所點定，遂知名，黃初初（約二二一），爲魏博士給事中，見《後漢書．曹娥傳》及《三國．魏志．王粲傳》等注。《笑林》今佚，遺文存二十餘事，舉非違，顯紕繆，實《世說》之一體，亦後來俳諧文字之權輿也。

魯有執長竿入城門者，初，豎執之不可入，橫執之亦不可入，計無所出。俄有老父至曰，「吾非聖人，但見事多矣，何不以鋸中截而入！」遂依而截之。（《太平廣記》二百六十二）

平原陶丘氏，取渤海墨臺氏女，女色甚美，才甚令，復相敬，已生一男而歸。母丁氏，年老，進見女婿。女婿既歸而遣婦。婦臨去請罪，夫曰，「曩見夫人年德已衰，非昔日比，亦恐新婦老後。必復如此，是以遣，實無他故。」（《太平御覽》四百九十九）

甲父母在，出學三年而歸。舅氏問其學何所得，並序別父久。乃答曰，「渭陽之思，過於秦康。」既而父數之，「爾學奚益。」答曰，「少失過庭之訓，故學無益。」（《廣記》二百六十二）

甲與乙爭鬬，甲齧下乙鼻，官吏欲斷之，甲稱乙自齧落。吏曰，「夫人鼻高而口低，豈能就齧之乎？」甲曰，「他踏床子就齧之。」（同上）

《笑林》之後，不乏繼作，《隋志》有《解頤》二卷。楊松玢撰，[11]今一字不存，而群書常引《談藪》，[12]則《世說》之流也。《唐志》有《啓顏錄》十卷，侯白撰。白字君素，魏郡人，好學有捷才，滑稽善辯，舉秀才爲儒林郎，好爲誹諧雜說，人多愛狎之，所在之處，觀者如市。隋高祖聞其名，召令於祕書修國史，後給五品食，月餘而死（約六世紀後葉）。見《隋書·陸爽傳》。《啓顏錄》今亦佚，然《太平廣記》引用甚多，蓋上取子史之舊文，近記一己之言行，事多浮淺，又好以鄙言調謔人，俳諧太過，時復流於輕薄矣。其有唐世事者，後人所加也；古書中往往有之，在小說尤甚。

開皇中，有人姓出名六斤，欲參（楊）素，齎名紙至省門。遇白，請爲題其姓，乃書曰「六斤半」。名既入，素召其人，問曰，「卿姓六斤半？」答曰，「是出六斤。」曰，「何爲六斤半？」曰，「向請侯秀才題之，當是錯矣。」即召白至，謂曰，「卿何爲錯題人姓名？」對云，「不錯。」素曰，「若不錯，何因姓出名六斤，請卿題之，乃言六斤半？」對曰，「白在省門，會卒無處覓稱，既聞道是出六斤，斟酌只應是六斤半。」素大笑之。（《廣記》二百四十八）

山東人娶蒲州女，多患癭，其妻母項癭甚大。成婚數月，婦家疑婿不慧，婦翁置酒盛會親戚，欲以試之。問曰，「某郎在山東讀書，應識道理。鴻鶴能鳴，何意？」曰，「天使其然。」又曰，「松柏冬青，何意？」曰，「天使其然。」又曰，「道邊樹有骨骴，何意？」曰，「天使其然。」婦翁曰，「某郎全不識道理，何因浪住山東？」因以戲之曰，「鴻鶴能鳴者頸項長，松柏冬青者心中強，道邊樹有骨骴者車撥傷：豈是天使其然？」婿曰，「蝦蟆能鳴，豈是頸項長？竹亦冬青，豈是心中強？夫人項下癭如許大，豈是車

撥傷？」婦翁羞愧，無以對之。（同上）

其後則唐有何自然《笑林》，[13]今亦佚，宋有呂居仁《軒渠錄》，[14]沈徵《諧史》，[15]周文玘《開顏集》，[16]天和子《善謔集》，[17]元明又十餘種；大抵或取子史舊文，或拾同時瑣事，殊不見有新意。惟託名東坡之《艾子雜說》[18]稍卓特，顧往往嘲諷世情，譏刺時病，又異於《笑林》之無所爲而作矣。

至於《世說》一流，仿者尤眾，劉孝標有《續世說》十卷，見《唐志》，然據《隋志》，則殆即所注臨川書。唐有王方慶《續世說新書》[19]（見《新唐志》雜家，今佚），宋有王讜《唐語林》，[20]孔平仲《續世說》，[21]明有何良俊《何氏語林》，[22]李紹文《明世說新語》，[23]焦竑《類林》及《玉堂叢話》，[24]張墉《廿一史識餘》，[25]鄭仲夔《清言》[26]等；然纂舊聞則別無穎異，述時事則傷於矯揉，而世人猶復爲之不已，至於清，又有梁維樞作《玉劍尊聞》，[27]吳肅公作《明語林》，[28]章撫功作《漢世說》，[29]李清作《女世說》，[30]顏從喬作《僧世說》，[31]王晫作《今世說》，[32]汪琬作《說鈴》而惠棟[33]爲之補注，今亦尚有易宗夔作《新世說》[34]也。

注釋

【1】裴啓：一名榮，字榮期，東晉河東（郡治今山西夏縣西北）人。小說家。生平事蹟見《世說新語．文學》注引《裴氏家傳》、《世說新語．輕詆》注引《續晉陽秋》。所撰《語林》，志人小說集，盛行一時，《隋書．經籍志》、《燕丹子》題下附注：「梁有……《語林》十卷，東晉處士裴啓撰，亡。」後世有輯本多種，魯迅《古小說鉤沉》收羅最豐，凡一百八十則。後戴不凡從明人《華夷鳥獸續考》、《古史談苑》輯出前人未收佚文二則，載其所著《小說見聞錄》（浙江人民出版社一九八〇年版）。

【2】謝安（三二〇—三八五）：字安石，東晉梁國陳郡陽夏（今河南太康）人。北方高門。於永嘉之亂時南渡。孝武帝時官中書監，錄尚書事。太元八年（三八三），受命征討大都督，遣弟謝石、兄子謝玄抵禦前秦苻堅號稱百萬大軍的南侵，獲淝水之戰之捷。

據《世說新語·輕詆篇》載，庾道季將裴啓《語林》所記謝安有關裴啓、支道林的話告知謝安，謝安云：「都無此二語，裴自為此辭耳。」庾讀畢東亭（王珣）〈經酒壚下賦〉時，謝安又云：「君乃復作裴氏學！」自此《語林》遂廢。

【3】《郭子》：志人小說集，郭澄之撰，《隋書·經籍志》著錄三卷。郭澄之，字仲靜，東晉太原陽曲（今屬山西）人，曾任劉裕相國從事中郎。《晉書》卷九二有傳。《郭子》已散佚，魯迅《古小說鉤沉》有輯本，凡八十四則，較前人所輯更為詳備。

賈泉（四四〇—五〇一），原名賈淵，唐人避李淵諱，改淵為泉，字希鏡。南朝宋平陽襄陵（今山西襄汾）人。

【4】《世說》：即《世說新語》。今存各本自〈德行〉至〈仇隙〉均為三十六篇，此書說「三十八篇」，誤。

劉孝標（四六二—五二一），名峻，字孝標，南朝梁平原（今屬山東）人，學者、文學家。曾任荊州戶曹參軍。原有集，後佚，有輯本，今有《劉孝標集校注》。《梁書》卷五〇、《南史》卷四九有傳。

【5】晏殊（九九一—一〇五五）：字同叔，北宋臨川（今屬江西）人。政治家、文學家。官至集賢殿學士、同平章事兼樞密使。關於晏殊刪併《世說新語》事，明袁褧（ㄐㄩㄥˇ）本《世說新語》載南宋董弅（ㄈㄣˋ）跋云：「余家舊藏蓋得之王原叔家，後得晏元獻公手自校本，盡去重複，其注亦小加剪截，最為善本。」

【6】《宋書》：南朝梁沈約編撰，一百卷，紀傳體南朝宋代史。下文關於劉義慶的評述，見該書卷五十一〈劉義慶傳〉。

【7】沈約（四四一—五一三）：字休文，南朝梁吳興武康（今浙江德清武康鎮）人。史學家、文學家。官至尚書令。《宋書》卷一〇〇、《梁書》卷一三、《南史》卷五七有傳。所撰《俗說》，志人小說集。《隋書·經籍志》雜家類著錄三卷，已散佚。魯迅《古小說鉤沉》有輯本，共五十二則，但不著撰人。

【8】《續談助》：小說叢書，宋晁載之編，五卷，共收小說、雜著二十種。所收書均為節選本，多有晁跋。原本《說郛》，筆記叢書。元末明初陶宗儀編，一百卷，係選輯漢魏至宋元各種筆記小說千餘家，凡數萬條，彙編而成。此書於明成化間，已有散佚，今本此書已非原貌。

【9】《笑林》：笑話集。《隋書·經籍志》著錄三卷，邯鄲淳撰。邯鄲淳，一名竺，字子叔，或作子禮，三國魏潁川（今河南禹州）人。文學家。生平事蹟見《三國志》卷二一裴松之注引《魏略》。《笑林》已散佚。

魯迅《古小說鉤沉》有輯本。共二十九則。

【10】度尚：字博平，東漢湖陸（今山東魚臺）人，官至遼東太守。曹娥（一三〇—一四三），東漢上虞（今屬浙江）人。順帝漢安二年（一四三），其父溺死江中，她投江尋父屍而亡，被稱為孝女。度尚任上虞長時曾為之立碑，命邯鄲淳為作碑文。

【11】《解頤》：《隋書．經籍志》著錄二卷，楊松玢撰。今佚。

【12】《談藪》：志人小說集。北齊陽階松撰。唐劉知幾《史通．雜述篇》瑣言類曾提及「陽階松《談藪》」，《宋史．藝文志》著錄陽松階《八代談藪》二卷。原書已佚，今僅存少數佚文。

【13】何自然：生平不詳。所撰《笑林》，《新唐書．藝文志》著錄三卷，已散佚。

【14】呂居仁（一〇八四—一一四五）：名本中，號東萊先生，宋壽州（今安徽壽縣）人。詩人、評論家。北宋元符中任濟陰縣簿，南宋高宗紹興六年特賜進士出身，累遷中書舍人兼侍講。因力排和議，忤秦檜（ㄎㄨㄞ），被罷官。生平事蹟見楊萬里〈江西宗派圖序〉（《誠齋集》卷七九）、陸游〈呂居仁集序〉（《渭南文集》卷一四），《宋史》卷三七六有傳。所撰《軒渠錄》，已散佚。陶宗儀編《說郛》卷七有輯本。

【15】沈徵：宋代霅溪（今浙江吳興）人，其他不詳。所撰《諧史》一卷，已散佚。陶宗儀編《說郛》卷二十三有輯本，一卷，題宋沈俶撰。

【16】周文玘（ㄑㄧˇ）：宋代人，曾任試祕書省校書郎，其他不詳。所撰《開顏集》，《宋史．藝文志》著錄二卷。已散佚。陶宗儀編《說郛》卷六十五有輯本。

【17】天和子：宋代人。所撰《善謔集》，已散佚，陶宗儀《說郛》卷六十五有輯本。

【18】東坡：即蘇軾（一〇三七—一一〇一），字子瞻，號東坡居士。北宋眉山（今屬四川）人。文學家、書畫家。官翰林學士、禮部尚書。著作甚豐，有《東坡全集》、《東坡樂府》、《東坡易傳》等。《艾子雜說》，又名《艾子》，一卷，傳為蘇軾所撰。已散佚。明顧元慶《顧氏文房小說》有輯本。

【19】王方慶（？—七〇二）：名綝（ㄔㄣ），以字行，唐雍州咸陽（今屬陝西）人。武后時任廣州都督，為政清肅。官至鸞臺侍郎同平章事。《續世說新書》，《新唐書．藝文志》著錄十卷，已散佚。

【20】王讜：字正甫，北宋長安（今陝西西安）人。所撰《唐語林》八卷，筆記小說。收錄唐五代筆記小說五十種，其中二十種原書今已亡佚。原書已佚。今傳為殘本，約為原書的三分之一。清四庫館臣從《永樂大典》輯得佚文四百餘條，又與殘本及兩《唐書》參校，編為八卷。今有周勳初《唐語林校證》（中華書局一九八七年版），最為詳備。

【21】孔平仲：字義甫，一作毅甫，北宋臨江新喻（今江西新餘）人。文學家、史學家。曾任集賢校理。生平事蹟見《東都事略》卷九四、《宋史》卷三四四。所撰《續世說》，《宋史．藝文志》著錄十二卷。

【22】何良俊（一五〇六—一五七三）：字元朗，號柘湖居士，明華亭（今上海松江）人。詩文家、學者。少篤學，二十年不下樓。曾任南京翰林院孔目，後棄官還家。生平事蹟見《明史》卷二八七、《國朝獻徵錄》卷二三。著作有《何翰林集》、《四友齋叢說》、《何氏語林》和《世說新語補》等。《何氏語林》，又名《語林》，筆記小說集。《明史．藝文志》著錄三十卷，有《四庫全書》本。內容豐富，語言生動。

【23】李紹文：位元組之，明華亭（今上海松江）人。小說家。生平事蹟見《皇明世說新語》及陸平仲、陳繼儒等序。文學上曾受知於當時的華亭知縣熊劍化。所撰《（皇）明世說新語》，筆記小說集。《明史．藝文志》著錄八卷，現存萬曆三十八年（一六一〇）雲間李氏原刻本。

【24】焦竑（ㄏㄨㄥˊ）（一五四〇—一六二〇）：字弱侯，號漪園，又號澹園，明江寧（今江蘇南京市）人，萬曆進士，授翰林院修撰，官至南京國子監司業。著有《國朝獻徵錄》、《焦氏筆乘》等。所撰《類林》，又名《焦氏類林》，《明史．藝文志》著錄八卷；另撰《玉堂叢話》，筆記小說，《明史．藝文志》著錄八卷。記錄明代的許多珍貴史料，文筆暢達生動。有萬曆四十六年曼山館初刻本、《四庫全書》本和中華書局校點本（一九八一年版）。

【25】張墉：字石宗，明錢塘（今浙江杭州）人。所撰《廿一史識餘》，又名《竹香齋類書》，三十七卷。《四庫全書總目提要》史鈔類存目。

【26】鄭仲夔：字胄師、龍如，明玉山（今屬江西）人。筆記雜著作家。天啓七年（一六二七）舉人。博學工詩。生平事蹟見《四庫全書總目》卷一四三。所撰《清言》，全稱為《蘭畹居清言》，筆記，十卷，有曹徵庸萬曆四十五年（一六一七）序。收入所編《玉塵新譚》內。書中頗多文人的活動記載，文筆生動。

【27】梁維樞（一五八九—一六六二）：字慎可，清真定（今河北正定）人。明崇禎舉人。所撰《玉劍尊聞》，筆記，《清史稿．藝文志》著錄十卷。此書保存較多文學史資料，書前有吳偉業、錢謙益序和自序。有清順治十年（一六五三）賜麟堂刊本，一九八六年上海古籍出版社影印本，後有謝國楨跋。

【28】吳肅公：字雨若，清宣城（今屬安徽）人。所撰《明語林》，《清史稿．藝文志》著錄十四卷。

【29】章撫功：宇仁黼，清錢塘（今浙江杭州）人。所撰《漢世說》，《清史稿．藝文志》著錄十四卷。

[30] 李清（一六〇二—一六八三）：字心水，又字映碧，晚號天一居士，明興化（今屬江蘇）人。明崇禎進士，官至大理寺左丞。著述頗多，有《澹寧齋史論》、《三垣筆記》等。所撰《女世說》，四卷。另有晚清嚴蘅《女世說》，不分卷，專記本朝婦女逸事，共八十四則。同治乙丑（一八六五）刻印。

嚴蘅（？—一八五四），字端卿，清浙江杭州人。她是一位才女，工刺繡、小詞、音律。年不滿三十即卒。

[31] 顏從喬作《僧世說》：不詳。

[32] 王晫（ㄓㄨㄛˊ）（一六三六—？）：初名棐，字丹麓，號木庵，又號松溪子。清初仁和（今浙江杭州）人。文學家。諸生。著名藏書家，聚經史子集數萬卷於霞舉堂。《清史列傳》卷七〇有傳。所撰《今世說》，《清史稿．藝文志》著錄八卷。

[33] 汪琬（一六二四—一六九一）：字苕文，號鈍翁（《魯迅全集》誤為鈍庵），別號玉遮山樵。清江南長洲（今江蘇蘇州）人。詩文家。清順治十二年（一六五五）進士，官至翰林院編修。《清史稿》卷四八四、《清史列傳》卷七〇有傳。所撰《說鈴》，筆記，《清史稿．藝文志》著錄一卷。所記多為明清之際文人遺聞逸事，頗有文史資料價值。有《昭代叢書》本、《嘯園叢書》本和《清人說薈（二集）》本等。

惠棟（一六九七—一七五八），字定宇，號松崖，世稱小紅豆先生。清江蘇吳縣（今屬江蘇）人。學者、散文家。諸生。長於經學，為乾嘉樸學吳派領袖，著作豐富。生平事蹟見《清史稿》卷四八一、《清史列傳》卷六八、《國朝先正事略》卷七、《國朝漢學師承記》卷二。

[34] 易宗夔：字蔚儒，湖南湘潭人。北洋政府時期曾任國務院法制局局長。所撰《新世說》，筆記小說集，八卷。記述清代與民國初人物事蹟，共一千餘則，記載真實，雅趣橫生。有一九一八年北京易宅鉛印本、一九八二年上海書店影印本。

解讀

魯迅指出：漢末開始，文士已重品目，聲名成毀，決於片言；至魏晉以來，更以標格語言相尚，吐屬流於玄虛，而舉止故爲疏放，與漢代只重俊偉堅卓的風尚已經完全不同了。西晉八王之亂之後，衣冠（世家大族和士紳）南渡，建立東晉，此風更盛。於是記載人物片言隻語和掇拾舊聞、記述近事的作品興起，此類作品，魯迅後來在〈中國小說的歷史的變遷〉中稱之爲「志人」小說。

「志人」，現在一般特指魏晉南北朝時期，與「志怪」小說相對的記述人間也即人物瑣聞逸事的小說。現存作品八種，其中最傑出的作品是《世說新語》。此篇還舉了其他一些作品志人爲例，並介紹了《世說新語》的繼承之作的情況。

《世說新語》是一部值得精讀的重要作品。書中記敘眾多的人物和故事，表現了魏晉時代文人的性格、風采和智慧，誠如魯迅所說：「記言則玄遠冷俊，記行則高簡瑰奇，下至繆惑，亦致一笑。」劉孝標所作之注，「又徵引浩博。或駁或申，映帶本文，增其雋永。」此書對後世的影響很大。

《世說新語》的校點本，著名的有徐震堮《世說新語校箋》、余嘉錫《世說新語箋疏》、龔斌《世說新語校釋》和劉強《世說新語彙評》。評論分析的著作，著名的有蔣凡《世說新語的讀法》、《世說新語英雄譜》和《經典重讀》（《周易》和《世說新語》），文筆生動俊秀，分析細膩精到。

第八篇　唐之傳奇文（上）

小說亦如詩，至唐代而一變，雖尚不離於搜奇記逸，然敘述宛轉，文辭華豔，與六朝之粗陳梗概者較，演進之跡甚明，而尤顯者乃在是時則始有意為小說。胡應麟（《筆叢》[1]三十六）云，「變異之談，盛於六朝，然多是傳錄舛訛，未必盡幻設語，至唐人乃作意好奇，假小說以寄筆端。」其云「作意」，云「幻設」者，則即意識之創造矣。此類文字，當時或為叢集，或為單篇，大率篇幅曼長，記敘委曲，時亦近於俳諧，故論者每訾其卑下，貶之曰「傳奇」，以別於韓柳[2]輩之高文。顧世間則甚風行，文人往往有作，投謁時或用之為行卷，今頗有留存於《太平廣記》[3]中者（他書所收，時代及撰人多錯誤不足據），實唐代特絕之作也。然而後來流派，乃亦不昌，但有演述，或者摹擬而已，惟元明人多本其事作雜劇或傳奇，而影響遂及於曲。

幻設為文，晉世固已盛，如阮籍之〈大人先生傳〉，劉伶之〈酒德頌〉，陶潛之〈桃花源記〉、〈五柳先生傳〉[4]皆是矣，然咸以寓言為本，文詞為末，故其流可衍為王績〈醉鄉記〉、韓愈〈圬者王承福傳〉、柳宗元〈種樹郭橐駝傳〉[5]等，而無涉於傳奇。傳奇者流，源蓋出於志怪，然施之藻繪，擴其波瀾，故所成就乃特異，其間雖亦或託諷喻以紓牢愁，談禍福以寓懲勸，而大歸則究在文采與意想，與昔之傳鬼神明因果而外無他意者，甚異其趣矣。

隋唐間，有王度者，作〈古鏡記〉[6]（見《廣記》二百三十，題曰〈王度〉），自述獲神鏡於侯生，能降精魅，後其弟勣（當作績）遠遊，藉以自隨，亦殺諸鬼怪，顧終乃化去。其文甚長，然僅綴古鏡靈異事，猶有六朝志怪流風。王度，太原祁人，文中子通[7]之弟，東皋子績兄也，蓋生於開皇初（宋晁公武《郡齋讀書志》十云通生於開皇四年），大業中為御史，罷歸河東，復入長安為著作郎，奉詔修國史，又出兼芮城令，武德中卒（約五八五—六二五），史亦不成（見〈古鏡記〉、《唐文粹》及《新唐書·王績傳》），惟傳云兄名凝，未詳孰是），遺文僅存此篇而已。績棄官歸龍門後，史不言其遊涉，蓋度所假設也。

唐初又有〈補江總白猿傳〉一卷，不知何人作，宋時尚單行，今見《廣記》（四百四十四，題曰〈歐陽紇〉[8]）中。傳言梁將歐陽紇略地至長樂，深入溪洞，其妻遂為白猿所掠，逮救歸，已孕，周歲生一子，「厥狀肖焉」。紇後爲陳武帝所殺，子詢以江總[9]收養成人，入唐有盛名，而貌類獮猴，忌者因此作傳，云以補江總，是知假小說以施誣衊之風，其由來亦頗古矣。

武后時，有深州陸渾人張鷟[10]字文成，以調露初登進士第，爲岐王府參軍，屢試皆甲科，大有文譽，調長安尉，然性躁卞，儻蕩無檢，姚崇[11]尤惡之；開元初，御史李全交劾鷟訕短時政，貶嶺南，旋得內徙，終司門員外郎（約六六〇—七四〇，詳見新舊《唐書．張薦傳》）。日本有〈遊仙窟〉一卷，題甯州襄樂縣尉張文成作，莫休符[12]謂「鷟弱冠應舉，下筆成章，中書侍郎薛元超特授襄樂尉」（《桂林風土記》），則尚其年少時所爲。自敘奉使河源，道中夜投大宅，逢二女曰十娘、五嫂，宴飲歡笑，以詩相調，止宿而去，文近駢儷而時雜鄙語，氣度與所作《朝野僉載》、《龍筋鳳髓判》[13]正同，《唐書》謂「鷟下筆輒成，浮豔少理致，其論著率詆誚蕪穢，然大行一時，晚進莫不傳記。……新羅日本使至，必出金寶購其文」，殆實錄矣。〈遊仙窟〉中國久失傳，後人亦不復倣其體制，今略錄數十言以見大概，乃升堂燕飲時情狀也。

……十娘喚香兒爲少府設樂，金石並奏，簫管間響：蘇合彈琵琶，綠竹吹篳篥，仙人鼓瑟，玉女吹笙，玄鶴俯而聽琴，白魚躍而應節。清音咷叨，片時則梁上塵飛，雅韻鏗鏘，卒爾則天邊雪落，一時忘味，孔丘留滯不虛，三日繞梁，韓娥餘音是實。……兩人俱起舞，共勸下官，……遂舞著詞曰，「從來巡繞四邊，忽逢兩個神仙，眉上冬天出柳，頰中旱地生蓮，千看千處嫵媚，萬看萬種嬡妍，今宵若其不得，刺命過與黃泉。」又一時大笑。舞畢，因謝曰，「僕實庸才，得陪清賞，賜垂音樂，慚荷不勝。」十娘詠曰，「得意似鴛鴦，情乖若胡越，不向君邊盡，更知何處歇？」十娘曰，「兒等並無可收採，少府公云『冬天出柳，旱地生蓮』，總是相弄也。」……

然作者蔚起，則在開元天寶以後。大曆中有沈既濟，蘇州吳人，經學該博，以楊炎[14]薦，召拜左拾遺史館修撰。貞元[15]時炎得罪，既濟亦貶處州司戶參軍，既入朝，位禮部員外郎。卒（約七五〇—八〇〇）。撰《建中實錄》，[16]人稱其能，《新唐書》有傳。《文苑英華》[17]（八百三十三）錄其〈枕中記〉（亦見《廣記》八十二，題曰〈呂翁〉）一篇，爲小說家言，略謂開元七年，道士呂翁行邯鄲道中，息邸舍，見旅中少年盧生侘傺歎息，乃探囊中枕授之。生夢娶清河崔氏，舉進士，官至陝牧，入爲京兆尹，出破戎虜，轉吏部侍郎，遷戶部尚書兼御史大夫，爲時宰所忌，以飛語中之，貶端州刺史，越三年徵爲常侍，未幾同中書門下平章事。

> 嘉謨密命，一日三接，獻替啓沃，號爲賢相，同列害之，復誣與邊將交結，所圖不軌，下制獄，府吏引從至其門而急收之。生惶駭不測，謂妻子曰，「吾家山東有良田五頃，足以禦寒餒，何苦求祿。而今及此，思衣短褐乘青駒行邯鄲道中，不可得也！」引刃自刎，其妻救之獲免。其罹者皆死，獨生爲中官保之，減罪死投驩州。數年，帝知冤，復追爲中書令，封燕國公，恩旨殊異。生五子，……其姻媾皆天下望族，有孫十餘人。……後年漸衰邁，屢乞骸骨，不許。病，中人候問，相踵於道，名醫上藥，無不至焉，……薨；生欠伸而悟，見其身方偃於邸舍，呂翁坐其傍，主人蒸黍未熟：觸類如故。生蹶然而興曰，「豈其夢寐也？」翁謂主人曰，「人生之適，亦如是矣。」生憮然良久，謝曰，「夫寵辱之道，窮達之運，得喪之理，死生之情，盡知之矣：此先生所以窒吾欲也。敢不受教！」稽首再拜而去。

如是意想，在歆慕功名之唐代，雖詭幻動人，而亦非出於獨創，干寶《搜神記》有焦湖廟祝以玉枕使楊林入夢事（見第五篇），大旨悉同，當即此篇所本，明人湯顯祖之《邯鄲記》，[18]則又本之此篇。既濟文筆簡鍊，又多規誨之意，故事雖不經，尚爲當時推重，比之韓愈《毛穎傳》；[19]間亦有病其俳諧者，則以作者嘗爲史官，因而繩以史法，失小說之意矣。既濟又有〈任氏傳〉（見《廣記》四百五十二）一篇，言妖狐幻化，終於守志殉人，「雖今之婦人有不如者」，亦諷世之作也。

「吳興才人」（李賀語）[20]沈亞之字下賢，元和十年進士第，太和初爲德州行營使者柏耆判官，耆以罪貶，亞之亦謫南康尉，終郢州掾（約八世紀末至九世紀中），集十二卷，今存。亞之有文名，自謂「能創窈窕之思」，今集中有傳奇文三篇（《沈下賢集》卷二卷四，亦見《廣記》二百八十二及二百九十八），皆以華豔之筆，敘恍忽之情，而好言仙鬼復死，尤與同時文人異趣。〈湘中怨〉記鄭生偶遇孤女，相依數年，一旦別去，自云「蛟宮之娣」，謫限已滿矣，十餘年後，又遙見之畫艫中，含嚬悲歌，而「風濤崩怒」，竟失所在。〈異夢錄〉記邢鳳夢見美人，示以「弓彎」之舞；及王炎夢侍吳王久，忽聞笳鼓，乃葬西施，因奉教作挽歌，王嘉賞之。〈秦夢記〉則自述道經長安，客槖泉邸舍，夢爲秦官有功，時弄玉婿蕭史先死，因尚公主，自題所居曰翠微宮。穆公遇亞之亦甚厚，一日，公主忽無疾卒，穆公乃不復欲見亞之，遣之歸。

將去，公置酒高會，聲秦聲，舞秦舞，舞者擊髆拊髀嗚嗚而音有不快，聲甚怨。……既，再拜辭去，公復命至翠微宮與公主侍人別，重入殿內時，見珠翠遺碎青階下，窗紗檀點依然，宮人泣對亞之。亞之感咽良久，因題宮門詩曰，「君王多感放東歸，從此秦宮不復期，春景自傷秦喪主，落花如雨淚臙脂。」竟別去，……覺臥邸舍。明日，亞之與友人崔九萬具道；九萬，博陵人，諳古，謂余曰，「《皇覽》云，『秦穆公葬雍槖泉祈年宮下』，非其神靈憑乎？」亞之更求得秦時地誌，說如九萬云。嗚呼！弄玉既仙矣，惡又死乎？

陳鴻爲文，則辭意慷慨，長於弔古，追懷往事，如不勝情。鴻少學爲史，貞元二十一年登太常第，始閒居遂志，乃修《大統紀》三十卷，七年始成（《唐文粹》九十五），在長安時，嘗與白居易[21]爲友，爲〈長恨歌〉作傳（見《廣記》四百八十六）。《新唐志》小說家類有陳鴻〈開元昇平源〉[22]一卷，注云，「字大亮，貞元主客郎中」，或亦其人也（約八世紀後半至九世紀中葉）。所作又有〈東城老父傳〉[23]（見《廣記》四百八十五），記賈昌於兵火之後，憶念太平盛事，榮華苓落，兩相比照，其語甚悲。《長恨歌傳》則作於元和初，亦追述開元中楊妃入宮以至死蜀本末，法與《賈昌傳》相類。楊妃故事，唐人本所樂道，然鮮有條貫秩然如此傳者，又得白居易作歌，故特爲世間所知，清洪昇撰《長生殿傳奇》，[24]即本此傳及歌意也。傳今有數本，《廣記》及《文苑英華》（七百九十四）所錄，字句已多異同，而明人附載《文苑英華》後之出於《麗情集》及《京本大曲》[25]者尤異，蓋後人（《麗情集》之撰者張君房？）又增損之。

天寶末，兄國忠盜丞相位，愚弄國柄，及安祿山引兵嚮闕，以討楊氏爲詞。潼關不守，翠華南幸，出咸陽，道次馬嵬亭，六軍徘徊，持戟不進，從官郎吏伏上馬前，請誅晁錯以謝天下，國忠奉氂纓盤水，死於道周。左右之意未快，上問之，當時敢言者請以貴妃塞天下怨，上知不免，而不忍見其死，反袂掩面，使牽之而去；倉皇輾轉，竟就死於尺組之下。（《文苑英華》所載）

天寶末，兄國忠盜丞相位，竊弄國柄，羯胡亂燕，二京連陷，翠華南幸，駕出都西門百餘里，六師徘徊，擁戟不行，從官郎吏伏上馬前，請誅錯以謝之；國忠奉氂纓盤水，死於道周。左右之意未快，當時敢言者請以貴妃塞天下之怒，上慘容，但心不忍見其死，反袂掩面，使牽之而去。拜於上前，回眸血下，墜金鈿翠羽於地，上自收之。嗚呼，蕙心紈質，天王之愛，不得已而死於尺組之下，叔向母云「甚美必甚惡」，李延年歌曰「傾國復傾城」，此之謂也。（《麗情集》及《大麯》所載）

白行簡字知退，其先蓋太原人，後家韓城，又徙下邽，居易之弟也，貞元末進士第，累遷司門員外郎主客郎中，寶曆二年（八二六）冬病卒，年蓋五十餘，一，兩《唐書》皆附見〈居易傳〉。有集二十卷，今不存，而《廣記》（四百八十四）收其傳奇文一篇曰〈李娃傳〉，言榮陽巨族之子溺於長安倡女李娃，貧病困頓，至流落爲挽郎，復爲李娃所拯，勉之學，遂擢第，官成都府參軍。行簡本善文筆，李娃事又近情而聳聽，故纏綿可觀；元人已本其事爲《曲江池》，[26]明薛近兗則以作《繡襦記》。[27]行簡又有〈三夢記〉一篇（見原本《說郛》四），舉「彼夢有所往而此遇之者，或此有所爲而彼夢之者，或兩相通夢者」三事，皆敘述簡質，而事特瑰奇，其第一事尤勝。

> 天后時，劉幽求爲朝邑丞，嘗奉使夜歸，未及家十餘里，適有佛寺，路出其側，聞寺中歌笑歡洽。寺垣短缺，盡得覩其中。劉俯身窺之，見十數人兒女雜坐，羅列盤饌，環繞之而共食。見其妻在坐中語笑。劉初愕然，不測其故，久之，且思其不當至此，復不能捨之。又熟視容止言笑無異，將就察之，寺門閉不得入，劉擲瓦擊之，中其罍洗，破迸散走，因忽不見。劉踰垣直入，與從者同視殿廡，皆無人，寺扃如故。劉訝益甚，遂馳歸。比至其家，妻方寢，聞劉至，乃敘寒暄訖，妻笑曰，「向夢中與數十人同遊一寺，皆不相識，會食於殿庭，有人自外以瓦礫投之，杯盤狼藉，因而遂覺。」劉亦具陳其見，蓋所謂彼夢有所往而此遇之也。

注釋

【1】胡應麟（一五五一—一六〇二）：字元瑞，號少室山人、石羊生，明蘭溪（今屬浙江）人。詩人、文學評論家。屢試不第，於蘭溪山中築二酉山房，藏書四萬餘卷，著述以終。著有詩文集《少室山房類稿》（《少室山房集》）、筆記《少室山房筆叢》和論詩專著《詩藪》。

【2】韓柳：指韓愈和柳宗元。韓愈（七六八—八二四），字退之，唐河南河陽（今河南孟縣）人。文學家。曾任吏部侍郎等職。生平事蹟見皇甫湜（ㄕˊ）〈韓文公墓誌銘〉、李翱〈韓公行狀〉（《全唐文》卷六八七）和《舊唐書》卷一六〇、《新唐書》卷一七六本傳。撰有《韓昌黎集》。

柳宗元（七七三－八一九），字子厚，唐河東解（今山西永濟）人。文學家。曾任柳州刺史等職。生平事蹟見韓愈〈柳子厚墓誌銘〉（《韓昌黎集》卷三二）、〈唐故尚書禮部員外郎柳君文集序〉（《全唐文》卷六〇五）和《舊唐書》卷一六〇、《新唐書》卷一六八本傳。撰有《柳河東集》。二人都是唐代古文運動領袖、散文成就最高的代表作家，名列「唐宋八大家」之首。

【3】《太平廣記》：類書，小說總集，北宋李昉等人奉旨編輯，太平興國三年（九七八）書成，五百卷，另目錄十卷。參看本書第十一篇。下文所說的「他書」，據魯迅《唐宋傳奇集．序例》，指《說海》、《古今逸史》、《五朝小說》、《龍威秘書》、《唐人說薈》、《藝苑捃華》等。

【4】阮籍（二一〇－二六三）：字嗣宗，三國魏陳留尉氏（今屬河南）人。文學家、思想家。曾任步兵校尉。《三國志》卷二一有傳。他蔑視世俗禮法，所撰〈大人先生傳〉，痛詆禮法之士，抨擊君主制度毒害天下，敘寫大人先生虛無的超世俗的人生態度。劉伶，字伯倫，西晉沛國（今安徽淮北西）人。文學家。《晉書》卷四九有傳。仕魏為建威參軍。其文以〈酒德頌〉較著名，指責固守禮法的貴介公子、縉紳處士，敘寫大人先生「惟酒是務，焉知其餘」的生活。陶潛所撰〈桃花源記〉，敘寫漁人在優美幽靜的桃花源中所見村人安寧純樸的田園生活情景；〈五柳先生傳〉，敘寫五柳先生的安貧樂道，不慕榮利，歌頌黔婁妻「不戚戚於貧賤，不汲汲於富貴」的人生哲學。這些文章的人物和故事，均出於作者的幻設，以表達作者贊同或嚮往的精神境界，近乎寓言。

【5】王績（約五八五－六四四）：字無功，號東皋子，隋末唐初絳州龍門（今山西河津）人。詩人。曾官祕書省正字。所撰〈醉鄉記〉，敘寫超塵世的「醉鄉」生活。韓愈〈圬者王承福傳〉，敘寫泥瓦匠王承福怡然自得、獨善其身的處世態度。柳宗元〈種樹郭橐駝傳〉，敘寫郭橐駝種樹的故事，說明「任其自然，順其本性」的道理。

【6】〈古鏡記〉：王度〈古鏡記〉及後文所述無名氏〈補江總白猿傳〉，沈既濟〈枕中記〉、〈任氏傳〉，沈亞之〈湘中怨〉、〈異夢錄〉、〈秦夢記〉，陳鴻〈長恨歌傳〉、〈開元昇平源〉、〈東城老父傳〉，白行簡〈李娃傳〉、〈三夢記〉等，皆為唐代傳奇名家名作，魯迅《唐宋傳奇集》均收入。

【7】文中子通：王通（五八四－六一八），字仲淹，王度之弟、王績之兄。隋絳州龍門（今山西河津）人。曾官蜀郡司戶書佐、蜀王侍讀。大業中退隱，以著書講學為業。撰有《中說》（即《文中子》）等。死後其門人私諡為「文中子」。

【8】歐陽紇（五三七－五六九）：字奉聖，南朝陳長沙臨湘（今湖南長沙）人，曾官廣州刺史。因叛亂兵敗而被殺。其子詢（約五五七－約六四一），字信本。博覽經史。仕隋，為太常博士、給事中。入唐，官至太子率更令、弘文館學士。主編《藝文類聚》。

【9】江總（五一九－五九四）：字總持，南朝陳濟陽考城（今河南民權東）人。七歲而孤，十八歲起家梁宣威武陵王府法曹參軍。陳時曾任尚書令，世稱江令。入隋為上開府。有文集三十卷，已佚，明人輯為《江令君集》。

【10】張鷟（ㄓㄨㄛˊ）（五五八－七三〇）：字文成，唐神州陸澤（今河北深州）人。文學家。《舊唐書》卷一四九、《新唐書》卷一六一有傳。著有判牘集《龍筋鳳髓判》、筆記《朝野僉（ㄑㄧㄢ）載》、傳奇小說〈遊仙窟〉。

【11】姚崇（六五〇－七二一）：本名元崇，字元之，唐陝州硤（ㄕㄢˇ）石（今河南陝縣東南）人。曾三任宰相。玄宗時，第三次任宰相兼兵部尚書，獨當重任，盡心輔助，為建立開元盛世立下功勳。

【12】莫休符：唐昭宗光化時，官融州刺史。所撰《桂林風土記》，《新唐書．藝文志》著錄三卷，今存一卷。書成於光化二年（八九九），記桂林人物佚事、城亭里宅、寺觀和山水風物等。書中存唐人佚詩多首，張鷟等人事蹟，亦可考見。

【13】《朝野僉載》：筆記小說集，張鷟撰，《新唐書．藝文志》著錄二十卷，已散佚。存輯本六卷本和一卷本，皆從《太平廣記》中輯錄，今有中華書局點校本（一九七九年版）。主要記述隋唐二代朝野遺聞異聞，對武則天時的朝政人物尤多揭露諷刺。《龍筋鳳髓判》，四卷，判詞集，文皆駢儷，從中可知當時律令程式。

【14】楊炎（七二七－七八一）：字公南，人稱小楊山人。唐鳳翔天興（今陝西鳳翔）人，官至門下侍郎同平章事。後受盧杞陷害，貶崖州時被賜死於道。

【15】這裏「貞元」應作「建中」。據兩《唐書》楊炎本傳，貞元時楊炎已死，他獲罪貶官在建中二年（七八一）。

【16】《建中實錄》：唐沈既濟撰。《新唐書．藝文志》著錄十卷，《宋史．藝文志》著錄十五卷，係唐代宗大歷十四年（七七九）至德宗建中二年（七八一）十月的大事記。

【17】《文苑英華》：詩文總集，北宋李昉、扈蒙、徐鉉、宋白等奉旨編撰。共一千卷，上續《文選》，收南朝梁末至唐代五代作家二千二百餘人，詩文近二萬篇，其中唐代作品占十之八九，為唐代詩文總匯。

【18】湯顯祖（一五五〇－一六一六）：字義仍，號海若、若士、清遠道人，明臨川（今屬江西）人。文學家。曾官浙江遂昌知縣。以傳奇《臨川四夢》（《紫釵記》、《還魂記》又名《牡丹亭》、《南柯記》、《邯鄲記》）最有名。《邯鄲記》，又名《邯鄲夢》，傳奇劇本，二卷三十齣，故事本沈既濟《枕中記》，但情節上多有增飾。

【19】《毛穎傳》：韓愈作，他在文中將毛筆擬人化為毛穎，敘寫他的身世，藉以抒發自己胸中鬱積。

【20】吳興才人：語見唐李賀〈送沈亞之歌〉：「吳興才人怨東風，桃花滿陌千里紅」。其序云：「文人沈亞之，元和七年以書不中第，返歸於吳江」。

沈亞之（七八一—八三一），字下賢，唐吳興（今浙江湖州）人。文學家。元和十年進士。曾遊韓愈門下十餘年，與李賀、賈島等相善。生平事蹟見《郡齋讀書記》卷一八、《唐詩紀事》卷五一、《唐才子傳》卷六。工於文辭，擅長傳奇。下文所說「自謂『能創窈窕之思』」，見於《沈下賢集》卷二〈為人撰乞巧文〉。

【21】白居易（七七二—八四六）：字樂天，晚號香山居士。唐太原（今屬山西）人，文學家。官至刑部尚書。著有《白氏長慶集》七十五卷。

【22】《開元昇平源》：傳奇小說，唐陳鴻撰，一說為吳兢撰，記姚（元）崇在同玄宗（唐明皇）狩獵途中，向玄宗進諫十事，後作宰相的故事。此書原無單行本，係後人從司馬光《資治通鑑考異》中輯出，有魯迅《唐宋傳奇集》本、丁如明輯校《開元天寶遺事十種》本（上海古籍出版社一九八五年版）。

【23】〈東城老父傳〉：傳奇小說，又名〈賈昌傳〉，《太平廣記》題陳鴻撰，明刻本《虞初志》、《全唐文》題陳鴻祖撰。

【24】洪昇（一六四五—一七〇四）：字昉思，號稗畦（ㄑㄧˊ），清錢塘（今浙江杭州）人，國子監生。其詩文有《稗畦集》、《稗畦續集》和今人所輯《洪昇集》（浙江古籍出版社），所撰《長生殿》，傳奇劇本，五十齣，繼承白居易〈長恨歌〉主題，演唐玄宗、楊貴妃生死不渝的愛情故事。

【25】《麗情集》：二十卷。已散佚，今存一卷。作者張君房，字雲方，一曰字尹方，北宋岳州安陸（今屬湖北）人。景德二年（一〇〇五）進士，官尚書度支員外郎、集賢校理。編道教經籍《大宋天宮寶藏》，並自集其精華，編《雲笈七籤》一二二卷。《京本大曲》，未詳。

【26】《曲江池》：全稱《李亞仙花酒曲江池》，雜劇劇本，四折，元石君寶撰。本事出白行簡傳奇小說〈李娃傳〉。明朱有燉（一三七九—一四三九）也有同名雜劇。故事相同，皆本傳奇〈李娃傳〉。

【27】薛近兗（ㄧㄢˇ）：生卒年不詳。字百昌，一字信余，明武進（今屬江蘇常州）人。戲曲作家。萬曆二十三年（一五九五）進士，歷官浙江、河南布政使。所撰《繡襦記》，四卷，四十一齣，敘白行簡〈李娃傳〉故事。一說為明徐霖所撰。

解讀

本篇標題下的提綱之首句「唐人始有意為小說」，即有千鈞之力。這個結論指出，如果說魏晉詩人作家就能有意為詩文，即具有自覺的創作意識，那麼，唐代的作家就能夠開始自覺地創作小說了。

本篇還介紹了初期傳奇的名作和名家。此中最有名的無疑是陳鴻的《長恨歌傳》，他受白居易〈長恨歌〉的影響，但描寫更為詳盡和條貫，對後世的影響與白居易原詩同樣深遠，所以因觀看以〈長恨歌〉詩和小說為基礎創作的著名昆劇《長生殿》而被康熙撤職的官員之一趙執信有詩歌頌說：「傾國爭誇天寶時，才人例解說相思。三生影響陳鴻傳，一種風情白傅詩。」（《飴山堂集．上元觀演〈長生殿〉劇十絕句》）最有名的作家是白行簡（七七六—八二六），他是白居易的弟弟，比其兄年少四歲，但竟早死二十年。他於元和二年（八〇七）中進士。本書說他「貞元末進士第」，不對。他的文才很好，《舊唐書》本傳說他「文筆有兄風，辭賦尤稱精密，文士皆師法之」。其傳奇小說代表作〈李娃傳〉和〈三夢記〉皆得魯迅讚賞。白氏兄弟當時在文壇上都春風得意，對後世都有很大影響。〈李娃傳〉是美人救才子，才子忠於愛情的佳作，後由石君寶改編為元雜劇《曲江池》，由薛近兗改編成明傳奇（昆劇）《繡襦記》，皆為戲曲名作。〈三夢記〉中最精采的是第二夢，記敘他和白居易兄弟倆同遊曲江慈恩寺，兩人題寫了憶念正去遠方的共同朋友元稹的詩一首：「花時同醉破春愁，醉折花枝當酒籌。忽憶故人天際去，計程今日到梁州。」十餘日後，元稹寄回詩一首說：「夢君兄弟曲江頭，也向慈恩院裏遊。驛吏喚人排馬去，忽驚身在古梁州。」做夢日即白氏遊寺作詩日，夢中竟也與他們在那天同遊。正是千里神交，詩意相通，友情感人。

第九篇　唐之傳奇文（下）

然傳奇諸作者中，有特有關係者二人：其一，所作不多而影響甚大，名亦甚盛者曰元稹；其二，多所著作，影響亦甚大而名不甚彰者曰李公佐。

元稹字微之，河南河內人，舉明經，補校書郎，元和初應制策第一，除左拾遺，歷監察御史，坐事貶江陵，又自虢州長史徵入，漸遷至中書舍人承旨學士，進工部侍郎同平章事，未幾罷相，出為同州刺史，又改越州，兼浙東觀察使。太和初，入為尚書左丞檢校戶部尚書，兼鄂州刺史武昌軍節度使，五年七月暴疾，一日而卒於鎮，時年五十三（七七九—八三一），兩《唐書》皆有傳。稹自少與白居易唱和，當時言詩者稱元白，號為「元和體」，[1]然所傳小說，止〈鶯鶯傳〉[2]（見《廣記》四百八十八）一篇。

〈鶯鶯傳〉者，即敘崔張故事，亦名〈會眞記〉者也。略謂貞元中，有張生者，性貌溫美，非禮不動，年二十三未嘗近女色。時生遊於蒲，寓普救寺，適有崔氏孀婦將歸長安，過蒲，亦寓茲寺，緒其親則於張為異派之從母。會渾瑊薨，軍人因喪大擾蒲人，崔氏甚懼，而生與蒲將之黨有善，得將護之，十餘日後廉使杜確來治軍，軍遂戢。崔氏由此甚感張生，因招宴，見其女鶯鶯，生惑焉，託崔之婢紅娘以〈春詞〉二首通意，是夕得彩箋，題其篇曰〈明月三五夜〉，辭云，「待月西廂下，迎風戶半開，隔牆花影動，疑是玉人來。」張喜且駭，已而崔至，則端服嚴容，責其非禮，竟去，張自失者久之，數夕後，崔又至，將曉而去，終夕無一言。

……張生辨色而興，自疑曰，「豈其夢邪？」及明，覩粧在臂，香在衣，淚光熒熒然猶瑩於茵席而已。是後又十餘日，杳不復知。張生賦〈會眞詩〉三十韻，未畢而紅娘適至，因授之，以貽崔氏。自是復容之，朝隱而出，暮隱而入，同安於曩所謂西廂者幾一月矣。張生常詰鄭氏之情，則曰，「我不可奈何矣。」因欲就成之。無何，張生將至長安，先以情諭之，崔氏宛然無難詞，然而愁怨之容動人矣。將行之夕，不可復見，張生遂西下。……

明年，文戰不利，張生遂止於京，貽書崔氏以廣其意，崔報之，而生發其書於所知，由是爲時人傳說。楊巨源爲賦〈崔娘詩〉，[3]元稹亦續生〈會眞詩〉三十韻，[4]張之友聞者皆聳異，而張志亦絕矣。元稹與張厚，問其說，張曰：

> 大凡天之所命尤物也，不妖其身，必妖於人，使崔氏子遇合富貴，秉嬌寵，不爲雲爲雨，則爲蛟爲螭，吾不知其變化矣。昔殷之辛，周之幽，據萬乘之國，其勢甚厚，然而一女子敗之，潰其眾，屠其身，至今爲天下僇笑，予之德不足以勝妖孽，是用忍情。

越歲餘，崔已適人，張亦別娶，適過其所居，請以外兄見，崔終不出；後數日，張生將行，崔則賦詩一章以謝絕之云，「棄置今何道，當時且自親，還將舊來意，憐取眼前人。」自是遂不復知。時人多許張爲善補過者云。

元稹以張生自寓，述其親歷之境，雖文章尚非上乘，而時有情致，固亦可觀，惟篇末文過飾非，遂墮惡趣，而李紳、[5]楊巨源輩既各賦詩以張之，稹又早有詩名，後秉節鉞，故世人仍多樂道，宋趙德麟已取其事作〈商調蝶戀花〉十闋[6]（見《侯鯖錄》），金則有董解元《弦索西廂》，[7]元則有王實甫《西廂記》，[8]關漢卿《續西廂記》，[9]明則有李日華《南西廂記》，[10]陸采《南西廂記》[11]等，其他曰《竟》、曰《翻》、曰《後》、曰《續》[12]者尤繁，至今尚或稱道其事。唐人傳奇留遺不少，而後來煊赫如是者，惟此篇及李朝威〈柳毅傳〉而已。

李公佐字顓蒙，隴西人，嘗舉進士，元和中爲江淮從事，後罷歸長安（見所作〈謝小娥傳〉中），會昌初，又爲楊府錄事，大中二年，坐累削兩任官（見《唐書．宣宗紀》），蓋生於代宗時，至宣宗初猶在（約七七〇—八五〇），餘事未詳；《新唐書．宗室世系表》有千牛備身公佐，則別一人也。其著作今存四篇，〈南柯太守傳〉（見《廣記》四百七十五，題〈淳于棼〉，今據《唐語林》改正）最有名，傳言東平淳于棼家廣陵郡東十里，宅南有大槐一株，貞元七年九月因沉醉致疾，二友扶生歸家，令臥東廡下，而自秣馬濯足以俟之。生就枕，昏然若夢，見二紫衣使稱奉王命相邀，出門登車，指古槐穴而去。使者驅車入穴，忽見山川，終入一大城，城樓上有金書題曰「大槐安國」。生既至，拜駙馬，復出爲南柯太守，守郡三十載，「風化廣被，百姓歌謠，建功德碑，立生祠宇」，王甚重之，遞遷大位，生五男二女，後將兵與檀蘿國戰，敗績，公主又薨。生罷郡，而威福日盛，王疑憚之，遂禁生遊從，處之私第，已而送歸。既醒，則「見家之童僕擁篲於庭，二客濯足於榻，斜日未隱於西垣，餘樽尚湛於東牖，夢中倏忽，若度一世矣。」其立意與〈枕中記〉同，而描摹更爲盡致，明湯顯祖亦本之作傳奇曰《南柯記》。篇末言命僕發穴，以窮根源，乃見蟻聚，悉符前夢，則假實證幻，餘韻悠然，雖未盡於物情，已非〈枕中〉之所及矣。

……有大穴，根洞然明朗，可容一榻。上有積土壤以爲城郭殿臺之狀，有蟻數斛，隱聚其中。中有小臺，其色若丹，二大蟻處之，素翼朱首，長可三寸，左右大蟻數十輔之，諸蟻不敢近，此其王矣：即槐安國都是也。又窮一穴，直上南枝可四丈，宛轉方中，亦有土城小樓，群蟻亦處其中：既生所領南柯郡也。……追想前事，感歎於懷，……不欲令二客壞之，遽令掩塞如舊。……復念檀蘿征伐之事，又請二客訪跡於外，宅東一里有古涸澗，側有大檀樹一株，藤蘿擁織，上不見日，旁有小穴，亦有群蟻隱聚其間。檀蘿之國，豈非此耶？嗟乎！蟻之靈異猶不可窮，況山藏木伏之大者所變化乎？……

〈謝小娥傳〉（見《廣記》四百九十一）言小娥姓謝，豫章人，八歲喪母，後嫁歷陽俠士段居貞。夫婦與父皆習賈，往來江湖間，爲盜所殺，小娥亦折足墮水，他船拯起之，流轉至上元縣，依妙果寺尼以居。初，小娥嘗夢父告以讎人爲「車中猴東門草」，又夢夫告以讎人爲「禾中走一日夫」，廣求智者，皆不能解，至公佐乃辨之曰，「車中猴，車字去上下各一畫，是申字，又申屬猴，故曰車中猴；草下有門，門中有東，乃蘭字也。又禾中走是穿田過，亦是申字也；一日夫者，夫上更一畫，下有日，是春字也。殺汝父是申蘭，殺汝夫是申春，足可明矣。」小娥乃變男子服為傭保，果遇二賊於潯陽，刺殺之，並聞於官，擒其黨，而小娥得免死。解謎獲賊，甚乏理致，而當時亦盛傳，李復言已演其文入《續玄怪錄》，[13]明人則本之作平話。[14]（見《拍案驚奇》十九）

所餘二篇，其一未詳原題，《廣記》則題曰〈廬江馮媼〉（三百四十三），記董江妻亡更娶，而媼見有女泣路隅一室中，後乃知即亡人之墓，董聞則罪以妖妄，逐媼去之，其事甚簡，故文亦不華。其一曰〈古嶽瀆經〉（見《廣記》四百六十七，題曰〈李湯〉），有李湯者，永泰時楚州刺史，聞漁人見龜山下水中有大鐵鎖，乃以人牛曳出之，風濤陡作，「一獸狀有如猿，白首長鬐，雪牙金爪，闖然上岸，高五丈許，蹲踞之狀若猿猴，但兩目不能開，兀若昏昧，……久乃引頸伸欠，雙目忽開，光彩若電，顧視人焉，欲發狂怒。觀者奔走，獸亦徐徐引鎖曳牛入水去，竟不復出。」當時湯與楚州知名之士，皆錯愕不知其由。後公佐訪古東吳。泛洞庭，登包山，入靈洞，探仙書，於石穴間得《古嶽瀆經》第八卷，乃得其故，而其經文字奇古，編次蠹毀，頗不能解，公佐與道士焦君共詳讀之。如下文：

> 禹理水，三至桐柏山，驚風走雷，石號木鳴，土伯擁川，天老肅兵，功不能興。禹怒，召集百靈，授命夔龍，桐柏等山君長稽首請命，禹因囚鴻濛氏、章商氏、兜盧氏、犁婁氏，乃獲淮渦水神名無支祁，善應對言語，辨江淮之淺深，原隰之遠近，形若猿猴，縮鼻高額，青軀白首，金目雪牙，頸伸百尺，力踰九象，搏擊騰踔疾奔，輕利倏忽，聞視不可久。禹授之童律，不能制；授之烏木由，不能制；授之庚辰，能制。鴟脾桓胡木魅水靈山祅石怪奔號聚繞。以數千載，庚辰以戰（一作戟）逐去，頸鎖大索，鼻穿金鈴，徙淮陰之龜山之足下，俾淮水永安流注海也。庚辰之後，皆圖此形者，免淮濤風雨之難。

宋朱熹（《楚辭辨證》中）嘗斥僧伽降伏無支祁事為俚說，[15]羅泌（《路史》）有〈無支祁辯〉，[16]元吳昌齡《西遊記》雜劇中有「無支祁是他姊妹」語，[17]明宋濂[18]亦隱括其事為文，知宋元以來，此說流傳不絕，且廣被民間，致勞學者彈糾，而實則僅出於李公佐假設之作而已。惟後來漸誤禹爲僧伽或泗洲大聖，明吳承恩演《西遊記》，又移其神變奮迅之狀於孫悟空，於是禹伏無支祁故事遂以堙昧也。

傳奇之文，此外尚夥，其較顯著者，有隴西李朝威作〈柳毅傳〉（見《廣記》四百十九），記毅以下第將歸湘濱，道經涇陽，遇牧羊女子言是龍女，爲舅姑及婿所貶，託毅寄書於父洞庭君，洞庭君有弟錢塘君性剛暴，殺婿取女歸，欲以配毅，因毅嚴拒而止。後毅喪妻，徙家金陵，娶范陽盧氏，則龍女也，又徙南海，復歸洞庭，其表弟薛嘏嘗遇之於湖中，得仙藥五十丸，此後遂絕影響。金人已取其事爲雜劇（語見董解元《弦索西廂》中），[19]元尚仲賢則作《柳毅傳書》，[20]翻案而爲《張生煮海》，[21]清李漁又折衷之而成《蜃中樓》。[22]又有蔣防作〈霍小玉傳〉[23]（見《廣記》四百八十七），言李益年二十擢進士第，入長安。思得名妓，乃遇霍小玉，寓於其家，相從者二年，其後年，生授鄭縣主簿，則堅約婚姻而別。及生覲母，始知已訂婚盧氏，母又素嚴，生不敢拒，遂與小玉絕。小玉久不得生音問，竟臥病，蹤跡招益，益亦不敢往。一日益在崇敬寺，忽有黃衫豪士強邀之，至霍氏家，小玉力疾相見，數其負心，長慟而卒。益爲之縞素，旦夕哭泣甚哀，已而婚於盧氏，然爲怨鬼所祟，竟以猜忌出其妻，至於三娶，莫不如是。杜甫〈少年行〉有云，「黃衫年少宜來數，不見堂前東逝波」，[24]謂此也。又有許堯佐作〈柳氏傳〉（見《廣記》四百八十五），記詩人韓翃得李生豔姬柳氏，[25]會安祿山反，因寄柳於法靈寺而自爲淄青節度使書記，亂平復來，則柳已爲蕃將沙吒利所取，淄青諸將中有俠士許虞侯者，劫以還翃。其事又見於孟棨〈本事詩〉，[26]蓋亦實錄矣。他如柳珵（《廣記》二百七十五〈上清傳〉）、[27]薛調（又四百八十六〈無雙傳〉）、[28]皇甫枚（又四百九十一〈非煙傳〉）、[29]房千里（同上〈楊娼傳〉）[30]等，亦皆有造作。而杜光庭之〈虯髯客傳〉[31]（見《廣記》一百九十三）流傳乃獨廣，光庭爲蜀道士，事王衍，多所著述，大抵誕謾，此傳則記楊素妓人之執紅拂者識李靖於布衣時，相約遁去，道中又逢虯髯客，知其不凡，推資財，授兵法，令佐太宗興唐，而自率海賊入扶餘國殺其主。自立爲王云。後世樂此故事，至作畫圖，謂之三俠；在曲則明淩濛初成有《虯髯翁》，[32]張鳳翼、張太和皆有《紅拂記》。[33]

上來所舉之外，尚有不知作者之〈李衛公別傳〉、[34]〈李林甫外傳〉，[35]郭湜之〈高力士外傳〉，[36]姚汝能之〈安祿山事蹟〉[37]等，惟著述本意，或在顯揚幽隱，非為傳奇，特以行文枝蔓，或拾事瑣屑，故後人亦每以小說視之。

注釋

【1】元和體：元和為唐憲宗李純的年號（八〇六－八二〇），是元稹和白居易詩歌創作興盛的年代，因而用來指稱元稹和白居易通俗流麗的詩歌，又稱「元白體」。《舊唐書．元稹傳》：元稹「與太原白居易友善。工為詩，善狀詠風態物色，當時言詩者稱元、白焉。自衣冠士子，至閭閻下俚，悉傳諷之，號為『元和體』。」

【2】〈鶯鶯傳〉：元稹〈鶯鶯傳〉及下文所述李朝威〈柳毅傳〉，李公佐〈謝小娥傳〉、〈南柯太守傳〉、〈廬江馮媼傳〉、〈古嶽瀆經〉，蔣防〈霍小玉傳〉，柳珵〈上清傳〉，薛調〈無雙傳〉，皇甫枚〈非煙傳〉，房千里〈楊娼傳〉，杜光庭〈虬髯客傳〉，均已收入魯迅《唐宋傳奇集》。

【3】楊巨源（七五五－約八三二）：字景山，唐河中蒲州（今山西永濟）人。詩人。貞元五年（七八九）進士，官至國子司業。所撰〈崔娘詩〉，收入《全唐詩》卷三三三。

【4】〈會真詩〉三十韻，原附〈鶯鶯傳〉末，〈鶯鶯傳〉因此又名〈會真記〉。

【5】李紳（七七二－八四六）：字公垂，唐文學家。祖籍亳（ㄅㄛˋ）州譙（ㄑㄧㄠˊ）縣（今安徽亳縣）人，後家於無錫（今屬江蘇）。元和元年（八〇六）進士，官至中書侍郎、同中書門下平章事。與元稹、白居易交往甚密。所撰〈鶯鶯歌〉，一題〈東飛伯勞西飛燕歌為鶯鶯作〉：「伯勞飛遲燕飛疾，垂楊綻金花笑日。綠窗嬌女字鶯鶯，金雀婭鬟年十七。黃姑上天阿母在，寂寞霜姿素蓮質。門掩重關蕭寺中，芳草花時不曾出。」收入《全唐詩》卷四八三。

【6】趙德麟（一〇五一—一一〇七）：名令時（ㄓˋ），字景貺（ㄎㄨㄤˋ），蘇軾為其改字為德麟，自號聊復翁。宋太祖次子燕王德昭玄孫。所撰《侯鯖錄》，筆記，八卷，廣採唐和北宋文人佚事、名句佳篇，內容富贍，見解精審。卷五對元稹的身世和〈會真記〉考辨頗詳，並取其事作〈崔鶯鶯商調蝶戀花詞〉十章十二闋，對張崔故事在文學史上的演變和發展的研究有重要作用。序云：「今於暇日，詳觀其文，略其煩褻，分之為十章。每章之下屬之以詞，或全摭其文，或止取其意，又別為一曲，載之傳前，先敘前篇之義，調曰『商調』，曲名『蝶戀花』。」詞末云：「樂天曰：『天長地久有時盡，此恨綿綿無盡期』，豈獨在彼者耶！」

【7】董解元：約金章宗時人，名字與生平不詳。曲藝家。所撰《弦索西廂》，又名《西廂記諸宮調》。

【8】王實甫：名德興，以字行。元大都（今北京）人。雜劇作家。所撰雜劇十四種，現存三種，以《西廂記》最著名，被譽為「北曲之冠」。

【9】關漢卿：號已齋叟，金末元初雜劇作家。大都（今北京）人。所撰雜劇共六十餘種，存十八種。一般認為王實甫《西廂記》只四本，第五本為關漢卿續作，即此處所說的《續西廂記》。

【10】李日華：明吳縣（今屬江蘇）人，嘉靖初在世。戲曲作家。他將友人崔時佩改編王實甫《西廂記》所作的三十六齣傳奇《南西廂記》增補至三十八齣，流行於世，今有《六十種曲》本。

【11】陸采（一四九七—一五三七）：原名灼，字子玄，號天池，明長洲（今江蘇吳縣）人。戲曲作家。著有傳奇五種。其《南西廂記》傳奇二卷三十七齣，因不滿李日華《南西廂記》而作，但流行不廣。

【12】《竟》：即清周恆綜《竟西廂》，實名《錦西廂》；《翻》，即清初研雪子《翻西廂》；《後》，即《後西廂》，清石龐、薛旦、湯世瀠三人各有同名劇作；《續》，即清查繼佐《續西廂》。

【13】李復言：唐隴西（今甘肅東南）人，小說家。生平事蹟見《舊唐書》卷一七、一八。所撰《續玄怪錄》，又名《續幽怪錄》，內容多為表現道佛思想的異聞軼事，對後世小說戲曲影響較大。其中〈妙寂尼〉，即敘記謝小娥故事。

【14】明人則本之作平話：指明凌濛初所撰《拍案驚奇》（又名《初刻拍案驚奇》）卷十九〈李公佐巧解夢中言，謝小娥智擒船上盜〉。

【15】朱熹（一一三〇—一二〇〇）：字元晦，號晦庵，南宋徽州婺源（今屬江西）人，生於並遷居福建。思想家、教育家、文學家。紹興十八年（一一四八）進士。曾任祕閣修撰等職。學識精湛，著作宏富。所撰《楚辭辨證》，二卷，內容係訂正舊注之誤。斥僧伽降伏無支祁事為俚說，見該書卷下：「如今世俗僧伽降無支祁、許遜斬蛟蜃精之類，本無稽據，而好事者遂假託撰造以實之。明理之士皆司以一笑而揮之，正不必深與辯也。」

【16】羅泌：字長源，南宋吉州廬陵（今江西吉安）人。生當於孝宗乾道間。所撰《路史》，四十七卷，記載自遠古傳說時期至兩漢史事。〈無支祁辯〉，見該書《餘論》卷三。

【17】《西遊記》雜劇：六本二十四折，元末明初楊訥（字景賢）作，一作無名氏作（現存本題元吳昌齡撰，誤）。引文見第一折〈收孫演咒〉：「那胡孫氣力與天齊，偷玉皇仙酒，盜老子金丹，他去那魔君中占第一，他是驪山老母兄弟，無支祁是他姊妹。」

【18】宋濂（一三一〇—一三八一）：字景濂，號潛溪，又號玄真子。明浦江或金華（今皆屬浙江）人。明代開國名臣，官至學士承旨知制誥。《明史》卷一二八有傳。著有《宋學士全集》。他關於無支祁的論述，見《宋學士全集》卷二十八〈刪古嶽瀆經〉。

【19】據董解元《弦索西廂》（即《西廂記諸宮調》）卷一：「比前賢樂府不中聽，在諸宮調裡卻著數。……也不是離魂倩女，也不是謁漿崔護，也不是雙漸豫章城，也不是柳毅傳書。」

【20】尚仲賢：元真定（今河北正定）人，雜劇作家。曾任江浙行省務官。所撰雜劇今知有十一種，現存四種：〈洞庭湖柳毅傳書〉、〈漢高皇濯足氣英布〉、〈尉遲恭三奪槊〉、〈尉遲恭單鞭奪槊〉（一說此劇為關漢卿作或無名氏作）。

【21】《張生煮海》：全名《沙門島張生煮海》，雜劇劇本。一為尚仲賢撰。已佚。今存者為元李好古撰。劇情為潮州書生張羽與龍女相愛，為龍王所阻。後得仙人授法煮海，降服龍王，終成夫婦。

【22】李漁（一六一〇—一六八〇）：號笠翁，清蘭溪（今屬浙江）人。文學家。著作宏富。所撰《蜃中樓》傳奇，劇情為洞庭、東海二龍女在蜃樓遊玩時遇見柳毅、張羽，遂各相愛成婚。

【23】蔣防：字子微，一作子徵，唐常州義興（今江蘇宜興）人，文學家。官至翰林學士等職。生平事蹟見《唐詩紀事》卷四一。

【24】杜甫（七一二—七七〇）：字子美，唐鞏縣（今河南鞏義）人，大詩人。曾官左拾遺。撰有《杜工部集》。所作〈少年行〉第二首：「巢燕引雛渾去盡，江華結子已無多。黃衫年少宜來數，不見堂前東逝波。」

【25】許堯佐：唐憲宗時人，文學家。貞元間進士，曾官太子校書郎、諫議大夫等職。《舊唐書》卷一八九、《新唐書》卷二〇〇有傳。

韓翃（ㄏㄨㄥˊ），字君平，南陽（今屬河南）人。詩人。天寶十三年（七五四）進士，官至中書舍人。生平事蹟見《新唐書》卷二〇三、《唐詩紀事》卷三〇、《唐才子傳》卷四。著有《韓君平集》。

【26】孟棨（ㄑㄧˇ）：一作孟啓，字初中。唐代人，官司勳郎中。所撰《本事詩》，筆記，一卷，記述唐詩本事和民間傳聞，記錄不少唐代詩人的軼事，敘事委曲，情致宛然，頗有史料價值。

【27】柳珵（ㄔㄥˊ）：唐蒲州河東（今山西永濟）人，生平未詳。所撰《上清傳》，傳奇小說。寫唐宰相竇參受誣告被奪相位，賜死，奴婢上清被沒入宮，尋機向唐德宗哭訴，為竇參申冤故事。

【28】薛調（八三〇—八七二）：唐河中寶鼎（今山西萬榮）人，小說家。大中八年（八五四）進士，曾官戶部員外郎、翰林學士承旨。生平事蹟見《唐語林》卷四。所撰〈無雙傳〉，見《太平廣記》，寫劉無雙和表兄王仙客曲折的愛情經歷。

【29】皇甫枚：字遵美，唐安定三水（今陝西旬邑）人，咸通末（八七三）為汝州魯山縣令。後梁開平四年（九一〇）活動於晉汾之間。生平事蹟見《直齋書錄解題》卷一一，及《三水小牘》。著有傳奇小說集《三水小牘》等。〈非煙傳〉，寫步非煙與趙象相戀，至死不渝的故事。

【30】房千里：字鵠舉，唐河南（今河南洛陽）人，大和初（八二七）進士，曾官國子博士、高州刺史。所撰〈楊娼傳〉，寫長安名妓楊娼為嶺南帥甲所愛，帥死，楊以死相報的生死戀情。

【31】杜光庭（八五〇—九三三）：字賓至，又字聖賓，自號東瀛子，弘教大師等。唐末五代處州縉雲（今屬浙江）人。曾在天臺山學道，仕唐為內廷供奉，入蜀後官諫議大夫，後隱居青城山白雲溪以終。生平事蹟見《郡齋讀書志》卷二、三，《十國春秋》卷四七。著作頗多，有《廣成集》、《錄異記》等十餘種。

【32】凌初成（一五八〇—一六四四）：即凌濛初，明烏程（今浙江吳興）人，曾官上海縣丞、徐州通判。參看本書第二十一篇。著作甚豐，所撰雜劇即有八種，其中《虯髯翁》，全名為《虯髯翁正本扶餘國》，四折。

【33】張鳳翼（一五二七—一六一三）：字伯起，號靈墟、冷然居士，明長洲（今江蘇吳縣）人。戲曲家。劇作有傳奇《陽春六集》，今存五種。其中《紅拂記》，三十四齣，影響頗大。張太和，字幼于，號屏山，明錢塘（今浙江杭州）人。其所撰《紅拂記》，今佚。

【34】《李衛公別傳》：傳奇小說，唐李復言撰。原名《李衛公靖》，見南宋書棚本《續幽怪錄》卷四，收入《太平廣記》卷四一八，題〈李靖〉，文末注：「出《續玄怪錄》。」《古今說海》說淵三三題〈李衛公別傳〉，不署撰人，魯迅可能據此本，所以「不知作者」。

【35】〈李林甫外傳〉：《太平廣記》作〈李林甫〉，傳奇小說，一卷，盧肇作。盧肇，字子發，唐袁州宜春文標鄉人。會昌三年（八四三）進士，曾任歙州、池州、萬州、吉州刺史。撰有傳奇小說集《逸史》，已散佚，有佚文百餘則，收入《太平廣記》、《古今說海》，及葉德輝輯《唐開元小說六種》等書。《古今說海．說淵》一五題〈李林甫外傳〉，不署撰人，魯迅可能據此本，所以「不知作者」。

【36】郭湜：唐太原（今屬山西）人，生活於唐肅宗、代宗時代。大歷十三年（七七八）曾任戶部員外郎。所撰〈高力士外傳〉，《新唐書．藝文志》題為〈高氏外傳〉。傳奇小說，一卷，見明顧元慶《顧氏文房小說》、《唐開元小說六種》等書。

【37】姚汝能：唐代人，曾官華陰尉，餘事不詳。所撰〈安祿山事蹟〉，《新唐書．藝文志》著錄三卷。收入繆荃孫輯《藕香零拾》、《唐開元小說六種》等書。

解讀

本篇專門介紹傳奇作者中最重要的兩家：元稹和李公佐。元稹有千古名篇〈鶯鶯傳〉，李公佐的〈南柯太守傳〉、〈謝小娥傳〉也是千古流芳的名作。另有李朝威〈柳毅傳〉、蔣防〈霍小玉傳〉等著名作品。

元稹根據自己獵豔的經歷寫出極負盛名的〈鶯鶯傳〉，魯迅指責「篇末文過飾非，遂墮惡趣」，成爲此作的定論。魯迅所引〈崔鶯鶯商調蝶戀花詞〉，首次以同情筆調肯定崔鶯鶯，對眞摯的愛情作熱情歌頌，這對後世董解元《西廂記諸宮調》和王實甫《西廂記》雜劇的創作有較大的影響。

陳寅恪的名文〈讀鶯鶯傳〉（《元白詩箋證稿》第四章〈豔詩及悼亡詩〉附）經論證後指出「鶯鶯傳爲微之之自敘之作，其所謂張生即微之之化名，此固無可疑」。並認爲「鶯鶯所出必非高門」，所以元稹（字微之）才會始亂終棄，另娶社會地位門第高的韋氏。他甚至認爲鶯鶯的身分僅是娼妓，「唐世倡伎往往謬託高門」。可是學者們對陳寅恪的觀點都表示沉默。

我認爲，同樣是張崔題材，王實甫將他們的愛情故事在《西廂記諸宮調》的基礎上再作提高，從而使雜劇《西廂記》在世界文學史上首創「知音互賞」式的愛情模式描寫：此戲寫出張崔之戀超越一見鍾情的模式，他們用詩歌、琴聲來互訴心曲，在經歷嚴峻的考驗的同時，用富於才華的藝術手段，在高智商的心靈碰撞中，不斷冒出新的愛情火花。從而增進了解，達到靈與肉的結合，形成更高層次的愛，從而上升到青年男女在知音互賞基礎上走入的戀愛長途和人生歷程，在中國和世界文學史上做出首創性的巨大藝術貢獻。此後，明代傳奇《玉簪記》和長篇小說《紅樓夢》等，實際上都繼承了這種描寫。有興趣的讀者可以參看周錫山《西廂記評注》（《六十種曲評注》第九冊，吉林人民出版社二〇〇一）、《西廂記注釋匯評》（十六開三卷，平裝本上海人民出版社二〇一三，精裝本二〇一四）和論文《西廂記新論》（《戲劇藝術》二〇〇五年第四期）等。

本篇中提到的寫出曲折離奇故事〈無雙傳〉的作者薛調，有才而貌美，人稱「生菩薩」。郭妃曾對唐懿宗云：「駙馬盍若（哪裏比得上）薛調乎！」可是他本人的命運竟也曲折而撲朔迷離，史書說他卒於官，時人則以爲他是被人毒死的。兇手是誰？爲何被毒死，過程如何？皆一無所知，成了千古未破之謎案。

第十篇　唐之傳奇集及雜俎

造傳奇之文，會萃爲一集者，在唐代多有，而煊赫莫如牛僧孺之《玄怪錄》。僧孺字思黯，本隴西狄道人，居宛葉間，元和初以賢良方正對策第一，條指失政，鯁訐不避宰相，至考官皆調去，僧孺則調伊闕尉，穆宗即位，漸至御史中丞，後以戶部侍郎同中書門下平章事，武宗時累貶循州長史，宣宗立，乃召還爲太子少師，大中二年卒，贈太尉，年六十九（七八〇－八四八），諡曰文簡，有傳在兩《唐書》。僧孺性堅僻，而頗嗜志怪，所撰《玄怪錄》十卷，今已佚，然《太平廣記》所引尚三十一篇，可以考見大概。其文雖與他傳奇無甚異，而時時示人以出於造作，不求見信；蓋李公佐、李朝威輩，僅在顯揚筆妙，故尚不肯言事狀之虛，至僧孺乃並欲以構想之幻自見，因故示其詭設之跡矣。〈元無有〉即其一例：

寶應中，有元無有，常以仲春末獨行維揚郊野。值日晚，風雨大至。時兵荒後，人戶多逃，遂入路旁空莊。須臾霽止，斜月方出。無有坐北窗，忽聞西廊有行人聲，未幾，見月中有四人，衣冠皆異，相與談諧吟詠甚暢，乃云，「今夕如秋，風月若此，吾輩豈得不爲一言，以展平生之事也？」……吟詠既朗，無有聽之具悉。其一衣冠長人即先吟曰，「齊紈魯縞如霜雪，寥亮高聲予所發。」其二黑衣冠短陋人詩曰，「嘉賓良會清夜時，煌煌燈燭我能持。」其三故弊黃衣冠人，亦短陋，詩曰，「清冷之泉候朝汲，桑綆相牽常出入。」其四故黑衣冠人詩曰，「爨薪貯泉相煎熬，充他口腹我爲勞。」無有亦不以四人爲異，四人亦不虞無有之在堂隍也，遞相褒賞，觀其自負，則雖阮嗣宗〈詠懷〉，亦若不能加矣。四人遲明乃歸舊所；無有就尋之，堂中惟有故杵燈檯水桶破鐺：乃知四人即此物所爲也。（《廣記》三百六十九）

牛僧孺在朝，與李德裕各立門戶，爲黨爭，[1]以其好作小說，李之門客韋瓘遂託僧孺名撰〈周秦行紀〉[2]以誣之。記言自以舉進士落第將歸宛葉，經伊闕鳴皋山下，因暮失道，遂止薄太后廟中，與漢唐妃嬪燕飲。太后問今天子爲誰？則對曰，『今皇帝先帝長子。』太眞笑曰，『沈婆兒作天子也。大奇！』復賦詩，終以昭君侍寢，至明別去，「竟不知其如何」（詳見《廣記》四百八十九）。德裕因作論，謂僧孺姓應圖讖，《玄怪錄》又多造隱語，意在惑民，〈周秦行紀〉則以身與后妃冥遇，欲證其身非人臣相，「及至戲德宗爲沈婆兒，以代宗皇后爲沈婆，令人骨戰，可謂無禮於其君甚矣！」作逆若非當代，必在子孫，故「須以『太牢』少長咸置於法，則刑罰中而社稷安」也（詳見《李衛公外集》四）。[3]自來假小說以排陷人，此爲最怪，顧當時說亦不行。惟僧孺既有才名，又歷高位，其所著作，世遂盛傳。而摹擬者亦不尟，李復言有《續玄怪錄》十卷，「分仙術、感應二門」，薛漁思有《河東記》[4]三卷，「亦記譎怪事，序云續牛僧孺之書」（皆見宋晁公武《郡齋讀書志》十三）；又有撰《宣室志》[5]十卷，以記仙鬼靈異事蹟者，曰張讀字聖朋，則張鷟之裔而牛僧孺之外孫也（見《唐書．張薦傳》），後來亦疑爲「少而習見，故沿其流波」（清《四庫提要》子部小說家類三）云。

他如武功人蘇鶚有《杜陽雜編》，[6]記唐世故事，而多誇遠方珍異，參寥子高彥休有《唐闕史》，[7]雖間有實錄，而亦言見夢升仙，故皆傳奇，但稍遷變。至於康駢《劇談錄》[8]之漸多世務，孫棨《北里志》[9]之專敘狹邪，范攄《雲溪友議》[10]之特重歌詠，雖若彌近人情，遠於靈怪，然選事則新穎，行文則逶迤，固仍以傳奇爲骨者也。迨裴鉶著書，逕稱《傳奇》，則盛述神仙怪譎之事，又多崇飾，以惑觀者。鉶爲淮南節度副大使高駢從事，[11]駢後失志，尤好神仙，卒以叛死，則此或當時諛導之作，非由本懷。聶隱娘勝妙手空空兒事即出此書（文見《廣記》一百九十四），明人取以入僞作之段成式《劍俠傳》，流傳遂廣，迄今猶爲所謂文人者所樂道也。

段成式字柯古，齊州臨淄人，宰相文昌子也，以蔭爲校書郎，累遷至吉州刺史，大中中歸京，仕至太常少卿，咸通四年（八六三）六月卒，《新唐書》附見段志玄傳末（餘見《酉陽雜俎》及《南楚新聞》）。成式家多奇篇祕籍，博學彊記，尤深於佛書，而少好畋獵，亦早有文名，詞句多奧博，世所珍異，其小說有《廬陵官下記》[12]二卷，今佚；《酉陽雜俎》二十卷凡三十篇，今具在，並有《續集》十卷：卷一篇，或錄祕書，或敘異事，仙佛人鬼以至動植，彌不畢載，以類相聚，有如類書，雖源或出於張華《博物志》，而在唐時，則猶之獨創之作矣。每篇各有題目，亦殊隱僻，如紀道術者曰《壺史》，鈔釋典者曰《貝編》，述喪葬者曰《尸窀》，志怪異者曰《諾皋記》，而抉擇記敘，亦多古豔穎異，足副其目也。

夏啓爲東明公，文王爲西明公，邵公爲南明公，季札爲北明公，四時主四方鬼。至忠至孝之人，命終皆爲地下主者，一百四十年，乃授下仙之教，授以大道。有上聖之德，命終受三官書，爲地下主者，一千年乃轉三官之五帝，復一千四百年方得遊行太清，爲九宮之中仙。（卷二《玉格》）

始生天者五相，一光覆身而無衣，二見物生稀有心，三弱顏，四疑，五怖。（卷三《貝編》）

國初僧玄奘往五印取經，西域敬之。成式見倭國僧金剛三昧，言嘗至中天寺，寺中多畫玄奘麻屩及匙筯，以彩雲乘之，蓋西域所無者，每至齋日，輒膜拜焉。（同上）

天翁姓張，名堅，字刺渴，漁陽人，少不羈，無所拘忌。常張羅得一白雀，愛而養之，夢劉天翁責怒，每欲殺之，白雀輒以報堅，堅設諸方待之，終莫能害。天翁遂下觀之，堅盛設賓主，乃竊騎天翁車，乘白龍，振策登天，天翁乘餘龍追之，不及。堅既到玄宮，易百官，杜塞北門，封白雀爲上卿侯，改白雀之胤不產於下土，劉翁失治。徘徊五岳作災，堅患之，以劉翁爲太山太守，主生死之籍。（卷十四《諾皋記》）

大曆中，有士人莊在渭南，遇疾卒於京，妻柳氏因莊居。……士人祥齋日，暮，柳氏露坐逐涼，有胡蜂繞其首面，柳氏以扇擊墮地，乃胡桃也。柳氏遽取，玩之掌中；遂長，初如拳，如椀，驚顧之際，已如盤矣。曝然分爲兩扇，空中輪轉，聲如分蜂，忽合於柳氏首。柳氏碎首，齒著於樹。其物因飛去，竟不知何怪也。（同上）

又有聚文身之事者曰《黥》，述養鷹之法者曰《肉攫部》，《續集》則有《貶誤》以收考證，有《寺塔記》以志伽藍，所涉既廣，遂多珍異，爲世愛翫，與傳奇並驅爭先矣。

成式能詩，幽澀繁縟如他著述，時有祁人溫庭筠字飛卿，[13]河內李商隱字義山，[14]亦俱用是相誇，號「三十六體」。[15]溫庭筠亦有小說三卷曰《乾𦠆子》，遺文見於《廣記》，僅錄事略，簡率無可觀，與其詩賦之豔麗者不類。李於小說無聞，今有《義山雜纂》一卷，《新唐志》不著錄，宋陳振孫[16]（《直齋書錄解題》十一）以爲商隱作，書皆集俚俗常談鄙事，以類相從，雖止於瑣綴，而頗亦穿世務之幽隱，蓋不特聊資笑噱而已。

殺風景

松下喝道　看花淚下　苔上鋪席　斫卻垂楊　花下曬裩
遊春重載　石筍繫馬　月下把火　步行將軍　背山起樓
果園種菜　花架下養雞鴨

惡模樣

作客與人相爭罵……做客踏翻臺桌……對丈人丈母唱豔曲　嚼殘魚肉歸盤上　對眾倒臥　橫筋在羹碗上

十誡

不得飲酒至醉　不得暗黑處驚人　不得陰損於人　不得獨入寡婦人房　不得開人家書　不得戲取物不令人知　不得暗黑獨自行　不得與無賴子弟往還　不得借人物用了經旬不還（原缺一則）

中和年間有李就今字袞求，爲臨晉令，亦號義山，能詩，初舉時恆遊倡家，見孫棨《北里志》，則《雜纂》之作，或出此人，未必定屬商隱，然他無顯證，未能定也。後亦時有仿作者，宋有續，稱王君玉，[17]有再續，稱蘇東坡。[18]引，明有三續，爲黃允交。[19]

注釋

【1】李德裕（七八七—八五〇）：字文饒，唐趙郡（今河北趙縣）人。武宗時官至門下侍郎、同平章事，為一代名臣。後貶死崖州。撰有《次柳氏舊聞》、《會昌一品集》等。黨爭，指唐穆宗、宣宗年間，以李吉甫、李德裕父子為首和以牛僧孺、李宗閔為首的兩大官僚集團進行的長達數十年之久的朋黨鬥爭，世稱牛李黨爭。

【2】韋瓘（ㄍㄨㄢˋ）（七八九—？）：字茂弘，唐京兆萬年（今陝西西安）人。文學家。元和四年（八〇九）進士，官至中書舍人。生平事蹟見唐莫休符《桂林風土記》、《新唐書》卷一六二、宋洪邁《容齋筆記》卷八。所撰〈周秦行紀〉，傳奇小說，魯迅《唐宋傳奇集》曾輯錄。

【3】李德裕據〈周秦行紀〉撰〈周秦行紀論〉（《李衛公外集》卷四），說道：「余嘗聞太牢氏（涼國李公嘗呼牛僧孺為太牢。……）好奇怪其身，險易其行。以其姓應國家受命之讖，曰：『首尾三麟六十年，兩角犢子恣狂顛，龍蛇相鬥血成川。』及見著《玄怪錄》，多造隱語，人不可解。……余得太牢〈周秦行紀〉，反覆覩其太牢以身與帝王后妃冥遇，欲證其身非人臣相也，將有意於『狂顛』。」

【4】薛漁思：生平未詳。所撰《河東記》，傳奇小說集，《郡齋讀書志》著錄三卷，已佚。《太平廣記》收有佚文，重編《說郛》卷六〇輯錄一卷，僅五則，其中三則「濫取他書」（李時人輯校《全唐五代小說》卷三七）。

【5】《宣室志》：志怪小說集，唐張讀撰，《新唐書．藝文志》著錄十卷。書名取義於漢文帝於宣室召賈誼問鬼神事，今僅存殘本。撰者張讀（三八四或三八五－？），字聖用，一作聖朋，唐深州陸澤（今河北深縣）人。學術家。大中六年（八五二）進士，累官中書舍人、禮部侍郎，終尚書左丞。《新唐書》卷一六一有傳。

【6】蘇鶚：字德祥，唐武功（今屬陝西）人，光啓二年（八八六）進士。《杜陽雜編》，筆記小說集，《新唐書．藝文志》著錄三卷。因作者曾居武功之杜陽川，故名。記載代宗廣德元年（七六三）至懿宗咸通十年（八七三）凡十朝一百十年之異聞雜事，文辭華美，並頗有史料價值。

【7】高彥休（八五四－？）：自號參寥子，其《闕史》自序自稱乾符元年（八七四）舉進士，但《登科考記》不載。曾人高駢幕。新羅人崔致遠《桂苑筆耕集》卷四〈為高駢奏請從事官狀〉稱他為「攝鹽鐵判官、朝議郎、守京兆府咸陽縣尉、柱國高彥休」。高駢，見注【11】。所撰《唐闕史》，又名《闕史》，筆記小說集，《新唐書．藝文志》和《直齋書錄解題》、《宋史．藝文志》皆著錄三卷。今有《說郛》、《四庫全書》、《叢書集成初編》本，皆二卷五十一則，記大中咸通而下異聞，有史料價值。

【8】康駢：一作康軿（ㄆㄧㄥˊ），字駕言，唐池州（今安徽貴池）人，文學家。乾符五年（八七八）進士。官至崇文館校書郎。生平事蹟見《唐摭（ㄓˊ）言》卷二、《登科記》卷二三、《四庫提要辯證》卷一八。所撰《劇談錄》，傳奇小說集，《新唐書．藝文志》著錄三卷。記天寶以來異聞瑣事，間雜神怪。

【9】孫棨：字文威，自號無為，唐僖宗時人，官至翰林學士、中書舍人。所撰《北里志》，筆記，一卷，十九條。北里是唐代妓女集居地，因在長安北門內平康裏，故名。記載妓女與進士交往的豔聞趣事。

【10】范攄：自號五雲溪人，約唐咸通時人。所撰《雲溪友議》，筆記小說集，《新唐書．藝文志》著錄三卷。全書六十五條中詩話占多數，記敘當時文人交往唱和情況，為孟棨《本事詩》所未載。

【11】裴鉶：唐末人，小說家。咸通中為靜海節度使高駢掌書記，乾符五年（八七八）以御史大夫任成都節度副使。所撰《傳奇》，傳奇小說集，《新唐書．藝文志》著錄三卷，已佚。《世界文庫》有輯本。

高駢（約八二一－八八七），字千里，唐末幽州（今北京）人，曾官成都尹、劍南西川節度觀察使等。高駢於乾符六年（八七九）至光啓三年（八八七）任揚州大都督府長史、淮南節度使八年，崔致遠於中和四年（八八四）回新羅，此前，高彥休也在高駢幕中。高駢後因耽於神仙，治御無方，被部將所殺。

【12】段成式（八〇三—八六三）：唐文學家。字柯古，臨淄（今山東淄博）人，後家於荊州（治今湖北荊沙）。段文昌子。以父蔭入仕。曾任吉州、處州、江州刺使。《廬陵官下記》：《新唐書．藝文志》著錄二卷，為其官廬陵時所作的筆記，已散佚。清陶珽重輯《說郛》收有佚文。

【13】溫庭筠（八一二—八七〇？）：字飛卿，唐太原（今屬山西）人，詩人、詞人。屢試不第。曾官方城尉、國子助教。撰有《溫庭筠詩集》（又名《溫飛卿集》）。《舊唐書》卷一九〇、《新唐書》卷九一有傳。所撰《乾𦠆（ㄓㄨㄢˋ，通「饌」）子》，志怪小說集，《新唐書．藝文志》著錄三卷，已散佚。《太平廣記》收有佚文三十三條。今有《說郛》、《叢書集成》本等。清王仁俊輯有佚文一卷。

【14】李商隱（八一三—八五八）：字義山，號玉溪生。唐懷州河內（今河南沁陽）人，文學家。開成二年（八三七）進士，曾官祕書郎、東川節度使判官。著有《樊南集》、《玉溪生詩》等。生平事蹟見《舊唐書》卷一九〇、《新唐書》卷二〇三、《唐詩紀事》卷五三、《唐才子傳》卷七等。《義山雜纂》，又名《雜纂》，筆記，舊題李商隱撰。《宋史．藝文志》著錄一卷，今有《說郛》、《五朝小說》、《唐人說薈》本等。

【15】「三十六體」：指李商隱、溫庭筠、段成式的駢體文風。據《新唐書．文藝傳》：「商隱初為文瑰邁奇古，及在令狐楚府，楚本工章奏，因授其學。商隱儷偶長短，而繁縟過之。時溫庭筠、段成式俱用是相誇，號『三十六體』。」又宋王應麟《小學紺珠》云，三人排行皆第十六，故有此稱。

【16】陳振孫（？—約一六〇二）：字伯玉，號直齋，南宋安吉（今屬浙江）人，目錄學家。官至寶章閣代制。所撰《直齋書錄解題》，二十二卷，傳錄私家藏書五萬卷，將歷代書籍分為五十三類，詳述卷數，間有撰者評論。原書已佚，現存本從《永樂大典》輯校而成。

【17】王君玉：宋代王君玉有兩人。《四庫全書總目提要》著錄：《國老談苑》二卷，舊本題夷門隱叟王君玉撰。又，《宋史．王珪傳》載，珪從兄琪字君玉，成都華陽人，仁宗時任館閣校勘、集賢校理。《雜纂續》，一卷，作者應為兩人中之一人。

【18】蘇東坡：參看本書第七篇。《雜纂二續》，一卷，題蘇軾撰。

【19】黃允交：明歙縣（今屬安徽）人。所撰《雜纂三續》，一卷。

解讀

本篇主要介紹唐代的創作傳奇並彙成專集的作者和作品，列舉牛僧孺《玄怪錄》及其仿效者，段成式《酉陽雜俎》與《續集》，李義山《雜纂》及宋明人之續書。

但沒有論述裴鉶的傳奇小說集《傳奇》，是一個缺陷。由於〈鶯鶯傳〉的原名〈傳奇〉在元以後已經無人知曉，所以直至現當代的學者皆誤認爲「傳奇」此名是裴鉶《傳奇》之首創（李宗爲《唐人傳奇》第八頁，中華書局二〇〇三年新一版），單憑這點，其影響就很大了。《傳奇》中的名篇如〈裴航〉、〈虯髯客〉、〈昆侖奴〉情節曲折突兀、奇幻怪譎，文字婉褥流麗，此書是對後世戲曲小說影響最大的唐代傳奇集。

第十一篇　宋之志怪及傳奇文

宋既平一宇內，收諸國圖籍，而降王臣佐多海內名士，或宣怨言，遂盡招之館閣，厚其廩餼，使修書，成《太平御覽》、《文苑英華》各一千卷；又以野史傳記小說諸家成書五百卷，目錄十卷，是爲《太平廣記》，以太平興國二年（九七七）三月奉詔撰集，次年八月書成表進，八月奉敕送史館，六年正月奉旨雕印板（據《宋會要》及〈進書表〉），後以言者謂非後學所急，乃收版貯太清樓，故宋人反多未見。《廣記》採摭宏富，用書至三百四十四種，自漢晉至五代之小說家言，本書今已散亡者，往往賴以考見，且分類纂輯，得五十五部，視每部卷帙之多寡，亦可知晉唐小說所敘，何者爲多，蓋不特稗說之淵海，且爲文心之統計矣。今舉較多之部於下，其末有雜傳記九卷，則唐人傳奇文也。

神仙五十五卷
女仙十五卷
異僧十二卷
報應三十三卷
徵應（休咎也）十一卷
定數十五卷
夢七卷
神二十五卷
鬼四十卷
妖怪九卷
精怪六卷
再生十二卷

龍八卷
虎八卷
狐九卷

《太平廣記》以李昉[1]監修，同修者十二人，中有徐鉉，[2]有吳淑，皆嘗爲小說，今俱傳。鉉字鼎臣，揚州廣陵人，南唐翰林學士，從李煜入宋，官至直學士院給事中散騎常侍，淳化二年坐累謫靜難行軍司馬，中寒卒於貶所，年七十六（九一六—九九一），事詳《宋史．文苑傳》。鉉在唐時已作志怪，歷二十年成《稽神錄》六卷，僅一百五十事，比修《廣記》，常希收採而不敢自專，使宋白[3]問李昉，昉曰，「詎有徐率更言無稽者！」遂得見收。然其文平實簡率，既失六朝志怪之古質，復無唐人傳奇之纏綿，當宋之初，志怪又欲以「可信」見長，而此道於是不復振也。

廣陵有王姥，病數日，忽謂其子曰，「我死，必生西溪浩氏爲牛，子當贖之，而我腹下有『王』字是也。」頃之遂卒，其西溪者，海陵之西地名也；其民浩氏，生牛，腹有白毛成「王」字。其子尋而得之，以束帛贖之以歸。（卷二）

瓜村有漁人，妻得勞瘦疾，轉相傳染，死者數人。或云：取病者生釘棺中，棄之，其病可絕。頃之，其女病，即生釘棺中，流之於江，至金山，有漁人見而異之，引之至岸，開視之。見女子猶活，因取置漁舍中，多得鰻鱺魚以食之，久之病癒，遂爲漁人之妻，至今尚無恙。（卷三）

吳淑，徐鉉婿也，字正儀，潤州丹陽人，少而俊爽，敏於屬文，在南唐舉進士，以校書郎直內史，從李煜歸宋，仕至職方員外郎，咸平五年卒，年五十六（九四七—一○○二），亦見《宋史．文苑傳》。所著《江淮異人錄》三卷，今有從《永樂大典》[4]輯成本，凡二十五人，皆傳當時俠客術士及道流，行事大率詭怪。唐段成式作《酉陽雜俎》，已有〈盜俠〉一篇，敘怪民奇異事，然僅九人，至薈萃諸詭幻人物，著爲專書者，實始於吳淑，明人鈔《廣記》僞作《劍俠傳》又揚其波，而乘空飛劍之說日熾；至今尚不衰。

成幼文爲洪州錄事參軍，所居臨通衢而有牕。一日坐牕下，時雨霽泥濘而微有路，見一小兒賣鞋，狀甚貧窶，有一惡少年與兒相遇，絓鞋墮泥中。小兒哭求其價，少年叱之不與。兒曰，「吾家且未有食，待賣鞋營食，而悉爲所汙。」有書生過，憫之，爲償其值。少年怒曰，「兒就我求食，汝何預焉？」因辱罵之。生甚有慍色；成嘉其義，召之與語，大奇之，因留之宿。夜共話，成暫入內，及復出，則失書生矣，外戶皆閉，求之不得，少頃復至前曰，「旦來惡子，吾不能容，已斷其首。」乃擲之於地。成驚曰，「此人誠忤君子，然斷人之首，流血在地，豈不見累乎？」書生曰，「無苦。」乃出少藥，傅於頭上，捽其髮摩之，皆化爲水，因謂成曰，「無以奉報，願以此術授君。」成曰，「某非方外之士，不敢奉教。」書生於是長揖而去，重門皆鎖閉，而失所在。

宋代雖云崇儒，並容釋道，而信仰本根，夙在巫鬼，故徐鉉吳淑而後，仍多變怪讖應之談，張君房之《乘異記》[5]（咸平元年序），張師正之《括異志》，[6]聶田之《祖異志》[7]（康定元年序），秦再思之《洛中紀異》，[8]畢仲詢之《幕府燕閒錄》[9]（元豐初作），皆其類也。迨徽宗惑於道士林靈素，篤信神仙，自號「道君」，而天下大奉道法。至於南遷，此風未改，高宗退居南內，亦愛神仙幻誕之書，時則有知興國軍歷陽郭象字次象作《睽車志》五卷，[10]翰林學士鄱陽洪邁字景盧作《夷堅志》四百二十卷，似皆嘗呈進以供上覽。諸書大都偏重事狀，少所鋪敘，與《稽神錄》略同，顧《夷堅志》獨以著者之名與卷帙之多稱於世。

洪邁幼而強記，博極群書，然從二兄試博學宏詞科獨被黜，年五十始中第，爲敕令所刪定官。父皓嘗忤秦檜，憾並及邁，遂出添差教授福州，累遷吏部郎兼禮部；嘗接伴金使，頗折之，旋爲報聘使，以爭朝見禮不屈，幾被抑留，還朝又以使金辱命論罷，尋起知泉州，又歷知吉州，贛州，婺州，建寧及紹興府，淳熙二年以端明殿學士致仕卒，年八十（一〇九六—一一七五），[11]謚文敏，有傳在《宋史》。邁在朝敢於讜言，又廣見洽聞，多所著述，考訂辨證，並越常流，而《夷堅志》則爲晚年遣興之書，始刊於紹興末，絕筆於淳熙初，十餘年中，凡成甲至癸二百卷，支甲至支癸、三甲至三癸各一百卷，四甲四乙各十卷，卷帙之多，幾與《太平廣記》等，今惟甲至丁八十卷、支甲至支戊五十卷三志若干卷，又摘鈔本五十卷及二十卷存。奇特之事，本緣稀有見珍，而作者自序，乃甚以繁夥自憙，耄期急於成書，或以五十日作十卷，妄人因稍易舊說以投之，至有盈數卷者，亦不暇刪潤，逕以入錄（陳振孫《直齋書錄解題》十一云），蓋意在取盈，不能如本傳所言「極鬼神事物之變」也。惟所作小序三十一篇，什九「各出新意，不相複重」，趙與旹嘗撮其大略入所著《賓退錄》[12]（八），歎爲「不可及」，則於此書可謂知言者已。

傳奇之文，亦有作者：今訛爲唐人作之《綠珠傳》[13]一卷，《楊太眞外傳》[14]二卷，即宋樂史之撰也，《宋志》又有《滕王外傳》、《李白外傳》、《許邁傳》[15]各一卷，今俱不傳。史字子正，撫州宜黃人，自南唐入宋爲著作佐郎，出知陵州，以獻賦召爲三館編修，又累獻所著書共四百二十餘卷，皆記敘科第、孝弟、神仙之事者，遷著作郎，直史館，轉太常博士，出知舒州，知黃州，又知商州，復職後再入文館，掌西京勘磨司，[16]賜金紫，景德四年卒，年七十八（九三〇—一〇〇七），事詳《宋史．樂黃目傳》首。史又長於地理，有《太平寰宇記》[17]二百卷。徵引群書至百餘種，而時雜以小說家言，至《綠珠》、《太眞》二傳，本薈萃稗史成文，則又參以輿地志語；篇末垂誡，亦如唐人，而增其嚴冷，則宋人積習如是也，於《綠珠傳》最明白：

……趙王倫亂常，孫秀使人求綠珠，……崇勃然曰，「他無所愛，綠珠不可得也！」秀自是譖倫族之。收兵忽至，崇謂綠珠曰，「我今爲爾獲罪。」綠珠泣曰，「願效死於君前！」於是墮樓而死。崇棄東市，後人名其樓曰綠珠樓。樓在步庚里，近狄泉；泉在正城之東。綠珠有弟子宋褘，有國色，善吹笛，後入宋明帝宮中。今白州有一派水，自雙角山出，合容州江，呼爲綠珠江，亦猶歸州有昭君村、昭君場，吳有西施谷、脂粉塘，蓋取美人出處爲名。又有綠珠井，在雙角山下，故老傳云，汲此井飲者，誕女必多美麗，里閭有識者以美色無益於時，因以巨石鎮之，爾後有產女端妍者，而七竅四肢多不完具。異哉，山水之使然！……

……其後詩人題歌舞妓者，皆以綠珠爲名。……其故何哉？蓋一婢子，不知書，而能感主恩，憤不顧身，志烈懍懍，誠足使後人仰慕歌詠也。至有享厚祿，盜高位，亡仁義之性，懷反覆之情，暮四朝三，唯利是務，節操反不若一婦人，豈不愧哉？今爲此傳，非徒述美麗。窒禍源，且欲懲戒辜恩背義之類也。……

其後有亳州譙人秦醇字子復（一作子履），[18]亦撰傳奇，今存四篇，見於北宋劉斧所編之《青瑣高議前集》及《別集》。[19]其文頗欲規撫唐人，然辭意皆蕪劣，惟偶見一二好語，點綴其間；又大抵託之古事，不敢及近，則仍由士習拘謹之所致矣，故樂史亦如此。一曰《趙飛燕別傳》，序云得之李家牆角破筐中，記趙后入宮至自縊，復以冥報化爲大黿事，文中有「蘭湯灩灩，昭儀坐其中，若三尺寒泉浸明玉」語，明人遂或擊節詫爲眞古籍，與今人爲楊慎僞造之漢《雜事祕辛》所惑正同。所謂漢伶玄撰之《飛燕外傳》亦此類，但文辭殊勝而已。二曰《驪山記》，三曰《溫泉記》，言張俞不第還蜀，於驪山下就故老問楊妃逸事，故老爲具道；他日俞再經驪山，遇楊妃遺使相召，問人間事，且賜浴，明日敕吏引還，則驚起如夢覺，乃題詩於驛，後步野外，有牧童送酬和詩，云是前日一婦人之所託也。四曰《譚意歌傳》，則爲當時故事：意歌本良家子，流落長沙爲倡，與汝州民張正者相悅，婚約甚堅，而正迫於母命，竟別娶；越三年妻歿，適有客來自長沙，責正負義，且述意歌之賢，遂迎以歸。後其子成進士，意歌「終身爲命婦，夫妻偕老，子孫繁茂」，蓋襲蔣防之〈霍小玉傳〉，而結以「團圓」者也。

不知何人作者有《大業拾遺記》[20]二卷，題唐顏師古撰，亦名《隋遺錄》。跋言會昌年間得於上元瓦棺寺閣上，本名《南部煙花錄》，乃《隋書》遺稿，惜多缺落，因補以傳；末無名，蓋與造本文者出一手。記起於煬帝將幸江都，命麻叔謀開河，次及途中諸縱恣事，復造迷樓，怠荒於內，時之人望，乃歸唐公，宇文化及將謀亂，因請放官奴分直上下，詔許之，「是有焚草之變」。[21]其敘述頗淩亂，多失實，而文筆明麗，情致亦時有綽約可觀覽者。

……長安貢御車女袁寶兒，年十五，腰肢纖墮，騃冶多態，帝寵愛之特厚。時洛陽進合蒂迎輦花，云得之嵩山塢中，人不知名，採者異而貢之。……帝令寶兒持之，號曰「司花女」。時虞世南草征遼指揮德音敕於帝側，寶兒注視久之。帝謂世南曰，「昔傳飛燕可掌上舞，朕常謂儒生飾於文字，豈人能若是乎？及今得寶兒，方昭前事；然多憨態，今注目於卿，卿才人，可便嘲之！」世南應詔爲絕句曰，「學畫鴉黃半未成，垂肩嚲袖太憨生，緣憨卻得君王惜，長把花枝傍輦行。」帝大悅。……

……帝昏湎滋深，往往爲妖祟所惑，嘗遊吳公宅雞臺，恍惚間與陳後主相遇。……舞女數十許，羅侍左右，中一人迥美，帝屢目之。後主云，「殿下不識此人耶？即麗華也。每憶桃葉山前乘戰艦與此子北渡，爾時麗華最恨，方倚臨春閣試東郭饞紫毫筆，書小砑紅綃作答江令『璧月』句，詩詞未終，見韓擒虎躍青驄駒，擁萬甲直來衝人，都不存去就，便至今日。」俄以綠文測海蠡酌紅梁新醞勸帝，帝飲之甚歡，因請麗華舞「玉樹後庭花」，麗華辭以抛擲歲久，自井中出來，腰肢依拒，無復往時姿態，帝再三索之，乃徐起終一曲。後主問帝，「蕭妃何如此人？」帝曰，「春蘭秋菊，各一時之秀也。」……

又有《開河記》一卷，敘麻叔謀奉隋煬詔開河，虐民掘墓，納賄，食小兒，事發遂誅死；《迷樓記》一卷，敘煬帝晚年荒恣，因王義切諫，獨居二日，以爲不樂，復入宮，後聞童謠，自識運盡。《海山記》二卷，則始自降生，次及興土木，見妖鬼，幸江都，詢王義，以至遇害，無不具記。三書與《隋遺錄》相類，而敘述加詳，顧時雜俚語，文采遜矣。《海山記》已見於《青瑣高議》中，自是北宋人作，餘當亦同，今本有題唐韓偓[22]撰者，明人妄增之。帝王縱恣，世人所不欲遭而所樂道，唐人喜言明皇，宋則益以隋煬，明羅貫中復撰集爲《隋唐志傳》，[23]清褚人穫又增改以爲《隋唐演義》[24]。

《梅妃傳》一卷亦無撰人，蓋見當時圖畫有把梅美人號梅妃者，泛言唐明皇時人，因造此傳，謂爲江氏名采蘋，入宮因太眞妒復見放，値祿山之亂，死於兵。有跋，略謂傳是大中二年所寫，在萬卷朱遵度[25]家，今惟葉少蘊[26]與予得之；末不署名，蓋亦即撰本文者，自云與葉夢得同時，則南渡前後之作矣。今本或題唐曹鄴[27]撰，亦明人妄增之。

注釋

【1】李昉（九二五－九九六）：字明遠，五代宋初深州饒陽（今屬河北）人。文學家。後漢乾祐年間進士，入宋，官至參政知事、同中書門下平章事。《宋史》卷二六五有傳。曾參與編修《舊五代史》，奉敕編撰卷帙浩瀚的《太平御覽》、《太平廣記》和《文苑英華》。據《太平廣記．進書表》所記，同修《太平廣記》之十二人為呂文仲、吳淑、陳鄂、趙鄰幾、董淳、王克貞、張洎、宋白、徐鉉、湯悅、李穆、扈蒙。

【2】徐鉉（九一七－九九二）：五代宋初會稽（今浙江紹興）人。仕南唐，後隨李煜人宋為太子率更令。《宋史》卷四四一有傳。下文李昉語見宋袁褧《楓窗小牘》卷上。所撰《稽神錄》，志怪小說集，《宋史．藝文志》著錄十卷，已散佚，今有元末明初陶宗儀編《說郛》卷三、卷十四輯本和《四庫全書》本等，六卷一百七十五條，《拾遺》十三條。《宋人小說》本附《補遺》一卷四十七條。

【3】宋白（九三六—九八八）：字太素，一作素臣，宋大名（今屬河北）人，學者、詩人。建隆二年（九六一）進士，官至吏部、兵部尚書。《宋史》卷四三九有傳。曾參與編撰《太平廣記》、《文苑英華》。

【4】《永樂大典》：明永樂年間解縉等所輯類書。初名《文獻大成》，後更廣收各類圖書七八千種，輯成二二八七七卷，凡例、目錄六十卷，共一一〇九五冊。約三億七千萬字，定名《永樂大典》。正本約毀於明亡時，入清以後，副本也漸已散佚，光緒二十六年（一九〇〇）八國聯軍入侵北京，二副本部分毀於火，餘被劫走。今僅有一九六〇年中華書局影印出版的七百三十卷。

【5】張君房：參看本書第八篇注【25】。他曾主持修校祕閣所藏道書，摘要編成《雲笈七籤》一百二十二卷。所撰《乘異記》，《宋史．藝文志》著錄三卷。

【6】張師正：一名思政，字不疑，里籍不詳。宋熙寧年間為辰州帥、鼎州帥。所撰《括異志》，志怪小說集，嘗謂「遊宦四十年，不得志，於是推變怪之理，參見聞之異」，撰此書。《宋史．藝文志》著錄十卷，二百五十篇。今傳《四部叢刊續編》本為明正德時人虞山逸民俞洪重據宋本抄錄，僅存一百三十三篇。

【7】聶田：生平不詳，信陵人。約於宋真宗、仁宗時在世。《祖異志》，陶宗儀編《說郛》卷六有輯本，無卷數及撰人姓名。清陶珽重輯《說郛》卷一一八著錄《徂異記》一卷，題宋聶田撰。

【8】秦再思：生平不詳。所撰《洛中紀異》，即《洛中紀異錄》，筆記小說，《宋史．藝文志》著錄十卷。已佚，今存《說郛》本等，凡十則。

【9】畢仲詢：「詢」一作荀。北宋元豐初（一〇七八）為嵐州推官。所撰《幕府燕閒錄》，記載當代怪奇可喜之事。《宋史．藝文志》著錄十卷。

【10】郭彖：字伯象，北宋和州歷陽（今安徽和縣）人。由進士歷官知興國軍。所撰《睽車志》，志怪小說集，《宋史．藝文志》著錄一卷，宋陳振孫《直齋書錄解題》作五卷，實為六卷。今有《說郛》等一卷本和《四庫全書》、《筆記小說大觀》、《叢書集成初編》等六卷本。

【11】洪邁生卒年，據錢大昕《洪文敏公年譜》，為一一二三—一二〇二年。

【12】趙與旹（同「時」）（一一七二—一二二八）：字行之，宋太祖趙匡胤七世孫，曾官麗水丞。所撰《賓退錄》，筆記，十卷。今有《四庫全書》本等。

【13】《綠珠傳》：傳奇小說，《宋史．藝文志》著錄曾致堯《廣中臺記》八十卷，又《綠珠傳》一卷。但馬端臨《文獻通考．經籍考》、晁公武《郡齋讀書志》等書則以為宋樂史撰。今有《說郛》、魯迅《唐宋傳奇集》本等。

[14] 《楊太真外傳》：傳奇小說，宋樂史撰。《宋史‧藝文志》著錄《楊妃外傳》一卷，注云「不知作者」。陳振孫《直齋書錄解題》指明「《楊妃外傳》一卷，直史館臨川樂史子正撰」。今有《說郛》和魯迅《唐宋傳奇集》本等。

[15] 《滕王外傳》、《李白外傳》、《許邁傳》，傳奇小說，《宋史‧藝文志》均著錄為一卷。前二者題樂史撰，後者不題撰者。

[16] 勘磨司：據《宋史‧樂黃目傳》應作「磨勘司」。

[17] 《太平寰宇記》：北宋樂史編撰的地理總志，二百卷。成於太平興國年間，內容以敘述地區沿革為主，兼及風俗、人物、經濟、文化等。

[18] 秦醇：北宋人。劉斧《青瑣高議》所收《趙飛燕別傳》署「譙川秦醇子復撰」，《溫泉記》署「亳州秦醇子履撰」。餘事不詳。《趙飛燕別傳》，傳奇小說，敘趙飛燕姐妹爭寵漢成帝故事。今有《說郛》等本。

[19] 劉斧：約宋仁宗、哲宗時人，《青瑣高議》卷首孫副樞序稱之為「劉斧秀才」。餘事不詳。《青瑣高議》，筆記小說集，《郡齋讀書志》和《宋史‧藝文志》均著錄十八卷，近人董康據士禮居寫本所刻，前後集各十卷，《別集》七卷。今有上海古籍出版社增補本（一九八三年版）。

[20] 《大業拾遺記》：又名《南部煙花錄》、《隋遺錄》，傳奇小說，上下兩卷。《宋史‧藝文志》小說類著錄顏師古《隋遺錄》一卷，傳記類著錄顏師古《大業拾遺》一卷。關於《大業拾遺記》本文與跋撰者問題，後人多疑其偽，魯迅《唐宋傳奇集‧稗邊小綴》曾云：此書「本文與跋，詞意荒率，似一手所為。而託之師古，其術與葛洪之《西京雜記》，謂鈔自劉歆之《漢書》遺稿者正等。然才識遠遜，故罅漏殊多，不待吹求，已知其偽」。

[21] 焚草之變：《隋書‧宇文化及傳》：宇文化及等在江都發動兵變時，司馬德戡曾集兵城內舉火與城外相應，隋煬帝聞聲問是何事，裴虔通偽稱：「草坊被焚，外人救火，故喧囂耳。」煬帝信以為真，未加提防，遂被縊殺。史稱「焚草之變」。

[22] 韓偓（ㄨㄛˋ）（八四四—約九二三）：字致堯，一作致光，小字冬郎，字號玉山樵人。唐京兆萬年（今陝西西安）人。詩人。龍紀進士，官翰林學士、兵部侍郎等職。原集已佚，後人輯有《玉山樵人集》（即《韓翰林集》）一卷。

[23] 羅貫中及《隋唐志傳》，參看本書第十四篇。

[24] 褚人獲及《隋唐演義》，參看本書第十四篇及其注[11]。

[25] 朱獲度：南唐青州（今屬山東）人。好藏書，有「朱萬卷」之稱，隱居不仕。撰有《群書麗藻目錄》等。

【26】葉少蘊（一〇七七—一一四八）：名夢得，字少蘊，號石林居士，南宋吳縣（今屬江蘇）人。學者、詞人。紹聖四年進士，徽宗朝官至翰林學士，歷知汝州、蔡州，帥穎昌府，發常平粟賑民，摧抑貪吏。南宋高宗時曾任江東安撫制置大使，幕知建康府等職，都督軍務，阻遏金兵南犯，又籌措軍餉，使各路軍用不乏。《宋史》卷四四五有傳，另葉德輝輯《石林遺事》三卷附錄一卷。著作宏富。撰有《建康集》、《避暑錄話》、《石林詞》等。

【27】曹鄴：字業之，一作鄴之，唐桂州陽朔（今屬廣西桂林）人，詩人。大中四年（八五〇）進士，曾任祠部郎中、洋州刺史。生平事蹟見《新唐書》卷六〇、《唐詩紀事》卷六〇、《唐才子傳》卷七。撰有《曹祠部集》。

解讀

宋初輯編的大型類書《太平廣記》，將前代的小說彙集成一部巨著，而且使大量後世已經失傳的集子中的作品得以保存至今，貢獻很大。宋代在志怪和傳奇的創作方面雖在藝術成就上遜於唐代，但也不乏好的作品，亦有幾部著名的小說集，本篇作了介紹。其中如洪邁《夷堅志》，篇幅浩瀚，內容豐富多彩，故事精彩動人，反映了多姿多彩的社會生活，也揭露了當時社會的黑暗面，是宋代志怪和傳奇小說的集大成之作，作者以一人之力，一代見聞，成此巨著，貢獻巨大。

本篇論及《梅妃傳》時，因限於當時的研究條件，顯出了不足。魯迅認為《梅妃傳》最早見於元人的小說叢書《說郛》中，是宋人之作，並認為並無梅妃其人。此論影響很大，可是今人已發現梅妃的事蹟在其家鄉史志《莆陽比事》中有確鑿記載。江國興《梅妃確有其人（一）》指出：至今保持完整的莆田地方史書《莆陽比事》在宋嘉定七年（一二一四）雕版刊行，比元代《說郛》中的《梅妃傳》早出版近百年，何謂梅妃事蹟皆源於《梅妃傳》？其次，《梅妃傳》創作時間與梅妃有無其人沒有因果關係。梅妃事蹟許多史料都有記載：一、《莆田縣誌．大事記》載「唐天寶十五年（七五六）七月，安祿山陷長安，江采蘋（梅妃）死難，里人在黃石鎮江東村建浦口宮紀念她」。明確記載梅妃殉難時間和浦口宮建造時間。二、清道光年重修的《江氏族譜》記載：「第十二代，采芹，冊封國舅，官都察院御史，忠於帝室，死後賜食廟祭」，「采蘋，唐皇妃，上陽東宮正一品，號梅妃，殉節賜葬祀廟」。三、浦口宮古代重修碑刻記載江東就是梅妃養育的地方。《重修浦口宮碑刻記》：「江東在李唐時，原屬天華村，其地綠野連綿，碧流環繞，秀氣所鍾，江妃毓焉……。」四、著名考古學家、詩人林恭祖先生最新研究成果，認定杜甫《麗人行》中「楊花雪落覆白萍」是用「楊花」、「白萍」暗喻楊玉環和江采蘋，意為楊玉環迫害江采蘋。並在訪梅妃故里有詩云：「世若無其人，少陵何慨歎？」以上的縣誌、族譜、碑刻、杜甫詩句都記載梅妃是唐代人，都能證明梅妃確有其人。所以不管《梅妃傳》是唐代人創作也好，是宋代人所書也罷，都不是作爲考證梅妃有無其人的依據，更不能認爲《梅妃傳》小說是宋人創作，就以年代不相及，錯判「梅妃無其人」。（《湄洲日報海外版》）

另外，歐陽健先生批評魯迅此書揚唐抑宋，介紹唐代小說的篇幅多，介紹宋代小說的篇幅少、作品少，評價過低。並具體指出其觀點之錯誤，如：「爲了貶抑宋人小說，《史略》對《夷堅志》作了一系列不公正的處理。」《史略》還對《夷堅志》作了錯誤的批評：「至於南遷，此風未改，高宗退居南內，亦愛神仙幻誕之書，時則有知興國軍歷陽郭象，字次象，作《睽車志》五卷，翰林學士鄱陽洪邁字景盧作《夷堅志》四百二十卷，似皆嘗呈進以供上覽。諸書大都偏重事狀，少所鋪敘，與《稽神錄》略同，故《夷堅志》獨以著者之名與卷帙之多稱於世。」歐陽健認爲：「將『神仙幻誕之書』的時興，歸結於統治者的愛好而貶抑之，乃《史略》之一大特點，似乎重視了時代的投影，實則是極爲偏頗的。況且一個『似』字，並不能坐實《夷堅志》確爲『御覽』之書；而『御覽』之書，又不一定是不好的書。」「『少所鋪敘』，絕非《夷堅志》之缺點。故未舉出一條實例，是否爲卷帙浩繁，不暇細閱，亦未可知。」（《中國小說史略批判》第一七一——一七二頁，山西人民出版社二〇〇八）我認爲，歐陽健指出的《史略》的這個弊病的確是存在的。

第十二篇　宋之話本

宋一代文人之為志怪，既平實而乏文采，其傳奇，又多託往事而避近聞，擬古且遠不逮，更無獨創之可言矣。然在市井間，則別有藝文興起。即以俚語著書，敘述故事，謂之「平話」，即今所謂「白話小說」者是也。

然用白話作書者，實不始於宋。清光緒中，敦煌千佛洞之藏經始顯露，大抵運入英法，中國亦拾其餘藏京師圖書館；書為宋初所藏，多佛經，而內有俗文體之故事數種，蓋唐末五代人鈔，如《唐太宗入冥記》、《孝子董永傳》，《秋胡小說》則在倫敦博物館，《伍員入吳故事》則在中國某氏，[1]惜未能目覩，無以知其與後來小說之關係。以意度之，則俗文之興，當由二端，一為娛心，一為勸善，而尤以勸善為大宗，故上列諸書，多關懲勸，京師圖書館所藏，亦尚有俗文《維摩》、《法華》等經，及《釋迦八相成道記》、《目連入地獄故事》[2]也。

《唐太宗入冥記》首尾並闕，中間僅存，蓋記太宗殺建成、元吉，生魂被勘事者；諱其本朝之過，始盛於宋，此雖關涉太宗，故當仍為唐人之作也，文略如下：

……判官懆惡，不敢道名字。帝曰，「卿近前來。」輕道，「姓崔，名子玉。」「朕當識。」言訖，使人引皇帝至院門，使人奏曰，「伏惟陛下且立在此，容臣入報判官速來。」言訖，使來者到廳拜了，「啓判官：奉大王處，太宗是生魂到，領判官推勘，見在門外，未敢引。」判官聞言，驚忙起立，……

宋有《梁公九諫》一卷（在《士禮居叢書》中），文亦樸陋如前記，書敘武后廢太子為廬陵王，而欲傳位於侄武三思，經狄仁傑極諫者九。武后始感悟，召還復立為太子。卷首有范仲淹〈唐相梁公碑文〉，[3]乃貶守番陽時作，則書出當在明道二年（一〇三三）以後矣。

第六諫

則天睡至三更，又得一夢，夢與大羅天女對手著棋，局中有子，旋被打將，頻輸天女，忽然驚覺。來日受朝，問諸大臣，其夢如何？狄相奏曰，「臣圓此夢，於國不祥。陛下夢與大羅天女對手著棋，局中有子，旋被打將，頻輸天女：蓋謂局中有子，不得其位，旋被打將，失其所主。今太子盧陵王貶房州千里，是謂局中有子，不得其位，遂感此夢。臣願東宮之位，速立盧陵王爲儲君，若立武三思，終當不得！」

然據現存宋人通俗小說觀之，則與唐末之主勸懲者稍殊，而實出於雜劇中之「說話」。說話者，謂口說古今驚聽之事，蓋唐時亦已有之，段成式《酉陽雜俎》（《續集》四〈貶誤篇〉）有云，「予太和末，因弟生日觀雜戲，有市人小說，呼扁鵲作『褊鵲』字，上聲。……」李商隱〈驕兒詩〉（集一）亦云，「或謔張飛胡，或笑鄧艾喫。」似當時已有說三國故事者，然未詳。宋都汴，民物康阜，遊樂之事甚多，市井間有雜伎藝，其中有「說話」，執此業者曰「說話人」。說話人又有專家，孟元老（《東京夢華錄》[4]五）嘗舉其目，曰小說，曰合生，曰說諢話，曰說三分，曰說《五代史》。南渡以後，此風未改，據吳自牧（《夢粱錄》[5]二十）所記載則有四科如下：

說話者，謂之舌辯，雖有四家數，各有門庭：

且「小說」名「銀字兒」，如煙粉靈怪傳奇公案撲刀杆棒發跡變態之事。……談論古今，如水之流。

「談經」者，謂演說佛書，「說參請」者，謂賓主參禪悟道等事。……又有「說諢經」者。

「講史書」者，謂講說《通鑑》漢唐歷代書史文傳興廢戰爭之事。

「合生」，與起今隨今[6]相似，各占一事也。

灌園耐得翁《都城紀勝》[7]述臨安盛事，亦謂說話有四家，曰小說，曰說經說參，曰說史，曰合生，而分小說爲三類，即「一者銀字兒，如煙粉靈怪傳奇；說公案，皆是搏拳提刀趕棒及發跡變態之事；說鐵騎兒，謂士馬金鼓之事」是也。周密之書（《武林舊事》[8]六），敘四科又略異，曰演史，曰說經諢經，曰小說，曰說諢話，無合生；且謂小說有雄辯社（卷三），則其時說話人不惟各守家數，且有集會以磨鍊其技藝者矣。

說話之事，雖在說話人各運匠心，隨時生發，而仍有底本以作憑依，是爲「話本」。《夢粱錄》（二十）影戲條下云，「其話本與講史書者頗同，大抵眞假相半。」又小說講經史條下云，「蓋小說者，能講一朝一代故事，頃刻間捏合。」《都城紀勝》所說同，惟「捏合」作「提破」而已。是知講史之體，在歷敘史實而雜以虛辭，小說之體，在說一故事而立知結局，今所存《五代史平話》[9]及《通俗小說》[10]殘本，蓋即此二科話本之流，其體式正如此。

《新編五代史平話》者，講史之一，孟元老所謂「說《五代史》」之話本，此殆近之矣。其書梁唐晉漢周每代二卷，各以詩起，次入正文，又以詩終。惟《梁史平話》始於開闢，次略敘歷代興亡之事，立論頗奇，而亦雜以誕妄之因果說。

龍爭虎戰幾春秋，五代梁唐晉漢周，
興廢風燈明滅裏，易君變國若傳郵。

粵自鴻荒既判，風氣始開，伏羲畫八卦而文籍生，黃帝垂衣裳而天下治。……那時諸侯皆已順從，獨蚩尤共炎帝侵暴諸侯，不服王化。黃帝乃帥諸侯，興兵動眾，……遂殺死炎帝，活捉蚩尤，萬國平定。這黃帝做著個廝殺的頭腦，教天下後世慣用干戈。……湯伐桀，武王伐紂，皆是以臣弒君，篡奪了夏殷的天下。湯武不合做了這個樣子，後來周室衰微，諸侯強大，春秋之世二百四十年之間，臣弒其君的也有，子弒其父的也有。孔子聖人為見三綱淪，九法斁，秉那直筆，做一卷書，喚做《春秋》，褒獎他善的，貶罰他惡的，故孟子道是「孔子作《春秋》而亂臣賊子懼」。只有漢高祖姓劉字季，他取秦始皇天下不用篡弒之謀，真個是：

手拿三尺龍泉劍，奪卻中原四百州。

劉季殺了項羽，立著國號曰漢，只因疑忌功臣，如韓王信、彭越、陳豨之徒，皆不免族滅誅夷。這三個功臣抱屈啣冤，訴於天帝，天帝可憐見三個功臣無辜被戮，令他每三個託生做三個豪傑出來：韓信去曹家託生做著個曹操，彭越去孫家託生做著個孫權，陳豨去那宗室家託生做著個劉備。這三個分了他的天下，……三國各有史，道是《三國志》是也。……

於是更自晉及唐，以至黃巢變亂，朱氏立國，其下卷今闕，必當訖於梁亡矣。全書敘述，繁簡頗不同，大抵史上大事，即無發揮，一涉細故，便多增飾，狀以駢儷，證以詩歌，又雜諢詞，以博笑噱，如說黃巢下第，與朱溫等為盜，將劫侯家莊、馬評事時途中情景，即其例也：

……黃巢道，「若去劫他時，不消賢弟下手，咱有桑門劍一口。是天賜黃巢的，咱將劍一指，看他甚人，也抵敵不住。」道罷便去，行過一個高嶺，名做懸刀峰，自行了半個日頭，方得下嶺。好座高嶺！是：根盤地角，頂接天涯，蒼蒼老檜拂長空，挺挺孤松侵碧漢，山雞共日雞齊鬭，天河與澗水接流，飛泉飄雨腳廉纖，怪石與雲頭相軋。怎見得高？

幾年攧下一樵夫，至今未曾攧到底。

黃巢兄弟四人過了這座高嶺，望見那侯家莊。好座莊舍！但見：石惹閒雲，山連溪水，堤邊垂柳，弄風嫋嫋拂溪橋，路畔閒花，映日叢叢遮野渡。那四個兄弟望見莊舍遠不出五里田地，天色正晡，同入個樹林中𨅖了，待晚西卻行到那馬家門首去。……

《京本通俗小說》不知本幾卷，今存卷十至十六，每卷一篇，曰〈碾玉觀音〉，曰〈菩薩蠻〉，曰〈西山一窟鬼〉，曰〈志誠張主管〉，曰〈拗相公〉，曰〈錯斬崔寧〉，曰〈馮玉梅團圓〉等，每篇各具首尾，頃刻可了，與吳自牧所記正同。其取材多在近時，或採之他種說部，主在娛心，而雜以懲勸。體制則什九先以閒話或他事，後乃綴合，以入正文。如〈碾玉觀音〉因欲敘咸安郡王遊春，則輒舉春詞至十餘首：

山色晴嵐景物佳，煖烘回雁起平沙，東郊漸覺花供眼，南陌依稀草吐芽。堤上柳，未藏鴉，尋芳趁步到山家，隴頭幾樹紅梅落，紅杏枝頭未著花。

這首《鷓鴣天》說孟春景致，原來又不如仲春詞做得好：

……

這三首詞，都不如王荊公看見花瓣兒片片風吹下地來，原來這春歸去是東風斷送的。有詩道：

春日春風有時好，春日春風有時惡，

不得春風花不開，花開又被風吹落。

蘇東坡道，不是東風斷送春歸去，是春雨斷送春歸去。有詩道：

雨前初見花間蕊，雨後全無葉底花，
蜂蝶紛紛過牆去，卻疑春色在鄰家。

秦少遊道，也不干風事，也不干雨事，是柳絮飄將春色去。有詩道：

三月柳花輕復散，飄颺澹蕩送春歸，
此花本是無情物。一向東飛一向西。

……

王岩叟道，也不干風事，也不干雨事，也不干柳絮事，也不干蝴蝶事，也不干黃鶯事，也不干杜鵑事，也不干燕子事，是九十日春光已過春歸去。曾有詩道：

怨風怨雨兩俱非，風雨不來春亦歸，
腮邊紅褪青梅小，口角黃消乳燕飛。
蜀魄健啼花影去，吳蠶強食柘桑稀，
直惱春歸無覓處，江湖辜負一簑衣。

說話的因甚說這春歸詞？紹興年間，行在有個關西延州延安府人，本身是三鎮節度使咸安郡王，當時怕春歸去，將帶著許多鈞眷遊春，……

此種引首，與講史之先敘天地開闢者略異，大抵詩詞之外，亦用故實，或取相類，或取不同，而多爲時事。

取不同者由反入正，取相類者較有淺深，忽而相牽，轉入本事，故敘述方始，而主意已明，耐得翁之所謂「提破」，吳自牧之所謂「捏合」，殆指此矣。凡其上半，謂之「得勝頭回」，頭回猶云前回，聽說話者多軍民，故冠以吉語曰得勝，非因進講宮中，因有此名也。至於文式，則與《五代史平話》之鋪敘瑣事處頗相似，然較詳。《西山一窟鬼》述吳秀才一爲鬼誘，至所遇無一非鬼，蓋本之《鬼董》[11]（四）之《樊生》，而描寫委曲瑣細，則雖明清演義亦無以過之，如其記訂婚之始云：

……開學堂後，有一年之上，也罪過，那街上人家都把孩子們來與它教訓，頗有些䝤足。當日正在學堂裡教書，只聽得青布簾兒上鈴聲響，走將一個人入來。吳教授看那入來的人：不是別人，卻是十年前搬去的鄰舍王婆。原來那婆子是個「撮合山」，專靠做媒爲生。吳教授相揖罷，道，「多時不見。而今婆婆在那裏住？」婆子道，「只道教授忘了老媳婦，如今老媳婦在錢塘門裏沿城住。」教授問，「婆婆高壽？」婆子道，「老媳婦犬馬之年七十有五。教授青春多少？」教授道，「小子二十有二。」婆子道，「教授方纔二十有二，卻像三十以上人，想教授每日價費多少心神；據我媳婦愚見，也少不得一個小娘子相伴。」教授道，「我這裡也幾次問人來，卻沒這般頭腦。」婆子道，「這個『不是冤家不聚會』。好教官人得知，卻有一頭好親在這裏，一千貫錢房計，帶一個從嫁，又好人才，卻有一床樂器都會，又寫得算得，又是噇嗻大官府第出身，只要嫁個讀書官人。教授卻是要也不？」教授聽得說罷，喜從天降，笑顏逐開，道，「若還真個有這人時，可知好哩！只是這個小娘子如今在那裏？」……

南宋亡，雜劇消歇，說話遂不復行，然話本蓋頗有存者，後人目染，仿以爲書，雖已非口談，而猶存曩體，小說者流有《拍案驚奇》、《醉醒石》[12]之屬，講史者流有《列國演義》、《隋唐演義》[13]之屬，惟世間於此二科，漸不復知所嚴別，遂俱以「小說」爲通名。

注釋

【1】這些敦煌話本今已有學者據藏本抄錄並編集出版。〈唐太宗入冥記〉，收入王重民等所輯《敦煌變文集》卷二；〈孝子董永傳〉，收入《敦煌變文集》卷一，題〈董永變文〉；〈秋胡小說〉，收入《敦煌變文集》卷二，題〈秋胡變文〉，現存者係殘本：〈伍員入吳故事〉，收入《敦煌變文集》卷一，題〈伍子胥變文〉。

【2】《維摩》：全稱《維摩詰經講經文》，收入《敦煌變文集》卷五，現共存殘卷六篇；《法華》，全稱《妙法蓮華經》，收入《敦煌變文集》卷五，現存二篇：《釋迦八相成道記》，按：《敦煌變文集》卷四有〈太子成道經〉、〈太子成道變文〉、〈八相變〉，及卷七〈八相押座文〉四篇，均敘釋迦成道故事，《釋迦八相成道記》似即指此四篇；〈目連入地獄故事〉，收入《敦煌變文集》卷六，題〈大目乾連冥間救母變文〉。

【3】范仲淹（九八九—一〇五二）：字希文，北宋吳縣（今屬江蘇）人，傑出政治家、文學家。曾任參知政事。生平事蹟見歐陽修〈范文正公神道碑銘〉（《歐陽文忠公集》卷二〇）、《宋史》卷三一四等。撰有《范文正公集》。〈唐相梁公碑文〉，見《范文正公集》卷十一。據該書附錄樓鑰《范文正公年譜》載，范仲淹於寶元元年（一〇三八）自鄱陽赴潤州，「道由彭澤，謁狄梁公廟，慨慕名節，為之作記立碑。」

【4】孟元老：號幽蘭居士，南北宋之交時期人，生平不詳（有說可能是為宋徽宗督造艮岳的孟揆）。所撰《東京夢華錄》，十卷，成書於南宋初。內容追記北宋都城汴梁的城市、街坊、河道、宮殿、寺廟、酒樓、歲時、風俗、伎藝等，是研究徽宗時期東京的社會、經濟、文化、風俗的重要資料。

【5】吳自牧：南宋錢塘（今浙江杭州）人，生平不詳。所撰《夢粱錄》，二十卷，繼承《東京夢華錄》的體例記載南宋都城臨安市井、宮殿、茶肆、酒樓、風俗、物產及百工、諸色雜藝等。

【6】起今隨令：應作「起令隨令」（據《夢粱錄》卷二十）。

【7】灌園耐得翁：一作灌圃耐得翁，姓趙，南宋時人。所撰《都城紀勝》，一卷，分市井、諸行、瓦舍衆伎等十四門類，記述當時都城臨安街坊店鋪、園林建築和瓦舍伎藝，保留了研究南宋戲曲、說唱藝術的珍貴資料。

【8】周密（一二三二—一二九八或一三〇八）：字公謹，號草窗。南宋濟南人，南渡後寓居吳興（今浙江湖州）。文學家。曾任義烏縣令，宋亡後隱居不仕。著作甚豐。所撰《武林舊事》，十卷，成書於宋亡以後，仿《東京夢華錄》體例記述南宋都城臨安宮殿園囿、湖山勝概和節令風俗、諸色技藝。

【9】《五代史平話》：即《新編五代史平話》，話本小說，作者不詳。全書概述五代興亡歷史，故事以正史為基礎，加人不少民間傳說。

【10】《通俗小說》：即《京本通俗小說》，白話短篇小說集，著者與編刻者不詳。未見前人著錄。原本早佚，今有殘本存九篇。發現此書的江東老蟫（繆荃孫）跋云：其中「定州三怪一回，破碎太甚；金主亮荒淫兩卷，過於穢褻；未敢傳摹。」故現通行本只七篇。以前學者一般認為此書是宋元人作品，可能為說話人的底本，是研究宋代小說的珍貴資料，後有不少研究者對此書的來歷和刊刻時代提出異議。

【11】《鬼董》：一名《鬼董狐》，志怪小說集，五卷。撰者不詳，或為南宋沈姓太學生。

【12】《拍案驚奇》、《醉醒石》：參看本書第二十一篇。

【13】《列國演義》：參看本書第十五篇；《隋唐演義》，參看本書第十四篇。

解讀

宋代的話本和講史小說，藝術水準也不高，遠不及明代的擬話本名著「三言二拍」和歷史小說《三國演義》。《京本通俗小說》的時代是否眞正屬於宋代，則受到鄭振鐸等後來學者頗有說服力的懷疑和否定。

中國古代小說有文言系統和白話系統，宋代的話本開創了用白話寫的小說系統。因平民缺乏高深的文化，看不懂用文言寫的六朝志怪、志人小說和唐代傳奇，說書人的話本是針對缺乏高深文化的廣大市民的，故而魯迅稱它是「一種平民的小說」。

可以參看《中國小說的歷史的變遷》第四講，此篇扼要講解宋代話本和受其影響、發展並創作，直到元末明初才成書的世代積累型長篇小說《三國演義》和《水滸傳》。

第十三篇　宋元之擬話本

說話既盛行，則當時若干著作，自亦蒙話本之影響。北宋時，劉斧秀才雜輯古今稗說爲《青瑣高議》及《青瑣摭遺》，[1]文辭雖拙俗，然尚非話本，而文題之下，已各係以七言，如：

《流紅記》（紅葉題詩娶韓氏）
《趙飛燕外傳》（別傳敘飛燕本末）
《韓魏公》（不罪碎盞燒鬚人）
《王榭》（風濤飄入烏衣國）[2]

等，皆一題一解，甚類元人劇本結末之「題目」與「正名」，因疑汴京說話標題，體裁或亦如是，習俗浸潤，乃及文章。至於全體被其變易者，則今尚有《大唐三藏法師取經記》及《大宋宣和遺事》[3]二書流傳，皆首尾與詩相始終，中間以詩詞爲點綴，辭句多俚，顧與話本又不同，近講史而非口談，似小說而無捏合。錢曾於《宣和遺事》，則並《燈花婆婆》[4]等十五種並謂之「詞話」（《也是園書目》十），以其有詞有話也，然其間之《錯斬崔寧》、《馮玉梅團圓》兩種，亦見《京本通俗小說》中，本說話之一科，傳自專家，談吐如流，通篇相稱，殊非《宣和遺事》所能企及。蓋《宣和遺事》雖亦有詞有說，而非全出於說話人，乃由作者掇拾故書，益以小說，補綴聯屬，勉成一書，故形式僅存，而精彩遂遜，文辭又多非己出，不足以云創作也。《取經記》尤苟簡。惟說話消亡，而話本終蛻爲著作，則又賴此等爲其樞紐而已。

《大唐三藏法師取經記》三卷，舊本在日本，又有一小本曰《大唐三藏取經詩話》，內容悉同，卷尾一行云「中瓦子張家印」，張家爲宋時臨安書鋪，世因以爲宋刊，然逮於元朝，張家或亦無恙，則此書或爲元人撰，未可知矣。三卷分十七章，今所見小說之分章回者始此；每章必有詩，故曰詩話。首章兩本俱闕，次章則記玄奘等之遇猴行者。

行程遇猴行者處第二

僧行六人，當日起行。……偶於一日午時，見一白衣秀才，從正東而來，便揖和尚，「萬福萬福！和尚今往何處，莫不是再往西天取經否？」法師合掌曰，「貧道奉敕，爲東土眾生未有佛教，是取經也。」秀才曰，「和尚生前兩回去取經，中路遭難，此回若去，千死萬死！」法師云，「你如何得知？」秀才曰，「我不是別人，我是花果山紫雲洞八萬四千銅頭鐵額彌猴王。我今來助和尚取經，此去百萬程途，經過三十六國，多有禍難之處。」法師應曰，「果得如此，三世有緣，東土眾生，獲大利益。」當便改呼爲猴行者。僧行七人，次日同行，左右伏事。猴行者因留詩曰：

百萬程途向那邊，今來佐助大師前，
一心祝願逢眞教，同往西天雞足山。

三藏法師詩答曰：

此日前生有宿緣，今朝果遇大明仙，
前途若到妖魔處，望顯神通鎭佛前。

於是借行者神通，偕入大梵天王宮，法師講經已，得賜「隱形帽一頂，金鐶錫杖一條，鉢盂一隻，三件齊全」，復返下界，經香林寺，履大蛇嶺、九龍池諸危地，俱以行者法力，安穩進行；又得深沙神身化金橋，渡越大水，出鬼子母國、女人國而達王母池處，法師欲桃，命猴行者往竊之。

入王母池之處第十一

……法師曰，「願今日蟠桃結實，可偷三五個喫。」猴行者曰，「我因八百歲時偷喫十顆，被王母捉下，左肋判八百，右肋判三千鐵棒，配在花果山紫雲洞，至今肋下尚痛，我今定是不敢偷喫也。」……前去之間，忽見石壁高岑萬丈，又見一石盤，闊四五里地，又有兩池，方廣數十里，瀰瀰萬丈，鴉鳥不飛。七人才坐，正歇之次，舉頭遙望，萬丈石壁之中，有數株桃樹，森森聳翠，上接青天，枝葉茂濃，下浸池水。……行者曰，「樹上今有十餘顆，爲地神專在彼處守定，無路可去偷取。」師曰，「你神通廣大，去必無妨。」說由未了，攧下三顆蟠桃入池中去，師甚敬惶，問此落者是何物？答曰，「師不要敬（驚字之略），此是蟠桃正熟，攧下水中也。」師曰，「可去尋取來喫！」……

行者以杖擊石，先後現二童子，一云三千歲，一五千歲，皆揮去。

……又敲數下，偶然一孩兒出來，問曰，「你年多少？」答曰，「七千歲。」行者放下金鐶杖，叫取孩兒入手中，問和尚你喫否？和尚聞語，心敬便走。被行者手中旋數下，孩兒化成一枝乳棗。當時吞入口中，後歸東土唐朝，遂吐出於西川，至今此地中生人參是也。空中見有一人，遂吟詩曰：

花果山中一子才，小年曾此作場乖，
而今耳熱空中見，前次偷桃客又來。

由是竟達天竺，求得經文五千四百卷，而闕《多心經》，回至香林寺，始由定光佛見授。七人既歸，則皇帝郊迎，諸州奉法，至七月十五日正午，天宮乃降採蓮舡，法師乘之，向西仙去；後太宗復封猴行者爲銅筋鐵骨大聖云。

《大宋宣和遺事》世多以爲宋人作，而文中有呂省元[5]〈宣和講篇〉及南儒〈詠史詩〉，省元、南儒皆元代語，則其書或出於元人，抑宋人舊本，而元時又有增益，皆不可知，口吻有大類宋人者，則以鈔撮舊籍而然，非著者之本語也。書分前後二集，始於稱述堯舜而終以高宗之定都臨安，案年演述，體裁甚似講史。惟節錄成書，未加融會，故先後文體，致爲參差，灼然可見。其剽取之書當有十種。[6]前集先言歷代帝王荒淫之失者其一，蓋猶宋人講史之開篇；次述王安石變法之禍者其二，亦北宋末士論之常套；次述安石引蔡京入朝至童貫蔡攸巡邊者其三，首一爲語體，次二爲文言而並雜以詩者；其四，則梁山濼聚義本末，首述楊志賣刀殺人，晁蓋劫生日禮物，遂邀約二十人，同入太行山梁山濼落草，而宋江亦以殺閻婆惜出走，伏屋後九天玄女廟中，見官兵已退，出謝玄女。

……則見香案上一聲響亮，打一看時，有一卷文書在上。宋江纔展開看了，認得是個天書；又寫著三十六個姓名；又題著四句道：

破國因山木，兵刀用水工，
一朝充將領，海內聳威風。

宋江讀了，口中不說，心下思量：這四句分明是說了我裏姓名；又把開天書一卷，仔細看覷，見有三十六將的姓名。那三十六人道個甚底？

智多星吳加亮　玉麒麟李進義　青面獸楊志　混江龍李海

九紋龍史進　入雲龍公孫勝　浪裏白條張順　霹靂火秦明
活閻羅阮小七　立地太歲阮小五　短命二郎阮進　大刀關必勝
豹子頭林沖　黑旋風李逵　小旋風柴進　金鎗手徐寧
撲天雕李應　赤髮鬼劉唐　一直撞董平　插翅虎雷橫
美髯公朱同　神行太保戴宗　賽關索王雄　病尉遲孫立
小李廣花榮　沒羽箭張青　沒遮攔穆橫　浪子燕青
花和尚魯智深　行者武松　鐵鞭呼延綽　急先鋒索超
拚命三郎石秀　火船工張岑　摸著雲杜千　鐵天王晁蓋

宋江看了人名，末後有一行字寫道，「天書付天罡院三十六員猛將，使呼保義宋江爲帥，廣行忠義，殄滅姦邪。」

於是江率朱同等九人亦赴山寨，會晁蓋已死，遂被推爲首領，「各人統率強人，略州劫縣，放火殺人，攻奪淮陽、京西、河北三路二十四州八十餘縣，劫掠子女玉帛，擄掠甚眾」，已而魯智深等亦來投，遂足三十六人之數。

一日，宋江與吳加亮商量，「俺三十六員猛將，並已登數，休要忘了東嶽保護之恩，須索去燒香賽還心願則個。」擇日起行，宋江題了四句放旗上道：

來時三十六，去後十八雙，
若還少一個，定是不歸鄉！

宋江統率三十六將往朝東嶽，賽取金爐心願。朝廷不奈何，只得出榜招諭宋江等。有那元帥姓張名叔夜的，是世代將門之子，前來招誘；宋江和那三十六人歸順宋朝，各受大夫誥敕，分注諸路巡檢使去也；因此三路之寇，悉得平定。後遣宋江收方臘有功，封節度使。

其五，爲徽宗幸李師師家，曹輔進諫及張天覺隱去；其六，爲道士林靈素進用及其死葬之異；其七，爲臘月預賞元宵及元宵看燈之盛，皆平話體。其敘元宵看燈云：

宣和六年正月十四日夜，去大内門直上一條紅綿繩上，飛下一個仙鶴兒來，口内銜一道詔書，有一員中使接得展開，奉聖旨：宣萬姓。有那快行家手中把著金字牌，喝道，「宣萬姓！」少刻，京師民有似雲浪，盡頭上戴著玉梅、雪柳、鬧蛾兒，直到鼇山下看燈。卻去宣德門直上有三四個貴官，……得了聖旨，交撒下金錢銀錢，與萬姓搶金錢。那教坊大使袁陶曾作詞，名做〈撒金錢〉：

頻瞻禮，喜升平又逢元宵佳致。鼇山高聳翠，對端門珠璣交製，似嫦娥，降仙宮，乍臨凡世。恩露勻施，憑御闌聖顏垂視。撒金錢，亂抛墜，萬姓推搶沒理會；告官裏，這失儀，且與免罪。

是夜撒金錢後，萬姓各各遍遊市井，可謂是：

燈火熒煌天不夜，笙歌嘈雜地長春。

後集則始自金人來運糧，以至京城陷爲第八種；又自金兵入城，帝后北行受辱，以至高宗定都臨安爲第九、第十種，即取《南燼紀聞》、《竊憤錄》及《續錄》[7]而小有刪節，二書今俱在，或題辛棄疾[8]作，而宋人已以爲僞書。卷末復有結論，云「世之儒者謂高宗失恢復中原之機會者有二焉：建炎之初失其機者，潛善伯彥偷安於目前誤之也；紹興之後失其機者，秦檜爲虜用間誤之也。失此二機，而中原之境土未復，君父之大仇未報，國家之大恥不能雪，此忠臣義士之所以扼腕，恨不食賊臣之肉而寢其皮也歟！」則亦南宋時檜黨失勢後士論之常套也。

注釋

【1】《青瑣高議》及《青瑣摭遺》：即《青瑣高議別集》，參看本卷第十一篇注【19】。

【2】《流紅記》：見《青瑣高議》前集卷五；《趙飛燕外傳》，見《青瑣高議》前集卷七，「外傳」一作「別傳」；《韓魏公》，見《青瑣高議》後集卷二；《王榭》，見《青瑣高議別集》卷四。

【3】《大唐三藏法師取經記》：一名《大唐三藏取經詩話》，三卷。日本有德富蘇峰成簣堂藏大字本《取經記》、三浦觀樹藏小字巾箱本《取經詩話》（後歸大倉喜七郎）。二者各有殘缺。一九一六年中國據此出版影印本。《大宋宣和遺事》，簡稱《宣和遺事》，分元亨利貞四集，或前後二集。此書與《大唐三藏法師取經記》均出宋元間，撰者未詳。

【4】《燈花婆婆》等十五種：參看本書第一篇注【49】。

【5】呂省元：似應是呂中。《四庫全書總目提要．大事記講義》：「宋呂中撰，中字時可，泉州晉江人。淳祐中進士，遷國子監丞，兼崇政殿說書，徙肇慶教授。」

【6】剽取之書當有十種：這十種書大約是《續宋編年資治通鑑》、《九朝編年備要》、《錢塘遺事》、《賓退錄》、《建炎中興記》、《皇朝大事記講義》、《南燼紀聞》、《竊憤錄》、《竊憤續錄》、《林靈素傳》。

【7】《南燼紀聞》：一卷。《竊憤錄》、《續錄》，各一卷。二書皆記述宋徽、欽二帝被擄北行之事。

【8】辛棄疾（一一四〇－一二〇七）：字幼安，號稼軒居士，南宋歷城（今山東濟南）人。自金人占領區投奔南宋，歷任湖北、江西、湖南、福建、浙東等地安撫使，主張積極抗金。生平事蹟見宋謝枋的《宋辛嘉軒先生墓記》、《宋史》卷四〇一、近人鄧廣銘《辛稼軒年譜》。撰有詞集《稼軒長短句》等。

解讀

宋元擬話本的藝術水平也平平。《大宋宣和遺事》受到一定的重視，是因爲其中部分內容提供了《水滸傳》的早期素材，並讓我們看到了宋時《水滸》故事的面貌。但受話本的影響，語言俚俗的《青瑣高議》，由劉斧纂輯，收輯了宋代志怪和傳奇小說的精華，頗有別開生面的故事和人物描寫。

有讀者在網上對我的一條注文提出批評和糾正，非常感謝！今錄全文和出處如下：

《中國小說史略》（中國文化出版社二〇〇五年一版）一〇五頁周錫山注【1】云：「《青瑣高議》及《青瑣摭遺》：即《青瑣高議別集》，參看本卷第十一篇注【19】。」查第十一篇注【19】九一頁云：「《青瑣高議》，筆記小說集，《郡齋讀書志》和《宋史．藝文志》均著錄十八卷，近人董康據士禮居寫本所刻，前後集各十卷，《別集》七卷。今有上海古籍出版社增補本（一九八三年版）。」前邊說《青瑣高議》與《青瑣摭遺》就是《青瑣高議別集》，後邊又說《青瑣高議》包括了《青瑣高議別集》，前後矛盾，究竟這三本書是什麼關係？

查《中國古代小說總目》（山西教育出版社二〇〇〇年九版）（三四三頁）「青瑣摭遺（摭遺、摭遺集、摭遺新說）」詞條（李劍國、吳存存撰）云：「本書（《青瑣摭遺》）是《青瑣高議》的續書，故稱作《青瑣摭遺》，屬於劉斧『青瑣』系列小說之一部分。今本《青瑣高議》別集中有《王榭（謝）》一篇，正本書之《烏衣傳》，或以爲別集即《摭遺》，殊誤。因爲別集二十二篇，只此一篇相同，其餘皆不見本書。其實今本《青瑣高議》係後人重編，依原書之體例編爲前後集，又增別集一集。……」又「青瑣高議前後集十八卷」詞條（李劍國、吳存存撰）（三四〇頁）云：「《青瑣高議》今本分三集，前集十卷五十篇，後集十卷七十篇，別集七卷二十二篇，各有標題，共一百四十二篇（有些篇目中包含若干條）……而《王榭（謝）》一篇實出《摭遺》，可見原書並無別集，乃是重編者另立名目，其內容則是雜湊前後集及《摭遺》而成。《摭遺》存有《紺珠集》、《類說》節本，《詩話總龜》等所引佚文亦夥，除

《王榭（謝）》碑取入別集外，《類說》本的《李白遊華山》又見於今本後集卷二，這說明今本後集也編入《摭遺》的文字。總之，今本前後二集並不就是原書的前後集，而今本別集也絕非《摭遺》。」

至此可以明白：《青瑣摭遺》並非《青瑣高議別集》，二者內容僅有一篇相同；《青瑣高議》原本只有前集、後集，《青瑣高議別集》乃是後人雜湊前、後、摭遺編入而成。《青瑣高議前集》、《青瑣高議後集》、《青瑣高議別集》、《青瑣摭遺》等即所謂「青瑣」系列小說，前三者合稱《青瑣高議》，《青瑣摭遺》乃其續書，是另一本書。翻閱上海古籍出版社宋元筆記叢書中之《青瑣高議》（一九八三年五版），確是包括了前、後、別集，可見周錫山先生一〇五頁所注應是有誤。而以《青瑣摭遺》爲《青瑣高議別集》之誤又是由魯迅先生而起，魯迅先生校錄《唐宋傳奇集》在附錄《稗邊小綴》中說董康據士禮居寫本所刻的《青瑣高議》中的別集爲《宋史．藝文志》所無，「然宋人即時有引《青瑣摭遺》者，疑即今所謂別集。《宋志》以爲《翰府名談》之《摭遺》，蓋亦誤爾。」此說後隨《中國小說史略》漸至蔓延。（梧桐樹下，copyBookmarkhttp://blog.xinli110.com/?7）

第十四篇　元明傳來之講史（上）

宋之說話人，於小說及講史皆多高手（名見《夢粱錄》及《武林舊事》），而不聞有著作；元代擾攘，文化淪喪，更無論矣。日本內閣文庫藏元至治（一三二一—一三二三）間新安虞氏刊本全相（猶今所謂繡像全圖）平話五種，[1]曰《武王伐紂書》，曰《樂毅圖齊七國春秋後集》，曰《秦併六國》，曰《呂后斬韓信前漢書續集》，曰《三國志》，每集各三卷（《斯文》第八編第六號，鹽谷溫《關於明的小說「三言」》），今惟《三國志》有印本（鹽谷博士影印本及商務印書館翻印本），他四種未能見。其《全相三國志平話》分爲上下二欄，上欄爲圖，下欄述事，以桃園結義始，孔明病歿終。而開篇亦先敘漢高祖殺戮功臣，玉皇斷獄，令韓信轉生爲曹操，彭越爲劉備，英布爲孫權，高祖則爲獻帝，立意與《五代史平話》無異。惟文筆則遠不逮，詞不達意，粗具梗概而已，如述「赤壁鏖兵」云：

卻說武侯過江到夏口，曹操舡上高叫「吾死矣！」眾軍曰，「皆是蔣幹。」眾官亂刀剉蔣幹爲萬段。曹操上舡，荒速奪路，走出江口，見四面舡上，皆爲火也。見數十隻舡，上有黃蓋言曰，「斬曹賊，使天下安若太山！」曹相百官，不通水戰，眾人發箭相射。卻說曹操措手不及，四面火起，前又相射。曹操欲走，北有周瑜，南有魯肅，西有陵統甘寧，東有張昭吳范，四面言殺。史官曰，「倘非曹公家有五帝之分，孟德不能脫。」曹操得命，西北而走，至江岸，眾人撮曹公上馬。卻說黃昏火發，次日齋時方出，曹操回顧，尚見夏口舡上煙焰張天，本部軍無一萬。曹相望西北而走，無五里，江岸有五千軍，認得是常山趙雲，攔住，眾官一齊攻擊，曹相撞陣過去。……至晚，到一大林。……曹公尋滑榮路去，行無二十里，見五百校刀手，關將攔住。曹相用美言告雲長，「看操亭侯有恩。」關公曰，「軍師嚴令。」曹公撞陣卻過。說話間，面生塵霧，使曹公得脫。關公趕數里復回，東行無十五里，見玄德，軍師。是走了曹賊，非關公之過也。言使人小著玄德（案此句不可解）。眾問爲何。武侯曰，「關將仁德之人，往日蒙曹相恩，其此而脫矣。」關公聞言，忿然上馬，告主公復追之。玄德曰，「吾弟性匪石，寧奈不倦。」軍師言，「諸

葛赤（亦？）去，萬無一失。」……（卷中十八至十九頁）

觀其簡率之處，頗足疑爲說話人所用之話本，由此推演，大加波瀾，即可以愉悅聽者，然頁必有圖，則仍亦供人閱覽之書也。餘四種恐亦此類。

說《三國志》者，在宋已甚盛，蓋當時多英雄，武勇智術，瑰偉動人，而事狀無楚漢之簡，又無春秋列國之繁，故尤宜於講說。東坡（《志林》六）謂「王彭嘗云，途巷中小兒薄劣，其家所厭苦，輒與錢，令聚坐聽說古話，至說三國事，聞劉玄德敗，頻蹙眉，有出涕者，聞曹操敗，即喜唱快。以是知君子小人之澤，百世不斬。」在瓦舍，「說三分」爲說話之一專科，與「講《五代史》」並列（《東京夢華錄》五）。金元雜劇亦常用三國時事，如《赤壁鏖兵》、《諸葛亮秋風五丈原》、《隔江鬬智》、《連環計》、《復奪受禪臺》[2]等，而今日搬演爲戲文者尤多，則爲世之所樂道可知也。其在小說，乃因有羅貫中本而名益顯。

貫中，名本，錢唐人（明郎瑛《七修類稿》二十三、田汝成《西湖遊覽志餘》二十五、胡應麟《少室山房筆叢》四十一），或云名貫，字貫中（明王圻《續文獻通考》一百七十七），或云越人，生洪武初（周亮工《書影》），蓋元明間人（約一三三〇－一四〇〇）。所著小說甚夥，明時云有數十種（《志餘》），今存者《三國志演義》之外，尚有《隋唐志傳》、《殘唐五代史演義》、《三遂平妖傳》、《水滸傳》等；亦能詞曲，有雜劇《龍虎風雲會》[3]（目見《元人雜劇選》）。然今所傳諸小說，皆屢經後人增損，眞面殆無從復見矣。

羅貫中本《三國志演義》，[4]今得見者以明弘治甲寅（一四九四）刊本爲最古，全書二十四卷，分二百四十回，題曰「晉平陽侯陳壽史傳，後學羅本貫中編次」。起於漢靈帝中平元年「祭天地桃園結義」，終於晉武帝太康元年「王濬計取石頭城」，凡首尾九十七年（一八四－二八〇）事實，皆排比陳壽《三國志》及裴松之注，[5]間亦仍採平話，又加推演而作之；論斷頗取陳裴及習鑿齒孫盛[6]語，且更盛引「史官」及「後人」詩。然據舊史即難於抒寫，雜虛辭復易滋溷淆，故明謝肇淛（《五雜俎》十五）[7]既以爲「太實則近腐」，清章學誠

《丙辰劄記》[8]又病其「七實三虛惑亂觀者」也。至於寫人，亦頗有失，以致欲顯劉備之長厚而似僞，狀諸葛之多智而近妖；惟於關羽，特多好語，義勇之概，時時如見矣。如敘羽之出身丰采及勇力云：

……階下一人大呼出曰，「小將願往，斬華雄頭獻於帳下！」衆視之：見其人身長九尺五寸，髯長一尺八寸，丹鳳眼，臥蠶眉，面如重棗，聲似巨鐘，立於帳前。紹問何人。公孫瓚曰，「此劉玄德之弟關某也。」紹問見居何職。瓚曰，「跟隨劉玄德充馬弓手。」帳上袁術大喝曰，「汝欺吾衆諸侯無大將耶？量一弓手。安敢亂言。與我亂棒打出！」曹操急止之曰，「公路息怒，此人既出大言，必有廣學；試教出馬，如其不勝，誅亦未遲。」……關某曰，「如不勝，請斬我頭。」操教釃熱酒一杯，與關某飲了上馬。關某曰，「酒且斟下，某去便來。」出帳提刀，飛身上馬。衆諸侯聽得寨外鼓聲大震，喊聲大擧，如天摧地塌，岳撼山崩。衆皆失驚，卻欲探聽。鸞鈴響處，馬到中軍，雲長提華雄之頭，擲於地上；其酒尚溫。……（第九回《曹操起兵伐董卓》）

又如曹操赤壁之敗，孔明知操命不當盡，乃故使羽扼華容道，俾得縱之，而又故以軍法相要，使立軍令狀而去，此敘孔明止見狡獪，而羽之氣概則凜然，與元刊本平話，相去遠矣：

……華容道上，三停人馬，一停落後，一停塡了坑塹，一停跟隨曹操過險峻，路稍平妥。操回顧，止有三百餘騎隨後，並無衣甲袍鎧整齊者。……又行不到數里，操在馬上加鞭大笑。衆將問丞相笑者何故。操曰，「人皆言諸葛亮、周瑜足智多謀，吾笑其無能爲也。今此一敗，吾自是欺敵之過，若使此處伏一旅之師，吾等皆束手受縛矣。」言未畢，一聲炮響，兩邊五百校刀手擺列，當中關雲長提青龍刀，跨赤兔馬，截住去路。操軍見了，亡魂喪膽，面面相覷，皆不能言。操在人叢中曰，「既到此處，只得決一死戰。」眾將曰，「人縱然不怯，馬力乏矣：戰則必死。」程昱曰，「某知雲長傲上而不忍下，欺強而不凌弱，人有患難，必須救之，仁義播於天下。丞相舊日有恩在彼處，何不親自告之，必脫此難矣。」操從其說，即時縱馬向前，欠身與雲長曰，「將軍別來無恙？」雲長亦欠身答曰，「關某奉軍師將令，等候丞相多時。」操曰，「曹操兵敗勢危，到此無路，望將軍以昔日之言爲重。」雲長答曰，「昔日關某雖蒙丞相厚恩，某曾解白馬之危以報之。今日奉命，豈敢爲私乎？」操曰，「五關斬將之時，還能記否？古之人大丈夫處世，必以信義爲重：將軍深明《春秋》，豈不知庾公之斯追子濯、孺子者乎？」雲長聞之，低首良久不語。當時曹操引這件事。說猶未了，雲長是個義重如山之人，又見曹軍惶惶，皆欲垂淚，雲長思起五關斬將放他之恩，如何不動心，於是把馬頭勒回，與眾軍曰，「四散擺開！」這個分明是放曹操的意。操見雲長勒回馬，便和眾將一齊衝將過去，雲長回身時，前面眾將已自護送操過去了。雲長大喝一聲，眾皆下馬，哭拜於地，雲長不忍殺之，正猶豫中，張遼縱馬至，雲長見了，亦動故舊之心，長歎一聲，並皆放之。後來史官有詩曰：

徹膽長存義，終身思報恩，威風齊日月，名譽震乾坤，忠勇高三國，神謀陷七屯，至今千古下，軍旅拜英魂。（第一百回〈關雲長義釋曹操〉）

弘治以後，刻本甚多，即以明代而論，今尚未能詳其凡幾種（詳見《小說月報》二十卷十號鄭振鐸〈三國志演義的演化〉）。迨清康熙時，茂苑毛宗崗字序始師金人瑞改《水滸傳》及《西廂記》成法，即舊本遍加改竄，自云得古本，評刻之，亦稱「聖歎外書」，[9]而一切舊本乃不復行。凡所改定，就其序例可見，約舉大端，則一曰改，如舊本第百五十九回〈廢獻帝曹丕篡漢〉本言曹后助兄斥獻帝，毛本則云助漢而斥丕。二曰增，如第百六十七回〈先主夜走白帝城〉本不涉孫夫人，毛本則云「夫人在吳聞猇亭兵敗，訛傳先主死於軍中，遂驅兵至江邊，望西遙哭，投江而死」。三曰削，如第二百五回〈孔明火燒木柵寨〉本有孔明燒司馬懿於上方谷時，欲併燒魏延，第二百三十四回〈諸葛瞻大戰鄧艾〉有艾貽書勸降，瞻覽畢狐疑，其子尚詰責之，乃決死戰，而毛本皆無有。其餘小節，則一者整頓回目，二者修正文辭，三者削除論贊，四者增刪瑣事，五者改換詩文而已。

《隋唐志傳》[10]原本未見，清康熙十四年（一六七五）長洲褚人穫[11]有改訂本，易名《隋唐演義》，序有云，「《隋唐志傳》創自羅氏，纂輯於林氏，可謂善矣。然始於隋宮剪綵，則前多闕略，厥後補綴唐季一二事，又零星不聯屬，觀者猶有議焉。」其概要可識矣。

《隋唐演義》計一百回，以隋主伐陳開篇，次爲周禪於隋，隋亡於唐，武后稱尊，明皇幸蜀，楊妃縊於馬嵬，既復兩京，明皇退居西內，令道士求楊妃魂，得見張果，因知明皇、楊妃爲隋煬帝、朱貴兒後身，而全書隨畢。凡隋唐間英雄，如秦瓊、竇建德、單雄信、王伯當、花木蘭等事蹟，皆於前七十回中穿插出之。其明皇、楊妃再世姻緣故事，序言得之袁于令所藏《逸史》，[12]喜其新異，因以入書。此他事狀，則多本正史紀傳，且益以唐宋雜說，如隋事則《大業拾遺記》、《海山記》、《迷樓記》、《開河記》，[13]唐事則《隋唐嘉話》、《明皇雜錄》、《常侍言旨》、《開天傳信記》、《次柳氏舊聞》、《長恨歌傳》、《開元天寶遺事》及《梅妃傳》、《太眞外傳》[14]等，敘述多有來歷，殆不亞於《三國志演義》。惟其文筆，乃純如明季時風，浮豔在膚，沉著不足，羅氏軌範，殆已蕩然，且好嘲戲，而精神反蕭索矣。今舉一例：

……一日玄宗於昭慶宮閒坐，祿山侍坐於側，見他腹垂過膝，因指著戲說道，「此兒腹大如抱甕，不知其中藏的何所有？」祿山拱手對道，「此中並無他物，惟有赤心耳；臣願盡此赤心，以事陛下。」玄宗聞祿山所言，心中甚喜。那知道：

人藏其心，不可測識。自謂赤心，心黑如墨！

玄宗之待安祿山，眞如腹心；安祿山之對玄宗，卻純是賊心、狼心、狗心，乃眞是負心、喪心。有心之人，方切齒痛心，恨不得即剖其心，食其心；虧他還哄人說是赤心。可笑玄宗還不覺其狼子野心，卻要信他是眞心，好不癡心。閒話少說。且說當日玄宗與安祿山閒坐了半晌，回顧左右，問妃子何在，此時正當春深時候，天氣尚暖，貴妃方在後宮坐蘭湯洗浴。宮人回報玄宗說道，「妃子洗浴方完。」玄宗微笑說道，「美人新浴，正如出水芙蓉。」令宮人即宣妃子來，不必更洗梳粧。少頃，楊妃來到。你道他新浴之後，怎生模樣？有一曲〈黃鶯兒〉說得好：

　皎皎如玉，光嫩如瑩，體愈香，雲鬢慵整偏嬌樣。羅裙厭長，輕衫取涼，臨風小立神駘宕。細端詳：芙蓉出水，不及美人粧。（第八十三回）

《殘唐五代史演義》[15]未見，日本《內閣文庫書目》云二卷六十回，題羅本撰，湯顯祖批評。

《北宋三遂平妖傳》原本亦不可見，較先之本爲四卷二十回，序云王愼修[16]補，記貝州王則以妖術變亂事。《宋史》（二百九十二《明鎬傳》）言則本涿州人，歲饑，流至恩州（唐爲貝州），慶曆七年僭號東平郡王，改元得聖，六十六日而平。小說即本此事，開篇爲汴州胡浩得仙畫，其婦焚之，灰繞於身，因孕，生女，曰永兒，有妖狐聖姑姑授以道法，遂能爲紙人豆馬。王則則貝州軍排，後娶永兒，術人彈子和尙、張鸞、卜吉、左黜皆來見，云則當王，會知州貪酷，遂以術運庫中錢米買軍倡亂。已而文彥博率師討之，其時張鸞、卜吉、彈子和尙見則無道，皆先去，而文彥博軍尙不能克。幸得彈子和尙化身諸葛遂智助文，鎭伏邪法；馬遂詐降擊則裂其脣，使不能持咒；李遂又率掘子軍作地道入城；乃擒則及永兒。奏功者三人皆名遂，故曰《三遂平妖傳》也。

《平妖傳》今通行本十八卷四十回，有楚黃張無咎序，云是龍子猶所補。[17]其本成於明泰昌元（一六二〇），前加十五回，記袁公受道法於九天玄女，復爲彈子和尙所盜，及妖狐聖姑姑鍊法事。他五回則散入舊本各回間，多補述諸怪民道術。事蹟於意造而外，亦採取他雜說，附會入之。如第二十九回敘杜七聖賣符，並呈幻術，斷小兒首，覆以衾即復續，而偶作大言，爲彈子和尙所聞，遂攝小兒生魂，入麵店覆楪子下，杜七聖咒之再三，兒竟不起。

杜七聖慌了，看著那看的人道，「眾位看官在上，道路雖然各別，養家總是一般，只因家火相逼。適間言語不到處，望看官們恕罪則個。這番教我接了頭，下來喫杯酒，四海之內，皆相識也。」杜七聖伏罪道，「是我不是了，這番接上了。」只顧口中念咒，揭起臥單看時，又接不上。杜七聖焦躁道，「你教我孩兒接不上頭，我又求告你再三，認自己的不是，要你恕饒，你卻直恁的無理。」便去後面籠兒內取出一個紙包兒來，就打開，撮出一顆葫蘆子，去那地上，把土來掘鬆了，把那顆葫蘆子埋在地下，口中念念有詞，噴上一口水，喝聲「疾！」可霎作怪：只見地下生出一條藤兒來，漸漸的長大，便生枝葉，然後開花，便見花謝，結一個小葫蘆兒。一夥人見了，都喝采道，「好！」杜七聖把那葫蘆兒摘下來，左手提著葫蘆兒，右手拿著刀，道，「你先不近道理，收了我孩兒的魂魄，教我接不上頭，你也休想在世上活了！」向著葫蘆兒，攔腰一刀，剁下半個葫蘆兒來。卻說那和尚在樓上，拿起麵來卻待要喫；只見那和尚的頭從腔子上骨碌碌滾將下來。一樓上喫麵的人都喫一驚，小膽的丟了麵跑下樓去了，大膽的立住了腳看。只見那和尚慌忙放下碗和箸，起身去那樓板上摸，一摸摸著了頭，雙手捉住兩隻耳朵，掇那頭安在腔子上，安得端正，把手去摸一摸。和尚道，「我只顧喫麵，忘還了他的兒子魂魄，」伸手去揭起楪兒來。這裡卻好揭得起楪兒，那裏杜七聖的孩兒早跳起來；看的人發聲喊。杜七聖道，「我從來行這家法術，今日撞著師父了。」……（第二十九回下〈杜七聖狠行續頭法〉）

此蓋相傳舊話，尉遲偓（《中朝故事》）[18]云在唐咸通中，謝肇淛（《五雜俎》六）又以爲明嘉靖隆慶間事，惟術人無姓名，僧亦死，是書略改用之。馬遂擊賊被殺則當時事實，宋鄭獬有〈馬遂傳〉。[19]

注釋

【1】新安虞氏刊本全相平話五種：日本所藏原刊題「建安虞氏新刊」。建安即今福建建甌，虞氏係刊行者姓氏。此五種平話均分上中下三卷，不題撰者。

【2】《赤壁鏖兵》：陶宗儀《輟耕錄》卷二十五「金院本名目」著錄，今佚：《諸葛亮秋風五丈原》，一名《諸葛亮軍屯五丈原》，曹寅本《錄鬼簿》著錄，金元間王仲文撰，今殘存逸文：《隔江鬥智》，全名《兩軍師隔江鬥智》，元明間無名氏撰。明臧晉叔《元曲選》辛集收入：《連環計》，全名《錦雲堂暗定連環計》，一作《錦雲堂美女連環記》，元無名氏撰。明臧晉叔《元曲選》壬集收入：《復奪受禪臺》，全名《司馬昭復奪受禪臺》。同名劇作有二種，一為元李壽卿撰，一為元李取進撰，曹寅本《錄鬼簿》均著錄，不見傳本。

【3】《龍虎風雲會》：全稱《宋太祖龍虎風雲會》，收入明息機子輯《雜劇選》。敘宋太祖趙匡胤夜訪趙普及統一中國的史事。

【4】《三國志演義》：又名《三國志通俗演義》，卷首有弘治甲寅（一四九四）庸愚子（蔣大器）序和嘉靖壬午年（一五二二）關中修髯子（張尚德）小引，此書為今所見《三國演義》最早刊本。因商務印書館影印時抽去該書小引，致被誤認為弘治年間刊本。

【5】陳壽（二三三—二九七）：字承祚，西晉巴西安漢（今四川南充北）人。史學家。在蜀時曾任衛將軍主簿、東觀祕書郎、散騎黃門侍郎，因正直不屈，而屢被譴黜。晉時任著作郎、治書侍御史等。曾奉命整理諸葛亮的事蹟和著作，編成《諸葛亮集》二十四篇。晉滅吳後，集合三國時官私著作，撰成《三國志》一書。

裴松之，參看本書第五篇注【2】。

【6】習鑿齒（？—三八四）：字彥威，東晉襄陽（治今湖北襄樊）人，曾官滎陽太守，撰有《漢晉春秋》（一作《漢晉陽秋》）。

孫盛，字安國，晉太原中都（今山西平遙西南）人。十歲渡江避難。官至祕書監，加給事中。博學善言名理，作醫卜及《易象妙於見形論》，撰有《晉陽秋》、《魏氏春秋》等。

【7】謝肇淛（一五六七—一六二四）：字在杭，明長樂（今屬福建）人，文學家。萬曆二十年（一五九二）進士，歷官工部郎中、廣西右布政使。所撰《五雜俎》，十六卷，分天地人物事五部，故名。記載天文地理、人文風俗、物產經濟，內容包羅萬象。其中論及《三國演義》時云：「事太實則近腐；可以悅里巷小兒，而不足為士君子道也。」

【8】章學誠（一七三八—一八〇一）：字實齋，號少岩，清浙江會稽（今紹興）人。乾隆進士，曾官國子監典籍。撰有《文史通義》、《校讎通義》等，一九二二年彙刻為《章氏遺書》。所撰《丙辰札記》，一卷，其中曾云：「凡演義之書，《列國志》、《東西漢》、《說唐》及《南北宋》，多記實事；《西遊記》、《金瓶梅》之類，全憑虛構，皆無傷也。唯《三國演義》則七分實事，三分虛構，以至觀者往往為之惑亂。」

【9】毛宗崗（一六三二—一七〇九年後）：字序始，號孑庵，清初長洲（今江蘇蘇州）人，生平不詳。小說戲曲評點家。康熙三、四年間協助其父毛綸（字德音，號聲山）評改《三國演義》和傳奇劇本《琵琶記》。毛批《三國演義》仿金批《水滸》體例，修訂和評批原作，成為清代最流行的《三國演義》版本。

金人瑞（一六〇八—一六六一）：字聖嘆，清初吳縣（今屬江蘇）人。明諸生。入清後決意仕進，志在評批中國文學經典名著，後因聚眾反對貪官吳縣知縣慘遭殺害。其現存著作由周錫山輯為《金聖嘆全集》凡四冊二百二十萬字（一九八五）、增訂解讀本六卷七冊約三百二十萬字（萬邦文化公司策劃、萬卷出版公司出版二〇〇九）。金聖嘆在《水滸傳》每回正文前加上評語，稱「聖嘆外書」，毛宗崗也以同樣手法，在《三國演義》每回前面加上評語，每回裡還有夾批，書前有偽撰金聖嘆序，並冒稱「聖嘆外書」（可能為書商所為），以增銷路。

【10】《隋唐志傳》：羅貫中《隋唐志傳》原本已不存，今本題《隋唐兩朝志傳》，又名《隋唐志傳通俗演義》十二卷一百二十二回，明萬曆己未年（一六一九）刊本，題「東原貫中羅本編輯、西蜀升庵楊慎批評」，現存日本東京尊經閣。卷首有楊慎及林瀚（即下文「林氏」）序，林序自謂該書由他纂輯，實為羅貫中原著，林瀚重編。記敘隋末至唐僖宗乾符年間二百九十五年的歷史故事。

林瀚（一四三四—一五一九），字亨大，號泉山，明閩縣（今福建閩侯）人。成化進士，官至南京吏部、兵部尚書。性格剛直，直言忤旨及太監劉瑾。著有《文安公集》。

【11】褚人穫：字學稼，又字稼軒，號石農，清長洲（今江蘇蘇州）人。康熙間在世。與當時著名文學家、批評家尤侗、洪昇、毛宗崗交遊。撰有《堅瓠集》、《讀史隨筆》等。

【12】袁于令（一五九二—一六七四）：名韞玉，號籜庵，明末清初吳縣（今屬江蘇）人。明貢生，入清，任荊州知府等職。撰有傳奇《西樓記》及小說《隋史遺文》等；所藏《逸史》唐代盧肇撰，已佚。褚人穫《隋唐演義》序載：「昔籜（ㄊㄨㄛˋ）庵袁先生曾示予所藏《逸史》，載隋煬帝、朱貴兒、唐明皇、楊玉環再世姻緣事，殊新異可喜，因與商酌編入本傳，以為一部之始終關目。」

【13】《大業拾遺記》：此書及《海山記》、《迷樓記》、《開河記》，參看本書第十一篇。

【14】《隋唐嘉話》：三卷，唐劉餗撰；《明皇雜錄》，二卷，唐鄭處誨撰；《常侍言旨》，一卷，唐柳珵撰；《開天傳信記》，一卷，唐鄭棨撰；《次柳氏舊聞》，一卷，唐李德裕撰；《開元天寶遺事》，四卷，五代王仁裕撰；《長恨歌傳》、《梅妃傳》，分別參看本書第八篇、第十一篇；《太真外傳》：參看本書第十一篇注【14】。

【15】《殘唐五代史演義》：日本《內閣文庫書目》著錄：「《殘唐五代史演義》，六十回，二卷。宋羅本。明湯顯祖批評。清版，四本。」

【16】王慎修：明錢塘（今浙江杭州）人，其他不詳。

【17】張無咎：名譽，明末楚黃（今湖北黃岡）人，生平不詳。龍子猶，即馮夢龍，參看本書第二十一篇。

【18】尉遲偓：五代南唐人，曾任朝議郎守給事中，修國史，著有《中朝故事》。《中朝故事》，《宋史·藝文志》著錄二卷。關於術人續頭故事，見下卷。

【19】鄭獬（一〇二二—一〇七二）：字毅夫，北宋安陸（今屬湖北）人。文學家。皇祐五年（一〇五三）進士，曾官翰林學士，知開封府、杭州、青州等地。生平事蹟見《東都事略》、《宋史》卷三二一。著有《鄖溪集》二十八卷。〈馬遂傳〉，見所撰《鄖溪集》。

解讀

本篇介紹的是本時期最重要的作家羅貫中和《三國志演義》。羅貫中是元末明初最重要的小說家，作品多，影響大。其中成就最高的是《三國志演義》。但這部作品經過清初毛聲山和毛宗崗父子的修訂，並定名爲《三國演義》，才最終成爲流芳千古的藝術精品。

產生於元末明初的《三國演義》，是和《水滸傳》並列的中國最早的長篇小說，也是世界文學史上最早的長篇小說之一，具有劃時代的意義。

《三國演義》是中國最有成就的長篇歷史小說，也是繼《左傳》和《史記》之後最優秀的戰爭文學作品。

作爲歷史小說的《三國演義》遵循「七分實事，三分虛構」（清．章學誠《丙辰劄記》語）的原則，書中人物都是歷史的眞實人物，情節的大處也基本根據史實，具體故事和細節對史書不同的敘述作了選擇，並以作者豐富的藝術想像，進行卓越的藝術創造。儘管在人物形象的塑造上有魯迅先生所批評的「欲顯劉備之長厚而似僞，狀諸葛之多智而近妖」的弊病，但全書所刻劃的大批政治家、軍事將領和謀士，性格鮮明，或智慧卓特，或英勇威武；語言警醒鋒利，高揚令人神往的英雄主義精神。古代的讀書格言有「少不讀《水滸》，老不讀《三國》」，即警告讀者勿受兩書英雄主義精神的鼓舞和智慧謀略的薰陶，從而做出不利於統治者的出格之事。

《三國演義》的藝術結構既宏偉壯闊，又嚴密精巧。全書描寫近百年的漫長歲月和綿延幾代的眾多人物，事件層出不窮而又複雜多變，頭緒繁複，政治、外交、軍事鬥爭交結，構成了波瀾壯闊、波譎雲詭和絢爛多彩的系列性歷史畫面。

中國歷史上戰爭之頻繁、激烈和兵法、戰術之高明，可謂世界之最。《三國演義》極其善於描寫各種戰爭，繼《左傳》、《史記》之後，取得極高的藝術成就。書中著力描寫的官渡之戰、赤壁之戰、彝陵之戰、七擒孟獲和六出祁山及其中的小戰役如失街亭、空城計等，都能從戰爭的起因、醞釀，雙方力量的對比與特點，彼此的戰略戰術與內部的爭執和將帥的決策，軍隊的位置，所據地形之優劣，戰爭的過程及其變化，勝負的決定因素及其緣由，包括氣候、後勤和後方因素的制約，有關人物在戰爭中的作用和與戰爭相關的政治、外交事件，無不敘述得曲折生動、具體細膩，寫出了戰爭的巨大聲勢、緊張氣氛和千變萬化。甚至打出了性格，打出了風格，還打出了藝術，寫得波瀾壯闊、淋漓盡致。扣人心弦、回味無窮。

《三國演義》中的經典篇章如呂布與貂蟬、捉放曹、桃園結義、三顧茅廬、過五關斬六將、單刀赴會、長坂坡、群英會、蔣幹過江、借東風、舌戰群儒、草船借箭、火燒赤壁、三氣周瑜、華容放曹、刮骨療毒、走麥城、火燒連營、失街亭、空城計、斬馬謖、六出祁山、遺恨五丈原等，情節復雜精彩，內容豐富深刻，極顯作者善於駕馭史料、寫活人物和渲染氣氛的深厚功力以及高度的敘事技巧。

《三國演義》用淺近文言結合白話書寫，語言精練而流暢，與白話小說相比，另具一種藝術魅力。

《三國演義》在敘述故事和刻畫人物時，滲透著豐富多彩的政治、外交、軍事智慧，顯示中華民族世代積累的極高智力和鬥爭風采，極大地增強了小說的審美價值，同時又有實用價值。所以後世以《三國演義》爲軍事教材，甚至當代東亞文化圈國家的企業家還將它作爲「商戰」的教材，成爲《孫子兵法》的輔導用書。

在《中國小說的歷史的變遷》第四講中，魯迅對《三國演義》的藝術分析非常精彩，有的給人以啓發，例如反對此書「寫好的人，簡直一點壞處都沒有；而寫不好的人，又是一點好處都沒有。其實這在事實上是不對的，因爲一個人不能事事全好，也不能事事全壞。譬如曹操他在政治上也有他的好處」。

魯迅和不少研究家認爲《紅樓夢》是第一部打破寫好人皆好，壞人皆壞的作品，我認爲《西遊記》才是第一部這樣的優秀作品，參見本書第十七篇解讀。

又，魯迅是二十世紀給曹操翻案的第一人，除了說他「在政治上也有他的好處」外，他在課堂上還做了徹底的翻案，馮至《魯迅在北大講課的情景．笑談虎尾記猶新》：「談到曹操時，他說：『曹操被《三國志演義》糟蹋得不成樣子。且不說他在政治改革方面有不少的建樹，就是他的爲人，也不是小說和戲曲中歪曲的那樣。像禰衡那樣狂妄的人，我若是曹操，早就把他殺掉了。」曹操是個兇殘的奸雄，魯迅徹底否定這個基本認識，翻案過度，顯示了他的個人偏見。尤其是因爲無權無勢的知識份子的言行狂妄而將他殺掉，這就堵塞言路，蔑視生命，曹操的這種專制品行，魯迅也予以讚揚，還要身體力行，無疑是錯誤的，而且是違背魯迅自己所孜孜追求的自由、平等、民主的五四精神的。

第十五篇　元明傳來之講史（下）

《水滸》故事亦爲南宋以來流行之傳說，宋江亦實有其人。《宋史》（二十二）載徽宗宣和三年「淮南盜宋江等犯淮陽軍，遣將討捕，又犯京東，江北，入楚海州界，命知州張叔夜招降之」。降後之事，則史無文，而稗史乃云「收方臘有功，封節度使」（見十三篇）。然擒方臘者蓋韓世忠（《宋史》本傳），於宋江輩無與，惟《侯蒙傳》（《宋史》三百五十一）又云，「宋江寇京東，蒙上書，言宋江以三十六人橫行齊魏，官軍數萬，無敢抗者，不若赦江，使討方臘以自贖。」似即稗史所本。顧當時雖有此議，而實未行，江等且竟見殺。洪邁《夷堅乙志》（六）言，「宣和七年，戶部侍郎蔡居厚罷，知青州，以病不赴，歸金陵，疽發於背，卒。未幾，其所親王生亡而復醒，見蔡受冥譴，囑生歸告其妻，云『今祇是理會鄆州事』。夫人慟哭曰，『侍郎去年帥鄆時，有梁山濼賊五百人受降，既而悉誅之，吾屢諫，不聽也。……』」《乙志》成於乾道二年，去宣和六年不過四十餘年，耳目甚近，冥譴固小說家言，殺降則不容虛造，山濼健兒終局，蓋如是而已。

然宋江等嘯聚梁山濼時，其勢實甚盛，《宋史》（三百五十三）亦云「轉略十郡，官軍莫敢攖其鋒」。於是自有奇聞異說，生於民間，輾轉繁變，以成故事，復經好事者掇拾粉飾，而文籍以出。宋遺民龔聖與作《宋江三十六人贊》，[1]自序已云「宋江事見於街談巷語，不足採著，雖有高如、李嵩輩[2]傳寫，士大夫亦不見黜」（周密《癸辛雜識》續集上）。今高李所作雖散失，然足見宋末已有傳寫之書。《宣和遺事》由鈔撮舊籍而成，故前集中之梁山濼聚義始末，或亦爲當時所傳寫者之一種，其節目如下：

楊志等押花石綱阻雪違限
楊志途貧賣刀殺人刺配衛州
孫立等奪楊志往太行山落草
石碣村晁蓋夥劫生辰綱
宋江通信晁蓋等脫逃

宋江殺閻婆惜題詩於壁
宋江得天書有三十六將姓名
宋江奔梁山濼尋晁蓋
宋江三十六將共反
宋江朝東嶽賽還心願
張叔夜招宋江三十六將降
宋江收方臘有功封節度使

惟《宣和遺事》所載，與龔聖與贊已頗不同：贊之三十六人中有宋江，而《遺事》在外；《遺事》之吳加亮、李進義、李海、阮進、關必勝、王雄、張青、張岑，贊則作吳學究、盧進義、李俊、阮小二、關勝、楊雄、張清、張橫；諱名亦偶異。又元人雜劇亦屢取水滸故事爲資材，[3]宋江、燕青、李逵尤數見。性格每與在今本《水滸傳》中者差違，但於宋江之仁義長厚無異詞，而陳泰（茶陵人，元延祐乙卯進士）[4]記所聞於篙師者，則云「宋之爲人勇悍狂俠」（《所安遺集補遺．江南曲序》），與他書又正反。意者此種故事，當時載在人口者必甚多，雖或已有種種書本，而失之簡略，或多舛迕，於是又復有人起而薈萃取捨之，綴爲巨袟，使較有條理，可觀覽，是爲後來之大部《水滸傳》。其綴集者，或曰羅貫中（王圻、田汝成、郎瑛說），或曰施耐庵（胡應麟說），或曰施作羅編（李贄說），或曰施作羅續（金人瑞說）。[5]

原本《水滸傳》今不可得，周亮工（《書影》一）[6]云「故老傳聞，羅氏爲《水滸傳》一百回，各以妖異語引其首，嘉靖時郭武定重刻其書，削其致語，獨存本傳」。所削者蓋即「燈花婆婆等事」（《水滸傳全書》發凡），[7]本亦宋人單篇詞話（《也是園書目》十），而羅氏襲用之，其他不可考。

現存之《水滸傳》則所知者有六本，而最要者四：

一曰一百十五回本《忠義水滸傳》。前署「東原羅貫中編輯」，明崇禎末與《三國演義》合刻爲《英雄譜》，[8]單行本未見。其書始於洪太尉之誤走妖魔，而次以百八人漸聚山泊，已而受招安，破遼，平田虎、王慶、方臘，於是智深坐化於六和，宋江服毒而自盡，累顯靈應，終爲神明。惟文詞蹇拙，體制紛紜，中間詩歌，亦多鄙俗，甚似草創初就，未加潤色者，雖非原本，蓋近之矣。其記林沖以忤高俅斷配滄州，看守大軍草場，於大雪中出危屋覓酒云：

……卻說林沖安下行李，看那四下裏都崩壞了，自思曰，「這屋如何過得一冬，待雪晴了叫泥水匠來修理。」在土炕邊向了一回火，覺得身上寒冷，尋思「卻才老軍說（五里路外有市井），何不去沽些酒來喫？」便把花鎗挑了酒葫蘆出來，信步投東，不上半里路，看見一所古廟，林沖拜曰，「願神明保祐，改日來燒紙。」卻又行一里，見一簇店家，林沖逕到店裡。店家曰，「客人那裏來？」林沖曰，「你不認得這個葫蘆？」店家曰，「這是草場老軍的。既是大哥來此，請坐，先待一席以作接風之禮。」林沖喫了一回，卻買一腿牛肉，一葫蘆酒，把花鎗挑了便回，已晚，奔到草場看時，只叫得苦。原來天理昭然，庇護忠臣義士，這場大雪，救了林沖性命：那兩間草廳，已被雪壓倒了。……（第九回〈豹子頭刺陸謙富安〉）

又有一百十回之《忠義水滸傳》，亦《英雄譜》本，「內容與百十五回本略同」（《胡適文存》三）。別有一百二十四回之《水滸傳》，文詞脫略，往往難讀，亦此類。

二曰一百回本《忠義水滸傳》。前署「錢塘施耐庵的本，羅貫中編次」（《百川書志》六）。即明嘉靖時武定侯郭勳[9]家所傳之本，「前有汪太函序，託名天都外臣者」（《野獲編》五）。今未見。別有本亦一百回，有李贄[10]序及批點，殆即出郭氏本，而改題爲「施耐庵集撰，羅貫中纂修」。然今亦難得，惟日本尚有享保戊申

（一七二八）翻刻之前十回及寶歷[11]九年（一七五九）續翻之十一至二十回，亦始於誤走妖魔而繼以魯達、林沖事蹟，與百十五回本同；第五回於魯達有「直教名馳塞北三千里，證果江南第一州」之語，即指六和坐化故事，則結束當亦無異。惟於文辭，乃大有增刪，幾乎改觀，除去惡詩，增益駢語；描寫亦愈入細微，如述林沖雪中行沽一節，即多於百十五回本者至一倍餘：

……只說林沖就床上放了包裹被臥，就坐下生些焰火起來，屋邊有一堆柴炭，拿幾塊來生在地爐裏；仰面看那草屋時，四下裏崩壞了，又被朔風吹撼搖振得動。林沖道，「這屋如何過得一冬，待雪晴了，去城中喚個泥水匠來修理。」向了一回火，覺得身上寒冷，尋思「卻纔老軍所說五里路外有那市井，何不去沽些酒來喫？」便去包裹取些碎銀子，把花鎗挑了酒葫蘆，將火炭蓋了，取氈笠子戴上，拿了鑰匙出來，把草廳門拽上，出到大門首，把兩扇草場門反拽上，鎖了，帶了鑰匙，信步投東，雪地裏踏著碎瓊亂玉。迤邐背著北風而行，——那雪正下得緊。行不上半里多路，看見一所古廟，林沖頂禮道，「神明庇佑，改日來燒錢紙。」又行了一回，望見一簇人家，林沖住腳看時，見籬笆中挑著一個草帚兒在露天裏。林沖逕到店裏；主人道，「客人那裏來？」林沖道，「你認得這個葫蘆麼？」主人看了，道，「這葫蘆是草料場老軍的。」林沖道，「如何？便認的。」店主道，「既是草料場看守大哥，且請少坐。天氣寒冷，且酌三杯權當接風。」店家切一盤熟牛肉，燙一壺熱酒。請林沖。又自買了些牛肉，又喫了數杯，就又買了一葫蘆酒，包了那兩塊牛肉，留下些碎銀子，把花槍挑了酒葫蘆，懷內揣了牛肉，叫聲「相擾」，便出籬笆門，依舊迎著朔風回來。看那雪，到晚越下的緊了。古時有個書生，做了一個詞，單題那貧苦的恨雪：

廣莫嚴風刮地，這雪兒下的正好，拈絮撏綿，裁幾片大如栲栳，見林間竹屋茅茨，爭些兒被他壓倒。富室豪家，卻道是「壓瘴猶嫌少」，向的是獸炭紅爐，穿的是棉衣絮襖，手拈梅花，唱道「國家祥瑞」，不念貧民些小。高臥有幽人，吟詠多詩草。

> 再說林沖踏著那瑞雪，迎著北風，飛也似奔到草場門口，開了鎖，入內看時，只叫得苦。原來天理昭然，佑護善人義士，因這場大雪，救了林沖的性命：那兩間草廳，已被雪壓倒了。……（第十回《林教頭風雪山神廟》）

三曰一百二十回本《忠義水滸全書》。亦題「施耐庵集撰，羅貫中纂修」，與李贄序百回本同。首有楚人楊定見[12]序，自云事李卓吾，因袁無涯[13]之請而刻此傳；次發凡十條；次爲《宣和遺事》中之梁山濼本末及百八人籍貫出身。全書自首至受招安，事略全同百十五回本，破遼小異，且少詩詞，平田虎、王慶則並事略亦異，而收方臘又悉同。文詞與百回本幾無別，特於字句稍有更定，如百回本中「林沖道，『如何？便認的。』」此則作「林沖道，『原來如此。』」詩詞又較多，則爲刊時增入，故發凡云，「舊本去詩詞之煩蕪，一慮事緒之斷，一慮眼路之迷，頗直截清明，第有得此以形容人態，頓挫文情者，又未可盡除，茲復爲增定，或竄原本而進所有，或逆古意而益所無，惟周勸懲，兼善戲謔」也。亦有李贄評，與百回本不同，而兩皆弇陋，蓋即葉晝[14]輩所僞託（詳見《書影》一）。

發凡又云，「古本有羅氏致語，相傳燈花婆婆等事，既不可復見，乃後人有因『四大寇』之拘而酌損之者，有嫌一百二十回之繁而淘汰之者，皆失。郭武定本即舊本移置閻婆事，甚善，其於寇中去王、田而加遼國，猶是小家照應之法，不知大手筆者正不爾爾。」是知《水滸》有古本百回，當時「既不可復見」；又有舊本，似百二十回，中有「四大寇」，蓋謂王、田、方及宋江，即柴進見於白屏風上御書者（見百十五回本之六十七回及《水滸全書》七十二回）。郭氏本始破其拘，削王、田而加遼國，成百回；《水滸全書》又增王、田，仍存遼國，復爲百廿回，而宋江乃始退居於四寇之外。然《宣和遺事》所謂「三路之寇」者，實指攻奪淮陽、京西、河北三路強人，皆宋江屬，不知何人誤讀，遂以王慶、田虎輩當之。然破遼故事慮亦非始作於明，宋代外敵憑陵，國政弛廢，轉思草澤，蓋亦人情，故或造野語以自慰，復多異說，不能合符，於是後之小說，既以取捨不同而紛歧，所取者又以話本非一而違異，田虎、王慶在百回本與百十七回本[15]名同而文迥別，殆亦由此而已。惟其後討平方臘，則各本悉同，因疑在郭本所據舊本之前，當又有別本，即以平方臘接招安之後，如《宣和遺事》所記者，於事理始爲密合，然而證信尚缺，未能定也。

總上五本觀之，知現存之《水滸傳》實有兩種，其一簡略，其一繁縟。胡應麟（《筆叢》四十一）云，「餘二十年前所見《水滸傳》本尚極足尋味，十數載來，爲閩中坊賈刊落，止錄事實，中間游詞餘韻神情寄寓處一概刪之，遂既不堪覆瓿，復數十年，無原本印證，此書將永廢。」應麟所見本，今莫知如何，若百十五回簡本，則成就殆當先於繁本，以其用字造句，與繁本每有差違，倘是刪存，無煩改作也。又簡本撰人，止題羅貫中，周亮工聞於故老者亦第云羅氏，比郭氏本出，始著耐庵，因疑施乃演爲繁本者之託名，當是後起，非古本所有。後人見繁本題施作羅編，未及悟其依託，遂或意爲敷衍，定耐庵與貫中同籍，爲錢塘人（明高儒《百川書志》六），且是其師。[16]胡應麟（《筆叢》四十一）亦信所見《水滸傳》小序，謂耐庵「嘗入市肆紬閱故書，於敝楮中得宋張叔夜擒賊招語一通，備悉其一百八人所由起，因潤飾成此編」。且云「施某事見田叔禾《西湖志餘》」，而《志餘》中實無有，蓋誤記也。近吳梅著《顧曲麈談》，[17]云「《幽閨記》爲施君美作。君美，名惠，即作《水滸傳》之耐庵居士也。」案惠亦杭州人，然其爲耐庵居士，則不知本於何書，故亦未可輕信矣。

四曰七十回本《水滸傳》。正傳七十回楔子一回，實七十一回，有原序一篇，題「東都施耐庵撰」，爲金人瑞字聖歎所傳，自云得古本，止七十回，於宋江受天書之後，即以盧俊義夢全夥被縛於張叔夜終，而指招安以下爲羅貫中續成，斥曰「惡札」。[18]其書與百二十回本之前七十回無甚異，惟刊去駢語特多，百廿回本發凡有「舊本去詩詞之繁累」語，頗似聖歎眞得古本，然文中有因刪去詩詞，而語氣遂稍參差者，則所據殆仍是百回本耳。周亮工（《書影》一）記《水滸傳》云，「近金聖歎自七十回之後，斷爲羅所續，因極口詆羅，復僞爲施序於前，此書遂爲施有矣。」二人生同時，其說當可信。惟字句亦小有佳處，如第五回敘魯智深詰責瓦官寺僧一節云：

……智深走到面前，那和尚喫了一驚，跳起身來，便道，「請師兄坐，同喫一盞。」智深提著禪杖道，「你這兩個，如何把寺來廢了？」那和尚便道，「師兄請坐，聽小僧……」智深睜著眼道，「你說你說。」「……說：在先敝寺，十分好個去處，田莊又廣，僧眾極多，只被廊下那幾個老和尚喫酒撒潑，將錢養女，長老禁約他們不得，又把長老排告了出去，因此把寺來都廢了。……」

聖歎於「聽小僧……」下注云「其語未畢」，於「……說」下又多所申釋，而終以「章法奇絕從古未有」譽之，疑此等「奇絕」，正聖歎所爲，其批改《西廂記》亦如此。此文在百回本，爲「那和尚便道，『師兄請坐，聽小僧說。』智深睜著眼道，『你說你說！』那和尚道，『在先敝寺，十分好個去處，田莊廣有，僧眾極多……』」云云，在百十五回本，則並無智深睜眼之文，但云「那和尚曰，『師兄聽小僧說：在先敝寺，田莊廣有，僧眾也多……』」而已。

至於刊落之由，什九常因於世變，胡適（《文存》三）說，「聖歎生在流賊遍天下的時代，眼見張獻忠、李自成一班強盜流毒全國，故他覺得強盜是不能提倡的，是應該口誅筆伐的。」故至清，則世異情遷，遂復有以爲「雖始行不端，而能翻然悔悟，改弦易轍，以善其修，斯其意固可嘉，而其功誠不可泯」者，截取百十五回本之六十七回至結末，稱《後水滸》，一名《蕩平四大寇傳》，附刊七十回之後以行矣。其卷首有乾隆壬子（一七九二）賞心居士序。

清初，有《後水滸傳》四十回，云是「古宋遺民著，雁宕山樵評」，蓋以續百回本。其書言宋江既死，餘人尚爲宋禦金，然無功，李俊遂率眾浮海，王於暹羅，結末頗似杜光庭之《虬髯傳》。古宋遺民者，本書卷首〈論略〉云「不知何許人，以時考之，當去施、羅未遠，或與之同時，不相爲下，亦未可知」。然實乃陳忱之託名；忱字遐心，浙江烏程人，生平著作並佚，惟此書存，爲明末遺民（《兩浙輶軒錄》補遺一《光緒嘉興府志》五十三），故雖遊戲之作，亦見避地之意矣。然至道光中，有山陰俞萬春作《結水滸傳》七十回，結子一回，亦名《蕩寇志》，則立意正相反，使山泊首領，非死即誅，專明「當年宋江並沒有受招安平方臘的話，只有被張叔夜擒拿正法一句話」，[19]以結七十回本。俞萬春字仲華，別號忽來道人，嘗隨其父宦粵。猺民之變，從征有功議敘，後行醫於杭州，晚年乃奉道釋，道光己酉（一八四九）卒。《蕩寇志》之作，始於丙戌而迄於丁未，首尾凡二十二年，「未遑修飾而歿」，咸豐元年（一八五一），其子龍光始修潤而刻之（本書識語）。書中造事行文，有時幾欲摩前傳之壘，採錄景象，亦頗有施、羅所未試者，在糾纏舊作之同類小說中，蓋差爲佼佼者矣。

此外講史之屬，爲數尚多。明已有荒古虞、夏（周遊《開闢演義》、鍾惺《開闢唐虞傳》及《有夏誌傳》），[20]東西周（《東周列國志》、《西周志》、《四友傳》），[21]兩漢（袁宏道評《兩漢演義傳》），[22]兩晉（《西晉演義》、《東晉演義》），[23]唐（熊鍾谷《唐書演義》），[24]宋（尺蠖齋評釋《兩宋志傳》）[25]諸史事平話，清以來亦不絕，且或總攬全史（《二十四史通俗演義》），[26]或訂補舊文（兩漢、兩晉、隋唐等），然大抵效《三國志演義》而不及，雖其上者，亦復拘牽史實，襲用陳言，故既拙於措辭，又頗憚於敘事，蔡奡《東周列國志讀法》[27]云，「若說是正經書，卻畢竟是小說樣子，……但要說他是小說，他卻件件從經傳上來。」本以美之，而講史之病亦在此。

至於敘一時故事而特置重於一人或數人者，據《夢粱錄》（二十）講史條下云，「有王六大夫，於咸淳年間敷衍《復華篇》及《中興名將傳》，聽者紛紛。」則亦當隸於講史。《水滸傳》即其一，後出者尤夥。較顯者有《皇明英烈傳》[28]一名《雲合奇蹤》，武定侯郭勳家所傳，記明開國武烈，而特揚其先祖郭英之功；後有《眞英烈傳》，[29]則反其事而詈之。有《宋武穆王演義》，熊大本編，[30]有《岳王傳演義》，余應鰲編，[31]又有《精忠全傳》，鄒元標編，[32]皆記宋岳飛功績及冤獄；後有《說岳全傳》，[33]則就其事而演之。清有《女仙外史》[34]，作者呂熊（劉廷璣《在園雜誌》云），述青州唐賽兒之亂；有《檮杌閒評》，[35]無作者名，記魏忠賢、客氏之惡。其於武勇，則有敘唐之薛家（《征東征西全傳》），[36]宋之楊家（《楊家將全傳》）及狄青輩（《五虎平西平南傳》）[37]者，文意並拙，然盛行於里巷間。其他託名故實，而藉以騰謗報怨之作亦多，今不復道。

注釋

[1] 龔聖與（一二二二—一三〇八）：名開，號翠岩，宋末元初淮陰（今屬江蘇）人。詩文家、畫家。宋末曾先後為趙葵、李庭芝幕僚，為兩淮制置司監當官。曾作《宋江三十六人畫像》，已佚，為畫所作《宋江三十六人贊》，是龔分別為宋江等三十六人所寫的一組四言詩，收於宋周密《癸辛雜識續集》。

[2] 高如李嵩輩：一說指高如、李嵩等宋元之際民間文人。一說高如非人名，全句之意謂一時高手如李嵩輩。李嵩，南宋臨安錢塘（今浙江杭州）人。少為木工，畫院待詔李從訓收為養子，得其筆法意趣。工山水、道釋，尤以畫人物著稱。曾官光宗、寧宗、理宗三朝畫院待詔，嘉定四年（一二一一）尚在世。亦曾畫過《水滸》人物。

[3] 元雜劇取材於水滸題材的，今知有三十多種，流傳至今的尚有高文秀《黑旋風雙獻功》、李文蔚《同樂院燕青博魚》、康進之《梁山泊黑旋風負荊》、李致遠《大婦小妻還牢末》和無名氏《爭報恩三虎下山》、《魯智深智賞黃花峪》六種。

[4] 陳泰：字志同，號所安，元茶陵（今屬湖南）人，詩人。延祐二年（一三一五）進士。由翰林庶起士改授龍南令。仕途不順，薄宦而終。《元史類編》卷三六有傳。撰有《所安遺集》一卷。

[5] 關於《水滸傳》的作者，有四種說法。一、羅貫中說：王圻《續文獻通考》卷一七七：「《水滸傳》，羅貫著。」田汝成《西湖遊覽志餘》卷二十五：「錢塘羅貫中本者，編撰小說數十種，而《水滸傳》敘宋江等事，奸盜脫騙機械甚詳。」郎瑛《七修類稿》卷上：「三國宋江二書，乃杭人羅本貫中所編。」二、施耐庵說：胡應麟《少室山房筆叢》卷四十一：「元人武林施某所編《水滸傳》特為盛行。」施某指施耐庵。三、施作羅編說：明袁無涯原刊本《李卓吾評忠義水滸全傳》（一百二十回，不分卷）題「施耐庵集撰，羅貫中纂修」，李贄《忠義水滸傳敘》亦云，「施、羅二公傳水滸。」四、施作羅續說：參看本篇注[16]。

[6] 周亮工（一六一二－一六七二）：字元亮，一字減齋，號櫟（ㄌㄧˋ）園，明末清初祥符（今河南開封）人。學者、文學家。明崇禎十三年（一六四〇）年進士。入清任戶部右侍郎等職。兩次被劾死，皆遇赦。生平事蹟見姜宸英〈前戶部右侍郎周公墓誌銘〉、魯曾煜《周櫟園先生傳》、周在浚《周櫟園年譜》、《清史列傳》卷七十九。撰有《賴古堂集》、《（因樹屋）書影》等。

[7] 燈花婆婆：宋話本，一名《劉諫議傳》，又名《龍樹王斬妖》，佚名撰。明人以為羅貫中撰。故事據唐段成式《酉陽雜俎》前集卷十五〈諾皋記〉（即《太平廣記》卷三六三〈劉積中〉），寫唐劉積中在妻重病時受到從燈花中跳出的白髮老婦吵擾，遇龍樹菩薩降滅的故事。學者皆曰原書未見，僅見明馮夢龍增補《新平妖傳》（四十回）引首有話本《燈火婆婆》。後有陳桂聲《話本敘錄》收錄本（該書第一六三頁起）。

[8] 《英雄譜》：明崇禎間刻印，每頁分上下兩欄，上為《忠義水滸傳》，下為《三國演義》。

[9] 郭勳（？－一五四二）：明濠州（今安徽鳳陽）人。明開國功臣郭英六世孫，襲封武定侯。嘉靖十八年（一五三九）進翊國公，加太師。後以罪下獄死。

[10] 李贄（一五二七－一六〇二）：號卓吾，又號溫陵居士、禿翁等，明泉州晉江（今屬福建）人。思想家、文學批評家。曾任國子監博士、雲南姚安知府。生平事蹟見日本鈴木虎雄《李贄年譜》、容肇祖《李贄年譜》、張建業《李贄評傳》和廈門大學歷史系編《李贄研究參考資料》三輯。著有《焚書》、《續焚書》、《藏書》、《續藏書》等，曾評點《水滸傳》、《西廂記》等。

[11] 享保：日本中御門天皇的年號（一七一六－一七三六）；寶曆，日本桃園天皇的年號（一七五一－一七六四）。

[12] 楊定見：字鳳里，明麻城（今屬湖北）人。他在《忠義水滸全書．小引》中說：「吾之事卓吾先生也，貌之承而心之委，無非卓吾先生者。……自吾遊吳，訪陳無異使君，而得袁無涯氏。……嗣是數過從語，語輒及卓老，求卓老遺言甚力，求卓老所批閱之遺書又甚力，無涯氏豈狂耶癖耶？吾探吾行笥，而卓吾先生所批定《忠義水滸傳》及《楊升庵集》二書與俱，挈以付之。無涯欣然如獲至寶，願公諸世。」

[13] 袁無涯：名叔度，明末蘇州人。經營「書植堂」，刊行書籍。

[14] 葉晝：字文通，又自稱錦翁、不夜等，明無錫（今屬江蘇）人。小說戲曲評點家。撰有《悅客編》等。常假託李贄評點多種小說戲曲。周亮工《書影》指出：「當溫陵《焚、藏書》盛行時，坊間種種借溫陵之名以行者，如《四書第一評、第二評》、《水滸傳》、《琵琶》、《拜月》諸評，皆出文通手。」當今學者據此認定容與堂本李贄評《水滸傳》為葉晝評點之書。

[15] 百十七回本：未見《水滸》百十七回本和有關著錄。

[16] 關於施耐庵、羅貫中兩人的關係，明高儒《百川書志》卷六史志三著錄：「《忠義水滸傳》一百卷，錢塘施耐庵的本，羅貫中編次。」明胡應麟《少室山房筆叢》卷四十一則曰：「元人武林施某所編《水滸傳》，特為盛行，……其門人羅本亦效之為《三國志演義》，絕淺陋可嗤也。」

[17] 吳梅（一八八四—一九三九）：字瞿安，號霜厓，江蘇長洲（今江蘇吳縣）人。近代戲曲家、戲曲學家、詞人。曾任北京大學、光華大學、中央大學等校教授。所撰《顧曲麈談》，為曲論名著，論述戲曲音律及作曲方法，中有一章專記元明以來戲曲家遺事軼聞。

[18] 「惡札」：金聖歎《貫華堂第五才子書水滸傳》卷首〈宋史目〉評語：「君子一言以為智，一言以為不智。如俟蒙其人者，亦幸而遂死耳。脫真得知東平，惡知其不大敗公事，為世僇笑者哉！何羅貫中不達，猶祖其說，而有續《水滸傳》之惡箚也。」

[19] 「當年宋江並沒有受招安平方臘的話」等二句，見俞萬春《蕩寇志》卷首〈引言〉。

[20] 寫荒古虞、夏者，如周遊《開闢演義》、鍾惺《開闢唐虞傳》及《有夏志傳》：周遊，字仰止，號五嶽山人。明代人，生平不詳。《開闢演義》，全名《開闢衍繹通俗志傳》，六卷八十回。
鍾惺（一五七四—一六二四），字伯敬，號退谷，明湖廣竟陵（今湖北天門）人。萬曆三十八年（一六一〇）進士，歷任南京吏部郎中、福建提學僉（通「簽」）事。為竟陵派詩文家，撰有《隱秀軒集》。明代坊間有多種小說題鍾惺編輯或批評。《開闢唐虞傳》，即《盤古至唐虞傳》二卷七回。《有夏志傳》，四卷十九回。兩書舊題「景陵鍾惺伯敬父編輯」，「古吳馮夢龍猶龍父鑒定」。實為明無名氏所撰。

[21] 寫東西周者，如《東周列國志》、《西周志》、《四友傳》：《東周列國志》，二十三卷一百零八回。《列國志傳》，全稱《春秋列國志》，明余邵魚撰。余邵魚，字畏齋，福建建陽縣人，約為嘉靖、隆慶時人。此書由明末馮夢龍改訂為《新列國志》，一百零八回，清蔡元放刪改為《東周列國志》，並加評語。《西周志》，未見；據黃摩西《小說小話》載，此書「鋪張昭王南征、穆王見西王母及平徐偃王事。較《列國志》稍有變化，而語多不根。」另有《西周演義》，不知撰人，嘉慶元年（一七九六）刊袖珍本，題、繡像春秋列國新增《西周演義》，首有陳繼儒序，藏巴黎國家圖書館。研究家疑《西周志》可能即此書。《四友傳》，即《鬼谷四友志》，又名《孫龐演義七國志全傳》、《四大英雄奇傳》，三卷，不分回目，清楊景淐（ㄔㄤˇ）（孫楷第《中國通俗小說書目》疑為華亭人）撰。

【22】寫兩漢者，如袁宏道評《兩漢演義傳》：袁宏道（一五六八－一六一〇），字中郎，號石公，明公安（今屬湖北）人。萬曆二十年（一五九二）進士，曾任吳縣知縣等職。公安派詩文家、文論家。著有明三臺館本《全漢志傳》，十四卷，卷首有袁宏道序。原書未見，據孫楷第《中國通俗小說書目》，有清寶華樓覆明三臺館本，全稱《新刻按鑒編集二十四章通俗演義全漢志傳》，一名《全像按鑒演義東西漢志傳》，首有袁宗道序，北京大學圖書館藏。

【23】寫兩晉者，如《東西晉演義》：《東西晉演義》，十二卷五十回，題「武林夷白主人重修」、「泰和堂主人參訂」，編者楊爾曾。又，《東西兩晉志傳》，十二卷，不題撰人，首有雉衡山人（明楊爾曾）序。據序，可知編者即雉衡山人，即楊爾曾，字聖魯，號雉衡山人，浙江錢塘人。另有一種，包括《西晉演義》四卷，《東晉演義》八卷，明無名氏撰，題「秣陵陳氏尺蠖齋評釋」。

【24】寫唐代者，如熊鍾谷《唐書演義》：熊鍾谷，即熊大木（一作本），號鍾谷子，明福建建陽人。約明世宗嘉靖四十年（一五六一）前後在世。所編通俗小說多種。《唐書演義》，全名《唐書志傳通俗演義》，又名《秦王演義》、《隋唐演義》，八卷九十回。

【25】寫宋代者，如尺蠖齋評釋《南北兩宋志傳》：尺蠖齋，明陳繼儒書齋名。《南北兩宋志傳》，包括《南宋志傳》、《北宋志傳》，各十卷五十回。書題「姑孰陳氏尺蠖齋評釋」。《南宋》題「陳繼儒編次」，《北宋》不題撰人。前者演太祖事，後者演宋初及真宗、仁宗二朝事。書名「南宋」、「北宋」，實與歷史上南北宋分期無關，且未涉及南宋時事。

【26】通寫全史者，如《二十四史通俗演義》：此書二十六卷四十四回，清呂撫撰。原題《綱鑒演義》，後來傳本改稱今名。呂撫，字安世，浙江新昌人。秀才。生活在康熙、雍正時期。此書有雍正五年（一七二七）李之果桂岩序、雍正十年（一七三二）呂撫自序。

【27】蔡奡（通「傲」）：字元放，號野雲主人、七都夢夫，清江寧（今屬江蘇）人。《東周列國志讀法》，見其評本《東周列國志》。

【28】《皇明英烈傳》：又名《英烈傳》、《皇明開運英武傳》等，八十回，另有六卷本，明無名氏撰。

【29】《真英烈傳》：已佚。據黃摩西《小說小話》載：「似因反對前書（指《英烈傳》）而作，開國諸將中，於郭英多所痛詆。」

【30】《宋武穆王演義》：即《大宋中興通俗演義》，八卷八十回，題「鰲峰熊大木（一作本）編輯」。

【31】《岳王傳演義》：又名《岳武穆盡忠傳》、《岳鄂武穆王精忠傳》、《精忠傳》，即《大宋中興岳王傳》，又名《大宋演義中興英烈傳》等，八卷八十四回，有的版本題「紅雪山人余應鰲編次」，實即熊大木《大宋中興通俗演義》的另一傳本。余應鰲，生平不詳。另有《岳武穆精忠傳》（六卷六十八回，題「吉水鄒元標編訂」）、《岳武穆盡忠報國傳》（七卷二十八回，佚名著）。

【32】《精忠全傳》：即《岳武穆王精忠傳》，章回小說，六卷六十八回，明無名氏編訂，為熊大木（一作本）《大宋中興通俗演義》的刪節本。題「鄒元標編訂」，係假託。鄒元標（一五五一－一六二四），字爾瞻，號南皐，明吉水（今屬江西）人，詩文家、學者。萬曆五年（一五七七）進士，曾官吏部左侍郎、左都御史。《明史》卷二四三、《明儒學案》卷二三有傳。著有《願學集》。

【33】《說岳全傳》：全稱《精忠演義說岳全傳》，章回小說，二十卷八十回，清錢彩撰。彩字錦文，仁和（今浙江杭州）人。

【34】《女仙外史》：章回小說，一百回。描寫女英雄唐賽兒起兵勤王救助建文帝及其忠臣的故事。呂熊，字文兆，號古稀逸田叟，清初江南昆山（今屬江蘇）人，學者，小說家。康熙二十一年（一六八二）遊幕北京，六十一年（一七二二）因《女仙外史》觸當道忌。生平事蹟見蔣瑞藻《小說考證》、孫楷第《中國通俗小說書目》等。撰有《詩經六藝辨》、《明史斷》等。

【35】《檮（ㄊㄠˊ或ㄉㄠˇ）杌（ㄨˋ）閒評》：一名《明珠緣》，章回小說，五十回，明無名氏撰。敘晚明宦官魏忠賢與皇孫乳母客氏勾結亂政篡權史事。近人鄧之誠《骨董續記》認為此書可能是受魏黨牽連的李清所作。

【36】敘唐之薛家者，如《征東征西全傳》：《征東》即《說唐後傳》，五十五回；《征西》即《征西說唐三傳》，十卷，八十八回，均清無名氏撰。薛家，指唐代名將薛仁貴一家。

【37】敘宋之楊家及狄青輩者，如《楊家將全傳》及《五虎平西平南傳》：《楊家將全傳》，又名《楊家通俗演義》，八卷，五十八則，明無名氏撰。《五虎平西平南傳》，包括《五虎平西前傳》、《五虎平南後傳》，前傳十四卷，一百一十二回；後傳六卷，四十二回，均清無名氏撰。楊家，指宋代名將楊業一家。「五虎」，指狄青等五人。

解讀

本篇介紹施耐庵與羅貫中這兩位元明時期最重要的小說家及其最重要作品《水滸傳》。魯迅將此書歸入「講史」作品，後來的學者一般都不這樣提了。尤其是建國後，學者將此書作爲「農民起義」小說看待，也有少數學者認爲是「市民起義」小說，或「江湖小說」。由於《水滸傳》的家喻戶曉和深入人心，在明中期之後到整個清代，綠林好漢的聲譽卓著，並成爲不少造反者學習的榜樣。

過去學術界一般都將《水滸傳》和《紅樓夢》並列，認爲兩書的思想、藝術成就相當，但具有各自的風格，魯迅也持這樣的觀點。現在則多將此書列於《紅樓夢》之後，認爲它是《紅樓夢》之外最傑出的古典小說。《水滸傳》是與《紅樓夢》並列的兩大經典小說，在思想和藝術成就上各呈千秋。還有許多人，例如胡適、錢穆等，對《水滸傳》的評價還高於《紅樓夢》。在韓國、日本，《水滸傳》的聲譽和影響至今仍都遠大於《紅樓夢》，讀者非常多。

至於《水滸傳》的作者，自明末清初至今，一般都認爲是施耐庵撰寫前七十回，羅貫中續寫後半部。由於文獻的缺乏，對於施耐庵是否是《水滸傳》的作者，甚至有無施耐庵此人，學術界還有不同的看法。

不少學者認爲金聖歎在《貫華堂第五才子書水滸傳》卷首〈宋史目〉一文中批評侯蒙上書招安宋江，認爲「反賊」不能招安，只能剿滅。魯迅也持這樣的觀點。

魯迅對金聖歎的評論有很大的偏頗。說他修改評批的《水滸》「惟字句亦小有佳處」，「至於刊落（砍去《水滸》後半部）之由，什九常因世變」。並引胡適《中國章回小說考證．水滸傳考證》這本名著中的觀點具體批評和否定金聖歎：「他覺得強盜是不能提倡的，是應該口誅筆伐的。」他對胡適論點的引述也有很大的片面性。在五四前後，魯迅和胡適是互相敬重、觀點接近的好朋友。魯迅在本篇引胡適爲同道，實際上，胡適在這句話之前剛說過：「這部七十回的《水滸傳》處處『褒』強盜，處處『貶』官府。這是看《水滸》的人，人人都能得著的感想。」胡適指出金批《水滸》的這個客觀效果。而胡、魯兩人對金聖歎的上述批評是錯誤的，張國光先生在《兩種（水滸），兩種宋江》等眾多論著中糾正了這種錯誤論點。我也有《金批（水滸）思想論》（《華東師大學報》一九八七年第六期、中國人民大學書報資料中心《中國古近代文學研究》一九八八年第二期）具體分析和辯正金聖歎的高明觀點和思想成就。此外，胡適在總體上對金聖歎評價極高，他在《（水滸傳）考證》開首就說：「金聖歎是十七世紀的一個大怪傑，他能在那個時代大膽宣言，說《水滸》與《史記》、《（戰）國策》有同等的文學價值，說施耐庵、董解元與莊周、屈原、司馬遷、杜甫在文學史上占同等的位置，說『天下之文章無有出《水滸》右者，天下之格物君子無有出施耐庵右者！』這是何等眼光！何等膽氣！」「這種文學眼光，在古人中很不可多得。」胡適顯然不同意魯迅此書中的說法，所以在發表《水滸傳考證》的三十二年之後的一九五二年，胡適在臺灣大學演講《治學方法》中回顧這篇考證文章時，再次強調：金聖歎砍去《水滸》後半，是因爲「他以文學的眼光」，「又有文學的天才」，「這是文學的革命，思想的革命，是文學史上大革命的宣言」。「他把《水滸》批得很好」，「因此，金聖歎的《水滸》，打倒一切《水滸》」（《胡適紅樓夢研究論述全編》第二三七頁，上海古籍出版社一九八八年版）。在一九六一年一月十七日寫給蘇雪林和高陽的信中又說：「最後得到十七世紀文學怪傑金聖歎的大刪削與細修改，方可得到那部三百年人人愛賞的七十一回本《水滸傳》。」「（金聖歎）眞是有絕頂高明的文學見地的天才批評家的大本領，眞使那部偉大的小說格外顯出精彩！」其修改的細處，不是魯迅所說的「惟字句亦小有佳處」，他感歎：「這眞是『點鐵成金』的大本領！」「是《水滸傳》的最大幸運。」「《紅樓夢》有過這樣大幸運嗎？」（同上第二九四—二九五頁）所以魯迅引胡適的觀點來加固自己否定金聖歎的論點是站不住腳的。

文學評點是中國特有的一種文藝批評體裁，是中國美學家對世界美學史所做出的獨特和極大的貢獻之一。金聖歎代表著中國文學評點的最高峰，他爲文學評點建立了寫作體例和理論體系，取得了空前的理論成就和藝術成就。金批《水滸》和金批《西廂》是中國美學史上最傑出的名著之一，當時達到讀書人都家藏一帙的普及程度。由於金批的巨大影響，清代讀者到了看書而無批不讀的程度。所以，在他之後，繼承他的方法修訂評批小說、戲曲、詩歌、古文名著的做法蔚然成風，最著名的有毛聲山、毛宗崗父子的《三國演義》、張竹坡的《金瓶梅》和《聊齋志異》、《紅樓夢》、《儒林外史》的諸種評批本。張國光先生指出，連大名鼎鼎的《古文觀止》也是模仿和抄襲金聖歎《天下必讀書》（金批古文）的產物，並就此做了有力的論證。

本篇和《中國小說的歷史變遷》第四講對金聖歎的批評和否定也是完全錯誤的，請參見第四講的解讀。有興趣的讀者還可參看周錫山《金聖歎全集》中的《貫華堂第五才子書水滸傳》（《金批水滸》）的前言和解讀、《金聖歎文藝美學研究》。

本篇最後一段的論述，歐陽健批評說：「寫史事的『講史小說』與寫人事或世事的『世情小說』，其精神原是相通的，人爲地加以抑揚，是不適當的。」「由於不曾細讀原著，魯迅沒能從」「薛家、楊家及狄青輩故事中看出『世情』的味道來。」（《中國小說史略批判》第一八〇頁）接著引胡適一九二三年十二月十六日日記，記載往訪王國維先生的對話：「靜庵先生問我，小說《薛家將》寫薛丁山弒父，樊梨花弒父，有沒有特別的意義？我竟不曾想過這個問題。希臘古代悲劇中常有這一類的事。他又說，西洋人太提倡欲望，過了一定限期，必至破壞毀滅。我對此事卻不悲觀。即使悲觀，我們在今日勢不能跟西洋人向這條路上走去。他也以爲然。我以爲西洋今日之大患不在欲望的發展，而在理智的進步不曾趕上物質文明的進步。」魯迅先生對西方文化的弊病缺乏這樣清醒、清晰的認識，這是他治學撰文的重大侷限之一，也是他不及王國維的一個重要原因。

第十六篇　明之神魔小說（上）

奉道流羽客之隆重，極於宋宣和時，[1]元雖歸佛，亦甚崇道，其幻惑故遍行於人間，明初稍衰，比中葉而復極顯赫，成化[2]時有方士李孜、釋繼曉，正德時有色目人于永，[3]皆以方伎雜流拜官，榮華熠耀，世所企羨，則妖妄之說自盛，而影響且及於文章。且歷來三教之爭，都無解決，互相容受，乃曰「同源」，所謂義利邪正善惡是非眞妄諸端，皆溷而又析之，統於二元，雖無專名，謂之神魔，蓋可賅括矣。其在小說，則明初之《平妖傳》已開其先，而繼起之作尤夥。凡所敷敘，又非宋以來道士造作之談，但爲人民閭巷間意，蕪雜淺陋，率無可觀。然其力之及於人心者甚大，又或有文人起而結集潤色之，則亦爲鴻篇鉅製之胚胎也。

彙此等小說成集者，今有《四遊記》行於世，其書凡四種，著者三人，不知何人編定，惟觀刻本之狀，當在明代耳。一曰《上洞八仙傳》，亦名《八仙出處東遊記傳》，二卷五十六回，題「蘭江吳元泰著」。傳言鐵拐（姓李名玄）得道，度鍾離權，權度呂洞賓，二人又共度韓湘、曹友。張果、藍采和、何仙姑則別成道，是爲八仙。一日俱赴蟠桃大會，歸途各履寶物渡海，有龍子愛藍采和所踏玉版，攝而奪之，遂大戰，八仙「火燒東洋」，龍王敗績，請天兵來助，亦敗，後得觀音和解，乃各謝去，而「天淵迥別天下太平」之候，自此始矣。書中文言俗語間出，事亦往往不相屬。蓋雜取民間傳說作之。

二曰《五顯靈官大帝華光天王傳》，即《南遊記》，四卷十八回，題「三臺山人仰止余象斗[4]編」。象斗爲明末書賈，《三國志演義》刻本上，尚見其名。書言有妙吉祥童子以殺獨火鬼忤如來，貶爲馬耳娘娘子，是曰三眼靈光，具五神通，報父讎，遊靈虛，緣盜金鎗，爲帝所殺；復生炎魔天王家，是爲靈耀，師事天尊，又詐取其金刀，煉爲金磚以作法寶，終鬧天宮，上界鼎沸；玄天上帝以水服之，使走人間，託生蕭氏，是爲華光，仍有神通，與神魔戰，中界亦鼎沸，帝乃赦之。華光因失金磚，復欲製煉，尋求金塔，遂遇鐵扇公主，擒以爲妻，又降諸妖，所向無敵，以憶其母，訪於地府，復因爭執，大鬧陰司，下界亦鼎沸。已而知生母實妖也，名吉芝陀聖母，食蕭長者妻，幻作其狀，而生華光，然仍食人，爲佛所執，方在地獄，受惡報也，華光乃救以去。

……卻說華光三下酆都，救得母親出來，十分歡悅。那吉芝陀聖母曰，「我兒你救得我出來，道好，我要討岐娥喫。」華光問，「岐娥是什麼子，我兒媳俱不曉得。」母曰，「岐娥不曉得，可去問千里眼、順風耳。」華光即問二人。二人曰，「那岐娥是人，他又思量喫人。」華光聽罷，對娘曰，「娘，你住酆都受苦，我孩兒用盡計較，救得你出來，如何又要喫人，此事萬不可爲。」母曰，「我要喫！不孝子，你沒有岐娥與我喫，是誰要救我出來？」華光無奈，只推曰，「容兩日討與你喫。」……（第十七回〈華光三下酆都〉）

於是張榜求醫，有言惟仙桃可治者，華光即幻爲齊天大聖狀，竊而奉之，吉芝陀乃始不思食人。然齊天被嫌，詢於佛母，知是華光，則來討，爲火丹所燒，敗績；其女月孛有骷髏骨，擊之敵頭即痛，二日死。華光被術，將不起，火炎王光佛出而議和，月孛削骨上擊痕，華光始愈，終歸佛道云。

明謝肇淛（《五雜俎》十五）以華光小說比擬《西遊記》，謂「皆五行生剋之理，火之熾也，亦上天下地，莫之撲滅，而眞武以水制之，始歸正道」。又於吉芝陀出獄即思食人事，則致慨於遷善之難，因知在萬曆時，此書已有。沈德符[5]論劇曲（《野獲編》二十五），亦有「華光顯聖則太妖誕」語，是此種故事，當時且演爲劇本矣。

其三曰《北方眞武玄天上帝出身志傳》，即《北遊記》，四卷二十四回，亦余象斗編，記眞武本身及成道降妖事。上帝爲玄天之說，在漢已有（《周禮．大宗伯》鄭氏注），然與後來之玄帝，實又不同。此玄帝眞武者，蓋起於宋代羽客之言，即《元洞玉曆記》（《三教搜神大全》一引）所謂元始說法於玉清，下見惡風彌塞，乃命周武伐紂以治陽，玄帝收魔以治陰，「上賜玄帝披髮跣足，金甲玄袍，皂纛玄旗，統領丁甲，下降凡世，與六天魔王戰於洞陰之野，是時魔王以坎離無炁。化蒼龜巨蛇，變現方成，玄帝神力攝於足下，鎖鬼眾於酆都大洞，人民治安，宇內清肅」者是也，元嘗加封，明亦崇奉。[6]此傳所言，間符舊說，但亦時竊佛傳，雜以鄙言，盛誇感應，如村巫廟祝之見。初謂隋煬帝時，玉帝當醮會之際，而忽思凡，遂以三魂之一，爲劉氏子，如來三清並來點化，乃隱蓬萊；又以凡心，生哥闍國，次生西霞，皆是王子，蒙天尊教，捨國出家，功行既完，上謁玉帝，封蕩魔天尊，令收天將；於是復生爲淨洛國王子，得斗母元君點化，入武當山成道。玄帝方升天宮，忽見妖氣起於中界，知即天將，擾亂人間，乃復下凡，降龜蛇怪，服趙公明，收雷神，獲月孛及他神將，引以朝天。玉帝即封諸神爲玄天部將，計三十六員。然揚子江有鍋及竹纜二妖，獨逸去不可得，眞武因指一化身，復入人世，於武當山鎭守之。篇末則記永樂三年玄天助國卻敵事，而下有「至今二百餘載」之文，頗似此書流行，當在明季，然舊刻無後一語，可知有者乃後來增訂之本矣。

四曰《西遊記傳》，四卷四十一回，題「齊雲楊志和編，天水趙景眞校」，敘孫悟空得道，唐太宗入冥，玄奘應詔求經，途中遇難，終達西土，得經東歸者也。太宗之夢，唐人已言，張鷟《朝野僉載》云，「太宗至夜半奄然入定，見一人云，『陛下暫合來，還即去也。』帝問，『君是何人？』對曰，『臣是生人判冥事。』太宗入見判官，問六月四日事，[7]即令還，向見者又送迎引導出。」又有俗文，亦記斯事，有殘卷從敦煌千佛洞得之（詳見第十二篇）。至玄奘入竺，[8]實非應詔，事具《唐書》（百九十一《方伎傳》），又有專傳曰《大慈恩寺三藏法師傳》，在《佛藏》[9]中，初無諸奇詭事，而後來稗說，頗涉靈怪。《大唐三藏取經詩話》已有猴行者、深沙神及諸異境；金人院本亦有《唐三藏》（陶宗儀《輟耕錄》）；[10]元雜劇有吳昌齡《唐三藏西天取經》[11]（鍾嗣成《錄鬼簿》），一名《西遊記》（今有日本鹽谷溫校印本），其中收孫悟空，加戒箍、沙僧、豬八戒、紅孩兒、鐵扇公主等皆已見。似取經故事，自唐末以至宋元，乃漸漸演成神異，且能有條貫，小說家因亦得取爲記傳也。

全書之前九回爲孫悟空得仙至被降故事，言有石猴，尋得水源，眾奉爲王，而復出山，就師悟道，以大神通，攪亂天地，玉帝不得已，封爲齊天大聖，復擾蟠桃大會，帝命灌口二郎眞君討之，遂大戰，悟空爲所獲，其敘當時戰鬪變化之狀云：

……那小猴見眞君到，急急報知猴王。猴王即掣起金箍棒，步上雲履。二人相見，各言姓名，遂排開陣勢，來往三百餘合。二人各變身萬丈，戰入雲端，離卻洞口。……大聖正在開戰，忽見本山衆猴驚散，抽身就走；眞君大步趕上，急走急追。大聖慌忙將身一變，入水中。眞君道，「這猴入水必變魚蝦，待我變作魚鷹逐他。」大聖見眞君趕來，又變一鵠鳥，飛在樹上，被眞君拽弓一彈，打下草坡，遍尋不見，回轉天王營中去說猴王敗陣等事，又趕不見蹤跡。天王把照妖鏡一照，急云「妖猴往你灌口去了」。眞君回灌口；猴王急變做眞君模樣，座在中堂，被二郎用一神鎗，猴王讓過，變出本相，二人對較手段，意欲回轉花果山，奈四面天將圍住念咒。忽然眞君與菩薩在雲端觀看，見猴王精力將疲，老君擲下金剛圈，與猴王腦上一打。猴王跌倒在地，被眞君神犬咬住胸肚子，又拖跌一交，卻被眞君兄弟等神鎗刺住，把鐵索綁縛。……（第七回〈眞君收捉猴王〉）

然斫之無傷，煉之不死，如來乃壓之五行山下，令待取經人。次四回即魏徵斬龍，太宗入冥，劉全進瓜，及玄奘應詔西行：爲求經之所由起。十四回以下則玄奘道中收徒及遇難故事，而以見佛得經東歸證果終。徒有三，曰孫行者、豬八戒、沙僧，並得龍馬；災難三十餘，其大者五莊觀，平頂山、火雲洞、通天河、毒敵山、六耳獮猴、小雷音寺等也。凡所記述，簡略者多，但亦偶雜遊詞，以增笑樂，如寫火雲洞之戰云：

……那山前山後土地，皆來叩頭報名，「此處叫做枯松澗。澗邊有一座山洞，叫做火雲洞，洞有一位魔王，是牛魔王的兒子。叫做紅孩兒。他有三昧眞火，甚是利害。」行者聽說，叱退土神，……與八戒同進洞中去尋，……那魔王分付小妖，推出五輪小車，擺下五方，遂提鎗殺出，與行者戰經數合，八戒助陣，魔王走轉，把鼻子一捶，鼻中冒出火來，一時五輪車子，烈火齊起。八戒道，「哥哥快走！少刻把老豬燒得囫圇，再加香料，盡他受用。」行者雖然避得火燒，卻只怕煙，二人只得逃轉。……（第三十二回

〈唐三藏收妖過黑河〉）

復請觀世音至，化刀為蓮臺，誘而執之，既降複叛，則環以五金箍，灑以甘露，乃始兩手相合，歸落伽山雲。《西遊記》雜劇中《鬼母皈依》一齣，即用揭缽盂救幼子故事者，其中有云，「告世尊，肯發慈悲力。我著唐三藏西遊便回，火孩兒妖怪放生了他。到前面，須得二聖郎救了你。」（卷三）而於此乃改為牛魔王子，且與參善知識之善才童子相溷矣。

注釋

【1】宣和：北宋徽宗的年號之一，年代為西元一一一九—一一二五年。

【2】成化：明朝憲宗的年號，年代為西元一四六五—一四八七年。

【3】李孜、繼堯、于永：三人事蹟見《明史・佞幸列傳》。

【4】余象斗：字仰止，號三臺山人，明建安（今福建建甌）人。小說家、出版家。約生活於隆慶、萬曆年間。編撰《南遊記》、《北遊記》等，其主持的著名刻書坊余氏雙峰堂刊有《列國志傳》、《全漢志傳》、《三國志傳評林》、《忠義水滸志傳評林》等。

【5】沈德符：參看本書第四篇注【20】。

【6】元明兩朝尊封崇奉真武帝事，據《元史・成宗紀》載：元成宗鐵穆耳大德七年（一三〇三）十二月，加封真武為「元聖仁威玄天上帝」。據《明史・禮志》載：明太祖朱元璋於南京建廟宇崇祀真武；明成祖朱棣永樂十三年（一四一五）於京師建「真武廟」，每年三月三日、九月九日祭祀。

【7】《朝野僉載》：參看本卷第八篇注【13】。這裡的引文見今傳六卷本卷六。六月四日事，指李世民殺建成、元吉事，參看《舊唐書・太宗紀》。

[8] 玄奘人竺：竺即天竺，印度的古稱。玄奘去印度取經，據《舊唐書．方伎傳》載：「僧玄奘，姓陳氏，洛州偃師人。大業末出家，博涉經論。嘗謂翻譯者多有訛謬，故就西域，廣求異本以參驗之。貞觀初，隨商人往遊西域。」他於貞觀三年（六二九）出發，五年（六三一）進入佛教聖地王舍城，在天竺十餘年，於十九年（六四五）返回長安，攜回佛經六百餘部、舍利一百五十粒、金檀佛像七座，受到唐太宗和僧俗的熱烈歡迎，為中印文化交流做出巨大貢獻。

[9] 《大慈恩寺三藏法師傳》：十卷，唐僧人慧立原撰，彥悰（ㄘㄨㄥ）箋補。記述玄奘的一生事蹟，是有關玄奘傳記中最詳盡和可信的著作。此書收入《佛藏》卷五十。《佛藏》，即《大藏經》，佛教經典總集，分經、律、論三藏，收印度和中國佛教著作。始編於南北朝，以後各代又續有新譯經論和著述編入。今有《中華大藏經》，為最新的權威彙集本。

[10] 《唐三藏》：《輟耕錄》卷二十五《金院本名目》著錄，今佚。

[11] 吳昌齡：元西京（今山西大同）人。雜劇作家。所作雜劇十二種，今存二種。所撰《唐三藏西天取經》，今僅存二折。下文鹽谷溫校印本《西遊記》，實為楊訥所撰《西遊記》雜劇，參看本書第九篇注[17]。

解讀

明代雖然盛行神魔小說，但除《西遊記》外，總體成就不高。本篇介紹了幾種較為重要的作品。

第十七篇　明之神魔小說（中）

又有一百回本《西遊記》，蓋出於四十一回本《西遊記傳》之後，[1]而今特盛行，且以爲元初道士邱處機[2]作。處機固嘗西行，李志常記其事爲《長春眞人西遊記》，凡二卷，今尚存《道藏》[3]中，惟因同名，世遂以爲一書；清初刻《西遊記》小說者，又取虞集撰《長春眞人西遊記》之序文冠其首，[4]而不根之談乃愈不可拔也。然至清乾隆末，錢大昕跋《長春眞人西遊記》（《潛研堂文集》二十九）已云小說《西遊演義》是明人作；[5]紀昀[6]（《如是我聞》三）更因「其中祭賽國之錦衣衛，朱紫國之司禮監，滅法國之東城兵馬司，唐太宗之大學士翰林院中書科，皆同明制」，決爲明人依託，惟尚不知作者爲何人。而鄉邦文獻，尤爲人所樂道，故是後山陽人如丁晏（《石亭記事續編》）阮葵生（《茶餘客話》）[7]等，已皆探索舊志，知《西遊記》之作者爲吳承恩矣。吳玉搢（《山陽志遺》[8]）亦云然，而尚疑是演邱處機書，猶羅貫中之演陳壽《三國志》者，當由未見二卷本，故其說如此；又謂「或云有《後西遊記》，爲射陽先生撰」，則第志俗說而已。

吳承恩字汝忠，號射陽山人，性敏多慧，博極群書，復善諧劇，著雜記數種，名震一時，嘉靖甲辰歲貢生，後官長興縣丞，隆慶初歸山陽，萬曆初卒（約一五一〇—一五八〇）。雜記之一即《西遊記》（見《天啓淮安府志》一六及一九《光緒淮安府志》貢舉表），餘未詳。又能詩，其「詞微而顯，旨博而深」（陳文燭序語），爲有明一代淮郡詩人之冠，而貧老乏嗣，遺稿多散佚，邱正綱收拾殘缺爲《射陽存稿》四卷《續稿》一卷，[9]吳玉搢盡收入《山陽耆舊集》[10]中（《山陽志遺》四）。然同治間修《山陽縣誌》[11]者，於《人物志》中去其「善諧劇著雜記」語，於《藝文志》又不列《西遊記》之目，於是吳氏之性行遂失眞，而知《西遊記》之出於吳氏者亦愈少矣。

《西遊記》全書次第，與楊志和作四十一回本殆相等。前七回爲孫悟空得道至被降故事，當楊本之前九回；第八回記釋迦造經之事，與佛經言阿難結集不合；第九回記玄奘父母遇難及玄奘復仇之事，亦非事實。楊本皆無有，吳所加也。第十至十二回即魏徵斬龍至玄奘應詔西行之事，當楊本之十至十三回；第十四回至九十九回則俱記入竺途中遇難之事，九者究也，物極於九，九九八十一，故有八十一難；而一百回以東返成眞終。

惟楊志和本雖大體已立，而文詞荒率，僅能成書；吳則通才，敏慧淹雅，其所取材，頗極廣泛，於《四遊記》中亦採《華光傳》及《眞武傳》，於西遊故事亦採《西遊記雜劇》及《三藏取經詩話》（？），翻案挪移則用唐人傳奇（如《異聞集》、《酉陽雜俎》等），諷刺揶揄則取當時世態，加以鋪張描寫，幾乎改觀，如灌口二郎之戰孫悟空，楊本僅有三百餘言，而此十倍之，先記二人各現「法象」，次則大聖化雀、化「大鶿老」、化魚、化水蛇，眞君化雀鷹、化大海鶴、化魚鷹、化灰鶴，大聖復化爲鴇，眞君以其賤鳥，不屑相比，即現原身，用彈丸擊下之。

……那大聖趁著機會，滾下山崖，伏在那裏又變，變一座土地廟兒：大張著口，似個廟門；牙齒變作門扇；舌頭變做菩薩；眼睛變做窗欞；只有尾巴不好收拾，豎在後面，變做一根旗杆。眞君趕到崖下，不見打倒的鴇鳥，只有一間小廟，急睜鳳眼，仔細看之，見旗杆立在後面，笑道，「是這猢猻了。他今又在那裏哄我。我也曾見廟宇，更不曾見一個旗杆豎在後面的。斷是這畜生弄諠。他若哄我進去，他便一口咬住。我怎肯進去？等我掣拳先搗窗欞，後踢門扇。」大聖聽得，……撲的一個虎跳，又冒在空中不見。眞君前前後後亂趕，……起在半空，見那李天王高擎照妖鏡，與哪吒住立雲端。眞君道，「天王，曾見那猴王麼？」天王道，「不曾上來，我這裏照著他哩。」眞君把那賭變化，弄神通，拿群猴一事說畢，卻道，「他變廟宇，正打處，就走了。」李天王聞言，又把照妖鏡四方一照，呵呵的笑道，「眞君，快去快去，那猴子使了個隱身法，走出營圍，往你那灌江口去也。」……卻說那大聖已至灌江口，搖身一變，變作二郎爺爺的模樣，按下雲頭，逕入廟裏。鬼判不能相認，一個個磕頭迎接。他坐在中間，點查香火：見李虎拜還的三牲，張龍許下的保福，趙甲求子的文書，錢丙告病的良願。正看處，有人報「又一個爺爺來了」。眾鬼判急急觀看，無不驚心。眞君卻道，「有個什麼齊天大聖，纔來這裏否？」眾鬼判道，「不曾見什麼大聖，只有一個爺爺在裏面查點哩。」眞君撞進門；大聖見了，現出本相道，「郎君，不消嚷，廟宇已姓孫了！」這眞君即舉三尖兩刃神鋒，劈臉就砍。那猴王使個身法，讓過神鋒，掣出那繡花針兒，幌一幌，碗來粗細，趕到前，對面相還。兩個嚷嚷鬧鬧，打出廟門，半霧半雲，且行且戰，復打到花果山。慌得那四大天王等衆隄防愈緊；這康張太尉等迎著眞君，合心努力，把那美猴王圍繞不題……（第六回下〈小聖施威降大聖〉）

然作者構思之幻，則大率在八十一難中，如金㕸山之戰（五十至五二回），二心之爭（五七及五八回），火焰山之戰（五九至六一回），變化施爲，皆極奇恣，前二事楊書已有，後一事則取雜劇《西遊記》及《華光傳》中之鐵扇公主以配《西遊記傳》中僅見其名之牛魔王，俾益增其神怪豔異者也。其述牛魔王既爲群神所服，令羅刹女獻芭蕉扇，滅火焰山火，俾玄奘等西行情狀云：

……那老牛心驚膽戰，……望上便走。恰好有托塔李天王並哪吒太子領魚肚藥叉巨靈神將幔住空中。……牛王急了，依前搖身一變，還變做一隻大白牛，使兩隻鐵角去觸天王，天王使刀來砍。隨後孫行者又到，……道，「這廝神通不小，又變作這等身軀，卻怎奈何？」太子笑道，「大聖勿疑，你看我擒他。」這太子即喝一聲，「變！」變得三頭六臂，飛身跳在牛王背上，使斬妖劍望頸項上一揮，不覺得把個牛頭斬下。天王丟刀，卻纔與行者相見。那牛王腔子裏又鑽出一個頭來，口吐黑氣，眼放金光。被哪吒又砍一劍，頭落處，又鑽出一個頭來；一連砍了十數劍，隨即長出十數個頭。哪吒取出火輪兒，掛在老牛的角上，便吹眞火，焰焰烘烘，把牛王燒得張狂哮吼，搖頭擺尾。纔要變化脫身，又被托塔天王將照妖鏡照住本像，騰挪不動，無計逃生，只叫，「莫傷我命，情願歸順佛家也！」哪吒道，「既惜身命，快拿扇子出來！」牛王道，「扇子在我山妻處收著哩。」哪吒見說，將縛妖索子解下。……穿在鼻孔裏，用手牽來，……回至芭蕉洞口。老牛叫道，「夫人，將扇子出來，救我性命！」羅刹聽叫，急卸了釵環，脫了色服，挽青絲如道姑，穿縞素似比丘，雙手捧那柄丈二長短的芭蕉扇子，走出門；又見金剛眾聖與天王父子，慌忙跪在地下，磕頭禮拜道，「望菩薩饒我夫妻之命，願將此扇奉承孫叔叔成功去也。」……

> ……孫大聖執著扇子，行近山邊，盡氣力揮了一扇，那火焰山平平息焰，寂寂除光；又搧一扇，只聞得習習瀟瀟，清風微動；第三扇，滿天雲漠漠，細雨落霏霏。有詩爲證：
>
> 火焰山遙八百程，火光大地有聲名。火煎五漏丹難熟，火燎三關道不清。特借芭蕉施雨露，幸蒙天將助神功。牽牛歸佛伏顛劣，水火相聯性自平。（第六十一回下〈孫行者三調芭蕉扇〉）

又作者稟性，「復善諧劇」，故雖述變幻恍忽之事，亦每雜解頤之言，使神魔皆有人情，精魅亦通世故，而玩世不恭之意寓焉（詳見胡適《西遊記考證》）。如記孫悟空大敗於金兜洞兕怪，失金箍棒，因謁玉帝，乞發兵收剿一節云：

> ……當時四天師傳奏靈霄，引見玉陛，行者朝上唱個大喏。道，「老官兒，累你累你。我老孫保護唐僧往西天取經，一路凶多吉少，也不消説。於今來在金兜山，金兜洞，有一兕怪，把唐僧拿在洞裏，不知是要蒸，要煮，要曬。是老孫尋上他門，與他交戰，那怪神通廣大，把我金箍棒搶去，因此難縛妖魔。那怪説有些認得老孫，我疑是天上凶星思凡下界，爲此特來啓奏，伏乞天尊垂慈洞鑒，降旨查勘凶星，發兵收剿妖魔，老孫不勝戰慄屏營之至。」卻又打個深躬道，「以聞。」旁有葛仙翁笑道，「猴子是何前倨後恭？」行者道，「不敢不敢。不是甚前倨後恭，老孫於今是沒棒弄了。」……（第五十一回上〈心猿空用千般計〉）

評議此書者有清人山陰悟一子陳士斌《西遊眞詮》（康熙丙子尤侗序），[12]西河張書紳《西遊正旨》（乾隆戊辰序）[13]與悟元道人劉一明《西遊原旨》（嘉慶十五年序），[14]或云勸學，或云談禪，或云講道，皆闡明理法，文詞甚繁。然作者雖儒生，此書則實出於遊戲，亦非語道，故全書僅偶見五行生剋之常談，尤未學佛，故末回至有荒唐無稽之經目，特緣混同之教，流行來久，故其著作，乃亦釋迦與老君同流。眞性與元神雜出，使三教之徒，皆得隨宜附會而已。假欲勉求大旨，則謝肇淛（《五雜俎》十五）之「《西遊記》曼衍虛誕，而其縱橫變化，以猿爲心之神，以豬爲意之馳，其始之放縱，上天下地，莫能禁制，而歸於緊箍一咒，能使心猿馴伏，至死靡他，蓋亦求放心之喩，非浪作也」數語，已足盡之。作者所說，亦第云「眾僧們議論佛門定旨，上西天取經的緣由，……三藏箝口不言，但以手指自心，點頭幾度，眾僧們莫解其意，……三藏道，『心生種種魔生，心滅種種魔滅，我弟子曾在化生寺對佛說下誓願，不由我不盡此心，這一去，定要到西天見佛求經，使我們法輪回轉，皇圖永固。』」（十三回）而已。

《後西遊記》六卷四十回，不題何人作。[15]中謂花果山復生石猴，仍得神通，稱爲小聖，輔大顚和尙賜號半偈者復往西天，度求眞解。途中收豬一戒，得沙彌，且遇諸魔，屢陷危難，顧終達靈山，得解而返。其謂儒釋本一，亦同《西遊》，而行文造事並遜，以吳承恩詩文之清綺推之，當非所作矣。又有《續西遊記》，[16]未見，《西遊補》所附雜記有云，「《續西遊》摹擬逼眞，失於拘滯，添出比丘靈虛，尤爲蛇足」也。

注釋

【1】應是一百回本在前。魯迅一九三五年《〈中國小說史略〉日本譯本序》中說：「鄭振鐸教授又證明了《西遊記》中的《西遊記》是吳承恩《西遊記》的摘錄，而並非祖本，這可以訂正拙著第十六篇所說的，那精確的論文，就收錄在《痀僂集》裏。」（參看《且介亭雜文二集》）。鄭文題為《西遊記的演化》。

【2】邱處機（一一四八－一二二七）：字通密，自號長春子，世稱長春真人。金元之際棲霞（今屬山東）人。蒙古成吉思汗十五年（一二二〇）應詔往見於西域（中亞），以敬天愛民、清心寡欲、少殺生民進諫，受封為國師，總領道教。卒後褒贈長春演道主教真人。

《元史》卷二〇二有傳。撰有《嶓溪集》、《攝生消息論》、《大丹直指》等。

【3】李志常（一一九三－一二五六）：字浩然，號真常子。道號通玄大師。邱處機弟子，曾隨邱謁成吉思汗，又同返燕京。歸後就途中經歷撰成《長春真人西遊記》，二卷，記載詳實可靠，是西北史地和中西交通史研究的重要資料。此書收入《道藏》正乙部。《道藏》，道教經典總集。六朝時開始彙集道經，以後各代又續有增補。今通行之《道藏》為《正統道藏》（五千三百〇五卷）和《萬曆續道藏》（一百八十卷）。

【4】虞集（一二七二－一三四八）：字伯生，號邵庵，又號道園先生，元仁壽（今屬四川）人。文學家。官至翰林直學士兼國子祭酒。《元史》卷一八一有傳。撰有《道園學古錄》五十卷、《道園類稿》五十卷等。清初汪象旭評刻《西遊證道書》，始將虞集所撰《長春真人西遊記序》置於卷首。

【5】錢大昕（一七二八－一八〇四）：字曉徵，號辛楣、竹汀，清嘉定（今屬上海）人。著名學者、文學家。乾隆十九年（一七五四）進士，官至少詹事。《清史列傳》卷六八、《清史稿》卷四八一、《國朝漢學師承記》卷三有傳。著述宏富，撰有《二十二史考異》、《十駕齋養新錄》、《潛研堂文集》等。《潛研堂文集》卷二十九《跋〈長春真人西遊記〉》云：「村俗小說有《唐三藏西遊演義》，乃明人所作。」

【6】紀昀：參看本書第二十二篇。

【7】丁晏（一七九四－一八七五）：字儉卿，號石亭居士、頤志老人。清山陽（今江蘇淮安）人，近代學者、詩人。道光元年（一八二一）舉人，官內閣中書，著述多達四十七種。編有《頤志齋叢書》二十二種。所撰《石亭紀事續編》，一卷，匯錄涉及淮安的一些著作的序跋。該書〈書（西遊記）後〉一文云：「及考吾郡康熙初舊志藝文書目，吳承恩下有《西遊記》一種。」

阮葵生（一七二七－一七八九），字安甫，又字寶誠，號吾山，清山陽人，生之夕，其父夢見有客贈寶石，故小字寶石。乾隆十七年（一七五二）舉人，官至刑部右侍郎。著有《七錄齋集》。所撰《茶餘客話》，筆記，三十卷，記清初典章制度及當時人物言行和文壇掌故等。論者認為不讓王漁洋《池北偶談》。該書卷二十一云：「按舊志稱射陽性敏多慧，為詩文下筆立成。復善諧謔，著雜記數種。惜未注雜記書名，惟《淮賢文目》載射陽撰《西遊記通俗演義》。」

【8】吳玉搢（一六九八—一七七三）：字藉五，號山夫，清山陽（今江蘇淮安）人，官鳳陽府訓導。曾參與纂修《山陽縣誌》和《淮安府志》。所撰《山陽志遺》，四卷，補記縣誌府誌未載山陽諸事。該書卷四云：「嘉靖中，吳貢生承恩字汝忠，號射陽山人，吾淮才士也。……考《西遊記》舊稱為證道書，謂其合於金丹大旨；元虞道園有序，稱此書係其國初邱長春真人所撰。而郡志謂出先生手，天啓時去先生未遠，其言必有所本。意長春初有此記，至先生乃為之通俗演義。如《三國志》本陳壽，而演義則稱羅貫中也。書中多吾鄉方言，其出淮人手無疑。或云有《後西遊記》，為射陽先生撰。」

【9】邱正綱：即邱度，號汝洪，清山陽（今江蘇淮安）人。吳承恩表孫，官至光祿寺卿。他所編《射陽先生存稿》，四卷，卷首有陳文燭序。《續稿》未見。

【10】《山陽耆舊集》：未見。吳玉搢《山陽志遺》卷四云：「予初得一抄本，紙墨已渝敝，後陸續收得刻本四卷，並續集一卷，亦全。盡登其詩入《山陽耆舊集》。」

【11】《山陽縣誌》：二十一卷，清同治間存保、何紹基等纂修。該書卷十二《人物志》二云：「吳承恩字汝忠，號射陽山人，工書，嘉靖中歲貢生。官長興縣丞。英敏博洽，為世所推，一時金石之文，多出其手。家貧無子，遺稿多散失；邑人邱正綱收拾殘缺，分為四卷，刊布於世，太守陳文燭為之序，名曰《射陽存稿》，又《續稿》一卷，蓋存其什一云。」其卷十八《藝文志》云：「吳承恩《射陽存稿》四卷，《續稿》一卷。」

【12】陳士斌：字允生，號悟一子，清山陰（今浙江紹興）人。《西遊真詮》，陳士斌著評點本，一百回，每回正文後有陳士斌回批和眉批形式的評述。卷首有康熙三十五年（一六九六）尤侗〈西遊真詮序〉。

【13】張書紳：字南熏，清西河（今屬山西）人。張書紳評本名《新說西遊記》，一百回，有回評和夾批。另有一種《通易西遊記正旨》，張含章著評點本，一百回，有匯評和夾批。張含章，字逢源，四川成都人。

【14】劉一明：號悟元子、素樸散人，清榆中（今甘肅蘭州）人。榆中金天觀道士，著有《會心記》、《棲雲筆記》等。《西遊原旨》，劉一明著評點本，一百回，有回評和夾批。

【15】《後西遊記》：四十回，題「天花才子評點」，撰者不詳。康熙年間劉廷璣《在園雜誌》已論及此書，當為明末清初時人所撰。此書敘唐僧西天取經歸來許多年後，又有唐半偈、小行者等所歷與《西遊記》相關的另一故事。

【16】《續西遊記》：一百回，題「繡像批評續西遊真詮」，卷首有真復居士序，撰者未詳，明崇禎年間董說《西遊補》所附雜記已提及此書，當為明人所撰。清袁文典《滇南詩略》認為是明人蘭茂，清毛奇齡《西河文集．季跪小品制文引》認為是季跪所作。此書敘唐僧師徒取經東還所逢的種種磨難。

解讀

《西遊記》這部偉大的長篇小說在藝術形象的塑造方面，打破了此前文學藝術作品中好人皆好、壞人全壞的思維定勢，寫出了人和事物的複雜性。唐僧虔誠敦厚，同時卻迂腐固執，從而多次誤會悟空，將妖怪認作良民；八戒愚蠢貪婪，意志不堅，有時還要與悟空搗蛋，但在事實的教育和師父、師兄的督促下，堅持走完取經的天路歷程並終獲正果；更妙的是作者敢於用諷刺手法揭示神佛的時有可笑之處，同時又用幽默筆調描寫妖怪時有可愛的言語和表現。這樣的描寫方法和石猴變爲悟空的藝術想像，給《紅樓夢》的補天之石轉世爲「混世魔王」賈寶玉和衆多性格複雜、優劣結合的人物形象之塑造，以重大影響。

在世界文學史上，《西遊記》首次以生花妙筆創造了一個豐富複雜、靈妙生動的動物世界。花果山的衆猴群居，和各有小妖伺候、幫兇的衆妖怪，如一口吞下十萬天兵的獅魔，能用鼻捲人的象精，會讀修煉書的牛魔王和使用金剛琢的青牛怪，種種大型動物直至海底龍王及其屬下的龜蛇魚蚌、蝦兵蟹將，和各類小動物、小昆蟲如刁鑽狡猾的老鼠精、機智靈活的蜘蛛精等，加上取經隊伍的豬八戒和白馬，組成一個完整奇妙的動物世界，非常驚險有趣。作者又爲這些動物和妖怪營造了各有特點的生存環境，如猴子居住的陽光燦爛的花果山水簾洞，老鼠晝伏在黑氣氤氳的陷空山無底洞，紅孩兒在蕭索枯寂的枯松澗火雲洞，羅刹女則安居於風光秀麗的翠雲山芭蕉洞。單是山洞即五花八門，光怪陸離。在這優美生動地描寫的背後，可見古代人在生產、生活和旅行中與動物、昆蟲打交道的艱難和驚險。此書開創動物世界的新奇領域，爲中國和世界文學史做出又一偉大貢獻。

可是本篇對吳承恩《西遊記》的評述，頗有問題。首先，魯迅據前人的提法，在本書中認定吳承恩是《西遊記》的作者，胡適後又做考證，也認定是吳承恩，魯胡兩人的根據確是很不足的，後遭學者的反覆批駁。章培恆《百回本（西遊記）是否吳承恩所作》（一九八〇）等，都是否定吳承恩的有分量的論文。金有景和美國漢學家浦安迪《明代四大奇書》（一九八六）先後重新論證元代全眞教創始人邱處機是此書古本或曰祖本的眞正作者，頗亦有理。

另外，更重要的是，魯迅否定清代評點本的觀點，暴露了魯迅自己學養的不足。他由於堅信西方現代科學，所以對《周易》和古代哲學中的神祕文化抱否定態度，對中醫抱否定態度，從而否定清代《西遊記》評論家認爲此書是修道之書的觀點。實際上清代的評論家是正確的，《西遊記》確實是儒道佛三家合一的修道之書。繼清代之諸位評點家之後，二十世紀的二十年代，魏堯研討修煉功理的《一貫天機直講》一書在講解《金剛經》、《陰符經》、《大學》、《中庸》等典籍時常用《西遊記》的有關情節來印證人的修練過程。我於一九九三年撰寫的《〈西遊記〉：學習氣功的形象課本》共三萬字（後作爲《神秘與浪漫》的一章由百花洲文藝出版社於一九九九年出版），以書中的回目、詩歌、情節和孫悟空、豬八戒等人的言論爲依據，說明此書確實是指導修煉的教科書。當代也已有多位中外學者撰文著書，論證《西遊記》是三教合一的修煉之書。如李安綱《苦海與極樂——西遊記奧義》（東方出版社一九九五年版）認爲《西遊記》不是神魔小說，而是融合了儒、釋、道、醫、易等中國傳統文化、剖析心靈、圖解生命、反思人生、實現覺悟的文化小說。中國哲學家和思想家提出了「天人合一」的命題，道教的金丹學家則用自身的實踐來證明了這一命題。周文志《看破西遊記——西遊記與中醫易道學》（上下冊，雲南人民出版社一九九九年版）重新解釋《西遊記》全書，並在全書之首列專節論述「《西遊記》中的氣功環節」和「《西遊記》與養生」。日本中野美代子《西遊記的秘密——道教與煉丹術的象徵性》（出版於一九八四年，中譯本由中華書局出版於二〇〇二年），也有〈鉛與水銀的故事（一）——煉丹術的秘法〉、〈孫悟空與金和火——從煉丹術對主人公們的解釋〉等專節論證這個觀點。

但本於「形象大於思維」的美學原理，《西遊記》和其他長篇巨著一樣，具有多層次多角度的文化含義和意義，故而也存在多重主題。眾多學者論述此書主題的「歌頌反抗、光明與正義」說、「安天醫國」和「誅奸尚賢」說、「反映人民鬥爭」說、「玩世主義與現實主義統一」說、「明尊暗貶神道儒，中興佛教成大道」說、「莊嚴肅穆的人生論題」說等等，包括魯迅所持的遊戲說，只要持之有故，言之有理，都可以說是《西遊記》所描寫和表達的內容和主題之一，但其核心觀念和最高目的是表達三教合一的修煉思想。

我於〈中國文學史研究的（最）新成果和（四大）侷限〉（《復旦學報》一九九七年第五期）中指出：「魯迅先生儒道佛三家哲學的根底不夠全面，作爲文學研究家便沒有讀懂《西遊記》作者（很可能不是吳承恩）在遊戲之外的其他深層次內涵和內容。清代的五位評點者及其五種評點本並未穿鑿附會，他們看出原作中三教（哲學思想）合一的最高宗旨和全書用人物形象和故事情節描繪人的修行過程，並加以闡釋和生發，在具體論點上固然必有不少值得商榷和謬誤之處，但其總體認識是正確的，了不起的。當今國內外學術界都早已進入了邊緣學科和跨學科的研究，文學史研究者也必須順應這股時代潮流，擴大觀照和研究的視野，以便更全面深入地認識古代文學的作家作品和各種創作現象與發展規律。」

《西遊記》生動、活潑、精彩的故事，只是它的外殼，但它給普通讀者以極大的愉悅。至於傳統文化基礎深厚的讀者則能體會其內容是講授人的身心修煉，追求健康長壽、心理安寧的，因此，《西遊記》是一部融合了儒、佛、道、醫、易等中國傳統文化、剖析心靈、圖解生命、反思人生、實現覺悟的文化巨著。讀者如果有興趣練習太極拳、氣功和瑜珈，就更能體會《西遊記》的深意了。

書中有眾多描寫和介紹氣功修煉的方法和效果，例如第十六回說：「卻說三藏師徒，安歇已定。那行者卻是個靈猴，只是存神練氣」。描寫悟空每夜抓緊修煉。第二十一回悟空與風魔鬥後未勝，反被吹壞眼睛，於是待師父和八戒等睡下後，「行者坐在鋪上，轉運神功，直到三更後，方才睡下」。他及時運功醫治受傷的眼睛。悟空在黑虎山與熊羆怪大打出手之前曾自報家門，談及自己練氣功的經歷和道行說：……一點誠心曾訪道，靈臺山上採藥苗。那山有個老仙長，壽年十萬八千高。老孫拜他爲師父，指我長生路一條。他說身內有丹藥，外邊採取枉徒勞。得傳大品天仙訣，若無根本實難熬。回光內照寧心坐。身中日月坎離交。萬事不思全寡欲，六根清淨體堅牢。返老還童容易得，超凡入聖路非遙。三年無漏成仙體，不同俗輩受煎熬。……（第十七回）不僅悟空，豬八戒也曾自報拜師練氣功，從而學會三十六變化的神通手段，他在初見孫行者時介紹自己練功的成績，全是練功的原理和方法：有緣立地拜爲師，指示天關並地闕。得傳九轉大還丹，工夫晝夜無時輟。上至頂門泥丸宮，下至腳板湧泉穴。周流腎水入華池，丹田補得溫溫熱。嬰兒姹女配陰陽，鉛汞相投分日月。離龍坎虎用調和，靈龜吸盡金烏血。三花聚頂得歸根，五氣朝元通透徹。功圓行滿卻飛升，天仙對對來迎接。朗然足下彩雲生，身輕體健朝金闕。……（第十九回）《西遊記》的以下回目，也完全是練功原理和方法的介紹：

第一回靈根育孕源流出心性修持大道生
第二回悟徹菩提眞妙理斷魔歸本合元神
第十四回心猿歸正六賊無蹤
第三十回邪魔侵正法意馬憶心猿
第三十三回外道迷眞性元神助本心
第三十五回外道施威欺正性心猿獲寶伏邪魔
第三十六回心猿正處諸緣伏劈破傍門見月明
第三十八回嬰兒問母知邪正金木參玄見假眞
第四十回嬰兒戲化禪心亂猿馬刀歸木馬空
第四十一回心猿遭火敗木母被魔擒
第四十四回法身元運逢車力心正妖邪度脊關
第四十六回外道弄強欺正法心猿顯聖滅諸邪

第五十回情亂性從因愛欲神昏心動遇魔頭
第五十一回心猿空用千般計水火無功難煉魔
第五十五回色邪淫戲唐三藏性正修持不壞身
第五十六回神狂誅草寇道昧放心猿
第五十八回二心攪亂大乾坤一體難修眞寂滅
第六十二回滌垢洗心惟掃塔縛魔歸正乃修身
第七十三回情因舊恨生災毒心主遭魔幸破光
第七十五回心猿鑽透陰陽竅魔王還歸大道眞
第七十六回心神居舍魔歸性木母同降怪體眞
第七十七回群魔欺本性一體拜眞如
第八十三回心猿識得丹頭姹女還歸本性
第八十四回難滅伽持圓大覺法王成正體天然
第九十七回金酬外護遭魔蟄聖顯幽魂救本原
第九十八回猿熟馬馴方脱殼功成行滿見眞如
第九十九回九九數完魔滅盡三三行滿道歸根

爲什麼不僅一般讀者，即使像魯迅、胡適這樣的大學者也會看不懂以上的回目？因爲這二十七個回目表達了身心修煉的深奧方法、原則和原理。作者在本回中的故事，體現了回目中表達的意思。練過氣功並對氣功原理有所了解的讀者，尤其是讀懂道教經典的學者，就懂得這些回目的含義。一般讀者只要知道這些回目的大致意思是一個人要保持內心的寧靜，對吃喝玩樂和男女情事，對錢財和所有世俗追求的欲望，要聽其自然，要適可而止，不要有過分的欲望，保持心態平衡，就能健康長壽。隔行如隔山，魯迅、胡適看不懂《西遊記》是可以理解的，但是他們及其繼承者以西方現代科學主義爲唯一標準，以此抹殺中國神秘文化的偉大遺產的存在和價值，從而自以爲是地堅決否認《西遊記》的三教合一和崇尚修煉的主題，否認自己不懂的學問的存在和價值，這種態度本身是違背科學的實事求是研究方法的，我們要引以爲戒。

又，參見附錄一《中國小說的歷史的變遷》第五講解讀。

第十八篇　明之神魔小說（下）

《封神傳》一百回，今本不題撰人。梁章鉅（《浪跡續談》六）[1]云，「林樾亭（案名喬蔭）先生嘗與余談，《封神傳》一書是前明一名宿所撰，意欲與《西遊記》、《水滸傳》鼎立而三，因偶讀《尚書．武成篇》『唯爾有神尚克相予』語，衍成此傳。其封神事則隱據《六韜》（《舊唐書．禮儀志》引），《陰謀》[2]（《太平御覽》引），《史記．封禪書》，《唐書．禮儀志》各書，鋪張俶詭，非盡無本也。」然名宿之名未言。日本藏明刻本，乃題許仲琳編[3]（《內閣文庫圖書第二部漢書目錄》），今未見其序，無以確定爲何時作，但張無咎作《平妖傳》序，已及《封神》，[4]是殆成於隆慶萬曆間（十六世紀後半）矣。書之開篇詩有云，「商、周演義古今傳」，似志在於演史，而侈談神怪，什九虛造，實不過假商周之爭，自寫幻想，較《水滸》固失之架空，方《西遊》又遜其雄肆，故迄今未有以鼎足視之者也。

《史記．封禪書》云，「八神將，太公以來作之。」[5]《六韜．金匱》[6]中亦間記太公神術；妲己爲狐精，則見於唐李瀚《蒙求》注，[7]是商周神異之談，由來舊矣。然「封神」亦明代巷語，見《眞武傳》，不必定本於《尚書》。《封神傳》即始自受辛進香女媧宮，題詩黷神，神因命三妖惑紂以助周。第二至三十回則雜敘商紂暴虐，子牙隱顯，西伯脫禍，武成反商，以成殷周交戰之局。此後多說戰爭，神佛錯出，助周者爲闡教即道釋，助殷者爲截教。截教不知所謂，錢靜方（《小說叢攷》上[8]）以爲《周書．克殷篇》有云，「武王遂征四方，凡憝國九十有九國，馘魔億有十萬七千七百七十有九，俘人三億萬有二百三十。」（案此文在《世俘篇》，錢偶誤記）魔與人分別言之，作者遂由此生發爲截教。然「摩羅」梵語，周代未翻，《世俘篇》之魔字又或作磨，當是誤字，所未詳也。其戰各逞道術，互有死傷。而截教終敗。於是以紂王自焚，周武入殷，子牙歸國封神，武王分封列國終。封國以報功臣，封神以妥功鬼，而人神之死，則委之於劫數。其間時出佛名，偶說名教，混合三教，略如《西遊》，然其根柢，則方士之見而已。在諸戰事中，惟截教之通天教主設萬仙陣，闡教群仙合破之，爲最烈：

話說老子與元始衝入萬仙陣內，將通天教主裹住。金靈聖母被三大士圍在當中，……用玉如意招架三大士多時，不覺把頂上金冠落在塵埃，將頭髮散了。這聖母披髮大戰，正戰之間，遇著燃燈道人，祭起定海珠打來，正中頂門。可憐！正是：

封神正位爲星首，北闕香煙萬載存。

燃燈將定海珠把金靈聖母打死。廣成子祭起誅仙劍，赤精子祭起戮仙劍，道行天尊祭起陷仙劍，玉鼎眞人祭起絕仙劍，數道黑氣沖空，將萬仙陣罩住。凡封神臺上有名者，就如砍瓜切菜一般。俱遭殺戮。子牙祭起打神鞭，任意施爲。萬仙陣中，又被楊任用五火扇搧起烈火千丈。黑煙迷空……哪吒現三首八臂，往來衝突……通天教主見萬仙受此屠戮，心中大怒，急呼曰，「長耳定光仙快取六魂旛來！」定光仙因見接引道人白蓮裹體，舍利現光；又見十二代弟子玄都門人俱有瓔珞金燈，光華罩體，知道他們出身清正，截教畢竟差訛。他將六魂旛收起，輕輕的走出萬仙陣，逕往蘆蓬下隱匿。正是：

根深原是西方客，躲在蘆蓬獻寶旛。

話說通天教主……無心戀戰，……欲要退後，又恐教下門人笑話，只得勉強相持。又被老子打了一拐，通天教主著了急，祭起紫電鎚來打老子。老子笑曰，「此物怎能近我？」只見頂上現出玲瓏寶塔；此鎚焉能下來？……只見二十八宿星官已殺得看看殆盡；止邱引見勢不好了，借土遁就走。被陸壓看見，惟恐追不及，急縱至空中，將葫蘆揭開，放出一道白光，上有一物飛出；陸壓打一躬，命「寶貝轉身」，可憐邱引，頭已落地……且說接引道人在萬仙陣內將乾坤袋打開，盡收那三千紅氣之客。有緣往極樂之鄉者，俱收入此袋內。準提同孔雀明王在陣中現二十四頭，十八隻手，執定瓔絡、傘蓋、花貫、魚腸、金弓、銀戟、白鉞、旛、幢，加持神杵、寶銼、銀瓶等物，來戰通天教主。通天教主看見准提，頓起三昧眞火，大罵曰，「好潑道！焉敢欺吾太甚，又來攪吾此陣也！」縱奎牛衝來，仗劍直取，准提將七寶妙樹架開。正是：

西方極樂無窮法，俱是蓮花一化身。（第八十四回）

《三寶太監西洋記通俗演義》亦一百回，題「二南里人編次」。前有萬曆丁酉（一五九七）菊秋之吉羅懋登[9]敘，羅即撰人。書敘永樂中太監鄭和和王景宏[10]服外夷三十九國，咸使朝貢事。鄭和者，《明史》（三百四《宦官傳》）云，「雲南人，世所謂三保太監者也。永樂三年，命和及其儕王景宏等通使西洋，將士卒二萬七千八百餘人，多齎金帛，造大舶，……自蘇州劉家河泛海至福建，復自福建五虎門揚帆，首達占城，以次遍歷諸國，宣天子詔，因給賜其君長，不服則以武懾之。先後七奉使，所歷凡三十餘國，所取無名寶物不可勝計，而中國耗費亦不貲。自和後，凡將命海表者，莫不盛稱和以誇外蕃，故俗傳『三保太監下西洋』爲明初盛事云。」蓋鄭和之在明代，名聲赫然，爲世人所樂道，而嘉靖以後，倭患甚殷，民間傷今之弱，又爲故事所囿，遂不思將帥而思黃門，集俚俗傳聞以成此作，故自序云，「今者東事倥傯，何如西戎即序，不得比西戎即序，何可令王鄭二公見」也。惟書則侈談怪異，專尚荒唐，頗與序言之慷慨不相應，其第一至七回爲碧峰長老下生，出家及降魔之事；第八至十四回爲碧峰與張天師鬬法之事；第十五回以下則鄭和掛印，招兵西征，天師及碧峰助之，斬除妖孽，諸國入貢，鄭和建祠之事也。所述戰事，雜竊《西遊記》、《封神傳》，而文詞不工，更增支蔓，特頗有里巷傳說，如「五鬼鬧判」、「五鼠鬧東京」故事，皆於此可考見，則亦其所長矣。五鼠事似脫胎於《西遊記》二心之爭；五鬼事記外夷與明戰後，國殤在冥中受讞，多獲惡報，遂大哄，縱擊判官，其往復辯難之詞如下：

……五鬼道，「縱不是受私賣法，卻是查理不清。」閻羅王道，「那一個查理不清？你說來我聽著。」劈頭就是姜老星說道，「小的是金蓮象國一個總兵官，爲國忘家，臣子之職，怎麼又說道我該送罰惡分司去？以此說來，卻不是錯爲國家出力了麼？」崔判官道，「國家苦無大難，怎叫做爲國家出力？」姜老星道，「南人寶船千號，戰將千員，雄兵百萬，勢如累卵之危，還說是國家苦無大難？」崔判官道，「南人何曾滅人社稷，吞人土地，貪人財貨，怎見得勢如累卵之危？」姜老星道，「既是國勢不危，我怎肯殺人無厭？」判官道，「南人之來，不過一紙降書，便自足矣，他何曾威逼於人，都是你們偏然強戰，這不是殺人無厭麼？」咬海干道，「判官大王差矣。我爪哇國五百名魚眼軍一刀兩段，三千名步卒煮做一鍋，這也是我們強戰麼？」判官道，「都是你們自取的。」圓眼帖木兒說道，「我們一個人劈作四架，這也是我們強戰麼？」判官道，「也是你們自取的。」盤龍三太子說道，「我舉刀自刎，豈不是他的威逼麼？」判官道，「也是你們自取的。」百里雁說道，「我們燒做一個柴頭鬼兒，豈不是他的威逼麼？」判官道，「也是你們自取的。」五個鬼一齊吆喝起來。說道，「你說什麼自取？自古道『殺人的償命，欠債的還錢』，他枉刀殺了我們，你怎麼替他們曲斷？」判官道，「我這裏執法無私，怎叫做曲斷？」五鬼說道，「既是執法無私，怎麼不斷他填還我們人命？」判官道，「不該填還你們！」五鬼說道，「但只『不該』兩個字，就是私弊。」這五個鬼人多口多，亂吆亂喝，嚷做一馱，鬧做一塊。判官看見他們來得兇，也沒奈何，只得站起來喝聲道，「哇，甚麼人敢在這裏胡說！我有私，我這管筆可是容私的？」五個鬼齊齊的走上前去，照手一搶，把管筆奪將下來，說道，「鐵筆無私。你這蜘蛛鬚兒扎的筆，牙齒縫裡都是私（絲），敢說得個不容私？」……（第九十回〈靈曜府五鬼鬧判〉）

《西遊補》十六回，天目山樵[11]序云南潛作；南潛者，烏程董說出家後之法名也。說字若雨，生於萬曆庚申（一六二〇），幼即穎悟，自願先誦《圓覺經》，次乃讀四書及五經，十歲能文，十三入泮，逮見中原「流寇」

之亂，遂絕意進取。明亡，祝髮於靈岩，名曰南潛，號月函，其他別字尚甚夥，三十餘年不履城市，惟友漁樵，世推爲佛門尊宿，有《上堂晚參唱酬語錄》[12]（鈕琇《觚賸續編》之江抱陽生《甲申朝事小記》），及《豐草庵雜著》十種詩文集若干卷。《西遊補》云以入「三調芭蕉扇」之後，敘悟空化齋，爲鯖魚精所迷，漸入夢境，擬尋秦始皇借驅山鐸，驅火焰山，徘徊之間，進萬鏡樓，乃大顛倒，或見過去，或求未來，忽化美人，忽化閻羅，得虛空主人一呼，始離夢境，知鯖魚本與悟空同時出世，住於「幻部」，自號「青青世界」，一切境界，皆彼所造，而實無有，即「行者情」，故「悟通大道，必先空破情根，破情根必先走入情內，走入情內見得世界情根之虛，然後走出情外認得道根之實」（本書卷首〈答問〉）。其云鯖魚精，云青青世界，云小月王者，即皆謂情矣。或以中有「殺青大將軍」、「倒置曆日」諸語，因謂是鼎革之後，所寓微言，然全書實於譏彈明季世風之意多，於宗社之痛之跡少，因疑成書之日，尚當在明亡以前，[13]故但有邊事之憂，亦未入釋家之奧，主眼所在，僅如時流，謂行者有三個師父，一是祖師，二是唐僧，三是穆王（岳飛），「湊成三教全身」（第九回）而已。惟其造事遣辭，則豐贍多姿，恍忽善幻，奇突之處，時足驚人，間以俳諧，亦常俊絕，殊非同時作手所敢望也。

> 行者（時化爲虞美人與綠珠輩醼後辭出）即時現出原身，抬頭看看，原來正是女媧門前。行者大喜道，「我家的天，被小月王差一班踏空使者砰砰鑿開，昨日反抱罪名在我身上。……聞得女媧久慣補天，我今日竟央女媧替我補好，方纔哭上靈霄，洗個明白，這機會甚妙。」走近門邊細細觀看，只見兩扇黑漆門緊閉。門上貼一紙頭，寫著「二十日到軒轅家閒話，十日乃歸，有慢尊客，先此布罪」。行者看罷，回頭就走，耳朵中只聽得雞唱三聲，天已將明，走了數百萬里，秦始皇只是不見。（第五回）
>
> 忽見一個黑人坐在高閣之上，行者笑道，「古人世界也有賊哩，滿面途了烏煤在此示眾。」走了幾步，又道，「不是逆賊。原來倒是張飛廟。」又想想道，「既是張飛廟，該帶一頂包巾。……帶了皇帝帽，又是玄色面孔，此人決是大禹玄帝。我便上前見他。討些治妖斬魔祕訣，我也不消尋著秦始皇了。」看看

走到面前，只見臺下立一石竿，竿上插一首飛白旗，旗上寫六個紫色字：

「先漢名士項羽。」

行者看罷，大笑一場，道，「眞個是『事未來時休去想，想來到底不如心』。老孫疑來疑去，……誰想一些不是，倒是我綠珠樓上的遙丈夫。」當時又轉一念道，「哎喲，吾老孫專爲尋秦始皇，替他借個驅山鐸子，所以鑽入古人世界來，楚伯王在他後頭，如今已見了，他卻爲何不見？我有一個道理：逕到臺上見了項羽，把始皇消息問他，倒是個著腳信。」行者即時跳起細看，只見高閣之下，……坐著一個美人，耳朵邊只聽得叫「虞美人虞美人」……行者登時把身子一搖，仍前變做美人模樣，竟上高閣，袖中取出一尺冰羅，不住的掩淚，單單露出半面，望著項羽，似怨似怒。項羽大驚，慌忙跪下，行者背轉，項羽又飛趨跪在行者面前，叫「美人，可憐你枕席之人，聊開笑面」。行者也不做聲；項羽無奈，只得陪哭。行者方纔紅著桃花臉兒，指著項羽道，「頑賊！你爲赫赫將軍，不能庇一女子，有何顏面坐此高臺？」項羽只是哭，也不敢答應。行者微露不忍之態，用手扶起道，「常言道，『男兒兩膝有黃金。』你今後不可亂跪！」……（第六回）

注釋

【1】梁章鉅（一七七五—一八四九）：字閎中，晚號退庵，清長樂（今屬福建）人，近代文學家。嘉慶七年（一八〇二）進士，官至江蘇巡撫。《清史列傳》卷三八有傳。撰有《歸田瑣記》、《浪跡叢談》、《浪跡續談》、《浪跡三談》等。《浪跡續談》，八卷，記述異聞逸事、名勝古蹟。兼及戲劇小說。

【2】《六韜》：相傳為周代呂尚撰。呂尚，俗稱姜太公，西周開國大臣。《舊唐書．禮儀志》引《六韜》云：「武王伐紂，雪深丈餘。五車二馬，行無轍跡，詣營求謁。武王怪而問焉，太公對曰：『此必五方之神，來受事耳。』遂以其名召入，各以其職命焉。既而克殷，風調雨順。」《陰謀》，全名《太公陰謀書》，相傳亦為周代呂尚撰。（按：《太平御覽》十二有關「太公封神」的引文出自《金匱》，不是《陰謀》。）

【3】許仲琳：號鍾山逸叟，明應天府（今江蘇南京）人，約生活於嘉靖、隆慶間，生平不詳。按明萬曆金閶舒載陽《封神演義》刻本（日本內閣文庫藏本）卷首李雲翔序云：「舒仲甫自楚中重資購有鍾伯敬先生批閱《封神》一冊，尚未竟其業，乃託余終其事。」然卷二首頁署「鍾山逸叟許仲琳編輯」。一般認為《封神演義》為許仲琳編著。李雲翔改定評次《傳奇彙考》則說作者為明陸西星。

【4】《平妖傳》序：張無咎於崇禎年間重訂《平妖傳》，所撰序文中說：「至《續三國志》、《封神演義》等，如病人囈語，一味胡談。」

【5】「八神將，太公以來作之」：係據梁章鉅《歸田瑣記》卷七所引。《史記．封禪書》原文作「八神將自古而有之，或曰太公以來作之」。

【6】《金匱》：相傳為周代呂尚撰，古代兵書。《隋書．經籍志》著錄二卷。

【7】李瀚：唐末萬年（今陝西西安）人，仕後晉為翰林學士。所撰《蒙求》，二卷，有宋徐子光集注。妲己為狐精，不見徐子光注本。

【8】錢靜方：別號泖東一蟹，近代青浦（今屬上海）人。所撰《小說叢考》，一九一六年商務印書館出版。

【9】羅懋登：字登之，別號二南里人，陝西人（據《曲海總目提要》），生活於明萬曆年間。小說家、戲曲家。著有《三寶太監西洋記通俗演義》、戲曲傳奇《香山記》，《投筆記》注釋和《西廂記》、《拜月亭》、《琵琶記》音釋。

【10】鄭和（一三七一或一三七五—一四三五）：本姓馬，小字三保（一作寶），回族，明雲南昆陽（今晉寧）人。宦官，從燕王起兵，賜姓鄭，升為內官監太監。自永樂三年（一四〇五）起，至宣德八年（一四三三），曾七次出國通使「西洋」，先後經歷三十餘國，最遠曾航達非洲東岸和紅海海口。

王景宏，即王景弘，明宦官。曾多次任鄭和副使，出使「西洋」。宣德五年（一四三〇）奉使忽魯謨斯等十七國，九年（一四三四）出使蘇門答臘，相傳他死於南洋爪哇。

【11】天目山樵：即張文虎（一八〇八—一八八五），字孟彪，一字嘯山，別號天目山樵，清江蘇南匯（今屬上海，近年已併入浦東新區）人。近代詩文家、學者。生平事蹟見《清史列傳》卷七三、《清史稿》卷四八一、繆荃孫〈張先生墓誌銘〉。曾評述《儒林外史》。

【12】《上堂晚參唱酬語錄》：《光緒烏程縣誌》卷三十一著錄董說著作甚多，但未提此書。魯迅《小說舊聞鈔》錄抱陽生《甲申朝事小紀》作《上堂晚參唱酬語錄》，係董說出家後所撰。下文《豐草庵雜著》十種，據《光緒烏程縣誌》卷三十一載，十種為：《昭陽夢史》（一名《夢鄉志》）、《非煙香法》、《柳谷編》、《河圖卦板》、《文字發》、《分野發》、《詩律表》、《漢鐃歌發》、《樂緯》及《掃葉錄》。又，近人劉承幹輯《吳興叢書》收有《豐草庵詩集》十一卷，《豐草庵文集》前集三卷、後集三卷，《寶雲詩集》七卷，《禪樂府》一卷。

【13】《西遊補》現存崇禎十四年（一六四一）嶷如居士序本，可證該書確撰於明亡以前。

解讀

本篇介紹許仲琳《封神傳》、羅懋登《三寶太監西洋記》和董說《西遊補》這三部比較重要的神魔小說。《封神傳》又稱《封神演義》，可以說是世界上最早的長篇科幻小說。

此書又名《封神榜》、《商周列國志》，作者據商周鬥爭史實的大概，參考前已產生之《武王伐紂平話》等書，融合神話、野史、逸聞、佛道故事和民間傳說，舒展自己豐富而奇特的想像力，創作成書。商末周初，佛教遠未傳入中國，道教也遠未產生，書中有關兩教高人大德的描寫，皆爲藝術虛構。儒家當時也未產生，但此書歌頌武王伐紂是弔民伐罪的正義事業，提出「天下者非一人之天下，乃天下人之天下也」的觀點，實則重申孔孟的正確政治、歷史觀點，又帶有晚明思想解放思潮的進步思想傾向。又因其想像豐富奇特，藝術性高，成爲幾百年來流行不衰的一部文學名著，影響很大，海派京劇的連臺本戲《封神榜》曾經長演不衰。有興趣的讀者，可以參看拙著《神秘與浪漫——文學名著中的氣功與特異功能》上編第五章「《封神演義》：特異功能與戰爭描寫之結合」。

鄭和下西洋是中國和世界史上了不起的一件大事，《三寶太監下西洋》的作者描寫這件大事是非常有眼光的，可惜他不是偉大的文學家，未能用形象生動深刻的如椽巨筆給以完美的藝術表現。此書的水平一般，鄭和及其一行的偉大功勳的具體表現和生動事蹟就只能付之闕如，無人再知了。

第十九篇　明之人情小說（上）

當神魔小說盛行時，記人事者亦突起，其取材猶宋市人小說之「銀字兒」，大率爲離合悲歡及發跡變態之事，間雜因果報應，而不甚言靈怪，又緣描摹世態，見其炎涼，故或亦謂之「世情書」也。

諸「世情書」中，《金瓶梅》[1]最有名。初惟鈔本流傳，袁宏道見數卷，即以配《水滸傳》爲「外典」（《觴政》，）[2]故聲譽頓盛；世又益以《西遊記》，稱三大奇書。[3]萬曆庚戌（一六一〇），吳中始有刻本，計一百回，其五十三至五十七回原闕，刻時所補也（見《野獲編》二十五）。作者不知何人，沈德符云是嘉靖間大名士（亦見《野獲編》），世因以擬太倉王世貞，或云其門人（康熙乙亥謝頤序云）。[4]由此復生讕言，謂世貞造作此書，乃置毒於紙，以殺其仇嚴世蕃，或云唐順之者，[5]故清康熙中彭城張竹坡評刻本，遂有《苦孝說》冠其首。[6]

《金瓶梅》全書假《水滸傳》之西門慶爲線索，謂慶號四泉，清河人。「不甚讀書，終日閒游浪蕩」，有一妻三妾，又交「幫閒抹嘴不守本分的人」，結爲十弟兄，復悅潘金蓮，酖其夫武大，納以爲妾，武松來報讎，尋之不獲，誤殺李外傳，刺配孟州。而西門慶故無恙，於是日益放恣，通金蓮婢春梅，復私李瓶兒，亦納爲妾，「又得兩三場橫財，家道營盛」。已而李瓶兒生子；慶則因賂蔡京得金吾衛副千戶，乃愈肆，求藥縱慾受賕枉法無不爲。然潘金蓮妒李有子，屢設計使受驚，子終以瘈瘲死；李痛子亦亡。潘則力媚西門慶，慶一夕飲藥逾量，亦暴死。金蓮春梅復通於慶婿陳敬濟，事發被斥賣，金蓮遂出居王婆家待嫁，而武松適遇赦歸，因見殺；春梅則賣爲周守備妾，有寵，又生子，竟冊爲夫人。會孫雪娥以遇拐復獲發官賣，春梅憾其嘗「唆打陳敬濟」，則買而折辱之，旋賣於酒家爲娼；又稱敬濟爲弟，羅致府中，仍與通。已而守備征宋江有功，擢濟南兵馬制置，敬濟亦列名軍門，升爲參謀。後金人入寇，守備陣亡，春梅夙通其前妻之子，因亦以淫縱暴卒。比金兵將至清河，慶妻攜其遺腹子孝哥欲奔濟南，途遇普淨和尚，引至永福寺，以因果現夢化之，孝哥遂出家，法名明悟。

作者之於世情，蓋誠極洞達，凡所形容，或條暢，或曲折，或刻露而盡相，或幽伏而含譏，或一時並寫兩面，使之相形，變幻之情，隨在顯見，同時說部，無以上之，故世以爲非王世貞不能作。至謂此書之作，專以寫市井間淫夫蕩婦，則與本文殊不符，緣西門慶故稱世家，為搢紳，不惟交通權貴，即士類亦與周旋，著此一家，即罵盡諸色，蓋非獨描摹下流言行，加以筆伐而已。

……婦人（潘金蓮）道，「怪奴才，可哥兒的來，想起一件事來，我要說又忘了。」因令春梅，「你取那只鞋來與他瞧。你認得這鞋是誰的鞋？」西門慶道，「我不知是誰的鞋。」婦人道，「你看他還打張雞兒哩。瞞著我黃貓黑尾，你幹的好繭兒。來旺媳婦子的一隻臭蹄子，寶上珠也一般收藏在藏春塢雪洞兒裡拜帖匣子內，攪著些字紙和香兒，一處放著。什麼罕稀物件，也不當家化化的，怪不得那賊淫婦死了墮阿鼻地獄。」又指著秋菊罵道，「這奴才當我的鞋，又翻出來，教我打了幾下。」吩咐春梅，「趁早與我掠出去。」春梅把鞋掠在地下，看著秋菊說道，「賞與你穿了罷。」那秋菊拾著鞋兒說道，「娘這個鞋，只好盛我一個腳指頭兒罷。」那婦人罵道，「賊奴才，還叫什麼□娘哩。他是你家主子前世的娘！不然，怎的把他的鞋這等收藏的嬌貴？到明日好傳代。沒廉恥的貨！」秋菊拿著鞋就往外走，被婦人又叫回來，吩咐「取刀來，等我把淫婦鞋剁作幾截子，掠到茅廁裡去。叫賊淫婦陰山背後永世不得超生」。因向西門慶道，「你看著越心疼，我越發偏砍個樣兒你瞧。」西門慶笑道，「怪奴才，丟開手罷了，我哪裏有這個心。」……（第二十八回）

……掌燈時分，蔡御史便說，「深擾一日，酒告止了罷。」因起身出席。左右便欲掌燈，西門慶道，「且休掌燈。請老先生後邊更衣。」於是……讓至翡翠軒，……關上角門，只見兩個唱的，盛妝打扮，立於階下，向前插燭也似磕了四個頭……蔡御史看見，欲進不能，欲退不捨，便說道，「四泉，你如何這等愛厚？恐使不得。」西門慶笑道，「與昔日東山之遊，又何異乎？」蔡御史道，「恐我不如安石之才，而君有王右軍之高致矣。」……因進入軒內，見文物依然，因索紙筆，就欲留題相贈。西門慶即令書童將端溪硯研的墨濃濃的，拂下錦箋。這蔡御史終是狀元之才。拈筆在手，文不加點，字走龍蛇，燈下一揮而就，

作詩一首。……（第四十九回）

明小說之宣揚穢德者，人物每有所指，蓋藉文字以報夙讎，而其是非，則殊難揣測。沈德符謂《金瓶梅》亦斥時事，「蔡京父子則指分宜，林靈素則指陶仲文，朱則指陸炳，[7]其他亦各有所屬。」則主要如西門慶，自當別有主名，即開篇所謂「有一處人家，先前怎地富貴。到後來煞甚淒涼，權謀術智，一毫也用不著，親友兄弟，一個也靠不著，享不過幾年的榮華，倒做了許多的話靶。內中又有幾個鬭寵爭強迎姦賣俏的，起先好不妖嬈嫵媚，到後來也免不得屍橫燈影，血染空房」（第一回）者是矣。結末稍進，用釋家言，謂西門慶遺腹子孝哥方睡在永福寺，方丈普淨引其母及眾往，指以禪杖，孝哥「翻過身來，卻是西門慶，項帶沉枷，腰繫鐵索。復用禪杖只一點，依舊還是孝哥兒睡在床上。……原來孝哥兒即是西門慶託生」（第一百回）。此之事狀，固若瑋奇，然亦第謂種業留遺，累世如一，出離之道，惟在「明悟」而已。若云孝子銜酷，用此復讎，雖奇謀至行，足爲此書生色，而證佐蓋闕，不能信也。

故就文辭與意象以觀《金瓶梅》，則不外描寫世情，盡其情僞，又緣衰世，萬事不綱，爰發苦言，每極峻急，然亦時涉隱曲，猥黷者多。後或略其他文，專注此點，因予惡諡，謂之「淫書」；而在當時，實亦時尚。成化時，方士李孜僧繼曉已以獻房中術驟貴，至嘉靖間而陶仲文以進紅鉛得倖於世宗，官至特進光祿大夫柱國少師少傅少保禮部尚書恭誠伯。於是頹風漸及士流，都御史盛端明布政使參議顧可學[8]皆以進士起家，而俱藉「秋石方」致大位。瞬息顯榮，世俗所企羨，僥倖者多竭智力以求奇方，世間乃漸不以縱談閨幃方藥之事爲恥。風氣既變，並及文林，故自方士進用以來，方藥盛，妖心興，而小說亦多神魔之談，且每敘床笫之事也。

然《金瓶梅》作者能文，故雖間雜猥詞，而其他佳處自在，至於末流，則著意所寫，專在性交，又越常情，如有狂疾，惟《肉蒲團》意想頗似李漁，[9]較爲出類而已。其尤下者則意欲媟語，而未能文，乃作小書，刊布於世，中經禁斷，今多不傳。

萬曆時又有名《玉嬌李》[10]者，云亦出《金瓶梅》作者之手。袁宏道曾聞大略，謂「與前書各設報應因果，武大後世化爲淫夫，上烝下報；潘金蓮亦作河間婦，終以極刑；西門慶則一騃憨男子，坐視妻妾外遇，以見輪迴不爽」。後沈德符見首卷，以爲「穢黷百端，背倫蔑理，……其帝則稱完顏大定，而貴溪（夏言）[11]分宜（嚴嵩）相構，亦暗寓焉。至嘉靖辛丑庶常諸公，則直書姓名，尤可駭怪。……然筆鋒恣橫酣暢，似尤勝《金瓶梅》」（皆見《野獲編》二十五）。今其書已佚，雖或偶有見者，而文章事蹟，皆與袁沈之言不類，蓋後人影撰，非當時所見本也。

《續金瓶梅》前後集共六十四回，題「紫陽道人編」。自言東漢時遼東三韓有仙人丁令威；後五百年而臨安西湖有仙人丁野鶴，臨化遺言「說『五百年後又有一人名丁野鶴，是我後身，來此相訪』。後至明末，果有東海一人，名姓相同，來此罷官而去，自稱紫陽道人。」（六十二回）卷首有《太上感應篇陰陽無字解》，署「魯諸邑丁耀亢參解」，[12]序有云，「自姦杞焚予《天史》於南部，海桑既變，不復講因果事，今見聖天子欽頒《感應篇》，自製御序，戒諭臣工。」則《續金瓶梅》當成於清初，而丁耀亢即其撰人矣。耀亢字西生，號野鶴，山東諸城人，弱冠爲諸生，走江南與諸名士聯文社，既歸，鬱鬱不得志，作《天史》十卷。清順治四年入京，由順天籍拔貢，充鑲白旗教習，詩名甚盛。後爲容城教諭，遷惠安知縣，不赴，六十後病目，自稱木雞道人，年七十二卒（約一六二〇——一六九一），所著有詩集十餘卷，傳奇四種（乾隆《諸城志》十三及三六[13]）。《天史》者，類歷代吉凶諸事而成，焚於南都，未詳其實，《諸城志》但云「以獻益都鍾羽正，[14]羽正奇之」而已。

《續金瓶梅》主意殊單簡，前集謂普淨是地藏菩薩化身，一日施食，以輪迴大簿指點眾鬼，俾知將來惡報，後悉如言。西門慶爲汴京富室沈越子，名曰金哥，越之妻弟袁指揮居對門，有女常姐，則李瓶兒後身，嘗在沈氏宅打秋千，爲李師師所見，豔其美，矯旨取之，改名銀瓶。金人陷汴，民眾流離，金哥遂淪爲乞丐；銀瓶則爲娼，通鄭玉卿，後嫁爲翟員外妾，又與鄭偕遁至揚州，爲苗青所賺，乃自經死。後集則敘東京孔千戶女名梅玉者，以豔羨富貴，自甘爲金人金哈木兒妾，而大婦「凶妒」，篡取虐使之，梅玉欲自裁，因夢自知是春梅後身，大婦則孫雪娥再世，遂長齋念佛，不生嗔恨，竟得脫離。至潘金蓮則轉生爲山東黎指揮女，名金桂，夫曰劉瘸子，其前生實爲陳敬濟，以夙業故，體貌不全，金桂怨憤，因招妖蠱，又緣受驚，終成痼疾也。

餘文俱述他人牽纏孽報，而以國家大事，穿插其間，又雜引佛典道經儒理，詳加解釋，動輒數百言，顧什九以《感應篇》爲歸宿，所謂「要說佛說道說理學，先從因果說起，因果無憑，又從《金瓶梅》說起」（第一回）也。明之「淫書」作者，本好以闡明因果自解，至於此書，則因見「只有夫婦一倫，變故極多，……造出許多冤業，世世償還，眞是愛河自溺，慾火自煎，一部《金瓶梅》說了個色字，一部《續金瓶梅》說了個空字，從色還空，即空是色，乃自果報，轉入佛法」（四十三回）矣。然所謂佛法，復甚不純，仍溷儒道，與神魔小說諸作家意想無甚異，惟似較重力行，又欲無所執著，故亦頗譏當時空談三教一致及妄分三教等差者之弊，如述李師師舊宅收沒入官，立爲大覺尼寺，儒道又出而紛爭，即其例也：

……這裏大覺寺興隆佛事不題。後因天壇道官並閭學生員爭這塊地，上司斷決不開，各在兀朮亡太子營裏上了一本，說道，「這李師師府地寬大，僧妓雜居，單給尼姑蓋寺，恐久生事端，宜作公所。其後半花園，應分割一半，作三教堂，爲儒釋道三教講堂。」王爺准了，才息了三處爭訟。那道官見自己不獨得，又是三分四裂的，不來照管。這開封府秀才吳蹈理、卜守分兩個無恥生員，借此爲名，也就貼了公帖，每人三錢，倒斂了三四百兩分資。不日蓋起三間大殿，原是釋迦佛居中，老子居左，孔子居右，只因不肯倒了自家門面，便把孔夫子居中，佛、老分爲左右，以見貶黜異端外道的意思。把那園中臺榭池塘，和那兩間粧閣，當日銀瓶做過臥房的，改作書房。……這些風流秀士，有趣文人，和那浮浪子弟們，也不講禪，也不講道，每日在三教堂飲酒賦詩，倒講了個色字，好個快活所在。題曰三空書院，無非說三教俱空之意。……（第三十七回上〈三教堂青樓成淨土〉）

又有《隔簾花影》四十八回，[15]世亦以爲《金瓶梅》後本，而實乃改易《續金瓶梅》中人名（如以西門慶爲南宮吉之類）及回目，並刪略其絮說因果語而成，書末不完，蓋將續作，然未出。一名《三世報》，殆包舉將來擬續之事；或併以武大被酖，亦爲夙業，合數之得三世也。

注釋

[1]《金瓶梅》：蘭陵笑笑生撰，真實姓名不詳，蘭陵在今山東嶧縣。《金瓶梅詞話》廿公跋稱「為世廟一巨公寓言」，沈德符《萬曆野獲編》稱「聞此為嘉靖間大名士手筆」。魯迅《中國小說史略日本譯本序》中曾說：「《金瓶梅詞話》被發見於北平，為通行至今的同書的祖本，文章雖比現行本粗率，對話卻全用山東的方言所寫，確切的證明了這絕非江蘇人王世貞所作的書。」但近年來有學者重申王世貞說。

[2] 稱《金瓶梅》為「外典」：袁宏道《觴政．掌故》以酒譜、酒令為「內典」，史傳、詩賦為「外典」，「傳奇則《水滸傳》、《金瓶梅》等為逸典」。沈德符《萬曆野獲編》卷二十五：「袁中郎《觴政》以《金瓶梅》配《水滸傳》為外典，予恨未得見，」誤以「逸典」為「外典」，魯迅此處沿用《萬曆野獲編》之說。

[3] 三大奇書：是西湖釣叟《續金瓶梅序》中的說法：「今天下小說如林，獨推三大奇書：曰《水滸》、曰《西遊》、曰《金瓶梅》。」更通行的是以上三書加上《三國演義》的「四大奇書」說。

[4] 關於《金瓶梅》作者，說法多種。沈德符《野獲編》卷二十五云：「聞此為嘉靖間大名士手筆」。《寒花盦（同「庵」）隨筆》云：「世傳《金瓶梅》一書，為王弇州先生手筆。」清顧公燮《消夏閑記摘抄》亦云撰者係「（王）忬子鳳洲」。張竹坡評本《金瓶梅》謝頤序則云：「《金瓶》一書，傳為鳳洲門人之作也，或云即鳳洲作。」王世貞（一五二六－一五九〇），字元美，號鳳洲，又號弇州山人，明太倉（今屬江蘇）人。嘉靖二十六年（一五四七）進士，官至南京刑部尚書。《明史》卷二八七、《國朝獻徵錄》卷四五有傳。撰有《弇州山人四部稿》、《續稿》等。

【5】關於王世貞撰書「以殺其仇」，傳說不一。顧公燮《消夏閑記摘抄》謂王忬家藏《清明上河圖》，「嚴世蕃強索之，忬不忍舍，乃覓名手摹贗者以獻。」世蕃知後害之。「忬子鳳洲痛父冤死，圖報無由，」遂撰《金瓶梅》以獻。鳳洲重賄修腳工於世蕃專心閱書時微傷其腳，「陰擦爛藥，後漸潰腐，不能入直」，嚴嵩亦年衰遲鈍，父子遂漸失寵以至於敗云云。《寒花盦隨筆》則云：「此書為一孝子所作，用以復其父仇者。蓋孝子所識一巨公，實殺孝子父，圖報累累皆不濟。後忽偵知巨公觀書時，必以指染沫翻其書葉。」孝子三年撰成此書，「黏毒藥於紙角，」巨公觀迄此書，「毒發遂死。」並云：「孝子即鳳洲也。巨公為唐荊川。鳳洲之父忬，死於嚴氏，實荊川譖之也。嚴世蕃（？－一五六五），號東樓，明江西分宜人。依父勢入仕，官至工部左侍郎。與其父嚴嵩操縱國事，作惡多年，後因仗勢納賄被劾，終被處死。

唐順之（一五〇七－一五六〇），字應德，號荊川，明武進（今屬江蘇）人，官至右僉都御史。撰有《荊川先生文集》等。

【6】張竹坡（一六七〇－一六九八）：名道深，字自德，號竹坡，清彭城銅山縣（今屬江蘇徐州）人。屢試不第，曾先後旅居揚州和蘇州。除評點《金瓶梅》外，還評點友人張潮的《幽夢影》。劉廷璣《在園雜誌》云：「深切人情世務，無如《金瓶梅》，真稱奇書。……彭城張竹坡為之先總大綱，次則逐卷逐段分注批點，可以繼武聖歎，是懲是勸，一目了然。惜其年不永，歿後將刊板抵償夙逋於汪蒼孚，舉火焚之，故海內傳者甚少。」《苦孝說》，張竹坡撰。謂《金瓶梅》撰者係一孝子，其親為仇所算，故有此作，文末有「作者之心，其有餘痛乎，則《金瓶梅》當名之曰《奇酸記》、《苦孝說》」等語。

【7】分宜：指嚴嵩（一四八〇－一五六五），明江西分宜人，字惟中，號介溪。弘治進士，授編修，嘉靖時官至首輔，著名奸臣，《明史．奸臣列傳》中有傳。陶仲文、陸炳，均嘉靖時的佞臣，《明史．佞幸列傳》中有傳。

【8】盛端明、顧可學：均嘉靖時的佞臣，《明史．佞幸列傳》中有傳。

【9】《肉蒲團》：又名《覺後禪》、《野叟奇語》等，六卷二十回，舊刻本題「情癡反正道人編次」，別題「情隱先生編次」，卷首有西陵如如居士序。劉廷璣《在園雜誌》謂係李漁所撰。李漁，參看本書第九篇注【22】。

【10】《玉嬌李》：亦作《玉嬌麗》，明無名氏撰，是《金瓶梅》最早的續書，已佚。沈德符《野獲編》卷二十五：「中郎又云，尚有名《玉嬌李》者，亦出此名士手，與前書各設報應因果。」本書介紹此書內容的引文乃俞樾《茶香室叢鈔》卷十七引沈德符《顧曲雜言》，蔣瑞藻於《小說考證》中自敘曾於其外舅何乃普家看到過此書，但內容與沈氏所記不同。

【11】貴溪：指夏言（一四八二－一五四八），字公謹，號桂州，明江西貴溪人。正德進士，嘉靖時官至武英殿大學士、首輔。後因力主收復河套，忤帝意，削職處死。生平事蹟見《明史・夏言傳》。

【12】《太上感應篇陰陽無字解》：丁耀亢撰。內容係參解《太上感應篇》主旨。《太上感應篇》，道教書名，《宋史・藝文志》著錄一卷，《道藏・太清部》著錄三十卷，題〈宋李昌齡傳〉。今本《道藏》第八三四－八三九冊，宣揚天道獎善懲惡的思想。

【13】關於丁耀亢的著作，據《乾隆諸城志》，有詩集《逍遙遊》一卷、《陸舫詩草》五卷、《椒邱詩》二卷、《江乾草》一卷、《歸山草》二卷、《聽山亭草》一卷。傳奇四種，指《西湖扇傳奇》、《化人遊傳奇》、《蚺蛇膽傳奇》、《赤松遊傳奇》。

【14】鍾羽正：字叔濂，明山東益都人。萬曆進士，官至工部尚書。撰有《崇雅堂集》、《青州風土記》。

【15】《隔簾花影》：章回小說，全稱《三世報隔簾花影》，故又名《三世報》，清無名氏撰，卷首有四橋居士序，或認為四橋居士就是本書的刪改者。四十八回。是丁耀亢《續金瓶梅》的刪改本。改換了原書中的主要人物的姓名，但基本情節照舊。《金瓶梅續書三種》（齊魯書社一九八八年版）收入此書。

解讀

《金瓶梅》是明代最重要的一部人情小說，與《三國演義》、《水滸傳》、《西遊記》並列爲「四大奇書」，是當之無愧的。但《金瓶梅》的作者是誰，至今沒有考證出來。明代的「四大奇書」，除《三國演義》之外，另外三部即《水滸傳》、《西遊記》和《金瓶梅》的作者都沒有定論或受到質疑。

魯迅在本篇中，對《金瓶梅》的藝術成就評價很高，也很準確。但他對《續金瓶梅》的否定性的批評，則很有偏差。歐陽健先生指出：以「主意殊單簡」來概括《續金瓶梅》，將其視爲「淫書」，眞是折損了丁耀亢這部傑構。《續金瓶梅》與《金瓶梅》絕不是同一檔次的作品，他記錄易代的戰亂給平民造成的苦難，對清兵的暴行進行口誅筆伐，痛心於時代變亂造成的世風下降，對乘亂營私的小人進行道德審判，都有巨大的意義和價值。鄭振鐸說：「所敘在異族鐵騎的侵略下的人民的生活狀況，尤翩翩欲活。蓋緣作者是身經此痛，故寫來便格外眞切可怕。」（《鄭振鐸古典文學論文集》第四五六頁）（歐陽健《中國小說史略批判》第一六七頁）

第二十篇　明之人情小說（下）

《金瓶梅》、《玉嬌李》等既爲世所豔稱，學步者紛起，而一面又生異流，人物事狀皆不同，惟書名尚多蹈襲，如《玉嬌梨》、《平山冷燕》等皆是也。[1]至所敘述，則大率才子佳人之事，而以文雅風流綴其間，功名遇合爲之主，始或乖違，終多如意，故當時或亦稱爲「佳話」。察其意旨，每有與唐人傳奇近似者，而又不相關，蓋緣所述人物，多爲才人，故時代雖殊，事蹟輒類，因而偶合，非必出於仿效矣。《玉嬌梨》、《平山冷燕》有法文譯，[2]又有名《好逑傳》者則有法、德文譯，[3]故在外國特有名，遠過於其在中國。

《玉嬌梨》今或改題《雙美奇緣》，無撰人名氏。[4]全書僅二十回，敘明正統間有太常卿白玄者，無子，晚年得一女曰紅玉，甚有文才，以代父作菊花詩爲客所知，御史楊廷詔因求爲子楊芳婦，玄招芳至家，屬妻弟翰林吳珪試之。

……吳翰林陪楊芳在軒子邊立著。楊芳抬頭，忽見上面橫著一個匾額，題的是「弗告軒」三字。楊芳自恃認得這三個字，便只管注目而視。吳翰林見楊芳細看，便說道，「此三字乃是聘君吳與弼所書，點畫遒勁，可稱名筆。」楊芳要賣弄識字，因答道，「果是名筆，這軒字也還平常，這弗告二字寫得入神。」卻將告字讀了去聲，不知弗告二字，蓋取《詩經》上「弗諼弗告」之義，這「告」字當讀與「穀」字同音。吳翰林聽了，心下明白，便模糊答應。……（第二回）

白玄遂不允。楊以爲怨，乃薦玄赴乜先營中迎上皇，玄託其女於吳翰林而去。吳珪即挈紅玉歸金陵，偶見蘇友白題壁詩，愛其才，欲以紅玉嫁之。友白誤相新婦，竟不從。珪怒，囑學官革友白秀才，學官方躊躕，而白玄還朝加官歸鄉之報適至，即依黜之。友白被革，將入京就其叔，於道中見數少年苦吟，乃方和白紅玉新柳詩；謂有能步韻者，即嫁之也。友白亦和兩首，而張軌如遽竊以獻白玄，玄留之爲西賓。已而有蘇有德者又冒爲友白，請婚於白氏，席上見張，互相攻訐，俱敗。友白見紅玉新柳詩，慕之，遂渡江而北，欲託吳珪求婚；途次遇盜，暫舍於李氏，偶遇一少年曰盧夢梨，甚服友白之才，因以其妹之終身相託。友白遂入京以監生應試，中第二名；再訪盧，則已以避禍遠徙，乃大失望。不知盧實白紅玉之中表，已先赴金陵依白氏也。白玄難於得婿，易姓名遊山陰，於禹跡寺見一少年姓柳，才識非常，次日往訪，即字以己女及甥女，歸而說其故云：

……忽遇一個少年，姓柳，也是金陵人。他人物風流，眞個是『謝家玉樹』。……我看他神清骨秀，學博才高，旦暮間便當飛騰翰苑。……意欲將紅玉嫁他，又恐甥女說我偏心；欲要配了甥女，又恐紅玉說我矯情。除了柳生，若要再尋一個，卻萬萬不能。我想娥皇、女英同事一舜，古聖人已有行之者；我又見你姊妹二人互相愛慕，不啻良友，我也不忍分開：故當面一口就都許他了。這件事我做得甚是快意。……（第十九回）

而二女皆慕友白，聞之甚怏怏。已而柳至白氏，自言實蘇友白，蓋爾時亦變姓名遊山陰也。玄亦告以眞姓名，皆大驚喜出意外，遂成婚。而盧夢梨實女子，其先乃改裝自託於友白者云。

《平山冷燕》亦二十回，題云「荻岸山人編次」。清盛百二（《柚堂續筆談》）以爲嘉興張博山十四五時作，[5]其父執某續成之。博山名劭，清康熙時人，「少有成童之目，九齡作《梅花賦》驚其師。」（阮元《兩浙輶軒錄》[6]七引李方湛語）蓋早慧，故世人並以此書附著於彼，然文意陳腐，殊不類童子所爲。書敘「先朝」隆盛時事，而又不云何時作，故亦莫詳「先朝」爲何帝也。其時欽天監正堂官奏奎壁流光，散滿天下，天子則大悅，詔求眞才，又適見白燕盤旋，乃命百官賦白燕詩，眾謝不能，大學士山顯仁乃獻其女山黛之作，詩云：

夕陽憑弔素心稀，遁入梨花無是非，淡去羞從鴉借色，瘦來只許雪添肥，飛回夜黑還留影，啣盡春紅不涴衣，多少朱門誇富貴，終能容我潔身歸。（第一回）

天子即召見，令獻箴，稱旨，賜玉尺一條，「以此量天下之才」；金如意一執，「文可以指揮翰墨，武可以扞禦強暴，長成擇婿，有妄人強求，即以此擊其首，擊死勿論」；又賜御書匾額一方曰「弘文才女」。時黛方十歲；其父築樓以貯玉尺，謂之玉尺樓，亦即為黛讀書之所，於是才女之名大著，求詩文者雲集矣。後黛以詩嘲一貴介子弟，被怨，託人誣以詩文皆非己出，又奉旨令文臣赴玉尺樓與黛較試，文臣不能及。誣者獲罪而黛之名益揚。其時又有村女冷絳雪者，亦幼即能詩，忤山人宋信，信以計陷之，俾官買送山氏為侍婢。絳雪於道中題詩而遇洛陽才人平如衡，然指顧間又相失；既至山氏，自顯其才，則大得敬愛，且亦以題詩為天子所知也。平如衡至雲間訪才士，得燕白頷，家世富貴而有大才，能詩。長官俱薦於朝，二人不欲以薦舉出身，乃皆入都應試，且改姓名求見山黛。黛早見其譏刺詩，因與絳雪易裝為青衣，試以詩，唱和再三，二人竟屈，辭去。又有張寅者，亦以求婚至山氏，受試於玉尺樓下，張不能文，大受愚弄，復因奔突登樓，幾被如意擊死，至拜禱始免。張乃囑禮官奏於朝，謂黛與少年唱和調笑，有傷風化。天子即拘訊；張又告發二人實平、燕託名，而適榜發，平中會元，燕會魁。於是天子大喜，諭山顯仁擇之為婿，遂以山黛嫁燕白頷，冷絳雪嫁平如衡。成婚之日，凡事無不美滿：

……二女上轎，隨粧侍妾足有上百，一路火炮與鼓樂喧天，綵旗共花燈奪目，眞個是天子賜婚，宰相嫁女，狀元探花娶妻：一時富貴，占盡人間之盛。……若非眞正有才，安能如此？至今京城中俱傳平、山、冷、燕為四才子；閒窗閱史，不勝欣慕而為之立傳云。（第二十回）

二書大旨，皆顯揚女子，頌其異能，又頗薄制藝而尚詞華，重俊髦而嗤俗士，然所謂才者，惟在能詩，所舉佳篇，復多鄙倍，如鄉曲學究之為；又凡求偶必經考試，成婚待於詔旨，則當時科舉思想之所牢籠，倘作者無不羈之才，固不能沖決而高翥矣。

《好逑傳》十八回，一名《俠義風月傳》，題云「名教中人編次」。其立意亦略如前二書，惟文辭較佳，人物之性格亦稍異，所謂「既美且才，美而又俠」者也。書言有秀才鐵中玉者，北直隸大名府人：

……生得丰姿俊秀，就像一個美人，因此里中起個諢名，叫做「鐵美人」。若論他人品秀美，性格就該溫存。不料他人雖生得秀美，性子就似生鐵一般，十分執拗；又有幾分膂力，動不動就要使氣功粗；等閒也不輕易見他言笑。……更有一段好處，人若緩急求他，……慨然周濟；若是諛言諂媚，指望邀惠，他卻只當不曾聽見：所以人都感激他，又都不敢無故親近他。……（第一回）

其父鐵英爲御史，中玉慮以骾直得禍，入都諫之。會大夬侯沙利奪韓愿妻，[7]即施智計奪以還愿，大得義俠之稱。然中玉亦懼禍。不敢留都，乃至山東遊學。歷城退職兵部侍郎水居一有一女曰冰心，甚美，而才識勝男子。同縣有過其祖者，大學士之子，強來求婚，水居一不敢拒，然以侄女易冰心嫁之，婚後始覺，其祖大恨，計陷居一，復百方圖女，而冰心皆以智免。過其祖又託縣令假傳朝旨逼冰心，而中玉適在歷城，遇之，斥其僞，計又敗。冰心因此甚服鐵中玉，當中玉暴病，乃邀寓其家護視，歷五日始去。此後過其祖仍再三圖娶冰心，皆不得。而中玉卒與冰心成婚，然不合巹，已而過學士託御史萬諤奏二氏婚媾，先以「孤男寡女，共處一室，不無曖昧之情，今父母循私，招搖道路而縱成之，實有傷於名教」。有旨查覆。後皇帝知二人雖成禮而未同居，乃召冰心令皇后驗試，果爲貞女，於是誣衊者皆被詰責，而譽水、鐵爲「眞好逑中出類拔萃者」，令重結花燭，以光名教，且云「汝歸宜益懋後德以彰風化」也。

又有《鐵花仙史》二十六回。題「雲封山人編次」。言錢塘蔡其志與好友王悅共遊於祖遺之埋劍園，賞芙蓉，至花落方別。後入都又相遇，已各有兒女在襁褓，乃約爲婚姻，往來愈密。王悅子曰儒珍，七歲能詩，與同窗陳秋麟皆十三四入泮，嘗借寓埋劍園，邀友賞花賦詩。秋麟夜遇女子，自稱符劍花，後屢至，一夕暴風雨拔去玉芙蓉，乃絕。後王氏衰落，儒珍又不第，蔡嫌其窮困，欲以女改適夏元虛，時秋麟已中解元，急謀於密友蘇紫宸，託媒得之，擬臨時歸儒珍，而蔡女若蘭竟逸去，爲紫宸之叔誠齋所收養。夏元虛爲世家子而無行，怒其妹瑤枝時加譏訕，因薦之應點選；瑤枝被徵入都，中途舟破，亦爲誠齋所救。誠齋又招儒珍爲西賓，而蔡其志晚年孤寂，亦屢來迎王，養以爲子，亦發解，娶誠齋之女馨如。秋麟求婚夏瑤枝，誠齋未許，一夕女自來。乃偕遁。時紫宸已平海寇，成神仙，忽遺王、陳二人書，言眞瑤枝故在蘇氏，偕遁者實花妖，教二人以五雷法治之，妖即逸去，誠齋亦終以眞瑤枝許之。一日儒珍至蘇氏，忽覩若蘭舊婢，甚驚；誠齋乃確知所收蔡女，故爲儒珍聘婦，亦以歸儒珍。後來兩家夫婦皆年逾八十，以服紫宸所贈金丹，一夕無疾而終，世以爲尸解云。

《鐵花仙史》較後出，似欲脫舊來窠臼，故設事力求其奇。作者亦頗自負，序言有云，「傳奇家摹繪才子佳人之悲歡離合，以供人娛目悅心者也。然其成書而命之名也，往往略不加意。如《平山冷燕》則皆才子佳人之姓爲顏，而《玉嬌梨》者又至各摘其人名之一字以傳之，草率若此，非眞有心唐突才子佳人，實圖便於隨意扭捏成書而無所難耳。此書則有特異焉者，……令人以爲鐵爲花爲仙者讀之，而才子佳人之事掩映乎其間。」然文筆拙澀，事狀紛繁，又溷入戰爭及神仙妖異事，已軼出於人情小說範圍之外矣。

注釋

【1】《金瓶梅》這個書名係摘取小說中人物潘金蓮、李瓶兒、春梅三人名字中各一字組成。蹈襲這種做法的，如《玉嬌梨》，係取白紅玉的「玉」，吳無嬌（白紅玉的化名）的「嬌」和盧夢梨的「梨」三字組成；《平山冷燕》係取平如衡、山黛、冷絳雪、燕白頷四人之姓組成。

【2】《玉嬌梨》法譯本《Ju-Kiao-1i》最早由法人銳摩沙（A. Rémusat）和裘利恩（S. Julien）所譯，都名《兩個表姐妹》（《Les deux Cousines》）（銳摩沙本兼用原名），先後於一八二六年和一八六四年在巴黎出版。《平山冷燕》法譯本《Ping-chan-Ling-Yen》係裘利恩所譯，又名《兩個有才學的年輕姑娘》（《Les deux jeunes filles lettrées》），一八六〇年巴黎出版。

【3】《好逑傳》法譯本為《Hao-Khieou-tschouan》，為阿賽（G. d’Arcy）所譯，又名《完美的姑娘》（《La femme accomplie》），一八四二年巴黎出版。德譯本較早的是《Haoh Kjo’h Tschwen》，為摩爾（C. G. Von Murr）從英文轉譯，又名《好逑快樂的故事》（《Dieangenehme Geschichte des Haoh Kjo’h》），誤以好逑為人名，一七六六年萊比錫出版。直接從中文翻譯的書名《冰心與鐵中玉》、《Eisherz und Edeljaspis》），為法朗茲．孔（F. Kuhn）所譯，又名《一個幸福的結合的故事》（《Die Geschichte einer glücklichen Gattenwahl》），一九二六年萊比錫出版。

【4】《玉嬌梨》：全稱《新鐫批評繡像玉嬌梨小傳》，又名《雙美奇緣》等，章回小說，四卷二十回。題「荑秋散人（一作荑荻散人、荻岸散人）編次」。約成書於明清之際。描寫蘇友白與紅玉、盧夢梨兩個佳人喜結良緣的故事。關於此書作者，清沈季友《檇李詩繫》認為是秀水（今浙江嘉興）諸生張勻所撰，清盛百二《柚堂續筆談》認為是嘉興張劭作。現一般認為是為《平山冷燕》作序的天花藏主人所作，其真實姓名待考。

【5】盛百二（一七二〇－？）：字秦川，清秀水（今浙江嘉興）人。曾任淄川知縣。所撰《柚堂續筆談》三卷，內容多記文壇軼事和掌故。張博山，名劭，清秀水人。撰有《木威詩鈔》，《兩浙輶軒錄》收有其詩。

【6】阮元（一七六四－一八四九）：字伯元，號芸臺，一作雲臺。江蘇儀徵人。清大臣、學者、文學家。乾隆五十四年（一七八九）進士，歷任湖廣、兩廣、雲貴總督，大學士加太保，進太傅等職，諡文達。生平事蹟見《清史列傳》卷三六、《清史稿》卷三六四、《國朝漢學師承記》卷七、劉毓崧《阮文達公傳》。著作宏富，著有《揅（同「研」）經室集》等。

【7】據《好逑傳》，「韓愿妻」應作「韓愿女」。

解讀

本篇介紹和評論明代及清初才子佳人小說的主要作品：《玉嬌梨》、《平山冷燕》、《好逑傳》和《鐵花仙史》等。這些作品藝術成就不高，因千人一面，語言貧乏，缺乏藝術獨創，遭到曹雪芹的譏評和否定，後在現代學術界還因其描寫的僅是男歡女愛，甚至歌頌一夫多妻，缺乏深刻的社會內容而被進一步否定和批評。但這些小說翻譯成西文，流傳到歐洲後卻大受歡迎和好評。連歌德也對之頗爲讚賞。這「落難公子中狀元，私訂終身後花園」公式化的作品，甚至在其所反映的社會和政治制度方面也大得歐洲人的羨慕和讚賞。歐洲的學者認爲歐洲沒有公正的官吏考試制度，只有衙內當政，而中國有科舉制度。西方對中國的科舉制度評價極高，不僅有不少學者撰寫了論文和專著予以研究，而且一般認爲西方現代的文官制度也是學自中國的科舉制度。我在《牡丹亭人物三題》（一九八六）論文中專門論述了柳夢梅式的科舉道路是古代文人作家一般都贊成和熱中的人生目標。因爲它的確做到了公正選拔眾多出身低層的人才，在社會上造成並長期保持了尊重知識、尊重人才的良好風氣。我近又在《流民皇帝——從劉邦到朱元璋》（上海畫報出版社二〇〇四年版、上海錦繡文章出版社二〇一二年增訂版）一書中的「朱元璋」章對於科舉制度和八股文再做肯定和論述，有興趣的讀者可以參看。

歌德有關中國才子佳人小說談話的具體內容，參見本書附錄二《柳無忌來信按語》解讀第三段。

第二十一篇　明之擬宋市人小說及後來選本

宋人說話之影響於後來者，最大莫如講史，著作迭出，如第十四、十五篇所言。明之說話人亦大率以講史事得名，間亦說經諢經，而講小說者殊稀有。惟至明末，則宋市人小說之流復起，或存舊文，或出新製，頓又廣行世間，但舊名湮昧，不復稱市人小說也。

此等書之繁富者，最先有《全像古今小說》[1]四十卷，書肆天許齋告白云，「本齋購得古今名人演義一百二十種，先以三之一爲初刻」，綠天館主人序則謂「茂苑野史家藏古今通俗小說甚富，因賈人之請，抽其可以嘉惠里耳者，凡四十種，俾爲一刻」，而續刻無聞。已而有三言，三言云者，一曰《喻世明言》，二曰《警世通言》，今皆未見，僅知其序目。《明言》二十四卷，其二十一篇出《古今小說》，三篇亦見於《通言》及《醒世恆言》中，[2]似即取《古今小說》殘本作之。《通言》則四十卷，有天啓甲子（一六二四）豫章無礙居士序，內收《京本通俗小說》七篇（見鹽谷溫《關於明的小說「三言」》及《宋明通俗小說流傳表》），因知此等彙刻，蓋亦兼採故書，不盡爲擬作。三即《醒世恆言》，亦四十卷，天啓丁卯（一六二七）隴西可一居士序云，「六經國史而外，凡著述，皆小說也，而尚理或病於艱深，修詞或傷於藻繪，則不足以觸里耳而振恆心，此《醒世恆言》所以繼《明言》、《通言》而作也。」是知《恆言》之出，在三言中爲最後，中有〈十五貫戲言成巧禍〉一事，即《京本通俗小說》卷十五之〈錯斬崔寧〉，則此亦兼存舊作，爲例蓋同於《通言》矣。

松禪老人序《今古奇觀》云，「墨憨齋增補《平妖》，窮工極變，不失本來。……至所纂《喻世》、《醒世》、《警世》三言，極摹世態人情之岐，備寫悲歡離合之致。」《平妖傳》有張無咎序，云「蓋吾友龍子猶所補也」，首葉有題名，則曰「馮猶龍先生增定」，因知三言亦馮猶龍[3]作，其曰龍子猶者，即錯綜「猶龍」字作之。猶龍名夢龍，長洲人（《曲品》作吳縣人，《頑潭詩話》作常熟人），故綠天館主人稱之曰茂苑野史，崇禎中，由貢生選授壽寧知縣，於詩有《七樂齋稿》，而「善爲啓顏之辭，間入打油之調，不得爲詩家」（朱彝尊《明詩綜》七十一云）。然擅詞曲，有《雙雄記傳奇》，[4]又刻《墨憨齋傳奇定本十種》，[5]頗爲當時所稱，其中之《萬事足》、《風流夢》、《新灌園》皆己作；亦嗜小說，既補《平妖傳》，復纂三言，又嘗勸沈德符以《金瓶梅》鈔付書坊板行，然不果（《野獲編》二十五）。

《京本通俗小說》所錄七篇，其五爲高宗時事，最遠者神宗時，耳目甚近，故鋪敘易於逼眞。《醒世恆言》乃變其例，雜以漢事二，隋唐事十一，多取材晉唐小說（《續齊諧記》、《博異志》、《酉陽雜俎》、《隋遺錄》等），而古今風俗，遷變已多，演以虛詞，轉失生氣。宋事十一篇頗生動，疑《錯斬崔寧》而外，或尚有採自宋人話本者，然未詳。明事十五篇則所寫皆近聞，世態物情，不待虛構，故較高談漢唐之作爲佳。第九卷〈陳多壽生死夫妻〉一篇，敘朱陳二人以棋友成兒女親家，陳氏子後病癩，朱欲悔婚，女不允，終歸陳氏侍疾，閱三年，夫婦皆仰藥卒。其述二人訂婚及女母抱怨諸節，皆不務裝點，而情態反如畫：

……王三老和朱世遠見那小學生行步舒徐，語音清亮，且作揖次第甚有禮數，口中誇奬不絕。王三老便問，「令郎幾歲了？」陳青答應道，「是九歲。」王三老道，「想著昔年湯餅會時，宛如昨日，倏忽之間，已是九年，眞個光陰似箭，爭教我們不老？」又問朱世遠道，「老漢記得宅上令嬡也是這年生的。」朱世遠道，「果然，小女多福，如今也是九歲了。」王三老道，「莫怪老漢多口，你二人做了一世的棋友，何不扳做兒女親家。古時有個朱陳村，一村中只有二姓，世爲婚姻，如今你二人之姓適然相符，應是天緣。況且好男好女，你知我見，有何不美？」朱世遠已自看上了小學生，不等陳青開口，先答應道，「此事最好，只怕陳兄不願，若肯俯就，小子再無別言。」陳青道，「既蒙朱兄不棄寒微，小子是男家，有何推託？就請三老作伐。」王三老道，「明日是重陽日，陽九不利；後日大好個日子，老夫便當登門。今日一言爲定，出自二位本心；老漢只圖喫幾杯見成喜酒，不用謝媒。」陳青道，「我說個笑話你聽：玉皇大帝要與人皇對親，商量道，『兩親家都是皇帝，也須得個皇帝爲媒纔好。』乃請竈君皇帝往下界去說親。人皇見了竈君，大驚道，『那個做媒的怎的這般樣黑？』竈君道，『從來媒人，那有白做的？』」王三老同朱世遠都笑起來。朱陳二人又下棋至晚方散。

只因一局輸贏子。定下三生男女緣。

……

……朱世遠的渾家柳氏，聞知女婿得個恁般的病症，在家裏哭哭啼啼。抱怨丈夫道，「我女兒又不腌臭起來，爲甚忙忙的九歲上就許了人家？如今卻怎麼好？索性那癩蝦蟆死了，也出脫了我女兒，如今死不死，活不活，女孩兒看看年紀長成，嫁又嫁他的不得，賴又賴他的不得。終不然，看著那癩子守活孤孀不成？這都是王三那老烏龜一力竄掇，害了我女兒終身。」……朱世遠原有怕婆之病，憑他夾七夾八，自罵自止，並不插言，心中納悶。一日，柳氏偶然收拾廚櫃子，看見了象棋盤和那棋子，不覺勃然發怒，又罵起丈夫來道，「你兩個只爲這幾著象棋上說得著，對了親，賺了我女兒。還要留這禍胎怎的？」一頭說，一頭走到門前，將那象棋子亂撒在街上，棋盤也摜做幾片。朱世遠是本分之人，見渾家發性，攔他不住，洋洋的躲開去了，女兒多福又怕羞，不好來勸。任他絮聒個不耐煩，方才甘休。……

時又有《拍案驚奇》三十六卷，[6]卷爲一篇，凡唐六，宋六，元四，明二十，亦兼收古事，與「三言」同。首有即空觀主人序云，「龍子猶氏所輯《喻世》等諸言，頗存雅道，時著良規，一破今時陋習，如宋元舊種，亦被蒐括殆盡。……因取古今來雜碎事，可新聽睹，佐談諧者，演而暢之，得如干卷。」既而有二刻三十九卷，凡春秋一，宋十四，元三，明十六，不明者（明？）五，附《宋公明鬧元宵雜劇》一卷，於崇禎壬申（一六三二）自序，略云「丁卯之秋……偶戲取古今所聞，一二奇局可紀者，演而成說，……得四十種。……其爲柏梁餘材，武昌剩竹，頗亦不少，意不能恝，聊復綴爲四十則……」丁卯爲天啓七年，即《醒世恆言》版行之際，此適出而爭奇，然敘述平板，引證貧辛，不能及也。即空觀主人爲凌濛初[7]別號，濛初，字初成，烏程人，著有《言詩翼》、《詩逆》、《國門集》，雜劇《虯髯翁》等（《明的小說「三言」》）。

《西湖二集》三十四卷附《西湖秋色》一百韻，題「武林濟川子清原甫纂」。每卷一篇，亦雜演古今事，而必與西湖相關。觀其書名，當有初集，然未見。前有湖海士序，稱清原[8]爲周子，嘗作《西湖說》，餘事未詳，清康熙時有太學生周清原字浣初，然爲武進人（《國子監志》八十二《鶴徵錄》一）；乾隆時有周昱，字清原，錢塘人（《兩浙輶軒錄》二十三），而時代不相及，皆別一人也。其書亦以他事引出本文，自名爲「引子」。引子或多至三四，與他書稍不同；文亦流利，然好頌帝德，垂教訓，又多憤言，則殆所謂「司命之厄我過甚而狐鼠之侮我無端」（序述清原語）之所致矣。其假唐詩人戎昱[9]而發揮文士不得志之恨者如下：

……且說韓公部下一個官，姓戎名昱，爲浙西刺史。這戎昱有潘安之貌，子建之才，下筆驚人，千言立就，自恃有才，生性極是傲睨，看人不在眼裏。但那時是離亂之世，重武不重文，若是有數百觔力氣，……不要說十八般武藝件件精通，就是曉得一兩件的，……少不得也撲頂紗帽在頭上戴戴。……馬前喝道，前呼後擁，好不威風氣勢，耀武揚威，何消得曉得「天地玄黃」四字。那戎昱自負才華，到這時節重武之時，卻不道是大市裡賣平天冠兼挑虎刺，這一種生意，誰人來買，眼見得別人不作興你了。你自負才華，卻去嚇誰？就是寫得千百篇詩出，上不得陣，殺不得戰，退不得虜，壓不得賊，要他何用？戎昱負了這個詩袋子，沒處發賣，卻被一個妓者收得。這妓者是誰？姓金名鳳，年方一十九歲，容貌無雙，善於歌舞，體性幽閑，再不喜那喧譁之事，一心只愛的是那詩賦二字。他見了戎昱這個詩袋子，好生歡喜。戎昱正沒處發賣，見金鳳喜歡他這個詩袋子，便把這袋子抖將開來，就像個開雜貨店的，件件搬出。兩個甚是相得，你貪我愛，再不相捨；從此金鳳更不接客。正是：

悲莫悲兮生別離，樂莫樂兮新相知。

自此戎昱政事之暇，遊於西湖之上，每每與金鳳盤桓行樂。……（卷九〈韓晉公人奩兩贈〉）

《醉醒石》[10]十五回，題「東魯古狂生編輯」。所記惟李微化虎事在唐時，餘悉明代，且及崇禎朝事，蓋其時之作也。文筆頗刻露，然以過於簡鍊，故平話習氣，時復逼人；至於垂教誡，好評議，則尤甚於《西湖二集》。宋市人小說，雖亦間參訓喻，然主意則在述市井間事，用以娛心；及明人擬作末流，乃誥誡連篇，喧而奪主，且多豔稱榮遇，回護士人，故形式僅存而精神與宋迥異矣。如第十四回記淮南莫翁以女嫁蘇秀才，久而女嫌蘇貧，自求去，再醮爲酒家婦。而蘇即聯捷成進士，榮歸過酒家前，見女當鑪，下轎揖之，女貌不動而心甚苦，又不堪眾人笑罵，遂自經死，即所謂大爲寒士吐氣者也。

……見櫃邊坐著一個端端正正孃孃婷婷婦人，卻正是莫氏。蘇進士見了道，「我且去見他一見，看他怎生待我。」叫住了轎，打著傘。穿著公服，竟到店中。那店主人正在那廂數錢，穿著兩截衣服。見個官來，躲了。那莫氏見下轎，已認得是蘇進士了，卻也不羞不惱，打著臉。蘇進士向前，恭恭敬敬的作上一揖。他道，「你做你的官，我賣我的酒。」身也不動。蘇進士一笑而去。

覆水無收日，去婦無還時，
相逢但一笑，且爲立遲遲。

我想莫氏之心豈能無動，但做了這絕性絕義的事，便做到滿面歡容，欣然相接，討不得個喜而復合；更做到含悲飲泣，牽衣自咎，料討不得個憐而復收，倒不如硬著，一束兩開，倒也乾淨。他那心裏，未嘗不悔當時造次，總是無可奈何：

心裡悲酸暗自嗟，幾回悔是昔時差，
移將上苑琳琅樹，卻作門前桃李花。

結末有論，以爲「生前貽譏死後貽臭」，「是朱買臣妻子之後一人」。引論稍恕，科罪似在男子之「不安貧賤」者之下，然亦終不可宥云：

若論婦人，讀文字，達道理甚少，如何能有大見解，大矜持？況且或至飢寒相逼，彼此相形，旁觀嘲笑難堪，親族炎涼難耐，抓不來榜上一個名字，灑不去身上一件藍皮，激不起一個慣淹蹇不遭際的夫婿，儘堪痛哭，如何叫他不要怨嗟。但「餓死事小失節事大」，眼睜睜這個窮秀才尚活在，更去抱了一人，難道沒有旦夕恩情？忒殺蔑去倫理！這朱買臣妻，所以貽笑千古。

《喻世》等三言在清初蓋尙通行，王士禎（《香祖筆記》十）云「《警世通言》有〈拗相公〉一篇，述王安石罷相歸金陵事，極快人意，乃因盧多遜謫嶺南事而稍附益之」。[11]其非異書可知。後乃漸晦，然其小分，則又由選本流傳至今。其本曰《今古奇觀》，凡四十卷四十回，序謂「三言」與《拍案驚奇》合之共二百事，觀覽難周，故抱甕老人選刻爲此本。據《宋明通俗小說流傳表》，則取《古今小說》者十八篇，[12]取《醒世恆言》者十一篇（第一、二、七、八、十五至十七、二十五至二十八回），取《拍案驚奇》者七篇（第九、十、十八、二十九、三十七、三十九，四十回），二刻三篇。三言二拍，印本今頗難覯，可藉此窺見其大略也。至成書之頃，當在崇禎時，其與三言二拍之時代關係，鹽谷溫曾爲之立表（〈明的小說「三言」〉）如下：

天啓	1	辛酉	古今小說		
	|		喻世明言		
	4	甲子	警世通言		
	5				
	6				
	7	丁卯	醒世恆言	拍案驚奇（初）	
崇禎	1				
	2				
	3				
	4				
	5	壬申		拍案驚奇（二）	今古奇觀
	|				
	17				

《今古奇聞》[13]二十二卷，卷一事，題「東壁山房主人編次」。其所錄頗陵雜，有《醒世恆言》之文四篇（〈十五貫戲言成大禍〉、〈陳多壽生死夫妻〉、〈張淑兒巧智脫楊生〉、〈劉小官雌雄兄弟〉），別一篇爲《西湖佳話》之《梅嶼恨蹟》，[14]餘未詳所從出。[15]文中有「髮逆」字，故當爲清咸豐同治時書。

《續今古奇觀》三十卷，亦一卷一事，無撰人名。其書全收《今古奇觀》選餘之《拍案驚奇》二十九篇。而以《今古奇聞》一篇（〈康友仁輕財重義得科名〉）足卷數，殆不足稱選本，同治七年（一八六八），江蘇巡撫丁日昌[16]嘗嚴禁淫詞小說，《拍案驚奇》亦在禁列，疑此書即書賈於禁後作之。

注釋

【1】《全像古今小說》：即《古今小說》，後改名《喻世明言》，白話短篇小說集，四十卷，明馮夢龍編纂。不分篇目原是宋元早期話本。原書未題撰人，卷首有綠天館主人序。

綠天館主人姓名不詳，多謂亦係馮夢龍。序中所稱「茂苑野史」係馮夢龍別號。此書與《警世通言》、《醒世恆言》合稱「三言」。

【2】《明言》二十四卷：衍慶堂刊刻，題《重刻增補古今小說》，其實是根據《古今小說》殘本二十一篇，加上《警世通言》一篇（〈假神仙大鬧華光廟〉）和《醒世恆言》二篇（〈白玉娘忍苦成夫〉、〈張廷秀逃生救父〉）拼湊而成。

【3】馮猶龍（一五七四—一六四六）：名夢龍，字猶龍，別署龍子猶、顧曲散人、墨憨齋主人、茂苑野史等。明長洲（今江蘇吳縣）人。所撰詩集《七樂齋稿》、《遊閩詩草》，已散佚。

【4】《雙雄記傳奇》：又名《善惡圖》，傳奇劇本，二卷三十六齣，馮夢龍編撰。描寫書生丹信和劉雙被害入獄，後征倭寇有功，官至征東將軍故事。

【5】《墨憨齋傳奇定本十種》：應為《墨憨齋定本傳奇十種》，又名《新曲十種》，傳奇劇本總集，馮夢龍更定。十種是：《新灌園》、《酒家傭》、《女丈夫》、《量江記》、《精忠旗》、《雙雄記》、《萬事足》、《夢磊記》、《灑雪堂》、《楚江情》。下文所述《萬事足》、《風流夢》、《新灌園》三種，《萬事足》係馮夢龍編撰，《新灌園》係改編張鳳翼《灌園記》而成。《風流夢》在上述十種之外，係改編湯顯祖《牡丹亭》而成。

【6】《拍案驚奇》：據現存明尚友堂刊本（藏日本日光輪王寺慈眼堂法庫）為四十卷。三十六卷本係其殘本。

【7】凌濛初：參看本書第九篇注【32】。所撰《言詩翼》，四卷，採集前人《詩經》評注。《詩逆》，四卷，詮釋《詩經》之作。《國門集》，一卷，收凌濛初旅居南京時所撰詩文。雜劇《虬髯翁》，又稱《正本扶餘國》，全名《虬髯翁正本扶餘國》。雜劇劇本。為《紅拂三傳》之一。

【8】清原：周楫字清原，一作清源，號濟川子，明錢塘（今浙江杭州）人。約生活於萬曆、崇禎間。《西湖二集》作者《一集》已佚，可能也是他所作。

據《西湖二集》湖海士序載，「周子家貧，功名蹭蹬厄窮，手琵琶以求知於世。」

【9】戎昱：唐荊南（今湖北荊州）人。德宗時曾官辰州、虔州刺史。工詩，原集已佚，後人輯有《戎昱詩集》。

【10】《醉醒石》：白話短篇小說集，為擬話本作品，明無名氏撰，題「東魯古狂生編輯」。十五回，每回一個獨立的故事。約成書於明末清初。李微化虎，見《醉醒石》第六回「高才生傲世失原形，義氣友念孤分半俸」，原係唐傳奇故事，《太平廣記》卷四百二十七引《宣室志》，題作《李徵》。除此則外，皆以明代現實生活中的故事為題材。

【11】王士禎（一六三四—一七一一）：即王士禛，雍正朝避帝諱，被改名士正，乾隆時又改稱士禎，字子真，一字貽上，號阮亭、漁洋山人，清新城（今山東桓臺）人。順治十五年（一六五八）進士，官至國子監祭酒、刑部尚書。生平事蹟見《清史列傳》卷九、《清史稿》卷二六六、《漁洋山人自撰年譜》和金榮《漁洋山人年譜》。為清初傑出的文壇領袖。著作宏富，撰有《帶經堂集》、《漁洋詩話》等。所撰《香祖筆記》，十二卷，記敘傳聞軼事及品評詩文，是他的筆記名著之一。

盧多遜（九三四—九八五），北宋懷州河內（今河南沁陽）人。後周顯德進士，任集賢殿修撰等職。北宋時任翰林學士等職，至太平興國時任中書侍郎平章事，加兵部尚書。後因交結秦王趙廷美，被流配嶺南崖州，卒於流所。

【12】「取《古今小說》者十八篇」，應作取《古今小說》者八篇（《今古奇觀》第三、四、十一至十三、二十三、二十四、三十二回），取《警世通言》者十篇（《今古奇觀》第五、六、十四、十九至二十二、三十一、三十三、三十五回）；「取《拍案驚奇》者七篇」，應作取《拍案驚奇》初刻八篇（《今古奇觀》第九、十、十八、二十九、三十、三十七、三十九、四十回），取《拍案驚奇》二刻者三篇（《今古奇觀》第三十四、三十六、三十八回）。

【13】《今古奇聞》：題「東壁山房主人編次」，二十二卷，有光緒十三年（一八八七）上海東壁山房原刻本。書前有「東壁山房主人王寅冶梅甫」序。王寅，字冶梅，清江蘇南京人。

【14】《西湖佳話》：全名《西湖佳話古今遺蹟》，白話短篇小說集，十六篇。題「古吳墨浪子搜輯」。以西湖名勝為背景，敘述葛洪、白居易、岳飛、濟公、於謙等人故事。《梅嶼恨蹟》，係《西湖佳話》第十四篇，敘寫馮小青的故事。

【15】《今古奇聞》除選自《醒世恆言》、《西湖佳話》的五篇外，其餘十五篇選自清杜綱《娛目醒心編》；另《劉孀姝得良遇奇緣》選自清無名氏輯《紀載彙編》（墅西逸叟撰《過墟志》），《林蕊香行權計全節》選自清王韜撰《遁窟讕言》（卷七《寧茈香》）。

【16】丁日昌（一八二三—一八八二）：字禹生，又作雨生，清廣東豐順人。近代詩人。貢生，歷官江蘇、福建巡撫等。一八六八年任江蘇巡撫時曾兩次奏請嚴禁淫詞小說，所禁書達二百六十九種之多。

解讀

本篇介紹明代擬話本及其選本的重要作品。其中「三言二拍」尤其是「三言」，代表著中國古代白話短篇小說的最高成就。

「三言」在國內一直盛行，其藝術成就確勝「二拍」，但「二拍」竟然失傳，僅在日本藏有原刊孤本。直到二十世紀中期，由王古魯手抄後在國內出版，至上世紀八十年代又由章培恆從日本將原本複印回來，由上海古籍出版社出版影印本和排印本。由於影印本的出版，還讓我們看到了書上的眉批和回評，從而豐富了中國古代文論、小說評論的原始資料。正因爲「二拍」在國內已經失傳，魯迅先生未見原書。所以魯迅在本篇的內容提要中寫成「淩濛初《拍案驚奇》二刻」，初版本還誤作「《拍案驚奇》之刻」，後經譚正壁先生（一九〇一－一九九〇）撰文指出其誤，魯迅改正，並也表示過感謝。但譚正壁先生於二十世紀八十年代初曾對我說：「魯迅先生當年不知《拍案驚奇》有初刻和二刻兩部，因爲這兩部書中國已經失傳，僅在日本尚有藏本，所以他在《中國小說史略》初版寫成『《拍案驚奇》之刻』。我寫了文章指出他的這個不足，後來孔另境先生碰到我時對我說：『你爲什麼不和魯迅先生直接講，卻寫出文章去發表。』」譚先生說：「看來魯迅先生也怕別人將他的弄錯之處在報上公開指出、批評的。」

二十世紀後期，旅法著名學者陳慶浩先生發現了韓國漢城大學奎章閣收藏的明代陸人龍《型世言》（四十回）的孤本，並在國內校點出版。此前，此書的部分內容曾由北京大學出版社和上海古籍出版社作爲「三刻拍案驚奇」出版。此書性質與「三言二拍」相同，當時國內已經失傳。本書當然未能涉及。

第二十二篇　清之擬晉唐小說及其支流

唐人小說單本，至明什九散亡；宋修《太平廣記》成，又置不頒布，絕少流傳，故後來偶見其本，仿以爲文，世人輒大聳異，以爲奇絕矣。明初，有錢塘瞿佑字宗吉，[1]有詩名，又作小說曰《剪燈新話》，文題意境，並撫唐人，而文筆殊冗弱不相副，然以粉飾閨情，拈掇豔語，故特爲時流所喜，仿效者紛起，至於禁止，其風始衰。迨嘉靖間，唐人小說乃復出，書估往往刺取《太平廣記》中文，雜以他書，刻爲叢集，眞僞錯雜，而頗盛行。[2]文人雖素與小說無緣者，亦每爲異人、俠客、童奴，以至虎、狗、蟲、蟻作傳，置之集中。蓋傳奇風韻，明末實瀰漫天下，至易代不改也。

而專集之最有名者爲蒲松齡之《聊齋志異》。松齡，字留仙，號柳泉，山東淄川人，幼有軼才，老而不達，以諸生授徒於家，至康熙辛卯始成歲貢生（《聊齋志異》序跋），越四年遂卒，年八十六（一六三〇—一七一五），[3]所著有《文集》四卷，《詩集》六卷，《聊齋志異》八卷（文集附錄張元撰墓表），及《省身錄》、《懷刑錄》、《曆字文》、《日用俗字》、《農桑經》等（李桓《耆獻類徵》四百三十一）。其《志異》或析爲十六卷，凡四百三十一篇，年五十始寫定，自有題辭，言「才非干寶，雅愛搜神，情同黃州，[4]喜人談鬼，聞則命筆，因以成編。久之，四方同人又以郵筒相寄，因而物以好聚，所積益夥」。是其儲蓄收羅者久矣。然書中事蹟，亦頗有從唐人傳奇轉化而出者（如《鳳陽士人》、《續黃粱》等），此不自白，殆撫古而又諱之也。至謂作者搜採異聞，乃設烟茗於門前，邀田夫野老，強之談說以爲粉本，[5]則不過委巷之談而已。

《聊齋志異》雖亦如當時同類之書，不外記神仙狐鬼精魅故事，然描寫委曲，敘次井然，用傳奇法，而以志怪，變幻之狀，如在目前；又或易調改絃，別敘崎人異行，出於幻域，頓入人間；偶述瑣聞，亦多簡潔，故讀者耳目，爲之一新。又相傳漁洋山人（王士禎）激賞其書，欲市之而不得，[6]故聲名益振，競相傳鈔。然終著者之世，竟未刻，至乾隆末始刊於嚴州；[7]後但明倫、呂湛恩[8]皆有注。

明末志怪群書，大抵簡略，又多荒怪，誕而不情，《聊齋志異》獨於詳盡之處，示以平常，使花妖狐魅，多具人情，和易可親，忘爲異類，而又偶見鶻突，知復非人。如《狐諧》言博興萬福於濟南娶狐女，而女雅善談諧，傾倒一坐，後忽別去，悉如常人；《黃英》記馬子才得陶氏黃英爲婦，實乃菊精，居積取盈，與人無異，然其弟醉倒，忽化菊花，則變怪即驟現也。

……一日，置酒高會，萬居主人位，孫與二客分左右座，下設一榻屈狐。狐辭不善酒，咸請坐談，許之。酒數行，衆擲骰爲瓜蔓之令；客值瓜色，會當飲，戲以觥移上座曰，「狐娘子大清醒，暫借一觴。」狐笑曰，「我故不飲，願陳一典以佐諸公飲。」……客皆言曰，「罵人者當罰。」狐笑曰，「我罵狐何如？」衆曰，「可。」於是傾耳共聽。狐曰，「昔一大臣，出使紅毛國，著狐腋冠見國王，國王視而異之，問『何皮毛，溫厚乃爾？』大臣以『狐』對。王言『此物生平未嘗得聞。狐字字畫何等？』使臣書空而奏曰，『右邊是一大瓜，左邊是一小犬。』」主客又復鬨堂。……居數月，與萬偕歸。……逾年，萬復事於濟，狐又與俱。忽有數人來，狐從與語。備極寒暄；乃語萬曰，「我本陝中人，與君有夙因，遂從爾許時，今我兄弟至，將從以歸，不能周事。」留之，不可，竟去。（卷五）

……陶飲素豪，從不見其沉醉。有友人曾生，量亦無對，適過馬，馬使與陶較飲，二人……自辰以訖四漏，計各盡百壺，曾爛醉如泥，沉睡坐問，陶起歸寢，出門踐菊畦，玉山傾倒，委衣於側。即地化爲菊：高如人，花十餘朵皆大於拳。馬駭絕，告黃英；英急往，拔置地上，曰，「胡醉至此？」覆以衣，要馬俱去，戒勿視。既明而往，則陶臥畦邊，馬乃悟姊弟菊精也，益愛敬之。而陶自露跡。飲益放，……值花朝，曾來造訪，以兩僕舁藥浸白酒一罎，約與共盡。……曾醉已憊，諸僕負之去。陶臥地又化爲菊；馬見慣不驚，如法拔之，守其旁以覿其變，久之，葉益憔悴，大懼，始告黃英。英聞，駭曰，「殺吾弟矣！」奔視之，根株已枯；痛絕，掐其梗埋盆中，攜入閨中，日灌溉之。馬悔恨欲絕，甚惡曾。越數日，聞曾已醉死矣，盆中花漸萌，九月，既開，短幹粉朵，嗅之有酒香，名之「醉陶」，澆以酒則茂。……黃英終老，亦無他異。（卷四）

又其敘人間事，亦尚不過爲形容，致失常度，如〈馬介甫〉一篇述楊氏有悍婦，虐遇其翁，又慢客，而兄弟祗畏，至對客皆失措云：

> ……約半載，馬忽攜僮僕過楊，值楊翁在門外曝陽捫蝨，疑爲傭僕，通姓氏使達主人；翁被絮去，或告馬，「此即其翁也。」馬方驚訝，楊兄弟岸幘出迎，登堂一揖，便請朝父，萬石辭以偶恙，捉坐笑語，不覺向夕。萬石屢言具食，而終不見至，兄弟迭互出入。始有瘦奴持壺酒來，俄頃引盡，坐伺良久，萬石頻起催呼，額頰間熱汗蒸騰。俄瘦奴以饌具出，脫粟失飪，殊不甘旨。食已，萬石草草便去；萬鍾襆被來伴客寢。……（卷十）

至於每卷之末，常綴小文，則緣事極簡短，不合於傳奇之筆，故數行即盡，與六朝之志怪近矣。又有《聊齋志異拾遺》一卷二十七篇，[9]出後人掇拾；而其中殊無佳構，疑本作者所自刪棄，或他人擬作之。

乾隆末，錢塘袁枚撰《新齊諧》二十四卷，續十卷，初名《子不語》，[10]後見元人說部有同名者，乃改今稱；序云「妄言妄聽，記而存之，非有所感也。」其文屏去雕飾，反近自然，然過於率意，亦多蕪穢，自題「戲編」，得其實矣。若純法《聊齋》者，時則有吳門沈起鳳作《諧鐸》[11]十卷（乾隆五十六年序），而意過俳，文亦纖仄；滿洲和邦額作《夜譚隨錄》[12]十二卷（亦五十六年序），頗借材他書（如《佟觭角》、《夜星子》、《瘍醫》皆本《新齊諧》），不盡己出，詞氣亦時失之粗暴，然記朔方景物及市井情形者特可觀。他如長白浩歌子之《螢窗異草》[13]三編十二卷（似乾隆中作，別有四編四卷，乃書估僞造），海昌管世灝之《影談》[14]四卷（嘉慶六年序），平湖馮起鳳之《昔柳摭談》[15]八卷（嘉慶中作），近至金匱鄒弢之《澆愁集》[16]八卷（光緒三年序），皆志異，亦俱不脫《聊齋》窠臼。惟黍餘裔孫《六合內外瑣言》[17]二十卷（似嘉慶初作）一名《璅蛣雜記》者，故作奇崛奧衍之辭，伏藏諷喻，其體式爲在先作家所未嘗試，而意淺薄；據金武祥[18]（《江陰藝文志》

下）說，則江陰屠紳字賢書之所作也。紳又有《鶚亭詩話》一卷，文詞較簡，亦不盡記異聞，然審其風格，實亦此類。

《聊齋志異》風行逾百年，摹仿讚頌者眾，顧至紀昀而有微辭。盛時彥[19]（《姑妄聽之》跋）述其語曰，「《聊齋志異》盛行一時，然才子之筆，非著書者之筆也。虞初以下天寶以上古書多佚矣；其可見完帙者，劉敬叔《異苑》、陶潛《續搜神記》，小說類也，《飛燕外傳》、《會眞記》，傳記類也。《太平廣記》事以類聚，故可並收；今一書而兼二體，所未解也。小說既述見聞，即屬敘事，不比戲場關目，隨意裝點；……今燕昵之詞，媟狎之態，細微曲折，摹繪如生，使出自言，似無此理，使出作者代言，則何從而聞見之，又所未解也。」蓋即訾其有唐人傳奇之詳，又雜以六朝志怪者之簡，既非自敘之文，而盡描寫之致而已。昀字曉嵐，直隸獻縣人；父容舒，官姚安知府。昀少即穎異，年二十四領順天鄉試解額，然三十一始成進士，由編修官至侍讀學士，坐洩機事謫戍烏魯木齊，越三年召還，授編修，又三年擢侍讀，總纂四庫全書，綰書局者十三年，一生精力，悉注於《四庫提要》及《目錄》中，故他撰著甚少。後累遷至禮部尚書，充經筵講官，自是又爲總憲者五，長禮部者三（李元度《國朝先正事略》二十）。乾隆五十四年，以編排祕籍至熱河，「時校理久竟，特督視官吏題籤庋架而已，晝長無事」，乃追錄見聞，作稗說六卷，曰《灤陽消夏錄》。越二年，作《如是我聞》，次年又作《槐西雜誌》，次年又作《姑妄聽之》，皆四卷；嘉慶三年夏復至熱河，又成《灤陽續錄》六卷，時年已七十五。後二年，其門人盛時彥合刊之，名《閱微草堂筆記五種》（本書）。十年正月，復調禮部，拜協辦大學士，加太子少保，管國子監事；二月十四日卒於位，年八十二（一七二四—一八〇五），諡「文達」（《事略》）。

《閱微草堂筆記》雖「聊以遣日」之書，而立法甚嚴，舉其體要，則在尙質黜華，追蹤晉宋；自序云，「緬昔作者如王仲任、應仲遠引經據古，博辨宏通，陶淵明、劉敬叔、劉義慶簡淡數言，自然妙遠，誠不敢妄擬前修，然大旨期不乖於風教」[20]者，即此之謂。其軌範如是，故與《聊齋》之取法傳奇者途徑自殊，然較以晉、宋人書，則《閱微》又過偏於論議。蓋不安於僅爲小說，更欲有益人心，即與晉、宋志怪精神，自然違隔；且末流加厲，易墮爲報應因果之談也。

惟紀昀本長文筆，多見祕書，又襟懷夷曠，故凡測鬼神之情狀，發人間之幽微，託狐鬼以抒己見者，雋思妙語，時足解頤；間雜攷辨，亦有灼見。敘述復雍容淡雅，天趣盎然，故後來無人能奪其席，固非僅藉位高望重以傳者矣。今舉其較簡者三則於下：

劉乙齋廷尉爲御史時，嘗租西河沿一宅，每夜有數人擊柝，聲琅琅徹曉，……視之則無形，聒耳至不得片刻睡。乙齋故強項，乃自撰一文，指陳其罪，大書粘壁以驅之，是夕遂寂。乙齋自詫不減昌黎之驅鱷也，余謂「君文章道德。似尚未敵昌黎，然性剛氣盛，平生尚不作曖昧事，故敢悍然不畏鬼；又拮据遷此宅，力竭不能再徙，計無復之，惟有與鬼以死相持：此在君爲『困獸猶鬭』，在鬼爲『窮寇勿追』耳。……」乙齋笑擊余背曰，「魏收輕薄哉！然君知我者。」（《灤陽消夏錄》六）

田白岩言，「嘗與諸友扶乩，其仙自稱眞山民，宋末隱君子也，倡和方洽，外報某客某客來，乩忽不動。他日復降，衆叩昨遽去之故，乩判曰，『此二君者，其一世故太深，酬酢太熟，相見必有謏詞數百句，雲水散人拙於應對，不如避之爲佳；其一心思太密，禮數太明，其與人語，恆字字推敲，責備無已，閒雲野鶴豈能耐此苛求，故逋逃尤恐不速耳。』」後先姚安公聞之曰，「此仙究狷介，之士，器量未宏。」（《槐西雜誌》一）

李義山詩「空聞子夜鬼悲歌」，用晉時鬼歌《子夜》事也；李昌谷詩「秋墳鬼唱鮑家詩」，則以鮑參軍有《蒿里行》，幻窅其詞耳。然世間固往往有是事。田香沁言，「嘗讀書別業，一夕風靜月明，聞有度昆曲者，亮折清圓，淒心動魄，諦審之，乃《牡丹亭．叫畫》一齣也。忘其所以，傾聽至終。忽省牆外皆斷港荒陂，人跡罕至，此曲自何而來？開户視之，惟蘆荻瑟瑟而已。」（《姑忘聽之》三）

昀又「天性孤直，不喜以心性空談，標榜門戶」（盛序語），其處事貴寬，論人欲恕，故於宋儒之苛察，特有違言，書中有觸即發，與見於《四庫總目提要》中者正等。且於不情之論，世間習而不察者，亦每設疑難，揭其拘迂，此先後諸作家所未有者也，而世人不喻，嘵嘵然競以勸懲之佳作譽之。

吳惠叔言，「醫者某生素謹厚，一夜，有老媼持金釧一雙就買墮胎藥，醫者大駭，峻拒之；次夕，又添持珠花兩枝來，醫者益駭，力揮去。越半載餘，忽夢爲冥司所拘，言有訴其殺人者。至，則一披髮女子，項勒紅巾，泣陳乞藥不與狀。醫者曰，『藥以活人，豈敢殺人以漁利。汝自以姦敗，於我何尤！』女子曰，『我乞藥時，孕未成形，倘得墮之，我可不死：是破一無知之血塊，而全一待盡之命也。既不得藥，不能不產，以致子遭扼殺，受諸痛苦，我亦見逼而就縊：是汝欲全一命，反戕兩命矣。罪不歸汝，反誰歸乎？』冥官喟然曰，『汝之所言，酌乎事勢；彼之所執者則理也。宋以來固執一理而不揆事勢之利害者，獨此人也哉？汝且休矣！』拊几有聲，醫者悚然而寤。」（《如是我聞》三）

東光有王莽河，即胡蘇河也，旱則涸，水則漲，每病涉焉。外舅馬公周籙言，「雍正末有丐婦一手抱兒一手扶病姑涉此水，至中流，姑蹶而仆，婦棄兒於水，努力負姑出。姑大詬曰，『我七十老嫗，死何害？張氏數世待此兒延香火，爾胡棄兒以拯我？斬祖宗之祀者，爾也！』婦泣不敢語，長跪而已。越兩日，姑竟以哭孫不食死；婦嗚咽不成聲，癡坐數日，亦立槁。……有著論者，謂兒與姑較則姑重，姑與祖宗較則祖宗重。使婦或有夫，或尚有兄弟，則棄兒是；既兩世窮嫠，止一線之孤子，則姑所責者是：婦雖死，有餘悔焉。姚安公曰，『講學家責人無已時。夫急流洶湧，少縱即逝，此豈能深思長計時哉？勢不兩全，棄兒救姑。此天理之正而人心之所安也。使姑死而兒存，……不又有責以愛兒棄姑者耶？且兒方提抱，育不育未可知，使姑死而兒又不育，悔更何如耶？此婦所爲，超出恆情已萬萬，不幸而其姑自殞，以死殉之，亦可哀矣。猶沾沾焉而動其喙，以爲精義之學，毋乃白骨銜冤。黃泉齎恨乎？孫復作《春秋尊

王發微》，二百四十年內有貶無褒；胡致堂作《讀史管見》，三代以下無完人，辨則辨矣，非吾之所欲聞也。』」（《槐西雜誌》二）

《灤陽消夏錄》方脫稿，即為書肆刊行，旋與《聊齋志異》峙立；《如是我聞》等繼之，行益廣。其影響所及，則使文人擬作，雖尚有《聊齋》遺風，而摹繪之筆頓減，終乃類於宋、明人談異之書。如同時之臨川樂鈞《耳食錄》[21]十二卷（乾隆五十七年序）《二錄》八卷（五十九年序），後出之海昌許秋垞《聞見異辭》[22]二卷（道光二十六年序），武進湯用中《翼駉稗編》[23]八卷（二十八年序）等，皆其類也。迨長洲王韜作《遁窟讕言》（同治元年成），《淞隱漫錄》（光緒初成），《淞濱瑣話》（光緒十三年序）[24]各十二卷，天長宣鼎作《夜雨秋燈錄》[25]十六卷（光緒二十一年序），其筆致又純為《聊齋》者流，一時傳布頗廣遠，然所記載，則已狐鬼漸稀，而烟花粉黛之事盛矣。

體式較近於紀氏五書者，有雲間許元仲《三異筆談》[26]四卷（道光七年序），德清俞鴻漸《印雪軒隨筆》[27]四卷（道光二十五年序），後者甚推《閱微》，而云「微嫌其中排擊宋儒語過多」（卷二），則旨趣實異。光緒中，德清俞樾作《右台仙館筆記》[28]十六卷，止述異聞。不涉因果；又有羊朱翁（亦俞樾）作《耳郵》四卷，自署「戲編」，序謂「用意措辭，亦似有善惡報應之說，實則聊以遣日，非敢云意在勸懲」。頗似以《新齊諧》為法，而記敘簡雅，乃類《閱微》，但內容殊異，鬼事不過什一而已。他如江陰金捧閶之《客窗偶筆》[29]四卷（嘉慶元年序），福州梁恭辰之《池上草堂筆記》[30]二十四卷（道光二十八年序），桐城許奉恩之《里乘》[31]十卷（似亦道光中作），亦記異事，貌如志怪者流。而盛陳禍福，專主勸懲，已不足以稱小說。

注釋

【1】瞿佑（一三四一—一四二七）：字宗吉，明錢塘（今浙江杭州）人。詩文家、小說家。曾官國子助教、周王府右長史等。撰有《存齋遺稿》、《歸田詩話》等。所撰《剪燈新話》，文言小說集，四卷並附錄一篇，擬唐人傳奇，共二十一篇。據清黃虞稷《千頃堂書目》子部小說類注：「瞿佑又有《剪燈餘話》（按：應作《新話》），正統七年癸酉李時勉請禁毀其書，故與李禎《餘話》皆不錄。」

【2】明嘉靖以來將說部刻為叢集的，主要有：陸楫等輯刊《古今說海》，李栻輯刊《歷代小史》，吳琯輯刊《古今逸史》，王文浩輯刊《唐人說薈》（一名《唐代叢書》）等。這些書為適應市場需要而草率輯編，真偽錯雜，魯迅在《破唐人說薈》、《唐宋傳奇集．序例》等文中都曾予以批評。

【3】此處關於蒲松齡的生年有誤，清張元〈柳泉蒲先生墓表〉稱，松齡「以康熙五十四年（一七一五）正月二十二日卒，享年七十有六」。據此推知其生年為崇禎十三年（一六四〇）。

【4】黃州：指北宋時謫居黃州的蘇軾。宋葉夢得《避暑錄話》卷一：「子瞻在黃州及嶺表，每日起，不招客相與語，則必出而訪客。……談諧放蕩，不復為畛畦。有不能談者，則強之說鬼；或辭無有，則曰姑妄言之。於是聞者無不絕倒，皆盡歡而去。」

【5】蒲松齡蒐集異聞事的記載，見鄒弢《三借廬筆談》：「相傳先生居鄉里，……作此書時，每臨晨，攜一大磁甖，中貯苦茗，具淡巴菰（煙草之西文譯音）一包。置行人大道旁，下陳蘆襯，坐於上，烟茗置身畔。見行道者過，必強執與語，搜奇說異，隨人所知，渴則飲以茗，或奉以烟，必令暢談乃已。偶聞一事，歸而粉飾之。如是二十餘寒暑，此書方告蕆（ㄔㄢˇ，完成）。」

【6】王士禎欲市（購買）《聊齋志異》：據清陸以湉《冷廬雜識》云：「蒲氏松齡《聊齋志異》流播海內，幾於家有其書。相傳漁洋山人愛重此書，欲以五百金購之不能得。」倪鴻《桐陰清話》也有類似記載。

魯迅《小說舊聞鈔》中《聊齋志異》條按語指出：「王漁洋欲市《聊齋志異》稿及蒲留仙強執路人使說異聞二事，最為無稽，而世人偏豔傳之，可異也。」

【7】這裏所說的《聊齋志異》始刊於嚴州，指乾隆三十一年（一七六六）青柯亭刊本，趙起杲（ㄍㄠˇ）刊刻。嚴州，治所在今浙江建德。

[8] 但明倫：字天敘，一字雲湖，清廣順（今貴州長順）人，曾官兩淮鹽運使。他注釋的《聊齋志異》於道光二十二年（一八四二）刊行。呂湛恩，清文登（今屬山東）人，他所作的《聊齋志異》的注文，曾於道光五年（一八二五）單獨刊行，道光二十三年（一八四三）注文與《聊齋志異》原文合刻。

[9] 《聊齋志異拾遺》：一卷二十七篇本未見。另有道光十年（一八三〇）得月簃叢書本《聊齋志異拾遺》一卷，光緒四年（一八七八）北京聚珍堂本《聊齋拾遺》四卷等。

[10] 袁枚（一七一六—一七九八）：字子才，號簡齋、隨園老人，清錢塘（今浙江杭州）人。文學家。乾隆四年（一七三九）進士，曾任江浦、江寧等縣知縣。生平事蹟見《清史列傳》卷七二、《清史稿》卷四八五、孫星衍《袁君枚傳》、姚鼐《袁隨園君墓誌銘》、楊鴻烈《袁枚年譜》。撰有《小倉山房集》、《隨園詩話》等。

[11] 沈起鳳（一七四一—一七九四後）：字桐威，號薲（ㄆㄧㄣˊ）漁，又號紅心詞客，清江蘇吳縣人。戲曲家。撰有傳奇劇本多種，今存《沈薲漁四種曲》。所撰《諧鐸》，十二卷，文言短篇小說集。收小說一百二十一篇，借搜神說鬼，揭露和批判當時社會的種種醜惡現象，頗負盛名。

[12] 和邦額（一七三六—？）：字閑齋，號霽雲主人，清滿洲鑲黃旗人。乾隆三十九年（一七七四）中舉，曾任山西樂平縣令。乾隆四十四年（一七七九）寫出筆記小說《夜譚隨錄》。

[13] 浩歌子：即尹慶蘭，字似村，清滿洲鑲黃旗人。《螢窗異草》，筆記小說集，三編十二卷，一百三十六篇。全書以記敘奇聞異事為主，主人公常為狐精神鬼、花木妖魅。

[14] 管世灝：字月楣，清海昌（今浙江海寧）人。

[15] 馮起鳳：字梓華，清浙江平湖人。

[16] 鄒弢（？—一九二四後）：字翰飛，別號瘦鶴詞人，又號瀟湘館侍者。清金匱（今江蘇無錫）人。卒年八十餘。近代小說家。諸生。王韜弟子。後寓上海，曾任《蘇報》主編，晚年任教於上海啓明中學。生平事蹟見其《三借廬筆談》、《清詩紀事》光緒宣統朝卷、陳汝衡《說苑珍聞》等。以長篇狹邪小說《海上塵天影》著名。另撰《三借廬筆談》等。

[17] 黍餘裔孫：即居紳，參看本書第二十五篇。

[18] 金武祥（一八四一—一九二五）：字溎生，號粟香，清江蘇江陰人。其所撰筆記《粟香室隨筆》（八卷），記敘清代異聞軼事和風土人情，談詩論藝。所錄各家詩作，或無集行世，或其集不載，賴此書得以保存，而評語則要言不煩。另撰有《江陰藝文志》等。

[19] 盛時彥：字松雲，清北平（今北京）人。紀昀門人。下面的引文見《閱微草堂筆記．灤陽消夏錄》自序。

[20] 此段引文見《閱微草堂筆記．姑妄聽之》自序。

[21] 樂鈞（一七六六－一八一四）：字元淑，號蓮裳，清江西臨川人。詩人。《清史列傳》卷七二、《清史稿》卷四八五、《國朝先正事略》卷四二有傳。撰有《青芝山館詩集》。

[22] 許秋垞：清海昌（今浙江海寧）人。撰有《琵琶演義》等。

[23] 湯用中：字芷卿，清江蘇常州人。

[24] 王韜（一八二八－一八九七）：字仲弢，又字紫詮，號弢園、無悔，晚號天南遁叟，清長洲（今江蘇吳縣）人。近代文學家。諸生。著譯甚多。所撰《淞隱漫錄》，又名《後聊齋志異》，筆記小說集，十二卷，一百一十八篇；《淞濱瑣話》，筆記小說集。又名《淞隱續錄》，十二卷，六十八篇。

[25] 宣鼎（一八三二－一八八〇）：字子久，號瘦梅，別署香雪道人。清安徽天長人。近代小說家。工詩文，擅書畫，諳戲曲。諸生。咸豐末年移居上海，以賣畫為生。三十一歲後遊幕北方。撰有傳奇劇本《返魂香》、著名文言短篇小說集《夜雨秋燈錄》等。

[26] 許元仲：字小歐，清松江（今屬上海）人。

[27] 俞鴻漸（一七八一－一八四六）：字劍華，清浙江德清人，撰有《印雪軒文鈔》、《印雪軒詩抄》等。《印雪軒隨筆》，筆記，四卷二百四十六則。內容駁雜，多記花妖狐鬼。

[28] 俞樾（一八二一－一九〇七）：字蔭甫，號曲園，清浙江德清人。近代學者、文學家。道光三十年（一八五〇）進士。生平事蹟見《清史稿》卷四八二、繆荃孫〈俞先生行狀〉、章炳麟〈俞先生傳〉、徐澂〈俞曲園先生年譜〉。著述繁富，彙刻為《春在堂全書》。

[29] 金捧閶（一七六〇－一八一〇）：字玠堂，清江蘇江陰人。所撰《客窗偶筆》，原八卷，後散佚，其孫輯得四卷，與《客窗二筆》一卷合刻。

[30] 梁恭辰：字敬叔，清福建福州人。

[31] 許奉恩：字叔平，清安徽桐城人。

解讀

本篇介紹明清的文言短篇小說，首先指出明初擬唐人傳奇文本來相當勃興，後遭禁斷。元末明初小說和戲曲都十分興旺發達，名作眾多，明代前期則都落入了蕭條，這是朱元璋大搞文字獄的結果。

本篇言及的《剪燈新話》，「集成於洪武戊午歲十一年（一三七八）」（日本《剪燈新話句解》本《重校剪燈新話後序》），在明代享有盛譽。全書四卷二十篇，另附錄一卷一篇，共二十一篇，多爲愛情故事包括人鬼相戀故事，也有神鬼、陰司題材。其中近半篇目寫出了歷史的滄桑。三篇與宋代有關。描寫元末戰亂中人民的苦難的五篇小說讀來更令人悲愴。《太虛司法傳》描繪元代至元丁丑（一三三七），上蔡（今屬河南）四周於「兵燹（ㄒㄧㄢˇ，兵亂縱火焚燒）之後，蕩無人居，黃沙白骨，一望極目」。群屍遍地，環起取人。是一片人煙寂滅的悲慘景象。《愛卿傳》、《翠翠傳》和《秋香亭記》描寫元末戰亂中婦女們的愛情悲劇。《愛卿傳》中的羅愛愛是色貌才藝獨步一時的嘉興（今屬浙江）名娼，工於詩詞，人皆敬慕，稱爲愛卿。同郡趙氏，家資巨萬，聘她爲妻。趙子赴京爲官，愛卿在家伺侯婆婆孝謹周到。至正十六年（一三五六）張士誠攻占蘇吳一帶，第二年元軍在嘉興與士誠軍對峙，「不戢軍士，大掠居民」。軍官劉萬户占據趙宅，又要逼納愛卿，她以羅巾自縊而死。待趙子回鄉，「則城郭人民皆非舊矣，」一片荒涼，寂無人煙。《翠翠傳》敘淮安民家婦劉翠翠被張士誠屬下李將軍擄去，一年後士誠占領江南、浙西，道路始通，其夫金定千里尋妻，經平江、紹興、安豐（今安徽壽縣）至湖州（今屬浙江）才追蹤到李將軍不斷轉換的新駐防地，一路討飯尋到李府，假充翠翠之兄，才得一見。兩人無法團圓，先後因相思痛苦而病死，幸得兩墳比鄰相近。戰亂時代，官軍、義軍皆如盜匪，劫財劫色，窮兇極惡。《秋香亭記》敘作者瞿佑之友商生。在張士誠起義的戰亂中，輾轉會稽、四明（今浙江紹興、寧波）以避亂，他的未婚妻則全家北逃金陵，互相音耗不通者十年，待找到未婚妻楊采采，她已於甲辰年，即元至正二十四年（一三六四）嫁於太原王氏。雙方極感痛苦，采采寫長信詳敘戰時逃難時的悲慘經歷，又贈詩一首：「好姻緣是惡姻緣，只怨干戈不怨天。兩世玉簫猶再合，何時金鏡得重圓？彩鸞舞後腸空斷，青雀飛來信不傳。安得神靈如倩女，芳魂容易到君邊！」魂繫腸斷，痛敘佳人無窮之恨。商生珍藏笥中，「每一覽之，輒寢食俱廢者累日，益終不能忘情焉耳。」留給他倆的是陪伴終生的痛苦。另有《華亭逢故人記》寫華亭（今上海松江）全、賈兩個文士，在明軍攻打吳中時，危急中助張士誠友軍謀劃軍事，兵敗後投水而死。他們兩魂五年後遇故鄉友人石若虛，猶議論縱橫，自稱「苟慕富貴，危機豈能避？」「丈夫不能流芳百世，亦當遺臭萬年。」歷評歷代的王侯將相，猶如生前之豪放自得，兩人還當場各吟一詩，痛敘戰後瘡痍滿目、枯骨遍地之情景，分別以「一片春光誰是主，野花開滿蒺藜沙」和「生存零落皆如此，惟恨平生壯士違」作結。小說描繪出元末東南文士豪宕慷慨的品格，他們對歷史變化的傷感情懷和生死不渝地指點江山的書生意氣。所以，即如文言小說不發達的明代，也有如此力作，可見中國小說史是佳作紛呈，豐富多彩的。

從《剪燈新話》的記敘可知，不僅官軍，農民起義的軍紀很壞。朱元璋的軍隊，在劉基、宋濂等傑出知識份子加入後，軍紀有了很大的進步，而其他「義軍」的表現，以占領最富庶的江南地區的張士誠爲例，非常惡劣。除上已舉例的《翠翠傳》，描寫其屬下李將軍搶占民女外，當時記載張士誠駙馬潘某，其姬蘇氏，國色也，潘某在酒席上醉而殺之，還以金盤薦首娛客。張士誠滅亡後，他被斬首，其首被丟於溷（廁所）中。當時的著名詩人楊維楨爲賦《金盤美人》詩記敘此事曰：昨夜金床喜，喜薦美人體。今日金盤愁，愁薦美人頭。美人宛專著體酥，橫陳昨夜嬌作羞。玉軟香溫春何限，蹙額金盤怨凝眸。枉自紅茵媚就抱，昨夜恩情今朝休。明朝使君在何處，溷中人溺血骷髏。張士誠與其女婿、將領搶占、蹂躪婦女的劣跡，當時肯定傳聞很廣，所以正直的知識份子，如著名詩人高啓、《水滸傳》作者施耐庵，都拒絕張士誠的多次籠絡拉攏，絕不與這種強盜頭子同流合汙。

本篇開首對《剪燈新話》作了否定性的評價，是錯誤的。從字裏行間可以看出，魯迅可能並未讀過全書，故作錯評。

清代的文言小說，蒲松齡《聊齋志異》復擬傳奇文記狐鬼，紀昀《閱微草堂筆記》五種更追蹤晉宋志怪爲書，兩書如雙峰並峙。魯迅先生將《聊齋志異》和《閱微草堂筆記》這兩部大家之作的藝術成就和不同特色，講得很透。

第二十三篇　清之諷刺小說

寓譏彈於稗史者，晉、唐已有，而明為盛，尤在人情小說中。然此類小說，大抵設一庸人，極形其陋劣之態，藉以襯托俊士，顯其才華，故往往大不近情，其用纔比於「打諢」。若較勝之作，描寫時亦刻深，譏刺之切，或逾鋒刃，而《西遊補》之外，每似集中於一人或一家，則又疑私懷怨毒，乃逞惡言，非於世事有不平，因抽毫而抨擊矣。其近於呵斥全群者，則有《鍾馗捉鬼傳》[1]十回，疑尚是明人作，取諸色人，比之群鬼，一一抉剔，發其隱情，然詞意淺露，已同嫚罵，所謂「婉曲」，實非所知。迨吳敬梓《儒林外史》出，乃秉持公心，指擿時弊，機鋒所向，尤在士林；其文又慼而能諧，婉而多諷：於是說部中乃始有足稱諷刺之書。

吳敬梓字敏軒，安徽全椒人，幼即穎異，善記誦，稍長補官學弟子員，尤精《文選》，詩賦援筆立成。然不善治生，性又豪，不數年揮舊產俱盡，時或至於絕糧，雍正乙卯，安徽巡撫趙國麟舉以應博學鴻詞科，不赴。移家金陵，為文壇盟主，又集同志建先賢祠於雨花山麓，祀泰伯以下二百三十人，資不足，售所居屋以成之，而家益貧。晚年自號文木老人，客揚州，尤落拓縱酒，乾隆十九年卒於客中，年五十四（一七一—一七五四）。所著有《詩說》七卷，《文木山房集》[2]五卷，詩七卷，皆不甚傳（詳見新標點本《儒林外史》卷首）。

吳敬梓著作皆奇數，故《儒林外史》亦一例，為五十五回；其成殆在雍正末，著者方僑居於金陵也。時距明亡未百年，士流蓋尚有明季遺風，制藝而外，百不經意，但為矯飾，云希聖賢。敬梓之所描寫者即是此曹，既多據自所聞見，而筆又足以達之，故能燭幽索隱，物無遁形，凡官師，儒者，名士，山人，間亦有市井細民，皆現身紙上，聲態並作，使彼世相，如在目前，惟全書無主幹，僅驅使各種人物，行列而來，事與其來俱起，亦與其去俱訖，雖云長篇，頗同短制；但如集諸碎錦，合為帖子，雖非巨幅，而時見珍異，因亦娛心，使人刮目矣。敬梓又愛才士，「汲引如不及，獨嫉『時文士』如仇，其尤工者，則尤嫉之。」（程晉芳所作傳云）故書中攻難制藝及以制藝出身者亦甚烈，如令選家馬二先生自述制藝之所以可貴云：

……「『舉業』二字，是從古及今，人人必要做的。就如孔子生在春秋時候，那時用『言揚行舉』做官，故孔子只講得個『言寡尤，行寡悔，祿在其中』：這便是孔子的舉業。到漢朝，用賢良方正開科。所以公孫弘、董仲舒舉賢良方正：這便是漢人的舉業。到唐朝，用詩賦取士；他們若講孔孟的話，就沒有官做了，所以唐人都會做幾句詩：這便是唐人的舉業。到宋朝，又好了，都用的是些理學的人做官，所以程朱就講理學：這便是宋人的舉業。到本朝，用文章取士，這是極好的法則。就是夫子在而今，也要念文章。做舉業，斷不講那『言寡尤，行寡悔』的話。何也？就日日講究『言寡尤，行寡悔』，那個給你官做？孔子的道，也就不行了。」（第十三回）

《儒林外史》所傳人物，大都實有其人，而以象形諧聲或廋詞隱語寓其姓名，若參以雍乾間諸家文集，往往十得八九（詳見本書上元金和跋）。此馬二先生字純上，處州人，實即全椒馮粹中，[3]爲著者摯友，其言眞率，又尚上知春秋、漢、唐，在「時文士」中實猶屬誠篤博通之士，但其議論，則不特盡揭當時對於學問之見解，且洞見所謂儒者之心肝者也。至於性行，乃亦君子，例如西湖之遊，雖全無會心，頗殺風景，而茫茫然大嚼而歸，迂儒之本色固在：

馬二先生獨自一個，帶了幾個錢，步出錢塘門，在茶亭裏喫了幾碗茶，到西湖沿上牌樓跟前坐下，見那一船一船鄉下婦女來燒香的，……後面都跟著自己的漢子，……上了岸，散往各廟裏去了。馬二先生看了一遍，不在意裏。起來又走了里把多路，望著湖沿上接連著幾個酒店，……馬二先生沒有錢買了喫，……只得走進一個麵店，十六個錢喫了一碗麵，肚裏不飽，又走到間壁一個茶室喫了一碗茶，買了兩個錢「處片」嚼嚼，倒覺有些滋味。喫完了出來，……往前走，過了六橋，轉個彎，便像些村莊地方。又有人家的棺材，厝基中間，走也走不清，甚是可厭。馬二先生欲待回去，遇著一個走路的，問道

「前面可還有好頑的所在？」那人道，「轉過去便是淨慈、雷峰。怎麼不好頑？」馬二先生於是又往前走。……過了雷峰，遠遠望見高高下下許多房子蓋著琉璃瓦，……馬二先生走到跟前，看見一個極高的山門，一個金字直匾，上寫「敕賜淨慈禪寺」；山門旁邊一個小門。馬二先生走了進去；……那些富貴人家女客，成群結隊，裏裏外外，來往不絕。……馬二先生身子又長，戴一頂高方巾，一幅烏黑的臉，腆著個肚子，穿著一雙厚底破靴，橫著身子亂跑，只管在人窩子裏撞。女人也不看他，他也不看女人。前前後後跑了一交，又出來坐在那茶亭內，……喫了一碗茶。櫃上擺著許多碟子：橘餅、芝麻糖、粽子、燒餅、處片、黑棗、煮栗子，馬二先生每樣買了幾個錢，不論好歹，喫了一飽。馬二先生覺得倦了，直著腳跑進清波門；到了下處，關門睡了。因為多走了路，在下處睡了一天；第三日起來，要到城隍山走走。……（第十四回）

至敘范進家本寒微，以鄉試中式暴發，旋丁母憂，翼翼盡禮，則無一貶詞，而情偽畢露，誠微辭之妙選，亦狙擊之辣手矣：

……兩人（張靜齋及范進）進來，先是靜齋謁過，范進上來敘師生之禮。湯知縣再三謙讓，奉坐喫茶。同靜齋敘了些闊別的話；又把范進的文章稱贊了一番，問道「因何不去會試？」范進方才說道，「先母見背，遵制丁憂。」湯知縣大驚，忙叫換去了吉服。拱進後堂，擺上酒來。……知縣安了席坐下，用的都是銀鑲杯箸。范進退前縮後的不舉杯箸，知縣不解其故。靜齋笑道，「世先生因遵制，想是不用這個杯箸。」知縣忙叫換去。換了一個磁杯，一雙象牙箸來，范進又不肯舉動。靜齋道，「這個箸也不用。」隨即換了一雙白顏色竹子的來，方才罷了。知縣疑惑：「他居喪如此盡禮，倘或不用葷酒，卻是不曾備辦。」落後看見他在燕窩碗裏揀了一個大蝦圓子送在嘴裡，方才放心。……（第四回）

此外刻劃僞妄之處尚多，掊擊習俗者亦屢見。其述王玉輝之女既殉夫，玉輝大喜，而當入祠建坊之際，「轉覺心傷，辭了不肯來」，後又自言「在家日日看見老妻悲慟，心中不忍」（第四十八回），則描寫良心與禮教之衝突，殊極刻深（詳見本書錢玄同序）；作者生清初，又束身名教之內，而能心有依違，託稗說以寄慨，殆亦深有會於此矣。以言君子，尚亦有人，杜少卿爲作者自況，更有杜慎卿（其兄青然），有虞育德（吳蒙泉），有莊尚志[4]（程綿莊），皆貞士；其盛舉則極於祭先賢。迨南京名士漸已銷磨，先賢祠亦荒廢；而奇人幸未絕於市井，一爲「會寫字的」，一爲「賣火紙筒子的」，一爲「開茶館的」，一爲「做裁縫的」。末一尤恬淡，居三山街，曰荊元，能彈琴賦詩，縫紉之暇，往往以此自遣；間亦訪其同人。

一日，荊元喫過了飯，思量沒事，一徑踱到清涼山來。……他有一個老朋友姓于，住在山背後。這于老者也不讀書，也不做生意，……督率著他五個兒子灌園。……這日，荊元步了進來，于老者迎著道，「好些時不見老哥來，生意忙的緊？」荊元道，「正是。今日才打發清楚些，特來看看老爹。」于老者道，「恰好烹了一壺現成茶，請用一杯。」斟了送過來。荊元接了，坐著喫，道，「這茶，色香味都好。老爹卻是那裏取來的這樣好水？」于老者道，「我們城西不比你們城南，到處井泉都是喫得的。」荊元道，「古人動說『桃源避世』，我想起來，那裡要什麼桃源。只如老爹這樣清閒自在，住在這樣『城市山林』的所在，就是現在的活神仙了。」于老者道，「只是我老拙一樣事也不會做，怎的如老哥會彈一曲琴，也覺得消遣些。近來想是一發彈的好了，可好幾時請教一回？」荊元道，「這也容易，老爹不嫌汙耳，明日攜琴來請教。」說了一會，辭別回來。次日，荊元自己抱了琴，來到園裡，于老者已焚下一爐好香，在那裡等候。……于老者替荊元把琴安放在石凳上，荊元席地坐下，于老者也坐在旁邊。荊元慢慢的和了弦，彈起來，鏗鏗鏘鏘，聲振林木。……彈了一會，忽作變徵之音，淒清宛轉。于老者聽到深微之處，不覺淒然淚下。自此，他兩人常常往來。當下也就別過了。（第五十五回）

然獨不樂與士人往還，且知士人亦不屑與友：固非「儒林」中人也。至於此後有無賢人君子得入《儒林外史》，則作者但存疑問而已。

《儒林外史》初惟傳鈔，後刊木於揚州，[5]已而刻本非一。嘗有人排列全書人物，作「幽榜」，謂神宗以水旱偏災，流民載道，冀「旌沉抑之人才」以祈福利，乃並賜進士及第，並遣禮官就國子監祭之；又割裂作者文集中駢語，襞積之以造詔表（金和跋云），統爲一回綴於末：故一本有五十六回。又有人自作四回，事既不倫，語復猥陋，而亦雜入五十六回本中，印行於世：故一本又有六十回。[6]

是後亦尟有以公心諷世之書如《儒林外史》者。

注釋

[1]《鍾馗捉鬼傳》：又題《斬鬼傳》，一名《第九才子書斬鬼傳》、《說唐平鬼全傳第九才子書》。章回小說，十回，清初劉璋著（據徐昆《柳崖外編》）。最早刊本為乾隆間莞爾堂袖珍本，書前有康熙五十九年（一七二〇）黃越際飛氏序。舊刊本題「陽直樵雲山人編次」。

劉璋（一六六八－？）字於堂，號介符，又號煙霞散人、樵雲山人。山西太原人。學術家，擅繪事。康熙三十五年（一六九六）舉人，雍正元年（一七二三）官深澤知縣。《同治深澤縣誌．名宦傳》有傳。除本書外，另撰有《鳳凰池》、《巧聯珠》、《飛花豔想》等。

[2]《詩說》：已佚。從《儒林外史》第三十四回，及金聖歎和跋文所引片斷材料，可知此書是解說《詩經》的。《文木山房集》，《全椒志》著錄十二卷，文五卷，詩七卷。今存有四卷本，即賦一卷，詩二卷，詞一卷。

[3]馮粹中：名祚泰，清全椒（今屬安徽）人，曾任正白旗官學教習。

【4】杜慎卿的原型青然，即吳檠（一六九六—一七五〇），字青然，清全椒人。吳敬梓族兄，曾官刑部主事。下文虞育德的原型吳蒙泉，名培源，字岵瞻，清無錫（今屬江蘇）人。曾官上元縣教諭、遂安縣知縣。莊尚志的原型程綿莊（一六九一—一七六七），名廷祚，字啓生，號綿莊，又號清溪居士。清上元（今江蘇南京）人。學者、詩文家。著有《青溪文集》、《清溪詩說》、《尚書通議》等。生平事蹟見《清史列傳》卷六六、《清史稿》卷四八〇、程晉芳〈綿莊先生墓誌銘〉、袁枚〈徵士程綿莊墓誌銘〉。

【5】《儒林外史》揚州初刻本的年代，據金和《儒林外史》跋：「是書為全椒棕亭先生官揚州府教授時梓以行世，自後揚州書肆刻本非一。」金棕亭於乾隆戊子至己亥（一七六八—一七七九）間任揚州府教授，故可推知該書刻於乾隆己亥年（一七七九）以前。

【6】五十六回本《儒林外史》，即臥閒草堂本，刊行於嘉慶八年（一八〇三），為今見最早刻本。金和跋載：「是書原本僅五十五卷，於述琴棋書畫四士既畢，即接《沁園春》一詞；何時何人妄增『幽榜』一卷，其詔表皆割先生文集中駢語襞積而成，更陋劣可哂，今宜芟之以還其舊。」六十回本《儒林外史》，即增補齊省堂本，刊行於光緒十四年（一八八八），有東武惜紅生序。其中增補之四回，敘沈瓊枝嫁宋為富為妾並逃脫的故事。

解讀

清代諷刺小說的代表作是吳敬梓撰寫的長篇小說《儒林外史》。《儒林外史》是繼明代「四大奇書」和《紅樓夢》之後藝術成就很高的長篇小說。對魯迅在本書中對此書的極高評價，錢鍾書先生則提出了異議。

錢先生先從方法論上指出，「近世比較文學大盛，『淵源學』（chronology）更卓爾自成門類，雖每失之瑣屑，而有裨於作者與評者皆不淺。」「評者觀古人依傍沿襲之多少，可以論定其才力之大小，意匠之爲因爲創。」後一句說的是觀察作者創造力的大小。從這個意義上，他發現吳敬梓沿用古人舊材料不少，也就是說創造力不是最上乘的。原文有云：「中國舊小說巨構中，《儒林外史》蹈襲依傍處最多。」有多少？據考，第七回有二處，第十三回一處，第十四回一處，第四十六回一處。沿襲的有情節，也有對話。另有襲用古人詩句處。據此，錢先生指出：「近人論吳敬梓者，頗多過情之譽。」（《小說說小》，《錢鍾書散文》第五二四—五二八頁，浙江文藝出版社一九九七）對《儒林外史》批評甚多，也很正確。李國濤〈錢鍾書文涉魯迅〉說：這個「近人」是指誰呢？看來只能是指胡適和魯迅。由於與胡適、魯迅之著都相隔二十年，不能確切指定。而胡、魯之著都是名著，影響甚大，錢氏都定曾寓目。我看，可能更多地是指魯迅吧。從錢文看，我以爲他的指證是確鑿的。一一列舉，一一對證，無可辯解。（《光明日報》二〇〇一年六月十五日）

此外《儒林外史》所譏刺的文人絕對不能代表當時中國知識份子的全部，而只是一小部分。此書憤世嫉俗地全盤否定科舉制度也是偏頗之見。我於第二十篇的解讀中業已指出：科舉制度的確是先進和公正的考試制度。八股文也不能否定，考試用的文章總有一定的格式，猶如當今的學位論文，因格式大致固定，也有人譏評爲八股文，也是一樣的道理。至於文藝創作追求獨創，必須反對八股化和公式化，這是另一個問題，兩者不能混淆。而拙著《流民皇帝——從劉邦到朱元璋》之第五章《朱元璋》介紹啓功、張中行、金克木、朱東潤、鄧雲鄉諸名家於一九八○—一九九○年代出版的書、文，盛讚八股文的藝術成就高超，有效訓練青少年的思維能力，則揭示了歷史的眞相。

第二十四篇　清之人情小說

乾隆中（一七六五年頃），有小說曰《石頭記》者忽出於北京，歷五六年而盛行，然皆寫本，以數十金鬻於廟市。其本止八十回，開篇即敘本書之由來，謂女媧補天，獨留一石未用，石甚自悼歎，俄見一僧一道，以爲「形體到也是個寶物了，還只沒有實在好處，須得再鐫上數字，使人一見便知是奇物方妙。然後好攜你到隆盛昌明之邦，詩禮簪纓之族，花柳繁華之地，溫柔富貴之鄉，去安身樂業」。於是袖之而去。不知更歷幾劫，有空空道人見此大石，上鐫文詞，從石之請，鈔以問世。道人亦「因空見色，由色生情，傳情入色，自色悟空，遂易名爲情僧，改《石頭記》爲《情僧錄》；東魯孔海溪則題曰《風月寶鑑》；後因曹雪芹於悼紅軒中披閱十載，增刪五次，纂成目錄，分出章回，則題曰《金陵十二釵》，並題一絕云，『滿紙荒唐言，一把辛酸淚。都云作者癡，誰解其中味？』（戚蓼生所序八十回本之第一回）

本文所敘事則在石頭城（非即金陵）之賈府，爲寧國、榮國二公後。寧公長孫曰敷，早死；次敬襲爵，而性好道，又讓爵於子珍，棄家學仙；珍遂縱恣，有子蓉，娶秦可卿。榮公長孫曰赦，子璉，娶王熙鳳；次曰政；女曰敏，適林海，中年而亡，僅遺一女曰黛玉。賈政娶於王，生子珠，早卒；次生女曰元春，後選爲妃；次復得子，則銜玉而生，玉又有字，因名寶玉，人皆以爲「來歷不小」，而政母史太君尤鍾愛之。寶玉既七八歲，聰明絕人，然性愛女子，常說，「女兒是水作的骨肉，男人是泥作的骨肉。」人於是又以爲將來且爲「色鬼」；賈政亦不甚愛惜，馭之極嚴，蓋緣「不知道這人來歷。……若非多讀書識字，加以致知格物之功，悟道參玄之力者，不能知也」（戚本第二回賈雨村云）。而賈氏實亦「閨閣中歷歷有人」，主從之外，姻連亦眾，如黛玉、寶釵，皆來寄寓，史湘雲亦時至，尼妙玉則習靜於後園。左即賈氏譜大要，用虛線者其姻連，著×者夫婦，著*者在「金陵十二釵」之數者也。

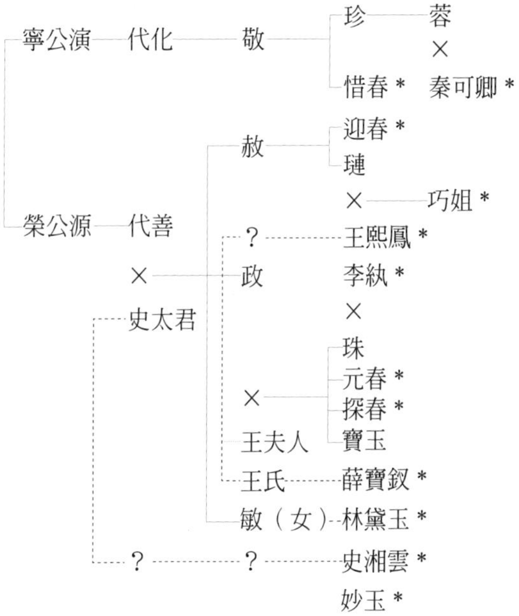

事即始於林夫人（賈敏）之死，黛玉失恃，又善病，遂來依外家，時與寶玉同年，爲十一歲。已而王夫人女弟所生女亦至，即薛寶釵，較長一年，頗極端麗。寶玉純樸，並愛二人無偏心，寶釵渾然不覺，而黛玉稍恚。一日，寶玉倦臥秦可卿室，遽夢入太虛境，遇警幻仙，閱《金陵十二釵正冊》及《副冊》，有圖有詩，然不解。警幻命奏新製《紅樓夢》十二支，其末闋爲〈飛鳥各投林〉詞有云：

爲官的，家業凋零；富貴的，金銀散盡。有恩的，死裏逃生；無情的，分明報應。欠命的命已還，欠淚的淚已盡！……看破的，遁入空門；癡迷的，枉送了性命。好一似，食盡鳥投林：落了片白茫茫大地眞乾淨！（戚本第五回）

然寶玉又不解，更歷他夢而寤。迨元春被選爲妃，榮公府愈貴盛，及其歸省，則闢大觀園以宴之，情親畢至，極天倫之樂。寶玉亦漸長，於外暱秦鍾、蔣玉函，歸則周旋於姊妹中表，以及侍兒如襲人、晴雯、平兒、紫鵑輩之間，昵而敬之，恐拂其意，愛博而心勞，而憂患亦日甚矣。

這日，寶玉因見湘雲漸愈，然後去看黛玉。正值黛玉纔歇午覺，寶玉不敢驚動。因紫鵑正在迴廊上手裡做針線，便上來問他，「昨日夜裏咳嗽的可好些？」紫鵑道，「好些了。」（寶玉道：「阿彌陀佛，寧可好了罷。」紫鵑笑道：「你也念起佛來，眞是新聞。」）寶玉笑道：「所謂『病篤亂投醫』了。」一面說，一面見他穿著彈墨綾子薄綿襖，外面只穿著青緞子夾背心，寶玉便伸手向他身上抹了一抹，說：「穿的這樣單薄，還在風口裏坐著。春風纔至，時氣最不好。你再病了，越發難了。」紫鵑便說道：「從此咱們只可說話，別動手動腳的。一年大二年小的，叫人看著不尊重；又打著那起混帳行子們背地裏說你。你總不留心，還只管合小時一般行爲，如何使得？姑娘常常吩咐我們，不叫合你說笑。你近來瞧他，遠著你，還恐遠不及呢。」說著，便起身，攜了針線，進別房去了。寶玉見了這般景況，心中忽覺澆了一盆冷水一般，只看著竹子發了回獃。因祝媽正來挖筍修竿，便怔怔走了出來，一時魂魄失守，心無所知，隨便坐在一塊石上出神，不覺滴下淚來。直獃了五六頓飯工夫，千思萬想，總不知如何是好。偶值雪雁從王夫人房中取了人參來，從此經過，……便走過來，蹲下笑道，「你在這裏作什麼呢？」寶玉忽見了雪雁，便說道，「你又作什麼來招我？你難道不是女兒？他既防嫌，總不許你們理我，你又來尋我，倘被人看見，豈不又生口舌？你快家去罷。」雪雁聽了，只當他又受了黛玉的委屈，只得回至房中，黛玉未醒，將人參交與紫鵑。……雪雁道，「姑娘還沒醒呢，是誰給了寶玉氣受？坐在那裏哭呢。」……紫鵑聽說，忙放下針線，……一直來尋寶玉。走到寶玉跟前，含笑說道，「我不過說了兩句話，爲的是大家好。你就賭氣，跑了這風地裏來哭，作出病來唬我。」寶玉忙笑道，「誰賭氣了？我因爲聽你說的有理，我想你們既這樣說，自然別人也是這樣說，將來漸漸的都不理我了。我所以想著自己傷心。」……（戚本第五十七回，括弧中句據程本補。）

然榮公府雖煊赫，而「生齒日繁，事務日盛，主僕上下，安富尊榮者儘多，運籌謀畫者無一，其日用排場，又不能將就省儉」，故「外面的架子雖未甚倒，內囊卻也盡上來了」（第二回）。頹運方至，變故漸多；寶玉在繁華豐厚中，且亦屢與「無常」覿面，先有可卿自經；秦鍾夭逝；自又中父妾厭勝之術，幾死；繼以金釧投井；尤二姐呑金；而所愛之侍兒晴雯又被遣，隨歿。悲涼之霧，遍被華林，然呼吸而領會之者，獨寶玉而已。

……他便帶了兩個小丫頭到一石後，也不怎麼樣，只問他二人道，「自我去了，你襲人姐姐可打發人瞧晴雯姐姐去了不曾？」這一個答道，「打發宋媽媽瞧去了。」寶玉道，「回來說什麼？」小丫頭道，「回來說：晴雯姐姐直著脖子叫了一夜，今兒早起就閉了眼，住了口，人事不知，也出不得一聲兒了，只有倒氣的分兒了。」寶玉忙問道，「一夜叫的是誰？」小丫頭子道：「一夜叫的是娘。」寶玉拭淚道，「還叫誰？」小丫頭說：「沒有聽見叫別人。」寶玉　道，「你糊塗，想必沒聽眞。」……因又想：「雖然臨終未見，如今且去靈前一拜，也算盡這五六年的情腸。」……遂一徑出園，往前日之處來，意爲停柩在內。誰知他哥嫂見他一嚥氣，便回了進去，希圖得幾兩發送例銀。王夫人聞知，便賞了十兩銀子；又命「即刻送到外頭焚化了罷。『女兒癆』死的，斷不可留！」他哥嫂聽了這話，一面就僱了人來入殮，擡往城外化人廠去了。……寶玉走來撲了個空，……自立了半天，別沒法兒，只得翻身進入園中，待回自房，甚覺無趣，因乃順路來找黛玉，偏他不在房中……又到蘅蕪院中，只見寂靜無人。……仍往瀟湘館來，偏黛玉尚未回來。……正在不知所以之際，忽見王夫人的丫頭進來找他，說，「老爺回來了，找你呢。又得了好題目來了，快走快走！」寶玉聽了，只得跟了出來。……彼時賈政正與眾幕友談論尋秋之勝；又說，「臨散時忽然談及一事，最是千古佳談，『風流俊逸忠義慷慨』八字皆備。倒是個好題目，大家都要作一首輓詞。」眾人聽了，都忙請教是何等妙題。賈政乃說，「近日有一位恆王，出鎮青州。這恆王最喜女色，且公餘好武，因選了許多美女，日習武事。……其姬中有一姓林行四者，姿色既冠，且武藝更精，皆呼爲林四娘。恆王最得意，遂超拔林四娘統轄諸姬，又呼爲姽婳將軍。」眾清客都稱「妙極神奇！竟以『姽嫿』下加『將軍』二字，更覺嫵媚風流，眞絕世奇文！想這恆王也是第一風流人物了。」……（戚本第七十八回，括弧中句據程本補。）

《石頭記》結局，雖早隱現於寶玉幻夢中，而八十回僅露「悲音」，殊難必其究竟。比乾隆五十七年（一七九二），乃有百二十回之排印本出，改名《紅樓夢》，字句亦時有不同，程偉元序其前云，「……然原本目錄百二十卷，……爰爲竭力搜羅，自藏書家甚至故紙堆中，無不留心。數年以來，僅積有二十餘卷。一日，偶於鼓擔上得十餘卷，遂重價購之。……然漶漫不可收拾，乃同友人細加釐剔，截長補短，鈔成全部，復爲鐫板以公同好。《石頭記》全書至是始告成矣。」友人蓋謂高鶚，[1]亦有序，末題「乾隆辛亥冬至後一日」，先於程序者一年。

後四十回雖數量止初本之半，而大故迭起，破敗死亡相繼，與所謂「食盡鳥飛獨存白地」者頗符，惟結末又稍振。寶玉先失其通靈玉，狀類失神。會賈政將赴外任，欲於寶玉娶婦後始就道，以黛玉羸弱。乃迎寶釵。姻事由王熙鳳謀劃，運行甚密，而卒爲黛玉所知，咯血，病日甚，至寶玉成婚之日遂卒。寶玉知將婚，自以爲必黛玉，欣然臨席，比見新婦爲寶釵，乃悲歎復病。時元妃先薨；賈赦以「交通外官倚勢凌弱」革職查抄，累及榮府；史太君又尋亡；妙玉則遭盜劫，不知所終；王熙鳳既失勢，亦鬱鬱死。寶玉病亦加，一日垂絕，忽有一僧持玉來，遂蘇，見僧復氣絕，歷噩夢而覺；乃忽改行，發憤欲振家聲，次年應鄉試，以第七名中式。寶釵亦有孕，而寶玉忽亡去。賈政既葬母於金陵，將歸京師，雪夜泊舟毗陵驛，見一人光頭赤足，披大紅猩猩氈斗篷，向之下拜，審視知爲寶玉。方欲就語，忽來一僧一道，挾以俱去，且不知何人作歌，云「歸大荒」，追之無有，「只見白茫茫一片曠野」而已。「後人見了這本傳奇，亦曾題過四句，爲作者緣起之言更進一竿云，『說到酸辛事，荒唐愈可悲，由來同一夢，休笑世人癡。』」（第一百二十回）

全書所寫，雖不外悲喜之情，聚散之跡，而人物事故，則擺脫舊套，與在先之人情小說甚不同。如開篇所說：

空空道人遂向石頭說道，「石兄，你這一段故事，……據我看來：第一件，無朝代年紀可考；第二件，並無大賢大忠，理朝廷、治風俗的善政。其中只不過幾個異樣女子——或情，或癡，或小才微善——亦無班姑、蔡女之德能。我縱鈔去，恐世人不愛看呢。」

石頭笑曰，「我師何太癡也！若云無朝代可考，今我師竟假借漢、唐等年紀添綴，又有何難？但我想歷來野史，皆蹈一轍；莫如我不借此套，反到新鮮別緻，不過只取其事體情理罷了。……歷來野史，或譏謗君相，或貶人妻女，姦淫兇惡，不可勝數。……至若才子佳人等書，則又千部共出一套，且其中終不能不涉於淫濫，以致滿紙『潘安、子建』，『西子、文君』……；且環婢開口，即『者也之乎』，非文即理，故逐一看去，悉皆自相矛盾，大不近情理之說。竟不如我半世親睹親聞的這幾個女子，雖不敢說強似前代所有書中之人，但事蹟原委，亦可以消愁破悶也。……至若離合悲歡，興衰際遇，則又追蹤躡跡，不敢稍加穿鑿，徒爲哄人之目，而反失其眞傳者。……」（戚本第一回）

蓋敘述皆存本眞，聞見悉所親歷，正因寫實，轉成新鮮。而世人忽略此言，每欲別求深義，揣測之說，久而遂多。今汰去悠謬不足辯，如謂是刺和珅（《譚瀛室筆記》）、藏讖緯（《寄蝸殘贅》）、明易象（《金玉緣》評語）[2]之類，而著其世所廣傳者於下：

一、納蘭成德[3]家事說，自來信此者甚多。陳康祺（《燕下鄉脞錄》五）[4]記姜宸英典康熙己卯順天鄉試獲咎事，[5]因及其師徐時棟（號柳泉）[6]之說云，「小說《紅樓夢》一書，即記故相明珠家事，金釵十二，皆納蘭侍御所奉爲上客者也，寶釵影高澹人；妙玉即影西溟先生，『妙』爲『少女』，『姜』亦婦人之美稱；『如玉』、『如英』，義可通假。……」侍御謂明珠之子成德，後改名性德，字容若。張維屏[7]（《詩人徵略》）云，「賈寶玉蓋即容若也；《紅樓夢》所云，乃其髫齡時事。」俞樾（《小浮梅閒話》）亦謂其「中舉人止十五歲，於書中所述頗合」。然其他事蹟，乃皆不符；胡適作《紅樓夢考證》（《文存》三），[8]已歷正其失。最有力者，一爲姜宸英有〈祭納蘭成德文〉，相契之深，非妙玉於寶玉可比；一爲成德死時年三十一，時明珠方貴盛也。

二、清世祖與董鄂妃故事說，[9]王夢阮、沈瓶庵合著之《紅樓夢索隱》[10]爲此說。其提要有云，「蓋嘗聞之京師故老云，是書全爲清世祖與董鄂妃而作，兼及當時諸名王奇女也。……」而又指董鄂妃爲即秦淮舊妓嫁爲冒襄妾之董小宛，[11]清兵下江南，掠以北，有寵於清世祖，封貴妃，已而夭逝；世祖哀痛，乃遁跡五臺山爲僧云。孟森作《董小宛考》（《心史叢刊》三集），[12]則歷摘此說之謬，最有力者爲小宛生於明天啓甲子，若以順治七年入宮，已二十八歲矣，而其時清世祖方十四歲。

三、康熙朝政治狀態說，此說即發端於徐時棟，而大備於蔡元培之《石頭記索隱》。[13]開卷即云，「《石頭記》者，清康熙朝政治小說也。作者持民族主義甚摯，書中本事，在弔明之亡，揭清之失，而尤於漢族名士仕清者寓痛惜之意。……」於是比擬引申，以求其合，以「紅」爲影「朱」字；以「石頭」爲指金陵；以「賈」爲斥僞朝；以「金陵十二釵」爲擬清初江南之名士：如林黛玉影朱彝尊，王熙鳳影余國柱，史湘雲影陳維崧，寶釵、妙玉則從徐說，旁徵博引，用力甚勤。然胡適既考得作者生平，而此說遂不立，最有力者即曹雪芹爲漢軍，而

《石頭記》實其自敘也。

然謂《紅樓夢》乃作者自敘，與本書開篇契合者，其說之出實最先，而確定反最後。嘉慶初，袁枚（《隨園詩話》二）已云，「康熙中，曹練亭爲江寧織造，……其子雪芹撰《紅樓夢》一書，備記風月繁華之盛。中有所謂大觀園者，即余之隨園也。」末二語蓋誇，餘亦有小誤（如以楝爲練，以孫爲子），但已明言雪芹之書，所記者其聞見矣。而世間信者特少，王國維（《靜庵文集》）且詰難此類，以爲「所謂『親見親聞』者，亦可自旁觀者之口言之，未必躬爲劇中之人物」[14]也，迨胡適作考證，乃較然彰明，知曹雪芹實生於榮華，終於苓落，半生經歷，絕似「石頭」，著書西郊，未就而沒；晚出全書，乃高鶚續成之者矣。

雪芹名霑，字芹溪，一字芹圃，正白旗漢軍。祖寅，[15]字子清，號楝亭，康熙中爲江寧織造。清世祖南巡時，五次以織造署爲行宮，後四次皆寅在任。然頗嗜風雅，嘗刻古書十餘種，爲時所稱；亦能文，所著有《楝亭詩鈔》五卷，《詞鈔》一卷（《四庫書目》），傳奇二種（《在園雜誌》）。寅子頫，即雪芹父，亦爲江寧織造，故雪芹生於南京。時蓋康熙末。雍正六年，頫卸任，雪芹亦歸北京，時約十歲。然不知何因，是後曹氏似遭巨變，家頓落，雪芹至中年，乃至貧居西郊，啜饘粥，但猶傲兀，時復縱酒賦詩，而作《石頭記》蓋亦此際。乾隆二十七年，子殤，雪芹傷感成疾，至除夕，卒，年四十餘（一七一九？—一七六三）。其《石頭記》尚未就，今所傳者止八十回（詳見《胡適文選》）。

言後四十回爲高鶚作者，俞樾（《小浮梅閒話》）云，「《船山詩草》有〈贈高蘭墅鶚同年〉一首云，『豔情人自說《紅樓》。』注云，『《紅樓夢》八十回以後，俱蘭墅所補。』然則此書非出一手。按鄉會試增五言八韻詩，始乾隆朝，而書中敘科場事已有詩，則其爲高君所補可證矣。」然鶚所作序，僅言「友人程子小泉過予，以其所購全書見示，且曰，『此僕數年銖積寸累之辛心，將付剞劂，公同好。子閒且憊矣，盍分任之。』予以是書……尚不背於名教，……遂襄其役。」蓋不欲明言己出，而寮友則頗有知之者。鶚即字蘭墅，鑲黃旗漢軍，乾隆戊申舉人，乙卯進士，旋入翰林，官侍讀，又嘗爲嘉慶辛酉順天鄉試同考官。其補《紅樓夢》當在乾隆辛亥時，未成進士，「閒且憊矣」，故於雪芹蕭條之感，偶或相通。然心志未灰，則與所謂「暮年之人，貧病交攻，漸漸的露出那下世光景來」（戚本第一回）者又絕異。是以續書雖亦悲涼，而賈氏終於「蘭桂齊芬」，家業復起，殊不類茫茫白地，眞成乾淨者矣。

續《紅樓夢》八十回本者，尚不止一高鶚。俞平伯[16]從戚蓼生所序之八十回本舊評中抉剔，知先有續書三十回，似敘賈氏子孫流散，寶玉貧寒不堪，「懸崖撒手」，終於爲僧；然其詳不可考（《紅樓夢辨》下有專論）。或謂「戴君誠夫見一舊時眞本，八十回之後，皆與今本不同，榮寧籍沒後，皆極蕭條；寶釵亦早卒，寶玉無以作家，至淪於擊柝之流。史湘雲則爲乞丐，後乃與寶玉仍成夫婦。……聞吳潤生中丞家尚藏有其本。」（蔣瑞藻《小說考證》七引《續閱微草堂筆記》）此又一本，蓋亦續書。二書所補，或俱未契於作者本懷，然長夜無晨，則與前書之伏線亦不背。

此他續作，紛紜尚多，如《後紅樓夢》、《紅樓後夢》、《續紅樓夢》、《紅樓復夢》，《紅樓夢補》、《紅樓補夢》、《紅樓重夢》、《紅樓再夢》、《紅樓幻夢》、《紅樓圓夢》、《增補紅樓》、《鬼紅樓》、《紅樓夢影》[17]等。大率承高鶚續書而更補其缺陷，結以「團圓」；甚或謂作者本以爲書中無一好人，因而鑽刺吹求，大加筆伐。但據本書自說，則僅乃如實抒寫，絕無譏彈，獨於自身，深所懺悔。此固常情所嘉，故《紅樓夢》至今爲人愛重，然亦常情所怪，故復有人不滿，奮起而補訂圓滿之。此足見人之度量相去之遠，亦曹雪芹之所以不可及也。仍錄彼語，以結此篇：

……作者自云：因曾歷過一番夢幻之後，故將眞事隱去，而藉「通靈」之說，撰此《石頭記》一書也。……自又云：今風塵碌碌，一事無成，忽念及當日所有之女子，一一細考較去，覺其行止見識，皆出於我之上。何我堂堂鬚眉，誠不若彼裙釵女子？實愧則有餘，悔又無益，是大無可如何之日也。當此，則自欲將以往所賴天恩祖德，錦衣紈袴之時，飫甘饜肥之日，背父兄教育之恩，負師友規訓之德，以致今日一技無成，半生潦倒之罪，編述一集，以告天下人。我之罪固不免，然閨閣中本自歷歷有人，萬不可因我之不肖，自己護短，一併使其泯滅。雖今日之茅椽蓬牖，瓦竈繩床，其晨夕風露，階柳庭花，亦未有妨我之襟懷，束筆閣墨；我雖未學，下筆無文，又何妨用俚語村言，敷衍出一段故事來，亦可使閨閣照傳，復可悅世之目，破人愁悶，不亦宜乎？……（戚本第一回）

注釋

【1】高鶚（約一七三八—約一八一五）：字蘭墅，又字雲士，號紅樓外史，漢軍鑲黃旗人。文學家。乾隆六十年（一七九五）進士，曾官內閣中書、翰林院侍讀。《清史稿》卷四八五有傳。撰有《高蘭墅集》、《月小山房遺稿》。清張問陶《贈高蘭墅鶚同年》詩注云：「傳奇《紅樓夢》八十回以後俱蘭墅所補。」今傳一百二十回本《紅樓夢》（程甲本和程乙本），其後四十回一般認為係高鶚所續。

【2】刺和珅：和珅（一七五〇—一七九九），鈕祜（ㄏㄨˋ）祿氏，字致齋，清滿洲正紅旗人。生員出身，官至大學士，為乾隆之心腹。嘉慶四年（一七九九）乾隆死，嘉慶數他二十大罪，賜死，抄沒其金銀財寶極多，至有「和珅跌倒，嘉慶吃飽」之諺。《譚瀛室筆記》云：「和珅秉政時，內寵甚多，自妻以下，內嬖如夫人者二十四人，即《紅樓夢》所指正副十二釵是也。」藏讖緯，汪堃《寄蝸殘贅》卷九載：「曾聞一旗下友人云：『《紅樓夢》為讖緯之書。』相傳有此說，言之鑿鑿，具有徵引，」並謂曹雪芹因撰《紅樓夢》，其後代遭「滅族之禍，實基於此」。明易象，《增評補象全圖金玉緣》卷首載張新之《石頭記讀法》云：「《易》曰，『臣弒其君，子弒其父，非一朝一夕之故，其所由來者漸矣。』故謹履霜之戒。一部《石頭記》，（演）一漸字。」

【3】納蘭成德（一六五五—一六八五）：後改名性德，字容若，號楞伽山人。清滿洲正黃旗人。大學士明珠長子，康熙十四年（一六七五）進士，曾任一等侍衛。曾奉使塞外。撰有《飲水詞》（又稱《納蘭詞》）、《通志堂集》等。生平事蹟見《清史列傳》卷七一、《清史稿》卷四八四、徐乾學《納蘭君墓誌銘》等。

【4】陳康祺：字鈞堂，清浙江鄞縣人，官至郎中。所撰《燕下鄉脞錄》十六卷。

【5】姜宸英（一六二八－一六九九）：字西溟，號湛園，清慈溪（今屬浙江）人。詩文家。明諸生。康熙三十六年（一六九七）進士。康熙己卯年（一六九九）為順天鄉試副考官，因科場舞弊案牽連，死於獄中。《清史列傳》卷七一、《清史稿》卷四八四、《國朝先正事略》卷四十有傳。著有《湛園未定稿》、《西溟文鈔》、《姜先生全集》等。

【6】徐時棟（一八一四－一八七三）：字定宇，又字同叔，號柳泉，清鄞縣（今屬浙江）人。近代詩人。道光二十六年（一八四六）舉人，曾任內閣中書，撰有《柳泉詩文集》、《煙嶼樓集》等。下引徐說涉及的明珠（一六三五－一七〇八），納喇氏，字端范，清滿洲正黃旗人。康熙七年（一六六八）任刑部尚書，後為武英殿大學士。高澹人（一六四五－一七〇四），名士奇，字澹人，號江村，清錢塘（今浙江杭州）人。詩文家。曾任內閣中書等職。《清史列傳》卷一〇、《清史稿》卷二七一、《國朝先正事略》卷六有傳。撰有《清吟堂全集》、《江村消夏錄》、《天祿識餘》等。

【7】張維屏（一七八〇－一八五九）：字南山，號松心子，清廣東番禺（今屬廣州）人。近代詩人。道光二年（一八二二）進士，官至江西南康知府。《清史列傳》卷七三、《清史稿》卷四八六、《國朝先正事略》卷四四有傳。撰有《松心詩錄、文集》等。《詩人徵略》，即《國朝詩人徵略》，一編六十卷，二編六十四卷。引文見二編卷九。

【8】胡適（一八九一－一九六二）：字適之，安徽績溪人。學者、詩人。曾任北京大學校長。著有《胡適文存》、《中國章回小說考證》等。他的《紅樓夢考證》作於一九二一年，對《紅樓夢》作者和版本進行了考證。

【9】清世祖：即順治皇帝福臨（一六三八－一六六一）。董鄂妃，世祖之妃，內大臣鄂碩之女。有些索隱派紅學家錯認為董鄂妃即是董小宛。

【10】王夢阮：生平事蹟無考。沈瓶庵，上海中華書局編輯，一九一四年曾主任《中華小說界》雜誌。王、沈合撰的《紅樓夢索隱》，一九一六年附刊於中華書局出版的一百二十回本《紅樓夢》，卷首有他們寫的《紅樓夢索隱提要》（但此文於一九一四年《中華小說界》第六、七期發表時僅署王夢阮一人之名）。

【11】冒襄（一六一一－一六九三）：字辟疆，號巢民，清初如皋（今屬江蘇）人。詩文家。明末副貢，入清隱居不仕。《清史列傳》卷七十、《清史稿》卷五〇一、《國朝耆獻類徵》卷四七八有傳。撰有《巢民詩文集》、《影梅庵憶語》等。董小宛（一六二四－一六五一），名白，原為秦淮名妓，名列「秦淮八豔」之一，後為冒襄寵妾。

【12】孟森（一八六八—一九三七）：字蓴孫，筆名心史，江蘇武進人。史學家。曾任北京大學教授，著有《明清史講義》等。所撰《心史叢刊》，共三集，多為有關明清史的考證文章。

【13】蔡元培（一八六八—一九四〇）：字鶴卿，號孑民，浙江紹興人。清光緒進士，曾任翰林院編修。辛亥革命後曾任南京臨時政府教育總長、北京大學校長、中央研究院院長等職。編有《蔡元培全集》。他在所撰《石頭記索隱》中，以林黛玉為絳珠仙子，「珠」、「朱」諧音：以林黛玉所住瀟湘館比附朱彝尊的號「竹垞」，故認為林黛玉影射朱彝尊。以「王」即「柱」字偏旁之省：「國」俗作「囯」，熙鳳之夫曰「璉」，即二「王」字相連也，故認為王熙鳳即影射余國柱。以陳維崧字其年、號迦陵，與史湘雲所佩「麒麟」音近，故認為史湘雲即影射陳維崧。

【14】王國維（一八七七—一九二七）：字靜安，號觀堂，浙江海寧人。學者、文學家。晚年任清華大學國學院教授。著作宏富，撰有《人間詞話》、《宋元戲曲史》、《觀堂集林》、《靜安文集》等。引文見周錫山編校《王國維文學美學論著集．紅樓夢評論》（北岳文藝出版社一九八七年版）。

【15】曹寅（一六五八—一七一二）：字子清，號楝亭、雪樵。原籍直隸豐潤（今屬河北），隸正白旗。曹雪芹祖父。曾官通政使，蘇州、江甯織造。《清史列傳》卷七一、《清史稿》卷四八五有傳。撰有《楝亭集》和戲曲作品數種，主持刊刻《全唐詩》、《佩文韻府》。所撰傳奇二種為《虎口餘生》、《續琵琶記》。下文「清世祖」應作「清聖祖」。

【16】俞平伯（一九〇〇—一九九一）：原名銘衡，浙江德清人。學者、作家。北京大學教授、中國社會科學院文學研究所研究員。所著《紅樓夢辨》，於一九二三年出版，經修訂後改名《紅樓夢研究》，於一九五二年重新出版。

【17】關於《紅樓夢》的衆多續書：據一粟《紅樓夢書錄》所載，續書多達三十二種，此書提到的重要的續書《後紅樓夢》，逍遙子撰，三十回，乾嘉間刊本：是《紅樓夢》的第一部續書，敘賈政救回被僧道所騙的寶玉，黛玉原體回生。晴雯借五兒之屍還魂，與紫鵑、鶯兒同嫁寶玉。黛玉總理家政，賈府得以再興。寶玉中進士。《續紅摟夢》，同名者有二種：一為秦子忱撰，三十卷，嘉慶四年抱甕軒刊本；一為題「海圃主人手製」，四十回，嘉慶間刊本。《紅樓復夢》，題「紅香閣小和山樵南陽氏編輯」，一百回，嘉慶十年金谷園刊本。此書揚釵而抑黛。並另寫一個祝府，作為全書人物活動的中心場景。以小和山樵為號的續作者，姓陳，字少海、南陽，清廣東肇慶府陽春縣（今廣東陽江市北）人。《紅摟夢補》，歸鋤子撰，四十八回，嘉慶二十四年藤花榭刊本。《紅樓幻夢》，花月癡人撰，二十四回，道光二十三年疏影齋刊本。《紅樓圓夢》，夢夢先生撰，三十一回，嘉慶十九年紅薔閣寫刻本。《增補紅樓》，鄉嬛山樵撰，三十二回，道光四年刊本。《鬼紅樓》，即秦子忱《續紅樓夢》：據《孅玉樓叢書提要》載：「是書作於《後紅樓夢》之後，人以其說鬼也，戲呼為《鬼紅樓》」。《紅樓夢影》，雲槎外史（一名西湖散人）

撰，二十四回，光緒三年北京聚珍堂活字刊本。《紅樓後夢》、《紅樓補夢》、《紅樓重夢》，《紅樓再夢》，未見。另有《綺樓重夢》，原名《紅樓續夢》，王蘭沚撰。

王蘭沚，號蘭皋居士，浙江杭州人。曾遊宦福建、臺灣。此書完成於嘉慶二三年間。

解讀

本篇專談《紅樓夢》及其續書。

對於《紅樓夢》，學者都認爲魯迅已經給以最高而且最正確的評價。對此，我有不同意見。魯迅固然講過許多讚揚《紅樓夢》的話，但就世界文學史的範圍觀察時，他就否定《紅樓夢》和《水滸傳》的偉大藝術成就了，認爲兩書不及西方名著高明（《花邊文學．看書瑣記》，《魯迅全集》第五卷第五三〇頁）。眞正給《紅樓夢》以最高而且最正確的評價的是王國維。王國維在其開創二十世紀新紅學的一代宏論《紅樓夢評論》（發表於一九〇四年上海《教育世界》，收入周錫山編校《王國維文學美學論著集》，北嶽文藝出版社一九八七、二九八八和《王國維集》第一冊，中國社會科學出版社二〇〇八、二〇一二）中指出：《紅樓夢》是優美與壯美相結合、以壯美爲主的天才之作，是悲劇中之悲劇，是宇宙之大著述。

《紅樓夢》是中國和世界文學史、文化史上的劃時代的巨著。二十世紀人文社會科學領域中成就最高、地位最高的清華大學國學院導師王國維先生，對《紅樓夢》的評價最高，也最正確。

但是魯迅批評了王國維：從《小說史》中再舉一個例子。那是關於《紅樓夢》的。袁枚說，《紅樓夢》是曹雪芹所撰，就引用了《隨園詩話》，說：「袁所記者其聞見」，「而世間信者特少」，接著突然說：「王國維且詰難此類」，以爲「所謂親見親聞者，亦可自旁觀者之口言之，未必躬爲劇中之人物也」（《紅樓夢評論．餘論》）。單只提出王國維的話，從文章前後的關係看來，覺得沒有什麼必要插入，插入的話也不大清楚，總之，我很難明白他的意思。因此，問他是什麼意思，他說，「實際上是我在非難王國維那樣的批評方法」。但是卒然讀起來，並不感到它是非難，眞是難於理解。在談話中，我才明白，大概他不喜歡王國維那繞彎子的、主情主義的、自以爲是的批評。所以讓那作爲《紅樓夢》批評家而知名的他（王國維）出一下場，踢他一下。但從文章看來是沒有什麼非難，僅只是引用了他的說話。這樣費解的地方，在我們是沒辦法的。總之應該知道魯迅的文章言外含蓄頗多，像前面例子看到的那樣，還寫了和文法正相反意思的文章。僅僅拘泥於字義的訓詁學者，從這樣的例子也能夠明白的話，一般我是不很相信的。（增田涉《魯迅的印象．魯迅文章的「言外意」》）事實是王國維的研究方法是正確的，作爲二十世紀國學第一大師的王國維的學術成就遠遠高於魯迅，這也可反證王國維的研究方法比魯迅要高明得多。關於王國維學術的偉大成就和高明而典範的研究方法的介紹和評論，可參見拙文《論王國維的偉大學術成就對當代世界的價值》（北京大學、清華大學、香港大學、臺灣清華大學聯合主辦，在清華大學舉行的「王國維誕辰一百二十週年紀念學術研討會」論文集）和拙編《王國維集》（四卷一百八十萬字，中國社會科學出版社二〇〇八，二〇一二）的長篇《前言》（又以《王國維的偉大學術成果簡論》爲題，提交北京大學、清華大學、北京師範大學、中國人民大學和海寧市政府主辦的「王國維誕辰一百三十週年紀念國際學術研討會」）。

對於《紅樓夢》續作後四十回及其作者高鶚的評價，二十世紀的學術界始終有著激烈的爭論。早年否定後四十回及其作者高鶚的俞平伯先生在晚年作了自我否定，他鄭重申明：胡適和俞平伯有罪，程偉元和高鶚有功。

通過對比閱讀，可知今存的各種脂硯齋抄本的八十回和程高本的前八十回的內容基本相同，但具體的文字則有眾多的差異。大致說來，八十回抄本的文字，有的顯得粗糙，可能是傳抄有誤，或原文如此。程高本作了修改後，在行文上顯得更爲恰切和精緻。但也有少數是改得不好的。脂評抄本中的有的內容，程高本作了刪節，或者他們所見的抄本中沒有這樣的內容。例如第六十三回《壽怡紅群芳開夜宴》描寫怡紅院全體丫環爲寶玉做壽，大家喝酒歡樂到深夜，醉倒、睡醒後，第二天上午，寶玉爲芳官改名爲耶律雄奴，還結合這個名字，介紹了匈奴及其後裔契丹等數千年入境侵犯的歷史，顯示了寶玉對芳官的喜愛，寶玉具有頗爲豐富的歷史知識。這一大段重要文字都被刪去了。但也有增加的大段文字。例如第七十四回寫王熙鳳奉命帶著王善保家的抄檢大觀園，抄到怡紅院，「只見晴雯挽著頭髮闖進來，豁一聲將箱子掀開，兩手捉著底子，朝天往地下盡情一倒，將所有之物盡都倒出。」脂本接著只寫「王善保家的也覺沒趣，看了一看，也無甚私弊之物。回了鳳姐，要往別處去。」而程高本在「王善保家的也覺沒趣兒」後面增加了精彩的對話，表現了晴雯的言辭機智、剛烈和尖利，王善保家的兇狠、愚蠢和脆弱，鳳姐欣賞晴雯的智慧勇氣和鄙視王善保家的複雜情緒和圓滑、陰刁的複雜性格，並將這次大抄檢的背景和賈府內的諸種矛盾交織在一起，有力烘托了交鋒激烈明快，場面精彩紛呈，讀了令人解頤和解恨，得到極大的滿足。這段彌足珍貴的絕妙文字，可能是早期抄本中的原稿，也可能是程高兩人的藝術創造。

總之，正如俞平伯先生所精闢指出的，程高本和脂評本「互有短長」（《紅樓夢研究》第五十四頁，人民文學出版社一九八八）。

魯迅對《紅樓夢》的錯誤評價參見附錄一《中國小說的歷史的變遷》第六講解讀。

第二十五篇　清之以小說見才學者

以小說爲庋學問文章之具，與寓懲勸同意而異用者，在清蓋莫先於《野叟曝言》。[1]其書光緒初始出，序云康熙時江陰夏氏作，其人「以名諸生貢於成均，既不得志，乃應大人先生之聘，輒祭酒帷幕中，遍歷燕、晉、秦、隴。……繼而假道黔、蜀，自湘浮漢，溯江而歸。所歷既富，於是發爲文章，益有奇氣，……然首已斑矣。（自是）屏絕進取，壹意著書」，成《野叟曝言》二十卷，然僅以示友人，不欲問世，迨印行時，已小有缺失；一本獨全，疑他人補足之。二本皆無撰人名，金武祥（《江陰藝文志》凡例）則云夏二銘作。二銘，夏敬渠之號也；光緒《江陰縣誌》（十七〈文苑傳〉）云，「敬渠，字懋修，諸生；英敏績學，通史經，旁及諸子百家禮樂兵刑天文算數之學，靡不淹貫。……生平足跡幾遍海內，所交盡賢豪。著有《綱目舉正》、《經史餘論》、《全史約編》、《學古編》，詩文集若干卷。」與序所言者頗合，惟列於趙曦明[2]之後，則乾隆中蓋尚存。

《野叟曝言》龐然巨帙，回數多至百五十四回，以「奮武揆文天下無雙正士鎔經鑄史人間第一奇書」二十字編卷，即作者所以渾括其全書。至於內容，則如凡例言，凡「敘事、說理、談經、論史、教孝、勸忠、運籌、決策，藝之兵詩醫算，情之喜怒哀懼，講道學，闢邪說，……」無所不包，而以文白爲之主。白字素臣，「是錚錚鐵漢，落落奇才，吟遍江山，胸羅星斗。說他不求宦達，卻見理如漆雕；說他不會風流，卻多情如宋玉。揮毫作賦，則頡頏相如；抵掌談兵，則伯仲諸葛，力能扛鼎，退然如不勝衣；勇可屠龍，凜然若將隕谷。旁通曆數，下視一行；閒涉岐黃，肩隨仲景。以朋友爲性命；奉名教若神明。眞是極有血性的眞儒，不識炎涼的名士。他平生有一段大本領，是止崇正學，不信異端；有一副大手眼，是解人所不能解，言人所不能言」（第一回）。然而明君在上，君子不窮，超擢飛騰，莫不如意。書名辟鬼，舉手除妖，百夷懾於神威，四靈集其家囿。文功武烈，並萃一身，天子崇禮，號曰「素父」。而仍有異術，既能易形，又工內媚，姬妾羅列，生二十四男。男又大貴，且生百孫；孫又生子，復有雲孫。其母水氏年百歲，既見「六世同堂」，來獻壽者亦七十國；皇帝贈聯，至稱爲「鎭國衛聖仁孝慈壽宣成文母水太君」（百四十四回）。凡人臣榮顯之事，爲士人意想所能及者，此書幾畢載矣，惟尙不敢希帝王。至於排斥異端，用力尤勁，道人釋子，多被誅夷，壇場荒涼，塔寺毀廢，獨有「素父」

一家，乃嘉祥備具，爲萬流宗仰而已。

《野叟曝言》云是作者「抱負不凡，未得黼黻休明，至老經猷莫展」，因而命筆，比之「野老無事，曝日清談」（凡例云）。可知衒學寄慨，實其主因，聖而尊榮，則爲抱負，與明人之神魔及佳人才子小說面目似異，根柢實同，惟以異端易魔，以聖人易才子而已。意既誇誕，文復無味，殊不足以稱藝文，但欲知當時所謂「理學家」之心理，則於中頗可考見。雍正末，江陰人楊名時[3]爲雲南巡撫，其鄉人拔貢生夏宗瀾[4]嘗從之問《易》，以名時爲李光地[5]門人，故並宗光地而說益怪。乾隆初，名時入爲禮部尙書，宗瀾亦以經學薦授國子監助教，又歷主他講席，仍終身師名時（《四庫書目》六及十，《江陰志》十六及十七）。稍後又有諸生夏祖熊，[6]亦「博通群經，尤篤好性命之學，患二氏說漫衍，因復考辨以歸於正」（《江陰志》十七）。蓋江陰自有楊名時（卒贈太子太傅諡文定）而影響頗及於其鄉之士風；自有夏宗瀾師楊名時而影響又頗及於夏氏之家學，大率與當時當道名公同意，崇程、朱而斥陸、王，[7]以「打僧罵道」爲唯一盛業，故若文白者之言行際遇，固非獨作者一人之理想人物矣。文白或云即作者自寓，析「夏」字作之；又有時太師，則楊名時也，其崇仰蓋承夏宗瀾之緒餘，然因此遂或誤以《野叟曝言》爲宗瀾作。

欲於小說見其才藻之美者，則有屠紳《蟫史》二十卷。紳字賢書，號笏岩，亦江陰人，世業農。紳幼孤，而資質聰敏，年十三即入邑庠，二十成進士，尋授雲南師宗縣知縣，遷尋甸州知州，五校鄉闈，頗稱得士，後爲廣州同知。嘉慶六年以候補在北京，暴疾卒於客舍，年五十八（一七四四—一八〇一）。紳豪放嫉俗，生平慕湯顯祖之爲人，而作吏頗酷，又好內，姬侍眾多（已上俱見《鶚亭詩話》附錄）；爲文則務爲古澀豔異，晦其義旨，志怪有《六合內外瑣言》，雜說有《鶚亭詩話》（見第二十二篇），皆如此。《蟫史》爲長篇，署「磊砢山房原本」，金武祥（《粟香隨筆》二）云是紳作。[8]書中有桑蠋生，蓋作者自寓，其言有云，「予，甲子生也。」與紳生年正同。開篇又云，「在昔吳依官於粵嶺，行年大衍有奇，海隅之行，若有所得，輒就見聞傳聞之異辭，彙爲一編。」且假傅鼐[9]扞苗之事（在乾隆六十年）爲主幹，則始作當在嘉慶初，不數年而畢；有六年四月小停道人序。次年，則紳死矣。

《蟫史》首即言閩人桑蠋生海行，舟敗墮水，流至甲子石之外澳，爲捕魚人所救，引以見甘鼎。鼎官指揮，方奉檄築城防寇，求地形家，見生大喜，如其圖依甲子石爲垣，遂成神奇之城，敵不能瞰。又於地穴中得三篋書，其一凡二十卷，「題曰『徹土作稼之文，歸墟野鳧氏畫』。又一篋爲天人圖，題曰『眼藏須彌僧道作』。又一篋爲方書，題曰『六子攜持極老人口授』。蠋生謂指揮曰，『此書明明授我主賓矣。何言之？徹土，桑也；作稼，甘也。』……營龕於祕室，置之；行則藏枕中；有所求發明，則拜而同啓視；兩人大悅。」（第一回）已而有鄺天龍者爲亂，自署廣州王，其黨婁萬赤有異術，則翊輔之。甘鼎進討，有龍女來助，擒天龍，而萬赤逸去。鼎以功晉位鎮撫，仍隨石珏協剿海寇，又破交人；萬赤在交阯，則仍不能得。旋擢兵馬總帥，赴楚、蜀、黔、廣、備九股苗，遂與諸苗戰，多歷奇險，然皆勝，其一事云：

……須臾，苗卒大呼曰，「漢將不敢見陣耶？」季孫引五百人，翼而進。兩旗忽下，地中飛出滴血雞六，向漢將啼；又六犬皆火色，亦嚎聲如豺。軍士面灰死，木立，僅倚其械。矩兒飛椎鑿六犬腦，皆裂。木蘭袖蛇醫，引之啄一雞，張喙死；五雞連棲而不鳴。惟見瓦片所圖雞犬形，狼藉於地，實非有二物也。……復至金大都督營中，則癩牛病馬各六，均有皮無毛；士卒爲角觸足踏者皆死，一牛齕金大都督之足，已齒陷於骨；矩兒揮兩戚落牛首，齒仍不脫；木蘭急遣虎頭神鑿去其齒，足骨亦折焉，令左右舁歸大營。牛馬奔突無所制，木蘭以鯉鱗帕撒之，一鱗露一劍，並斫一十牛馬。其物各吐火四五尺，鱗劍爲之焦灼，火大延燒，牛馬皆叫囂自得。見獼猴擲身入，舉手作霹靂聲，暴雨滅火，平地起水丈餘，牛馬俱浸死。木蘭喜曰，「吾固知樂王子能傳滅火眞人衣缽矣。」水退，見牛馬皆無有，乃砌壁之破甓朱書牛馬字：是爲蠱妖之「窮神盡化」云。……（卷九）

婁萬赤亦在苗中，知交阯將有事，潛歸。甘鼎至廣州，與撫軍區星進擊交阯。區用獞兒策，疾薄宜京，斬關而入，擒其王，交民悉降；甘則由水道進，列營於江橋北。

……婁萬赤與其師李長腳鬬法於江橋南。……李長腳變金井紿萬赤，即墜入，忽有鐵樹挺出，井闌撐欲破。獞兒引慶喜至，出白羅巾擲樹巔，砉然有聲，鐵樹不復見，李長腳復其形，覓萬赤，臥橋畔沙石間。遂袖出白壺子一器，持向萬赤頂骨咒曰，……咒畢，舉手振一雷。萬赤精氣已鑠，躍入江中，將隨波出海。木蘭呼鱗介士百人追之飄浮，所在必見吆喝，乃變爲璅蛣。乘海蟹空腹，入之，以爲「藏身之固」矣，交阯人善撈蟹者，得是物如箕，大喜，剉蟹將取其腹腴，一蟲隨手出，倏墜地化爲人形，俄頃長大，固儼然盲僧焉，詢之不復語。有屠者攜刀來視，咄咄曰，「蟹腹自有『仙人』，一名『和尚』，要是謔語；斷無別腸容此妖物，不誅戮之，吾南交禍未已也。」揮刀斫其首。時甘君已入城，與區撫軍議班師矣；常越所部卒持盲僧首以獻，轉告兩元戎。桑長史進曰，「斯必萬赤頭也。記天人第二圖爲大蟹浮海中，篆云『橫行自斃』。某當初疑萬赤先亡，乃今始驗。」適李長腳入辭，視其頭笑曰，「此賊以水火陰陽，爲害中國，不死於黃鉞而死於屠刀，固犬豕之流耳。仙骨何有哉？……」……（卷二十）

自是交阯平。桑蠋生還閩；甘鼎亦棄官去，言將度庾嶺雲。

《蟫史》神態，仿佛甚奇，然探其本根，則實未離於神魔小說；其綴以褻語，固由作者稟性，而一面亦尚承明代「世情書」之流風。特緣勉造硬語，力擬古書，成詰屈之文，遂得掩凡近之意。洪亮吉（《江北詩話》[10]）評其詩云，「如栽盆紅藥，蓄沼文魚。」汪瑔序其《鶚亭詩話》[11]云，「貌淵奧而實平易，……然筆致遒峭可喜。」即謂雖華豔而乏天趣，徒奇崛而無深意也。《蟫史》亦然，惟以其文體爲他人所未試，足稱獨步而已。

以排偶之文試爲小說者，則有陳球之《燕山外史》八卷。球字蘊齋，秀水諸生，家貧，以賣畫自給，工駢儷，喜傳奇，因有此作（《光緒嘉興府志》五十二）。自謂「史體從無以四六爲文，自我作古，極知僭妄，……第行於稗乘，當希未減」。蓋未見張鷟《遊仙窟》（見第八篇），遂自以爲獨創矣。其本成於嘉慶中（約一八一○），專主詞華，略以寄慨，故即取明馮夢楨所撰《竇生傳》[12]爲骨幹，加以敷衍，演爲三萬一千餘言。傳略謂永樂時有竇繩祖，本燕人，就學於嘉興，悅貧女李愛姑，迎以同居；久之，父迫令就婚淄川宦族，遂絕去。愛姑復爲金陵鹺商所紿，輾轉落妓家，得俠士馬遴之助，終復歸竇，而大婦甚妒，虐遇之，生不能堪，偕愛姑遁去，會有唐賽兒之亂，又相失。比生復歸，則資產已空，婦亦求去，孑然止存一身，而愛姑忽至，自言當日匿尼庵中，今遂返矣。是年竇生及第，累官至山東巡撫；迎愛姑入署如命婦。未幾生男，求乳媼，有應者，則前大婦也，再嫁後夫死子殤，遂困頓爲賤役，而生仍優容之。然婦又設計害馬遴，生亦牽連得罪；顧終竟昭雪復官，後與愛姑皆仙去。其事殊庸陋，如一切佳人才子小說常套，而作者奮然有取，則殆緣轉折尚多，足以示行文手腕而已，然語必四六，隨處拘牽，狀物敘情，俱失生氣，姑勿論六朝儷語，即較之張鷟之作，雖無其俳諧，而亦遜其生動也。仍錄其敘竇生爲父促歸，愛姑悵悵火所之辭，以備一格：

……其父內存愛犢之思，外作搏牛之勢，投鼠奚違忌器，打鴨未免驚鴛；放笠之豚，追來入笠，喪家之犬，叱去還家。疾驅而身弱如羊，遂作補牢之計，嚴錮而人防似虎，終無出柙之時；所虞龍性難馴，拴於鐵柱，還恐猿心易動，辱以蒲鞭。由是姑也薔薇架畔，青黛將顰，薜荔牆邊，紅花欲悴，託意丁香枝上，其意誰知，寄情豆蔻梢頭，此情自喻。而乃蓮心獨苦，竹瀝將枯，卻嫌柳絮何情，漫漫似雪，轉恨海棠無力，密密垂絲。纔過迎春，又經半夏，采葑采葛，只自空期，投李投桃，俱爲陳跡，依稀夢裡，徒栽侍女之花，抑鬱胸前，空帶宜男之草。未能蠲念，安得忘憂？鼓殘瑟上桐絲，奚時續斷，剖破樓頭菱影，何日當歸？豈知去者益遠，望乃徒勞，昔雖音問久疏，猶同鄉井，後竟夢魂永隔，忽阻山川。室邇人遐，每切三秋之感，星移物換，僅深兩地之思。……（卷二）

至光緒初（一八九〇），有永嘉傅聲谷注釋之，然於本義反有刪削。

雍乾以來，江南人士惕於文字之禍，因避史事不道，折而攷證經子以至小學，若藝術之微，亦所不廢；惟語必徵實，忌爲空談，博識之風，於是亦盛。逮風氣既成，則學者之面目亦自具，小說乃「道聽塗說者之所造」，史以爲「無可觀」，故亦不屑道也；然尚有一李汝珍之作《鏡花緣》。汝珍字松石，直隸大興人，少而穎異，不樂爲時文，乾隆四十七年隨其兄之海州任，因師事凌廷堪，[13]論文之暇，兼及音韻，自云「受益極多」，時年約二十。其生平交遊，頗多研治聲韻之士；汝珍亦特長於韻學，旁及雜藝，如壬遁星卜象緯，以至書法弈道多通。顧不得志，蓋以諸生終老海州，晚年窮愁，則作小說以自遣，歷十餘年始成，道光八年遂有刻本。不數年，汝珍亦卒，年六十餘（約一七六三—一八三〇）。於音韻之著述有《音鑑》，[14]主實用，重今音，而敢於變古（以上詳見新標點本《鏡花緣》卷首胡適〈引論〉）。蓋惟精聲韻之學而仍敢於變古，乃能居學者之列，博識多通而仍敢於爲小說也；惟於小說又復論學說藝，數典談經，連篇累牘而不能自已，則博識多通又害之。

《鏡花緣》凡一百回，大略敘武后於寒中欲賞花，詔百花齊放；花神不敢抗命，從之，然又獲天譴，謫於人間，爲百女子。時有秀才唐敖，應試中探花，而言官舉劾，謂與叛人徐敬業輩有舊，復被黜，因慨然有出塵之想，附其婦弟林之洋商船遨遊海外，跋涉異域，時遇畸人，又多覩奇俗怪物，幸食仙草，「入聖超凡」，遂入山不復返。其女小山又附舶尋父，仍歷諸異境，且經眾險，終不遇；但從山中一樵父得父書，名之曰閨臣，約其「中過才女」後可相見；更進，則見荒塚，曰鏡化塚；更進，則入水月村；更進，則見泣紅亭，其中有碑，上鐫百人名姓，首史幽探，終畢全貞，而唐閨臣在第十一。人名之後有總論，其文有云：

> 泣紅亭主人曰：以史幽探、哀萃芳冠首者，蓋主人自言窮探野史，嘗有所見，惜湮沒無聞，而哀群芳之不傳，因筆志之。……結以花再芳、畢全貞者，蓋以群芳淪落，幾至澌滅無聞，今賴斯而不朽，非若花之重芳乎？所列百人，莫非瓊林琪樹，合璧駢珠，故以全貞畢焉。（第四十八回）

閨臣不得已，遂歸；值武後開科試才女，得與試，且亦入選，名次如碣文。於是同榜者百人大會於宗伯府，又連日醼集，彈琴賦詩，圍棋講射，蹴鞠鬬草，行令論文，評韻譜，解《毛詩》，盡觴詠之樂。已而有兩女子來。自云考列四等才女，而實風姨、月姊化身，旋復以文字結嫌，弄風驚其坐眾。魁星則現形助諸女；麻姑亦化爲道姑，來和解之，於是即席誦詩，皆包含坐中諸人身世，自過去及現在，以至將來，間有哀音，聽者黯淡，然不久意解，歡笑如初。末則文芸起兵謀匡復，才女或亦在軍，有死者；而武家軍終敗。於是中宗復位，仍尊太后武氏爲則天大聖皇帝。未幾，則天下詔，謂來歲仍開女試，並命前科眾才女重赴「弘文宴」，而《鏡花緣》隨畢。然以上僅全局之半，作者自云欲知「鏡中全影，且待後緣」，則當有續書，然竟未作。

作者命筆之由，即見於《泣紅亭記》，蓋於諸女，悲其銷沉，爰託稗官，以傳芳烈。書中關於女子之論亦多，故胡適以爲「是一部討論婦女問題的小說，他對於這個問題的答案，是男女應該受平等的待遇，平等的教育，平等的選舉制度」（詳見本書〈引論〉四）。其於社會制度，亦有不平，每設事端，以寓理想；惜爲時勢所限，仍多迂拘，例如君子國民情，甚受作者歎羨，然因讓而爭，矯僞已甚，生息此土，則亦勞矣，不如作詼諧觀，反有啓顏之效也。

> ……說話間，來到鬧市，只見一隸卒在那裏買物，手中拏著貨物道，「老兄如此高貨，卻討恁般賤價，教小弟買去，如何能安？務求將價加增，方好遵教。若再過謙，那是有意不肯賞光交易了。」……只聽賣貨人答道，「既承照顧，敢不仰體。但適才妄討大價，已覺厚顏；不意老兄反說貨高價賤，豈不更教小弟慚愧？況敝貨並非『言無二價』，其中頗有虛頭。俗云『漫天要價，就地還錢』。今老兄不但不減，反要加增，如此克己，只好請到別家交易，小弟實難遵命。」唐敖道，「『漫天要價，就地還錢』，原是買物之人向來俗談；至『並非言無二價，其中頗有虛頭』，亦是買者之話。不意今皆出於賣者之口，倒也有趣。」只聽隸卒又說道，「老兄以高貨討賤價，反說小弟『克己』，豈不失了忠恕之道？凡事總

要彼此無欺，方爲公允。試問『那個腹中無算盤』，小弟又安能受人之愚哩？」談之許久，賣貨人執意不增。隸卒賭氣，照數付價，拏了一半貨物，剛要舉步。賣貨人那裏肯依，只說「價多貨少」，攔住不放。路旁走過兩個老翁，作好作歹，從公評定，令隸卒照價拏了八折貨物，這才交易而去。……唐敖道，「如此看來，這幾個交易光景，豈非『好讓不爭』的一幅行樂圖麼？我們還打聽什麼？且到前面再去暢遊。如此美地，領略領略風景，廣廣見識，也是好的。」……（第十一回〈觀雅化閒遊君子邦〉）

又其羅列古典才藝，亦殊繁多，所敘唐氏父女之遊行，才女百人之聚宴，幾占全書什七，無不廣據舊文（略見錢靜方《小說叢考》上），[15]歷陳衆藝，一時之事，或亙數回。而作者則甚自喜，假林之洋之打諢，自論其書云，「這部『少子』，乃聖朝太平之世出的；是俺天朝讀書人做的。這人就是老子的後裔。老子做的是《道德經》，講的都是元虛奧妙。他這『少子』雖以遊戲爲事，卻暗寓勸善之意，不外風人之旨。上面載著諸子百家，人物花鳥，書畫琴棋，醫卜星相，音韻演算法，無一不備。還有各樣燈謎，諸般酒令，以及雙陸馬弔，射鵠蹴毬，鬬草投壺，各種百戲之類。件件都可解得睡魔，也可令人噴飯。」（二十三回）蓋以爲學術之匯流，文藝之列肆，然亦與《萬寶全書》[16]爲鄰比矣。惟經作者匠心，剪裁運用，故亦頗有雖爲古典所拘，而尚能綽約有風致者，略引如下：

……多九公道，「林兄如餓，恰好此地有個充饑之物。」隨向碧草叢中摘了幾枝青草。……林之洋接過，只見這草宛如韭菜，內有嫩莖，開著幾朵青花，即放入口內，不覺點頭道，「這草一股清香，倒也好喫。請問九公，他叫什麼名號？……」唐敖道，「小弟聞得海外鵲山有青草，花如韭，名『祝餘』，可以療饑。大約就是此物了。」多九公連連點頭。於是又朝前走。……只見唐敖忽然路旁折了一枝青草，其葉如松，青翠異常，葉上生著一子，大如芥子，把子取下，手執青草道，「舅兄纔喫祝餘，小弟只好以此奉陪了。」說罷，喫入腹內。又把那個芥子放在掌中，吹氣一口，登時從那子中生出一枝青草來，也如松葉，約長一尺，再吹一口，又長一尺，一連吹氣三口，共有三尺之長，放在口邊，隨又喫了。林之洋笑道，「妹夫要這樣很嚼，只怕這裡青草都被你喫盡哩。這芥子忽變青草，這是甚故？」多九公道，「此是『躡空草』，又名『掌中芥』。取子放在掌中，一吹長一尺，再吹又長一尺，至三尺止。人若喫了，能立空中，所以叫作躡空草。」林之洋道，「有這好處，俺也喫他幾枝，久後回家，儻房上有賊，俺躡空追他，豈不省事。」於是各處尋了多時，並無蹤影。多九公道，「林兄不必找了。此草不吹不生。這空山中有誰吹氣栽他？剛纔唐兄喫的，大約此子因鳥雀啄食，受了呼吸之氣，因此落地而生，並非常見之物，你卻從何尋找？老夫在海外多年，今日也是初次才見。若非唐兄吹他，老夫還不知就是躡空草哩。」……（第九回）

注釋

【1】《野叟曝言》：清夏敬渠撰。此書有清光緒七年（一八八一）毗陵匯珍樓活字本，二十冊，一百五十二回，其中缺一百三十二回至一百三十五回，第一百三十六回僅存末頁。又有光緒八年（一八八二）申報館排印本，二十卷，一百五十四回，增多兩回，原本缺失者皆已補全；卷首有光緒壬午年（一八八二）西岷山樵序。

【2】夏敬渠（一七〇五—一七八七），字懋修，號二銘，江蘇江陰人。小說家。生平事蹟見《江陰縣誌》卷一七、趙景深《〈野叟曝言〉作者夏二銘年譜》。除《野叟曝言》外，尚撰有《浣玉軒文集》、《經史餘論》等。

趙曦明（一七〇四—一七八七）：字敬夫，號瞰江山人。清江蘇江陰人，撰有《桑梓見聞錄》、《顏氏家訓注》等。

【3】楊名時（一六六一—一七三七）：字賓實，號凝齋，清江蘇江陰人。康熙三十年（一六九一）進士，官至禮部尚書兼國子監祭酒。撰有《易義隨記》、《詩義記講》等。

【4】夏宗瀾：字起八，清江蘇江陰人。由拔貢生薦授國子監助教。撰有《易義隨記》八卷、《易卦劄記》四卷等。

【5】李光地（一六四二－一七一八）：字晉卿，號榕村，又號厚庵，清福建安溪人。理學家。康熙進士，官至文淵閣大學士。撰有《榕村全集》、《周易通論》等，後人彙編成《榕村全書》。又奉命主編《性理精義》、《朱子大全》等書。

【6】夏祖熊：字夢占，清江蘇江陰人。撰有《易學大成》等。

【7】程朱：指北宋程顥、程頤和南宋朱熹，理學家。程顥（一〇三二－一〇八五），字伯淳，世稱明道先生，北宋河南（今河南洛陽）人。嘉祐進士，官中正丞等職。程頤（一〇三三－一一〇七），字正叔，號伊川，程顥之弟。二人著作經朱熹編為《二程全書》。朱熹，參看本書第九篇注【15】。

陸王，指南宋陸九淵和明王守仁。陸九淵（一一三九－一一九三），字子靜，號存齋、象山翁，學者稱象山先生。南宋撫州金溪（今屬江西）人。乾道八年（一一七二）進士，任知荊軍門等職。理學家。其著作由後人輯編為《象山先生全集》。王守仁（一四七二－一五二八），字伯安，號陽明，明餘姚（今屬浙江）人。哲學家、教學家，明代新學集大成者。弘治進士，官至南京兵部尚書。著有《王文成公全書》。

【8】關於《蟫（ㄊㄢˊ）史》撰者，據《粟香隨筆》卷二云：「屠笏岩刺史，名紳，又號賢書。……所著有《六合內外瑣言》二十卷，署黍餘裔孫編。《蟫史》二十卷，署磊砢山人撰，近年上海以洋版刷印，流傳頗廣。」

【9】傅鼐（一七五八－一八一一）：字重庵，清順天宛平（今北京城西南）人。吏員出身，歷任寧洱知縣、風凰廳同知、湖南按察使。乾隆末至嘉慶中，曾自練湘勇，築碉屯田，於湘黔一帶鎮壓苗民起義。

【10】洪亮吉（一七四六－一八〇九）：字君直，一字稚存，號北江，清陽湖（今江蘇常州）人。學者、文學家。乾隆五十五年（一七九〇）進士，曾由編修出督貴州學政。生平事蹟見《清史列傳》卷六九、《清史稿》卷三五六、趙懷玉〈洪君亮吉墓誌銘〉、呂培〈洪北江先生年譜〉。撰有《洪北江全集》、《春秋左傳詁》、《北江詩話》等。

【11】汪瑔（一八二八－一八九一）：字玉泉，又字越人，號谷庵，清山陰（今浙江紹興）人。近代詩人。國子監生。生平事蹟見陳寶箴《汪君墓誌銘》。著有《隨山館全集》等。

【12】馮夢楨（一五四八－一六〇五）：字開之，明秀水（今浙江嘉興）人，官至南京國子監祭酒。撰有《歷代貢舉志》、《快雪堂集》等。所撰《竇生傳》，敘竇繩祖與李愛姑悲歡離合的故事。此傳亦載小說《燕山外文》卷首。

【13】凌廷堪（一七五五－一八〇九）：字次仲，又字仲子，清安徽歙縣人。學者、詩文家。乾隆五十五年（一七九〇）進士，曾任寧國府學教授。生平事蹟見《清史列傳》卷六八、《清史稿》卷四八一、《國朝漢學師承記》卷七、阮元〈次仲凌君傳〉、張其錦〈凌次仲先生年譜〉。撰有《燕樂考原》、《校禮堂文集》等。

【14】《音鑒》：李汝珍撰，六卷，係研究南北方音的音韻學著作。

【15】據錢靜方《小說叢考．鏡花緣考》載，該書所敘寫的「君子園見張華《博物志》」，「大人國見《山海經》」，「毗騫國見《南史》」等。

【16】《萬寶全書》：舊題明陳繼儒纂輯，清毛煥文增補。正編二十卷，續編六卷。「萬寶全書」意為包羅萬象，知識涵蓋面極廣。此書內容多載日用生活知識，兼雜酒令、燈謎、博戲、卜筮等。

解讀

本篇介紹清代以才學見勝的長篇小說名作：文章經濟之作有夏敬渠《野叟曝言》，顯弄才藻之作有屠紳《蟫史》、陳球《燕山外史》，博物多識之作有李汝珍《鏡花緣》。這些作品，内容還是相當生動有趣的，很開眼界。

近代中國人才薈萃，政治家和軍事家頗多人才。如本篇提到的那位為《蟫史》的作者屠紳的《鶚亭詩話》作序的汪瑔，於光緒初年，入兩廣總督劉坤一幕凡十年，主洋務。後任總督曾國荃等皆得其襄助，曾國荃服其偉才，歎為國寶。

第二十六篇　清之狹邪小說

唐人登科之後，多作冶遊，習俗相沿，以爲佳話，故伎家故事，文人間亦著之篇章，今尚存者有崔令欽《教坊記》及孫棨《北里志》。[1]自明及清，作者尤夥，明梅鼎祚之《青泥蓮花記》，[2]清余懷之《板橋雜記》[3]尤有名。是後則揚州、吳門、珠江、上海諸豔跡，皆有錄載；[4]且伎人小傳，亦漸侵入志異書類中，然大率雜事瑣聞，並無條貫，不過偶弄筆墨，聊遺綺懷而已。若以狹邪中人物事故爲全書主幹，且組織成長篇至數十回者，蓋始見於《品花寶鑑》，[5]惟所記則爲伶人。

明代雖有教坊，而禁士大夫涉足，亦不得挾妓，然獨未云禁招優。達官名士以規避禁令，每呼伶人侑酒，使歌舞談笑；有文名者又揄揚讚歎，往往如狂酲，其流行於是日盛。清初，伶人之談始稍衰，後復熾，漸乃愈益猥劣，稱爲「像姑」，流品比於娼女矣。《品花寶鑑》者，刻於咸豐二年（一八五二），即以敘乾隆以來北京優伶爲專職，而記載之內，時雜猥辭，自謂伶人有邪正，狎客亦有雅俗，並陳妍媸，固猶勸懲之意，其說與明人之凡爲「世情書」者略同。至於敘事行文，則似欲以纏綿見長，風雅爲主，而描摹兒女之書，昔又多有，遂復不能擺脫舊套，雖所謂上品，即作者之理想人物如梅子玉、杜琴言輩，亦不外伶如佳人，客爲才子，溫情軟語，累牘不休，獨有佳人非女，則他書所未寫者耳。其敘「名旦」杜琴言往梅子玉家問病時情狀云：

卻說琴言到梅宅之時，心中十分害怕，滿擬此番必有一場羞辱。及至見過顏夫人之後，不但不加呵責，倒有憐恤之心，又命他去安慰子玉，卻也意想不到，心中一喜一悲。但不知子玉病體輕重，如何慰之？只好遵夫人之命，老著臉走到子玉房裏。見簾幃不捲。几案生塵，一張小楠木床掛了輕綃帳。雲兒先把帳子掀開，叫聲「少爺，琴言來看你了」。子玉正在夢中，模模糊糊應了兩聲。琴言就坐在床沿，見那子玉面龐黃瘦，憔悴不堪。琴言湊在枕邊，低低叫了一聲，不覺淚湧下來，滴在子玉的臉上。衹見子玉忽然呵呵一笑道：

七月七日長生殿，夜半無人私語時。

子玉吟了之後，又接連笑了兩笑。琴言見他夢魔如此，十分難忍，在子玉身上掀了兩掀，因想夫人在外，不好高叫，改口叫聲「少爺」。子玉猶在夢中想念，候到七月七日，到素蘭處，會了琴言，三人又好訴衷談心，這是子玉刻刻不忘，所以念出這兩句唐曲來。魂夢既酣，一時難醒。又見他大笑一會，又吟道：

我道是黃泉碧落兩難尋，……

歌罷，翻身向內睡著。琴言看他昏到如此，淚越多了，只好呆怔怔看著，不好再叫。……（第二十九回）

《品花寶鑒》中人物，大抵實有，就其姓名性行，推之可知。惟梅、杜二人皆假設，字以「玉」與「言」者，即「寓言」之謂，蓋著者以爲高絕，世已無人足供影射者矣。書中有高品，則所以自況，實爲常州人陳森書（作者手稿之《梅花夢傳奇》上，自署毘陵陳森，則「書」字或誤衍），號少逸，道光中寓居北京，出入菊部中，因拾聞見事爲書三十回，然又中輟，出京漫遊，己酉（一八四九）自廣西復至京，始足成後半，共六十回，好事者競相傳鈔，越三年而有刻本（楊懋建《夢華瑣簿》）。

至作者理想之結局，則具於末一回，爲名士與名旦會於九香園，畫伶人小像爲花神，諸名士爲贊；諸伶又書諸名士長生祿位，各爲贊，皆刻石供養九香樓下。時諸伶已脫梨園，乃「當著眾名士之前」，鎔化釵鈿，焚棄衣裙，將燼時，「忽然一陣香風，將那灰燼吹上半空，飄飄點點，映著一輪紅日，像無數的花朵與蝴蝶飛舞，金迷紙醉，香氣撲鼻，越旋越高，到了半天，成了萬點金光，一閃不見」云。

其後有《花月痕》十六卷五十二回，題「眠鶴主人編次」，咸豐戊午年（一八五八）序，而光緒中始流行。其書雖不全寫狹邪，顧與伎人特有關涉，隱現全書中，配以名士，亦如佳人才子小說定式。略謂韋癡珠、韓荷生皆偉才碩學，遊幕并州，極相善，亦同遊曲中，又各有相眷妓，韋者曰秋痕，韓者曰采秋。韋風流文采，傾動一時，而不遇，困頓羈旅中；秋痕雖傾心，亦終不得嫁韋。已而韋妻先歿，韋亦尋亡，秋痕殉焉。韓則先爲達官幕中上客，參機要，旋以平寇功，由舉人保升兵科給事中，復因戰績，累遷至封侯。采秋久歸韓，亦得一品夫人封典。班師受封之後，「高宴三日，自大將軍以至走卒，無不雀忭。」（第五十回）而韋乃僅一子零丁，扶棺南下而已。其布局蓋在使升沉相形，行文亦惟以纏綿爲主，但時復有悲涼哀怨之筆，交錯其間，欲於歡笑之時，並見黯然之色，而詩詞簡啓，充塞書中，文飾既繁，情致轉晦。符兆綸[6]評之云，「詞賦名家，卻非說部當行，其淋漓盡致處，亦是從詞賦中發洩出來，哀感頑豔。……」雖稍諛，然亦中其失。至結末敘韓荷生戰績，忽雜妖異之事，則如情話未央，突來鬼語，尤爲通篇蕪累矣。

……采秋道，「……妙玉稱個『檻外人』，寶玉稱個『檻內人』；妙玉住的是櫳翠庵，寶玉住的是怡紅院。……書中先說妙玉怎樣清潔，寶玉常常自認濁物。不見將來清者轉濁，濁者極清？」癡珠歎一口氣，高吟道，「一失足成千古恨，再回頭已百年身。」隨說道，「……就書中『賈雨村言』例之：薛者，設也；黛者，代也。設此人代寶玉以寫生，故『寶玉』二字，寶字上屬於釵，就是寶釵；玉字下繫於黛，就是黛玉。釵黛直是個『子虛烏有』，算不得什麼。倒是妙玉，眞是做寶玉的反面鏡子，故名之爲妙。一僧一尼，暗暗影射，你道是不是呢？」采秋答應。……癡珠隨說道，「色即是空，空即是色。」便敲著案子朗吟道：

銀字箏調心字香，英雄底事不柔腸？我來一切觀空處，也要天花作道場。採蓮曲裏猜蓮子，叢桂開時又見君，何必搖鞭背花去，十年心已定香熏。

荷生不待癡珠吟完，便哈哈大笑道，「算了，喝酒罷。」說笑一回，天就亮了。癡珠用過早點，坐著采秋的車先去了。午間，得荷生柬貼云：

「頃晤秋痕，淚隨語下，可憐之至。弟再四慰解，令作緩圖。臨行，囑弟轉致閣下云，『好自靜養。耿耿此心，必有以相報也。』知關錦念，率此布聞。並呈小詩四章，求和。」

詩是七絕四首。……癡珠閱畢，便次韻和云：

「無端花事太凌遲，殘蕊傷心剩折枝，我欲替他求淨境，轉嫌風惡不全吹。蹉跎恨在夕陽邊，湖海浮沉二十年，駱馬楊枝都去也，……」

正往下寫，禿頭回道，「菜市街李家著人來請，說是劉姑娘病得不好。」癡珠驚訝，便坐車赴秋心院來。秋痕頭上包著縐帕，趺坐床上，身邊放著數本書，凝眸若有所思，突見癡珠，便含笑低聲說道，「我料得你挨不上十天。其實何苦呢？」癡珠說道，「他們說你病著，叫我怎忍不來呢？」秋痕歎道，「你如今一請就來，往後又是糾纏不清。」癡珠笑道，「往後再商量罷。」自此，癡珠又照舊往來了。是夜，癡珠續成和韻詩，末一章有「博得蛾眉甘一死，果然知己屬傾城」之句，至今猶誦人口。……（第二十五回）

長樂謝章鋌《賭棋山莊詩集》有《題魏子安所著書後》[7]五絕三首，一為〈石經考〉，一為〈陔南山館詩話〉，一即〈花月痕〉（蔣瑞藻《小說考證》八引《雷顛筆記》），因知此書為魏子安作。子安名秀仁，福建侯官人，少負文名，而年二十八始入泮，即連舉丙午（一八四六）鄉試，然屢應進士試不第，乃遊山西、陝西、四川，終為成都芙蓉書院院長，因亂逃歸，卒，年五十六（一八一九—一八七四），著作滿家，而世獨傳其《花月痕》（《賭棋山莊文集》五）。[8]秀仁寓山西時，為太原知府保眠琴教子，所入頗豐，且多暇，而苦無聊，乃作小說，以韋癡珠自況，保偶見之，大喜，力獎其成，遂為巨帙云（謝章鋌《課餘續錄》一）。[9]然所託似不止此，卷首有太原歌妓《劉栩鳳傳》，[10]謂「傾心於逋客，欲委身焉」，以索値昂中止，將抑鬱憔悴死矣。則秋痕蓋即此人影子，而逋客實魏。韋、韓，又逋客之影子也，設窮達兩途，各擬想其所能至，窮或類韋，達當如韓，故雖自寓一己，亦遂離而二之矣。

全書以伎女為主題者，有《青樓夢》六十四回，題「釐峰慕眞山人著」，序則云俞吟香。吟香名達，江蘇長洲人，中年頗作冶遊，後欲出離，而世事牽纏，又不能遽去，光緒十年（一八八四）以風疾卒，所著尚有《醉紅軒筆話》、《花間棒》、《吳中考古錄》及《閒鷗集》[11]等（鄒弢《三借廬筆談》四）。《青樓夢》成於光緒四年，則取吳中倡女，以發揮其「遊花國，護美人，采芹香，掇巍科，任政事，報親恩，全友誼，敦琴瑟，撫子女，睦親鄰，謝繁華，求慕道」（第一回）之大理想，所寫非實，從可知矣。略謂金挹香字企眞，蘇州府長洲縣人，幼即工文，長更慧美，然不娶，謂欲得「有情人」，而「當世滔滔，斯人誰與？竟使一介寒儒，懷才不遇，公卿大夫竟無一識我之人，反不若青樓女子，竟有慧眼識英雄於未遇時也」（本書〈題綱〉）。故挹香遊狹邪，特受伎人愛重，指揮如意，猶南面王。例如：

……（挹香與二友及十二妓女）至軒中，三人重復觀玩，見其中修飾，別有巧思。軒外名花綺麗，草木精神。正中擺了筵席，月素定了位次，三人居中，眾美人亦序次而坐：

第一位鴛鴦館主人褚愛芳，第二位烟柳山人王湘雲，第三位鐵笛仙袁巧雲，第四位愛雛女史朱素卿，第五位惜花春起早使者陸麗春，第六位探梅女士鄭素卿，第七位浣花仙史陸文卿，……第十一位梅雪爭先客何月娟，末位護芳樓主人自己坐了；兩旁四對侍兒斟酒。衆美人傳杯弄盞，極盡綢繆。挹香向慧瓊道，「今日如此盛會，宜舉一觴令，庶不負此良辰。」月素道，「君言誠是，即請賜令。」挹香說道，「請主人自己開令。」月素道，「豈有此理，還請你來。」挹香被推不過，只得說道，「有占了。」衆美人道，「令官必須先飲門面杯起令，纔是。」於是十二位美人俱各斟酒一杯，奉與挹香；挹香一飲而盡，乃啓口道，「酒令勝於軍令，違者罰酒三巨觥！」衆美人唯唯聽命。……（第五回）

挹香亦深於情，侍疾服勞不厭，如：

……一日，挹香至留香閣，愛卿適發胃氣，飲食不進。挹香十分不捨，忽想著過青田著有《醫門寶》四卷，尚在館中書架內，其中胃氣丹方頗多，遂到館取而復至，查到「香鬱散」最宜，令侍兒配了回來，親侍藥爐茶竈；又解了幾天館，朝夕在留香閣陪伴。愛卿更加感激，乃口占一絕，以報挹香。……（第二十一回）

後乃終「掇巍科」，納五妓，一妻四妾。又爲養親計，捐職仕餘杭，即遷知府，則「任政事」矣。已而父母皆在府衙中跨鶴仙去；挹香亦悟道，將入山，

……心中思想道，「我欲勘破紅塵，不能明告他們知道，只得一個私自瞞了他們，踱了出去的了。」次日寫了三封信，寄與拜林、夢仙、仲英，無非與他們留書誌別的事情，又囑拜林早日代吟梅完其姻事。

過了幾天，挹香又帶了幾十兩銀子，自己去置辦了道袍、道服、草帽、涼鞋，寄在人家，重歸家裏。又到梅花館來，恰巧五美俱在，挹香見他們不識不知，仍舊笑嘻嘻在著那裏，覺心中還有些對他們不起的念頭。想了一回，歎道，「既解情關，有何戀戀！」……（第六十回）

遂去，羽化於天臺山，又歸家，悉度其妻妾，於是「金氏門中兩代白日昇天」（第六十一回）。其子則早掄元；舊友亦因挹香汲引，皆仙去：而曩昔所識三十六伎，亦一一「歸班」，緣此輩「多是散花苑主坐下司花的仙女，因爲偶觸思凡之念，所以謫降紅塵，如今塵緣已滿，應該重入仙班」也。（第六十四回）

《紅樓夢》方板行，續作及翻案者即奮起，各竭智巧，使之團圓，久之，乃漸興盡，蓋至道光末而始不甚作此等書。然其餘波，則所被尚廣遠，惟常人之家，人數尠少，事故無多，縱有波瀾，亦不適於《紅樓夢》筆意，故遂一變，即由敘男女雜沓之狹邪以發洩之。如上述三書，雖意度有高下，文筆有妍媸，而皆摹繪柔情，敷陳豔跡，精神所在，實無不同，特以談釵、黛而生厭，因改求佳人於倡優，知大觀園者已多，則別闢情場於北里而已。然自《海上花列傳》出，乃始實寫妓家，暴其奸譎，謂「以過來人現身說法」，欲使閱者「按跡尋蹤，心通其意，見當前之媚於西子，即可知背後之潑於夜叉，見今日之密於糟糠，即可卜他年之毒於蛇蠍」（第一回）。則開宗明義，已異前人，而《紅樓夢》在狹邪小說之澤，亦自此而斬也。

《海上花列傳》今有六十四回，題「雲間花也憐儂著」，或謂其人即松江韓子雲，[12]善弈棋，嗜鴉片，旅居上海甚久，曾充報館編輯，所得筆墨之資，悉揮霍於花叢中，閱歷既深，遂洞悉此中伎倆（《小說考證》八引《談瀛室筆記》）；而未詳其名，自署雲間，則華亭人也。其書出於光緒十八年（一八九二），每七日印二回，[13]遍鬻於市，頗風行。大略以趙樸齋爲全書線索，言趙年十七，以訪母舅洪善卿至上海，遂遊青樓，少不更事，沉溺至大困頓，旋被洪送令還。而趙又潛返，愈益淪落，至「拉洋車」。書至此爲第二十八回，忽不復印。作者雖目光始終不離於趙，顧事蹟則僅此，惟因趙又牽連租界商人及浪遊子弟，雜述其沉湎征逐之狀，並及煙花，自

「長三」至「花煙間」具有；略如《儒林外史》，若斷若續，綴為長篇。其訾倡女之無深情，雖責善於非所，而記載如實，絕少夸張，則固能自踐其「寫照傳神，屬辭比事，點綴渲染，躍躍如生」（第一回）之約者矣。如述趙樸齋初至上海，與張小村同赴「花煙間」時情狀云：

……王阿二一見小村，便攛上去嚷道，「耐好啊！騙我，阿是？耐說轉去兩三個月啘，直到仔故歇坎坎來。阿是兩三個月嗄？只怕有兩三年哉！……」小村忙陪笑央告道，「耐覅動氣，我搭耐說。」便湊著王阿二耳朵邊，輕輕的說話。說不到四句，王阿二忽跳起來，沉下臉道，「耐倒乖殺哚。耐想拿件溼布衫撥來別人著仔，耐末脫體哉，阿是？」小村發急道，「勿是呀，耐也等我說完仔了。」王阿二便又爬在小村懷裏去聽，也不知咕咕唧唧說些什麼，只見小村說著，又努嘴，王阿二即回頭把趙樸齋瞟了一眼，接著小村又說了幾句。王阿二道，「耐末那價呢？」小村道，「我是原照舊啘。」王阿二方纔罷了；立起身來，剔亮了燈檯；問樸齋尊姓；又自頭至足，細細打量。樸齋別轉臉去，裝做看單條。只見一個半老娘姨，一手提水銚子，一手托兩盒烟膏，……蹭上樓來，……把烟盒放在煙盤裡，點了煙燈，沖了茶碗，仍提銚子下樓自去。王阿二靠在小村身旁燒起烟來，見樸齋獨自坐著，便說，「榻床浪來。」樸齋巴不得一聲，隨向烟榻下手躺下，看著王阿二燒好一口烟，裝在槍上，授於小村，颼飀飀直吸到底。……至第三口，小村說，「覅喫哉。」王阿二調過槍來，授與樸齋。樸齋吸不慣，不到半口，斗門噎住。……王阿二將簽子打通煙眼，替他把火。樸齋趁勢捏他手腕，王阿二奪過手，把樸齋腿膀盡力摔了一把，摔得樸齋又痠又痛又爽快。樸齋吸完煙，卻偷眼去看小村，見小村閉著眼，朦朦朧朧，似睡非睡光景，樸齋低聲叫「小村哥」，連叫兩聲，小村只搖手，不答應。王阿二道，「烟迷呀，隨俚去罷。」樸齋便不叫了。……（第二回）

至光緒二十年，則第一至六十回俱出，進敘洪善卿於無意中見趙拉車，即寄書於姊，述其狀。洪氏無計；惟其女曰二寶者頗能，乃與母赴上海來訪，得之，而又皆留連不遽返。洪善卿力勸令歸，不聽，乃絕去。三人資斧漸盡，馴至不能歸，二寶遂爲倡，名甚噪。已而遇史三公子，云是巨富，極愛二寶，迎之至別墅消夏，謂將娶以爲妻，特須返南京略一屛當，始來迓，遂別。二寶由是謝絕他客，且貸金盛製衣飾，備作嫁資，而史三公子竟不至。使樸齋往南京詢得消息，則云公子新訂婚，方赴揚州親迎去矣。二寶聞信昏絕，救之始蘇，而負債至三四千金，非重理舊業不能償，於是復攬客，見噩夢而書止。自跋謂將續作，然不成。後半於所謂海上名流之雅集，記敘特詳，但稍失實；至描寫他人之征逐，揮霍，及互相欺謾之狀，乃不稍遜於前三十回。有述賴公子賞女優一節，甚得當時世態：

……文君改裝登場，一個門客湊趣，先喊聲「好！」不料接接連連，你也喊好，我也喊好，一片聲嚷得天崩地塌，海攪江翻。……只有賴公子捧腹大笑，極其得意。唱過半齣，就令當差的放賞。那當差的將一捲洋錢散放在巴斗內，呈賴公子過目，望臺上只一撒，但聞索郎一聲響，便見許多晶瑩焜耀的東西，滿臺亂滾；臺下這些幫閒門客又齊聲一號。文君揣知賴公子其欲逐逐，心上一急，倒急出個計較來，當場依然用心的唱，唱罷落場，……含笑入席。不提防賴公子一手將文君攔入懷中；文君慌的推開立起，佯作怒色，卻又爬在賴公子肩膀，悄悄的附耳說了幾句，賴公子連連點頭道，「曉得哉。」……（第四十四回）

書中人物，亦多實有，而悉隱其眞姓名，[14]惟不爲趙樸齋諱。相傳趙本作者摯友，時濟以金，久而厭絕，韓遂撰此書以謗之，印賣至第二十八回，趙急致重賂，始輟筆，而書已風行；已而趙死，乃續作貿利，且放筆至寫其妹爲倡云。然二寶淪落，實作者豫定之局，故當開篇趙樸齋初見洪善卿時，即敘洪問，「耐有個令妹，……阿曾受茶？」答則曰，「勿曾。今年也十五歲哉。」已爲後文伏線也。光緒末至宣統初，上海此類小說之出尤多，往往數回輒中止，殆得賂矣；而無所營求，僅欲摘發伎家罪惡之書亦興起，惟大都巧為羅織，故作已甚之辭，冀震聳世間耳目，終未有如《海上花列傳》之平淡而近自然者。

注釋

【1】崔令欽：唐博陵（今河北定縣）人。開元時官著作佐郎、左金吾，肅宗時遷倉部郎中，後為萬州刺史，終國子司業。所撰《教坊記》，一卷，是他流寓江南，追思開元天寶時期教坊的制度、軼聞和樂曲的起源、內容等。孫棨《北里志》，參看本書第十篇注【9】。

【2】梅鼎祚（一五四九—一六一五）：字禹金，號勝樂道人。明宣城（今屬安徽）人。文學家。撰有傳奇《玉合記》、《長命縷》，雜劇《昆侖奴》等。所撰《青泥蓮花記》，筆記小說集，正外編共分七門十三卷。廣採各種書籍二百餘種，記敘歷代妓女事蹟，所記共一百二十餘人。

【3】余懷（一六一六—一六九六）：字澹心，號鬘翁，別號鬘持老人，清福建莆田人。長年寓居南京，為反清復明志士，晚年隱居吳門，以賣文為生。文學家。著作甚多，撰有《味外軒文稿》、《研山堂集》、《玉琴齋詞》、《三吳遊覽志》等。所撰《板橋雜記》，分雅遊、麗品、佚事三卷，記載秦淮十里南岸的舊院遺事，多存明末故事。

【4】記述妓家故事之作，揚州有芬利它行者《竹西花事小錄》等；吳門（蘇州）有西溪山人《吳門畫舫錄》、個中生《吳門畫舫續錄》等；珠江（廣州）有支機生（繆艮）《珠江名花小傳》、周友良《珠江梅柳記》等；上海有淞北玉魫（ㄕㄣˇ）生（王韜）《海陬冶遊錄》、《淞濱瑣話》等。

【5】《品花寶鑒》：卷首有石函氏（陳森）自序。刻於咸豐二年（一八五二），原刊本扉頁題：「戊申年（一八四八）十月幻中了幻齋開雕，己酉年（道光二十九年，一八四九）六月工竣。」又據《夢華瑣簿》載：「《寶鑒》是年（丁酉，道光十七年，一八三七）僅成前三十回；及己酉，少逸遊廣西歸京，乃足成六十卷。余壬子（咸豐二年，一八五二年）乃見其刊本。」

【6】符兆綸：字雪樵，清宜黃（今屬江西）人，曾官福建知縣。撰有《夢梨雲詩抄》等。下面的引文見《繪圖花月姻緣》卷首。

【7】謝章鋌：字枚如，清福建長樂人，官至內閣中書。撰有《賭棋山莊詩集》（十四卷）、《賭棋山莊全集》、《賭棋山莊詞話》等。《題魏子安所著書後》五言詩三首，見《賭棋山莊詩集》卷八。題《花月痕》一首云：「有淚無地灑，都付管城子。醇酒與婦人，末路乃如此。獨抱一片心，不生亦不死。」

【8】《賭棋山莊文集》卷五〈魏子安墓誌銘〉：「秀仁，字子安，一字子敦，侯官人。……少不利童試，年二十八，始補弟子員，即連舉丙午鄉試。……既累應春官不第，乃遊晉，遊秦，遊蜀。故鄉先達，與一時能為禍福之人，莫不愛君重君，而卒不能為君大力。君見時事多可危，手無尺寸，言不見異，而骯髒抑鬱之氣，無所發舒，因遁為稗官小說，託於兒女之私，名其書曰《花月痕》。」

【9】關於《花月痕》撰寫過程，《課餘續錄》卷一云：「是時子安旅居山西，就太原知府保眠琴太守館。……多暇日，欲讀書，又苦叢雜，無聊極，乃創為小說，以自寫照。其書中所稱韋瑩字癡珠者，即子安也。方草一兩回，適太守入其室，見之，大歡喜。乃與子安約：十日成一回。一回成，則張盛席，招菊部，為先生潤筆壽，於是浸淫數十回，成巨帙焉。」

【10】《劉栩鳳傳》：即《棲梧花史小傳》，內容記述河南滑縣歌妓劉栩鳳生平。

【11】《醉紅軒筆話》：此書及《花間棒》、《吳中考古錄》、《閒鷗集》，均見鄒弢《三借廬筆談》，未見刻本。

【12】韓子雲（一八五六－一八九四）：名邦慶，號太仙，別號大一山人。清松江（今屬上海）人。貢生，幼時隨父宦游京師，及長南歸，屢試不第，至河南為人作幕僚數年，後旅居滬上，曾任申報館編輯。

【13】關於《海上花列傳》刊出情況，該書自光緒十八年（一八九二年）二月初一日起，陸續刊印於韓邦慶所編文藝雜誌《海上奇書》。該刊開始時每逢初一、十五出刊一期，每期印《海上花列傳》二回；第九期起，改為每月一期，出至十五期停刊，《海上花列傳》共刊出三十回。

【14】據《譚瀛室隨筆》載：「《海上花列傳》書中人名，大抵皆有所指，熟於同、光間上海名流事實者，類能言之。茲姑舉所知者，如：齊韻叟為沈仲馥，史天然為李木齋，賴頭黿為勒元俠，方蓬壺為袁翔父，一說為王紫詮，李實夫為盛樸人，李鶴江為盛杏蓀，黎篆鴻為胡雪巖，王蓮生為馬眉叔，小柳兒為楊猴子，高亞白為李芋仙。以外諸人，苟以類推之，當十得八九，是在讀者之留意也。」

解讀

魯迅指出：「唐以來文人即多記曲中瑣事。」晚清尤多此類長篇小說，著名的有陳森《品花寶鑑》、魏秀仁《花月痕》、俞達《青樓夢》和韓子雲《海上花列傳》。魯迅將此類描寫妓女和無聊之徒嫖妓的書稱爲「狹邪小說」，又論述「《紅樓夢》餘澤之在狹邪小說及其消亡」。

此類小說中藝術性最高的是韓子雲《海上花列傳》，因原作以蘇州方言撰寫，一般讀者難以看懂，所以在上海生長並長年生活於上海的著名女作家張愛玲將此書用通用白話翻譯出來，以饗讀者。

第二十七篇　清之俠義小說及公案

明季以來，世目《三國》、《水滸》、《西遊》、《金瓶梅》爲「四大奇書」，[1]居說部上首，比清乾隆中，《紅樓夢》盛行，遂奪《三國》之席，而尤見稱於文人。惟細民所嗜，則仍在《三國》、《水滸》。時勢屢更，人情日異於昔，久亦稍厭，漸生別流，雖故發源於前數書，而精神或至正反，大旨在揄揚勇俠，讚美粗豪，然又必不背於忠義。其所以然者，即一緣文人或有憾於《紅樓》，其代表爲《兒女英雄傳》；一緣民心已不通於《水滸》，其代表爲《三俠五義》。

《兒女英雄傳評話》本五十三回，今殘存四十回，題「燕北閒人著」。馬從善序[2]云出文康手，蓋定稿於道光中。文康，費莫氏，字鐵仙，滿洲鑲紅旗人，大學士勒保[3]次孫也，「以資爲理藩院郎中，出爲郡守，洊擢觀察，丁憂旋裏，特起爲駐藏大臣，以疾不果行，卒於家。」家本貴盛，而諸子不肖，遂中落且至困憊。文康晚年塊處一室，筆墨僅存，因著此書以自遣。升降盛衰，俱所親歷，「故於世運之變遷，人情之反覆，三致意焉。」（並序語）榮華已落，愴然有懷，命筆留辭，其情況蓋與曹雪芹頗類。惟彼爲寫實，爲自敘，此爲理想，爲敘他，加以經歷復殊，而成就遂迴異矣。書首有雍正甲寅觀鑒我齋序，謂爲「格致之書」，反《西遊》等之「怪力亂神」而正之；[4]次乾隆甲寅東海吾了翁識，謂得於春明市上，不知作者何人，研讀數四，「更於沒字處求之」，[5]始知言皆有物，因補其闕失，弁以數言云云：皆作者假託。開篇則謂「這部評話……初名《金玉緣》；因所傳的是首善京都一樁公案，又名《日下新書》。篇中立旨立言，雖然無當於文，卻還一洗穢語淫詞，不乖於正，因又名《正法眼藏五十三參》，初非釋家言也。後來東海吾了翁重訂，題曰《兒女英雄傳評話》。……」（首回）多立異名，搖曳見態，亦仍爲《紅樓夢》家數也。

所謂「京都一樁公案」者，爲有俠女曰何玉鳳，本出名門，而智慧驍勇絕世，其父先爲人所害，因奉母避居山林，欲伺間報讎。其怨家曰紀獻唐，有大勳勞於國，勢甚盛。何玉鳳急切不得當，變姓名曰十三妹，往來市井間，頗拓弛玩世；偶於旅次見孝子安驥困厄，救之，以是相識，後漸稔。已而紀獻唐爲朝廷所誅，何雖未手刃其仇而父讎則已報，欲出家，然卒爲勸沮者所動，嫁安驥。驥又有妻曰張金鳳，亦嘗爲玉鳳所拯，乃相睦如姊妹，後各有孕，故此書初名《金玉緣》。

書中人物亦常取同時人為藍本；或取前人，如紀獻唐，蔣瑞藻（《小說考證》八）云，「吾之意，以為紀者，年也；獻者，《曲禮》云，『犬名羹獻』；唐為帝堯年號：合之則年羹堯也。……其事蹟與本傳所記悉合。」安驥殆以自寓，或者有慨於子而反寫之。十三妹未詳，當純出作者意造，緣欲使英雄兒女之概，備於一身，遂致性格失常，言動絕異，矯揉之態，觸目皆是矣。如敘安驥初遇何於旅舍，慮其入室，呼人抬石杜門，眾不能動，而何反為之運以入，即其例也：

……那女子又說道，「弄這塊石頭，何至於鬧的這等馬仰人翻的呀？」張三手裏拿著钁頭，看了一眼，接口說，「怎麼『馬仰人翻』，呢？瞧這傢伙，不這麼弄，問得動他嗎？打諒頑兒呢。」那女子走到跟前，把那塊石頭端相了端相，……約莫也有個二百四五十斤重，原是一個碾糧食的碌碡；上面靠邊，卻有個鑿通了的關眼兒。……他先挽了挽袖子，……把那石頭撂倒在平地上，用右手推著一轉，找著那個關眼兒，伸進兩個指頭去勾住了，往上只一悠，就把那二百多斤的石頭碌碡，單撒手兒提了起來。向著張三李四說道，「你們兩個也別閑著，把這石頭上的土給我拂落淨了。」兩個屁滾尿流，答應了一聲，連忙用手拂落了一陣，說，「得了。」那女子纔回過頭來，滿面含春的向安公子道，「尊客，這石頭放在那裏？」安公子羞得面紅過耳，眼觀鼻鼻觀心的答應了一聲，說，「有勞，就放在屋裏罷。」那女子聽了，便一手提著石頭，款動一雙小腳兒，上了臺階兒，那隻手撩起了布簾，跨進門去，輕輕的把那塊石頭放在屋裏南牆根兒底下；回轉頭來，氣不喘，面不紅，心不跳。眾人伸頭探腦的向屋裏看了，無不咤異。……（第四回）

結末言安驥以探花及第，復由國子監祭酒簡放烏里雅蘇臺參贊大臣，未赴，又「改爲學政，陛辭後即行赴任，辦了些疑難大案，政聲載道，位極人臣，不能盡述」。因此復有人作續書三十二回，文意並拙，且未完，云有二續，序題「不計年月無名氏」，[6]蓋光緒二十年頃北京書估之所造也。

《三俠五義》出於光緒五年（一八七九），原名《忠烈俠義傳》，百二十回，首署「石玉崑述[7]」，而序則云問竹主人原藏，入迷道人編訂，皆不詳爲何如人。凡此流著作，雖意在敘勇俠之士，遊行村市，安良除暴，爲國立功，而必以一名臣大吏爲中樞，以總領一切豪俊，其在《三俠五義》者曰包拯。拯字希仁，以進士官至禮部侍郎，其間嘗除天章閣待制，又除龍圖閣學士，權知開封府，立朝剛毅，關節不到，世人比之閻羅，有傳在《宋史》（三百十六）。而民間所傳，則行事率怪異，元人雜劇中已有包公「斷立太后」及「審烏盆鬼」[8]諸異說；明人又作短書十卷曰《龍圖公案》，[9]亦名《包公案》，記拯藉私訪夢兆鬼語等以斷奇案六十三事，然文意甚拙，蓋僅識文字者所爲。後又演爲大部，仍稱《龍圖公案》，則組織加密，首尾通連，即爲《三俠五義》藍本矣。[10]

《三俠五義》開篇，即敘宋眞宗未有子，而劉、李二妃俱娠，約立舉子者爲正宮。劉乃與宮監郭槐密謀，俟李生子，即易以剝皮之狸貓，謂生怪物。太子則付宮人寇珠，命縊而棄諸水，寇珠不忍，竊授陳林，匿八大王所，云是第三子，始得長育。劉又讒李妃去之，忠宦多死。眞宗無子，既崩，八王第三子乃入承大統，即仁宗也。書由是即進敘包拯降生，惟以前案爲下文伏線而已。復次，則述拯婚宦及斷案事蹟，往往取他人故事，並附著之。比知開封，乃於民間遇李妃，發「狸貓換子」舊案，時仁宗始知李爲眞母，迎以歸。拯又以忠誠之行，感化豪客，如三俠，即南俠展昭，北俠歐陽春，雙俠丁兆蘭，丁兆蕙。以及五鼠，爲鑽天鼠盧方，徹地鼠韓彰，穿山鼠徐慶，翻江鼠蔣平，錦毛鼠白玉堂等，率爲盜俠，縱橫江湖間，或則偶入京師，戲盜御物，人亦莫能制，顧皆先後傾心，投誠受職，協誅強暴，人民大安。後襄陽王趙珏謀反，匿其黨之盟書於沖霄樓，五鼠從巡按顏查散探訪，而白玉堂遽獨往盜之，遂墜銅網陣而死；書至此亦完。其中人物之見於史者，惟包拯八王等數人；故事亦多非實有，五鼠雖明人之《龍圖公案》及《西洋記》皆載及，而並云物怪，與此之爲義士者不同，宗藩謀反，仁宗時實未有，此殆因明宸濠事[11]而影響附會之矣。至於構設事端，頗傷稚弱，而獨於寫草野豪傑，輒奕奕有神，間或襯以世態，雜以詼諧，亦每令莽夫分外生色。値世間方飽於妖異之說，脂粉之談，而此遂以粗豪脫略見長，於說部中露頭角也。

……馬漢道，「喝酒是小事，但不知錦毛鼠是怎麼個人？」……展爺便將陷空島的眾人說出，又將綽號兒說與眾人聽了。公孫先生在旁，聽得明白，猛然省悟道，「此人來找大哥，卻是要與大哥合氣的。」展爺道，「他與我素無仇隙，與我合什麼氣呢？」公孫策道，「大哥，你自想想，他們五人號稱『五鼠』，你卻號稱『御貓』，焉有貓兒不捕鼠之理？這明是嗔大哥號稱御貓之故，所以知道他要與大哥合氣。」展爺道，「賢弟所說，似乎有理。但我這『御貓』，乃聖上所賜，非是劣兄有意稱『貓』，要欺壓朋友。他若眞個爲此事而來，劣兄甘拜下風，從此後不稱御貓，也未爲不可。」眾人尚未答言，惟趙虎正在豪飲之間，……卻有些不服氣，拿著酒杯，立起身來道，「大哥，你老素昔膽量過人，今日何自餒如此？這『御貓』二字，乃聖上所賜，如何改得？儻若是那個什麼白糖咧，黑糖咧，他不來便罷，他若來時，我燒一壺開開的水，把他沖著喝了，也去去我的滯氣。」展爺連忙擺手說，「四弟悄言。豈不聞『牕外有耳』？」剛說至此，只聽得拍的一聲，從外面飛進一物，不偏不歪，正打在趙虎擎的那個酒杯之上，只聽噹啷啷一聲，將酒杯打了個粉碎。趙爺唬了一跳，眾人無不驚駭。只見展爺早已出席，將槅扇虛掩，回身復又將燈吹滅，便把外衣脫下，裏面卻是早已結束停當的。暗暗將寶劍拿在手中，卻把槅扇假做一開，只聽拍的一聲，又是一物打在槅扇上。展爺這纔把槅扇一開，隨著勁一伏身竄將出去。只覺得迎面一股寒風，嗖的就是一刀，展爺將劍扁著，往上一迎，隨招隨架，用目在星光之下仔細觀瞧，見來人穿著簇青的夜行衣靠，腳步伶俐：依稀是前在苗家集見的那人。二人也不言語，惟聽刀劍之聲，叮噹亂響。展爺不過招架，並不還手，見他刀刀逼緊，門路精奇，南俠暗暗喝采；又想道，「這朋友好不知進退。我讓著你，不肯傷你。又何必趕盡殺絕？難道我還怕你不成？」暗道，「也叫他知道知道。」便把寶劍一橫，等刀臨近，用個「鶴唳長空勢」，用力往上一削。只聽得噌的一聲，那人的刀已分爲兩段，不敢進步，只見他將身一縱，已上了牆頭。展爺一躍身，也跟上去。……（第三十九回）

當俞樾寓吳下時，潘祖蔭[12]歸自北京，出示此本，初以爲尋常俗書耳，及閱畢，乃歎其「事蹟新奇，筆意酣恣，描寫既細入毫芒，點染又曲中筋節，正如柳麻子說『武松打店』，初到店內無人，驀地一吼，店中空缸空甏，皆瓮瓮有聲：閒中著色，精神百倍」（俞序語）。而頗病開篇「狸貓換太子」之不經，乃別撰第一回，「援據史傳，訂正俗說。」又以書中南俠、北俠、雙俠，其數已四，非三能包，加小俠艾虎，則又成五，「而黑妖狐智化者，小俠之師也，小諸葛沈仲元者，第一百回中盛稱其從遊戲中生出俠義來，然則此兩人非俠而何？」因復改名《七俠五義》，於光緒己丑（一八八九）序而傳之，乃與初本並行，在江、浙特盛。

其年五月，復有《小五義》出於北京，十月，又出《續小五義》，皆一百二十四回。序謂與《三俠五義》皆石玉崑原稿，得之其徒。「本三千多篇，分上中下三部，總名《忠烈俠義傳》，原無大小之說，因上部三俠五義爲創始之人，故謂之大五義，中下二部五義即其後人出世，故謂之小五義。」《小五義》雖續上部，而又自白玉堂盜盟單起，略當上部之百一回；全書則以襄陽王謀反，義俠之士競謀探其隱事爲線索。是時白玉堂早被害，餘亦漸衰老，而後輩繼起，並有父風。盧方之子珍，韓彰之子天錦，徐慶之子良，白玉堂之侄芸生，皆意外湊聚於客舍，益以小俠艾虎，遂結爲兄弟。諸人奔走道路，頗誅豪強，終集武昌，擬共破銅網陣，未陷而書畢。《續小五義》即接敘前案，銅網先破，叛王遂逃，而諸俠仍在江湖間誅鋤盜賊。已而襄陽王成擒，天子論功，俠義之士皆受封賞，於是全書完。序雖云二書皆石玉崑舊本，而較之上部，則中部荒率殊甚，入下又稍細，因疑草創或出一人，潤色則由眾手，其伎倆有工拙，故正續遂差異也。

且說徐慶天然的性氣一沖的性情，永不思前想後，一時不順，他就變臉，把桌子一扳，嘩喇一聲，碗盞皆碎。鍾雄是泥人，還有個土性情，拿住了你們，好眼相看，擺酒款待，你倒如此，難怪他怒發。指著三爺道，「你這是怎樣了？」三爺說，「這是好的哪。」寨主說，「不好便當怎樣？」三爺說，「打你！」話言未了，就是一拳。鍾雄就用指尖往三爺肋下一點。「哎喲！」噗咚！三爺就躺於地下。焉知曉鍾寨主用的是「十二支講關法」，又叫「閉血法」，俗語就叫「點穴」。三爺心裏明白，不能動轉。鍾雄拿腳一踢，吩咐綁起來。三爺周身這才活動，又教人捆上了五花大綁。展南俠自己把二臂往後一背，說，「你們把我捆上！」眾人有些不肯，又不能不捆。鍾雄傳令，推在丹鳳橋梟首。內中有人嚷道，「刀下留人！」……（《小五義》第十七回）

且說黑妖狐智化與小諸葛沈仲元二人暗地商議，獨出己見，要去上王府盜取盟單。……（智化）爬伏在懸龕之上，晃千里火照明：下面是一個方匣子，……上頭有一個長方的硬木匣子，兩邊有個如意金環。伸手揪住兩個金環，往懷中一帶，只聽上面嗑叹一聲，下來了一口月牙式鍘刀。智化把眼睛一閉，也不敢往前躥，也不敢往後縮，正在腰脊骨中噹啷的一聲。智化以爲是腰斷兩截，慢慢睜開眼睛一看，卻不覺著疼痛，就是不能動轉。列公，這是什麼緣故？皆因他是月牙式樣；若要是鍘草的鍘刀，那可就把人鍘爲兩段。此刀當中有一個過隴兒，也不至於甚大；又對著智爺的腰細；又對著解了百寶囊，底下沒有東西墊著；又有背後背著這一口刀，連皮鞘帶刀尖，正把腰脊骨護住。……總而言之：智化命不該絕。可把沈仲元嚇了個膽裂魂飛。……（《續小五義》第一回）

大小五義之書既盡出，乃即見《正續小五義全傳》刊行，凡十五卷六十回，前有光緒壬辰（一八九二）繡谷居士序。其本即取《小五義》及續書，合爲一部，去其複重，又汰其鋪敘，省略成十三卷五十二回。末二卷八回則謂襄陽王將就擒，而又逸去，至紅羅山，舉兵復戰，乃始敗亡，是二書之所無，實爲蛇足。行文敘事，亦雖簡明有加，而原有之遊詞餘韻，刊落甚多，故神采則轉遜矣。

包拯、顏查散而外，以他人爲全書樞軸者，在先亦已嘗有。道光十八年（一八三八），有《施公案》八卷九十七回，一名《百斷奇觀》，記康熙時施仕綸（當作世綸）[13]爲泰州知州至漕運總督時行事，文意俱拙，略如明人之《包公案》，而稍加曲折，一案或亙數回；且斷案之外，又有遇險，已爲俠義小說先導。至光緒十七年（一八九一），則有《彭公案》二十四卷一百回，爲貪夢道人作，述彭朋（當作鵬）[14]於康熙中爲三河縣知縣，洊擢河南巡撫，回京出查大同要案等故事，亦不外賢臣微行，豪傑盜寶之類，而字句拙劣，幾不成文。

其他類似《三俠五義》之書尚甚夥，通行者有《永慶昇平》九十七回，爲潞河郭廣瑞錄哈輔源[15]演說，敘康熙帝變裝私訪，及除邪教，平逆匪諸案；尋有續一百回，亦貪夢道人作。又有《聖朝鼎盛萬年青》八集，共七十六回，無撰人名，則記康熙帝以大政付劉墉、陳宏謀，[16]自遊江南，歷遇奸徒骫法，英傑效忠之事。餘如《英雄大八義》、《英雄小八義》、《七劍十三俠》、《七劍十八義》[17]等，其類尚多，大率出光緒二十年頃。後又有《劉公案》（劉墉）、《李公案》（李丙寅當作秉衡）；[18]而《施公案》亦續至十集，《彭公案》續至十七集；《七俠五義》則續至二十四集，千篇一律，語多不通，甚至一人之性格，亦先後頓異，蓋歷經眾手，共成惡書，漫不加察，遂多矛盾矣。

《三俠五義》及其續書，繪聲狀物，甚有平話習氣，《兒女英雄傳》亦然。張廣瑞序《永慶昇平》云，「余少遊四海，常聽評詞演《永慶昇平》書，……國初以來，有此實事流傳，咸豐年間有姜振名先生，乃評談今古之人，嘗演說此書，未能有人刊刻，傳流於世。余長聽哈輔源先生演說，熟記在心，閒暇之時，錄成四卷。……」《小五義》序亦謂與《三俠五義》皆石玉崑原稿，得之其徒，則石玉崑殆亦咸豐時說話人，與姜振名各專一種故事。文康習聞說書，擬其口吻，於是《兒女英雄傳》遂亦特有「演說」流風。是俠義小說之在清，正接宋人話本正脈，固平民文學之歷七百餘年而再興者也。惟後來僅有擬作及續書，且多濫惡，而此道又衰落。

清初，流寇悉平，遺民未忘舊君，遂漸念草澤英雄之爲明宣力者，故陳忱作《後水滸傳》，則使李俊去國而王於暹羅（見第十五篇）。歷康熙至乾隆百三十餘年，威力廣被，人民懾服，即士人亦無貳心，故道光時俞萬春作《結水滸傳》，則使一百八人無一倖免（亦見第十五篇），然此尚爲僚佐之見也。《三俠五義》爲市井細民寫心，乃似較有《水滸》餘韻，然亦僅其外貌，而非精神。時去明亡已久遠，說書之地又爲北京，其先又屢平內亂，遊民輒以從軍得功名，歸耀其鄉里，亦甚動野人歆羨，故凡俠義小說中之英雄，在民間每極粗豪，大有綠林結習，而終必爲一大僚隸卒，供使令奔走以爲寵榮，此蓋非心悅誠服，樂爲臣僕之時不辦也。然當時於此等書，則以爲「善人必獲福報，惡人總有禍臨，邪者定遭凶殃，正者終逢吉庇，報應分明，昭彰不爽，使讀者有拍案稱快之樂，無廢書長歎之時……」（《三俠五義》及《永慶昇平》序）云。

而其時歐人之力又侵入中國。

注釋

【1】四大奇書：清李漁《三國演義序》云：「昔弇州先生有宇宙四大奇書之目，曰：《史記》也，《南華》也，《水滸》與《西廂》也。馮猶龍亦有四大奇書之目，曰：《三國》也，《水滸》也，《西遊》與《金瓶梅》也。兩人之論各異。愚謂書之奇，當從其類，《水滸》在小說家，與經史不類；《西廂》係詞曲，與小說又不類。今將從其類以配其奇，則馮說為近是。」（清兩衡堂刊本《三國志第一才子書》卷首李漁序）。

【2】馮從善：自號古遼閬圃，是作者文康的學生和門客。其序寫於光緒四年（戊寅，一八七八），稱「《兒女英雄傳》一書，文鐵仙先生康所作也」。

【3】勒保（一七四〇—一八一九）：費莫氏，字宜軒，清滿洲鑲紅旗人。官陝甘總督、四川總督、武英殿大學士兼軍機大臣等。曾鎮壓川、鄂、陝等地白蓮教起義及雲、貴苗民及布依族起義。

【4】觀鑒我齋《兒女英雄傳》序云：「其書以天道為綱，以人道為紀，以性情為意旨，以兒女英雄為文章，……吾不圖於無意中果得於誠正、修齊、治平而外，快睹此格致一書也。」又云：「《西遊記》其神也怪也，《水滸傳》其力也，《金瓶梅》其亂也。」

【5】東海吾了翁《兒女英雄傳序》云：「其事則日下舊聞，其文則忽莊忽諧，若明若昧，……研讀數四，更於沒字處求之，始知其所以忽莊忽諧，若明若昧者，言非無所為而發也。噫，傷已！惜原稿半殘闕失次，爰不辭固陋，為之點金以鐵，補綴成書，易其名曰《兒女英雄傳評話》。」

【6】《續兒女英雄傳》，四卷三十二回，不題撰人。卷首有無名氏自序，不記年月。光緒二十四年（一八九八）北京宏文書局石印。

【7】石玉崑（約一八一〇—約一八七一）：一作石玉，字振之，清天津人。道光咸豐年間說書藝人。胡士瑩認為他是北京著名說書藝人。（見《話本小說概論》第六二九頁）

【8】「斷立太后」：元雜劇《抱妝盒》（全稱《金水橋陳琳抱妝盒》，無名氏作）中的故事：宋真宗時李美人生子，遭劉皇后嫉害，擬密遣宮女殺皇子並棄於金水橋下，內監陳琳抱妝盒欲進御園摘果，將皇子用妝盒救出。二十年後，皇子即位為仁宗，密詢陳琳，得知當年實情，尊生母李氏為皇太后。

「審烏盆鬼」，元雜劇《盆兒鬼》（全稱《玎玎璫璫盆兒鬼》，無名氏作）中的故事：汴梁人楊國用為避百日血光之災，外出經商，待獲利而歸，夜宿瓦窯村盆罐趙家，遇害，屍首被燒成灰和泥製成瓦盆，但「冤魂」不散，哭鬧不休，後經包公審理申冤。今有據此劇改編的京劇《烏盆記》演此故事。

【9】《龍圖公案》：十卷，明無名氏撰，序署「江左陶烺（ㄌㄤˇ）元乃斌父題於虎丘之悟石軒」。有繁簡兩本，繁本故事一百則，簡本故事六十六則。敘寫包公審案故事。

【10】這裏的《龍圖公案》指傳抄本《龍圖耳錄》，一百二十回，係石玉崑說唱《龍圖公案》的紀錄本（刪去唱詞）。刊本《忠烈俠義傳》（亦名《三俠五義》）即從此本出。

【11】明宸濠事：明正德十四年（一五一九），宗室寧王朱宸濠（？—一五二一）於正德十四年（一五一九）偽稱奉太后密詔，於南昌起兵叛亂，謀奪帝位，為王守仁所敗，被俘後處死。

【12】俞樾：參看本書第二十二篇注【28】。俞樾改《三俠五義》書名為《七俠五義》，並作序。序中所說的柳麻子，即柳敬亭（一五八七—一六七〇），明末著名說書藝人。俞序關於柳敬亭說《水滸》的記述，本自明張岱《陶庵夢憶》卷五〈柳敬亭說書〉。

潘祖蔭（一八三〇－一八九〇），字伯寅，號鄭盦（同「庵」），清江蘇吳縣人，晚清大臣，近代詩人。咸豐二年（一八五二）進士，官至工部尚書。生平事蹟見《清史列傳》卷五八、《清史稿》卷四四一、李慈銘〈潘文勤公墓誌銘〉。撰有〈鄭盦詩存、文存〉各一卷，編有《滂喜齋叢書》、《功順堂叢書》。

【13】施世綸（一六五九－一七二二）：字文賢，號潯江，清漢軍鑲黃旗人。施琅次子。曾任泰州知州，歷官揚州、江寧、蘇州知府，清廉公直，卓有聲譽。後官戶部侍郎、漕運總督，撰有《南堂集》。《施公案》敘寫其有關事蹟，多出附會臆造和藝術虛構。

【14】彭鵬（一六三七－一七〇四）：字奮斯，號古愚，清福建莆田人。順治舉人，由三河知縣官至廣東巡撫。撰有《古愚心言》。《彭公案》敘寫他的有關事蹟，但多出附會臆造和藝術虛構。

【15】郭廣瑞：字筱亭，別號燕南居士，清潞河（今北京通縣）人。哈輔源，滿洲旗人。說書藝人，以專說《永慶昇平》而聞名。

【16】劉墉（一七二〇－一八〇五）：字崇如，號石庵，清山東諸城人。乾隆進士，官至吏部、工部尚書、體仁閣大學士。俗稱劉羅鍋。以書法著名。著有《石庵詩集》。

陳宏謀（一六九六－一七七一），字汝咨，號榕門，清廣西臨桂（今桂林）人。雍正進士，官至湖廣總督、東閣大學士。著有《培遠堂全集》等。此處正文「康熙」應為「乾隆」。

【17】《英雄大八義》：四卷五十六回。《英雄小八義》係其續集，四卷四十四回。敘寫東京汴梁宋士公等人故事。《七劍十三俠》，又名《七子十三生》，三集一百八十回，題「姑蘇桃花館主人唐芸洲編次」。敘寫明王守仁平定朱宸濠叛亂故事。《七劍十八俠》，未見，同類書有《七劍八俠十六義》、《五劍十八義》等多種。

【18】《劉公案》：二十回，儲仁遜抄本小說之十五。敘寫乾隆時劉墉上本查辦國舅、濟南巡撫國泰事。《李公案》，一名《李公案奇聞》，三十四回，題「惜紅居士編纂」。敘寫清李秉衡辦理訟案事。

解讀

本篇介紹清代俠義小說的名著，其中的優秀之作有文康《兒女英雄傳》和石玉崑《三俠五義》，及俞樾重編之《七俠五義》。前者塑造的女俠十三妹，蜚聲文壇，深得讀者喜愛。後書塑造的南俠展昭和錦毛鼠白玉堂也成爲家喻户曉的英雄人物。這些俠義小說爲二十世紀武俠小說的興盛開創了道路，二十世紀以平江不肖生、還珠樓主和梁羽生、金庸、古龍爲代表的舊派和新派武俠小說贏得極其廣大的讀者，成爲中國和世界文學史上的一大奇觀，實由上述兩書首開其先聲。

本篇言及《三俠五義》的續書，未談及無名氏著《續俠義傳》。此書是唯一的以七俠五義原班人馬爲主人公的續書，魯迅先生未見，故而本篇闕如。小說研究家、藏書家趙景深師藏有此書，小說研究家譚正壁師說，他也向趙先生借閱過，他處未見，也未見著錄。我與景深師內侄李宗爲兄合作校點此書並由我撰寫評論性的《後記》後，收入著名的「中國古典小說史料叢書」，由人民文學出版社出版（一九九一年初版，一九九九年重版、二〇〇六年三版）。另，參見附錄一《中國小說的歷史的變遷》第六講解讀的最後三段。

本篇客觀介紹、公正評價俠義小說。至於魯迅提出「《水滸》精神在民間之消滅」的論點，非常值得重視。所謂「《水滸》精神」，也即俠義精神。但茲題體大，要用專書才能講清，因篇幅所限，這裏不做展開了。

第二十八篇　清末之譴責小說

光緒庚子（一九〇〇）後，譴責小說之出特盛。蓋嘉慶以來，雖屢平內亂（白蓮教、太平天國、捻、回），亦屢挫於外敵（英、法、日本），細民闇昧，尙啜茗聽平逆武功，有識者則已翻然思改革，憑敵愾之心，呼維新與愛國，而於「富強」尤致意焉。戊戌變政既不成，越二年即庚子歲而有義和團之變，群乃知政府不足與圖治，頓有掊擊之意矣。其在小說，則揭發伏藏，顯其弊惡，而於時政，嚴加糾彈，或更擴充，並及風俗。雖命意在於匡世，似與諷刺小說同倫，而辭氣浮露，筆無藏鋒，甚且過甚其辭，以合時人嗜好，則其度量技術之相去亦遠矣，故別謂之譴責小說。其作者，則南亭亭長與我佛山人名最著。

南亭亭長爲李寶嘉，字伯元，江蘇武進人，少擅制藝及詩賦，以第一名入學，累舉不第，乃赴上海辦《指南報》，旋輟，別辦《遊戲報》，爲俳諧嘲罵之文，後以「鋪底」售之商人，又別辦《海上繁華報》，[1]記注倡優起居，並載詩詞小說，殊盛行。所著有《庚子國變彈詞》若干卷，《海天鴻雪記》六本，《李蓮英》一本，[2]《繁華夢》、《活地獄》[3]各若干本。又有專意斥責時弊者曰《文明小史》，分刊於《繡像小說》中，[4]尤有名。時正庚子，政令倒行，海內失望，多欲索禍患之由，責其罪人以自快，寶嘉亦應商人之託，撰《官場現形記》，撰爲十編，編十二回，自光緒二十七至二十九年中成三編，後二年又成二編，三十二年三月以瘵卒，年四十（一八六七—一九〇六），書遂不完；亦無子，伶人孫菊仙[5]爲理其喪，酬《繁華報》之揄揚也。嘗被薦應經濟特科，不赴，時以爲高；又工篆刻，有《芋香印譜》[6]行於世（見周桂笙《新庵筆記》三，李祖杰致胡適書及顧頡剛《讀書雜記》等）。

《官場現形記》已成者六十回，爲前半部，第三編印行時（一九〇三）有自序，略謂「亦嘗見夫官矣，送迎之外無治績，供張之外無材能，忍飢渴，冒寒暑，行香則天明而往，稟見則日昃而歸，卒不知其何所爲而來，亦卒不知其何所爲而去。」歲或有凶災，行振恤，又「皆得援救助之例，邀獎勵之恩，而所謂官者，乃日出而未有窮期」。及朝廷議汰除，則「上下蒙蔽，一如故舊，尤其甚者，假手胥小，授意私人，因苞苴而通融，緣賄賂而解釋：是欲除弊而轉滋之弊也」。於是群官搜括，小民困窮，民不敢言，官乃愈肆，「南亭亭長有東方之諧謔，與淳于之滑稽，又熟知夫官之齷齪卑鄙之要凡，昏聵糊塗之大旨」，爰「以含蓄蘊釀存其忠厚，以酣暢淋漓闡其隱微，……窮年累月，殫精竭誠，成書一帙，名曰《官場現形記》。……凡神禹所不能鑄之於鼎，溫嶠所不能燭之以犀者，無不畢備也」。故凡所敘述，皆迎合，鑽營，朦混，羅掘，傾軋等故事，兼及士人之熱心於作吏，及官吏閨中之隱情。頭緒既繁，腳色復夥，其記事遂率與一人俱起，亦即與其人俱訖，若斷若續，與《儒林外史》略同。然臆說頗多，難云實錄，無自序所謂「含蓄蘊釀」之實，殊不足望文木老人後塵。況所搜羅，又僅「話柄」，聯綴此等，以成類書；官場伎倆，本小異大同，匯爲長編，即千篇一律。特緣時勢要求，得此爲快，故《官場現形記》乃驟享大名；而襲用「現形」名目，描寫他事，如商界、學界、女界者亦接踵也。今錄南亭亭長之作八百餘言爲例，並以概餘子：

……卻說賈大少爺，……看看已到了引見之期，頭天赴部演禮，一切照例儀注，不庸細述。這天賈大少爺起了一個半夜，坐車進城，……一直等到八點鐘，纔有帶領引見的司官老爺把他帶了進去，不知走到一個什麼殿上，司官把袖一摔，他們一班幾個人在臺階上一溜跪下，離著上頭約摸有二丈遠，曉得坐在上頭的就是「當今」了。……他是道班，又是明保的人員，當天就有旨，叫他第二天預備召見。……賈大少爺雖是世家子弟，然而今番乃是第一遭見皇上，雖然請教過多少人，究竟放心不下。當時引見了下來，先看見華中堂。華中堂是收過他一萬銀子古董的，見了面問長問短，甚是關切。後來賈大少爺請教他道，「明日朝見，門生的父親是現任臬司，門生見了上頭，要碰頭不要碰頭？」華中堂沒有聽見上文，只聽得「碰頭」二字，連連回答道，「多碰頭，少說話：是做官的祕訣。」賈大少爺忙分辨道，「門生說的是上頭問著門生的父親，自然要碰頭；倘不問，也要碰頭不要碰頭？」華中堂道，「上頭不問你，你千萬不要多說話；應該碰頭的地方，又萬萬不要忘記不碰，就是不該碰，你多磕頭，總沒有處分的。」一席話說得賈大少爺格外糊塗，意思還要問，中堂已起身送客了。賈大少爺只好出來，心想華中堂事情忙，不便煩他，不如去找黃大軍機，……或者肯賜教一二。誰知見了面，賈大少爺把話纔說完，黃大人先問，「你見過中堂沒有？他怎麼說的？」賈大少爺照述一遍，黃大人道，「華中堂閱歷深，他叫你多碰頭少說話，老成人之見，這是一點兒不錯的。」……賈大少爺無法，只得又去找徐大軍機。這位徐大人，上了年紀，兩耳重聽，就是有時候聽得兩句，也裝作不知。他平生最講究養心之學，有兩個訣竅：一個是「不動心」，一個是「不操心」。……後來他這個訣竅被同寅中都看穿了，大家就送他一個外號，叫他做「琉璃蛋」。……這日賈大少爺……去求教他，見面之後，寒暄了幾句，便題到此事。徐大人道，「本來多碰頭是頂好的事。就是不碰頭，也使得。你還是應得碰頭的時候，你碰頭；不必碰的時候，還是不必碰的爲妙。」賈大少爺又把華、黃二位的話述了一遍，徐大人道，「他兩位說的話都不錯。你便照他二位的話，看事行事，最妥。」說了半天，仍舊說不出一毫道理，只得又退了下來。後來一直找到一位小軍機，也是他老人家的好友，才把儀注說清。第二天召見上去，居然沒有出岔子。……（第二十六回）

我佛山人爲吳沃堯，字繭人，後改趼人，廣東南海人也，居佛山鎮，故自稱「我佛山人」。年二十餘至上海，常爲日報撰文，皆小品；光緒二十九年新會梁啓超[7]印行《新小說》於日本之橫濱，月一冊，次年（一九〇三），沃堯乃始學爲長篇，即以寄之，先後凡數種，曰《電術奇談》，曰《九命奇冤》，[8]曰《二十年目覩之怪現狀》，名於是日盛，而末一種尤爲世間所稱。後客山東，遊日本，皆不得意，終復居上海；三十二年，爲《月月小說》[9]主筆，撰《劫餘灰》、《發財祕訣》、《上海遊驂錄》；[10]又爲《指南報》作《新石頭記》。[11]……又一年，則主持廣志小學校，甚盡力於學務，所作遂不多。宣統紀元，始成《近十年之怪現狀》[12]二十回，二年九月遽卒，年四十四（一八六七－一九一〇）。別有《恨海》、《胡寶玉》[13]二種，先皆單行；又嘗應商人之託，以三百金爲撰《還我靈魂記》頌其藥，[14]一時頗被訾議，而文亦不傳（見《新庵筆記》三，《近十年之怪現狀》自序，《我佛山人筆記》汪維甫序）。短文非所長，後因名重，亦有人綴集爲《趼廛筆記》、《趼人十三種》[15]《我佛山人筆記四種》、《我佛山人滑稽談》、《我佛山人箚記小說》[16]等。

《二十年目覩之怪現狀》本連載於《新小說》[17]中，後亦與《新小說》俱輟，光緒三十三年乃有單行本甲至丁四卷，宣統元年又出戊至辛四卷，共一百八回。全書以自號「九死一生」者爲線索，歷記二十年中所遇，所見，所聞天地間驚聽之事，綴爲一書，始自童年，末無結束，雜集「話柄」，與《官場現形記》同。而作者經歷較多，故所敘之族類亦較夥，官師士商，皆著於錄，搜羅當時傳說而外，亦販舊作（如《鍾馗捉鬼傳》之類），以爲新聞。自云「只因我出來應世的二十年中，回頭想來，所遇見的只有三種東西：第一種是蛇蟲鼠蟻；第二種是豺狼虎豹；第三種是魑魅魍魎。」（第一回）則通本所述，不離此類人物之言行可知也。相傳吳沃堯性強毅，不欲下於人，遂坎坷沒世，故其言殊慨然。惜描寫失之張惶，時或傷於溢惡，言違眞實，則感人之力頓微，終不過連篇「話柄」，僅足供閒散者談笑之資而已。其敘北京同寓人符彌軒之虐待其祖云：

……到了晚上，各人都已安歇，我在枕上隱隱聽得一陣喧嚷的聲音出在東院裡。……嚷了一陣，又靜了一陣，靜了一陣，又嚷一陣，雖是聽不出所說的話來，卻只覺得耳根不清淨，睡不安穩。……直等到自鳴鐘報了三點之後，方才朦朧睡去；等到一覺醒來，已是九點多鐘了。連忙起來，穿好衣服，走出客堂，只見吳亮臣、李在茲和兩個學徒，一個廚子，兩個打雜，圍在一起竊竊私議。我忙問是什麼事。……亮臣正要開言，在茲道，「叫王三說罷，省了我們費嘴。」打雜王三便道，「是東院符老爺家的事。昨天晚上半夜裏我起來解手，聽見東院裏有人吵嘴，……就摸到後院裏，……往裏面偷看：原來符老爺和符太太對坐在上面，那一個到我們家裏討飯的老頭兒坐在下面，兩口子正罵那老頭子呢。那老頭子低著頭哭，只不做聲。符太太罵得最出奇，說道，『一個人活到五六十歲，就應該死的了，從來沒見過八十多歲人還活著的。』符老爺道，『活著倒也罷了。無論是粥是飯，有得喫喫點，安分守己也罷了；今天嫌粥了，明天嫌飯了，你可知道要喫的好，喝的好，穿的好，是要自己本事掙來的呢。』那老頭子道，『可憐我並不求好喫好喝，只求一點兒鹹菜罷了。』符老爺聽了，便直跳起來，說道，『今日要鹹菜，明日便要鹹肉，後日便要雞鵝魚鴨，再過些時，便燕窩魚翅都要起來了。我是個沒補缺的窮官兒，供應不起！』說到那裏，拍桌子打板凳的大罵。……罵夠了一回，老媽子開上酒菜來，擺在當中一張獨腳圓桌上。符老爺兩口子對坐著喝酒，卻是有說有笑的。那老頭子坐在底下，只管抽抽咽咽的哭。符老爺喝兩杯，罵兩句；符太太只管拿骨頭來逗叭兒狗頑。那老頭子哭喪著臉，不知說了一句什麼話，符老爺登時大發雷霆起來，把那獨腳桌子一掀，匉訇一聲，桌上的東西翻了個滿地，大聲喝道，『你便喫去！』那老頭子也太不要臉，認眞就爬在地下拾來喫。符老爺忽的站了起來，提起坐的凳子，對準了那老頭子摔去。幸虧站著的老媽子搶著過來接了一接，雖然接不住，卻擋去勢子不少。那凳子雖然還摔在那老頭子的頭上，卻只摔破了一點頭皮。倘不是那一擋，只怕腦子也磕出來了。』我聽了這一番話，不覺嚇了一身大汗，默默自己打主意。到了喫飯時，我便叫李在茲趕緊去找房子，我們要搬家了。……（第七十四回）

吳沃堯之所撰著，惟《恨海》、《劫餘灰》，及演述譯本之《電術奇談》等三種，自云是寫情小說，其他悉此類，而譴責之度稍不同。至於本旨，則緣藉筆墨爲生，故如周桂笙（《新庵筆記》五）言，亦「因人，因地，因時，各有變態」，但其大要，則在「主張恢復舊道德」（見《新庵譯叢》評語）云。

又有《老殘遊記》二十章，題「洪都百鍊生」著，實劉鶚[18]之作也，有光緒丙午（一九〇六）之秋於海上所作序；或云本未完，末數回乃其子續作之。鶚字鐵雲，江蘇丹徒人，少精算學，能讀書，而放曠不守繩墨，後忽自悔，閉戶歲餘，乃行醫於上海，旋又棄而學賈，盡喪其資。光緒十四年河決鄭州，鶚以同知投效於吳大澂，[19]治河有功，聲譽大起，漸至以知府用。在北京二年，上書請敷鐵道；又主張開山西礦，既成，世俗交謫，稱爲「漢奸」。庚子之亂，鶚以賤值購太倉儲粟於歐人，或云實以振饑困者，全活甚眾；後數年，政府即以私售倉粟罪之，流新疆死（約一八五一——一九一〇，詳見羅振玉《五十日夢痕錄》）。其書即借鐵英號老殘者之遊行，而歷記其言論聞見，敘景狀物，時有可觀，作者信仰，並見於內，而攻擊官吏之處亦多。其記剛弼誤認魏氏父女爲謀斃一家十三命重犯，魏氏僕行賄求免，而剛弼即以此證實之，則摘發所謂清官者之可恨，或尤甚於贓官，言人所未嘗言，雖作者亦甚自憙，以爲「贓官可恨，人人知之，清官尤可恨，人多不知。蓋贓官自知有病，不敢公然爲非；清官則自以爲不要錢，何所不可？剛愎自用，小則殺人，大則誤國，吾人親目所見，不知凡幾矣。試觀徐桐、李秉衡，[20]其顯然者也。……歷來小説，皆揭贓官之惡。有揭清官之惡者，自《老殘遊記》始」也。

……那衙役們早將魏家父女帶到，卻都是死了一半的樣子。兩人跪到堂上，剛弼便從懷裡摸出那個一千兩銀票並那五千五百兩憑據，……叫差役送與他父女們看。他父女回説「不懂，這是什麼緣故？」……剛弼哈哈大笑道，「你不知道，等我來告訴你，你就知道了。昨兒有個胡舉人來拜我，先送一千兩銀子，道，你們這案，叫我設法兒開脱；又説，如果開脱，銀子再要多些也肯。……我再詳細告訴你，倘若人命不是你謀害的，你家爲什麼肯拿幾千兩銀子出來打點呢？這是第一據。……倘人不是你害的，我告訴他，『照五百兩一條命計算，也應該六千五百兩。』你那管事的就應該説，『人命實不是我家害的，如蒙委員代爲昭雪。七千八千俱可，六千五百兩的數目卻不敢答應。』怎麼他毫無疑義，就照五百兩一條命算帳呢？這是第二據。我勸你們，早遲總得招認，免得饒上許多刑具的苦楚。」那父女兩個連連叩頭説，「青天大老爺。實在是冤枉。」剛弼把桌子一拍，大怒道，「我這樣開導，你們還是不招？再替我夾拶起來！」底下差役炸雷似的答應了一聲「嗄！」……正要動刑。剛弼又道，「慢著。行刑的差役上來，我對你説。……你們伎倆，我全知道。你們看那案子是不要緊的呢，你們得了錢，用刑就輕，讓犯人不甚喫苦。你們看那案情重大，是翻不過來的了，你們得了錢，就猛一緊，把犯人當堂治死，成全他個整屍首，本官又有個嚴刑斃命的處分。我是全曉得的。今日替我先拶貫魏氏，只不許拶得他發昏，但看神色不

好就鬆刑，等他回過氣來再拶。預備十天工夫，無論你什麼好漢，也不怕你不招！」……（第十六章）

《孽海花》以光緒三十三年載於《小說林》，[21]稱「歷史小說」，署「愛自由者發起，東亞病夫編述」。相傳實常熟舉人曾樸字孟樸者[22]所為。第一回猶楔子，有六十回全目，自金汮掄元起，即用為線索，雜敘清季三十年間遺聞逸事；後似欲以豫想之革命收場，而忽中止，旋合輯為書十卷，僅二十回。金汮謂吳縣洪鈞，嘗典試江西，丁憂歸，過上海，納名妓傅彩雲為妾，後使英，攜以俱去，稱夫人，頗多話柄。比洪歿於北京，傅復赴上海為妓，稱曹夢蘭，又至天津，稱賽金花，庚子之亂，為聯軍統帥所暱，勢甚張。書於洪、傅特多惡譴，並寫當時達官名士模樣，亦極淋漓，而時復張大其詞，如凡譴責小說通病；惟結構工巧，文采斐然，則其所長也。書中人物，幾無不有所影射；使撰人誠如所傳，則改稱李純客者實其師李慈銘字蒓客[23]（見曾之撰〈越縵堂駢體文集序〉），親炙者久，描寫當能近實，而形容時復過度，亦失自然。蓋尚增飾而賤白描，當日之作風固如此矣。即引為例：

……卻說小燕便服輕車，叫車夫逕到城南保安寺街而來。那時秋高氣爽，塵軟蹄輕，不一會，已到了門口。把車停在門前兩棵大榆樹陰下。家人方要通報，小燕搖手說「不必」，自己輕跳下車。正跨進門，瞥見門上新貼一副淡紅朱砂箋的門對，寫得英秀瘦削，歷落傾斜的兩行字，道：

保安寺街藏書十萬卷
戶部員外補闕一千年

小燕一笑。進門一個影壁；繞影壁而東，朝北三間倒廳：沿倒廳廊下一直進去，一個秋葉式的洞門；

洞門裏面，方方一個小院落。庭前一架紫藤，綠葉森森，滿院種著木芙蓉，紅豔嬌酣，正是開花時候。三間靜室，垂著湘簾，悄無人聲。那當兒恰好一陣微風，小燕覺得在簾縫裡透出一股藥煙，清香沁鼻。掀簾進去，卻見一個椎結小童，正拿著把破蒲扇，在中堂東壁邊煮藥哩。見小燕進來，正要起立。只聽房裏高吟道，「淡墨羅巾燈畔字，小風鈴佩夢中人。」小燕一腳跨進去，笑道，「『夢中人』是誰呢？」一面說，一面看，只見純客穿著件半舊熟羅半截衫，踏著草鞋，本來好好兒，一手捋著短鬚，坐在一張舊竹榻上看書。看見小燕進來，連忙和身倒下，伏在一部破書上發喘，顫聲道，「呀，怎麼小翁來，老夫病體竟不能起迓，怎好怎好？」小燕道，「純老清恙，幾時起的？怎麼兄弟連影兒也不知？」純客道，「就是諸公定議替老夫做壽那天起的。可見老夫福薄，不克當諸公盛意。雲臥園一集，只怕今天去不成了。」小燕道，「風寒小疾，服藥後當可小痊。還望先生速駕，以慰諸君渴望。」小燕說話時，卻把眼偷瞧，只見榻上枕邊拖出一幅長箋，滿紙都是些抬頭。那抬頭卻奇怪，不是「閣下」、「臺端」，也非「長者」、「左右」，一迭連三，全是「妄人」兩字。小燕覺得詫異，想要留心看他一兩行，忽聽秋葉門外有兩個人，一路談話，一路躡手躡腳的進來。那時純客正要開口，只聽竹簾子拍的一聲。正是：十丈紅塵埋俠骨，一簾秋色養詩魂。不知來者何人，且聽下回分解。（第十九回）

《孽海花》亦有他人續書（《碧血幕》、《續孽海花》），[24]皆不稱。

此外以抉摘社會弊惡自命，撰作此類小說者尚多，顧什九學步前數書，而甚不逮，徒作譙訶之文，轉無感人之力，旋生旋滅，亦多不完。其下者乃至醜詆私敵，等於謗書；又或有嫚罵之志而無抒寫之才，則遂墮落而爲「黑幕小說」。[25]

注釋

【1】李伯元在上海辦的報紙有：《指南報》，光緒二十二年（一八九六）創刊，不久停刊；《遊戲報》，光緒二十三年（一八九七）創刊，宣統二年（一九一〇）停刊；《海上繁華報》，未詳，可能即李伯元所辦《世界繁華報》。該報於光緒二十七年（一九〇一）創刊，宣統三年停刊。

【2】《庚子國變彈詞》：四十回，長篇彈詞，李伯元撰，一九〇二年由其自辦的世界繁華報館出版，六本。暴露八國聯軍侵略中國的罪行和清廷割地賠款的賣國行徑。《海天鴻雪記》，章回小說，四卷二十回，題「二春居士編，南亭亭長評」。每回後有李伯元（南亭亭長）評。用吳語描繪清末上海灘妓女生活，對當時的有閒階級有所批評。《李蓮英》，不詳，周桂笙《新庵筆記》曾提及。

【3】《繁華夢》：全稱《海上繁華夢》，章回小說，三集二十卷一百回，題「古滬警夢癡仙戲墨」，實即孫家振撰。本書以租界妓院為背景，抨擊嫖、賭惡習和內中的黑暗。《活地獄》，四十三回，全書未完。署南亭亭長著，願雨樓加評。南亭亭長李伯元（寶嘉）生前撰至三十九回，餘為吳沃堯、歐陽巨源續成。此書由十五個長短不等的故事組成。據趙景深推測，「願雨樓」可能是李伯元的化名。

【4】《文明小史》：章回小說，六十回，近代李伯元著。敘寫維新運動時期的社會狀況和清廷官吏的昏庸腐朽，提倡改良。《繡像小說》，文學半月刊，李寶嘉主編。光緒二十九年（一九〇三）創刊於上海，光緒三十二年（一九〇六）停刊，共出七十二期。線裝。除刊載小說和翻譯作品外，也發表戲曲、說唱文學、雜著和文學理論文章。

【5】孫菊仙（一八四一—一九三一）：名濂，又名學年，號寶臣，天津人。京劇藝術家。京劇老生「後三傑」之一，世稱「孫派」。

【6】《芋香印譜》：常州市博物館所藏《芋香室印存》卷首之獨孤粲《李伯元傳略》中稱李「有芋香印譜行世」。

【7】梁啓超（一八七三—一九二九）：字卓如，號任公，別號飲冰室主人。廣東新會人。近代學者、思想家、文學家。光緒十五年（一八八九）舉人。戊戌年（一八九八）與康有為、譚嗣同等發起維新變法，失敗後逃亡日本。他曾倡導「詩界革命」、「小說界革命」，影響很大。著述宏富，彙編成《飲冰室全集》。

【8】《電術奇談》：一名《催眠術》，二十四回，日本菊池幽芳著，方慶周譯述，吳趼人（沃堯）改述。內容敘寫印度一部族酋長的女兒與一英國青年相愛的故事。吳沃堯僅見此書的文言原譯六回，就用白話重寫，並將原書人地名改寫為中國的人地名，還插入自己的議論諧謔，實際上此書已是他的再創作。

《九命奇冤》，章回小說，三十六回，近代吳沃堯著。描寫廣東兩家富戶地主因迷信風水而爭鬥，釀成九條命案的故事。

【9】《月月小說》：文學月刊，汪惟父、吳沃堯等主編。光緒三十二年（一九〇六）九月創刊於上海，光緒三十四年（一九〇八）十二月停刊，共出二十四期。為晚清四大小說雜誌之一，但所刊除小說外，尚有戲曲、彈詞、詩詞、論文、雜著等。

【10】《劫餘灰》：章回小說，十六回，近代吳沃堯著。敘寫一對才子佳人被騙而賣為豬仔和娼妓，兩人歷經艱險，十五年後終獲團圓的故事，反映了赴美華工的悲慘遭遇。

《發財秘訣》，又名《黃奴外史》，章回小說，十回，近代吳沃堯著。敘寫一窮漢在香港靠投機發家的故事，揭露和批判洋奴買辦崇洋媚外、心狠手辣的發財史。

《上海遊驂錄》，章回小說，十回，近代吳沃堯著。敘寫江西秀才因被誣而投靠革命黨，發現革命黨人多為投機不可靠之徒，表示了他對清朝和革命黨的同樣失望之情。

【11】《新石頭記》：章回小說，四卷四十回，近代吳沃堯著。以庚子事變前後的北京為背景，藉《石頭記》的主人公賈寶玉之名，敘寫他再世後經歷晚清社會的見聞和幻境奇遇，批判政治腐敗，嚮往理想的未來社會。

【12】《近十年之怪現狀》：亦名《最近社會齷齪史》，章回小說，二編二十四回，是《二十年目睹之怪現狀》的續集，近代吳沃堯著。前半敘寫上海商界，後半描繪山東、天津官場，揭露和批判當時社會的黑暗和醜惡。

【13】《恨海》：章回小說，十回，近代吳沃堯著。以庚子事變為背景，敘寫兩對青年男女的婚姻悲劇。《胡寶玉》，又名《三十年上海北里之怪歷史》，題老上海撰。一九〇六年出版。全書分八章，敘寫名妓胡寶玉等人的故事。

【14】《還我靈魂記》：原題《還我魂靈記》，是吳沃堯一九一〇年為藥房寫的一篇廣告文字。其中的商人指中法大藥房老闆黃楚九，所頌的藥為艾羅補腦汁（據一九一〇年七月二十二日《漢口中西報》）。

【15】《趼廛筆記》：共七十二則，內容有記敘傳聞，亦有讀書劄記。《趼人十三種》，即《光緒萬年》、《無理取鬧西遊記》、《立憲万歲》、《黑籍冤魂》、《義盜記》、《慶祝立憲》、《大改革》、《平步青雲》、《快升官》、《查功課》、《人鏡學社鬼哭傳》、《趼廛賸墨》及《趼廛詩刪賸》。先後均發表於《月月小說》。吳趼人死後，由他人彙集成冊印行。

【16】《我佛山人筆記四種》：即《我佛山人筆記》，汪維甫輯。收《趼廛隨筆》、《趼廛續筆》、《中國偵探三十四案》及《上海三十年豔跡》四種。前二種與《趼廛筆記》內容基本相同。《我佛山人滑稽談》，收笑話之類一百七十餘則。《我佛山人劄記小說》，四卷，五十三篇，所記多屬奇聞異事。

[17]《新小說》：文學月刊，梁啓超主編。光緒二十八年（一九〇二）梁啓超創辦於橫濱，次年遷上海，由廣智書局發行。光緒三十一年（一九〇五）十二月停刊，共刊行兩卷二十四期，為晚清四大小說雜誌之一。以小說為主，也兼發詩歌、戲曲、筆記等。

[18]劉鶚（一八五七—一九〇九）：字鐵雲，江蘇丹徒人，後定居淮安。近代學者、小說家。曾官候補知府，後棄官經商。著有《鐵雲詩存》和長篇小說《老殘遊記》等。編有中國第一部甲骨文著錄集《鐵雲藏龜》。

[19]吳大澂（一八三五—一九〇二）：字清卿，號愙（ㄎㄜˋ）齋，清江蘇吳縣人。同治進士，官至湖南巡撫。中日甲午戰爭起，自請率湘軍出關禦敵。光緒二十一年（一八九五），在遼東戰敗，被革職。撰有《愙齋詩文集》、《愙齋集古錄》等。

[20]徐桐（一八一九—一九〇〇）：字豫如，號蔭軒，清漢軍正藍旗人。道光進士，為同治師傅。在光緒朝歷任禮部、吏部尚書，拜體仁閣大學士。頑固守舊，反對維新變法。

李秉衡（一八三〇—一九〇〇），字鑒天堂，清奉天海城（今屬遼寧）人。捐納為縣丞，至光緒七年（一八八一）已遷永平知府，為官清廉，時稱「北直廉吏第一」。中法戰爭期間，與馮子材分任戰守，取得瓊山大捷。二十年（一八九四）中日戰爭爆發後，升任山東巡撫，因威海衛失守，受時論所責。二十六年（一九〇〇）起用為巡閱長江水師大臣，八國聯軍進攻北京時，奉命北上勤王，戰敗自盡。

[21]《小說林》：文學月刊，曾樸、徐念慈創辦，黃人（摩西）主編。光緒三十三年（一九〇七）一月於上海創刊，次年九月停刊，共出十二期。為晚清四大小說雜誌之一。多載小說，創作和翻譯並重，但也兼發戲曲、詩詞、筆記等。

[22]曾樸（一八七二—一九三五）：字孟樸，筆名東亞病夫，江蘇常熟人。近代文學家、出版家。光緒十六年（一八九〇）舉人，辛亥革命後曾任江蘇財政廳長、政務廳長等職。曾創辦小說林社（書店）和《小說林》月刊、真善美書店和《真善美》雜誌；所撰小說除《孽海花》外，尚有《魯男子》和戲曲《雪曇夢》等。《孽海花》前六回為愛自由者（金松岑）所作，經曾樸修改。又曾翻譯大量法國名著如囂俄（雨果）《九十三年》（《九三年》）、《鐘樓怪人》（《巴黎聖母院》）、《歐那尼》，和莫里哀、左拉的作品等。

[23]李慈銘（一八三〇—一八九四）：字愛伯，一作炁伯，號蓴客，會稽（今浙江紹興）人。近代學者、文學家。諸生，官至山西道監察御史。撰有《越縵堂日記》、《白華絳跗（柎）閣詩集》、《湖塘林館駢體文鈔》、《越縵堂文集》、《越縵堂讀書記》等。

【24】《孽海花》續書：有《碧血幕》，包天笑撰。光緒丁未年（一九〇七）《小說林》本，未寫完；《續孽海花》，陸士諤撰。原題《孽海花續編》，書內題作《孽海花三編》。後又續寫四、五、六編，題名《新孽海花》。曾樸初撰《孽海花》時曾擬六十回回目，然初稿僅成二十回。此續書係據曾樸擬定之回目，自二十一回始，至六十回止。

【25】黑幕小說：近代小說類別名。一九一六年十月《時事新報》開闢「黑幕專欄」後逐漸風行的一種小說，內容多揭露各界黑暗，形式近似報導和筆記，代表作品有《繪圖中國黑幕大觀》等。因藝術性不高，不過兩三年便從文壇上消失。

解讀

本篇介紹清末的譴責小說，其名著有李寶嘉《官場現形記》、吳沃堯《二十年目睹之怪現狀》、劉鶚《老殘遊記》和曾樸《孽海花》等。並批評譴責之作墮落爲謗書及黑幕小說。

譴責小說最著名的是劉鶚《老殘遊記》和曾樸《孽海花》。前者是晚清藝術成就最高的小說，後者也頗多優點，魯迅評其所長在於「結構工巧，文采斐然」，評價也是很高的。又指出其中的傅彩雲即清末名妓賽金花。

賽金花在八國聯軍侵略中國和占領北京時曾賴自己嫻熟德語和當年陪同先夫出使西方國家時的出色交際，對淪陷的北京和百姓起了一定的保護作用，說服聯軍司令瓦德西與清政府談判，避免事態的擴大。此事顯示了這位青樓名妓的愛國熱情，大受文學家的尊重和重視，夏衍特撰著名話劇《賽金花》搬上舞臺。魯迅對此非常不滿，批評此劇和眾多文人將妓女捧爲「九天護國娘娘」。此是後話。

儘管至今仍有很多人追隨魯迅，認爲賽金花的愛國事蹟乃子虛烏有，從多種角度批評和嘲笑讚譽賽金花的文人，但當年堅信此事，並熱情歌頌的人，也不乏魯迅的朋友、治學嚴謹的學者，尤其是——

一九二三（民國二十二）年冬，劉半農約請他的學生商鴻逵一起拜訪和採訪賽金花，撰寫《賽金花本事》，歌頌愛國俠女賽金花。劉半農病逝後，商鴻逵繼續整理採訪的材料，最後於一九二四（民國二十三）年十月完成此書。他們得到了眾多朋友的鼓勵和幫助，故而商鴻逵在此書《小序》中向「胡適之、曾覺之、鄭穎孫三先生致謝，他們對於這本書的體裁上很給指教！此外，陳執中兄替作封面，劉墨厂兄替摹像，尤感！」他們還得到冰心的有力幫助，與晚年冰心交往頗密的舒乙（冰心非常欽慕的大作家老舍之子）最近回憶說：劉半農先生是無錫人，吳文藻先生（錫山按，冰心的夫君）是江陰人，爲近鄰，過去有「江陰強盜無錫賊」的說法，故兩人被朋友們戲稱爲「強盜」。吳、謝婚後，劉半農先生曾送來一枚圖章給冰心先生，刻上「壓寨夫人」四字。賽金花是冰心先生介紹給劉半農先生認識的，並由她帶劉前往賽家，爲的是寫《賽金花傳》。見面那天，賽金花還專門打扮修飾了一番，身旁有北京吧兒狗，不止一隻。（舒乙《眞人——冰心辭世十年祭》，《上海文學》二〇〇九年四月號，《文匯報》二〇〇九年四月十一日轉載）可見胡適、冰心等都相信賽金花有愛國愛民事蹟。又參見附錄一《中國小說的歷史的變遷》第六講解讀。

後記

右《中國小說史略》二十八篇，其第一至第十五篇以去年十月中印訖。已而於朱彝尊《明詩綜》卷八十[1]知雁宕山樵陳忱字遐心，胡適爲《後水滸傳序》[2]攷得其事尤眾；於謝無量[3]《平民文學之兩大文豪》第一編知《說唐傳》舊本題廬陵羅本撰，《粉妝樓》相傳亦羅貫中作，惜得見在後，不及增修。其第十六篇以下草稿，則久置案頭，時有更定，然識力儉陋，觀覽又不周洽，不特於明清小說闕略尚多，即近時作者如魏子安、韓子雲輩之名，亦緣他事相牽，未遑博訪。況小說初刻，多有序跋，可借知成書年代及其撰人，而舊本希覯，僅獲新書，賈人草率，於本文之外，大率刊落；用以編錄，亦復依據寡薄，時慮訛謬，惟更歷歲月，或能小小妥帖耳。而時會交迫，當復印行，乃任其不備，輒付排印。顧疇昔所懷將以助聽者之聆察、釋寫生之煩勞之志願，則於是乎畢矣。一九二四年三月三日校竟記。[4]

注釋

【1】朱彝尊（一六二九—一七〇九）：字錫鬯，號竹垞，清浙江秀水（今浙江嘉興）人。文學家、詩論家、學者。著有《曝書亭集》、《騰笑集》和《日下舊聞》。編撰《明詩綜》，一百卷，卷八十輯錄陳忱詩一首，稱「忱字遐心，烏程人」。《清史列傳》卷七一、《清史稿》卷四八四有傳。

【2】《後水滸傳序》：即《水滸續集兩種序》，見《胡適文存》二集卷四。

【3】謝無量（一八八一—一九六四）：名蒙，四川梓潼人。現代學者。曾任上海中華書局編輯。撰有《中國大文學史》、《中國婦女文學史》等。《平民文學之兩大文豪》，後改名《羅貫中與馬致遠》。

【4】本文原無標點，為便於讀者，今據一九八〇年版《魯迅全集》已加標點如上。

解讀

魯迅在這篇〈後記〉中言及自己寫作此書的甘苦，尤其是限於經濟條件，難以購買原作善本，當時的圖書館的條件也有限。所以重要的版本看不到。他對此常覺遺憾於心，所以他在別的文章中也不斷提及：「說起來也慚愧，我雖然草草編了一本《小說史略》，而家無儲書，罕見舊刻，所用爲資料的，幾乎都是翻刻本、新印本，甚而至於是石印本，序跋及撰人名，往往缺失，所以漏略錯誤，一定很多。」（《華蓋集續編．關於〈三藏取經記〉等》）「明版小說，是五四運動以後飛漲的。」（《且介亭雜文．買〈小學大全〉記》）另參見本書附錄二〈柳無忌來信按語〉一文及其解讀。

附錄一　中國小說的歷史的變遷

我所講的是中國小說的歷史的變遷。許多歷史家說，人類的歷史是進化的，那麼，中國當然不會在例外。但看中國進化的情形，卻有兩種特別的現象：一種是新的來了好久之後而舊的又回復過來，即是反覆；一種是新的來了好久之後而舊的並不廢去，即是羼雜。然而就並不進化麼？那也不然，只是比較的慢，使我們性急的人，有一日三秋之感罷了。文藝，文藝之一的小說，自然也如此。例如雖至今日，而許多作品裏面，唐、宋的，甚而至於原始人民的思想手段的糟粕都還在。今天所講，就想不理會這些糟粕——雖然它還很受社會歡迎——而從倒行的雜亂的作品裡尋出一條進行的線索來，一共分爲六講。

解讀

《中國小說的歷史的變遷》是魯迅一九二四年七月在西安講學時的記錄稿，經他本人修訂後，收入西北大學出版部一九二五年三月印行的《國立西北大學、陝西教育廳合辦暑期學校講演集（二）》。《中國小說的歷史的變遷》演講的內容可與《中國小說史略》互爲照應，故而作者將它作爲附錄一起印行，從而也一向受到研究者的高度重視。

此是《中國小說的歷史的變遷》小序。小序在文化領域說中國「新的來了好久之後，而舊的又反覆過來」的「反覆」和「舊的並不廢去」的「羼（摻）雜」，並給以批評。這種觀點有全盤否定傳統文化的傾向，因而是錯誤的。別國（主要指西方大國）沒有這種現象是因爲他們沒有像中國這樣的悠久、豐厚的歷史傳統和傳統文化。「舊的」即傳統文化是極其珍貴的遺產，不應丟棄，而應認眞繼承。五四闖將這種徹底反傳統的思想，是錯誤的，並對後世產生了不良影響。

魯迅在這篇小序中不滿於文藝，包括小說，至今仍有唐宋的，甚而至於更古代的「糟粕」，也是錯誤的。他本人也熱衷於寫舊詩，就是唐宋的遺風；至於昆劇、京劇、國畫和小說中的武俠、言情之作，等等，新文化陣營諸人都視之爲糟粕，事實證明恰恰相反。新文化陣營作家尤其是革命作家都承認人民大眾是眞正的讀者。那麼，當時的廣大讀者觀眾喜歡的就是傳統戲曲和武俠言情之作，魯迅先生也承認它們「很受社會的歡迎」，而與之相反的是，新文學則喜歡者寥寥，因爲除了魯迅等極少數作家的少數優秀作品之外，從整體上說，其藝術水準實在不高。而且讀者面非常小。早在一九三一年，新文學陣營中的瞿秋白就指出，「五四式」的各種體裁的文藝作品充其量也不過銷行兩萬冊，滿足一兩萬歐化青年的需要，那些極大多數的中國人則與中國的新文學無緣；在《吉訶德的時代》和《論大眾文藝》等文章裏，瞿秋白感慨在「武俠小說連環畫滿天飛的中國裏面」，新文學作者沒有重視大眾文藝的體裁的重要性，「反而和群眾隔離起來」。

第一講　從神話到神仙傳

考小說之名，最古是見於莊子所說的「飾小說以干縣令」。「縣」是高，言高名；「令」是美，言美譽。但這是指他所謂瑣屑之言，不關道術的而說，和後來所謂的小說並不同。因爲如孔子、楊子、墨子各家的學說，從莊子看來，都可以謂之小說；反之，別家對莊子，也可稱他的著作爲小說。至於《漢書．藝文志》上說，「小說者，街談巷語之說也。」這才近似現在的所謂小說了，但也不過古時稗官採集一般小民所談的小話，藉以考察國之民情、風俗而已，並無現在所謂小說之價值。

小說是如何起源的呢？據《漢書．藝文志》上說，「小說家者流，蓋出於稗官。」稗官採集小說的有無，是另一問題；即使眞有，也不過是小說書之起源，不是小說之起源。至於現在一般研究文學史者，卻多認小說起源於神話。因爲原始民族，穴居野處，見天地萬物，變化不常——如風、雨、地震等——有非人力所可捉摸抵抗，得爲驚怪，以爲必有個主宰萬物者在，因之擬名爲神；並想像神的生活，動作，如中國有盤古氏開天闢地之說，這便成了「神話」。從神話演進，故事漸近於人性，出現的大抵是「半神」，如說古來建大功的英雄，其才能在凡人以上，由於天授的就是。例如簡狄呑燕卵而生商，堯時「十日並出」，堯使羿射之的話，都是和凡人不同的。這些口傳，今人謂之「傳說」。由此再演進，則正事歸爲史；逸史即變爲小說了。

我想，在文藝作品發生的次序中，恐怕是詩歌在先，小說在後的。詩歌起於勞動和宗教。其一，因勞動時，一面工作，一面唱歌，可以忘卻勞苦，所以從單純的呼叫發展開去，直到發揮自己的心意和感情，並偕有自然的韻調；其二，是因爲原始民族對於神明，漸因畏懼而生敬仰，於是歌頌其威靈，讚歎其功烈，也就成了詩歌的起源。至於小說，我以爲倒是起於休息的。人在勞動時，既用歌吟以自娛，借它忘卻勞苦了，則到休息時，亦必要尋一種事情以消遣閒暇。這種事情，就是彼此談論故事，而這談論故事，正就是小說的起源。——所以詩歌是韻文，從勞動時發生的；小說是散文，從休息時發生的。

但在古代，不問小說或詩歌，其要素總離不開神話。印度、埃及、希臘都如此，中國亦然。只是中國並無含有神話的大著作；其零星的神話，現在也還沒有集錄爲專書的。我們要尋求，只可從古書上得到一點，而這種古書最重要的，便推《山海經》。不過這書也是無系統的，其中最重要的，和後來有關係的記述，有西王母的故事，現在舉一條出來：

玉山，是西王母所居也。西王母其狀如人，豹尾虎齒而善嘯，蓬髮戴勝，是司天之厲及五殘。

如此之類還不少。這個古典，一直流行到唐朝，才被驪山老母奪了位置去。此外還有一種〈穆天子傳〉，講的是周穆王駕八駿西征的故事，是汲郡古塚中雜書之一篇。——總之中國古代的神話材料很少，所有者，只是些斷片的，沒有長篇的，而且似乎也並非後來散亡，是本來的少有。我們在此要推求其原因，我以爲最重要的有兩種：

一、**太勞苦**　因爲中華民族先居在黃河流域，自然界底情形並不佳，爲謀生起見，生活非常勤苦，因之重實際，輕玄想，故神話就不能發達以及流傳下來。勞動雖說是發生文藝的一個源頭，但也有條件：就是要不過度。勞逸均適，或者小覺勞苦，才能發生種種的詩歌，略有餘暇，就講小說。假使勞動太多，休息時少，沒有恢復疲勞的餘裕，則眠食尚且不暇，更不必提什麼文藝了。

二、**易於忘卻**　因爲中國古時天神、地祇、人、鬼，往往殽雜，則原始的信仰存於傳說者，日出不窮，於是舊者僵死，後人無從而知。如神荼、鬱壘，爲古之大神，傳說上是手執一種葦索，以縛虎，且禦凶魅的，所以古代將他們當作門神。但到後來又將門神改爲秦瓊、尉遲敬德，並引說種種事實，以爲佐證，於是後人單知道秦瓊和尉遲、敬德爲門神，而不復知神荼、鬱壘，更不消說造作他們的故事了。此外這樣的還很不少。

中國的神話既沒有什麼長篇的，現在我們就再來看《漢書·藝文志》上所載的小說：《漢書·藝文志》上所載的許多小說目錄，現在一樣都沒有了，但只有些遺文，還可以看見。如《大戴禮·保傅篇》中所引〈青史子〉說：

古者年八歲而出就外舍，學小藝焉，履小節焉；束髮而就大學，學大藝焉，履大節焉。居則習禮文，行則鳴佩玉，升車則聞和鸞之聲，是以非僻之心無自入也。……

〈青史子〉這種話，就是古代的小說；但就我們看去，同《禮記》所說是一樣的，不知何以當作小說？或者因其中還有許多思想和儒家的不同之故吧。至於現在所有的所謂漢代小說，卻有稱東方朔所做的兩種：一、《神異經》；二、《十洲記》。班固做的，也有兩種：一、《漢武故事》；二、《漢武帝內傳》。此外還有郭憲做的《洞冥記》，劉歆做的《西京雜記》。《神異經》的文章，是仿《山海經》的，其中所說的多怪誕之事。現在舉一條出來：

西南荒中出訛獸，其狀若菟，人面能言，常欺人，言東而西，言惡而善。其肉美，食之，言不眞矣。

（《西南荒經》）

《十洲記》是記漢武帝聞十洲於西王母之事，也仿《山海經》的，不過比較《神異經》稍微莊重些。《漢武故事》和《漢武帝內傳》，都是記武帝初生以至崩葬的事情。《洞冥記》是說神仙道術及遠方怪異的事情。《西京雜記》則雜記人間瑣事。然而《神異經》、《十洲記》，爲《漢書·藝文志》上所不載，可知不是東方朔做的，乃是後人假造的。《漢武故事》、《漢武帝內傳》則與班固別的文章，筆調不類，且中間夾雜佛家語——彼時佛教尚不盛行，且漢人從來不喜說佛語，可知也是假的。至於《洞冥記》、《西京雜記》又已經爲人考出是六朝人做的。

所以上舉的六種小說，全是假的。惟此外有劉向的《列仙傳》是眞的。晉的葛洪又作《神仙傳》，唐宋更多，於後來的思想及小說，很有影響。但劉向的《列仙傳》，在當時並非有意作小說，乃是當作眞實事情做的，不過我們以現在的眼光看去，只可作小說觀而已。《列仙傳》、《神仙傳》中片斷的神話，到現在還多拿它做兒童讀物的材料。現在常有一問題發生：即此種神話，可否拿它做兒童的讀物？我們順便也說一說。在反對一方面的人說：以這種神話教兒童，只能養成迷信，是非常有害的；而贊成一方面的人說：以這種神話教兒童，正合兒童的天性，很感趣味，沒有什麼害處的。在我以爲，這要看社會上教育的狀況怎樣，如果兒童能繼續更受良好的教育，則將來一學科學，自然會明白，不至迷信，所以當然沒有害的；但如果兒童不能繼續受稍深的教育，學識不再進步，則在幼小時所教的神話，將永信以爲眞，所以也許是有害的。

解讀

第一講談的是中國小說的萌芽階段，即從神話到神仙傳。本講補充了《中國小說史略》中關於小說起源的論述：分析神話作爲小說的起源的兩種原因，又補充勞動間隙中談論故事「正就是小說的起源」這個重要觀點。他認爲在文藝作品發生的次序中，詩歌在先，小說在後；而詩歌產生於勞動，小說起源於休息，這是猜測和推測，後有論者反對，但都無確據，大家也都僅是猜測和推斷而已。

杜貴晨認爲：魯迅意識到即使「神話」果然是先民「談論故事」之「要素」，也不過後世造作「小說書」材料之一種，仍「不過是小說書之起源，不是小說之起源」，小說「自生民間」，上古民間「談論故事的活動，正就是小說的起源」。儘管這不是魯迅關於小說起源直接正面的結論，卻是其小說起源思想合理的內核。（《魯迅「小說之起源」論辯證——中國小說起源於民間講故事說》）

還有學者認爲小說起源於巫。這種見解值得重視，因爲上古的神話與巫也有密切的關係。魯迅反對封建迷信，未能認識巫在上古的重要性，有興趣的讀者可以參看余英時《論天人之際——中國古代思想起源試探》。（中華書局二〇一四）

第二講　六朝時之志怪與志人

上次講過：一、神話是文藝的萌芽。二、中國的神話很少。三、所有的神話，沒有長篇的。四、《漢書．藝文志》上載的小說都不存在了。五、現存漢人的小說，多是假的。現在我們再看六朝時的小說怎樣？中國本來信鬼神的，而鬼神與人乃是隔離的，因欲人與鬼神交通，於是乎就有巫出來。巫到後來分為兩派：一為方士；一仍為巫。巫多說鬼，方士多談煉金及求仙，秦漢以來，其風日盛，到六朝並沒有息，所以志怪之書特多，像《博物志》上說：

> 燕太子丹質於秦，……欲歸，請於秦王。王不聽，謬言曰，『令烏頭白，馬生角，乃可。』丹仰而歎，烏則頭白，俯而嗟，馬生角。秦王不得已而遣之……（卷八《史補》）

這全是怪誕之說，是受了方士思想的影響。再如劉敬叔的《異苑》上說：

> 義熙中，東海徐氏婢蘭忽患羸黃，而拂拭異常，共伺察之，見掃帚從壁角來趨婢床，乃取而焚之，婢即平復。（卷八《史補》）

這可見六朝人視一切東西，都可成妖怪，這正就是巫的思想，即所謂「萬有神教」。此種思想，到了現在，依然留存，像：常見在樹上掛著「有求必應」的匾，便足以證明社會上還將樹木當神，正如六朝人一樣的迷信。其實這種思想，本來是無論何國，古時候都有的，不過後來漸漸地沒有罷了，但中國還很盛。

六朝志怪的小說，除上舉《博物志》、《異苑》而外，還有干寶的《搜神記》，陶潛的《搜神後記》。但《搜神記》多已佚失，現在所存的，乃是明人輯各書引用的話，再加別的志怪書而成，是一部半眞半假的書籍。至於《搜神後記》，亦記靈異變化之事，但陶潛曠達，未必作此，大約也是別人的託名。

此外還有一種助六朝人志怪思想發達的，便是印度思想之輸入。因爲晉、宋、齊、梁四朝，佛教大行，當時所譯的佛經很多，而同時鬼神奇異之談也雜出，所以當時合中、印兩國底鬼怪到小說裏，使它更加發達起來，如陽羨鵝籠的故事，就是：

「陽羨許彥於綏安山行，遇一書生，……臥路側，云腳痛，求寄鵝籠中。彥以爲戲言，書生便入籠，……宛然與雙鵝並坐，鵝亦不驚。彥負籠而去，都不覺重。前行息樹下，書生乃出籠謂彥曰，『欲爲君薄設。』彥曰，『善。』乃口中吐出一銅奩子，奩子中具諸肴饌。……酒數行，謂彥曰，『向將一婦人自隨，今欲暫邀之。』……又於口中吐一女子，……共坐宴。俄而書生醉臥，此女謂彥曰，『……向亦竊得一男子同行，……暫喚之……』……女子於口中吐出一男子……」

此種思想，不是中國所故有的，乃完全受了印度思想的影響。就此也可知六朝的志怪小說，和印度怎樣相關的大概了。但須知六朝人之志怪，卻大抵一如今日之記新聞，在當時並非有意做小說。

六朝時志怪的小說，既如上述，現在我們再講志人的小說。六朝志人的小說，也非常簡單，同志怪的差不多，這有宋劉義慶做的《世說新語》，可以做代表。現在待我舉出一兩條來看：

阮光祿在剡，曾有好車，借者無不皆給。有人葬母，意欲借而不敢言。阮後聞之，歎曰，「『吾有車而使人不敢借，何以車爲？』遂焚之。」（卷上《德行篇》）

劉伶恆縱酒放達，或脫衣裸形在屋中。人見譏之，伶曰，「我以天地爲棟宇，屋室爲幝衣，諸君何爲入我幝中？」（卷下《任誕篇》）

這就是所謂晉人底風度。以我們現在的眼光看去，阮光祿之燒車，劉伶之放達，是覺得有些奇怪的，但在晉人卻並不以爲奇怪，因爲那時所貴的是奇特的舉動和玄妙的清談。這種清談，本從漢之清議而來。漢末政治黑暗，一般名士議論政事，其初在社會上很有勢力，後來遭執政者之嫉視，漸漸被害，如孔融、禰衡等被曹操設法害死，所以到了晉代底名士，就不敢再議論政事，而一變爲專談玄理；清議而不談政事，這就成了所謂清談了。但這種清談的名士，當時在社會上卻仍舊很有勢力，若不能玄談的，好似不夠名士底資格；而《世說》這部書，差不多就可以看做一部名士底教科書。

前乎《世說》尚有《語林》、《郭子》，不過現在都沒有了。而《世說》乃是纂輯自後漢至東晉底舊文而成的。後來有劉孝標給《世說》作注，注中所引的古書多至四百餘種，而今又不多存在了；所以後人對於《世說》看得更貴重，到現在還很通行。

此外還有一種魏邯鄲淳做的《笑林》，也比《世說》早。它的文章，較《世說》質樸些，現在也沒有了，不過在唐宋人的類書上所引的遺文，還可以看見一點，我現在把它也舉一條出來：

「甲父母在，出學三年而歸，舅氏問其學何所得，並序別父久。乃答曰，『渭陽之思，過於秦康。』（秦康父母已死）既而父數之，『爾學奚益。』答曰，『少失過庭之訓，故學無益。』（《廣記》二百六十二）」

就此可知《笑林》中所說，大概不外俳諧之談。

上舉《笑林》、《世說》兩種書，到後來都沒有什麼發達，因爲只有模仿，沒有發展。如社會上最通行的《笑林廣記》，當然是《笑林》的支派，但是《笑林》所說的多是知識上的滑稽；而到了《笑林廣記》，則落於形體上的滑稽，專以鄙言就形體上謔人，涉於輕薄，所以滑稽的趣味，就降低多了。至於《世說》，後來模仿的更多，從劉孝標的《續世說》——見《唐志》——一直到清之王晫所做的《今世說》，現在易宗夔所做的《新世說》等，都是仿《世說》的書。但是晉朝和現代社會底情狀，完全不同，到今日還模仿那時底小說，是很可笑的。因爲我們知道從漢末到六朝爲篡奪時代，四海騷然，人多抱厭世主義；加以佛道二教盛行一時，皆講超脫現世，晉人先受其影響，於是有一派人去修仙，想飛升，所以喜服藥；有一派人欲永遊醉鄉，不問世事，所以好飲酒。服藥者——晉人所服之藥，我們知道的有五石散，是用五種石料做的，其性燥烈——身上常發炎，適於穿舊衣——因新衣容易擦壞皮膚——又常不洗，蝨子生得極多，所以說，「捫虱而談。」飲酒者，放浪形骸之外，醉生夢死。——這就是晉時社會底情狀。而生在現代底人，生活情形完全不同了，卻要去模仿那時社會背景所產生的小說，豈非笑話？

我在上面說過：六朝人並非有意作小說，因爲他們看鬼事和人事，是一樣的，統當作事實；所以《舊唐書．藝文志》，把那種志怪的書，並不放在小說裏，而歸入歷史的傳記一類，一直到了宋歐陽修才把它歸到小說裏。可是志人底一部，在六朝時看得比志怪底一部更重要，因爲這和成名很有關係；像當時鄉間學者想要成名，他們必須去找名士，這在晉朝，就得去拜訪王導、謝安一流人物，正所謂「一登龍門，則身價十倍」。但要和這流名士談話，必須要能夠合他們的脾胃，而要合他們的脾胃，則非看《世說》、《語林》這一類的書不可。例如：當時阮宣子見太尉王夷甫，夷甫問老莊之異同，宣子答說，「將毋同。」夷甫就非常佩服他，給他官做，即世所謂「三語掾」。但「將毋同」三字，究竟怎樣講？有人說是「殆不同」的意思；有人說是「豈不同」的意思——總之是一種兩可、飄渺恍惚之談罷了。要學這一種飄渺之談，就非看《世說》不可。

解讀

第二講談六朝的志怪和志人小說。這是中國小說的「前小說」，或稱「古小說」的階段。

在本講中，魯迅首次提出了與「志怪」相對的「志人」小說這個概念。

魯迅再次強調這個歷史事實：「須知六朝人之志怪，卻大抵一如今日之記新聞，在當時並非有意做小說。」「六朝人並非有意作小說，因爲他們看鬼事和人事，是一樣的，統當作事實；所以《舊唐書・藝文志》，把那種志怪的書，並不放在小說裏，而歸入歷史的傳記一類，一直到了宋歐陽修才把它歸入到小說裏。」特別指出這一點。這是一個很重要的觀點，說明中國關於此類奇情怪事的描寫要遠早於拉美魔幻現實主義，我認爲這是中國首創的「神秘現實主義文學」的一個重要階段。

魯迅說巫和迷信只有中國還很盛。西方諸國「後來漸漸地沒有罷了」，完全不符合事實。西方諸國很多民眾至今相信鬼神，有關的報導很多。

第三講　唐之傳奇文

小說到了唐時，卻起了一個大變遷。我前次說過：六朝時之志怪與志人底文章，都很簡短，而且當作記事實；及到唐時，則爲有意識的作小說，這在小說史上可算是一大進步。而且文章很長，並能描寫得曲折，和前之簡古的文體，大不相同了，這在文體上也算是一大進步。但那時作古文底人，見了很不滿意，叫它做「傳奇體」。「傳奇」二字，當時實是訾貶的意思，並非現代人意中的所謂「傳奇」。可是這種傳奇小說，現在多沒有了，只有宋初底《太平廣記》——這書可算是小說的大類書，是蒐集六朝以至宋初底小說而成的——我們於其中還可以看見唐時傳奇小說底大概：唐之初年，有王度做的〈古鏡記〉，是自述得一神鏡底異事，文章雖很長，但僅綴許多異事而成，還不脫六朝志怪底流風。此外又有無名氏做的〈白猿傳〉，說的是梁將歐陽紇至長樂，深入溪洞，其妻爲白猿掠去，後來得救回去，生一子，「厥狀肖焉」。紇後爲陳武帝所殺，他的兒子歐陽詢，在唐初很有名望，而貌像獼猴，忌者因作此傳；後來假小說以攻擊人的風氣，可見那時也就流行了。

到了武則天時，有張鷟做的〈遊仙窟〉，是自敘他從長安到河湟去，在路上天晚，投宿一家，這家有兩個女人，叫十娘、五嫂，和他飲酒作樂等情。事實不很繁複，而是用駢體文做的。這種以駢體做小說，是從前所沒有的，所以也可以算一種特別的作品。到後來清之陳球所做的《燕山外史》，是駢體的，而作者自以爲用駢體做小說是由他別開生面的，殊不知實已開端於張鷟了。但〈遊仙窟〉中國久已佚失；惟在日本，現尚留存，因爲張鷟在當時很有文名，外國人到中國來，每以重金買他的文章，這或者還是那時帶去的一種。其實他的文章很是佻巧，也不見得好，不過筆調活潑些罷了。

唐至開元、天寶以後，作者蔚起，和以前大不同了。從前看不起小說的，此時也來做小說了，這是和當時底環境有關係的，因爲唐時考試的時候，甚重所謂「行卷」；就是舉子初到京，先把自己得意的詩鈔成卷子，拿去拜謁當時的名人，若得稱讚，則「聲價十倍」，後來便有及第的希望，所以行卷在當時看得很重要。到開元、天寶以後，漸漸對於詩，有些厭氣了，於是就有人把小說也放在行卷裏去，而且竟也可以得名。所以從前不滿意小說的，到此時也多做起小說來，因之傳奇小說，就盛極一時了。大歷中，先有沈既濟做的〈枕中記〉——這書在社會上很普通，差不多沒有人不知道的，內容大略說：有個盧生，行邯鄲道中，自歎失意，乃遇呂翁，給他一個枕頭，生睡去，就夢娶清河崔氏——清河崔屬大姓，所以得娶清河崔氏，也是極榮耀的，並由舉進士，一直升官到尚書兼御史大夫。後爲時宰所忌，害他貶到端州。過數年，又追他爲中書令，封燕國公。後來衰老有病，呻吟床次，至氣斷而死。夢中死去，他便醒來，卻尚不到煮熟一鍋飯的時候。——這是勸人不要躁進，把功名富貴，看淡些的意思。到後來明人湯顯祖做的《邯鄲記》，清人蒲松齡所做《聊齋》中的《續黃粱》，都是本這《枕中記》的。

此外還有一個名人叫陳鴻的，他和他的朋友白居易經過安史之亂以後，楊貴妃死了，美人已入黃土，憑弔古事，不勝傷情，於是白居易作了〈長恨歌〉；而他便做了〈長恨歌傳〉。此傳影響到後來，有清人洪昇所做的《長生殿傳奇》，是根據它的。當時還有一個著名的，是白居易之弟白行簡，做了一篇〈李娃傳〉，說的是：滎陽巨族之子，到長安來，溺於聲色，貧病困頓，竟流落爲挽郎——挽郎是人家出殯時，挽棺材者，並須唱挽歌。後爲李娃所救，並勉他讀書，遂得擢第，官至參軍。行簡的文章本好，敘李娃的情節，又很是纏綿可觀。此篇對於後來的小說，也很有影響，如元人的《曲江池》，明人薛近兗的《繡襦記》，都是以它爲本的。

再唐人底小說，不甚講鬼怪，間或有之，也不過點綴點綴而已。但也有一部分短篇集，仍多講鬼怪的事情，這還是受了六朝人底影響，如牛僧孺的《玄怪錄》，段成式的《酉陽雜俎》，李復言的《續玄怪錄》，張讀的《宣室志》，蘇鶚的《杜陽雜編》，裴鉶的《傳奇》等，都是的。然而畢竟是唐人做的，所以較六朝人做的曲折美妙得多了。

唐之傳奇作者，除上述以外，於後來影響最大而特可注意者，又有二人：其一著作不多，而影響很大，又很著名者，便是元微之；其一著作多，影響也很大，而後來不甚著名者，便是李公佐。現在我把他兩人分開來說一說：

一、**元微之的著作**　元微之名稹，是詩人，與白居易齊名。他做的小說，只有一篇〈鶯鶯傳〉，是講張生與鶯鶯之事，這大概大家都是知道的，我可不必細說。微之的詩文，本是非常有名的，但這篇傳奇，卻並不怎樣傑出，況且其篇末敘張生之棄絕鶯鶯，又說什麼「……德不足以勝妖，是用忍情」。文過飾非，差不多是一篇辯解文字。可是後來許多曲子，卻都由此而出，如金人董解元的《弦索西廂》——現在的《西廂》，是扮演；而此則彈唱——元人王實甫的《西廂記》，關漢卿的《續西廂記》，明人李日華的《南西廂記》，陸采的《南西廂記》，……等等，非常之多，全導源於這一篇〈鶯鶯傳〉。但和〈鶯鶯傳〉原本所敘的事情，又略有不同，就是：敘張生和鶯鶯到後來終於團圓了。這因爲中國人底心理，是很喜歡團圓的，所以必至於如此，大概人生現實底缺陷，中國人也很知道，但不願意說出來；因爲一說出來，就要發生「怎樣補救這缺點」的問題，或者免不了要煩悶，要改良，事情就麻煩了。而中國人不大喜歡麻煩和煩悶，現在倘在小說裡敘了人生底缺陷，便要使讀者感著不快。所以凡是歷史上不團圓的，在小說裏往往給他團圓；沒有報應的，給他報應，互相騙騙。——這實在是關於國民性的問題。

二、**李公佐的著作**　李公佐向來很少人知道，他做的小說很多，現在只存有四種：（一）〈南柯太守傳〉：此傳最有名，是敘東平淳于棼的宅南，有一棵大槐樹，有一天棼因醉臥東廡下，夢見兩個穿紫色衣服的人，來請他到了大槐安國，招了駙馬，出爲南柯太守；因有政績，又累升大官。後領兵與檀蘿國戰爭，被打敗，而公主又死了，於是仍送他回來。及醒來則刹那之夢，如度一世；而去看大槐樹，則有一螞蟻洞。螞蟻正出入亂走著，所謂大槐安國，南柯郡，就在此地。這篇立意，和〈枕中記〉差不多，但其結穴，餘韻悠然，非〈枕中記〉所能及。後來明人湯顯祖作《南柯記》，也就是從這傳演出來的。（二）〈謝小娥傳〉：此篇敘謝小娥的父親，和她的丈夫，皆往來江湖間，做買賣，爲盜所殺。小娥夢父告以仇人爲「車中猴東草」；又夢夫告以仇人爲「禾中走一日夫」；人多不能解，後來李公佐乃爲之解說：「車中猴，東門草」是「申蘭」二字；「禾中走，一日夫」是「申春」二字。後果然因之得盜。這雖是解謎獲賊，無大理致，但其思想影響於後來之小說者甚大：

如李復言演其文人《續玄怪錄》，題曰〈妙寂尼〉，明人則本之作平話。他若《包公案》中所敘，亦多有類此者。（三）〈李湯〉：此篇敘的是楚州刺史李湯，聞漁人見龜山下，水中有大鐵鎖，以人、牛之力拉出，則風濤大作；並有一像猿猴之怪獸，雪牙金爪，闖上岸來，觀者奔走，怪獸仍拉鐵鎖入水，不再出來。李公佐爲之解說：怪獸是淮渦水神無支祁。「九逾九象，搏擊騰踔疾奔，輕利倏忽。」大禹使庚辰制之，頸鎖大索，徙到淮陰的龜山下，使淮水得以安流。這篇影響也很大，我以爲《西遊記》中的孫悟空正類無支祁。但北大教授胡適之先生則以爲是由印度傳來的；俄國人鋼和泰教授也曾說印度也有這樣的故事。可是由我看去：1.作《西遊記》的人，並未看過佛經；2.中國所譯的印度經論中，沒有和這相類的話；3.作者——吳承恩——熟於唐人小說，《西遊記》中受唐人小說的影響的地方很不少。所以我還以爲孫悟空是襲取無支祁的。但胡適之先生彷彿並以爲李公佐就受了印度傳說的影響，這是我現在還不能說然否的話。（四）〈廬江馮媼〉：此篇敘事很簡單，文章也不大好，我們現在可以不講它。

唐人小說中的事情，後來都移到曲子裏。如「紅線」，「紅拂」，「虬髯」……等，皆出於唐之傳奇，因此間接傳遍了社會，現在的人還知道。至於傳奇本身，則到唐亡就隨之而絕了。

解讀

本篇講解唐代傳奇，此是中國小說成熟的時期，取得了很高的成就。本篇和《中國小說史略》一樣，未提「變文」這個唐代小說的重要樣式，受到當代學者的批評。變文是佛教用作宗教宣傳的文藝樣式，是唐代小說的重要組成部分，對小說的今後發展也頗有影響。

在談到白行簡《李娃傳》時，魯迅說「此篇對後來的小說」也很有影響，這裏應是「對後來的戲曲」很有影響，他接著舉例的《曲江池》、《繡襦記》，都是元明戲曲的名作。

第四講　宋人之「說話」及其影響

上次講過：傳奇小說，到唐亡時就絕了。至宋朝，雖然也有作傳奇的，但就大不相同。因爲唐人大抵描寫時事；而宋人則多講古事。唐人小說少教訓；而宋則多教訓。大概唐時講話自由些，雖寫時事，不至於得禍；而宋時則諱忌漸多，所以文人便設法迴避，去講古事。加以宋時理學極盛一時，因之把小說也多理學化了，以爲小說非含有教訓，便不足道。但文藝之所以爲文藝，並不貴在教訓，若把小說變成修身教科書，還說什麼文藝。宋人雖然還作傳奇，而我說傳奇是絕了，也就是這意思。然宋之士大夫，對於小說之功勞，乃在編《太平廣記》一書。此書是蒐集自漢至宋初的瑣語小說，共五百卷，亦可謂集小說之大成。不過這也並非他們自動的，乃是政府召集他們做的。因爲在宋初，天下統一，國內太平，因招海內名士，厚其廩餼，使他們修書，當時成就了《文苑英華》、《太平御覽》和《太平廣記》。此在政府的目的，不過利用這事業，收養名人，以圖減其對於政治上之反動而已，固未嘗有意於文藝；但在無意中，卻替我們留下了古小說的林藪來。至於創作一方面，則宋之士大夫實在並沒有什麼貢獻。但其時社會上卻另有一種平民底小說，代之而興了。這類作品，不但體裁不同，文章上也起了改革，用的是白話，所以實在是小說史上的一大變遷。因爲當時一般士大夫，雖然都講理學，鄙視小說，而一般人民，是仍要娛樂的；平民的小說之起來，正是無足怪訝的事。

宋建都於汴，民物康阜，遊樂之事，因之很多，市井間有種雜劇，這種雜劇中包有所謂「說話」。「說話」分四科：一、講史；二、說經諢經；三、小說；四、合生。「講史」是講歷史上底事情，及名人傳記等；就是後來歷史小說之起源。「說經諢經」，是以俗話演說佛經的。「說話」是簡短的說話。「合生」，是先念含混的兩句詩，隨後再念幾句，才能懂得意思，大概是諷刺時人的。這四科後來於小說有關係的；只是「講史」和「小說」。那時操這種職業的人，叫做「說話人」；而且他們也有組織的團體，叫做「雄辯社」。他們也編有一種書，以作說話時之憑依，發揮，這書名叫「話本」。南宋初年，這種話本還流行，到宋亡，而元人入中國時，則雜劇消歇，話本也不通行了。至明朝，雖也還有說話人，如柳敬亭就是當時很有名的說話人，但已不是宋人底面目；而且他們已不屬於雜劇，也沒有什麼組織了。到現在，我們幾乎已經不能知道宋時的話本究竟怎樣——幸而現在翻刻了幾種書，可以當作標本看。

一種是《五代史平話》，是可以作講史看的。講史的體例，大概是從開天闢地講起，一直到了要講的朝代。《五代史平話》也是如此；它的文章，是各以詩起，次入正文，又以詩結，總是一段一段的有詩爲證。但其病在於虛事鋪排多，而於史事發揮少。至於詩，我以爲大約是受了唐人底影響：因爲唐時很重詩，能詩者就是清品；而說話人想仰攀他們，所以話本中每多詩詞，而且一直到現在許多人所做的小說中也還沒有改。再若後來歷史小說中每回的結尾上，總有「不知後事如何？且聽下回分解」的話，我以爲大概也起於說話人，因爲說話必希望人們下次再來聽，所以必得用一個驚心動魄的未了事拉住他們。至於現在的章回小說還來模仿它，那可只是一個遺蹟罷了，正如我們腹中的盲腸一樣，毫無用處。一種是《京本通俗小說》，已經不全了，還存十多篇。在「說話」中之所謂小說，並不像現在所謂的廣義的小說，乃是講的很短，而且多用時事的。起首先說一個冒頭，或用詩詞，或仍用故事，名叫「得勝頭回」——「頭回」是前回之意；「得勝」是吉利語——以後才入本文，但也並不冗長，長短和冒頭差不多，在短時間內就完結。可見宋代說話中的所謂小說，即是「短篇小說」的意思，《京本通俗小說》雖不全，卻足夠可以看見那類小說底大概了。

除上述兩種之外，還有一種《大宋宣和遺事》，首尾皆有詩，中間雜些俚句，近於「講史」而非口談；好似「小說」而不簡潔；惟其中已敘及粱山泊的事情，就是《水滸》之先聲，是大可注意的事。還有現在新發現的一部書，叫《大唐三藏法師取經詩話》——此書中國早沒有了，是從日本拿回來的——這所謂「詩話」，又不是現在人所說的詩話，乃是有詩，有話；換句話說：也是注重「有詩爲證」的一類小說的別名。這《大唐三藏法師取經詩話》，雖然是《西遊記》的先聲，但又頗不同：例如「盜人參果」一事，在《西遊記》上是孫悟空要盜，而唐僧不許；在《取經詩話》裏是仙桃，孫悟空不盜，而唐僧使命去盜——這與其說時代，倒不如說是作者思想之不同處。因爲《西遊記》之作者是士大夫，而取經詩話之作者是市人。士大夫論人極嚴，以爲唐僧豈應盜人參果，所以必須將這事推到猴子身上去；而市人、評論人則較爲寬恕。以爲唐僧盜幾個區區仙桃有何要緊，便不再經心作意地替他隱瞞，竟放筆寫上去了。

總之，宋人之「說話」的影響是非常之大，後來的小說，十分之九是本於話本的。如：一、後之小說如《今古奇觀》等片段的敘述，即仿宋之「小說」。二、後之章回小說如《三國志演義》等長篇的敘述，皆本於「講史」。其中講史之影響更大，並且從明清到現在，《二十四史》都演完了。作家之中，又出了一個著名人物，就是羅貫中。

羅貫中名本，錢塘人，大約生活在元末明初。他做的小說很多，可惜現在只剩了四種。而此四種又多經後人亂改，已非本來面目了——因爲中國人向來以小說爲無足輕重，不似經書，所以多喜歡隨便改動它——至於貫中生平之事蹟，我們現在也無從而知；有的說他因爲做了水滸，他的子孫三代都是啞巴，那可也是一種謠言。貫中的四種小說，就是：一、《三國演義》；二、《水滸傳》；三、《隋唐志傳》；四、《北宋三遂平妖傳》。《北宋三遂平妖傳》，是記貝州王則借妖術作亂的事情，平他的有三個人，其名字皆有一「遂」字，所以稱「三遂平妖」。《隋唐志傳》，是敘自隋禪位，以至唐明皇的事情——這兩種書的構造和文章都不甚好，在社會上也不盛行；最盛行，而且最有勢力的，是《三國演義》和《水滸傳》。

一、**《三國演義》** 講三國底事情的，也並不自羅貫中起始，宋時里巷中說古話者，有「說三分」，就講的是三國故事。蘇東坡也說，「王彭嘗云，『途巷中小兒，……坐聽說古話，至說三國事，聞劉玄德敗，頻蹙眉，有出涕者；聞曹操敗，即喜唱快。以是知君子小人之澤，百世不斬。』」可見在羅貫中以前，就有《三國演義》這一類的書了。因爲三國底事情，不像五代那樣紛亂；又不像楚、漢那樣簡單；恰是不簡、不繁，適於作小說。而且三國時底英雄，智術武勇，非常動人，所以人都喜歡取來做小說底材料。再有裴松之注《三國志》，甚爲詳細，也足以引起人之注意三國的事情。至羅貫中之《三國演義》是否出於創作，還是繼承，現在固不敢草草斷定；但明嘉靖時本題有「晉平陽侯陳壽史傳，明羅本編次之說」，則可見是直接以陳壽的《三國志》爲藍本的。但是現在的《三國演義》卻已多經後人改易，不是本來面目了。若論其書之優劣，則論者以爲其缺點有三：（一）容易招人誤會。因爲中間所敘的事情，有七分是實的，三分是虛的；惟其實多虛少，所以人們或不免並信虛者爲眞。如王漁洋是有名的詩人，也是學者，而他有一個詩的題目叫「落鳳坡弔龐士元」，這「落鳳坡」只有《三國演義》上有，別無根據，王漁洋卻被它鬧昏了。（二）描寫過實。寫好的人，簡直一點壞處都沒有；而寫不好的人，又是一點好處都沒有。其實這在事實上是不對的，因爲一個人不能事事會好，也不能事事全壞。譬如曹操他在政治上也有他的好處；而劉備、關羽等，也不能說毫無可議，但是作者並不管它，只是任主觀方面寫去，往往成爲出乎情理之外的人。（三）文章和主意不能符合。這就是說作者所表現的和作者所想像的，不能一致。如他要寫曹操的奸，而結果倒好像是豪爽多智；要寫孔明之智，而結果倒像狡猾。然而究竟它有很好的地方，像寫關雲長斬華雄一節，眞是有聲有色；寫華容道上放曹操一節，則義勇之氣可掬，如見其人。後來做歷史小說的很多，如《開闢演義》、《東西漢演義》、《東西晉演義》、《前後唐演義》、《南北宋演義》、《清史演義》……都沒有一種跟得住《三國演義》。所以人都喜歡看它；將來也仍舊能保持其相當價値的。

二、**《水滸傳》**《水滸傳》是敘宋江等的事情，也不自羅貫中起始；因爲宋江是實有其人的，爲盜亦是事實，關於他的事情，從南宋以來就成社會上的傳說。宋元間有高如、李嵩等，即以「水滸」故事作小說；宋遺民龔聖與又作《宋江三十六人贊》；又《宣和遺事》上也有講「宋江擒方臘有功，封節度使」等說話，可見這種故事，早已傳播人口，或早有種種簡略的書本，也未可知。到後來，羅貫中薈萃諸說或小本「水滸」故事，而取捨之，便成了大部的《水滸傳》。但原本之《水滸傳》，現在已不可得，所通行的《水滸傳》有兩類：一類是七十回的；一類是多於七十回的。多於七十回的一類是先敘洪太尉誤走妖魔，而次以百八人漸聚梁山泊，打家劫舍，後來受招安，用以破遼，平田虎、王慶，擒方臘，立了大功。最後朝廷疑忌，宋江服毒而死，終成神明。其中招安之說，乃是宋末到元初的思想，因爲當時社會擾亂，官兵壓制平民，民之和平者忍受之，不和平者便分離而爲盜。盜一面與官兵抗，官兵不勝，一面則擄掠人民，民間自然亦時受其騷擾；但一到外寇進來，官兵又不能抵抗的時候，人民因爲仇視外族，便想用較勝於官兵的盜來抵抗他，所以盜又爲當時所稱道了。至於宋江服毒的一層，乃明初加入的，明太祖統一天下之後，疑忌功臣，橫行殺戮，善終的很不多，人民爲對於被害之功臣表同情起見，就加上宋江服毒成神之事去。——這也就是事實上缺陷者，小說使他團圓的老例。

《水滸傳》有許多人以爲是施耐庵做的。因爲多於七十回的《水滸傳》就有繁的和簡的兩類，其中一類繁本的作者，題著施耐庵。然而這施耐庵恐怕倒是後來演爲繁本者的託名，其實生在羅貫中之後。後人看見繁本題耐庵作，以爲簡本倒是節本，便將耐庵看作更古的人，排在貫中以前去了。到清初，金聖歎又說《水滸傳》到「招安」爲止是好的，以後便很壞；又自稱得著古本，定「招安」爲止是耐庵作，以後是羅貫中所續，加以痛罵。於是他把「招安」以後都刪了去，只存下前七十回——這便是現在的通行本。他大概並沒有什麼古本，只是憑了自己的意見刪去的，古本云云，無非是一種「託古」的手段罷了。但文章之前後有些參差，卻確如聖歎所說，然而我在前邊說過：《水滸傳》是集合許多口傳，或小本「水滸」故事而成的，所以當然有不能一律處。況且描寫事業成功以後的文章，要比描寫正做強盜時難些，一大部書，結末不振，是多有的事，也不能就此便斷定是羅貫中所續作。至於金聖歎爲什麼要刪「招安」以後的文章呢？這大概也就是受了當時社會環境底影響。胡適之先生說，「聖歎生於流賊遍天下的時代，眼見張獻忠、李自成一般強盜流毒全國，故他覺強盜是不應該提倡的，是應該口誅筆伐的。」這話很是。就是聖歎以爲用強盜來平外寇，是靠不住的，所以他不願聽宋江立功的謠言。

但到明亡之後，外族勢力全盛了，幾個遺民抱亡國之痛，便把流寇之痛苦忘卻，又與強盜表起同情來。如明遺民陳忱，就託名雁宕山樵作了一部《後水滸傳》。他說：宋江死了以後，餘下的同志，尚爲宋禦金，後無功，李俊率眾浮海到暹羅做了國王——這就是因爲國家爲外族所據，轉而與強盜又表同情的意思。可是到後來事過情遷，連種族之感都又忘掉了，於是道光年間就有俞萬春作《續水滸傳》，說山寇宋江等，一個個皆爲官兵所殺。他的文章，是漂亮的，描寫也不壞，但思想實在未免煞風景。

解讀

本篇講解宋代話本和受其影響、發展並創作，直到元末明初才成書的世代積累型長篇小說《三國演義》和《水滸傳》。魯迅對這兩部巨著的藝術分析常有精彩的見解，但對金聖歎的批評和否定則完全錯誤，請參見我在《中國小說史略》第十五篇的解讀和本書附錄中《談金聖歎》的解讀。

在本篇中，魯迅贊同胡適的觀點，說金聖歎「覺強盜是不應該提倡的，是應該口誅筆伐的。」於是二十世紀五十—七十年代不少人據此大批金聖歎是反對農民起義的反動文人，這些批判者沒有細讀或視而不見魯迅自己反對和指斥農民起義的有關觀點，參見附錄三《流氓的變遷》和解讀第四—七段。

第五講　明小說之兩大主潮

上次已將宋之小說，講了個大概。元呢，它的詞曲很發達，而小說方面，卻沒有什麼可說。現在我們就講到明朝的小說去。明之中葉，即嘉靖前後，小說出現的很多，其中有兩大主潮：一、講神魔之爭的；二、講世情的。現在再將它分開來講：

一、**講神魔之爭的**　此思潮之起來，也受了當時宗教、方士之影響的。宋宣和時，即非常崇奉道流；元則佛道並奉，方士的勢力也不小；至明，本來是衰下去的了，但到成化時，又抬起頭來，其時有方士李孜，釋家繼曉，正德時又有色目人于永，都以方技雜流拜官，因之妖妄之說日盛，而影響及於文章。況且歷來三教之爭，都無解決，大抵是互相調和，互相容受，終於名為「同源」而後已。凡有新派進來，雖然彼此目為外道，生些紛爭，但一到認為同源，即無歧視之意，須俟後來另有別派，它們三家才又自稱正道，再來攻擊這非同源的異端。當時的思想，是極模糊的，在小說中所寫的邪正，並非儒和佛，或道和佛，或儒道釋和白蓮教，單不過是含糊的彼此之爭，我就總括起來給他們一個名目，叫做神魔小說。此種主潮，可作代表者，有三部小說：（一）《西遊記》；（二）《封神傳》；（三）《三寶太監西洋記》。

（一）《西遊記》《西遊記》世人多以為是元朝的道士邱長春做的，其實不然。邱長春自己另有《西遊記》三卷，是紀行，今尚存「道藏」中；惟因書名一樣，人們遂誤以為是一種。加以清初刻《西遊記》小說者，又取虞集所作的「長春眞人」《西遊記》序冠其首，人更信這《西遊記》是邱長春所做的了——實則做這《西遊記》者，乃是江蘇山陽人吳承恩。此見於明時所修的《淮安府志》；但到清代修志卻又把這記載刪去了。《西遊記》現在所見的，是一百回，先敘孫悟空成道，次敘唐僧取經的由來，後經八十一難，終於回到東土。這部小說，也不是吳承恩所創作，因為《大唐三藏法師取經詩話》——在前邊已經提及過——已說過猴行者，深河神，及諸異境。元朝的雜劇也有用唐三藏西天取經做材料的著作。此外明時也別有一種簡短的《西遊記傳》——由此可知玄奘西天取經一事，自唐末以至宋元已漸漸演成神異故事，且多作成簡單的小說，而至明吳承恩，便將它們彙集起來，以成大部的《西遊記》。承恩本善於滑稽，他講妖怪的喜、怒、哀、樂，都近於人情，所以人都喜歡看！這是他的本領。而且叫人看了，無所容心，不像《三國演義》，見劉勝則喜，見曹勝則恨；因為《西遊記》上所講的都是妖怪，我們看了，但覺好玩，所謂忘懷得失，獨存賞鑒了——這也是他的本領。至於說到這書的宗旨，則有人說是勸學；有人說是談禪；有人說是講道；議論很紛紛。但據我看來，實不過出於作者之遊戲，只因為他受了三教同源的影響，所以釋迦、老君、觀音、真性、元神之類，無所不有，使無論什麼教徒，皆可隨宜附會而已。如果我們一定要問它的大旨，則我覺得明人謝肇淛所說的「《西遊記》……以猿為心之神，以豬為意之馳，其始之放縱，上天下地，莫能禁制，而歸於緊箍一咒，能使心猿馴伏，至死靡他，蓋亦求放心之喻。」這幾句話，已經很足以說盡了。後來有《後西遊記》及《續西遊記》等，都脫不了前書窠臼。至董說的《西遊補》，則成了諷刺小說，與這類沒有大關係了。

（二）《封神傳》《封神傳》在社會上也很盛行，至為何人所作，我們無從而知。有人說：作者是一窮人，他把這書做成賣了，給他女兒作嫁資，但這不過是沒有憑據的傳說。它的思想，也就是受了三教同源的模糊的影響；所敘的是受辛進香女媧宮，題詩黷神，神因命三妖惑紂以助周。上邊多說戰爭，神佛雜出，助周者為闡教；助殷者為截教。我以為這「闡」是明的意思，「闡教」就是正教；「截」是斷的意思，「截教」或者就是佛教中所謂斷見外道。——總之是受了三教同源的影響，以三教為神，以別教為魔罷了。

（三）《三寶太監西洋記》《三寶太監西洋記》，是明萬曆間的書，現在少見；這書所敘的是永樂中太監鄭和服外夷三十九國，使之朝貢的事情。書中說鄭和到西洋去，是碧峰長老助他的，用法術降服外夷，收了全功。在這書中，雖然所說的是國與國之戰，但中國近於神，而外夷卻居於魔的地位，所以仍然是神魔小說之流。不過此書之作，則也與當時的環境有關係，因為鄭和之在明代，名聲赫然，為世人所樂道；而嘉靖以後，東南方面，倭寇猖獗，民間傷今之弱，於是便感昔之盛，做了這一部書。但不思將帥，而思太監，不恃兵力，而恃法術者，乃是一則爲傳統思想所囿；一則明朝的太監的確常做監軍，權力非常之大。這種用法術打外國的思想，流傳下來一直到清朝，信以爲眞，就有義和團實驗了一次。

二、**講世情的**　當神魔小說盛行的時候，講世情的小說，也就起來了，其原因，當然也離不開那時的社會狀態，而且有一類，還與神魔小說一樣，和方士是有很大的關係的。這種小說，大概都敘述些風流放縱的事情，間於悲歡離合之中，寫炎涼的世態。其最著名的，是《金瓶梅》，書中所敘，是借《水滸傳》中之西門慶做主人，寫他一家的事蹟。西門慶原有一妻三妾，後復愛潘金蓮，酖其夫武大，納她爲妾；又通金蓮婢春梅；復私了李瓶兒，也納爲妾了。後來李瓶兒、西門慶皆先死，潘金蓮又爲武松所殺，春梅也因淫縱暴亡。至金兵到清河時。慶妻攜其遺腹子孝哥，欲到濟南去，路上遇著普淨和尚，引至永福寺，以佛法感化孝哥，終於使他出了家，改名明悟。因爲這書中的潘金蓮、李瓶兒、春梅，都是重要人物，所以書名就叫《金瓶梅》。明人小說之講穢行者，人物每有所指，是借文字來報夙仇的，像這部《金瓶梅》中所說的西門慶，是一個紳士，大約也不外作者的仇家，但究屬何人，現在無可考了。至於作者是誰，我們現在也還未知道。有人說：這是王世貞爲父報仇而做的，因爲他的父親王忬爲嚴嵩所害，而嚴嵩之子世蕃又勢盛一時，凡有不利於嚴嵩的奏章，無不受其壓抑，不使上聞。王世貞探得世蕃愛看小說，便作了這部書，使他得沈湎其中，無暇他顧，而參嚴嵩的奏章，得以上去了。所以清初的翻刻本上，就有「苦孝說」冠其首。但這不過是一種推測之辭，不足信據。《金瓶梅》的文章做得尚好，而王世貞在當時最有文名，所以世人遂把作者之名嫁給他了。後人之主張此說，並且以「苦孝說」冠其首，也無非是想減輕社會上的攻擊的手段，並不是確有什麼王世貞所作的憑據。

此外敘放縱之事，更甚於《金瓶梅》者，爲《玉嬌李》。但此書到清朝已經佚失，偶有見者，也不是原本了。還有一種山東諸城人丁耀亢所做的《續金瓶梅》，和前書頗不同，乃是對於《金瓶梅》的因果報應之說，就是武大後世變成淫夫，潘金蓮也變爲河間婦，終受極刑；西門慶則變成一個騃憨男子，只坐視著妻妾外遇。——以見輪迴是不爽的。從此以後世情小說，就明明白白的，一變而爲說報應之書——成爲勸善的書了。這樣的講到後世的事情的小說，如果推演開去，三世四世，可以永遠做不完工，實在是一種奇怪而有趣的做法。但這在古代的印度卻是曾經有過的，如《鴦堀摩羅經》就是一例。

如上所講，世情小說在一方面既有這樣的大講因果的變遷，在他方面也起了別一種反動。那是講所謂「溫柔敦厚」的，可以用《平山冷燕》、《好逑傳》、《玉嬌梨》來做代表。不過這類的書名字，仍多襲用《金瓶梅》式，往往摘取書中人物的姓名來做書名；但內容卻不是淫夫蕩婦，而變了才子佳人了。所謂才子者，大抵能作些詩，才子和佳人之遇合，就每每以題詩爲媒介。這似乎是很有悖於「父母之命，媒妁之言」的婚姻，對於舊習慣是有些反對的意思的，但到團圓的時節，又常是奉旨成婚，我們就知道作者是尋到了更大的帽子了。那些書的文章也沒有一部好，而在外國卻很有名。一則因爲《玉嬌梨》、《平山冷燕》，有法文譯本；《好逑傳》有德、法文譯本，所以研究中國文學的人們都知道，給中國做文學史就大概提起它；二則因爲若在一夫一妻制的國度裡，一個以上的佳人共愛一個才子便要發生極大的糾紛，而在這些小說裏卻毫無問題，一下子便都結了婚了，從他們看起來，實在有些新奇而且有趣。

解讀

明清兩代是中國小說的高峰期，小說和戲曲一起代表著當時文學的最高成就。明清小說占主導地位的是長篇章回小說。在此講中，魯迅強調了明代長篇小說的兩大主潮：神魔小說和世情小說。並列舉名作，作簡要分析。神話小說寫的是神仙鬼怪，是中國歷代社會盛行宗教和巫術的藝術反映，以《西遊記》爲最傑出。世情小說表現平民的日常生活和社會的人生世態，著重描寫世態炎涼和因果報應，以《金瓶梅》的成就最高。

第六講　清小說之四派及其末流

清代底小說之種類及其變化，比明朝比較的多，但因爲時間關係，我現在只可分作四派來說一個大概。這四派便是：一、擬古派；二、諷刺派；三、人情派；四、俠義派。

一、**擬古派**　所謂擬古者，是指擬六朝之志怪，或擬唐朝之傳奇者而言。唐人底小說單本，到明時什九散亡了，偶有看見模仿的，世間就覺得新異。元末明初，先有錢唐瞿佑仿了唐人傳奇，作《剪燈新語》，文章雖沒有力，而用些豔語來描畫閨情，所以特爲時流所喜，仿效者很多，直到被朝廷禁止，這風氣才漸漸的衰歇。但到了嘉靖間，唐人底傳奇小說盛行起來了，從此模仿者又在在皆是，文人大抵喜歡做幾篇傳奇體的文章；其專做小說，合爲一集的，則《聊齋志異》最有名。《聊齋志異》是山東淄川人蒲松齡做的。有人說他作書以前，天天在門口設備茗煙，請過路底人講說故事，作爲著作的材料；但是多由他的朋友那裏聽來的，有許多是從古書尤其是從唐人傳奇變化而來的——如〈鳳陽士人〉、〈續黃粱〉等就是——所以列他於擬古。書中所敘，多是神仙、狐鬼、精魅等故事，和當時所出同類的書差不多，但其優點在：（一）描寫詳細而委曲，用筆變幻而熟達。（二）說妖鬼多具人情，通世故，使人覺得可親，並不覺得很可怕。不過用古典太多，使一般人不容易看下去。

《聊齋志異》出來之後，風行約一百年，這其間模仿和讚頌它的非常之多。但到了乾隆末年，有直隸獻縣人紀昀出來和他反對了，紀昀說《聊齋志異》之缺點有二：（一）體例太雜。就是說一個人的一個作品中，不當有兩代的文章的體例，這是因爲《聊齋志異》中有長的文章是仿唐人傳奇的，而又有短的文章卻像六朝的志怪。（二）描寫太詳。這是說他的作品是述他人的事蹟的，而每每過於曲盡細微，非自己不能知道，其中有許多事，本人未必肯說，作者何從知之？紀昀爲避此兩缺點起見，所以他所做的《閱微草堂筆記》就完全模仿六朝，尚質黜華，敘述簡古，力避唐人的做法。其材料大抵自造，多借狐鬼的話。以攻擊社會。據我看來，他自己是不信狐鬼的，不過他以爲對於一般愚民，卻不得不以神道設教。但他很有可以佩服的地方：他生在乾隆間法紀最嚴的時代，竟敢借文章以攻擊社會上不通的禮法，荒謬的習俗，以當時的眼光看去，眞算得很有魄力的一個人。可是到了末流，不能了解他攻擊社會的精神，而只是學他的以神道設教一面的意思，於是這派小說差不多又變成勸善書了。

擬古派的作品，自從以上二書出來以後，大家都學它們；一直到了現在，即如上海就還有一群所謂文人在那裏模仿它。可是並沒有什麼好成績，學到的大抵是糟粕，所以擬古派也已經被踏死在它的信徒的腳下了。

二、**諷刺派**　小說中寓譏諷者，晉唐已有，而在明之人情小說爲尤多。在清朝，諷刺小說反少有，有名而幾乎是唯一的作品，就是《儒林外史》。《儒林外史》是安徽全椒人吳敬梓做的。敬梓多所見聞，又工於表現，故凡所有敘述，皆能在紙上見其聲態；而寫儒者之奇形怪狀，爲獨多而獨詳。當時距明亡沒有百年，明季底遺風，尚留存於士流中，八股而外，一無所知，也一無所事。敬梓身爲士人，熟悉其中情形，故其暴露醜態，就能格外詳細。其書雖是斷片的敘述，沒有線索，但其變化多而趣味濃，在中國歷來作諷刺小說者，再沒有比他更好的了。一直到了清末，外交失敗，社會上的人們覺得自己的國勢不振了，極想知其所以然，小說家也想尋出原因的所在；於是就有李寶嘉歸罪於官場，用了南亭亭長的假名字，做了一部《官場現形記》。這部書在清末很盛行，但文章比《儒林外史》差得多了；而且作者對於官場的情形也並不很透徹，所以往往有失實的地方。嗣後又有廣東南海人吳沃堯歸罪於社會上舊道德的消滅，也用了我佛山人的假名字，做了一部《二十年目睹之怪現狀》。這部書也很盛行，但他描寫社會的黑暗面，常常張大其詞，又不能穿入隱微，但照例的慷慨激昂，正和南亭亭長有同樣的缺點。這兩種書都用斷片湊成，沒有什麼線索和主角，是同《儒林外史》差不多的，但藝術的手段，卻差得遠了；最容易看出來的就是《儒林外史》是諷刺，而那兩種都近於謾罵。

諷刺小說是貴在旨微而語婉的，假如過甚其辭，就失了文藝上底價值，而它的末流都沒有顧到這一點，所以諷刺小說從《儒林外史》而後，就可以謂之絕響。

三、**人情派**　此派小說，即可以著名的《紅樓夢》做代表。《紅樓夢》其初名《石頭記》，共有八十回，在乾隆中年忽出現於北京。最初皆抄本，至乾隆五十七年，才有程偉元刻本，加多四十回，共一百二十回，改名叫《紅樓夢》。據偉元說：乃是從舊家及鼓擔上收集而成全部的。至其原本，則現在已少見，惟現有一石印本，也不知究是原本與否。《紅樓夢》所敘為石頭城中——未必是今之南京——賈府的事情。其主要者為榮國府的賈政生子寶玉，聰明過人，而絕愛異性；賈府中實亦多好女子，主從之外，親戚也多，如黛玉、寶釵等，皆來寄寓，史湘雲亦常來。而寶玉與黛玉愛最深；後來政為寶玉娶婦，卻迎了寶釵，黛玉知道以後，吐血死了。寶玉亦鬱鬱不樂，悲歎成病。其後寧國府的賈赦革職查抄，累及榮府，於是家庭衰落，寶玉竟發了瘋，後又忽而改行，中了舉人。但不多時，忽又不知所往了。後賈政因葬母路過毗陵，見一人光頭赤腳，向他下拜，細看就是寶玉；正欲問話，忽來一僧一道，拉之而去。追之無有，但見白茫茫一片荒野而已。

《紅樓夢》的作者，大家都知道是曹雪芹，因為這是書上寫著的。至於曹雪芹是何等樣人，卻少有人提起過；現經胡適之先生的考證。我們可以知道大概了。雪芹名霑，一字芹圃，是漢軍旗人。他的祖父名寅，康熙中為江寧織造。清世祖南巡時，即以織造局為行宮。其父頫，亦為江寧織造。我們由此就知道作者在幼時實在是一個大世家的公子。他生在南京。十歲時，隨父到了北京。此後中間不知因何變故，家道忽落。雪芹中年，竟至窮居北京之西郊，有時還不得飽食。可是他還縱酒賦詩，而《紅樓夢》的創作，也就在這時候。可惜後來他因為兒子夭殤，悲慟過度，也竟死掉了——年四十餘——《紅樓夢》也未得做完，只有八十回。後來程偉元所刻的，增至一百二十回，雖說是從各處蒐集的，但實則其友高鶚所續成，並不是原本。

對於書中所敘的意思，推測之說也很多。舉其較為重要者而言：（一）是說記納蘭性德的家事，所謂金釵十二，就是性德所奉為上客的人們。這是因為性德是詞人，是少年中舉，他家後來也被查抄，和寶玉的情形相彷彿，所以猜想出來的。但是查抄一事，寶玉在生前，而性德則在死後，其他不同之點也很多，所以其實並不很相像。（二）是說記順治與董鄂妃的故事；而又以鄂妃為秦淮舊妓董小宛。清兵南下時，掠小宛到北京，因此有寵於清世祖，封爲貴妃；後來小宛夭逝，清世祖非常哀痛，就出家到五臺山做了和尚。《紅樓夢》中寶玉也做和尚，就是分明影射這一段故事。但是董鄂妃是滿洲人，並非就是董小宛，清兵下江南的時候，小宛已經二十八歲了；而順治方十四歲，絕不會有把小宛做妃的道理。所以這一說也不通的。（三）是說敘康熙朝政治底狀態的；就是以爲石頭記是政治小說，書中本事，在弔明之亡，而揭清之失。如以「紅」影「朱」字，以「石頭」指「金陵」，以「賈」斥僞朝——即斥「清」，以金陵十二釵譏降清之名士。然此說未免近於穿鑿，況且現在既知道作者既是漢軍旗人，似乎不至於代漢人來抱亡國之痛的。（四）是說自敘；此說出來最早，而信者最少，現在可是多起來了。因爲我們已知道雪芹自己的境遇，很和書中所敘相合。雪芹的祖父、父親，都做過江寧織造，其家庭之豪華，實和賈府略同；雪芹幼時又是一個佳公子，有似於寶玉；而其後突然窮困，假定是被抄家或近於這一類事故所致，情理也可通——由此可知《紅樓夢》一書，說是大部分爲作者自敘，實是最爲可信的一說。

至於說到《紅樓夢》的價値，可是在中國底小說中實在是不可多得的。其要點在敢於如實描寫，並無諱飾，和從前的小說敘好人完全是好，壞人完全是壞的，大不相同，所以其中所敘的人物，都是眞的人物。總之自有《紅樓夢》出來以後，傳統的思想和寫法都被打破了。它那文章的旖旎和纏綿，倒是還在其次的事。但是反對者卻很多，以爲將給青年以不好的影響。這就因爲中國人看小說，不能用賞鑑的態度去欣賞它，卻自己鑽入書中，硬去充一個其中的腳色。所以青年看《紅樓夢》，便以寶玉、黛玉自居；而年老人看去，又多占據了賈政管束寶玉的身分，滿心是利害的打算，別的什麼也看不見了。

《紅樓夢》而後，續作極多：有《後紅樓夢》、《續紅樓夢》、《紅樓後夢》、《紅樓復夢》、《紅樓補夢》、《紅樓重夢》、《紅樓幻夢》、《紅樓圓夢》……大概是補其缺陷，結以團圓。直到道光年中，《紅樓夢》才談厭了。但要敘常人之家，則佳人又少，事故不多，於是便用了《紅樓夢》的筆調，去寫優伶和妓女之事情，場面又爲之一變。這有《品花寶鑑》、《青樓夢》可作代表。《品花寶鑑》是專敘乾隆以來北京底優伶的。其中人物雖與《紅樓夢》不同，而仍以纏綿爲主；所描寫的伶人與狎客，也和佳人與才子差不多。《青樓夢》全書都講妓女，但情形並非寫實的，而是作者的理想。他以爲只有妓女是才子的知己，經過若干周折，便即團圓，也仍脫不了明末的佳人才子這一派。到光緒中年，又有《海上花列傳》出現，雖然也寫妓女，但不像《青樓夢》那樣的理想，卻以爲妓女有好、有壞，較近於寫實了。一到光緒末年，《九尾龜》之類出，則所寫的妓女都是壞人，狎客也像了無賴，與《海上花列傳》又不同。這樣，作者對於妓家的寫法凡三變，先是溢美，中是近眞，臨末也溢惡，並且故意誇張，謾罵起來；有幾種還是誣衊、訛詐的器具。人情小說底末流至於如此，實在是很可以詫異的。

四、俠義派　俠義派底小說，可以用《三俠五義》做代表。這書的起源，本是茶館中的說書，後來能文的人，把它寫出來，就通行於社會了。當時底小說，有《紅樓夢》等專講柔情，《西遊記》一派，又專講妖怪，人們大概也很覺得厭氣了，而《三俠五義》則別開生面，很是新奇，所以流行也就特別快，特別盛。當潘祖蔭由北京回吳的時候，以此書示俞曲園，曲園很讚許，但嫌其太背於歷史，乃爲之改正第一回；又因書中的北俠、南俠、雙俠，實已四人，三不能包，遂加上艾虎和沈仲元：索性改名爲《七俠五義》。這一種改本，現在盛行於江浙方面。但《三俠五義》，也並非一時創作的書，宋包拯立朝剛正，《宋史》有傳；而民間傳說，則行事多怪異；元朝就傳爲故事，明代又漸演爲小說，就是《龍圖公案》。後來這書的組織再加密些，又成爲大部的《龍圖公案》，也就是《三俠五義》的藍本了。因爲社會上很歡迎，所以又有《小五義》、《續小五義》、《英雄大八義》、《英雄小八義》、《七劍十三俠》、《七劍十八義》等等都跟著出現。這等小說，大概是敘俠義之士，除盜平叛的事情，而中間每以名臣大官，總領一切：其先又有《施公案》，同時則有《彭公案》一類的小說，也盛行一時。其中所敘的俠客，大半粗豪，很像《水滸》中底人物，故其事實雖然來自《龍圖公案》，而源流則仍出於《水滸》。不過《水滸》中人物在反抗政府；而這一類書中底人物，則幫助政府，這是作者思想的大不同處，大概也因爲社會背景不同之故罷。這些書大抵出於光緒初年，其先曾經有過幾回國內的戰爭，如平長毛、平捻匪、平教匪等，許多市井中人，粗人無賴之流，因爲從軍立功，多得頂戴，人民非常羨慕，願聽「爲王前驅」的故事，所以茶館中發生的小說，自然也受了影響了。現在《七俠五義》已出到二十四集，《施公案》出到十集，《彭公案》十七集，而大抵千篇一律，語多不通，我們對此，無多批評，只是很覺得作者和看者，都能夠如此之不憚煩，也算是一件奇蹟罷了。

上邊所講的四派小說，到現在還很通行。此外零碎小派的作品也還有，只好都略去了它們。至於民國以來所發生的新派的小說，還很年幼——正在發達創造之中，沒有很大的著作，所以也姑且不提起它們了。

我講的《中國小說的歷史的變遷》在今天此刻就算終結了。在此兩星期中，匆匆地只講了一個大概，掛一漏萬，固然在所不免，加以我的知識如此之少，講話如此之拙，而天氣又如此之熱，而諸位有許多還始終來聽完我的講，這是我所非常之抱歉而且感謝的。

解讀

本篇講解清代的四派長篇小說：擬古派，主要有繼承六朝志怪和唐宋傳奇的蒲松齡《聊齋志異》和紀昀《閱微草堂筆記》兩大名著；諷刺派，有名著《儒林外史》和清末的《官場現形記》等；人情派，有《紅樓夢》和清末的《海上花列傳》等；俠義派，有《三（一作七）俠五義》及描寫衆俠後代的續本《小五義》、《續小五義》和《施公案》、《彭公案》等。

魯迅首創了「譴責小說」這個流派，他批評譴責小說在藝術上的成就不高，主要的弊病是因過分誇張而「失眞」「失實」，缺乏藝術上必需的含蓄。他認爲「諷刺小說是貴在旨微而語婉」。

魯迅先生最後承認：「四派小說，現在還很通行。」而針對上面講到的武俠小說大量續寫並受到讀者持久的歡迎的狀況，他感歎：「只是覺得作者和看者，都能夠如此不憚煩，也算是一件奇蹟罷了。」「至於民國以來所發生的新派的小說，還很年幼——」「沒有很大的著作」。當時還是舊小說風行的天下。實際上，這個狀況要到建國後，用政治力量的強行撥轉，才結束。但改革開放後，隨著文藝政策的日益寬鬆，這些小說不僅捲土重來，還珠樓主等的舊派武俠小說又多次重版，而且以金庸爲代表的港臺新派武俠小說還創造了風靡大陸和整個華人世界的奇蹟，至今猶然，說明文學的發展自有其客觀規律，不以人的主觀意志爲轉移，即如魯迅先生如果眼見今日此狀也只能無可奈何。魯迅先生和新文學作家鄙視和全盤否定武俠小說和鴛鴦蝴蝶派小說的觀點，當今學術界已有學者予以糾正。

《三俠五義》（又名《七俠五義》）在清末還有《續俠義傳》，是此書唯一的續本，魯迅不知，故而本書未予提及。趙景深師藏有此書，我與研究生同學好友、趙景深的內侄李宗爲（一九四四—二〇〇八）合作的標點本，人民文學出版社於一九九一年編入著名的「中國小說史料叢書」出版，並於一九九九年和二〇〇六年重版。

《續俠義傳》未署作者姓氏名號及出版、刻印者。線裝四冊，刻印字體精美。框高四寸八分，寬三寸。葉十行，行二十三字。中縫有書名《續俠義傳》和回數、頁碼。從書品、紙張和刻印字跡等分析，當係晚清刻本。公、私藏書未見著錄，古典小說版本研究著述也從未提及此書。

《續俠義傳》是情節緊接《俠義傳》（後又改名《三俠五義》，《七俠五義》）之後唯一描寫七俠五義故事的續書，與敘述七俠五義後人的《小五義》、《續小五義》完全不同。此書寫白玉堂誤入銅網陣後，並未遇難，而被襄陽王生擒。幸遇俠女翠綃救出，與眾俠重聚。顏眘敏報襄陽王謀反證據，聖上命他率眾剿滅襄陽王及其叛眾。經過艱苦戰鬥和多次反覆，終於全殲叛逆並捉拿潛逃的狗頭軍師魏明公歸案。俠女元翠綃救出白玉堂後，又受邀說明剿匪，屢立奇功。叛黨剿滅後，她奉旨與白玉堂成婚。五鼠見朝政不明，先後辭官，遁跡江湖。白玉堂夫婦在陷空島居住十年，先後生了二子，夫婦倆借去鐘山祭掃翠綃父母墓地之機，入山不歸，隱居修行，不知所終。

本講對《紅樓夢》的高度評價是正確的，在《史略》第二十四篇解讀中，我指出魯迅對《紅樓夢》的最終評價不高，這是因爲魯迅在《花邊文學．看書瑣記》中說：高爾基很驚服巴爾扎克小說裏寫對話的巧妙，以爲並不描寫人物的模樣，卻能使讀者看了對話，便好像目睹了說話的那些人。

中國還沒有那樣好手段的小說家，但《水滸》和《紅樓夢》的有些地方，是能使讀者由說話看出人來的。其實，這也並非什麼奇特的事情，在上海的弄堂裏，租一間小房子住著的人，就時時可以體驗到。他和周圍的住户，是不一定見過面的，但只隔一層薄板壁，所以有些人家的眷屬和客人的談話，尤其是高聲的談話，都大略可以聽到，久而久之，就知道那裏有那些人，而且彷佛覺得那些人是怎樣的人了。

如果刪除了不必要之點，只摘出各人的有特色的談話來，我想，就可以使別人從談話裏推見每個說話的人物。但我並不是說，這就成了中國的巴爾扎克。與西方相比，魯迅對《水滸傳》和《紅樓夢》的評價非常低，甚至把《水滸傳》、《紅樓夢》「有些」好的「地方」也只不過比擬爲上海小市民的對話水準。魯迅的這種分析無疑是他的重大理論失誤，是五四以後崇洋貶中、全盤否定中國文化的思潮的一個特出表現。

施蟄存先生說：「有人認為西洋小說的認知侷限於繁冗的描寫、心理分析和對話記錄等。」「《紅樓夢》的對話優於西方。」（施蟄存《小說的對話》，《二十世紀中國小說理論資料》第三卷第四七〇、四七一頁，北京大學出版社一九九七年版）

兩人的觀點相比，魯迅先生的觀點顯然是錯誤的，《水滸傳》和《紅樓夢》的對話藝術取得極高的藝術成就。我認為，《水滸傳》和《紅樓夢》的對話藝術超過了西方經典小說三大家（巴爾扎克、陀思妥耶夫斯基和托爾斯泰）的水準。參見拙著《曹雪芹：從憶念到永恆》第五章「《紅樓夢》的偉大藝術成就」（濟南出版社「文化中國」書系，二〇一四）和拙文《古代小說非理智型「推車撞壁」式激烈爭執的精彩描寫》等。

與魯迅的態度相比較，美國作家賽珍珠對中國古代小說的總體評價很高，她在領受諾貝爾獎的莊嚴儀式上宣稱：「中國有可以和世界上任何一個國家相媲美的偉大小說，有可以和任何偉大作家所能寫出的作品相媲美的偉大作品」。（《中國小說——一九三八年十二月十二日在瑞典學院諾貝爾獎授獎儀式上的演說》）更且她對中國小說的精當評價，是建立在她聲明她是學習中國古代小說而學會寫作並得到諾貝爾文學獎的基礎上的，她的獲獎演說即是《中國小說》，演說全文即是介紹和讚頌中國古代小說的光輝歷史和巨大成就，故而更顯珍貴。

附錄二　小說史大略

史家對於小說之論錄（小說史大略一）

漢孝武建藏書之策，置寫官，詔劉向校經傳、諸子、詩賦，向輒條其篇目，撮其旨意，錄而奏之。向卒，哀帝複使其子歆卒父業。歆於是總群書而奏其《七略》。《七略》今亡，班固作《漢書》，刪其要爲《藝文志》。《漢書．藝文志》所錄小說，有十五家：

《伊尹說》二十七篇。（其語淺薄，似依託也。）

《鬻子說》十九篇。（後世所加。）

《周考》七十六篇。（考周事也。）

《青史子》五十七篇。（古史官記事也。）

《師曠》六篇。（見《春秋》，言其淺薄，本與此同，似因託之）。

《務成子》十一篇。（稱堯問，非古語。）

《宋子》十八篇。（孫卿道：「宋子，其言黃老意。」）

《天乙》三篇。（天乙渭湯，其言者殷時，皆依託也。）

《黃帝說》四十篇。（迂誕依託。）

《封禪方說》十八篇。（武帝時。）

《待詔臣饒心術》二十五篇。（武帝時。師古曰：劉向《別錄》云：「饒，齊人也，不知其姓，武帝時待詔。作書，名曰《心術》。」）

《待詔臣安成未央術》一篇。（應劭曰：道家也，好養生事，爲未央之術。）

《臣壽周紀》七篇。（項國圉人，宣帝時。）

《虞初周說》九百四十三篇。（河南人，武帝時以方士侍郎，號黃車使者。應劭曰：其說以《周書》爲本。

師古曰：《史記》云：「虞初，洛陽人。」即張衡〈西京賦〉「小說九百，本自虞初」者也。）

《百家》百三十九卷。

右小說十五家，千三百八十篇。

小說家者流，蓋出於稗官，（如淳曰：「稗，音鍛家排九章，細米爲稗，街談巷說，甚細碎之言也。王者欲知閭巷風俗，故立稗官，使稱之。今世亦謂偶語爲稗。」師古曰：「稗音稊稗之稗，不與鍛排同也，稗官小官。漢名臣奏，唐林請省置吏，公卿大夫，至都官、稗官，各減什三是也。」）街談巷語，道聽塗說者之所造也。孔子曰：「雖小道，必有可觀者焉，致遠恐泥，是以君子弗爲也。」然亦弗滅也，閭里小知者之所及，亦使綴而不忘，如或一言可采，此亦芻蕘狂夫之議也。《漢書》所錄十五家，至梁僅存《青史子》一卷。及隋，《青史子》亦佚盡。唐修《隋書》，小說之著錄於《經籍志》者，《燕丹子》而外，無晉以前書，而所論列仍襲班固之說。

《燕丹子》一卷。（丹，燕王喜太子。梁有《青史子》一卷；又《宋玉子》一卷、《錄》一卷，楚大夫宋玉撰；《群英論》一卷，郭頒撰；《語林》十卷，東晉處士裴啟撰。亡。）《雜語》五卷。《郭子》三卷。（東晉中郎郭澄之撰。）《雜對語》三卷。《要用語對》四卷。《文對》三卷。《瑣語》一卷。（梁金紫光祿大夫顧協撰。）《笑林》三卷。（後漢給事中邯鄲淳撰。）《笑苑》四卷。《解頤》二卷。（楊松玢【中華書局校點本作松】撰。）《世說》八卷。（宋臨川王劉義慶撰。）《世說》十卷。（劉孝標注。梁有《俗說》一卷，亡。）《小說》十卷。（梁武帝敕安右長史殷芸撰。梁目，三十卷。）《小說》五卷。《邇說》一卷。（梁南台治書伏侹撰。）《辯林》二十卷。（蕭賁撰。）《辯林》二卷。（席希秀撰。）《瓊林》七卷。（周獸門學士陰顥撰。）。《古今藝術》二十卷。《雜書鈔》十三卷。《座右方》八卷。（庾元威撰。）《座右法》一卷。《魯史欹器圖》一卷。（儀同劉徽【中華書局校點本：「徽」當作「暉」】注。）《器准圖》三卷。（後魏丞相士曹行參軍信都芳撰。）《水飾》一卷。

右二十五部，合一百五十五卷。小說者，街談巷語之說也，《傳》載輿人之誦，《詩》美詢於芻蕘，古者聖人在上，史爲書，瞽爲詩，工誦箴諫，大夫規誨，士傳言而庶人謗；孟春，徇木鐸以求歌謠，巡省，觀人詩以知風俗，過則正之，失則改之，道聽塗說，靡不畢紀，周官誦訓掌道方志以詔觀事，道方慝以詔避忌，以知地俗，而職方氏掌道四方之政事與其上下之志，誦四方之傳道而觀其衣物是也。孔子曰：「雖小道，必有可觀者焉，致遠恐泥。」

宋劉昫等修《唐書》，其《經籍志》，以唐之《古今書錄》爲本，與《隋書・經籍志》無甚異。《鬻子》一卷。（鬻熊撰。）《燕丹子》一卷。（燕太子撰。）《笑林》三卷。（邯鄲淳撰。）《博物志》十卷。（張華撰。）《郭子》三卷。（郭澄之撰，賈泉注。）《世說》八卷。（劉義慶撰。）《續世說》十卷。（劉孝標撰。）《小說》十卷。（劉義慶撰。）《小說》十卷。（殷芸撰。）《釋俗語》八卷。（劉齊撰。）《辨林》二十卷。（蕭賁撰。）《酒孝經》一卷。（劉炫定撰。）《座右方》三卷。（庾元威撰。）《啟顏錄》十卷。（侯白撰。）歐陽修等修《唐書・藝文志》中小說一類，六朝人之著作大增。此諸小說者，《隋書》及劉昫《唐書》多在史部雜傳類，至是乃以虛妄而黜之。《燕丹子》一卷。（燕太子。）邯鄲淳《笑林》三卷。裴子野《類林》三卷。張華《博物志》十卷。（《隋志》在子部雜家。）又《列異傳》一卷。（《隋志》、《舊唐志》作魏文帝撰，在雜傳。）賈泉注《郭子》三卷。（郭澄之。）劉義慶《世說》八卷，又《小說》十卷。劉孝標《續世說》十卷。殷芸《小說》十卷。劉齊《釋俗語》八卷。蕭賁《辯林》二十卷。劉炫《酒孝經》一卷。庾元威《坐右方》三卷。侯白《啟顏錄》十卷。《雜語》五卷。戴祚《甄異傳》三卷。袁王壽《古異傳》三卷。祖沖之《述異記》十卷。劉質《近異錄》二卷。干寶《搜神記》三十卷。劉之遴《神錄》五卷。梁元帝《妍神記》十卷。祖台之《志怪》四卷。孔氏《志怪》四卷。荀氏《靈鬼志》三卷。（以上十部，《隋志》、《舊唐志》並在史部雜傳。）謝氏《鬼神列傳》二卷。（《舊唐志》在雜傳。）劉義慶《幽明錄》三十卷。東陽無疑《齊諧記》七卷。吳筠《續齊諧記》一卷。（以上三部《隋志》、《舊唐志》皆在史部雜傳。）

王延秀《感應傳》八卷。陸果《繫應驗記》一卷。（以上二部《隋志》在子部雜家，《舊唐志》在史部雜傳。）王琰《冥祥記》十卷。王曼穎《續冥祥記》十一卷。（以上二部《隋志》、《舊唐志》並在史部雜傳。）劉沫《因果記》十卷。（《舊唐志》在雜傳。）顏之推《冤魂志》三卷。（《隋志》、《舊唐志》俱在雜傳。）又《集靈記》十卷。《徵應集》二卷。（此二部《舊唐志》在雜傳。）侯君素《旌異記》十五卷。（《隋志》、《舊唐志》俱在史部雜傳。下略）清乾隆中，撰《四庫全書總目提要》分小說爲三派。（上略）跡其流別，凡有三派：其一、敘述雜事；其一、記錄異聞；其一、綴緝瑣語也。唐宋而後，作者彌繁，中間誣謾失眞，妖妄熒聽者，固爲不少；然寓勸戒，廣見聞，資考證者，亦錯出其中。（中略）今甄錄其近雅馴者，以廣見聞，惟猥鄙荒誕，徒亂耳目者，則黜不載焉。

《西京雜記》六卷。《世說新語》三卷。（後略）

右小說家類雜事之屬。

《山海經》十八卷。（晉郭璞注。）

《穆天子傳》六卷。（晉郭璞注。）

《神異經》一卷。（舊本題漢東方朔撰。）

《海內十洲記》一卷。（同上。）

《漢武故事》一卷。（舊本題漢班固撰。）

《漢武帝內傳》一卷。（同上。）

《漢武洞冥記》四卷。（舊本題後漢郭憲撰。）

《拾遺記》十卷。（秦王嘉撰。）

《搜神記》二十卷。（舊本題晉干寶撰。）（中略）

《還冤志》三卷。（隋顏之推撰。）（後略）

右小說家類異聞之屬。

《博物志》十卷。（舊本題晉張華撰。）

《述異記》二卷。（舊本題梁任昉撰。）（後略）

右小說家類瑣語之屬。《山海經》舊皆隸史部地理。《穆天子傳》隸起居注。至是又以神怪恍忽而黜之，其說云：書中（指《山海經》）序述山水，多參以神怪。（中略）按以耳目所及，百不一眞，諸家並以爲地理書之冠，（中略）實則小說之最古者爾。

《穆天子傳》舊皆入起居注類，徒以編年紀月，敘西遊之事，體近乎起居注耳。實則恍忽無徵，又非《逸周書》之比，以爲古書而存之可也，以爲信史而錄之，則史體雜，史例破矣。今退置於小說家，義求其當，無庸以變古爲嫌也。至於唐之傳奇體記傳，宋以來之諢詞小說，史志皆不取，蓋俱以猥鄙荒誕而見黜也。

神話與傳說（小說史大略二）

凡民族，當草昧之時，皆有神話。神話言天地之所由創成與神祇之情狀，即原始宗教信仰矣。而天地創成，則爲神話之根基。天地混沌如雞子，盤古生其（中），萬八千歲。天地開闢，陽清爲天，陰濁爲地，盤古在其中，一日九變，神於天，聖於地。天日高一丈，地日厚一丈，盤古日長一丈，如此萬八千歲，天數極高，地數極深，盤古極長。後乃有三皇。（《藝文類聚》一引徐整《三五曆紀》）

天地，亦物也。物有不足，故昔者女媧氏煉五色石以補其闕，斷鼇之足以立四極。其後共工氏與顓頊爭爲帝，怒而觸不周之山，折天柱，絕地維，故天傾西北，日月星辰就焉；地不滿東南，故百川水潦歸焉。（《列子．湯問》）神話稍演進，乃漸近於人間，謂之傳說。傳說或言神性之人，或言英雄殊異之事。堯之時，十日並出，草木焦枯。堯命羿仰射十日，中其九，鳥皆死，墮羽翼。（《淮南子》）

羿請不死之藥於西王母，姮娥竊之奔月宮。（同上）

昔堯殛鯀於羽山，其神化爲黃熊，以入於羽淵。（《春秋．左氏傳》）

中國之神話與傳說，散見於古籍，而《山海經》中特多。《山海經》今所傳者十八卷，記山川異物及祭祀所宜，實古巫書也，然秦漢人亦有增益。其最廣知於世者，爲崑崙與西王母。

崑崙之丘，是實惟帝之下都，神陸吾司之，其神狀虎身而九尾，人面而虎爪。是神也，司天之九部及帝之囿時。（〈西山經〉）

玉山，是西王母所居也。西王母其狀如人，豹尾虎齒而善嘯，蓬發戴勝，是司天之厲及五殘。（同上）

洞庭之山，……帝之二女居之，是常游於江淵，澧沅之風，交瀟湘之淵。是在九江之間，出入必以飄風暴雨。（〈中山經〉）

崑崙之墟方八百里，高萬仞；上有木禾，長五尋，大五圍，面有九井，以玉爲檻；面有九門，門有開明獸守

之。百神之所在。在八隅之岩，赤水之際，非仁羿莫能上。（〈海內西經〉）

西王母梯幾而戴勝杖，其南有三青鳥，爲西王母取食，在崑崙墟北。（〈海內北經〉）

大荒之中有山，名曰豐沮玉門，日月所入。有靈山，巫咸、巫即、巫肦、巫彭、巫姑、巫眞、巫禮、巫抵、巫謝、巫羅，十巫從此升降，百藥爰在。（〈大荒西經〉）

西海之南，流沙之濱，赤水之後，黑水之前，有大山，名曰崑崙之丘。有神人面虎身有尾皆白處之。其下有弱水之淵環之。其外有炎火之山，投物輒然。有人戴勝虎齒，有豹尾，穴處，名曰西王母。此山萬物盡有。（同上）

西南海之外，赤水之南，流沙之西，有人珥兩青蛇，乘兩龍，名曰夏後開。開上三嬪於天，得〈九辯〉與《九歌》以下。（同上）晉太康二年，汲縣民不准盜發魏襄王塚，得竹書《穆天子傳》五篇，又雜書十九篇。《穆天子傳》今存，凡六卷；前五卷，記周穆王駕六駿而西征之事，後一卷記盛姬卒於塗次以至反葬，蓋雜書之一也。傳亦言見西王母。吉日甲子，天子賓於西王母，乃執白圭玄璧以見西王母。好獻錦組百純，□組三百純，西王母再拜受之。□乙丑。天子觴西王母於瑤池之上。西王母爲天子謠，曰：「白雲在天，山自出，道里悠遠，山川間之，將子無死，尚能複來。」天子答之曰：「予歸東土，和治諸夏，萬民平均，吾願見汝，比及三年，將複而野。」天子遂驅升於弇山，乃紀丌跡於弇山之石，而樹之槐，眉曰西王母之山。（卷三）

有虎在乎葭中。天子將至。七萃之士高奔戎請生捕虎，必全之，乃生捕虎而獻之。天子命之爲柙而畜之東虞，是爲虎牢。天子賜奔戎畋馬十駟，歸之太牢，奔戎再拜首。（卷五）《周書》雖爲虞初小說所本，而今本《逸周書》中，惟〈克殷〉〈世俘〉〈王會〉〈太子晉〉四篇，記述頗近誇飾，類於傳說。汲塚所出周雜書，惟〈呂望表〉引數句，甚似小說，然他文佚散，無以定之。文王夢天帝服玄禳以立於令狐之津。帝曰，「昌，賜汝望。」文王再拜稽首，太公於後亦再拜稽首。文王夢之之夜，太公夢之亦然。其後文王見太公而之曰，「而名爲望乎？」答曰，「唯，（義按以上二十二字，原脫，據《史略》補。）爲望。」文王曰，「吾如有所見於汝。」太公言其年月與其日，且盡道其言，「臣以此得見也。」文王曰，「有之，有之。」遂與之歸，以爲卿士。（晉立

〈太公呂望表〉石刻，以東魏立〈呂望表〉補。）屈原〈天問〉中，亦多神話傳說。「夜光何德，死則又育？厥利惟何，而顧菟在腹？」「鯀何所（「所」字原脫，據《史略》補）營？禹何所成？康回憑怒，地何故以東南傾？」「崑崙縣圃，其尻安在？增城九重，其高幾里？」「鯪魚何所？鬿堆焉處？羿焉彃日？烏焉解羽？」「啟棘賓商，九辯九歌，何勤子屠母，而死分竟地？」王逸曰：「屈原放逐，彷徨山澤，見楚有先王之廟及公卿祠堂，圖畫天地山川神靈琦瑋譎佹及古聖賢怪物行事，……因書其壁，何而問之。」是知傳說不特流傳人口，且用以為文飾矣。其流風至漢不絕，墟墓間猶有神祇怪物之圖。晉得汲塚書，郭璞注其《穆天子傳》，又注《山海經》作贊，然則知神異之說，亦甚風行。然自古以來，終無薈萃為巨作，如希臘史詩者。

故中國之神話與傳說，至今僅有叢殘之文。說者謂此其故有二：一、華夏之民，先居黃河流域，頗乏天惠，其生也勤，故重實際而非玄想，不能集古傳以成大文；二、孔子出，以修身齊家治國等實用為教，不欲言鬼神，太古荒唐之說，俱為儒者所不道，故其後不特無所光大，而又有散亡。

然按其實，或當在神鬼之不別。天神地祇人鬼，古者雖若有辨，而人鬼亦能為神祇。人神淆雜，則原始信仰無由蛻盡，原始信仰存，則類於傳說之言，日出而不已，而舊有者於是如故，亦於是散亡。吳王夫差殺伍子胥，煮之於鑊，盛以囊投之江，子胥恚恨，臨水為濤溺殺人。（《論衡》）

蔣子文，廣陵人也，嗜酒好色，佻撻無度；常自謂骨青，死當為神。漢末為秣陵尉，逐賊至鍾山下，賊擊傷額，因解綬縛之，有頃遂死。及吳先主之初，其故吏見文於道……謂曰：「我當為此土地神，以福爾下民，爾可宣告百姓，為我立廟；不爾，將有大咎。」是歲夏，大疫，百姓輒相恐動，頗有竊祠之者也。（《搜神記》）

世有紫姑神，古來相傳，云是人家妾，為大婦所嫉，每以穢事相次役，正月十五日感激而死。故世人以其日作其形，夜於廁間或豬欄邊迎之。（《異苑》）

漢藝文志所錄小說（小說史大略三）

《漢志》所錄小說十五家，依名推案，假託古人者七，記事者二，皆不言何時作，明著漢代者四家，《未央術》與《百家》雖亦不云何時人作，而依其次第，當爲漢人。

《漢志》道家有《伊尹》五十一篇，今佚。《伊尹說》無遺文。《呂氏春秋．本味篇》述伊尹以至味說湯，語頗淺薄，或出於小說。

《漢志》道家有《鬻子》二十一篇，今僅存一卷，從《群書治要》寫出也。他書所引逸文，有一事與今本《鬻子》頗不類，或非道家書。武王率兵車以伐紂，紂虎旅百萬，陣於商郊，起自黃鳥，至於赤斧，走如疾風，聲如振霆。三軍之士，靡不失色。武王乃命太公把白旄以麾之，紂軍反走。（《文選》李善注及《太平御覽》三百一）青史子不知何時人，其書在隋已佚。《史通》云「《青史》由綴於街談」者，蓋意測也。遺文今存三事。古者胎教，王后腹之七月而就宴室，太史持銅而禦戶左，太宰持門而禦戶右，太卜持蓍龜而禦堂下，諸官皆以其職禦於門內。……太子生而泣，太史吹銅曰：「聲中某律。」太宰曰：「滋味上某。」太卜曰：「命雲某。」然後爲王太子懸弧之禮義。……（《大戴禮記．保付篇》，《賈誼新書．胎教十事》）

古者年八歲而出就外傅（舍），……束髮而就大學，……居則習禮文，行則鳴佩玉，升車則聞和鸞之聲，是以非僻之心無自入也。……（《大戴禮記．保付篇》）

雞者，東方之牲（畜）也，歲終更始，辨秩東作，萬物觸戶而出，故以雞祀祭也。（《風俗通義》八）《虞初周說》幾及千篇，而今皆不傳。晉唐人書引《周書》者，有三事與今《逸周書》不類，朱右曾疑是《虞初說》。山，神蓐收居之。是山也，西望日之所入，其氣圓，神經光之所司也。（《太平御覽》三）

天狗所止地盡傾，餘光燭天爲流星，長十數丈，其疾如風，其聲如雷，其光如電。（《山海經》注十六）

穆王田，有黑鳥若鳩，翩飛而跱於衡，禦者斃之以策，馬佚，不克止之，蹶於乘，傷帝左股。（《文選》李善注十四）其他皆不可考。唯宋子名鈃，亦見《莊子》，《孟子》作宋，《荀子》引子宋子曰：「明見侮之不辱，使人不鬥」，則「黃老意」也。

《隋志》之《燕丹子》今尚存。雖不見於《漢志》，而審其文詞，當是漢以前書。其書三篇，記太子丹質於秦以至荊軻刺秦王不中而止。孫星衍以爲略與《左氏》、《國策》相似，學在從橫小說之間也。燕太子丹質於秦，秦王遇之無禮，欲求歸，秦王不聽，繆言：「令烏白頭，馬生角，乃可許耳。」丹仰天歎，烏即白頭，馬生角。秦王不得已而遣之，爲機發之橋，欲陷丹，丹過之，橋爲不發，夜到關，關門未開，丹爲雞鳴，眾雞皆鳴，遂得逃歸。……

暨樊將軍得罪於秦，秦求之急，乃來歸太子。太子爲置酒華陽之台，酒中，太子出美人能琴者，軻曰：「好手，琴者。」太子即進之。軻曰：「但愛其手耳。」太子即斷其手，盛於玉槃奉之。……

秦王發圖，圖窮而匕首出，軻左手把秦王袖，右手椹其胸，數之曰：「足下負燕日久」云云。秦王曰：「今日之事，從子計耳，乞聽琴聲而死。」召姬人鼓琴，琴聲曰：「羅縠單衣，可掣而絕；八尺屏風，可超而越；鹿盧之劍，可負而拔。」軻不解音，秦王從琴聲，負劍拔之，於是奮袖超屏風而走。軻拔匕首擿之，決秦王耳；入銅柱，火出然。秦王還斷軻兩手，軻因倚柱而笑，箕踞而罵，曰：「吾坐輕易，爲豎子所欺，燕國之不報，我事之不立哉！」

今所見漢小說（小說史大略四）

今所謂漢人小說中，稱東方朔撰者二。

（一）《神異經》一卷，大略仿《山海經》，惟略於山川道里而詳於異物，間有嘲諷之辭。其文有重複者，蓋嘗散佚，後人抄類書複作之。南方有之林，其高百丈，圍三尺八寸，促節，多汁，甜如蜜。咋齧其汁，令人潤澤，可以節蚘蟲。人腹中蚘蟲，其狀如蚓，此消穀蟲也，多則傷人，少則穀不消。是甘蔗能滅多益少，凡蔗亦然。（〈南荒經〉）

西南荒中出訛獸，其狀若菟，人面能言，常欺人，言東而西，言惡而善。其肉美，食之，言不眞矣。（言食其肉，則其人言不誠。）一名誕。（〈西南荒經〉）

西北有獸焉，狀似虎，有翼能飛，便剿食人，知人言語，聞人鬥輒食直者；聞人忠信輒食其鼻；聞人惡逆不善輒殺獸往饋之，名曰窮奇，亦食諸禽獸也。（〈西北荒經〉）

崑崙之山有銅柱焉，其高入天，所謂天柱也，圍三千里，周圓如削。下有回屋，方百丈，仙人九府治之。上有大鳥，名曰稀有，南向，張左翼覆東王公，右翼覆西王母；背上小處無羽，一萬九千里，西王母歲登翼上，會東王公也。（〈中荒經〉）

（二）《十洲記》一卷，記漢武帝聞祖洲、瀛洲、玄洲、炎洲、長洲、元洲、流洲、生洲、鳳麟洲、聚窟洲等十洲於西王母，乃延東方朔問其所在及所有之物名，亦頗仿《山海經》。玄洲在北海之中，戌亥之地，方七千二百里，去南岸三十六萬里。上有太玄都，仙伯眞公所治。多丘山，又有風山，聲響如雷電，對天西北門。上多太玄仙官宮室，宮室各異。饒金芝玉草。乃是三天君下治之處，甚肅肅也。

征和三年，武帝幸安定。西胡月支獻香四兩，大如雀卵，黑如桑椹。帝以香非中國所有，以付外庫。……到後元元年，長安城內病者數百，亡者大半。帝試取月支神香燒之於城內，其死未三月者皆活，芳氣經三月不歇，於是信知其神物也，乃更秘錄餘香，後一旦又失之。……明年，帝崩於五柞宮，已亡月支國人鳥山震檀卻死等香也。向使厚待使者，帝崩之時，何緣不得靈香之用耶？自合殞命矣！《漢書．朔傳》贊云，「朔之詼諧逢占射覆，其事浮淺，行於眾庶，兒童牧豎，莫不眩耀，而後世好事者因取奇言怪語附著之朔。」則漢世於朔，已多附會之談。二書文詞華麗，蓋出僞託，而《隋志》已著錄，齊梁文人亦引爲故實。則造作當在晉宋時。《神異經》雖多神仙家言，然文思較深茂，或是文人所爲。《十洲記》淺薄，觀其記月支反生香，及篇首云：「方朔云：臣，學仙者也，非得道之人，以國家之盛美，將招名儒墨於文教之內，抑絕俗之道於虛詭之跡，臣故韜隱逸而赴王庭，藏養生而侍朱闕。」則方士藉以震眩流俗，且自解嘲之作而已。稱班固撰者二：

（一）《漢武帝故事》一卷，記孝武生於猗蘭殿至崩葬茂陵雜事，且下及成帝時。時有神仙怪異之言。《隋志》著錄二卷，不云班固作，晁公武《郡齋讀書志》說：「唐張柬之書《洞冥記》後云，《漢武故事》，王儉造也。」帝以乙酉年七月七日生於猗蘭殿，年四歲，立爲膠東王。數歲，長公主抱置膝上，問曰：「兒欲得婦不？」膠東王曰：「欲得婦。」長主指左右長御百餘人，皆云不用。末指其女問曰：「阿嬌好不？」於是乃笑對曰：「好。若得阿嬌，當做金屋貯之也。」長主大悅，乃苦要上，遂成婚焉。

上嘗輦至郎署，見一老翁，鬚鬢皓白，衣服不整。上問曰：「公何時爲郎？何其老也？」對曰：「臣姓顏名駟，江都人也，以文帝時爲郎。」上問曰：「何其老而不遇也？」駟曰：「文帝好文而臣好武，景帝好老而臣尚少，陛下好少而臣已老：是以三世不遇。」上感其言，擢拜會稽都尉。

七月七日，上於承華殿齋，日正中，忽見有青鳥從西方來。上問東方朔，朔列曰：「西王母暮必降尊像上。」……是夜漏七刻，空中無雲，隱如雷聲，竟天紫色。有頃，王母至，乘紫車，玉女夾馭；戴七勝；青氣如雲；有二青鳥，夾侍母旁。下車，上迎拜，延母坐，請不死之藥。母曰：「……帝滯情不遣，欲心尚多，不死之藥，未可致也。」因出桃七枚，母自噉二枚，與帝五枚。帝留核著前。王母問曰：「用此何爲？」上曰：「此桃美，欲種之。」母笑（曰）：「此桃三千年一著子，非下土植也。」留至五更，談語世事而不肯言鬼神，肅然便去。東方朔於朱鳥牖中窺母。母曰：「此兒好作罪過，疏妄無賴，久被斥退，不得還天，然原心無惡，尋當（得）還，帝善遇之！」母既去，上惆悵良久。

（二）《漢武帝內傳》一卷，亦記孝武初生至崩葬事，而於王母降特詳。文辭雖繁麗而淺薄，事則本《十洲記》及《漢武故事》，可知造作更在二書之後矣。到夜二更之後，忽見西南如白雲起，鬱然直來，逕趨宮庭，須臾轉近。聞雲中簫鼓之聲，人馬之響。半食頃，王母至也。縣投殿前，有似鳥集，或駕龍虎，或乘白麟，或乘白鶴，或乘軒車，或乘天馬，群仙數千，光耀庭宇。既至，從官不復知所在，唯見王母乘紫雲之輦，駕九色斑龍。別有五十天仙，……咸住殿下。王母唯扶二侍女上殿。侍女年可十六七，服青綾之褂，容眸流盼，神姿清發，眞美人也！王母上殿，東向坐，著黃金褡，文采鮮明，光儀淑穆，帶靈飛大綬，腰佩分景之劍，頭上太華髻，戴太眞晨嬰之冠，履玄璚鳳文之舄，視之可年三十許，修短得中，天姿掩藹，容顏絕世，眞靈人也！

王母自設天廚，珍妙非常，豐珍上果，芳華百味，紫芝萎蕤，芬芳塡樏。清香之酒，非地上所有，香氣殊絕，帝不能名也。……酒觴數遍，王母乃命諸侍女王子登彈八琅之璈，又命侍女董雙成吹雲和之笙，石公子擊昆庭之金，許飛瓊鼓震靈之簧，婉淩華拊五靈之石，范成君擊湘陰之磬，段安香作九天之鈞，於是衆聲澈朗，靈音駭空，又命法嬰歌玄靈之曲。（《太平廣記》卷三所引）宋時，雖云《漢武故事》「世言班固造。」（晁氏說）而《內傳》尚不題撰人。至明始並稱班固作，蓋以固名重，因依託之。

又有《漢武洞冥記》四卷，題後漢郭憲撰。全書六十則，皆言神仙道術及遠方珍異之事。黃安，代郡人也，爲代郡卒，……常服朱砂，舉體皆赤，冬不著裘，坐一神龜，廣二尺。人問：「子坐此龜幾年矣？」對曰：「昔伏羲始造網罟，獲此龜以授吾；吾坐龜背已平矣。此蟲畏日月之光，二千歲即一出頭，吾坐此龜，已見五出頭矣。」……（卷二）

天漢二年，帝升蒼龍閣，思仙術，召諸方士言遠國遐方之事，唯東方朔下席操筆跪而進。帝曰：「大夫爲朕言乎？」朔曰：「臣遊北極，至種火之山，日月所不照，有青龍銜燭火以照山之四極。亦有園圃池苑，皆植異木異草；有明莖草，夜如金燈，折枝爲炬，照見鬼物之形。仙人甯封常服此草，於夜暝時，轉見腹光通外，亦名洞冥草。」帝令銼此草爲泥，以塗雲明之館，夜坐此館，不加燈燭；亦名照魅草；以藉足，履水不沉。（卷三）其所以名《洞冥記》者，序云：漢武帝明俊特異之主，東方朔因滑稽以匡諫，洞心於道教，使冥跡之奧，昭然顯著。今籍舊史之所不載者，聊以聞見，撰《洞冥記》四卷，成一家之書，庶明博君子，該而異焉。此書稱郭憲作，始於宋人《目錄》，《舊唐書》亦然，則所據之《古今書錄》亦如此。然《隋志》但云郭氏，無名。六朝人虛造神仙家書，每好稱郭氏，殆以影射郭璞，故有《郭氏洞冥記》、有《郭氏玄中記》。《玄中記》今佚。審其遺文，亦與《神異經》相類。

葛洪〈抱朴子．內篇三〉云：故太丘長穎川陳仲弓，篤論士也，撰《異聞記》云，郡人張廣定者，遭亂避地，有女年四歲，不能步涉。……村口有古大塚，先有穿穴，以器盛縋之下，此女於塚中以數月許，乾飯及水漿與之而舍去。候世平定，其間三年，廣定得還鄉里。……往視女，故坐塚中，見其父母，猶識之，喜甚。而父母初疑其鬼也，入就之，乃知不死。問從何得食？女言，「糧初盡時，甚饑，見塚角有一物，伸頸呑氣，試效之，轉不復饑，日月爲之，以至於今。」……廣定索女所言物，乃是一大龜耳。女出食穀，初小腹痛，嘔逆，久許乃習。陳實未聞撰《異聞記》，此一則又甚似方士常談，疑亦假託。葛洪雖去漢未遠，而溺於神仙，故其言亦不足據。至於雜載人間瑣事者，有《西京雜記》，本二卷，今六卷者，宋人所分析也。末有葛洪跋，言「其家有劉歆《漢書》一百卷，考校班固所作，殆是全取劉氏，小有異同，固所不取，不過二萬許言。今鈔出爲二卷，以補《漢書》之闕。」然《隋志》尚不著撰人，至《舊唐書》始云葛洪撰，則此跋或是唐時增益？書之所記，如黃省曾序言：「大約有四：則猥瑣可略，閑漫無歸，與夫杳昧而難憑，觸忌而須諱者。」然文筆可觀，段成式《酉陽雜俎．語資篇》云：「庾信作詩，用《西京雜記》事，旋自追改曰，『此吳均語，恐不足用。』」雖無顯證，終爲近似矣。司馬相如初與卓文君還成都，居貧愁懣，以所著鷫鸘裘就市人陽昌貰酒，與文君爲歡。既而文君抱頸而泣曰：「我平生富足，今乃以衣裘貰酒！」遂相與謀，於成都賣酒。相如親著犢鼻褌滌器，以恥王孫。王孫果以爲病，乃厚給文君，文君遂爲富人。文君姣好，眉色如望遠山，臉際常若芙蓉，肌膚柔滑如脂，十七而寡，爲人放誕風流，故悅長卿之才而越禮焉。……

郭威，字文偉，茂陵人也，好讀書，以謂《爾雅》周公所制，而《爾雅》有「張仲孝友」，張仲，宣王時人，非周公之制明矣。余嘗以問楊子雲，楊子雲曰：「孔子門徒游夏之儔所記，以解釋六藝者也。」家君以爲《外戚傳》稱「史佚教其子以《爾雅》」，《爾雅》，小學也。又記言「孔子教魯哀公學《爾雅》」，《爾雅》之出遠矣，舊傳學者皆云周公所記也，「張仲孝友」之類，後人所足耳。

尉陁獻高祖鮫魚荔枝，高祖報以蒲桃錦四匹。

枚皐文章敏疾，長卿製作淹遲，皆盡一時之譽，而長卿首尾溫麗，枚皐時有累句，故知疾行無善跡矣。楊子雲曰，「軍旅之際，戎馬之間，飛書馳檄用枚皐；廊廟之下，朝廷之中，高文典冊用相如。」又有《飛燕外傳》一卷，記飛燕姊妹故事，題「漢伶玄撰」，似唐人所爲。有漢《雜事秘辛》一卷，記漢桓帝懿德後被選及冊立事。楊愼序云：「得於安寧土知州萬氏。」沈德符云：「即愼所僞作也。」

六朝之鬼神志怪書（上）（小說史大略五）

秦漢以來，神仙之說本盛行，漢末又大行鬼道，而小乘佛教亦流入中國，日益興盛。凡此，皆張惶鬼神，稱述怪異，故漢以後多鬼神志怪之書。

《隋志》有《列異傳》三卷，魏文帝撰，今佚。歷來文籍頗多稱引，故猶得見其遺文，正如《隋志》所言，「以序鬼物奇怪之事」者也。惟中有甘露年間事，在文帝後，或後人有增益，或撰人是假託，皆不可知。新舊《唐志》皆以爲張華撰，亦別無顯證，然裴松之《三國志注》，酈道元《水經注》皆已引用，則爲魏晉人作無疑也。黃帝葬橋山，山崩無屍，惟劍存。（《太平御覽》六百九十七）

南陽宗定伯年少時，夜行逢鬼，問曰：「誰？」鬼曰：「鬼也。」鬼曰：「卿複誰？」定伯欺之，言「我亦鬼也」。鬼問：「欲至何所？」答曰：「欲至宛市。」鬼言「我亦欲至宛市」。共行數里，鬼言「步行大亟，可共迭相擔也」。定伯曰：「大善。」鬼便先擔定伯數里，鬼言：「卿大重，將非鬼也？」定伯言：「我新死，故重耳。」定伯因複擔鬼，鬼略無重。如是再三。定伯複言：「我新死，不知鬼悉何所畏忌？」鬼曰：「唯不喜人唾。」……行欲至宛市，定伯便擔鬼至頭上，急持之。鬼大呼，聲咋咋索下。不復聽之，徑至宛市中，著地化爲一羊。便賣之。恐其便化，乃唾之，得錢千五百。（《太平御覽》八百八十四、《法苑珠林》六、《太平廣記》三百二十一）

神仙麻姑降東陽蔡經家，手爪長四寸。經意曰：「此女子實好佳手，願得以搔背。」麻姑大怒。忽見經（意）頓地，兩目流血。（《太平御覽》三百七十）

武昌新縣北山上有望夫石，狀若人立者。（相）傳云，昔有貞婦，其夫從役，遠赴國難，婦攜幼子，餞送此山，立望而形化爲石。（《太平御覽》八百八十八）張華在晉世有博聞多識之稱，嘗「捃採天下遺逸，自書契之始，考驗神怪，及世間閭里所說，造《博物志》四百卷，奏於武帝」，（王嘉《拾遺記》卷九說）帝令芟截浮疑，分爲十卷。其書今存，記異境奇物及古代瑣聞雜說，頗蕪陋，蓋由後人綴輯，非其原書。今所存漢至隋小說，大抵此類。

新蔡干寶字令升，元帝時，以著作郎領國史，遷散騎侍郎。寶撰《晉記》，又嘗感於其父婢死而再生之事，遂撰集古今靈異神祇人物變化之事，作《搜神記》，以「發明神道之不誣」。（自序中語）今存二十卷，亦非原本，怪異變化之外，亦記神仙五行，又偶有釋氏說。崔文子者，泰山人也，學仙於王子喬。喬化爲白而持藥與文子。文子驚怪，引戈擊，中之，因墮其藥。俯而視之，王子喬之屍也。置之室中，覆以敝筐，須臾化爲大鳥，開而視之，翻然飛去。（卷一）

漢下邳周式，嘗至東海，道逢一吏，持一卷書，求寄載。行十餘里，謂式曰：「吾暫有所過，留書寄君船中，愼勿發之！」去後，式盜發視，書皆諸死人錄，下條有式名。須臾吏還，式猶視書。吏怒曰：「故以相告，而忽視之！」式叩頭流血，良久，吏曰：「感卿遠相載，此書不可除卿名，今日已去，還家三年勿出門，可得度也。勿道見吾書！」式還，不出已二年餘，家皆怪之。鄰人猝亡，父怒，使往吊之，式不得已，適出門，便見此吏。吏曰：「吾令汝三年勿出，而今出門，知複奈何？吾求不見，連累爲鞭杖；今已見汝，可複奈何？後三日之中，當相取也。」……至三日日中，果見來取，便死。（卷五）

夏陽盧汾，字士濟，夢入蟻穴，見堂宇三間，勢甚危豁，題其額曰「審雨堂」。（卷十）

阮瞻字千里，素執無鬼論，物莫能難，每自謂此理足以辨證幽明。忽有客通名詣瞻，寒溫畢，聊談名理，客甚有才辨，瞻與之言良久，及鬼神之事，反覆甚苦，客遂屈，乃作色曰：「鬼神古今聖賢所共傳，君何得獨言無？即僕便是鬼！」於是變爲異形，須臾消滅。瞻默然，意色大惡，歲餘而卒。（卷十六）

焦湖廟有一玉枕，枕有小坼。時單父縣人楊林爲賈客，至廟祈求，廟巫謂曰：「君欲好婚否？」林曰：「幸甚。」巫即遣林近枕邊，因入坼中，遂見朱樓瓊室。有趙太尉在其中，即嫁女與林，生六子，皆爲秘書郎。歷數十年，並無思歸之志，忽如夢覺，猶在枕傍，林愴然久之。（《太平寰宇記》一百二十六引，今本無）續干寶書者，有《搜神後記》十卷。題陶潛撰，蓋託名。皆述異事，如前記，今存。干寶字令升，其先新蔡人。父瑩，有嬖妾。母至妒，寶父葬時，因生推婢著藏中，寶兄弟年小，不之審也。經十年而母喪，開墓，見其妾伏棺上，衣服如生，就視猶暖，輿還家，終日而蘇，……數年後方卒。（卷四）

晉中興後，譙郡周子文家在晉陵，少時喜射獵。常入山，忽山岫間有一人長五六丈，手捉弓箭，箭鏑頭廣二尺許，白如霜雪，忽出聲喚曰：「阿鼠。」（子文小字）子文不覺應曰：「喏。」此人便牽弓滿鏑向子文，子文便失魂厭伏。（卷七）晉時，又有荀氏作《靈鬼志》，西戎主簿戴祚作《甄異傳》，祖沖之作《述異記》，（今有梁任昉《述異記》二卷，是唐宋間人僞作。）祖台之作《志怪》，此外作志怪者尚多，有孔氏、殖氏、曹毗等，今俱佚，遺文間有存者。

宋時，彭城劉敬叔作《異苑》，今存者十卷，亦非原書。吳郡岑淵，爲吳郡時，大司農卿碑注在江東湖西。太元中，村人見龜載從田中出，還其先處，萍藻猶著腹下。（卷八）

義熙中，東海徐氏婢蘭忽患羸黃，而拂拭異常。共伺察之，見掃帚從壁角來趨婢床，乃取而焚之，婢即平復。（同上）

晉太元十九年，鄱陽桓闡殺犬祭鄉里綏山，煮肉不熟，神怒，即下教於巫曰：「桓闡以肉生貽我，當謫令自食也。」其年忽變作虎，作虎之始，見人以斑皮衣之，即能跳躍噬逐。（同上）

東莞劉邕性嗜食瘡痂，以爲味似鰒魚。嘗詣孟靈休，靈休先患灸瘡，痂落在床，邕取食之，靈休大驚，痂未落者悉褫取飴邕。南康國吏二百許人，不問有罪無罪，遞與鞭，瘡痂落，常以給膳。（卷十）臨川王劉義慶多所著述，有《幽明錄》三十卷，見《隋志》。其書今雖不存，而見引甚多，似皆集錄他人撰述，非自造也。唐時嘗盛行，劉知幾謂《晉書》多取之。

宋散騎侍郎東陽無疑有《齊諧記》七卷，見《隋志》，今佚。梁吳均作《續齊諧記》一卷，今尚存，然亦非原本。其文婉曲可觀，唐宋文人，多引爲典據，陽羨鵝籠之記，尤其奇詭者也。陽羨許彥於綏安山行，遇一書生，年十七八，臥路側，云腳痛，求寄鵝籠中。彥以爲戲言，書生便入籠，籠亦不更廣，書生亦不更小，宛然與雙鵝並坐，鵝亦不驚。彥負籠而去，都不覺重。前行息樹下。書生乃出籠謂彥曰：「欲爲君薄設。」彥曰：「善。」乃口中吐出一銅奩子，奩子中有諸饌。……酒數行，謂彥曰：「向將一婦人自隨。今欲暫邀之。」彥曰：「善。」又於口中吐一女子，年可十五六，衣服綺麗，容貌殊絕，共坐宴。俄而書生醉臥，此女謂彥曰：「雖與書生結妻，而實懷怨，向亦竊得一男子同行，書生既眠，暫喚之，君幸勿言。」彥曰：「善」。女子於口中吐出一男子，年可二十三四，亦穎悟可愛，乃與彥敘寒溫。書生臥欲覺，女子口吐一錦行障遮書生，書生乃留女子共臥。男子謂彥曰：「此女雖有心，情亦不盡，向復竊得一女同行，今欲暫見之，願君勿泄。」彥曰：「善。」男子又於口中吐一婦人，年可二十許，共酌，戲談甚久，聞書生動聲，男子曰：「二人眠已覺。」因取所吐女人，還納口中。須臾，書生處女乃出謂彥曰：「書生欲起。」乃吞向男子，獨對彥坐。然後書生起謂彥曰：「暫眠遂久，君獨坐，當悒悒耶？日又晚，當與君別。」遂吞其女子，諸器皿悉納口中，留大銅盤可二尺廣，與彥別曰：「無以藉君，與君相憶也。」彥大元中爲蘭台令史，以盤餉侍中張散，散看其銘題，云是永平三年作。段成式《酉陽雜俎》云「釋氏《譬喻經》云，昔梵志作術，吐出一壺，中有女子與屏，處作家室。梵志少息，女復作術，吐出一壺，中有男子與屏，處作家室。梵志少息，女復作術，吐出一壺，中有男子，復與共臥。梵志覺，次第互吞之，柱杖而去。余以吳均嘗覽此事，訝其說以爲至怪也。」（續集卷三〈貶誤篇〉）然荀氏《靈鬼志》，亦記此事。大略相同，知天竺故事，當時流行世間，多影響於著作矣。太元十二年，有道人外國來，能吞刀吐火，吐珠玉金銀，自說其所受師，即白衣，非沙門也。嘗行，見一人擔擔，上有小籠子，可受升餘，語擔人云：「吾步行疲極，欲寄君擔。」擔人甚怪之，慮是狂人，便語之云：「自可耳」……即入籠中，籠不更大，其人亦不更小，擔之亦不覺重於先。既行數十里，樹下住食，擔人呼共食，云：「我自有食，」不肯出。……食未半，語擔人「我欲與婦共食」，即復口吐出女子，年二十許，衣裳容貌甚美，二人便共食。食欲竟，其夫便臥；婦語擔人，「我有外夫，欲來共食，夫覺，君勿道之。」婦便口中出一年少丈夫，共食。籠中便有三人，寬急之事，亦複不異。有頃，其夫動，如欲覺，婦便以外夫內口中。夫起，語擔人曰：「可去！」即以婦內口中，次及食器物。……（《法苑珠林》六十一卷引）

六朝之鬼神志怪書（下）（小說史大略六）

稱述神異之書，出於方士者，如《十洲記》、《漢武帝內傳》，雖依託古人，不署傳者，而文不逮志，僞跡彰著，已具示第四篇，餘多散亡不可考。惟群（按當作類）書間，有引《神異記》者，爲晉道士王浮所作。浮，晉人，即與帛遠抗論屢屈，遂改換〈西域傳〉造〈明威化胡經〉者也。記有云：陳敏，孫皓之世爲江夏太守，自建業赴職，聞宮亭廟驗（言靈驗），過乞在任安穩，當上銀杖一枚。年限既滿，作杖擬以還廟，捶鐵以爲幹，以銀塗之。尋征爲散騎常侍，往宮亭，送杖於廟中訖，即進路。日晚，降神巫宣教曰：「陳敏許我銀杖，今以塗杖見與，便投水中，當送以還之。欺蔑之罪，不可容也！」於是取銀杖看之，剖視中見鐵幹，乃置之湖中。杖浮在水上，其疾如飛，遙到敏舫前，敏舟遂覆也。（《太平御覽》七百十）

丹丘出大茗，服之生羽翼。（《事類賦》注十六）苻秦時有方士，隴西安陽人王嘉字子年，作《拾遺記》十九卷，二百二十篇，後遂散佚。梁蕭綺搜檢殘遺合爲十卷，間加論釋，謂之錄焉，今尚存。綺序云：「文起羲炎已來，事訖西晉之末。」然前九卷，起庖犧而實及東晉，末一卷則記崑崙等九仙山，與序稍不同。其文雖靡麗可觀，而事率誇誕無實，錄亦附會，僅助波瀾，漢世《虞初周說》等敘述古事之書，今雖不存，以此度之，殆亦類是而已。少昊以金德王，母曰皇娥，處璿宮而夜織，或乘桴木而晝遊，經歷窮桑滄茫之浦。時有神童，容貌絕俗，稱爲白帝之子，即太白之精，降乎水際，與皇娥宴戲，奏便娟之樂，遊漾忘歸。窮桑者，西海之濱，有孤桑之樹，直上千尋，葉紅椹紫，萬歲一實，食之後天而老。……帝子與皇娥並坐，撫桐峰梓瑟，皇娥倚瑟而清歌曰，「天清地曠浩茫茫，萬象回薄化無方，浛天蕩蕩望滄滄，乘桴輕漾著日傍，當其何所至窮桑，心知和樂悅未央。」俗謂遊樂之處爲桑中也，《詩．衛風》云「期我乎桑中」，蓋類此也。……及皇娥生少昊，號曰窮桑氏，亦曰桑丘氏。至六國時，桑丘子著陰陽書，即其餘裔也。……（卷一）

劉向於成帝之末，校書天祿閣，專精覃思。夜，有老人著黃衣，植青藜杖，登閣而進，見向暗中獨坐誦書，老父乃吹杖端，煙燃，因以見向，說開闢已前。向因受五行洪范之文，恐辭說繁廣忘之，乃裂帛及紳，以記其言，至曙而去。向請問姓名，云：「我是太一之精，天帝聞卯金之子有博學者，下而觀焉。」乃出懷中竹牒，有天文地圖之書，「餘略授子焉。」至向子歆，從向授其術。向亦不悟此人焉。（卷六）

洞庭山浮於水上，其下有金堂數百間，玉女居之，四時聞金石絲竹之聲，徹於山頂。楚懷王之時，舉群才賦詩於水湄。……後懷王好進奸雄，群賢逃越。屈原以忠見斥，隱於沅湘，披蓁茹草，混同禽獸，不交世務，採柏實以和桂膏，用養心神，被王逼逐，乃赴清冷之水，楚人思慕，謂之水仙。其神遊於天河，精靈時降湘浦，楚人爲之立祠，漢末猶在。（卷十）釋家輔教之書，《隋志》著錄九家，今惟顏之推《冤魂志》存，餘並佚。遺文之可考見者，有齊王琰《冥祥記》，隋顏之推《集靈記》，侯白《旌異記》三種，多記經像之顯效，明應驗之實有。《冥祥記》在《法苑竹林》及《太平廣記》中所存最多，其記敘亦最詳盡，略引三事，以概其餘。漢明帝夢見神人，形垂二丈，身黃金色，項佩日光。以問群臣，或對曰，「西方有神，其號曰佛，形如陛下所夢，得無是乎？」於是發使天竺，寫致經像。表之中夏，自天子王侯，咸敬事之，聞人死精神不滅，莫不懼然自失。初，使者蔡愔將西域沙門迦葉摩騰等齎優塡王畫釋迦佛像，帝重之，如夢所見也，乃遣畫工圖之數本，於南宮清涼台及高陽門顯節壽陵上供養。又於白馬寺壁畫千乘萬騎繞塔三匝之像，如諸傳備載。（《珠林》十三）

晉謝敷字慶緒，會稽山陰人也。……少有高操，隱於東山，篤信大法，精勤不倦，手寫《首楞嚴經》，當在都白馬寺中，寺爲災火所延，什物餘經，並成煨燼，而此經止燒紙頭界外而已，文字悉存，無所毀失。敷死時，友人疑其得道，及聞此經，彌複驚異。……（《珠林》十八）

晉趙泰字文和，清河貝邱人也。……年三十五時，嘗卒心痛，須臾而死。下屍於地，心暖不已，屈伸隨人。留屍十日，平旦，喉中有聲如雨，俄而蘇活。說初死之時，夢有一人來近心下，複有二人乘黃馬，從者二人，扶泰腋徑將東行，不知可幾里，至一大城，崔嵬高峻，城色青黑。將泰向城（門）入，經兩重門，有瓦屋可數千間，男女大小亦數千人，行列而立。吏著皀衣，有五六人，條疏姓字，云「當以科呈府君」。泰名在三十，須臾，將泰與數千人男女一時俱進。府君西向坐，簡視名簿訖，複遣泰南入黑門。有人著絳衣坐大屋下，以次呼名，問：「生時所事？作何孽罪？行何福善？諦汝等辭，以實言也！此恆遣六部使者常在人間，疏記善惡，具有條狀，不可得虛。」泰答（亦不犯惡云云）乃遣泰爲水官將作……後轉泰水官都督知諸獄事，給泰兵馬，令案行地獄。所至諸獄，楚毒各殊：或針貫其舌，流血竟體；或被頭露發，裸形徒跣，相牽而行，有持大杖，從後催促，鐵床銅柱，燒之洞然，驅迫此人，抱臥其上，赴即焦爛，尋複還生；……或劍樹高廣，不知限量，根莖枝葉，皆劍爲之，人眾相訾，自登自攀，若有欣競，而身首割截，尺寸離斷。泰見祖父母及二弟在此獄中，相見涕泣。泰出獄門，見有二人齎文書，來語獄吏，言有三人，其家爲其於塔寺中懸旛燒香，救解其罪，可出福舍。俄見三人自獄而出，已有自然衣服，完整在身，南詣一門，雲名開光大舍。……泰案（行）畢，還水官處。……主者曰：「卿無罪過，故相使爲水官都督，不爾，與地獄中人無以異也。」泰問主者曰：「人有何行，死得樂報？」主者唯（言）：「奉法弟子精進持戒，得樂報，無有謫罰也。」泰複問曰：「人未事法時所行罪過，事法之後，得以除不？」答曰：「皆除也。」語畢，主者開縢篋檢泰年紀，尚有餘算三十年在，乃遣泰還。……時晉太始五年七月十三日也。……（《珠林》七《廣記》三百七十七）

世說新語與其前後（小說史大略七）

晉人言論，崇尙玄虛，舉止亦貴曠達。渡江而後，此風彌盛。操觚之士，遂有著述，或者掇拾舊聞，或者記敘並世，清言畸行，爲世所賞。最先東晉處士裴啟撰《裴子語林》十卷，今亡。審其遺文，則上起漢代，迄於同時者也。婁護字君卿，歷遊五侯之門，每旦，五侯家各遺餉之，君卿口厭滋味，乃試合五侯所餉之鯖而食，甚美。世所謂「五侯鯖」，君卿所致。（《廣記》二百三十四）

魏武云：「我眠中不可妄近，近輒斫人不覺。左右宜愼之！」後乃陽凍眠，所幸小兒竊以被覆之，因便斫殺，自爾莫敢近。（《御覽》七百七）

鍾士季嘗向人道：「吾年少時一紙書，人云是阮步兵書，皆字字生義，既知是吾，不復道也。」（《續談助》四）

祖士言與鍾雅語相調，鍾語祖曰：「我汝潁之士利如錐，卿燕代之士鈍如槌。」祖曰：「以我鈍槌，打爾利錐。」鍾曰：「自有神錐，不可得打。」祖曰：「既有神錐，必有神槌。」鍾遂屈。（《御覽》四百六十六）

王子猷嘗暫寄人空宅住，使令種竹。或問暫住何煩爾？嘯詠良久，直指竹曰：「何可一日無此君。」（《御覽》三百八十九）

晉又有《郭子》三卷，中郎郭澄之撰，賈泉注，今亦亡。審其遺文，蓋與《語林》相類。宋臨川王劉義慶，夙好文翰，多所述作，有《世說新書》八卷，今存者三卷，分三十八門，上起後漢，下逮東晉，皆名雋之言，奇特之行，足資談助者。然間或與裴郭二家書所記相同，蓋亦採拾故書，排比而成者也。梁劉孝標作注，徵引浩博，而所引群籍，今多不存，故好古者愈珍重之。阮光祿在剡，曾有好車，借者無不皆給。有人葬母，意欲借而不敢言。阮後聞之，歎曰：「吾有車而使人不敢借，何以車爲？」遂焚之。（卷上〈德行〉）

阮宣子有令聞，太尉王夷甫見而問曰：「老莊與聖教同異？」對曰：「將無同。」太尉善其言，辟之爲掾，世謂「三語掾。」（卷上〈文學〉）

祖士少好財，阮遙集好屐，並恆自經營，同是一累，而未判其得失。人有詣祖，見料視財物，客至，屛當未盡，餘兩小簏，著背後傾身障之，意未能平。或有詣阮，見自吹火蠟屐，因歎曰：「未知一生當著幾量屐？」神色閑暢。於是勝負始分。（卷中〈雅量〉）

世目李元禮「謖謖如勁松下風。」（卷中〈賞譽〉）

公孫度目邴原：「所謂雲中白鶴，非燕雀之網所能羅也。」（同上）

劉伶恆縱酒放達，或脫衣裸形在屋中。人見譏之。伶曰：「我以天地爲棟宇，屋室爲衣，諸君何爲入我中？」（卷下〈任誕〉）

石崇每要客燕集，常令美人行酒，客飲酒不盡者，使黃門交斬美人。王丞相與大將軍嘗共詣崇，丞相素不能飲，輒自勉強，至於沉醉。每至大將軍，固不飲以觀其變，已斬三人，顏色如故，尙不肯飲，丞相讓之，大將軍曰：「自殺伊家人，何預卿事？」（卷十〈汰侈〉）梁沈約作《俗說》三卷，亦此類，今亡。梁武帝嘗敕安右長史殷芸撰《小說》三十卷，至隋僅存十卷。今僅見於《續談助》及《說郛》中，亦採集群書所作。孔子嘗遊於山，使子路取水。逢虎於水所。與共戰，攬尾得之，內懷中；取水還。問孔子曰：「上士殺虎如之何？」子曰：「上士殺虎持虎頭。」又問曰：「中士殺虎如之何？」子曰：「中士殺虎捉虎耳。」又問：「下士殺虎如之何？」子曰：「下士殺虎捉虎尾。」子路出尾棄之，因恚孔子曰：「夫子知水所有虎，使我取水，是欲死我。」乃懷石盤欲中孔子，又問：「上士殺人如之何？」子曰：「上士殺人使筆端。」又問曰：「中士殺人如之何？」子曰：「中士殺人用舌端。」又問「下士殺人如之何？」子曰：「下士殺人懷石盤。」子路出而棄之，於是心服。（出《沖波傳》，原本《說郛》二十五）

鬼谷先生與蘇秦、張儀書云：「二君足下，功名赫赫，但春華到秋，不得久茂。日數將冬，時訖將老。子獨不見河邊之樹乎？僕禦折其枝，波浪激其根；此木非與天下人有仇怨，蓋所居者然。子見嵩岱之松柏，華霍之樹檀？上葉干青雲，下根通三泉，上有猿狖，下有赤豹麒麟，千秋萬歲，不逢斧斤之伐：此木非與天下之人有骨肉，亦所居者然。今二子好朝露之榮，忽長久之功，輕喬松之求延，貴一旦之浮爵，夫『女愛不極席，男歡不畢輪』，痛夫痛夫，二君二君！」（出《鬼谷先生書》，《說郛》二十五又《續談助》四）《隋志》又有《笑林》三卷，後漢給事中邯鄲淳撰，今佚。遺文之存者，有二十餘事，顯非摘謬，亦《世說》之一體也。魯有執長竿入城門者，初，豎執之不可入，橫執之亦不可入，計無所出。俄有老父至曰：「吾非聖人，但見事多矣，何不以鋸中截而入！」遂依而截之。（《廣記》二百六十二）

桓帝時，有人辟公府掾者，倩人作奏記文，人不能爲作，因語曰：「梁國葛龔先善爲記文，自可寫用，不煩更作。」遂從人言寫記文，不去葛龔名姓，府君大驚，不答而罷。故時人語曰，「作奏雖工，宜去葛龔。」（《御覽》四百九十六）

平原陶丘氏取渤海墨台氏女，女色甚美，才甚令，復相敬，已生一男而歸。母丁氏年老，進見女婿，女婿既歸而遣婦，婦臨去請罪，夫曰：「曩見夫人，年德以衰，非昔日比，亦恐新婦老後，必復如此，是以遣，實無他故。」（《御覽》四百九十九）

甲與乙爭鬥，甲齧下乙鼻，官吏欲斷之，甲稱乙自齧落。吏曰：「夫人鼻高而口低，豈能就齧之乎？」甲曰：「他踏床子就齧之。」（《廣記》二百六十二）《笑林》之後，不乏繼作，隋有侯白，唐有何自然，自宋至清，又十餘種，或剌取史傳，或彙集街談，多傷猥俗，不足論矣。至於《世說》一流，仿者尤眾，其較顯者，則宋有王讜《唐語林》，孔平仲《續世說》，明有何良俊《何氏語林》，李紹文《明世說新語》，清有吳肅公《明語林》，章撫功《漢世說》，王晫《今世說》，今亦猶有易宗夔《新世說》也。

唐傳奇體傳記（上）（小說史大略八）

小說亦如詩，至唐而一改進，雖大抵尙不出於搜奇記逸，然敘述宛轉，文辭華豔，發達之跡甚明。當時道釋二教，侈陳感通；有名位者，又好談神異，於是力士文人，聞風而作，競爲異記。牛僧孺有《玄怪錄》，則李複言有《續玄怪錄》，薛漁思有《河東記》（序之續牛僧孺之書），段成式有《酉陽雜俎》，而其友溫庭筠有《乾子》，高駢從事裴鉶有《傳奇》，皆其例也。

然文人於雜集成書而外，亦撰記傳，始末詳悉，往往孤行，今頗有存於《太平廣記》中者（他叢書所收，多臆題撰人，顚倒時代，不足據），實唐代特有之作也。唐初，已有王度〈古鏡記〉（《廣記》二百三十），無名氏〈補江總白猿傳〉（《廣記》四百四十四歐陽紇）。其後能文之士，相率有作，如沈既濟、元稹、白行簡、陳鴻、沈亞之、蔣防等，皆擅長文筆，有名於時，故其傳奇，亦多工妙，後之文人，每拾其事，爲詞曲焉。

按唐人傳奇記傳之實質，亦不外乎二途：一爲異聞；一爲逸事。異聞者，或寓意以寫牢落之悲，或但棄翰墨以抒窈窕之思。逸事者，大概記時人情事，或更（？）外軼聞，已離神怪，而較近於人事矣。今略舉其較著者於下。

一、屬於異聞之前一類者。

沈既濟〈枕中記〉（《廣記》八十二，題〈呂翁〉，今據《文苑英華》）。開元七年，道士呂翁行邯鄲道中，見旅中少年盧生侘傺歎息，乃探囊中枕授之。生夢娶清河崔氏，舉進士，官至陝牧，入爲京兆尹，出破戎虜，轉吏部侍郎，遷戶部尙書兼御史大夫，爲時宰所忌，以飛語中之，貶端州刺史。三年，徵爲常侍，未幾，同中書門下平章事。

嘉謨密命，一日三接，獻替啟沃，號爲賢相，同列害之，複誣與邊將交結，所圖不軌。下制獄。府吏引從至其門而急收之。生惶駭不測，謂妻子曰，「吾家山東，有良田五頃，足以禦寒餒，何苦求祿？而今及此。思衣短褐，乘青駒，行邯鄲道中，不可得也！」引刃自刎。其妻救之，獲免。其罹者皆死，獨生爲中官保之，減罪死，投州。數年，帝知冤，複追爲中書令，封燕國公，恩旨殊異。生五子，……其姻媾皆天下望族。有孫十餘人。……後年漸衰邁，屢乞骸骨，不許。病，中人候問，相踵於道，名醫上藥，無不至焉。……薨。盧生欠伸而悟，見其身方偃於邸舍，呂翁坐其傍，主人蒸黍未熟，觸類如故。生蹶然而興，曰，「豈其夢寐也？」翁謂主人曰，「人生之適，亦如是矣。」生憮然良久，謝曰，「夫寵辱之道，窮達之運，得喪之理，死生之情，盡知之矣：此先生所以窒吾欲也。敢不受教。」稽首再拜而去。此類文章，當時亦或病其俳諧，而譽之者，以比韓愈〈毛穎傳〉。既濟又有〈任氏傳〉（《廣記》四百五十二），記妖狐幻化，守志殉人，「雖今之婦人有不如者」，亦諷世之作也。李公佐〈南柯太守傳〉（《廣記》四百七十五，題淳于棼，今據《唐語林》改正）。東平淳于棼，吳楚遊俠之士。家廣陵郡東十里。所居宅南有大古槐一株。貞元七年九月，因沉醉致疾，二友扶生歸家，臥於東廡之下。

二友謂生曰，「子其寢矣，余將秣馬濯足，俟子小愈而去。」生解巾就枕，昏然忽忽，彷彿若夢。見二紫衣使者，跪拜生曰，「槐安國王遣小臣致命奉邀。」生不覺下榻整衣，隨二使至門，見青油小車，駕以四牡，左右從者七八，扶生上車，出戶，指古槐穴而去。使者即驅入穴中。生意頗甚異之，不敢致問。忽見山川風候草木道路，與人世甚殊。前行數十里，有郛郭城堞。……又入大城，朱門重樓，樓上有金書，題曰：「大槐安國。」

生既至，拜駙馬，先就賓宇。

是夕，羔雁幣帛，威容儀度，妓樂絲竹，肴膳燈燭，車騎禮物之用，無不咸備。有群女，或稱華陽姑，或稱青溪姑，或稱上仙子，或稱下仙子，若是者數輩。皆侍從數十，冠翠鳳冠，衣金霞帔，彩碧金鈿，目不可視。遨遊戲樂，往來其門，爭以淳于郎爲戲弄。風態妖麗，言詞巧豔，生莫能對。

後出爲南柯太守，守郡二十載，風化廣被，百姓歌謠，建功德碑，立生祠宇。王甚重之，遞遷大位。生五男二女。是歲，將兵與檀蘿國仗，敗績，公主又薨。生罷郡，而威福日盛，王疑憚之，遂禁生遊從，處之私第。已而送歸。既醒，見家之僮僕擁篲於庭，二客濯足於榻，斜日未隱於西垣，余樽尚湛於東牖，夢中倏忽，若度一世矣。……公佐輒編錄成傳，以資好事，雖稽神語怪，事涉非經，而竊位著生，冀將爲戒。後之君子，幸以南柯爲偶然，無以名位驕於天壤間云。

前華州參軍李肇贊曰：貴極祿位，權傾國都，達人視此，蟻聚何殊。此傳及沈既濟〈枕中記〉文意雖繁，而非獨創，焦湖廟祝，以玉枕使楊林入夢，及蟻有堂宇題額之事，已見於干寶《搜神記》矣。然明人湯顯祖之《邯鄲》、《南柯》二記則本此二篇。

二、屬於異聞之後一類者。

李朝威〈柳毅傳〉（《廣記》四百十九）儀鳳中，有儒生柳毅者，下第將還湘濱，先往涇陽，與鄉人別於道，見牧羊女子，若有所伺，毅詰之，對曰：「妾，洞庭龍君小女也。父母配嫁涇川次子，而夫婿樂逸，為婢僕所惑，日以厭薄，既而將訴於舅姑，舅姑愛其子，不能禦。迨訴頻切，又得罪舅姑，舅姑毀黜以至此。」

言訖，歔欷，託毅寄書洞庭，毅既至，三叩社桔如女教，因得隨武夫而入，見洞庭君致具。事達宮中，須臾，宮中皆慟哭。洞庭君驚謂左右，使宮中勿哭，恐為錢塘所知。毅問：「錢塘何人？」曰：「寡人之愛弟也，昔為錢塘長，今致政矣。」毅曰：「何故不使知？」曰：「以其勇過人耳，昔堯遭洪水九年者，此子一怒也。近與天將失意，塞其五山，上帝以寡人有薄德，故寬其同氣之罪，而縻繫於此。」

語未畢，而大聲忽發，天坼地裂，宮殿擺簸，雲煙沸湧。俄有赤龍長千餘尺，電目血舌，朱鱗火鬣，項掣金鎖，鎖牽玉柱，千雷萬霆，激繞其身，霰雪雨雹，一時皆下。乃擘青天而飛去。毅恐蹶僕地。……因告辭君曰：「不必如此。其去則然，其來則不然。」……俄而祥風慶雲，融融怡怡，幢節玲瓏，簫韶以隨。紅裝千萬，笑語熙熙，後有一人，自然蛾眉，明璫滿身，綃縠參差。迫而視之，乃前寄辭者。然若喜若悲，零淚如絲。須臾，紅煙蔽其左，紫氣舒其右。香氣環旋，入於宮中。君笑謂毅曰：「涇水之囚人至矣。」……有頃，……一人披紫裳，執青玉，貌聳神溢，立於君左。君謂毅曰：「此錢塘也。」毅起，趨拜之。錢塘亦盡禮相接，……君曰：「所殺幾何？」曰：「六十萬。」「傷稼乎？」曰：「八百里。」「無情郎安在？」曰：「食之矣。」君憮然曰：「頑童之為是心也，誠不可忍。然汝亦太草草。賴上帝顯聖，諒其至冤，不然者，吾何辭焉。……」

居數日，毅請歸，宮中贈遺甚厚。錢塘君欲以龍女嫁毅，而毅力拒，竟出洞庭適廣陵，鬻其所得，未及百一，已大富。遂娶於張氏，亡。娶韓氏，又亡。毅徙家金陵，娶范陽盧氏，則龍女也。毅後居南海，富陵侯伯而精神不衰。開元中，歸洞庭，莫知其跡。開元末，其表弟薛嘏，遇毅於洞庭湖中，贈嘏仙藥五十丸，此後遂絕影響。柳毅之事，頗爲後人所奇。元尚仲賢據以作《柳毅傳書》，今在《元曲選》十一集中。翻案者有《張生煮海》。折衷者有李漁《蜃中樓》。沈亞之〈秦夢記〉（《沈下賢集》卷二）太和初，亞之道經長安，客橐泉邸舍。夢爲秦官有功，時弄玉婿蕭史先死，因尚公主，自（題）所居（曰）「翠微宮」。穆公給遇甚厚。一日，公主忽無疾卒。公不復欲見亞之，遂遣之歸。

將去，公置酒高會，聲秦聲，舞秦舞，舞者擊髆拊髀嗚嗚而音有不快，聲甚怨。……再拜辭去。公覆命至翠微宮，與公主侍人別。重入殿內時，見珠翠遺碎青階下，窗紗檀點依然。宮人泣對亞之。亞之感咽良久，因題宮門，詩曰：「君王多感放東歸，從此秦宮不復期。春景自傷秦喪主，落花如雨淚胭脂。」竟別去。……覺臥邸舍。明日，亞之與友人崔九萬具道。九萬，博陵人，諳古。謂余曰：「《皇覽》云：『秦穆公葬雍橐泉祈年宮下。』非其神靈憑乎？」亞之更求得秦時地志，說如九萬云。嗚呼！弄玉既仙矣，惡又死乎？亞之文有〈湘中怨辭〉、〈異夢錄〉二篇，亦記華豔恍忽之事，而好言仙鬼之死，與同時文人絕殊。〈異夢錄〉之末有云：姚合曰：「吾友王炎者，元和初，夕夢遊吳，侍吳王久。聞宮中出輦，鳴笳簫擊鼓，言葬西施。王悼悲不止，立詔詞客作挽歌。炎遂應教，詩曰：『西望吳王國，雲書鳳字牌。連江起珠帳，擇水葬金釵。滿地紅心草，三層碧玉階。春風無處所，淒恨不勝懷。』詞進，王甚嘉之。及寤，能記其事。炎，本太原人也。」唐又有張文成〈遊仙窟〉，中國已佚，惟日本有之。書記文成奉使河源，入神仙之窟，與二仙女（十娘、五嫂）賦詩相酬答，文近駢儷，而時雜俚語，詩亦不佳。與〈遊仙窟〉近似者，有牛僧孺〈周秦行記〉（《廣記》四百八十九）自敘夜遇后妃異事。晁公武（《郡齋讀書志》十三）云，賈黃中以爲衛瓘所撰，瓘，李德裕門人，以此誣僧孺也。

唐傳奇體傳記（下）（小說史大略九）

屬於逸事之前一類者。

蔣防〈霍小玉傳〉（《廣記》四百八十七）：大曆中，隴西李益，年二十以進士擢第一。明年六月，至長安，思得名妓，久而未諧。有媒鮑十一娘受生託，薦霍小玉，故霍王小女也，方求佳偶，亦知李益名，故約即定。

鮑既去，生便備行計。遂令家僮秋鴻，於從兄京兆參軍尚公處假青驪駒，黃金勒。其夕，生浣衣沐浴，修飾容儀，喜躍交並，通夕不寐。遲明，巾幘，引鏡自照，惟懼不諧。徘徊之間，至於亭午。

既至，先見霍小玉母，命小玉出。

生即迎拜。但覺一室之中，若瓊林玉樹，互相照曜，……既而遂坐母側。母謂曰：「汝嘗愛念『開簾風動竹，疑是故人來』。即此十郎詩也。爾終日吟想，何如一見。」玉乃低鬟微笑，語曰：「見面不如聞名。才子豈能無貌？」生遂連起拜曰：「小娘子愛才，鄙夫重色。兩好相映，才貌相兼。」母女相顧而笑。

生遂寓於霍氏，二年，日夜相從。其後年，生授鄭縣主簿，將至官，堅約婚姻而別。生到任旬日，求假覲親。則已訂婚於盧氏，其母素嚴，生不敢辭，遂與霍小玉絕。霍久不得生音問，遂臥病。有以生之蹤跡告者，小玉招生，生自以愆期負約，女又疾候沈綿，慚恥忍割，終不肯往。一日，生在崇敬寺，有一豪士，衣輕黃衫，挾弓彈，揖生與語，請蒞其居。已而暫近霍氏家，生欲止，竟被抱持而進。推入車門，鎖之，報云：「李十郎至也。」

玉沉綿日久，轉側須人。忽聞生來，欻然自起，更衣而出，恍若有神。遂與生相見，含怒凝視，不復有言。羸質嬌姿，如不勝致，時複掩袂，返顧李生。感物傷人，坐皆欷歔。……玉乃側身轉面，斜視生良久，遂舉杯酒，酹地曰：「我為女子，薄命如斯。君是丈夫，負心若此。韶顏稚齒，飲恨而終。慈母在堂，不能供養。綺羅弦管，從此永休。徵痛黃泉，皆君所致。李君李君，今當永訣！我死之後，必為厲鬼，使君妻妾，終日不安！」

乃引左手握其臂，擲杯於地，長慟號哭數聲而絕。母乃舉屍，置於生懷，令喚之，遂不復蘇矣。

生爲之縞素，旦夕哭泣甚哀。已而婚於盧氏，傷情感物，鬱鬱不樂。生即歸鄭縣，忽於帳外見男子，遂疑盧氏，終出之，而猜忌彌甚，至於三娶皆如初。元稹〈鶯鶯傳〉（《廣記》四百八十八）：貞元中，有張生者，性溫貌美，非禮不動，年二十三，未嘗近女色。時生遊於蒲，寓普救寺。適有崔氏孀婦，將歸長安，過蒲，亦寓茲寺。是歲，渾瑊薨。軍人因喪大擾蒲人。崔氏甚懼，而生與蒲將之黨有善，請吏將護之。十餘日後，廉使杜確來治軍，軍遂戢。崔氏由此甚感張生，因招宴，見其女鶯鶯，生惑焉。託崔之婢紅娘，以春詞二首通意。是夕，得彩箋，題其篇曰：〈明月三五夜〉，其詞曰：待月西廂下，迎風戶半開。拂牆花影動，疑是玉人來。張喜且駭，已而崔至，則端服嚴容，責其非禮，竟去。張自失者久之。數夕後，崔又至，將曉而去。是後十餘日，杳不復知。張因賦〈會眞詩〉三十韻以貽之，遂複來，出入於所謂西廂者幾一月。無何，張生往長安，明年文戰不勝，遂止於京。貽書於崔，以廣其意。崔報之，而張發其書於所知，由是爲時人傳說。楊巨源爲賦〈崔娘詩〉，元稹亦續生〈會眞詩〉三十韻，張之友聞者皆聳異，而張志亦絕矣。元稹與張厚，問其說。

張曰：「大凡天之所命尤物也，不妖其身，必妖於人。使崔氏子遇合富貴，秉嬌寵，不爲雲爲雨，則爲蛟爲螭，吾不知其變化矣。昔殷之辛，周之幽，據萬乘之國，其勢甚厚。然而一女子敗之，潰其眾，屠其身，至今爲天下僇笑。予之德不足以勝妖孽，是用忍情。」

後歲餘，崔已適人，張亦別娶。適過其所居，請以外兄見，崔終不出，張怨念之誠，動於顏色。將行，賦詩一章以絕之云：「棄置今何道，當時且自親。還將舊來意，憐取眼前人。」時人多許張爲善補過者。李霍事蹟，世不甚傳。惟湯顯祖翻案爲《紫釵記》。至於張崔，則人多樂道。宋趙德麟已演其事爲《蝶戀花》十闋（見《侯鯖錄》），其後乃有元人董解元《西廂記》，王實甫《西廂記》，關漢卿續，明人李日華《南西廂記》，陸采《南西廂記》等。其實微之原作，文非上乘，事複卑淺，而自宋迄今，常爲戲曲之中樞，有大影響於文學史，則亦文界之異事也。

傳奇記傳，此外尚多，其顯著者，有白行簡之〈李娃傳〉（《廣記》四百八十四），記滎陽巨族之子，溺於長安倡女李娃，困頓貧病，後爲李娃所拯，擢第授成都府參軍。元人取其事爲《曲江池》，明人則以作《繡襦記》。有許堯佐之〈柳氏傳〉（《廣記》四百八十五），記詩人韓翃得李生豔姬柳氏。會安祿山反，寄柳氏法靈寺，而自爲淄青節度使書記，亂平復來，柳已爲蕃將沙吒利所取。淄青諸將中有俠士許虞侯者，劫以還翃。其事亦見孟棨《本事詩》，蓋實錄也。

唐人雜說中，亦間記豪俠之事，然無專書，別行者，殆惟〈虬髯〉一傳，《太平廣記》類爲四卷（一百九十三至九十六），明人別刻之，改名《劍俠傳》，妄題段成式作。然亦以此流行世間，如紅拂、崑崙、隱娘、紅線，明以來即傳爲美談者，皆出乎此。

屬於逸事之後一類者。

陳鴻有〈東城父老傳〉（《廣記》四百八十五），記賈昌於兵火之後，憶念太平盛事，榮華零落，兩相比照，其語甚悲。又有〈長恨歌傳〉（《廣記》四百八十六），亦於元和間追述開元中，楊妃入宮，以至死蜀本末，法與〈賈昌傳〉同。白居易作歌，故此傳特爲世間所識。楊妃軼事，唐人本所樂道，然少有條貫，秩然如此傳者。宋人樂史作《楊太眞外傳》二卷，記事較詳，而辭意俱遜；清人洪昇取以作傳奇，名《長生殿》，亦嘗傳誦一時。

上文所舉之外，此類尚多，如失名之〈李衛公別傳〉，〈李林甫外傳〉，郭湜之〈高力士傳〉等皆是。但作者初意，或本非傳奇，第以行文曼衍，拾事又複瑣屑，故後人亦常以小說視之。

此種文字，流風至宋不絕，而多託史事，少敘時人。樂史之《太眞外傳》而外，有秦醇之〈趙飛燕別傳〉（《說郛》），失名之〈綠珠傳〉（同上），煬帝〈海山記〉、〈開河記〉、〈迷樓記〉（《古今說海》）、〈梅妃傳〉（《說郛》）等，後之五篇，今每誤爲唐人作也。

元末，山陽瞿佑作《剪燈新話》四卷，共二十篇，附錄一篇。刻於洪武時；永樂中，廬陵李昌祺又作《剪燈餘話》五卷，亦二十一篇。皆規撫唐人，而俳氣彌甚。然世人歎賞，競爲此種文章，於是爲執政所禁止。

清蒲松齡作《聊齋志異》，亦頗學唐人傳奇文字，而立意則近於六朝之志怪。其時尠見古書，故讀者詫爲新穎，盛行於時，至今不絕。河間紀昀身負重望，作《閱微草堂筆記》凡五種，則立意在唐宋以下，而記敘乃如干寶、顏之推，以此爲文人所喜也。餘書尚多，今不詳舉。

宋人之話本（小說史大略十）

宋太平興國間，既得諸國圖籍，而降王諸臣，皆海內名士，或宣怨言，因悉收用之，使修群書，成《太平御覽》一千卷。又以野史傳記小說諸家，編成五百卷，分五十五部曰《太平廣記》。三年八月表上，六年正月奉旨雕板頒行。當時或言《廣記》非後學所急，因收板藏太清樓，見者甚尠。二書至今尚存。晉、唐、五代小說，本書雖散亡，尚得藉《廣記》考見涯略，其於後來，爲益多矣。宋時名人好言異事者，最先有徐鉉，作《稽神錄》六卷，已收入《廣記》中。後有洪邁作《夷堅志》甲至癸二百卷，支甲至支癸，三甲至三癸，各一百卷，四甲至四乙二十卷，每編有小序，各出新意，時人頗賞之，而卷帙之多，亦爲古所未有。然文人著述，終不免規撫晉唐，尠有獨創，故宋代小說之當特筆者，初不在此，而爲通俗小說之興起也。

以口語體敷敘故事者，不始於宋。清光緒中，英人斯坦因得敦煌石室書，運至倫敦，內有口語體之散文及韻語小說數種，論者以爲唐末五代人所書。其一卷前後並闕，中間僅存，記唐太宗入冥事。判官懆惡，不敢道名字。帝曰：「卿近前來。」輕道：「姓崔，名子玉。」「朕當識。」言訖，使人引皇帝至院門，使人奏曰：「伏維陛下且立在此，容臣入報判官速來。」言訖，使（來）者到廳前拜了，「啟判官：奉大王處，太宗是生魂到，領判官推勘，見在門外，未敢引。」判官聞言，驚忙起立。（下闕）又有伍員入吳小說，文體同上，惜多未目睹，無以知其與後來小說之關係。意者口語文體之興，當由二端：一爲勸善；一爲娛樂，而皆時爲平人而設者也。

據現在宋人通俗小說觀之，其源蓋出於說話。說話者，唐已有之，段成式《酉陽雜俎》云：「予太和末因弟生日觀雜劇，有市人小說，呼扁鵲作編鵲字，上聲。」李商隱〈驕兒詩〉云：「或謔張飛胡，或笑鄧艾吃。」似其時已有述三國故事者，然未詳。宋都汴，民物康阜，遊樂之事甚繁，說話人至有分科如下：

一、吳自牧《夢粱錄》：說話者謂之舌辯，雖有四家數，各有門庭；且「小說」名「銀字兒」，如煙粉靈怪傳奇公案撲刀杆棒發跡變態之事。……談論古今，如水之流。

「談經」者，謂演說佛書。
「說參講」者，謂賓主參禪悟道等事。……又有「說諢經」者。……
「講史書」者，謂講說《通鑑》漢唐歷代書史文傳興廢仗爭之事。
「商謎」先用鼓兒賀之，然後聚人猜詩謎字謎戾謎。

二、耐得翁《古杭夢遊錄》：說話有四家。一曰小說，謂之「銀字兒」，如煙粉靈怪傳奇說公案皆是，搏拳提刀趕棒及發跡變態之事，說鐵騎兒謂石馬金鼓之事。
「說經」謂演說佛書。
「說參」謂參禪。
「說史」者，謂說前代興廢仗爭之事。孟元老《東京夢華錄》所舉爲講史，小說，說評話，說三分，說五代史等，分科無商謎。周密《武林舊事》所舉爲演史、說經、諢經、小說、說諢話四科，亦無商謎，且言小說有雄辯社，蓋汴都說話已盛行，一般名人甚眾，且有集會矣。此種說話，雖各運匠心，而仍有底本。《夢粱錄》影戲條下云：「其話本與講史書者頗同，大抵眞假相半。」又小說講經史條下云：「蓋小說者，能講一朝一代故事，頃刻間捏合，與起今、隨今相似，各占一事也。」小說與講史之外，略可推知而至今有話本流傳者，亦惟此二科而已。

甲、講史

《新編五代（梁、唐、晉、漢、周）史平話》者，講史之一，蓋即孟元老所謂「說《五代史》」之話本。其書每代二卷，各以詩起，次入正文。惟《梁史平話》始於開闢，次略敘歷代之事，以至黃巢變亂，朱氏立國，惜今亡其下卷。粵自鴻荒既判，風氣始開，伏羲畫八卦而文籍生，黃帝垂衣裳而天下治。……那時諸侯皆已順從，獨蚩尤共炎帝侵暴諸侯，不服王化。黃帝乃帥諸侯，興兵動眾，……遂殺死炎帝，活捉蚩尤，萬國平定。這黃帝做著個廝殺的頭腦，教天下後世慣用干戈。……湯伐桀，武王伐紂，皆是以臣弒君，篡奪了夏殷的天下。湯武不合做了這個樣子，後來周室衰微，諸侯強大，春秋之世，二百四十年之間，臣弒其君的也有，子弒其父的也有。孔子聖人爲見三綱淪，九法斁，秉那直筆，做一卷書，喚做《春秋》，褒獎他善的，貶罰他惡的，故孟子道是「孔子作《春秋》而亂臣賊子懼。」只有漢高祖姓劉字季，他取秦始皇天下不用篡弒之謀，眞個是：手拿三尺龍泉劍，奪卻中原四百州。其後敘說繁簡不同。大抵一涉瑣事，反多增飾，狀以駢儷，證以詩歌。今舉一端，以見大概。書敘黃巢下第，與朱溫等爲盜，將劫侯家莊馬評事時途中情景云：行過一個高嶺，名做懸刀峰，自行了半個日頭，方得下嶺。好座高嶺！是：根盤地角，頂接天涯，蒼蒼老檜拂長空，挺挺孤松侵碧漢。山雉共日雞齊鬥，天河共澗水接流，飛泉飄雨腳廉纖，怪石與雲頭相軋。怎見得高？幾年攧下一樵夫，至今未曾攧到底。黃巢四個兄弟，過了這座高嶺。望見……莊舍，遠不出五里田地，天色正晡，同入個樹林中彈了，待晚西卻行到那馬家門首去。與《五代史平話》相類者，又有《大宋宣和遺事》四集，雖體裁亦仿平話，而文體不一，似抄撮他書所作，非出於說話人。其書以堯舜始，次歷述古來諸帝信用小人，荒淫無度，傾覆國家，以引入王安石變法之事；繼述天下變亂，徽欽陷虜，而終以高宗之定都臨安，其間有梁山濼大略及徽宗微行赴曲中事，文體通俗，殆出於當時之話本。至二帝陷虜情狀，則節錄《南燼紀聞》，《竊憤錄》及《續錄》而成，今原書俱存。

《大唐三藏取經詩話》者，亦演述故事，而文意甚拙，蓋略識文字者所爲，惟流派則近於講史。書共三卷十三章，章必有詩，故曰「詩話」。

入王母池之處第十一：登途行數百里，法師嗟歎。猴行者曰：「我師且行，前去五十里地，乃是西王母池。」……法師曰：「願今日蟠桃結實，可偷三五個吃。」猴行者曰：「我因八百歲時偷吃十顆，被王母捉下，左肋判八百，右肋判三千鐵棒，配在花果山紫雲洞，至今肋下尚痛，我今定是不敢偷吃也。」……前去之間，……遙望萬丈石壁之中，有數株桃樹，……攧下三顆蟠桃入池中去。……師曰：「可去尋取來吃。」猴行者即將金鐶杖向磐石上敲三下，乃見一個孩兒，……從地中出。行者問曰：「汝年幾歲？」孩曰：「三千歲。」行者曰：「我不用你。」又敲五下，見一孩兒，……曰，「五千歲。」行者曰：「不用你。」又敲數下，偶然一孩兒出來，問曰：「你年多少。」答曰：「七千歲。」行者放下金鐶杖，叫取孩兒入手中，問和尚你吃否？和尚聞語，心敬（驚）便走。被行者手中旋數下，孩兒化成一枚乳棗。當時吞入口中，後歸東土唐朝，遂吐出於西川，至今此地中生人參是也。空中見有一人，遂吟詩曰：花果山中一子才，小年曾此作場乖，而今耳熱空中見，前次偷桃客又來。

乙、小說

《京本通俗小說》不知幾卷，今存卷十至十六。每卷一篇，各爲起訖，與吳自牧所云「各占一篇」者相合。其目爲〈碾玉觀音〉、〈菩薩蠻〉、〈西山一窟鬼〉、〈志誠張主管〉、〈拗相公〉、〈錯斬崔寧〉、〈馮玉梅團圓〉等，取材多在近時，或採之他種說部。體裁必先以閒話或他事，久乃轉入正文。如〈碾玉觀音〉因敘延安郡王遊春，而先以詩詞十餘首，中有云：（上略）這三首詞，都不如王荊公看見花瓣兒片片風吹下地來，原來這春歸去是東風斷送的。有詩道：

春日春風有時好，春日春風有時惡，不得春風花不開，花開又被風吹落。

蘇東坡道：

不是東風斷送春歸去，是春雨斷送春歸去。

有詩道：

雨前初見花間蕊，雨後全無葉底花，
蜂蝶紛紛過牆去，卻疑春色在鄰家。
（中略）

王岩叟道：

也不幹風事，也不幹雨事，也不幹柳絮事，也不幹蝴蝶事，也不幹黃鶯事，也不幹杜鵑事，也不幹燕子事，是九十日春光已過春歸去。

曾有詩道：

怨風怨雨兩俱非，風雨不來春亦歸。
腮邊紅褪青梅小，口角黃消乳燕飛，
蜀魄健啼花影去，吳蠶強食柘桑稀。
直惱春歸無覓處，江湖辜負一簑衣。

說話的因甚說這春歸詞？紹興年間，行在有個關西延州延安府人，本身是三鎮節度使咸安郡王，當時怕春歸去，將帶著許多鈞眷遊春。（下略）此種引首，詩詞而外，亦用相類之事，名曰「得勝頭回」，所以衒示多識，延引時間，與講史之先敘開闢天地略異。以類事起者，亦取時事，而較有淺深，殆即吳自牧所謂「起今隨今」者也。至於文體，與《五代史平話》之鋪敘瑣事處頗相似，然較詳。其〈西山一窟鬼〉敘吳秀才訂婚云：開學堂後，也有一年之上，也罷過，那街上人家都把孩兒每來與他教訓，頗自有些趲足。當日正在學堂裏教書，只聽得青布簾兒上鈴聲響，走將一個人入來。吳教授看那入來的人，不是別人，卻是十年前搬去的鄰舍王婆。原來那婆子是個「撮合山」，專靠作媒爲生。……教授問，「婆婆高壽？」婆子道，「老媳婦犬馬之年七十有五。教授青春多少？」教授道，「小子二十有二。」婆子道，「教授方才二十有二，卻像三十以上人，想教授每日價費多少心神；據我媳婦愚見，也少不得一個小娘子相伴。」教授道，「我這裏也幾次問人來，卻沒這般頭腦。」婆子道，「這個『不是冤家不聚會』。好教官人得知，卻有一頭好親在這裏。……」宋人說話，似好以對句或七字句標目，現存話本中雖不見，而結末則有之，元曲楔子中亦常有，楔子猶「頭回」也。宋劉斧秀才《青鎖高議》二十卷，則以舊記之體，而用七字目，蓋設當時好尚，文句雖拙，亦由話本蛻爲著作之適例矣。其式如下：

〈流紅記〉紅葉題詩取韓氏，
〈長橋記〉錢忠長橋遇水仙，
〈王幼玉記〉幼玉思柳富而死，
〈曹太守傳〉曹公守節不降賊。

南宋亡，雜劇消歇，說話遂不復行，然話本蓋頗有存者，後人目染，仿以爲書，雖已非口談，而猶存曩體。講史者流，有《東周列國》、《兩漢》、《三國演義》等。小說者流，有《今古奇觀》、《龍圖公案》等。而世間不復嚴別，第以小說爲共名。

元明傳來之歷史演義（小說史大略十一）

宋人雜劇中，其一科爲講史。至於元明話本，蓋尙有存者，又經潤色，流行民間。郎瑛說：「羅貫字本中，杭州人，編撰小說數十種。」今行世之《三國》、《水滸》、《隋唐》諸演義，尙云羅氏作，蓋當時小說名手，而是否亦長講演，則不可考。貫，或云名本，字貫中（王圻《續文獻通考》）；或云越人，生洪武初（周亮工《書影》），爲施耐庵門人（胡應麟《莊岳委談》），大約生於元，至明尙存者也。

三國時多英雄，勇力智計，奇偉動人，而較之春秋戰國，易尋端緒，故尤宜於講說。唐時，已有說三國事者，見前篇。至宋，則「說三分」爲徽宗時都下伎藝之一科（孟元老《東京夢華錄》），風行民間。亦用以悅小兒，東坡所謂「王彭嘗云，塗巷中小兒薄劣，其家所厭苦，輒與錢，令聚坐聽說古話。至說《三國》事，聞劉玄德敗，頻蹙眉，有出涕者；聞曹操敗，即喜唱快。以是知君子小人之澤，百世不斬」（《志林》卷六）者。是金元曲目中，亦有《赤壁鏖兵》、《諸葛亮秋風五丈原》、《隔江鬥智》、《連環計》等，而今日所扮演者尤多，其爲世所樂道可知也。

然宋元之三國話本，今已不傳，明刊一本，相傳即出羅貫中手，體例如話本，然亦無由測其有所傳受，抑出於模擬也。清毛宗崗改訂之，是爲今通行本，而古本反不傳。但就其凡例，尙足見兩本違異大略，其所謂俗本者實原本，謂古本者實改本，倒置事實，蓋以聖歎之改《水滸》爲師資。至於潤色之處，則一者修正文詞，二者整飭回目，三者增刪瑣事，四者改易詩文，如是而已。

《三國演義》百二十回，起自漢三傑桃園結義，而終以孫皓之降。排比陳壽《三國志》與裴松之注，間採稗史，而文雜以臆說。以舊史爲本據，則難於抒寫，偶雜以虛造，則易滋混淆，故謝肇淛病其「太實而近腐」（《五雜俎》），章學誠訾其「七實三虛，惑亂觀者」（《丙辰劄記》）也。而況描寫賢奸，頗失分際，以致玄德似僞，孔明近詐，而奸雄孟德，反多率眞而近情，胡應麟以爲「絕淺鄙可嗤」，固非溢惡之論矣。

又有《隋唐演義》者，據褚人獲序亦云貫中舊本。其書多取宋人所作〈海山〉、〈迷樓〉、〈開河〉三記及唐人雜說，間雜以無稽之談，與《三國演義》同。今褚本分爲二書，名上半部曰《隋煬豔史》。

宋人講史，不限於全史，其敷敘一時或一人故事者，亦隸此科。故吳自牧《夢粱錄》講史條下云：「有王六大夫，於咸淳年間，敷演〈復華篇〉及〈中興名將傳〉，聽者紛紛。」其類之至今猶存者爲《水滸傳》。《水滸傳》爲南宋初年以來相傳之故事，宋江亦實有其人，見於《宋史》。徽宗宣和三年，「淮南盜宋江等犯淮陽軍，遣將討捕，又犯京東江北，入楚海州界，命知州張叔夜招降之」。（卷二十二）至於降後之事，則史無明文，而稗史謂其討方臘有功，封節度使。然擒臘者實韓世忠，與江等無與。惟〈宋史．侯蒙傳〉有云：「宋江寇京東，蒙上書，言宋江以三十六人橫行齊魏，官軍數萬，無敢抗者，其才必過人，今青溪盜起，不若赦江，使討方臘以自贖。」（卷三百五十一）然當時雖有此議而實未行，小說家則因以附會。洪邁《夷堅乙志》云：「宣和七年，戶部侍郎蔡居厚罷，知青州，以病不赴，歸金陵，疽發於背，卒。未幾，其所親王生亡而復蘇，見蔡受冥譴，以告其妻，云，『今只是理會鄆州事。』」夫人慟哭曰：『侍郎去年帥鄆時，有梁山泊賊五百人受降，既而悉誅之，吾屢諫，不聽也。』」《乙志》成於乾道二年，去宣和不過四十餘年，耳目甚近，冥譴固小說家言，殺降則不容臆造，山泊終局，如此而已。

然宋江等（嘯）聚梁山泊時，其勢甚盛，《宋史》亦言：「轉略十郡，官軍莫敢攖其鋒」（卷三百五十三）。意者當時必有奇聞故事，流傳民間，輾轉繁變，以成巷語，複經文人掇拾粉飾，而文籍以出。宋末遺民龔聖與作《宋江三十六人贊》，自序已云：「宋江事見於街談巷語，不足採著，雖有高如李嵩輩傳寫，士大夫亦不見黜。」（周密《癸辛雜識》續集上）今高李所作雖散失，而足知宋末已有傳寫之書。《宣和遺事》前集中，亦有梁山泊始末，遺事乃節取他書所爲，則宋江事亦必別有本據，惟不知爲何人所作耳。其目如下：楊志等押花石綱阻雪違限，楊志途貧賣刀殺人刺配衛州，孫立等奪楊志往太行山落草。石碣村晁蓋夥劫生辰綱宋江通信晁蓋等脫逃，宋江殺閻婆惜題詩於壁，宋江得天書有三十六將姓名，宋江奔梁山泊尋晁蓋。宋江三十六將共反，宋江朝東嶽賽還心願。張叔夜招宋江三十六將降。宋江收方臘有功封節度使。元人劇曲，亦多取梁山泊故事爲資材，而性情節目，間與今本《水滸傳》殊異。意者此種故事，載在人口者甚多，雖已有書本，而失之簡略，於是又複有人起而薈萃取捨之，綴爲巨帙，使較有條貫，可觀覽，是爲今存之《水滸傳》。其綴集者，或曰羅貫中（王圻郎瑛說），或曰施耐庵（胡應麟說），或曰施耐庵作羅貫中續（金人瑞說）。

今存之《水滸傳》有三本：

一、《忠義水滸傳》一百十五回，題「東原羅貫中編輯」。其書始於洪太尉誤走妖魔，而次以百八人之漸聚山泊，已而受招安，破遼，平田虎王慶方臘，與《宣和遺事》所載者略同；後來則智深坐化於六和，宋江服毒而自盡，累顯靈應，終爲神明。惟文辭蕪拙，體例紛紜，中間詩歌，亦俱鄙倍，定爲元明間書，正合度量，今名之曰原本。王圻郎瑛雲，「羅貫中作」者，殆據此本也。

二、《忠義水滸傳》一百二十回，題「施耐庵集撰，羅貫中纂修」。中國已罕見，今所見者，惟日本翻刻本十回，亦始於誤走妖魔，而繼以魯達林冲事蹟，與原本同。餘雖未見，然第五回結末於魯達有「直教名馳塞北三千里，證果江南第一州」之語，即指六和坐化，則其餘當亦與原本同也。惟於文辭，則增刪潤色，幾乎改觀。盡削惡詩，頗增駢語，描寫亦愈入細微，周亮工《書影》所謂「故老傳聞羅氏《水滸傳》一百回，各以妖異語冠其首，嘉靖時，郭武定重刻其書，削其致語，獨存本傳」者，蓋即此，今名之曰郭本。此本始以爲施撰羅修，胡應麟《莊岳委談》云：「元人武林施某所編《水滸傳》特爲盛行，世卒以其鑿空無據，要不盡原也。余偶閱一小說序，稱施某嘗入市肆，紬閱故書，於敝楮中得宋張叔夜禽賊招語一通，備悉其一百八人所由起，因潤色成此編。」則獨舉施名，其所見爲別本，抑即此本，今不可考矣。

三、第五才子書《水滸傳》七十回，有自序一篇，題「東都施耐庵撰」，爲金人瑞所傳。自云得古本，只七十回，於宋江受天書之後，即以盧俊義夢眾人俱爲嵇叔夜所縛終，而指招安以下爲羅貫中續，斥爲「惡箚」。其書與郭本無大異，第略有增易，而刪駢語特多，殆即出聖歎手。田汝成《西湖遊覽志》云：「此書出宋人筆，近日金聖歎自七十回之後，斷爲羅所續，極口詆羅，複僞爲施序於前，此書遂爲他有矣。」其以爲宋人作雖誤，而云聖歎始斷爲羅續則近之。故所謂得「古本」，所謂「舊時《水滸傳》，販夫皀隸都看，此本雖不曾增減一字，卻與小人沒分之書者」，殆皆爲激動讀者，堅其信仰而設者也。今名之曰金本。若刊落之故，則大半由於歷史之關係，胡適說：「聖歎生在流賊遍天下的時代，眼見張獻忠、李自成一班強盜流毒全國，故他覺得強盜是不能提倡的，是應該口誅筆伐的。」（《水滸傳考證》）

上述三本，大抵愈後者愈細密，而聖歎所歎賞之佳處，殆即聖歎所改定。今舉〈魯智深火燒瓦官寺〉中之一節，以見大概。（一）原本（二）郭本（三）金本。

智深……只見後面有人嘲歌。智深提禪杖出來看時，只見一個道人，手內提著魚肉酒，口裏嘲歌唱道：

你在東頭我在西，
你無男子我無妻。
我無妻時猶自可，
你無夫時好孤悽。

智深只聽得外面有人嘲歌。智深洗了手，提了禪杖，奔去不及，破壁子裏，望見一個道人，頭戴皀巾，身穿布衫，腰繫雜色絛，腳穿麻鞋，挑著一擔兒，一頭是個竹籃兒，裏面露些魚尾，並荷叫托著些肉；一頭擔著一瓶酒，也是荷葉蓋著。口裏嘲歌著，唱道：

你在東時我在西，
你無男子我無妻。

我無妻時猶間可，
你無夫時好孤悽。

智深只聽得外面有人嘲歌。智深洗了手，提了禪杖，奔去不及，破壁子裏，望見一個道人，頭戴皀巾，身穿布衫，腰繫雜色條，腳穿麻鞋，挑著一擔兒，一頭是個竹籃兒，裏面露些魚尾，並荷葉托著些肉；一頭擔著一瓶酒，也是荷葉蓋著。口裏嘲歌著，唱道：

你在東時我在西，
你無男子我無妻。
我無妻時猶間可，
你無夫時好孤悽。

那道人不知智深在後跟來，只顧走入方丈後去。智深跟到裏面看時，見綠陰樹下，放著一張桌子，鋪著盤饌，當中坐著一個胖和尚。

一邊廂坐著個年少婦人。那道人把竹籃放下，也去坐著。智深走到面前，和尚吃了一驚。

便曰：「請師兄同吃一盞。」智深曰：「你這兩個如何把寺壞了？」那和尚曰：「師兄，聽小僧說：『在先敝寺，田莊廣有，僧眾也多，只被廊下那幾個老和尚飲酒撒潑，把寺廢了。』……」

那幾個老和尚趕出來，指與智深道：「這個道人，便是飛天夜叉丘小乙。」智深見指說了，便提著禪杖隨後跟去。那道人不知智深在後面跟來，只顧走入方丈後牆裏去。智深隨即跟到裏面看時，見綠槐樹下，放著一條桌子，鋪著些盤饌，三個盞子，三雙箸子，當中坐著一個胖和尚，生的眉如漆刷，臉似墨裝，肐瘩的一身橫肉，胸脯下露出黑肚皮來。邊箱坐著一個年幼婦人。那道人把竹籃放下，也來坐地。智深走到面前，那和尚吃了一驚，跳起身來，便道：「請師兄坐，同吃一盞。」智深提著禪杖道：「你這兩個，如何把寺來廢了？」那和尚便道：「師兄請坐，聽小僧說。」智深睜著眼道：「你說你說。」那和尚道：「在先敝寺，十分好個去處，」（餘同右文）

那幾個老和尚趕出來，搖著手，悄悄地指與智深道：「這個道人，便是飛天藥叉丘小乙。」智深見指說了，便提著禪杖隨後跟去。那道人不知智深在後面跟去，只顧走入方丈後牆裏去。智深隨即跟到裏面看時，見綠槐樹下，放著一條桌子，鋪著些盤饌，三個盞子，三雙箸子，當中坐著一個胖和尚，生得眉如漆刷，臉似墨裝，肐瘩的一身橫肉，胸脯下露出黑肚皮來。邊廂坐著一個年幼婦人。那道人把竹籃放下來，也坐地。智深走到面前，那和尚吃了一驚，跳起身來，便道：「請師兄坐，同吃一盞。」智深提著禪杖道：「你這兩個，如何把寺來廢了？」那和尚便道：「師兄請坐，聽小僧……」智深睜著眼道：「你說你說。」「說，……在先敝寺，十分好個去處，田莊又廣，僧眾極多，只被廊下那幾個老和尚吃酒撒潑，將錢養女，長老禁約他們不得，又把長老排告了出去，因此把寺來都廢了。……」今又有《續水滸傳》四十九回，亦名《征四寇》（遼、田虎、王慶、方臘），即原本第六十六回以後之文，疑其行世當在金本盛傳之後。以文筆論，郭本遠勝於舊，而當時蓋與金本並行，人所習見，不能截取以補七十回之缺，惟原本較晦，故遂取其後半爲續傳矣。

清初，有《後水滸傳》，明遺民雁宕山樵陳忱作，託名「古宋遺民」刊行。其書敘宋江既死，餘人爲宋禦金，然無功，混江龍李俊遂率眾浮海，王於暹羅，所以續郭本。嘉慶中，忽雷道人俞萬春又作《蕩寇志》，亦名《結水滸》，皆鋪敘「當年宋江並沒有受招安平方臘的話，只有被張叔夜擒拿正法一句話」之事，所以續金本，且平反《征四寇》與《後水滸》者也。明嘉靖間有《金瓶梅》，取《水滸》中事爲種子，又有續集曰《玉嬌梨》，則已轉入人情小說，與草澤無關，或以爲皆王世貞作也。

明之歷史的神異小說（小說史大略十二）

明人之於講史，所創作殊無以勝於前人。最顯者有《東周列國志》二十七卷一百八回，始於褒姒之生，而終以秦之並六國，大抵以《左傳》爲根據，又雜採《國語》、《國策》、管、晏諸子、《史記》、《吳越春秋》以補綴之。文筆參差，且多謬誤。又有《西漢演義》一百回，《東漢演義》六十四回，亦據《史》、《漢》而加以增飾，時有違失，與《列國志》同。此三書舛誤而外，又以拘牽史實，襲用陳言，故既拙於遺辭，又頗憚於敘事。蔡奡〈列國志讀法〉云：「若說是正經書，卻畢竟是小說樣子。……但要說他是小說，他卻件件從經傳上來。」所以美之，而歷史演義之弊亦在此。

又有述一時之事，而特置重於豪傑者，例如宋人之講〈中興名將傳〉，固講史之一支，然分析之，則亦可謂之英賢小說。如《英烈傳》者，爲武定侯郭勳所撰，記明朝開國武烈，而特溢其始祖郭英之美。如《平妖傳》者，爲城步縣民所撰，則記其縣令王謙得關帝之助，因平峒苗楊應龍之功。如《龍圖公案》者，雖每篇各有起訖，近於宋之公案，而通本並載包拯斷獄之神異，實亦英賢小說之流亞也。他如敘唐之薛家（《征東》、《征西》），宋之楊家（《楊家將》）五虎（《五虎平西南》）諸書，則殆以邊患漸多，人思將帥，遂有此作，雖不依史事，而文意俱陋，且遜於拘牽故實者矣。

至於取史上之一事或一人，而又不循舊文，出意虛造，以奇幻之思，成神異之談，則至明始有巨制，其魁傑曰《西遊記》。

世多謂《西遊記》爲元道士邱處機作者，非也。李志常撰《長春眞人西遊記》二卷，記處機西行事，今尚存，與此名同而書別。山陽丁晏據康熙初之《淮安府志・藝文書目》，謂此爲其鄉嘉靖中歲貢生官長興縣丞吳承恩所作，且謂記中所述大學士、翰林院、中書科、錦衣衛、兵馬司、司禮監，皆明代官制，又多淮郡方言（《冷廬雜識》），則此書爲山陽吳承恩撰也。

玄奘求經，由於太宗之入冥，入冥情狀，已見於敦煌石窟所出唐人通俗文中。《朝野僉載》亦云：「太宗至夜半奄然入定，見一人云：『陛下暫合來，還即去也？』帝問：『君是何人？』對曰：『臣是生人判冥事。』太宗入見判官，問六月四日事，即令還。向見者又送迎引導出。」而玄奘入竺，則載在《唐書．方伎傳》，但無諸神異事。惟今所見《大唐三藏取經詩話》，已有猴行者及諸異境。元人院本名目中，亦有〈唐三藏〉（《輟耕錄》），〈唐三藏西天取經〉（《錄鬼簿》）等。似自唐末至宋元，乃漸漸演爲神異故事，流播民間。而此種話本及傳說，明代或尚有存者。吳承恩猶及聞之，故其書間有與宋人詩話相類者也。

《西遊記》一百回。第一至第七回記石猴生於花果山，得道，大鬧天宮，以至被壓於五行山下之事。第八回記釋迦造經之事，與經言阿難結集不合；第九回記玄奘父母遇難及玄奘復仇之事，全非事實，甚誣古人；第十、第十一回記太宗入冥諸事，以爲因救龍爽約，與《朝野僉載》謂「因問殺太子建成齊王元吉事」者不同；第十二至十四回，記玄奘首途，至猴行者歸依之事；第十五至九十九回，皆記入竺途中遇難之事，並第九回之遇難以來共得八十一難；第一百回則東返成眞之事也。作者構想之幻，大都在記八十一難中，而火焰山之戰，尤爲奇恣，其前之猴行者爲小聖所服，雖意匠相肖，然雄健不及也。

評議此書者，有清人悟一子《西遊眞詮》與悟元道人《西遊原旨》，皆闡明理法，文詞甚繁。實則全書大旨，無非以猿表心，以馬表意，以心制馬與魔，而又以緊箍制心，心滅魔滅，乃得眞如。

謝肇淛云：「《西遊記》曼衍虛誕，而其縱橫變化，以猿爲心之神，以豬爲意之馳，其始之放縱，上天下地，莫能禁制，而歸於緊箍一咒，能使心猿馴伏，至死靡他，蓋亦求放心之喻，非浪作也」（《五雜俎》）數語，已足盡之。作者亦自云「眾僧們燈下議論佛門定旨，上西天取經的原由，……三藏箝口不言，但以手指自心點頭幾度，眾僧們莫解其意，三藏道，『心生種種魔生，心滅種種魔滅，我弟子曾在化生寺對佛說下誓願，不由我不盡此心，這一去，定要到西天見佛求經，使我們法輪回轉，皇圖永固』」（第十三回）也。惟緣明人之言心性，已多混三教爲一談，故釋迦與老君同流，眞性與元神錯出，又以八卦，通之《易經》，而附會於儒術矣。

繼《西遊記》而作者，有《西遊補》，烏程董說撰。說字若雨，黃道周之弟子也。明亡為僧，號月涵。此書記孫悟空夢遊事，作於明亡之後，故有「青青世界」及「未來世界」「曆日先晦後朔」諸語，借稗史以抒隱痛者也。今印本改名《新西遊記》。又有《後西遊記》者，記三藏及孫悟空等後裔，複入西天求經事，乃惟模仿前記而已。

《封神傳》一百回，不提撰人，梁章鉅云：「林樾亭先生嘗與余談，《封神傳》一書是前明一名宿所撰，意欲與《西遊記》、《水滸傳》鼎立而三，因偶讀《尚書·武成篇》，『唯爾有神，尚克相予』語衍成此傳。其封神事，則隱據《六韜》、《陰謀》、《史記·封禪書》、《唐書·禮儀志》各書，鋪張俶詭，非盡無本也。」（《浪跡續談》）。然名宿之名未詳。其書開篇詩云：「商周演義古今傳」，蓋志在於演史，而侈談神怪，什九虛造，實不過假商周之爭，寫一己之幻想。然較《水滸》既失之架空，方《西遊》又遜其雄恣，望塵尚遙，遑論鼎足，僅止於神異小說之備員而已。

《史記·封禪書》云：「八神將，太公以來作之。」《六韜·金匱》中亦間記太公神術；妲己為九尾狐精，則見於唐李瀚《蒙求》注，是商周神異之談，相傳舊矣。此書起於受辛進香女媧宮，題詩瀆神，神因命三妖惑紂以助周。第二至三十四則雜敘商紂暴虐，子牙隱顯，西伯脫禍，武成反商，以成殷周交戰之局。此後多敘戰爭，雜出神佛，助周者為道釋，助殷者為闡（截）教。闡（截）教不知所指，或以為魔。因〈周書·克殷篇〉有云「武王遂征四方，凡憝國九十有九國，馘魔億有十萬七千七百七十有九，俘人三億萬有二百三十」也。其戰各逞道術，互有喪亡，而闡（截）教終敗。遂以紂王自焚，周武入殷，子牙歸國封神，武王分封列國終。封國以安功臣，封神以安功鬼，而以人心之死歸於劫運。雖間見佛名，偶說名教，混合三教，亦如《西遊》，然其根柢，則方士之見也。

《三寶太監西洋記》一百回，題「二南里人編次」。前有萬曆丁酉菊秋之吉羅懋登敘，羅即撰人。書敘永樂中太監鄭和、王景宏服外夷三十九國，咸使朝貢事。鄭和者，《明史·宦官傳》云：「雲南人，世所謂三寶太監者也。永樂三年，命和及其儕王景宏等通使西洋，將士卒二萬七千八百餘人，多賫金帛，造大舶，……自蘇州劉家河泛海至福建，複自福建五虎門揚帆，首達占城，以次遍歷諸國，宣天子詔，因給賜其君長，不服則以武懾之。先後七奉使，所歷凡三十餘國，所取無名寶物不可勝計，而中國耗費亦不貲。自和後，凡將命海表者，莫不盛稱和以誇外蕃，故俗傳『三寶太監下西洋』爲明初盛事云。」蓋和在明代，名聲赫然，爲世人所樂道，而嘉靖以後，倭患甚殷，民間傷今之弱，乃憶國初盛事，而有此作，故自序云：「今者東事倥傯，何如西戎即序；不得比西戎即序，何可令王鄭二公見」也。惟序雖如是，書則荒誕離奇，全由臆造。第一至第七回記碧峰長老下生，出家及降魔之事；第八至十四回記碧峰與張天師鬥法之事；第十五回以下則鄭和掛印，招兵西征，天師及碧峰助之，斬除妖異，諸國入貢，鄭和建祠之事也。所述戰事，頗竊《封神》，而敘記更爲支蔓，蓋意在侈陳怪異，專尚荒唐，遂不能與序言之慷慨相應矣。

歷史演義之作，朱元以來至今不絕。清人於開闢至明季之事，多有演述，英賢神異之作亦然，在今尤顯者，有《鏡花緣》，記武后開科錄取女子，次及諸女以後之運命，而間以奇士浮海，歷遊異境，雖多據《山海經》，實亦《西遊》之一葉也。其源出英賢小說，而並虛構人物，寄其理想者，有《野叟曝言》，康熙時江陰繆某或云夏某作，記明人文素臣一生之事。文功武烈，萃於一人，學術文章，俱臻絕頂，既能易形，又功內媚，欲研究當時自謂儒者之心理，此實其如實之資料矣。後不暇專論，附記於此。

明之人情小說（小說史大略十三）

明人小說之涉及歷史者，若非神怪，即爲英賢，而又多偏於武勇，故一方複有述才士之書，以補其闕。其所敘述，雖亦英賢，然大率假立姓名，不必實有其人。蓋文士之在史策，常無與於顯赫之功；而貴人達官之有文名者，又每與風流跌宕不相稱，不足爲書中主人。故無寧虛造姓名，較便抒寫，按其根柢，實亦英賢小說之支流也。

唐人記傳中，亦頗有言文人異跡如〈遊仙窟〉、〈章臺柳傳〉者，然除〈鶯鶯傳〉而外，殆與後來之此類小說不相關，倘或相同，亦緣人同此心，因而偶合，非必出於仿效矣。惟文翰之士，既無驚人勳業，比擬武人，則所述自不得不以文雅風流功名遇合爲主體，以是描寫亦漸入於人情。此在唐亦屬傳奇，宋則隸於小說，又以事蹟多始乖而終合，故明人稱爲佳話，今名之曰「人情小說」。

《玉嬌梨》（今或改稱《雙美奇緣》）二十回，無撰人名氏。敘明正統間有太常卿白玄者，無子，晚年生一女曰紅玉，甚有文才，以代父作菊花詩爲客所知。御史楊廷詔因求爲子婦，玄招其子楊芳試之。吳翰林陪楊芳在軒子邊立著。楊芳抬頭，忽見上面橫著一個扁額，題的是「弗告軒」三字。楊芳自恃認得這三個字，便只管注目而視。吳翰林見楊芳細看，便說道：「此三字乃是聘君吳與弼所書，點畫遒勁，可稱名筆。」楊芳要賣弄識字，因答道：「果是名筆，這軒字也還平常，這弗告二字寫得入神。」卻將告字讀了去聲，不知弗告二字，蓋取《詩經》上「弗諼弗告」之義，這「告」字當讀與「穀」字同音，吳翰林聽了，心下明白，便模糊答應。……（第二回）白玄遂不允。楊以爲怨，乃薦玄赴乜先營中迎上皇，玄託其女於妻弟吳翰林（珪）而去。吳珪即挈紅玉歸金陵，偶見蘇友白題壁詩，愛其才，欲以紅玉嫁之。友白誤相新婦，竟不從。珪怒，囑學官革友白秀才，學官方躊躕，而白玄還朝加官回鄉之報適至，即依黜之。友白被黜，將入京就其叔，於途中見數少年苦吟，乃方和白紅玉新柳詩；謂有能步韻者，即嫁之也。友白亦和兩首，而張軌如竊以獻白玄，玄留之爲西賓。已而有蘇有德者，又冒爲友白，請婚於白氏，席上見張，互相攻擊，俱敗。友白既見新柳詩，甚慕紅玉之才，遂渡江而北，欲託吳玨求婚；途中遇盜，舍於李氏，偶遇一少年曰盧夢梨，甚服其才，因以妹之終身相託。友白遂入京納監應試，中第二名；再訪盧氏，則已以避禍遠徙，乃大失望。不知盧實白紅玉之中表，已赴金陵依白氏也。白玄難於得婿，變姓名遊山陰，於禹跡寺見少年姓柳，才識不常，次日往訪，許以己女及甥女，歸說其故云：忽遇一個少年，姓柳，也是金陵人。他人物風流，眞個是「謝家玉樹」。……我看他神清骨秀，學博才高，旦暮間便當飛騰翰苑。……意欲將紅玉嫁他，又恐甥女說我偏心；欲要配了甥女，又恐紅玉說我矯情。除了柳生，若要再尋一個，卻萬萬不能。我想娥皇女英同事一舜，古聖人已有行之者；我又見你姊妹二人互相愛慕，不啻良友，我也不忍分開：故當面一口就都許了他，這件事我做得甚是快意。（第十九回）而二女皆慕友白，聞之甚怏怏。已而柳至白氏，自言實蘇友白，蓋爾時亦變姓名遊山陰也。玄亦告以眞姓名，皆大驚喜出意外，遂成婚。而盧夢梨實女子，其先乃改裝自託於友白者云。

《平山冷燕》二十回，題云「荻岸山人編次」。敘元朝隆盛時欽天監正堂官奏奎壁流光，散滿天下，天子大悅，詔搜求眞才，又適見白燕盤旋，乃命百官賦白燕詩，衆謝不能，大學士山顯仁乃獻其女山黛之作，詩云：夕陽憑弔素心稀，遁入梨花無是非；淡去羞從鴉借色，瘦來隻須雪添肥。飛回夜黑還留影，銜盡春紅不浣（涴）衣；多少朱門誇富貴，終能容我潔身歸。（第一回）天子即召見，令獻箴，稱旨，賜以玉尺一條，「以此量天下之才」；金如意一執，「文可以指揮翰墨，武可以捍禦強暴，長成擇婿，有妄人強求，即以此擊其首，擊死無論」；又賜御書匾額一方曰「弘文才女」。時黛方十歲；其父築樓以貯玉尺，謂之玉尺樓，亦即爲黛讀書之所，於是才女之名大著，求詩文者雲集矣。已而黛以詩嘲一貴介子弟，被怨，託人誣以詩文皆非己出，又奉旨令文臣赴玉尺樓與黛較試，文臣不能及，誣者獲罪，而黛之名益揚。其時又有村女冷絳雪者，亦幼即能詩，忤山人宋信，信以計陷之，使官買送山氏爲侍婢。以途中題詩遇洛陽才人平如衡，然指顧間竟相失；絳雪至山氏，自顯其才，大得敬愛，且亦以題詩爲天子所知也。平如衡至雲間訪才士，得燕白頷，家世富貴而有大才，能詩。長官俱薦於朝，二人不欲以薦舉出身，乃入都應試，且改姓名求見山黛。黛早見其譏刺詩，因與絳雪易裝爲青衣，試以詩，唱和再三，二人皆屈，辭去。有張寅者，亦以求婚至山氏，受試於玉尺樓下，張不能文，大受愚弄，又以奔突登樓，幾被如意擊死，拜禱得免。張乃囑禮官奏於朝，謂黛與少年唱和調笑，天子即拘訊；張告發二人即平燕託名，而適榜發，會元爲平，會魁爲燕，於是天子大喜，諭山顯仁擇之爲婿，遂以山黛嫁燕白頷，以冷絳雪嫁平如衡。成婚之日，凡事無不美滿（據《史略》增此句）：二女上轎，隨妝侍妾足有上百，一路上火炮與鼓樂喧天，彩旗共花燈奪目，眞個是天子賜婚，宰相嫁女，狀元探花娶妻：一時富貴，占盡人間之盛。……若非眞正有才，安能如此？至今京城中俱傳平山冷燕爲四才子；閑窗閱史，不勝欣慕而爲之立傳云。（第二十回）是書或謂嘉興張博山十四五時作，其父執某續成之（《柚堂續筆談》）。然文意陳腐，不類少年手筆。大體頗薄制藝而尚才華，重眞才而蚩俗士，然所謂才者，即能詩，而所舉佳詩，亦甚俚俗；又凡求婚必經考試，仍亦科舉思想之僕隸也。

《好逑傳》十八回，一名《俠義風月傳》，題云「名教中人編次」。其立意大略如上二書，而文辭較佳，人物之性格亦稍異，所謂「既美且才，美而又俠」者也。秀才鐵中玉，北直隸大名府人。生得丰姿俊秀，就像一個美人，因此裏中起個諢名，叫做「鐵美人」。若論他人品秀美，性格就該溫存。不料他人雖生得秀美，性子就似生鐵一般，十分執拗；又有幾分膂力，有不如意，動不動就要使氣動粗；等閒也不輕易見他言笑。……更有一段好處，人若緩急求他，……慨然周濟；若是諛言諂媚，指望邀惠，他卻只當不曾聽見：所以人都感激他，又都不敢無故親近他。（第一回）其父鐵英爲御史，中玉慮以鯁直得禍，入都諫之。會大夫侯沙利奪朝願妻，即出智計取以還願，大得義俠之稱。懼禍不敢留都，至山東遊學。歷城退職兵部侍郎水居一有一女曰冰心，甚美，而才識勝男子。同縣有過其祖者，大學士之子，強來求婚，水居一不敢拒，然以侄女易冰心嫁之，婚後始覺。其祖大恨，陷居一複百計圖女，而冰心皆以智計獲免。過其祖又託縣令假傳朝旨逼冰心，而中玉適在歷城，遇之，斥其僞，計又敗。冰心因此甚服鐵中玉。値中玉暴病，乃邀寓其家護視，歷五日始去。此後過其祖仍再三圖娶冰心，皆不得。而中玉卒與冰心成婚，然不合巹，已而過學士託御史萬諤奏二氏婚媾，先以「孤男寡女，共處一室，不無曖昧之情，今父母徇私，招搖道路而縱成之，實有傷於名教」。有旨查復。後皇帝知二人雖成禮而未同居，乃召冰心令皇后驗試，果爲貞女，於是誣衊者皆被詰責，而譽水鐵爲「眞好逑中出類拔萃者」，令重結花燭，以光名教，且云「汝歸宜益懋後德以彰風化」也。

《鐵花仙史》二十六回。無撰人名氏。敘錢唐蔡其志與好友王悅共遊於祖遺之埋劍園，賞芙蓉，至花落方別。後入都又相遇，已各有兒女在襁褓，乃約爲婚姻，往來愈密。王悅子曰儒珍，七歲能詩，與同窗陳秋麟皆以十三、四入泮，嘗借寓埋劍園，邀友賞花賦詩。秋麟夜遇女子，自稱符劍花，後屢至，一夕暴風雨拔去玉芙蓉，乃絕。後王氏衰落，儒珍又不第，蔡嫌其窮困，欲以女改適夏元虛，時秋麟已中解元，急謀於密友蘇紫宸，託媒得之，擬臨時歸儒珍，而蔡女若蘭竟逸去，爲紫宸之叔誠齋所收養。夏元虛爲世家子而無行，怒其妹瑤枝時加譏斥，乃薦之應點選；瑤枝被徵入都，中途舟破，亦爲誠齋所救。誠齋招儒珍爲西賓，而蔡其志晚年孤寂，亦屢來迎王，養以爲子，亦發解，娶誠齋之女馨如。秋麟求婚夏瑤枝，誠齋未許。一夕夏自來，乃相將逸去。時紫宸已平海寇成神仙，忽貽王陳二人書，言眞瑤枝故在蘇氏，此女實花妖，教二人以五雷法治之，妖遁去，誠齋亦終以眞瑤枝許之。一日儒珍至蘇氏，忽見若蘭舊婢，甚驚；誠齋乃確知所收蔡女，故爲儒珍聘婦，亦以歸儒珍。後來兩家夫婦皆年逾八十，以服紫宸所贈金丹，一夕無疾而終，世以爲屍解云。此書作者頗自負，序云：「傳奇家摹繪才子佳人之悲歡離合，以供人娛目悅心者也。然其成書而命之名也，往往略不加意。如《平山冷燕》則皆才子佳人之姓爲顏，而《玉嬌梨》者又至各摘其人名之一字以傳之，草率若此，非眞有心唐突才子佳人，實圖便於隨意扭捏成書而無所難耳。此書則有特異焉者，……令人以爲鐵爲花爲仙者讀之，而才子佳人之事掩映乎其間。……」然記事雖較爲曲折，實嫌瑣碎，且溷入戰爭及神仙妖異之事，已軼出於純述人情範圍以外矣。

清之人情小說（小說史大略十四）

人情小說萌發於唐，迄明略有滋長，然同時墜入迂鄙，以才美爲歸，以名教自飾。李贄、金喟雖盛稱說部，而自無創作，亦無以破世人拘墟之見，但提挈一二傳奇演義，出於恆流之上而已。至清有《紅樓夢》，乃異軍突起，駕一切人情小說而遠上之，較之前朝，固與《水滸》、《西遊》爲三絕，以一代言，則三百年中創作之冠冕也。

《紅樓夢》一名《石頭記》，乾隆中葉，始有鈔本，止八十回。乾隆末程偉元以活字印行，計一百二十回爲全書。程氏序言，後四十卷之中，二十餘卷得於藏書家及故紙堆中，十餘卷得於鼓擔上，然漫漶不可收拾，乃與友人厘剔，截長補短，抄成全部。審此，則《紅樓夢》原止八十回，爲未完之書。程偉元得殘本，又與友人補綴爲之印行，而世間始有全帙者也。

此書作者第一回明言：「曹雪芹於悼紅軒中披閱十載，增删五次，纂成目錄，分出章回……」則總其成者，爲曹雪芹，然此實止前八十回。至於後四十回，程偉元序雖云嘗得舊本，稍加厘剔，而其實爲刻印者託古欺人之常法。俞樾《小浮梅閒話》云：「〈船山詩草〉有〈贈高蘭墅鶚同年〉一首云：『豔情人自說紅樓』。注云：『《紅樓夢》八十回以後，俱蘭墅所補』。」船山與蘭墅同時又同年，當不誤，故知後四十回爲高鶚續也。

曹雪芹者，不知其名，奉天人，爲康熙時通政使司江寧織造鑲藍旗漢軍曹寅之孫。寅愛文雅，又富厚，康熙南巡時，四次皆寅爲織造，以其署爲行宮。此後織造有曹顒、曹頫，似皆寅子侄，其名從頁，寅孫名㻛（見章學誠《信摭》），未知是否即雪芹？若不然，則雪芹之名，或亦從玉矣。然雪芹事蹟不可考，袁枚言其隨園即《紅樓夢》中之大觀園，得於隋氏。隋赫德爲雍正初江寧織造，繼曹之後，蓋得於曹氏。曹方代而即售其園，衰落之速可想。又按之本書，屢言經歷夢幻，則雪芹嘗見父祖之榮華，而雕零猝至，終於坎坷可知也。

高鶚字蘭墅，奉天鐵嶺人，鑲黃旗漢軍，乾隆六十年乙卯進士，餘未詳。其補成《紅樓夢》，蓋爲世人豔稱，故張船山自著之詩注，鶚亦似甚自喜，頗不欲埋沒補作之勤，故引言第六條云：「是書開卷略志數語，非云弁首，實因殘缺有年，一旦顚末畢具，大快人心，欣然題名，聊以記成書之幸」也。

《紅樓》開場即述本書之由來，謂女媧補天，獨留一石未用，石甚自悼歎，俄見一僧一道，以爲「形體到也是個靈物了，只是沒有實在好處，須得再鐫上幾個字，使人人見了便知你是件奇物，然後攜你到那昌明隆盛之邦，詩禮簪纓之族，花柳繁華之地，溫柔富貴之鄉，去走一遭。」於是袖之而去。更歷不知幾劫，有空空道人見此大石，上鐫文詞，從石之請，鈔以問世。從此空空道人遂「因空見色，由色生情，傳情入色，自色悟空，遂改名情僧，改《石頭記》爲《情僧錄》；東魯孔海溪題曰《風月寶鑑》；後因曹雪芹於悼紅軒中披閱十載，增刪五次，纂成目錄，分出章回，又題曰《金陵十二釵》……即此，便是《石頭記》的緣起」。

此後敘寧國公、榮國公兩賈家之盛衰，爲期八年。所見人物，有男子二百三十五人，女子二百十三人，用字九十萬。然其主要則在銜玉而生之寶玉，與其周圍之金陵十二釵，曰：賈元春、迎春、惜春、探春、林黛玉、薛寶釵、王熙鳳、與其女巧姐、李紈、秦可卿、史湘雲、尼妙玉。又有副者十二人，皆侍婢也。

賈氏之統系及十二釵與寶玉之關係如下表（按，表在下頁）。

十二釵中，又以林薛與寶玉之關係貫全書。寶玉者，賈政次子，爲父所憎，而爲祖母所愛，性情甚異，惡男子而尊女人。己酉年（第一年）林黛玉、薛寶釵皆以事寄居賈氏，林與寶玉皆十一歲，薛十二歲，幼時嘗從癩和尚得金鎖，頗與寶玉之銜玉相應，而寶玉則遠薛而慕林。時賈氏方榮盛，元春爲妃，以壬子（第四年）省親，設盛會於府中大觀園，極一時遊宴之盛。寶玉則終年奔波於女兒間，然與黛玉尤密。黛玉素羸弱，終於臥病，而寶玉亦忽失其通靈玉，狀如失神。會賈政將赴外任，決欲於啟程之前爲寶玉完娶，以黛玉荏弱，遂定寶釵。姻事以王熙鳳之謀劃，運行甚秘，而卒爲黛玉所知，咯血病日甚，至寶玉成禮之日遂卒，時爲乙卯（第七年）春，年十七。寶玉自以爲娶黛玉，欣然臨席，比見新婦爲寶釵，乃悲歎複病。是時賈氏漸衰落，元妃先薨，賈母尋亡，而寶玉病亦日甚。一日將死，忽有一僧持玉來，寶玉遂蘇，見僧複氣絕，夢遊幻境，見黛玉不能近，見迎春等忽又化爲鬼怪，又爲僧所救，而醒，乃忽改行，發憤欲振家聲。丙辰（第八年）應鄉試，中第七名，寶釵亦有孕，而寶玉忽亡去。賈政既葬母於金陵，將歸就京師，雪夜泊舟毗陵驛，見一人光頭赤足，向之四拜，審視知爲寶玉。方欲就語，忽來一僧一道，挾之俱去，且作歌，賈政追之，竟不復見。《紅樓夢》本事，揣測者最多，去其不足齒數者，如以爲刺和珅（《譚瀛室筆記》），言讖緯（《寄蝸殘贅》），說易象（《金玉緣評》）而外，得分爲四類如下：

一、清世祖與董妃故事說。王夢阮、沈瓶庵合著之《紅樓夢索隱》說如此。其提要云：「蓋嘗聞之京師故老云，是書全爲清世祖與董鄂妃而作，兼及當時諸名王奇女也。」而又以董鄂妃爲即冒辟疆之妾董小宛，不幸早死，帝乃遁五台而爲僧，孟蓴孫作〈董小宛考〉（見《石頭記索隱》附錄），辟此說甚力。且董鄂乃滿洲複姓，清世祖有妃傳；非小宛甚明。

二、康熙時政治狀態說。此說大成於蔡孑民之《石頭記索隱》。卷端即云：「《石頭記》者，清康熙朝政治小說也。作者持民族主義甚摯，書中本事，在弔明之亡，揭清之失，而尤於漢族名士仕清者寓痛惜之意。」故一一排比，求其相符，以「紅」爲影「朱」；以「石頭」爲指「金陵」；以「賈」爲斥僞朝；以「金陵十二釵」爲擬清初江南之學者；徵引繁富，用力甚勤。胡適之作《紅樓夢考證》則云：「但我總覺得蔡先生這麼多的心力都是白白浪費了，因爲我總覺得他這部書到底還只是一種很牽強的附會。」

三、納蘭容若家事說。世之信此說者最多。陳康祺作《郎潛紀聞》已云：「先師徐柳泉先生云，『小說《紅樓》一書，即記明珠家事；金釵十二，皆納蘭侍御所奉爲上客者也。』……」俞樾《小浮梅閒話》云：「《紅樓夢》一書，世傳爲明珠之子而作，……明珠子名成德，字容若。……恭讀乾隆五十一年二月二十九日上諭云：『成德於康熙十一年壬子科中式舉人，十二年癸丑科中式進士，年甫十六歲。』然則其中舉人止十五歲，於書中所述頗合也。」然容若與寶玉亦惟中舉之年略合，餘皆不符；或以悼亡詩擧證，尤爲附會。

四、作者自敘說。袁枚《隨園詩話》云：「康熙年間，曹練亭爲江寧織造，……其子雪芹，撰《紅樓夢》一書，備記風月繁華之盛。……當時紅樓有女校書某尤豔，雪芹贈詩云：『病容憔悴似桃花，午汗潮回熱轉加，猶恐意中人看出，強言今日校差些。』」又云：「中有所謂大觀園者，即余之隨園。」已顯言雪芹所記爲金陵事。胡適《紅樓夢考證》更證實其事。蓋當時金陵權貴，無逾曹氏，則凡有煊赫繁華之事，自舍曹氏莫屬，而雪芹爲寅孫，故託之石頭，綴半世親見親聞之事爲說部也。

以上四類，合之更可爲二：一敘人；一自敘也。然世間信後說者特少，如王國維《靜庵文集》言「所謂親見親聞者，亦可自旁觀者之口言之，未必躬爲劇中之人物」即是。蓋讀者狃於習慣，以爲文人涉筆，必有美刺，據此推究，遂或疑其關涉國事，或誣以彈射豪家。其甚者至謂書中無一好人，非敘他人之事不至此。是說之妄，觀本書開篇即可知：風塵碌碌，一事無成，乃念及當日所有之女子，一一細考較去，覺其行止見識，皆出於我之上。我堂堂鬚眉，誠不若彼裙釵（女子）？我實愧則有餘，悔又無益，大有無可如何之日也。當此，欲將已往所賴天恩祖德，錦衣紈褲之時，飫甘饜肥之日，背父母教育之恩，負師友規訓之德，以致今日一技無成，半生潦倒之罪，編述一集，以告天下（人）。知我之負罪固多，然閨閣中歷歷有人，萬不可因我之不肖，自護己短，一併使其湣滅也。

我想歷來野史的朝代，無非假借漢唐的名色，莫如我《石頭記》，不借此套，只按自己的事體情理，反倒新鮮別致。……至於才子佳人等書，則又開口文君，滿篇子建，千部一腔，千人一面，……更可厭者，之乎者也，非理即文。大不近情，自相矛盾。竟不如我半世親見親聞的這幾個女子，雖不敢說強似前代書中所有之人，但觀其事蹟原委，亦可消愁破悶。……其間離合悲歡，俱是按跡循蹤，不敢稍加穿鑿，至失其眞。據此文，則書中故事，爲親見聞，爲說眞實，爲於諸女子無譏貶。說眞實，故於文則脫離舊套，於人則並陳美惡，美惡並舉而無褒貶，有自愧，則作者蓋知人性之深，得忠恕之道，此《紅樓夢》在說部中所以爲巨制也。

《紅樓夢》後四十回題目，是否原書有目無文，抑並無回目，並文皆高鶚續撰，今不可考。凡所補作，校以原作者前文伏線，似亦與原意不甚相違。《續閱微草堂筆記》有一異說云：「戴君誠夫曾見一舊時眞本，八十回之後，皆與今本不同。榮寧籍沒後，皆極蕭條。寶釵亦早卒。寶玉無以作家，至淪於擊柝之流。史湘雲則爲乞丐，後乃與寶玉仍成夫婦，故書中回目，有因麒麟伏白首雙星之言也。聞吳潤生中丞家尚藏有其本。」然此本今未見。

《紅樓夢》以文意俱美，故盛行於時；又以擺脫舊套，故爲讀者所嗛。於是續作蜂起，曰《紅樓夢補》，曰《紅樓後夢》，曰《紅樓複夢》，曰《綺樓圓夢》，曰《紅樓續夢》，曰《鬼紅樓》，此外尚多，歌詠評騭以及演爲傳奇，編爲散套之書亦甚眾。諸書所談故事，大抵終於美滿，照以原書開篇，正皆曹雪芹所唾棄者也。

清之俠義小說與公案（小說史大略十五）

清雍正乾隆中，《水滸傳》、《西遊記》、《金瓶梅》，其後則《紅樓夢》盛行於世，即所謂四大奇書。而別派亦漸起，旨在揄揚勇俠，又不背於忠義。其所以然者，一緣文人或有憾於《紅樓》，其代表爲《兒女英雄傳》；一緣人心已不協於《水滸》，其代表爲《七俠五義》。

《兒女英雄傳評話》四十回，題「燕北閒人著」。前有雍正十二年「觀鑑我齋」序，雖云反《西遊》等四書之怪力亂神而正之，然其書開卷即云：「這部評話……初名《金玉緣》；因所傳的是首善京都一椿公案，又名《日下新書》。篇中立旨立言，雖然無當於文，卻還一洗穢語淫詞，不乖於正，因又名《正法眼藏五十三參》，初非釋家言也。後經東海之吾了翁重訂，題曰《兒女英雄傳評話》。」多立異名，已墜《紅樓》窠臼，而所寫人物，則既務爲奇特，又欲不背人情，兩事相違，遂入迂遠，序以爲「格致之書」，實未然矣。

所謂「京都一椿公案」者，爲有俠女曰何玉鳳，本出名門，而奉母避地京師，欲爲父報仇。其怨家曰紀獻唐，有大功績，勢甚盛。何玉鳳急切不能得志，變姓名曰十三妹，往來市井中，頗拓弛玩世。偶遇孝子安驥困厄，因拯救之，以是相識，後漸稔。已而紀獻唐爲朝廷所誅，玉鳳雖未手刃，而父仇已報，遂欲出家，然卒爲勸沮者所動，歸安驥。驥又有妻曰張金鳳，與玉鳳各生一子，故此書又名《金玉緣》也。

紀獻唐者，蔣瑞藻云：「吾之意，以爲紀者，年也；獻者，《曲禮》云，『犬名羹獻』；唐爲帝堯年號，合之則年羹堯也。……其事蹟與本傳所記悉合。」（《小說考證》八）十三妹未詳，或並無其人，出於著者造作，緣欲力反《水滸》、《紅樓》，故描寫性情，漸違寫實，矯揉過甚，乃違故常。如第四回記安何初遇於旅舍，安恐何入其室，呼人抬石杜門，人不能動，而何反爲之運石入室一段，即其例也。那女子把那石頭撂倒在平地上，用右手推著一轉，找著那個關眼兒，伸進兩個指頭去勾住了，往上只一悠，就把那二百多斤的石頭碌碡，單撒手兒提了起來，向著張三李四說道：「你們兩個也別閑著，把這石頭上的土給我拂落淨了。」兩個人屁滾尿流，答應了一聲，連忙用手拂落了一陣，說：「淨了。」那女子才回過頭來，滿面含春的向安公子道：「尊客，這石頭放在那裏？」安公子羞得面紅過耳，眼觀鼻、鼻觀心地答應了一聲，說：「有勞，就放在屋裏罷。」那女子聽了，便一手提了石頭，款動一雙小腳兒，上了臺階兒，那只手撩起了布簾，跨進門去，輕輕的把那塊石頭放在屋裏南牆根兒底下；回轉頭來，氣不喘，面不紅，心不跳。衆人伸頭探腦的向屋裏看了，無不詫異。此書四十回已完，然又有續集三十回，記安驥在官事，亦云有二續，今未見。

《七俠五義》者，「石玉崑述」，今本題「曲園居士重編」，有一百二十回，借因於明人所撰之《龍圖公案》，以包拯貫全書。凡所斷案，亦大抵採自他人，至於取及乾隆時事。書中所謂最大案「狸貓換子」亦與拯無干，其餘細故，不根可想。曲園居士在卷首頗加辨正，可謂「既愛臆造之談，又不忘考據之習」者矣。書於記包拯明察之外，又緯以五鼠盧方、韓彰、徐慶、蔣平、白玉堂爲五義，南俠展昭，北俠歐陽春等七人爲七俠。五鼠生於《龍圖公案》之「五鼠鬧東京」；七俠無所本，實皆無其人。此十二人者，大抵性情豪放，又擅技擊，遊戲人間，而無不佐助大吏。其後襄陽王趙玨謀反，匿盟書於沖霄樓，白玉堂往盜之，陷銅網陣中而死。宋仁宗時無藩鎮之禍，此殆取明之宸濠事而影響附會之也。

《小五義》一百二十四回，雖續前書而又以白玉堂盜盟書起，略當前書之百一回。通過以襄陽王謀反，豪傑之士競謀探其隱事爲主旨。其時五鼠之中，白玉堂早被害，餘以漸衰老，而後輩繼起，皆有父風。盧方之子珍，韓彰之子天錦，徐慶之子良，白玉堂無子，有侄曰白芸生，皆意外湊聚於客舍，益以小俠艾虎，遂結爲兄弟。諸人奔走道路，頗誅橫暴，終集武昌，共破銅網陣，未陷而書畢。《續小五義》一百二十四回，即繼此而作，銅網先破，叛王遂逃，而諸俠仍在江湖間誅鋤盜賊。已而襄陽王成擒，天子論功，俠義之士，皆受封賞，於是全書完。

此種小說興起時，蓋在清人全取中國之後，威力甚盛，歌頌者衆，故社會間雖以舊來習慣，未能忘情於草野之英雄，然久服羈軛，習於順從，至已不生反側之心。故凡俠義之士，又必以爲大臣之隸卒爲榮寵。其所記健者性情，在民間每極粗豪，有《水滸》群雄餘韻，而一見天子或僚吏，則媚茲一人，不勝其可憐之形，卑下之氣，溢於紙上，此非讋服多年，以致樂為臣僕之時不辨也。

三書非出一手。《七俠五義》以經曲園居士潤色，敷敘較為可觀。後二者文頗率略，事蹟亦往往相肖，似近於複重。今舉數節，以見大概。話說天子見那徐慶魯莽非常，因問他如何穿山。徐慶道，「只因我……」蔣平在後面悄悄拉他，提撥道：「罪民罪民。」徐慶聽了，才說道：「我罪民在陷空島連鑽十八孔，故此人人叫我罪民穿山鼠。」聖上道：「朕這萬壽山，也有小窟，你可穿得過去麼？」徐慶道：「只要通的，就鑽的過去。」聖上又派了陳林，將徐慶領至萬壽山下。徐慶脫去罪衣罪裙，……到半山之間，見個山窟，把身一順，就不見了，足有兩盞茶時，不見出來。陳林著急道：「徐慶你往那裏去了？」忽見徐慶站在南山尖之上，應道：「唔，俺在這裏。」只一聲，連聖上與群臣俱各聽見了，盧方在一旁跪著，暗暗著急，恐聖上見怪。……陳林仍把他帶上丹墀，跪在一旁。（《七俠五義》四十九回）

徐慶把桌子一扳，嘩喇一聲，碗盞皆碎。鐘雄是泥人，還有個土性情，拿住了你們，好眼相看，擺酒款待，你倒如此，難怪他發怒。指著三爺道：「你這是怎樣了？」三爺說：「這是好的哪。」寨主說：「不好便當怎樣？」三爺說：「打你，」話言未了，就是一拳。鐘雄就用指尖往三爺肋下一點，「哎喲！」噗咚！三爺就躺於地下。焉知曉鐘寨主用的是（「十二支講關法」又叫）「閉血法」，俗語就叫「點穴」。三爺心裏明白，不能動轉。鐘雄拿腳一踢，吩咐綁起來。三爺周身才活動，又叫人捆上了五花大綁。展南俠自己把二臂往後一背，說：「你們把我捆上！」眾人有些不肯，又不能不捆。鐘雄傳令，推在丹鳳橋梟首。內中有人嚷道：「殺不得。」（「刀下留人。」）（《小五義》十七回）

黑妖狐智化與小諸葛沈中元二人，暗地商議，獨出己見，要去上王府盜取盟單。……（智化）爬伏在懸龕之上，晃千里火照明：下面是一個方匣子，……上頭有一個長方的硬木匣子，兩邊有個如意金環。伸手揪住兩個金環，往懷中一帶，只聽見上面嗑一聲，下來了一口月牙式鍘刀。智爺（化）把眼睛一閉，也不敢往前竄，也不敢往後縮，正在腰脊骨中啷的一聲。智爺（化）以為是腰斷兩截，慢慢睜眼一看，卻不覺著疼痛，就是不能動轉。列公，這是什麼原故？皆因他是個月牙式樣；若要是鍘草的鍘刀，那可就把人鍘爲兩段。此刀當中有一個過隴兒，也不至於甚大，又對著智爺的腰細；又對著解了百寶囊，底下沒有東西墊著；又有背後背著這一口刀，連皮（鞘）帶刀尖，正把腰脊骨護住。……總而言之，智化命不當絕。可把沈中元嚇了個膽裂魂飛。（《續小五義》第一回）審其文體，似亦猶宋人之說話，嘗講演此種故事，以悅群眾，後乃筆之於書，或仿之爲書，惟亦無明證。與《七俠五義》同類之書尚多。有《七劍十八義》，有《英雄大八義》，有《聖朝鼎盛萬年青》。大部者有《彭公案》四集，三百二十五回，領全書者，爲康熙時四川駐防旗人彭定求。有《施公案》十集，五百二十四回，領全書者，爲康熙時漢軍旗人施綸。其結構皆類《七俠五義》，而事蹟則大抵拾里巷傳說而聯綴之。造作時代未詳。蓋多在洪楊亂後，以其時鄉曲莽夫，每能送一大吏，由行伍而得榮顯，於是社會驚聳羨慕，甚樂道此輩事矣。

清之狹邪小說（小說史大略十六）

唐人登科之後，多作冶遊，習而不察，反成佳話。故曲中故事，文人亦往往著之篇章。其至今尚存者，有崔令欽之《教坊記》，孫棨之《北里志》，然皆綴輯瑣碎，並無條貫，清之《板橋雜記》、《揚州畫舫錄》，實其苗裔矣。宋人雜說中，今唯存《李師師傳》一種，專記一人，與前舉二書複別。《宣和遺事》中，亦有李師師事，則偶然波及而已。其以記注狹邪為全書線索者，在今所見，蓋起於清咸豐末年而氾濫於光緒末以至宣統初年者也。

清代士大夫挾妓有禁，然不云禁招優人，故達官名士，多因規避禁令，漸致伶人以侑酒，已而彌益猥劣，謂之「像姑」，流品比於倡女矣。《品花寶鑑》者，出於道光末年，共六十回，即以敘述北京優人為專職。以為伶人有邪正，狎客亦有雅俗，故所描寫雖多側豔之事，亦雜鄙倍之辭。自謂並陳妍媸，以見邪正，實則與凡有穢書，託辭於勸懲者同科而已。

《品花寶鑑》寫名士與名伶，與寫才子佳人無別，此殆當時習俗。著者染而不知，故研究世變，固足為強有力之資材，而繩以人情，則茂擬當時人士，皆得狂疾，展觀生厭，無當於藝文矣。書中人物，除梅子玉、杜琴言而外，大抵實有其人，隱藏姓名，推之可得，其曰高品者，即作者自寓，乃常州人陳森書也。卻說琴言到梅宅，……走到子玉房裏。見簾幃不卷，几案生塵，一張小楠木床掛了輕綃帳。雲兒先把帳子掀開，叫聲「少爺，琴言來看你了。」子玉正在夢中，模模糊糊應了兩聲。琴言就坐在床沿，見那子玉面龐黃瘦，憔悴不堪。琴言湊在枕邊，低低叫了一聲，不覺淚湧下來，滴在子玉的臉上。只見子玉忽然呵呵一笑道：「七月七日長生殿，夜半無人私語時。」子玉吟了之後，又接連笑了兩笑。琴言見他夢魘如此，十分難忍，在子玉身上掀了兩掀。因想夫人在外，不好高叫，改口叫聲「少爺」。子玉……一時難醒。又見他大笑一會，又吟道：「我道是黃泉碧落兩難尋。」歌罷，翻身向內睡著。琴言看他昏到如此，淚越多了……。書末則名士與名旦會於九香園，畫伶人小像為花神，諸名士爲贊；諸伶又書諸名士長生祿位，各爲贊，皆刻石供養九香樓下。時諸伶已脫梨園，乃「當著衆名士之前」，熔化釵鈿，焚棄衣裙，將燼時，「忽然一陣香風，將那灰燼吹上半空，飄飄點點，映著一輪紅日，像無數的花朵與蝴蝶飛舞，金迷紙醉，香氣撲鼻，越旋越高，到了半天，成了萬點金光，一閃不見。」

寫名士佳人而佳人爲倡女者，有《青樓夢》，計六十四回，題「厘峰慕眞山人著」，前有光緒三十一年序，疑成書當更在前也。書言金挹香字企眞，蘇州府長洲縣人，幼即能文，長更慧美，然「當世滔滔，斯人誰與？竟使一介寒儒，懷才不遇，公卿大夫竟無一識我之人，反不若青樓女子，竟有慧眼識英雄於未遇時也」。（本書《提綱》中語）故挹香遊狹邪，特受伎人愛重，然亦終「掇巍科」，納五妓，一妻四妾。又爲養親計，捐職仕於杭，即遷知府。而父母皆在府衙中跨鶴仙去，挹香亦悟道，羽化於天臺山，歸家度其妻妾，於是「金氏門中一百日兩代升天」。其子早掄元，其友人亦以挹香汲引，皆仙去；而往時所識三十六伎，亦一一「歸班」，緣此輩皆「散花苑主座下司花的仙女，因爲偶觸思凡之念，所以謫降紅塵，如今塵緣已滿，應該再入仙班」也。

據序，作者爲俞吟香，行實未詳，而其思想，則觀金挹香本末可見。所述之地爲上海，至於倡家情狀，蓋多憑理想以立言，並非當時實錄。而文思俱拙，且大遜《品花寶鑑》，僅足考見清季一部分人士之懷抱而已。其文章略如下：（挹香等三人及十二妓女）至軒中，三人重複觀玩，見其中修飾，別有巧思。軒外名花綺麗，草木精神。正中擺了筵席，月素定了位次，三人居中，衆美人亦序次而坐：

第一位鴛鴦館散人褚愛芳，第二位煙柳山人王湘雲，第三位鐵笛仙袁巧雲，第四位愛雛女史朱素卿，第五位惜花春起早使者陸麗春，第六位探梅女士鄭素卿……

末了護芳樓主人自己坐了；兩旁四對侍兒斟酒。衆美人傳杯弄盞，極盡綢繆。挹香向慧瓊道：「今日如此佳會，宜舉一觴令，庶不負此良辰。」月素道：「君言誠是，即請賜令。」……挹香被推不過，只得說道：「有占了。」衆美人道：「令官必須先飲門面杯起令，才是。」於是十二位美人俱各斟一杯酒，奉與挹香；挹香俱一飲而盡，乃啟口道：「酒令勝於軍令，違者罰酒三巨觥。」衆美人唯唯聽命。（第五回）

一日，挹香至留香閣，愛卿適發胃（氣），飲食不進。挹香十分不舍，忽想著過青田著有《醫門寶》四卷，尚在館中書架內，其中胃氣丹方頗多，遂到館取而複至，查到「香鬱散」，最宜，令侍兒配了回來，親侍藥爐茶灶，又解了幾天館，朝夕在留香閣陪伴。愛卿更加感激，乃口占一絕，以報挹香。（第二十一回）

挹香……心中思想道，「我欲勘破紅塵，不能明告他們知道，只得一個私自瞞了他們，踱了出去的了。」次日寫了三封信，寄與拜林、夢仙、仲英，無非與他們留書志別的事情。又囑拜林早日代吟梅完其姻事。過了幾天，挹香又帶了幾十兩銀子，自己去帶辦了道袍、道服、草帽、涼鞋，寄於人家，復回家中來。又到梅花館來，恰巧五美皆在，挹香見他們不識不知，仍然笑吟吟的在那裏，挹香心中似有些對他們不住的念頭。因想了一回，歎道，「既破情關，有何戀戀。」（第六十回）寫伎家情形而暴其奸譎，與《青樓夢》正相反者，有《海上花列傳》計六十四回，題「雲間花也憐儂著」，不知出於何時，大約在光緒戊戌之後，或略先於《青樓夢》也。著者雖自云以「過來人現身說法」，使冶遊子弟，發其深省，而尋索隱伏，似亦攻訐怨家之書。其中人物，大都實有，蓋近來假文墨以濟私之先導，而亦上海煙花小說之權輿矣。全書述勾闌情景，著其詭譎反覆之事，而目光始終不離趙樸齋，幾以趙爲全書線索。趙樸齋者，以訪母舅至滬上，遂遊青樓，久而事露被遣歸。挈母妹又至上海，漸漸淪落，至拉洋車，後其妹趙二寶乃爲娼，書盡於此，完否未可知，而作者意在蔑趙已甚顯。或云「花也憐儂」即松江韓子雲，善奕棋，嗜雅片，旅滬甚久，曾爲報館編輯，習於冶遊，故言倡寮事獨切至也。

其書所摘發者，即「當前媚於西子，背後潑於夜叉；今日密於糟糠，他年毒於蛇蠍」。然此在宇內，本伎家之常情，執以爲罪，蓋責善於非所矣。惟其描寫，頗近眞實，較《青樓夢》之迂曲則遠勝之，且記事以通用語，記言以吳語，亦爲後來此類小說所仿效也。王阿二……立起身來，剔亮了燈檯；問樸齋尊姓；又自頭至足，細細打量。樸齋別轉臉去，裝做看單條。……王阿二靠在小村身傍燒起煙來，見樸齋獨自坐著，便說：「榻床浪來。」樸齋巴不得一聲，隨向煙榻下手躺下，看著王阿二燒好一口煙，裝在槍上，授於小村，颼颼颼的直吸到底。又燒了一口，小村也吸了。至第三口，小村說：「勠吃哉。」王阿二調過槍來，授與樸齋。樸齋吸不慣，不到半口，斗門噎住。王阿二接過槍去，打了一簽，再吸再噎。王阿二嗤的一笑，……將籤子打通煙眼，替他把火。樸齋趁勢捏他手腕，王阿二奪過手，把樸齋腿膀盡力摔了一把，摔得樸齋又痠又痛又爽快。樸齋吸完煙，卻偷眼去看小村，見小村閉著眼，朦朦朧朧，似睡非睡光景，樸齋低聲叫「小村哥。」連叫兩聲，小村只搖手，不答應。王阿二道：「煙迷呀，隨俚去罷。」樸齋便不叫了。（第二回）

文君改裝登場，尚未開口。一個（賴公子的）門客湊趣，先喊聲「好。」不料接接連連，你也喊好，我也喊好，一片聲嚷得天崩地塌，海攪江翻。……只有賴公子捧腹大笑，極其得意。唱過半出，就令當差的放賞。那當差的將一卷洋錢散放巴鬥內，呈賴公子過目，望臺上只一撒，但聞索郎一聲響，便見許多晶瑩焜耀的東西滿臺亂滾，臺下這些幫閒門客又齊聲一號。文君揣知賴公子其欲逐逐，心上一急，倒急出個計較來，當場依然用心的唱，唱罷落場，……含笑入席。不提防賴公子一手將文君攔入懷中。文君慌的推開起立，佯作怒色，卻又爬在賴公子肩膀，悄悄的附耳說了幾句。賴公子連連點頭道，「曉得哉。」（第四十四回）此外有雖不全寫倡家、而頗複相關者，爲《花月痕》五十二回，題「眠鶴主人編次」。記韋痴珠韓荷生皆雋才碩學，出入狹邪，各有眷愛。其後韋與所眷伎俱抑鬱困窮，死於寂寞，而韓獨以功名顯。上半部塡塞詩歌，入後又雜以妖異。事多違實，殊非佳書。卷首符兆倫評語云：「詞賦名家，卻非說部當行，其淋漓盡致處，亦是從詞賦中發洩出來，哀感頑豔。」蓋切中其失矣。書有咸豐戊午（八年）序，而行世乃在光緒時。「眠鶴主人」者，即閩縣魏子安，少遊四方，喜治遊，好作詩詞駢儷，中年以後，改治程朱之學，又不忍棄去舊作，遂悉納之小說中爲《花月痕》也。

《孽海花》一卷未完，作者自稱「東亞病夫」，未知實何人。《孽海花》者，謂北京名妓賽金花也。賽金花本名傅彩雲，侍郎洪鈞使英國，挈之去，號爲夫人，生一女。後鈞死，乃複至上海爲妓，又轉之天津，仍曰賽金花，名甚噪。《孽海花》專敘洪傅佚事，而清末瑣聞亦錯出其中，且寫當時名士習氣，頗極刻露，蓋已甚有掊擊社會之意矣。

清之譴責小說（小說史大略十七）

文人於當時政治狀態或社會現象有不滿，摹繪以文章，且專著其缺失，則所成就者，常含有攻擊政俗之精神，今名之曰「譴責小說」。此類著作，早有成書，如《儒林外史》作於乾隆初，而中間忽無嗣響。《綠野仙蹤》、《鏡花緣》雖於人事間有譏彈，然不過偶爾牽連，主旨固不在此。逮光緒末，積弱呈露，人心漸不平，抉剔弊竇之風頓起，於是譴責小說亦忽而日盛矣。

然中國之譴責小說有通病，即作者雖亦時人之一，而本身決不在譴責之中。倘置身局內，則大抵爲善士，猶他書中之英雄；若在書外，則當然爲旁觀者，更與所敘弊惡不相涉，於是「嘻笑怒罵」之情多，而共同懺悔之心少，文意不眞摯，感人之力亦遂微矣。

《儒林外史》原書五十五回，全椒吳敬梓作，成於乾隆初，而印於嘉慶末，其印本妄增一回，今本有增爲六十回者，尤繆。敬梓有雋才雅操，雍正乙卯舉鴻詞科不赴，移家金陵，集同志築先賢祠，祀泰伯以下二百三十人，晚歲困頓而卒。其時去明亡不甚遠，士紳蓋尙有明季餘風，與後來小有殊異。《儒林外史》所描寫者，即爲此曹，多據作者所目睹，故燭幽發伏，物無遁形，當時之官紳、名士、儒者、山人，間亦有市井細民，無不生動於紙上也。其記范進因中舉而瘋，眾因乞其妻父胡屠戶批頰以療之，及進丁憂時，謁縣官諸節，皆深刻雋妙；此外寫社會平常狀態者亦多佳。胡屠戶……進門見了老太太，……外邊人一片聲請胡老爹說話，那胡屠戶……走了出來。眾人如此這般同他商議。胡屠戶作難道，「雖然是我女婿，如今卻做了老爺，就是天上的星宿，天上的星宿是打不得的。我聽得齋公們說：『打了天上的星宿，閻王就要拿去打一百鐵棍，發在十八層地獄』，永不得翻身，」……報錄的人道：「……胡老爹，這個事須是這般。你沒奈何，權變一權變。」屠戶被眾人屈不過。只得連斟兩碗酒喝了壯一壯膽，……走上集去。眾鄰居五六個都跟著走。老太太趕出來叫道：「親家你只可嚇他一嚇，卻不要把他打傷了。」眾鄰居道：「這個自然，何消吩咐。」說著一直去了。來到集上，見范進在一個廟門口站著，……兀自拍著掌，口裏叫道：「中了！中了！」胡屠戶凶神一般走到跟前說道：「該死的畜生，你中了什麼？」一個嘴巴打將去。……范進因這一個嘴巴，……昏倒在地。衆鄰居齊上前替他抹胸捶背，舞了半日，漸漸喘息過來，眼睛明亮，不瘋了。衆人扶起，借廟門口一個外科郎中跳駝子板凳上坐著。胡屠戶站在一邊，不覺那只手隱隱的疼將起來。自己看時，把個巴掌仰著，再也彎不過來。自己心裏懊惱道：「果然天上文曲星是打不得的，而今菩薩計較起來了。」想一想，更疼的很了，連忙向郎中討了個膏藥貼著。（第三回）

知縣安了席坐下，用的都是銀鑲杯箸。范進退前縮後的不舉杯箸，知縣不解其故。靜齋笑道：「世先生因遵制，想是不用這個杯箸。」知縣忙叫換去。換了一個磁杯，一雙象牙箸來，范進又不肯舉動。靜齋道：「這個箸也不用。」隨即換了一雙白顏色竹子的來，方才罷了。知縣疑惑「他居喪如此盡禮，倘或不用葷酒，卻是不曾備辦」。落後看見他在燕窩碗裏揀了一個大蝦圓子送在嘴裏，方才放心。（第四回）《老殘遊記》二十章，題「洪都百鍊生著」，實丹徒劉鐵雲作也。鐵雲名鶚，精算術，究治河，後以主張開山西礦，世稱之爲漢奸。聯軍入京，鐵雲以賤值購倉粟賑饑民，事平以爲盜買，流新疆死。其書借鐵英即號老殘者之遊行，而歷記其聞見言論，筆墨雖遠遜《儒林外史》，且多敘作者之信仰，而攻擊官吏之處亦多。如第十六章記剛弼誤認魏氏父女爲謀斃一家十三命重犯，魏氏管家行賄圖免，而剛弼即以此證實之。摘發所謂清官者之可恨，雖作者亦甚自憙，以爲「贓官可恨，人人知之；清官尤可恨，人多不知。蓋贓官自知有病，不敢公然爲非；清官則自以爲不要錢，何所不可，剛愎自用，小則殺人，大則誤國，吾人親目所睹，不知凡幾矣。試觀徐桐、李秉衡，其顯然者也。……歷來小說皆揭贓官之惡。有揭清官之惡者，自《老殘遊記》始」也。前有光緒丙午（三十二年）序。那衙役們早將魏家父女帶到，卻都是死了一半的樣子。兩人跪到堂上，剛弼便從懷裏摸出那個一千兩銀票並那五千五百兩憑據，……叫差人送與他父女們看。他父女回說：「不懂，這是什麼緣故？」……剛弼哈哈大笑說：「你不知道，等我來告訴你，你就知道了。昨兒有個胡舉人來拜我，先送一千兩銀子，說，你們這案，叫我設法兒開脫；又說，如果開脫，銀子再要多些也肯。……我再詳細告訴你，倘若人命不是你家謀害的，你家爲什麼肯拿幾千兩銀子出來打點呢？這是第一據。……倘人不是你害的，我告訴他，『照五百兩一條命計算，也應該六千五百兩，』你那管事就應該說，『人命實不是我家害的，如蒙委員代爲昭雪，七千八千俱可，六千五百兩的數目，卻不敢答應。』怎麼他毫無疑義，就照五百兩一條命算帳呢？這是第二據。我勸你們早遲總得招認，免得饒上許多刑具的苦楚。」那父女兩個連連叩頭說：「青天大老爺，實在是冤枉。」剛弼把桌子一拍大怒道：「我這樣開導，你們還是不招？再替我夾拶起來！」底下差役……剛要動刑。剛弼又道：「慢著，行刑的差役上來，我對你說，……你們伎倆，我全知道。你看那案子是不要緊的呢，你們得了錢，用刑就輕，讓犯人不甚吃苦；你們看那案情重大，是翻不過來的了，你們得了錢，就猛一緊，把犯人當堂治死，成全他個整屍首，本官又有個嚴刑斃命的處分。我是全曉得的。今日替我先拶賈魏氏，只不許拶得他發昏，但看神色不好就鬆刑，等他回過氣來再拶。預備十天工夫，無論你什麼好漢，也不怕你不招。」（第十六章）當是時，此類小說之出甚盛，讀者意見，幾以爲惟如此作家，始超出於流輩，故弄筆者，尤樂爲之。尤著者爲南亭亭長（李伯元）之《官場現形記》，初載於上海之《繁華報》；及我佛山人（吳沃堯）之《二十年目睹之怪現狀》，初載於橫濱之《新小說》，然皆中輟。後以聲譽甚盛，乃又漸漸續作成書，故皆篇帙甚多，而內容頗有蕪累也。

《官場現形記》者，據其自序似頗不以「捐班」爲然，然內容則兼及迎合鑽營，又刺士人之熱心於服官，與官吏閨中隱事。世多以爲據實直書，然其實頗有風影之談，誇大之事，不爲實錄，僅足圖快意，供談笑而已。作者本意，雖云深惡官場，惜觀察至爲淺薄，較之《老殘遊記》相去尚遠，蓋第有譴責之心，初無痛切之感，故言多膚泛，與慨然有作者殊科矣。其較爲平易近情者如下：目下單說吳贊善。他早把趙溫的家私問在肚裏，便知道他是朝邑縣一個大大的土財主，又是暴發戶，早已打算他若來時，這一分贄見，至少亦有二三百兩。等到家人拿進手本，這時候，他正是一夢初醒，臥床未起，聽見趙溫兩字，便叫請到書房坐，泡蓋碗茶。老人家答應著。幸虧太太仔細，便問：「贄見拿進來沒有？」說話間，老家人已把手本連二兩頭銀子，一同交給丫環拿進來了。太太接到手裏，掂了一掂，嘴裏說了一聲「只好有二兩。」吳贊善不聽則已，聽了之時，一磆碌忙從床上跳下，大衣也不及穿，搶過來打開一看，果然只有二兩銀子，心內好像失落掉一件東西似的，面色登時改變起來，歇了一會，忽然笑道：「不要是他們的門包也拿了進來？那姓趙的很有錢，斷不至於只送這一點點。」老家人道：「家人們另外是四吊錢，姓趙的說的明明白白，只有二兩銀子是贄見。」吳贊善聽到這裏，便氣的不可開交了，嘴裏一片聲嚷道：「退還給他，我不等他這二兩銀子買米下鍋。回頭他，叫他不要來見我！」說著，賭氣仍舊爬上床去睡了。老家人無奈，只得出來回覆趙溫，替主人說到，「乏，今天不見客。」說完了這句，就把手本向桌上一撩，卻把那二兩頭拱了去了。（第二回）《二十年目睹之怪現狀》所敘之範圍較大，作者之經歷亦較深，故文意亦視《官場現形記》爲繁變，惜其敘述過於巧合，亦多附會而已。其書始於童年雜事，而至末無結束，僅就見聞遭遇，綴以成篇。書之開端即謂「只因我出來應世的二十年中，回頭想來，所遇見的只有三種東西：第一種是蛇蟲鼠蟻；第二種是豺狼虎豹；第三種是魑魅魍魎」。則全書一百八回之主旨，在專刺此類人物可知也。惟以事多異常，故譴責之力每頓減。那老頭子低著頭哭，只不作聲。那符太太（老頭子之孫媳）罵得最出奇，說道：「一個人活到五、六十歲，就應該死的了，從來沒見過八十多歲的人還活著的。」……符老爺（也）拍桌打凳的大罵。罵了一回，又是一回。……罵穀了一回，老媽子開上酒菜來，擺在當中一張獨腳圓桌上。符老爺兩口子對坐著喝酒，卻是有說有笑的。那老頭子坐在底下，只管抽抽咽咽的哭。符老爺喝兩杯，罵兩句；符太太只管拿骨頭來逗著叭兒狗玩。那老頭子（哭喪著臉），不知說了一句什麼話。符老爺登時大發雷霆起來，把那獨腳桌子一掀，匉訇一聲，桌上的東西翻了個滿地，大聲喝道：「你便吃去！」那老頭子也太不要臉，認眞就爬在地下拾來吃。符老爺忽地站了起來，提起坐的凳子，對準了那老頭子摔去。幸虧旁邊站著的老媽子搶著過來接了一接，雖然接不住，卻擋去勢子不少……只摔破了一點頭皮。倘不是那一擋，只怕腦子也磕出來了。（第七十四回）此外以抉剔社會弊惡爲目的而作者尚多，大抵摹仿先出之作，且無以勝於後二書，亦有蔑人而自誇者，氣韻尤卑下。又或雖有呵斥之志，而無抒寫之才，則遂墮落而爲黑幕小說。

解讀

《小說史大略》（十七篇）是魯迅最早的小說史講義，是用毛筆蘸硝鏹水，寫在透明的絲質薄紙上，用油墨印在黃色毛邊紙上，騎縫折疊，發給學生作教材的。

《魯迅日記》一九二〇年十二月二十四日記載：「午許季市來。午後往大學講。」從這天開始，魯迅到北京大學講授小說史。

《魯迅日記》一九二一年一月十二日記載：「午後往高師校講。」從這天開始，魯迅到北京高等師範學校講授小說史。

《魯迅日記》一九二一年一月二十一「寄高等師範學校講義稿並信。」即《小說史大略》講義稿。《魯迅日記》一九二一年二月二十一日「午後寄大學講稿。三弟持去。」也給北京大學寄去《小說史大略》講義稿。

此後，《小說史大略》講義十七篇油印本，增爲二十六篇的《中國小說史大略》講義的排印本。《魯迅日記》一九二三年一月三十日：「往高師校取講義稿。」四月十四日：「午後寄師校講義稿。」據此可知，《中國小說史大略》排印本是高等師範學校鉛印的。

後來，魯迅將這份講義稿再次作了補充，增至二十八篇，改名爲《中國小說史略》，上卷於一九二三年十二月正式出版。出版單位爲北京大學第一院新潮社。下卷於赴西安講學前的一九二四年六月出版。《魯迅日記》一九二三年十月八日：「以《中國小說史略》稿上卷寄孫伏園，託其付印。」《魯迅日記》十二月十一日：「孫伏園寄來《小說史略》印本二百冊。」《魯迅日記》一九二四年六月二十日：「晚孫伏園來並持到《中國小說史略》下卷一百本。」

以上十七篇、二十六篇至二十八篇，內容的增減和變化很大。到一九三〇年《中國小說史略》再版時，將初版本的十四、十五、二十一等篇，「稍施改訂」。

本書收入的《小說史大略》油印本，已是孤本，系單演義先生原藏。他做標點後，寄送趙景深師，景深師作了精細校勘和改正。今因此書早已絕版，特收入本書，重做標點，以饗讀者。因單演義標點本出版在前，本書標點參考了單演義標點本，特致謝忱！景深師仙逝已三十年，而其著作和遺澤長留人間。

通過《小說史大略》最早的講義稿和《中國小說史略》最後的定稿本兩書的對照，可知魯迅撰寫這部著作的修改、增補過程，後學可以據此學習研究和寫作的方法。

爲避免繁瑣和篇幅浩大、重複過多，另有《中國小說史大略》二十六篇本和《中國小說史略》初版本，不再收入。同理，《小說史大略》也不做每一篇後的解讀。

附錄三 《中國小說史略》的有關文章

《中國小說史略》再版附識（《集外集拾遺補編》）

此書印行之後，屢承相知發其謬誤，俾得改定；而鈍拙及譚正璧兩先生未嘗一面，亦皆貽書匡正，高情雅意，尤感於心。譚先生並以吳瞿安先生《顧曲麈談》語見示云，「《幽閨記》為施君美作。君美，名惠，即作《水滸傳》之耐庵居士也。」其說甚新，然以不知《麈談》又本何書，故未據補；仍錄於此，以供讀者之參考云。

二五年九月十日，魯迅　識

解讀

本文是北京北新書局一九二五年九月再版《中國小說史略》合訂本時的作者說明。

文中的鈍拙，即壽鵬飛（一八七三—一九六一），字洙鄰，浙江紹興人，魯迅少年時的塾師壽鏡吾的次子。譚正壁（一九〇一—一九九〇），江蘇嘉定（今爲上海市嘉定區）人，曾任上海震旦大學、中國藝術學院、齊魯大學等校教授，著名戲曲、曲藝、小說研究家和文學史家，學識精深，著作宏富，著名的有《中國女性文學史》、《三言兩拍資料》、《彈詞敘錄》等。吳梅（一八八四—一九三九），字瞿安，江蘇吳縣人。歷任北京大學、中央大學教授。他是王國維之後最重要的戲曲研究家，《顧曲麈談》是其論曲名著之一。

《中國小說史略》日本譯本序（《且介亭雜文二集》）

聽到了拙著《中國小說史略》的日本譯《支那小說史》已經到了出版的機運，非常之高興，但因此又感到自己的衰退了。

回憶起來，大約四五年前罷，增田涉君幾乎每天到寓齋來商量這一本書，有時也縱談當時文壇的情形，很爲愉快。那時候，我是還有這樣的餘暇，而且也有再加研究的野心的。但光陰如駛，近來卻連一妻一子，也將爲累，至於收集書籍之類，更成爲身外的長物了。改訂《小說史略》的機緣，恐怕也未必有。所以恰如準備輟筆的老人，見了自己的全集的印成而高興一樣，我也因而高興的罷。

《中國小說史略》的有關文章然而，積習好像也還是難忘的。關於小說史的事情，有時也還加以注意，說起較大的事來，則有今年已成故人的馬廉教授，於去年翻印了「清平山堂」殘本，使宋人話本的材料更加豐富；鄭振鐸教授又證明了《四遊記》中的《西遊記》是吳承恩《西遊記》的摘錄，而並非祖本，這是可以訂正拙著第十六篇的所說的，那精確的論文，就收錄在《痀僂集》裏。還有一件，是《金瓶梅詞話》被發見於北平，爲通行至今的同書的祖本，文章雖比現行本粗率，對話卻全用山東的方言所寫，確切的證明了這決非江蘇人王世貞所作的書。

但我卻並不改訂，目睹其不完不備，置之不問，而只對於日本譯的出版，自在高興了。但願什麼時候，還有補這懶惰之過的時機。

這一本書，不消說，是一本有著寂寞的運命的書。然而增田君排除困難，加以翻譯，賽棱社主三上於菟吉氏不顧利害，給它出版，這是和將這寂寞的書帶到書齋裏去的讀者諸君，我都眞心感謝的。

一九三五年六月九日燈下，魯迅

解讀

魯迅於此序中對《中國小說史略》有了日譯本感到由衷的高興，並回憶譯者增田涉於一九三一年連續三個月到自己家中傾聽自己對《中國小說史略》的解說。現有《魯迅和增田涉師弟問答集》，全錄兩人的對話。

增田涉（一九〇三—一九七七），日本著名漢學家，著有《魯迅的印象》、《中國文學史研究》等。他翻譯的《中國小說史略》於一九三五年由日本東京賽棱社出版。

關於《三藏取經記》等（《華蓋集續編的續編》）

闊別了多年的SF君，忽然從日本東京寄給我一封信，轉來轉去，待我收到時，去發信的日子已經有二十天了。但這在我，卻眞如空谷裏聽到跫然的足音。信函中還附著一片十一月十四日東京《國民新聞》的記載，是德富蘇峰氏糾正我那《小說史略》的謬誤的。

凡一本書的作者，對於外來的糾正，以爲然的就遵從，以爲非的就緘默，本不必有一一說明下筆時是什麼意思，怎樣取捨的必要。但蘇峰氏是日本深通「支那」的耆宿，《三藏取經記》的收藏者，那措辭又很波俏，因此也就想來說幾句話。

首先還得翻出他的原文來——魯迅氏之《中國小說史略》蘇峰生

頃讀魯迅氏之《中國小說史略》，有云：《大唐三藏法師取經記》三卷，舊本在日本，又有一小本曰《大唐三藏取經詩話》，內容悉同，卷尾一行云「中瓦子張家印」，張家爲宋時臨安書鋪，世因以爲宋刊，然逮於元朝，張家或亦無恙，則此書或爲元人所撰，未可知矣。……這倒並非沒有聊加辯正的必要。《大唐三藏取經記》者，實是我的成簣堂的插架中之一，而《取經詩話》的袖珍本，則是故三浦觀樹將軍的珍藏。這兩書，是都由明慧上人和紅葉廣知於世，從京都栂尾高山寺散出的。看那書中的高山寺的印記，又看高山寺藏書目錄，都證明著如此。

這不但作爲宋槧的稀本；作爲宋代所著的說話本（日本之所謂言文一致體），也最可珍重的罷。然而魯迅氏卻輕輕地斷定道，「此書或爲元人撰，未可知矣。」過於太早計了。

魯迅氏未見這兩書的原板，所以不知究竟，倘一見，則其爲宋槧，決不容疑。其紙質，其墨色，其字體，無不皆然。不僅因爲張家是宋時的臨安的書鋪。

加之，至於成簣堂的《取經記》，則有著可以說是宋版的特色的闕字。好個羅振玉氏，於此早已覺到了。皆（三浦本，成簣堂本）爲高山寺舊藏。而此本（成簣堂藏《取經記》）刊刻尤精，書中驚字作，敬字缺末筆，蓋亦宋槧也。（《雪堂校刊群書敘錄》）想魯迅氏未讀羅氏此文，所以疑是或爲元人之作的罷。即使世間多不可思議事，元人著作的宋刻，是未必有可以存在的理由的。

羅振玉氏對於此書，曾這樣說。宋代平話，舊但有《宣和遺事》而已。近年若《五代平話》，《京本小說》，漸有重刊本。宋人平話之傳於人間者，至是遂得四種。因爲是斯學界中如此重要的書籍，所以明白其眞相，未必一定是無用之業罷。

總之，蘇峰氏的意思，無非在證明《三藏取經記》等是宋槧。其論據有三——

一、紙墨字體是宋；

二、宋諱缺筆；

三、羅振玉氏說是宋刻。

說起來也慚愧，我雖然草草編了一本《小說史略》，而家無儲書，罕見舊刻，所用爲資料的，幾乎都是翻刻本，新印本，甚而至於是石印本，序跋及撰人名，往往缺失，所以漏略錯誤，一定很多。但《三藏法師取經記》及《詩話》兩種，所見的卻是羅氏影印本，紙墨雖新，而字體和缺筆是看得出的。那後面就有羅跋，正不必再求之於《雪堂校刊群書敘錄》，我所謂「世因以爲宋刊」，即指羅跋而言。現在蘇峰氏所舉的三證中，除紙墨因確未目睹，無從然否外，其餘二事，則那時便已不足使我信受，因此就不免「疑」起來了。

某朝諱缺筆是某朝刻本，是藏書家考定版本的初步秘訣，只要稍看過幾部舊書的人，大抵知道的。何況缺筆的驚字的怎樣地觸目。但我卻以爲這並不足以確定爲宋本。前朝的缺筆字，因爲故意或習慣，也可以沿至後一朝。例如我們民國已至十五年了，而遺老們所刻的書，儀字還「敬缺末筆」。非遺老們所刻的書，寧字玄字也常常缺筆，或者以甯代寧，以元代玄。這都是在民國而諱清諱；不足爲清朝刻本的證據。京師圖書館所藏的《易林注》殘本（現有影印本，在《四部叢刊》中），恆字構字都缺筆的，紙質，墨色，字體，都似宋；而且是蝶裝，繆荃蓀氏便定爲宋本。但細看內容，卻引用著陰時夫的《韻府群玉》，而陰時夫則是道道地地的元人。所以我以爲不能據缺筆字便確定爲某朝刻，尤其是當時視爲無足重輕的小說和劇曲之類。

羅氏的論斷，在日本或者很被引爲典據罷，但我卻並不盡信奉，不但書跋，連書畫金石的題跋，無不皆然。即如羅氏所舉宋代平話四種中，《宣和遺事》我也定爲元人作，但這並非我的輕輕斷定，是根據了明人胡應麟氏所說的。而且那書是抄撮而成，文言和白話都有，也不盡是「平話」。

我的看書，和藏書家稍不同，是不盡相信缺筆，抬頭，以及羅氏題跋的。因此那時便疑；只是疑，所以說「或」，說「未可知」。我並非想要唐突宋槧和收藏者，即使如何廓大其冒昧，似乎也不過輕疑而已，至於「輕輕地斷定」，則殆未也。

但在未有更確的證明之前，我的「疑」是存在的。待證明之後，就成爲這樣的事：魯迅疑是元刻，爲元人作；今確是宋槧，故爲宋人作。無論如何，蘇峰氏所豫想的「元人著作的宋版」這滑稽劇，是未必能夠開演的。

然而在考辨的文字中雜入一點滑稽輕薄的論調，每容易迷眩一般讀者，使之失去冷靜，墜入彀中，所以我便譯出，並略加說明，如上。

十二月二十日

解讀

此文是關於《唐三藏取經詩話》刊刻年代辯論的文章。

德富蘇峰（一八六三——一九五七），日本著作家，曾任參議院議員，東京國民新聞社社長，著作有《人物管見》、《成簣堂閑記》等。《唐三藏取經詩話》舊藏日本京都高山寺，後歸大倉喜七郎，最後由德富蘇峰的成簣堂文庫收藏。德富蘇峰見了《中國小說史略》後，撰文批駁魯迅的《唐三藏取經詩話》刊於元代說，認爲是宋代。魯迅特撰此文辯駁。

「缺筆」是從唐朝開始的一種避諱的方式，即在書寫或刻寫本朝皇帝或尊長的名字時省略最後一筆，以示尊敬。

關於《唐三藏取經詩話》的版本（《二心集》）

——寄開明書店中學生雜誌社（《二心集》）編輯先生：

這一封信，不知道能否給附載在《中學生》上？

事情是這樣的——

《中學生》新年號內，鄭振鐸先生的大作《宋人話本》中關於《唐三藏取經詩話》，有如下的一段話：「此話本的時代不可知，但王國維氏據書末：『中瓦子張家印』數字，而斷定其爲宋槧，語頗可信。故此話本，當然亦必爲宋代的產物。但也有人加以懷疑的。不過我們如果一讀元代吳昌齡的《西遊記》雜劇，便知這部原始的取經故事其產生必定是遠在於吳氏《西遊記》雜劇之前的。換一句話說，必定是在元代之前的宋代的。而『中瓦子』的數字恰好證實其爲南宋臨安城中所出產的東西，而沒有什麼疑義。」我先前作《中國小說史略》時，曾疑此書爲元槧，甚招收藏者德富蘇峰先生的不滿，著論辟謬，我也略加答辨，後來收在雜感集中。所以鄭振鐸先生大作中之所謂「人」，其實就是「魯迅」，於唾棄之中，仍寓代爲遮羞的美意，這是我萬分慚而且感的。但我以爲考證固不可荒唐，而亦不宜墨守，世間許多事，只消常識，便得了然。藏書家欲其所藏版本之古，史家則不然。故於舊書，不以缺筆定時代，如遺老現在還有將儀字缺末筆者，但現在確是中華民國；也不專以地名定時代，如我生於紹興，然而並非南宋人，因爲許多地名，是不隨朝代而改的；也不僅據文意的華樸巧拙定時代，因爲作者是文人還是市人，於作品是大有分別的。

所以倘無積極的確證，《唐三藏取經詩話》似乎還可懷疑爲元槧。即如鄭振鐸先生所引據的同一位「王國維氏」，他別有《兩浙古刊本考》兩卷，民國十一年序，收在遺書第二集中。其卷上「杭州府刊版」的「辛，元雜本」項下，有這樣的兩種在內——

《京本通俗小說》

《大唐三藏取經詩話》三卷

是不但定《取經詩話》爲元槧，且並以《通俗小說》爲元本了。《兩浙古本考》雖然並非僻書，但中學生諸君也並非專治文學史者，恐怕未必有暇涉獵。所以錄寄貴刊，希爲刊載，一以略助多聞，二以見單文孤證，是難以「必定」一種史實而常有「什麼疑義」的。

專此布達，並請

撰安。

魯迅啓上。一月十九日夜

解讀

本文就《唐三藏取經詩話》刊刻時代的問題，批駁鄭振鐸的意見，反對鄭的宋代說，堅持自己的元代說，並引魯迅的前輩權威學者王國維（一八七七—一九二七）《王忠愨公遺書》（這是王國維著作的第一個全集本）第二集的《兩浙古刊本考》爲根據。（王國維僅比魯迅大四歲，但他在學術上比魯迅早出道二十年，故可曰「前輩」。）

柳無忌來信按語（《集外集拾遺補編》）

魯迅謹按——

我的《中國小說史略》，是先因爲要教書糊口，這才陸續編成的，當時限於經濟，所以蒐集的書籍，都不是好本子，有的改了字面，有的缺了序跋。《玉嬌梨》所見的也是翻本，作者，著作年代，都無從查考。那時我想，倘能夠得到一本明刻原本，那麼，從板式，印章，序文等，或者能夠推知著作年代和作者的眞姓名罷，然而這希望至今沒有達到。

這三年來不再教書，關於小說史的材料也就不去留心了。因此並沒有什麼新材料。但現在研究小說史者已經很多，並且又開闢了各種新方面，所以現在便將柳無忌先生的信，借《語絲》公開，希望得有關於《玉嬌梨》的資料的讀者，惠給有益的文字。這，大約是《語絲》也很願意發表的。

一九三〇年，二月十九日

解讀

柳無忌（一九〇七—二〇〇二），江蘇吳江（今屬蘇州市）人，爲近代著名詩人柳亞子的哲嗣，一九二七年於北京清華學校畢業後赴美留學，一九三一年以《英國浪漫主義詩人雪萊》論文獲耶魯大學英國文學博士學位。一九三二年回國後，先後在南開大學、西南聯合大學、中央大學任教，一九四六年再度赴美，前後執教於勞倫斯大學、耶魯大學和印第安那大學，任文學教授。上世紀六十年代初，他在印第安那大學創辦東亞語文系，任系主任。柳無忌對中國文學和西方文學均有深入研究，撰述譯編中英文著作有三、四十種。

魯迅強調「當時限於經濟，所以蒐集的書籍，都不是好本子，有的改了字面，有的缺了序跋。」在〈關於三藏取經記〉一文中他也感歎寫作《中國小說史略》時，「家無儲書，罕見舊刻，所用資料的，幾乎都是翻刻本，新印本，甚而至於是石印本，序跋及撰人名，往往缺失，所以漏略錯誤，一定很多」。

柳信中所說歌德關於中國小說的言論，是指歌德一八二七年一月三十一日與愛克曼談話時所說：他讀了一部中國傳奇，即才子佳人小說《好逑傳》，「我覺得它很值得注意。」「中國人在思想、行爲和情感方面幾乎和我們一樣，使我們很快就感到他們是我們的同類人，只是在他們那裏一切都比我們這裏更明朗，更純潔，也更合乎道德。在他們那裏，一切都是可以理解的，平易近人的，沒有強烈的情欲和飛騰動盪的詩興，因此和我寫的《赫爾曼與竇綠苔》以及英國理查生寫的小說有很多類似的地方。他們還有一個特點，人和大自然是生活在一起的。你經常聽到金魚在池子裏跳躍，鳥兒在枝頭歌唱不停，白天總是陽光燦爛，夜晚也總是月白風清。月亮是經常談到的，只是月亮不改變自然風景，它和太陽一樣明亮。房屋內部和中國畫一樣整潔雅致。例如『我聽到美妙的姑娘們在笑，等我見到她們時，她們正躺在籐椅上』，這就是一個頂美妙的情景。籐椅令人想到極輕極雅。故事裏穿插著無數的典故，援用起來很像格言，例如說有一個姑娘腳步輕盈，站在一朵花上，花也沒有損傷，又說有一個德才兼備的年輕人三十歲就榮幸地和皇帝談話，又說有一對鍾情的男女在長期相識中很貞潔自持，有一次他倆不得不同在一間房裏過夜，就談了一夜的話，誰也不惹誰。還有許多典故都涉及道德和禮儀。正是這種在一切方面保持嚴格的節制，使得中國維持到幾千年之久，而且還會長存下去。」（《歌德談話錄》，朱光潛譯，人民文學出版社一九七八年版，第一〇九—一一〇頁）對中國的才子佳人小說的評價非常高。歌德是德國的第一文學大家、西方最傑出的文學大家之一，他的以上觀點，值得重視。柳無忌向魯迅先生介紹歌德的這個言論，是對魯迅全盤否定才子佳人小說的一種婉轉的批評，魯迅在這個問題上的確有很大的偏見，並給二十世紀的中國小說研究造成很不好的影響。

附錄四　中國小說史的有關文章

六朝小說和唐代傳奇文學有怎樣的區別？（《且介亭雜文二集》）

這試題很難解答。

因爲唐代傳奇，是至今還有標本可見的，但現在之所謂六朝小說，我們所依據的只是從《新唐書・藝文志》以至清《四庫書目》的判定，有許多種，在六朝當時，卻並不視爲小說。例如《漢武故事》、《西京雜記》、《搜神記》、《續齊諧記》等，直至劉昫的《唐書・經籍志》，還屬於史部起居注和雜傳類裏的。那時還相信神仙和鬼神，並不以爲虛造，所以所記雖有仙凡和幽明之殊，卻都是史的一類。

況且從晉到隋的書目，現在一種也不存在了，我們已無從知道那時所視爲小說的是什麼，有怎樣的形式和內容。現存的惟一最早的目錄只有《隋書・經籍志》，修者自謂「遠覽馬史班書，近觀王阮志錄」，也許尚存王儉《今書七志》，阮孝緒《七錄》的痕跡罷，但所錄小說二十五種中，現存的卻只有《燕丹子》和劉義慶撰《世說》合劉孝標注兩種了。此外，則《郭子》、《笑林》、殷芸《小說》、《水飾》，及當時以爲隋代已亡的《青史子》、《語林》等，還能在唐宋類書裏遇見一點遺文。

單從上述這些材料來看，武斷的說起來，則六朝人小說，是沒有記敘神仙或鬼怪的，所寫的幾乎都是人事；文筆是簡潔的；材料是笑柄，談資；但好像很排斥虛構，例如《世說新語》說裴啟《語林》記謝安語不實，謝安一說，這書即大損聲價云云，就是。

唐代傳奇文可就大兩樣了：神仙人鬼妖物，都可以隨便驅使；文筆是精細，曲折的，至於被崇尚簡古者所詬病；所敘的事，也大抵具有首尾和波瀾，不止一點斷片的談柄；而且作者往往故意顯示著這事蹟的虛構，以見他想像的才能了。

但六朝人也並非不能想像和描寫，不過他不用於小說，這類文章，那時也不謂之小說。例如阮籍的〈大人先生傳〉，陶潛的〈桃花源記〉，其實倒和後來的唐代傳奇文相近；就是嵇康的《聖賢高士傳贊》（今僅有輯本），葛洪的《神仙傳》，也可以看作唐人傳奇文的祖師的。李公佐作〈南柯太守傳〉，李肇爲之贊，這就是嵇康的《高士傳》法；陳鴻〈長恨傳〉置白居易的長歌之前，元稹的〈鶯鶯傳〉既錄〈會眞詩〉，又舉李公垂〈鶯鶯歌〉之名作結，也令人不能不想到〈桃花源記〉。

至於他們之所以著作，那是無論六朝或唐人，都是有所爲的。《隋書·經籍志》抄《漢書·藝文志》說，以著錄小說，比之「詢於芻蕘」，就是以爲雖然小說，也有所爲的明證。不過在實際上，這有所爲的範圍卻縮小了。晉人尚清談，講標格，常以寥寥數言，立致通顯，所以那時的小說，多是記載畸行雋語的《世說》一類，其實是借口舌取名位的入門書。唐以詩文取士，但也看社會上的名聲，所以士子入京應試，也須豫先干謁名公，呈獻詩文，冀其稱譽，這詩文叫作「行卷」。詩文既濫，人不欲觀，有的就用傳奇文，來希圖一新耳目，獲得特效了，於是那時的傳奇文，也就和「敲門磚」很有關係。但自然，只被風氣所推，無所爲而作者，卻也並非沒有的。

五月三日

解讀

文學社即《文學》月刊社。《文學》，傅東華和鄭振鐸編，一九三三年七月創刊於上海，上海生活書店出版；一九三六年七月第七卷起由王統照接編，一九三七年十一月停刊。該社擬定一百個文學問題，分別約人撰稿，後編成《文學百題》一書，一九三五年由生活書店出版。此文即是文學百題之一。

本文指出六朝小說和唐代的不同，再次強調六朝時「還相信神仙和鬼神，並不以爲是虛造，所以所記雖有仙凡和幽明之殊，卻都是史的一類」。指出六朝小說強調眞實性，唐代傳奇則已注重虛構和想像。高度評價唐代傳奇的藝術成就：文筆精細曲折，故事完整曲折（有波瀾）。又介紹唐代傳奇因士子入京應試，必須預先干謁名公，呈獻詩文和傳奇，希望得到他的稱譽，有利於傳播名聲，取得上進之階。

需要指出的是，不僅唐代，即如當代，在中西方依舊有不少人還相信神仙和鬼神。在整個人類歷史上，包括鬼神在內的神秘文化，頗有人相信和喜好，當今拉美魔幻現實主義文學風行全球既是顯例。

宋民間之所謂小說及其後來（《墳》）

宋代行於民間的小說，與歷來史家所著錄者很不同，當時並非文辭，而爲屬於技藝的「說話」之一種。

說話者，未詳始於何時，但據故書，可以知道唐時則已有。段成式（《酉陽雜俎續集》四〈貶誤〉）云：「予太和末因弟生日觀雜戲，有市人小說，呼扁鵲作編鵲字，上聲。予令任道昇字正之。市人言『二十年前嘗於上都齋會設此，有一秀才甚賞某呼扁字與編同聲，云世人皆誤。』」其詳細雖難曉，但因此已足以推見數端：一小說爲雜戲中之一種，二由於市人之口述，三在慶祝及齋會時用之。而郎瑛（《七修類稿》二十二）所謂「小說起宋仁宗，蓋時太平盛久，國家閒暇，日欲進一奇怪之事以娛之，故小說『得勝頭回』之後，即云話說趙宋某年」者，亦即由此分明證實，不過一種無稽之談罷了。

到宋朝，小說的情形乃始比較的可以知道詳細。孟元老在南渡之後，追懷汴梁盛況，作《東京夢華錄》，於「京瓦技藝」條下有當時說話的分目，爲小說，合生，說諢話，說三分，說《五代史》等。而操此等職業者則稱爲「說話人」。

高宗既定都臨安，更歷孝光兩朝，汴梁式的文物漸已遍滿都下，伎藝人也一律完備了。關於說話的記載，在故書中也更詳盡，端平年間的著作有灌園耐得翁《都城紀勝》，元初的著作有吳自牧《夢粱錄》及周密《武林舊事》（12），都更詳細的有說話的分科：《都城紀勝》說話有四家：

一者小說，謂之銀字兒，如煙粉靈怪傳奇；說公案，皆是搏刀趕棒及發跡變態之事；說鐵騎兒，謂士馬金鼓之事。

說經，謂演說佛書；說參請，謂賓主參禪悟道等事。

講史書，講說前代書史文傳興廢爭戰之事……

合生，與起令隨令相似，各占一事。《夢粱錄》（二十）

說話者，謂之舌辯，雖有四家數，各有門庭：

且小說，名銀字兒，如煙粉靈怪傳奇；公案，樸刀杆棒發發蹤參（案此四字當有誤）之事。……談論古今，如水之流。

談經者，謂演說佛書；說參請者，謂賓主參禪悟道等事。……又有說諢經者。

講史書者，謂講說《通鑑》漢唐歷代書史文傳興廢爭戰之事。

合生，與起今隨今相似，各占一事也。

但周密所記者又小異，爲演史，說經諢經，小說，說諢話；而無合生。唐中宗時，武平一上書言「比來妖伎胡人，街童市子，或言妃主情貌，或列王公名質，詠歌蹈舞，號曰合生。」（《新唐書》一百十九）則合生實始於唐，且用諢詞戲謔，或者也就是說諢話；惟至宋當又稍有遷變，今未詳。起今隨今之「今」，《都城紀勝》作「令」，明抄本《說郛》中之《古杭夢遊錄》又作起令隨合，何者爲是，亦未詳。

據耐得翁及吳自牧說，是說話之一科的小說，又因內容之不同而分爲三子目：

1. 銀字兒所說者爲煙粉（煙花粉黛），靈怪（神仙鬼怪），傳奇（離合悲歡）等。
2. 說公案所說者爲搏刀趕棒（拳勇），發跡變態（遇合）之事。
3. 說鐵騎兒所說者爲士馬金鼓（戰爭）之事。

惟有小說，是說話中最難的一科，所以說話人「最畏小說，蓋小說者，能講一朝一代故事，頃刻間提破」（《都城紀勝》云；《夢粱錄》同，惟「提破」作「捏合」。），非同講史，易於鋪張；而且又須有「談論古今，如水之流」的口辯。然而在臨安也不乏講小說的高手，吳自牧所記有譚淡子等六人，周密所記有蔡和等五十二人，其中也有女流，如陳郎娘棗兒，史蕙英。

臨安的文士佛徒多有集會；瓦舍的技藝人也多有，其主意大約是在於磨練技術的。小說專家所立的社會，名曰雄辯社。（《武林舊事》三）

元人雜劇雖然早經銷歇，但尚有流傳的曲本，來示人以大概的情形。宋人的小說也一樣，也幸而借了「話本」偶有留遺，使現在還可以約略想見當時瓦舍中說話的模樣。

其話本曰《京本通俗小說》，全書不知凡幾卷，現在所見的只有殘本，經江陰繆氏影刻，是卷十至十六的七卷，先曾單行，後來就收在《煙畫東堂小品》之內了。還有一卷是敘金海陵王的穢行的，或者因爲文筆過於礙眼了罷，繆氏沒有刻，然而仍有郎園的改換名目的排印本；郎園是長沙葉德輝的園名。

刻本七卷中所收小說的篇目以及故事發生的年代如下列：

卷十碾玉觀音「紹興年間。」

十一菩薩蠻「大宋高宗紹興年間。」

十二西山一窟鬼「紹興十年間。」

十三志誠張主管無年代，但云東京汴州開封事。

十四拗相公「先朝。」

十五錯斬崔寧「高宗時。」

十六馮玉梅團圓「建炎四年。」

每題俱是一全篇，自爲起訖，並不相聯貫。錢曾《也是園書目》（十）著錄的「宋人詞話」十六種中，有〈錯斬崔寧〉與〈馮玉梅團圓〉兩種，可知舊刻又有單篇本，而《通俗小說》即是若干單篇本的結集，並非一手所成。至於所說故事發生的時代，則多在南宋之初；北宋已少，何況漢唐。又可知小說取材，須在近時；因爲演說古事，範圍即屬講史，雖說小說家亦複「談論古今，如水之流」，但其談古當是引證及裝點，而非小說的本文。如〈拗相公〉開首雖說王莽，但主意卻只在引出王安石，即其例。

七篇中開首即入正文者只有〈菩薩蠻〉，其餘六篇則當講說之前，俱先引詩詞或別的事實，就是「先引下一個故事來，權做個『得勝頭回』。」（本書十五）「頭回」當即冒頭的一回之意，「得勝」是吉語，瓦舍爲軍民所聚，自然也不免以利市語說之，未必因爲進禦才如此。

「得勝頭回」略有定法，可說者凡四：

1.以略相關涉的詩詞引起本文。如卷十用〈春詞〉十一首引起延安郡王遊春；卷十二用士人沈文述的詞逐句解釋，引起遇鬼的士人皆是。

2.以相類之事引起本文。如卷十四以王莽引起王安石是。

3.以較遜之事引起本文。如卷十五以魏生因戲言落職，引起劉貴因戲言遇大禍；卷十六以「交互姻緣」轉入「雙鏡重圓」而「有關風化，到還勝似幾倍」皆是。

4.以相反之事引起本文。如卷十三以王處厚照鏡見白髮的詞有知足之意，引起不伏老的張士廉以晚年娶妻破家是。

而這四種定法，也就牢籠了後來的許多擬作了。

在日本還傳有中國舊刻的《大唐三藏取經記》三卷，共十七章，章必有詩；別一小本則題曰《大唐三藏取經詩話》。《也是園書目》將〈錯斬崔寧〉及〈馮玉梅團圓〉歸入「宋人詞話」門，或者此類話本，有時亦稱詞話：就是小說的別名。《通俗小說》每篇引用詩詞之多，實遠過於講史（《五代史平話》、《三國志傳》、《水滸傳》等），開篇引首，中間鋪敘與證明，臨末斷結詠歎，無不徵引詩詞，似乎此舉也就是小說的一樣必要條件。引詩爲證，在中國本是起源很古的，漢韓嬰的《詩外傳》，劉向的《列女傳》，皆早經引《詩》以證雜說及故事，但未必與宋小說直接相關；只是「借古語以爲重」的精神，則雖說漢之與宋，學士之與市人，時候學問，皆極相違，而實有一致的處所。唐人小說中也多半有詩，即使妖魔鬼怪，也每能互相酬和，或者做幾句即興詩，此等風雅舉動，則與宋市人小說不無關涉，但因爲宋小說多是市井間事，人物少有物魅及詩人，於是自不得不由吟詠而變爲引證，使事狀雖殊，而詩氣不脫；吳自牧記講史高手，爲「講得字眞不俗，記問淵源甚廣」（《夢粱錄》二十），即可移來解釋小說之所以多用詩詞的緣故的。

由上文推斷，則宋市人小說的必要條件大約有三：

1.須講近世事；

2.什九須有「得勝頭回」；

3.須引證詩詞。

宋民間之所謂小說的話本，除《京本通俗小說》之外，今尚未見有第二種。《大唐三藏取經詩話》是極拙的擬話本，並且應屬於講史。《大宋宣和遺事》錢曾雖列入「宋人詞話」中，而其實也是擬作的講史，惟因其系鈔撮十種書籍而成，所以也許含有小說分子在內。

然而在《通俗小說》未經翻刻以前，宋代的市人小說也未嘗斷絕；他間或改了名目，夾雜著後人擬作而流傳。那些擬作，則大抵出於明朝人，似宋人話本當時留存尚多，所以擬作的精神形式雖然也有變更，而大體仍然無異。

以下是所知道的幾部書：

1.《喻世明言》。未見。

2.《警世通言》。未見。王士禛云，「《警世通言》有〈拗相公〉一篇，述王安石罷相歸金陵事，極快人意，乃因盧多遜謫嶺南事而稍附益之。」（《香祖筆記》十）〈拗相公〉見《通俗小說》卷十四，是《通言》必含有宋市人小說。

3.《醒世恆言》。四十卷，共三十九事；不題作者姓名。前有天啟丁卯（一六二七）隴西可一居士序云，「六經國史而外，凡著述皆小說也，而尚理或病於艱深，修詞或傷於藻繪，則不足以觸裏耳而振恆心，此《醒世恆言》所以繼《明言》、《通言》而作也……」因知三言之內，最後出的是《恆言》。所說者漢二事，隋三事，唐八事，宋十一事，明十五事。其中隋唐故事，多採自唐人小說，故唐人小說在元既已侵入雜劇及傳奇，至明又侵入了話本；然而懸想古事，不易了然，所以遂於敘述明朝故事的十餘篇遠甚了。宋事有三篇像擬作，七篇

（〈賣油郎獨占花魁〉，〈灌園叟晚逢仙女〉，〈喬太守亂點鴛鴦譜〉，〈勘皮靴單證二郎神〉，〈鬧樊樓多情周勝仙〉，〈吳衙內鄰舟赴約〉，〈鄭節使立功神臂弓〉）疑出自宋人話本，而一篇（〈十五貫戲言成巧禍〉）則即是《通俗小說》卷十五的〈錯斬崔寧〉。

松禪老人序《今古奇觀》云，「墨憨齋增補《平妖》，窮工極變，不失本來。……至所纂《喻世》、《醒世》、《警世》三言，極摹人情世態之岐，備寫悲歡離合之致……」是纂三言與補《平妖》者為一人。明本《三遂平妖傳》有張無咎序，云「茲刻回數倍前，蓋吾友龍子猶所補也。」而首葉則題「馮猶龍先生增定」。可知三言亦馮猶龍作，而龍子猶乃其遊戲筆墨時的隱名。

馮猶龍名夢龍，長洲人（《曲品》作吳縣人），由貢生拔授壽甯知縣，有《七樂齋稿》；然而朱彝尊以為「善為啟顏之辭，時入打油之調，不得為詩家。」（《明詩綜》七十一）蓋馮猶龍所擅長的是詞曲，既作《雙雄記傳奇》，又刻《墨憨齋傳奇定本十種》，多取時人名曲，再加刪訂，頗為當時所稱；而其中的〈萬事足〉，〈風流夢〉，〈新灌園〉是自作。他又極有意於稗說，所以在小說則纂《喻世》、《警世》、《醒世》三言，在講史則增補《三遂平妖傳》。

4.《拍案驚奇》。三十六卷；每卷一事，唐六、宋六、元四、明二十。前有即空觀主人序云，「龍子猶氏所輯《喻世》等書，頗存雅道，時著良規，複取古今來雜碎事，可新聽睹，佐談諧者，演而暢之，得若干卷……」則彷彿此書也是馮猶龍作。然而敘述平板，引證貧辛，「頭回」與正文「捏合」不靈，有時如兩大段；馮猶龍是「文苑之滑稽」，似乎不至於此。同時的松禪老人也不信，故其序《今古奇觀》，於敘墨憨齋編纂三言之下，則云「即空觀主人壺矢代興（36），爰有《拍案驚奇》之刻，頗費搜獲，足供談麈」了。

5.《今古奇觀》。四十卷；每卷一事。這是一部選本，有姑蘇松禪老人序，云是抱甕老人由《喻世》、《醒世》、《警世》三言及《拍案驚奇》中選刻而成。所選的出於《醒世恆言》者十一篇（第一、二、七、八、十五、十六、十七、二十五、二十六、二十七、二十八回），疑為宋人舊話本之〈賣油郎〉、〈灌園叟〉、〈喬太守〉在內；而〈十五貫〉落了選。出於《拍案驚奇》者七篇（第九，十，十八，二十九，三十七，三十九，四十回）。其餘二十二篇，當然是出於《喻世明言》及《警世通言》的了，所以現在借了易得的《今古奇觀》，還可以推見那希覯的《明言》、《通言》的大概。其中還有比漢更古的故事，如俞伯牙，莊子休及羊角哀皆是。但所選並不定佳，大約因爲兩篇的題目須字字相對，所以去取之間，也就很受了束縛了。

6.《今古奇聞》。二十二卷；每卷一事。前署東壁山房主人編次，也不知是何人。書中提及「發逆」，則當是清咸豐或同治初年的著作。日本有翻刻，王寅（字治梅）到日本去賣畫，又翻回中國來，有光緒十七年序，現在印行的都出於此本。這也是一部選集，其中取《醒世恆言》者四篇（卷一，二，六，十八），〈十五貫〉也在內，可惜刪落了「得勝頭回」；取《西湖佳話》者一篇（卷十）；餘未詳，篇末多有自怡軒主人評語，大約是別一種小說的話本，然而筆墨拙澀，尚且及不到《拍案驚奇》。

7.《續今古奇觀》。三十卷；每卷一回。無編者名，亦無印行年月，然大約當在同治末或光緒初。同治七年，江蘇巡撫丁日昌嚴禁淫詞小說，《拍案驚奇》也在內，想來其時市上遂難得，於是《拍案驚奇》即小加刪改，化爲《續今古奇觀》而出，依然流行世間。但除去了《今古奇觀》所已採的七篇，而加上《今古奇聞》中的一篇（〈康友仁輕財重義得科名〉），改立題目，以足三十卷的整數。

此外，明人擬作的小說也還有，如杭人周楫的《西湖二集》三十四卷，東魯古狂生的《醉醒石》十五卷皆是。但都與幾經選刻，輾轉流傳的本子無關，故不復論。

一九二三年十一月

解讀

本文發表於一九二三年十二月一日北京《晨報五週年紀念增刊》。據宋代孟元老《東京夢華錄》、灌園（一作圃）耐得翁《都城紀勝》、吳自牧《夢粱錄》、周密《武林舊事》等，述評宋代民間的小說即話本的概況，和明代擬話本小說「三言二拍」等作品。

《古小說鉤沉》序（《古籍序跋集》）

小說者，班固以爲「出於稗官」，「閭里小知者之所及，亦使綴而不忘，如或一言可採，此亦芻蕘狂夫之議」。是則稗官職志，將同古「採詩之官，王者所以觀風俗知得失」矣。顧其條最諸子，判列十家，複以爲「可觀者九」，而小說不與；所錄十五家，今又散失。惟《大戴禮》引有青史氏之記，《莊子》舉宋鈃之言，孤文斷句，更不能推見其旨。去古既遠，流裔彌繁，然論者尙墨守故言，此其持萌芽以度柯葉乎！余少喜披覽古說，或見訛敚，則取證類書，偶會逸文，輒亦寫出。雖叢殘多失次第，而涯略故在。大共語支言，史官末學，神鬼精物，數術波流；眞人福地，神仙之中駟，幽驗冥征，釋氏之下乘。人間小書，致遠恐泥，而洪筆晚起，此其權輿。況乃錄自里巷，爲國人所白心；出於造作，則思士之結想。心行曼衍，自生此品，其在文林，有如舜華，足以麗爾文明，點綴幽獨，蓋不第爲廣視聽之具而止。然論者尙墨守故言。惜此舊籍，彌益零落，又慮後此閒暇者尟，爰更比輯，並校定昔人集本，合得如干種，名曰《古小說鉤沉》。歸魂故書，即以自求說釋，而爲談大道者言，乃曰：稗官職志，將同古「採詩之官，王者所以觀風俗知得失」矣。

解讀

《古小說鉤沉》是魯迅於一九〇九年六月至一九一一年底輯錄的古小說佚文集，共收周朝《青史子》至隋朝侯白《旌異記》等三十六種。魯迅生前沒有機會出版此書，直到他逝世後的一九三八年收入魯迅先生紀念委員會編輯的《魯迅全集》第八卷。但因爲本序最初以周作人的署名發表於一九一二年二月紹興刊行的《越社叢刊》第一集，所以未收入此書，直到建國後人民文學出版社出版的《魯迅全集》才「物歸原主」，收入此序，但全書則因非魯迅本人的著作而未收。

本文介紹自己從小喜歡閱讀文言小說，看到問題，就取證類書，偶然遇到珍貴的佚文，就隨手抄錄。他認爲此類作品「足以麗爾文明，點綴幽獨」，但論者依舊「墨守故言」，不予重視，又因「惜此舊籍，彌益零落」，想到後來之人有閒暇（收集和閱讀）者少，於是動手整理校讎，編訂此書。回顧了他自己從一個愛好者演變成爲一個研究者的過程，並表現了一個研究者的責任感和事業心。

《小說舊聞鈔》序言（《古籍序跋集》）

昔嘗治理小說，於其史實，有所鉤稽。時蔣氏瑞藻《小說考證》已版行，取以檢尋，頗獲稗助；獨惜其並收傳奇，未曾理析，校以原本，字句又時有異同。於是凡值涉獵故記，偶得舊聞，足爲參證者，輒複別行迻寫。歷時既久，所積漸多；而二年已前又複廢置，紙笥叢雜，委之蟫塵。其所以不即焚棄者，蓋緣事雖猥瑣，究嘗用心，取捨兩窮，有如雞肋焉爾。今年之春，有所棖觸，更發舊稿，雜陳案頭。一二小友以爲此雖不足以餉名家，或尚非無稗於初學，助之編定，斐然成章，遂亦印行，即爲此本。自愧讀書不多，疏陋殊甚，空災楮墨，貽痛評壇。然皆摭自本書，未嘗轉販；而通卷俱論小說，如《小浮梅閒話》、《小說叢考》、《石頭記索隱》、《紅樓夢辨》等，則以本爲專著，無煩披揀，冀省篇幅，亦不復採也。凡所錄載，本擬力汰複重，以便觀覽，然有破格，可得而言：在《水滸傳》、《聊齋志異》、《閱微草堂筆記》下有複重者，著俗說流傳之跡也；在《西遊記》下有複重者，揭此書不著錄於地志之漸也；在《源流篇》中有複重者，明箚記肊說稗販之多也。無稽甚者，亦在所刪，而獨留《消夏閑記》、《揚州夢》各一則，則以見悠謬之談，故書中蓋常有，且複至於此耳。翻檢之書，別爲目錄附於末；然亦有未嘗通觀全部者，如王圻《續文獻通考》，實僅閱其《經籍考》而已。

一九二六年八月一日，校訖記。魯迅

解讀

《小說舊聞鈔》是魯迅輯錄的小說史料集，一九二六年八月北新書局初版時爲三十九篇。前三十五篇是關於三十八種舊小說的史料，後四篇是關於小說的源流、評刻、禁黜等方面的史料。內附魯迅的按語。該書經增補後於一九三五年七月由上海聯華書局再版。

本文敘述編印此書的緣起和經過，並對此書的有關問題略作說明。「今年之春，有所棖（chéng）觸（感觸）」，指陳源於一九二六年一月三十日《晨報副刊》發表〈致志摩〉的信，說魯迅《中國小說史略》抄襲日本鹽谷溫《支那文學概論講話》：「他（指魯迅）常常挖苦別人家抄襲。有一個學生鈔了沫若的幾句詩，他老先生罵得刻骨鏤心的痛快，可是他自己的《中國小說史略》，卻就是根據日本人鹽谷溫的《支那文學概論講話》裏面的『小說』一部分。其實拿人家的著述做你自己的藍本，本可以原諒，只要你在書中有那樣的聲明，可是魯迅先生就沒有那樣的聲明。在我們看來，你自己做了不正當的事也就罷了，何苦再去挖苦一個可憐的學生，可是他還儘量的把人家刻薄。『竊鉤者誅，竊國者侯』，本是自古已有的道理。」魯迅於同年二月一日的〈不是信〉（《華蓋集續編》）及其他文章中予以辯駁。他在〈不是信〉中說：這「流言」早聽到過了；後來見於《閒話》，說是「整大本的摽竊」，但不直指我，而同時有些人的口頭上，卻相傳是指我的《中國小說史略》。我相信陳源教授是一定會幹這樣勾當的。但他既不指名，我也就只回敬他一通罵街，這可實在不止「侵犯了他一言半語」。這回說出來了；我的「以小人之心」也沒有猜錯了「君子之腹」。但那罪名卻改爲「做你自己的藍本」了，比先前輕得多，彷彿比自謙爲「一言半語」的「冷箭」鈍了一點似的。鹽谷氏的書，確是我的參考書之一，我的《小說史略》二十八篇的第二篇，是根據它的，還有論《紅樓夢》的幾點和一張《賈氏系圖》，也是根據它的，但不過是大意，次序和意見就很不同。其他二十六篇，我都有我獨立的準備，證據是和他的所說還時常相反。例如現有的漢人小說，他以爲眞，我以爲假；唐人小說的分類他據森槐南，我卻用我法。六朝小說他據《漢魏叢書》，我據別本及自己的輯本，這工夫曾經費去兩年多，稿本有十冊在這裏；唐人小說他據謬誤最多的《唐人說薈》，我是用《太平廣記》的，此外還一本一本搜起來……。其餘分量，取捨，考證的不同，尤難枚舉。自然，大致是不能不同的，例如他說漢後有唐，唐後有宋，我也這樣說，因爲都以中國史實爲「藍本」。我無法「捏造得新奇」，雖然塞文狄斯的事實和「四書」合成的時代也不妨創造。但我的意見，卻以爲似乎不可，因爲歷史和詩歌小說是兩樣的。詩歌小說雖有人說同是天才即不妨所見略同，所作相像，但我以爲究竟也以獨創爲貴；歷史則是紀事，固然不當偷成書，但也不必全兩樣。說詩歌小說相類不妨，歷史有幾點近似便是「摽竊」，那是「正人君子」的特別意見，只在以「一言半語」「侵犯」「魯迅先生」時才適用的。好在鹽谷氏的書聽說（！）已有人譯成（？）中文，兩書的異點如何，怎樣「整大本的摽竊」，還是做「藍本」，不久（？）就可以明白了。在這以前，我以爲恐怕連陳源教授自己也不知道這些底細，因爲不過是聽來的「耳食之言」。不知道對不對？（鹽谷教授的《支那文學概論講話》的譯本，今年夏天看見了，將五百餘頁的原書，譯成了薄薄的一本，那小說一部分，和我的也無從對比了。廣告上卻道「選譯」。措辭實在聰明得很。十月十四日補記。）魯迅先生爲自己辯護：中國小說史的歷史發展大局，鹽谷溫這樣寫，他也只能這樣寫，所以整部書的目錄和大體結構雙方只能差不多，但在具體論述和觀點方面、小說原作材料的來源和採用方面則有很大的不同。

陳源對魯迅的這種指責的確是不公正的，後來他也修正了自己的看法；當然，魯迅自作辯解也是很有必要的。歷史早已證明了魯迅的清白，魯迅此書的高度成就也一直有目共睹，並無異議。

《小說舊聞鈔》再版序言（《古籍序跋集》）

《小說舊聞抄》者，實十餘年前在北京大學講《中國小說史》時，所集史料之一部。時方困瘁，無力買書，則假之中央圖書館，通俗圖書館，教育部圖書室等，廢寢輟食，銳意窮搜，時或得之，瞿然則喜，故凡所採掇，雖無異書，然以得之之難也，頗亦珍惜。迨《中國小說史略》印成，複應小友之請，取關於所謂俗文小說之舊聞，爲昔之史家所不屑道者，稍加次第，付之排印，特以見聞雖隘，究非轉販，學子得此，或足省其浬重尋檢之勞焉而已。而海上妄子，遂騰簧舌，以此爲有閑之證，亦即爲有錢之證也，則鞞腰曼舞，噴沫狂談者尚已。然書亦不甚行，迄今十年，未聞再版，顧亦偶有尋求而不能得者，因圖複印，略酬同流，惟於此道久未關心，得見古書之機會又日尟，故除錄《癸辛雜識》、《曲律》、《賭棋山莊集》三書而外，亦不能有所增益矣。此十年中，研究小說者日多，新知灼見，洞燭幽隱，如《三言》之統系，《金瓶梅》之原本，皆使歷來凝滯，一旦豁然；自《續錄鬼簿》出，則羅貫中之謎，爲昔所聚訟者，遂亦冰解，此豈前人憑心逞臆之所能至哉！然此皆不錄。所以然者，乃緣或本爲專著，載在期刊，或未見原書，憚於轉寫，其詳，則自有馬廉、鄭振鐸二君之作在也。

一九三五年一月二十四之夜，魯迅校訖記

解讀

此文爲一九三五年七月由上海聯華書局再版時的序言，介紹此書是《中國小說史略》的準備工作的一部分，和自己當年在各家圖書館抄錄時的艱辛。

《唐宋傳奇集》稗邊小綴（《古籍序跋集》）

〈古鏡記〉見《太平廣記》卷二百三十，改題〈王度〉，注云：出《異聞集》。《太平御覽》（九百十二）引其程雄家婢一事，作隋王度〈古鏡記〉，蓋緣所記皆隋時事而誤。《文苑英華》（七百三十七）顧況《戴氏廣異記》序云「國朝燕公〈梁四公記〉、唐臨〈冥報記〉、王度〈古鏡記〉、孔慎言〈神怪志〉、趙自勤〈定命錄〉，至如李庾、成張孝舉之徒，互相傳說。」則度實已入唐，故當爲唐人。惟《唐書》及《新唐書》皆無度名。其事蹟之可藉本文考見者，如下：大業七年五月，自御史罷歸河東；六月，歸長安。八年四月，在臺；冬，兼著作郎，奉詔撰國史。九年秋，出兼芮城令；冬，以御史帶芮城令，持節河北道，開倉賑給陝東。十年，弟勣自六合丞棄官歸，複出遊。十三年六月，勣歸長安。由隋入唐者有王績，絳州龍門人，《新唐書》（一九六）〈隱逸傳〉云：「大業中，舉孝悌廉潔，……不樂在朝，求爲六合丞。以嗜酒不任事，時天下亦亂，因劾，遂解去。歎曰：『羅網在天下，吾且安之！』乃還鄉里。……初，兄凝爲隋著作郎，撰《隋書》，未成，死。績續餘功，亦不能成。」則《新唐書》之績及凝，即此文之勣及度，或度一名凝，或《唐書》字誤，未能詳也。《唐書》（一九二）亦有績傳，云：「貞觀十八年卒。」時度已先歿，然不知在何年。宋晁公武《郡齋讀書志》（十四）類書類有〈古鏡記〉一卷，云：「右未詳撰人，纂古鏡故事。」或即此。《御覽》所引一節，文字小有不同。如「爲下邽陳思恭義女」下有「思恭妻鄭氏」五字，「遂將鸚鵡」之「將」作「劫」，皆較《廣記》爲勝。

〈補江總白猿傳〉據明長洲《顧氏文房小說》覆刊宋本錄，校以《太平廣記》四百四十四所引改正數字。《廣記》題曰《歐陽紇》，注云：出〈續江氏傳〉，是亦據宋初單行本也。

此傳在唐宋時蓋頗流行，故史志屢盡著錄：《新唐書‧藝文志》子部小說家類：〈補江總白猿傳〉一卷。《郡齋讀書志》史部傳記類：〈補江總白猿傳〉一卷。右不詳何人撰。述梁大同末歐陽紇妻爲猿所竊，後生子詢。《崇文目》以爲唐人惡詢者爲之。

《直齋書錄解題》子部小說家類：〈補江總白猿傳〉一卷。無名氏。歐陽紇者，詢之父也。詢貌獼猿，蓋常與長孫無忌互相嘲謔矣。此傳遂因其嘲廣之，以實其事。託言江總，必無名子所爲也。

《宋史・藝文志》子部小說類：〈集補江總白猿傳〉一卷。長孫無忌嘲歐陽詢事，見劉餗《隋唐嘉話》（中）。其詩云：「聳髆成山字，埋肩不出頭。誰家麟閣上，畫此一獼猴！」蓋詢聳肩縮頸，狀類獼猴。而老玃竊人婦生子，本舊來傳說。漢焦延壽《易林》（坤之剝）已云：「南山大玃，盜我媚妾。」晉張華作《博物志》，說之甚詳（見卷三〈異獸〉）。唐人或妒詢名重，遂牽合以成此傳。其曰「補江總」者，謂總爲歐陽紇之友，又嘗留養詢，具知其本末，而未爲作傳，因補之也。

〈離魂記〉見《廣記》三百五十八，原題〈王宙〉，注云出〈離魂記〉，即據以改題。「二男並孝廉擢第，至丞尉」句下，原有「事出陳玄祐〈離魂記〉云」九字，當是羨文，今刪。玄祐，大歷時人，餘未知其審。

〈枕中記〉今所傳有兩本，一在〈廣記〉八十二，題作〈呂翁〉，注云出《異聞集》；一見於《文苑英華》八百三十三，篇名撰人名畢具。而《唐人說薈》竟改稱李泌作，莫喻其故也。沈既濟，蘇州吳人（《元和姓纂》云吳興武康人），經學該博，以楊炎薦，召拜左拾遺史館修撰。貞元時，炎得罪，既濟亦貶處州司戶參軍。後入朝，位禮部員外郎，卒。撰《建中實錄》十卷，人稱其能。《新唐書》（百三十二）有傳。既濟爲史家，筆殊簡質，又多規誨，故當時雖薄傳奇文者，仍極推許。如李肇，即擬以莊生寓言，與韓愈之〈毛穎傳〉並舉（《國史補》下）。《文苑英華》不收傳奇文，而獨錄此篇及陳鴻〈長恨傳〉，殆亦以意主箴規，足爲世戒矣。

在夢寐中忽歷一世，亦本舊傳。晉干寶《搜神記》中即有相類之事。云「焦湖廟有一玉枕，枕有小坼。時單父縣人楊林爲賈客，至廟祈求。廟巫謂曰：君欲好婚否？林曰：幸甚。巫即遣林近枕邊，因入坼中。遂見朱樓瓊室，有趙太尉在其中。即嫁女與林，生六子，皆爲秘書郎。歷數十年，並無思歸之志。忽如夢覺，猶在枕旁，林愴然久之。」（見宋樂史《太平寰宇記》百二十六引。現行本《搜神記》乃後人鈔合，失收此條。）蓋即〈枕中記〉所本。明湯顯祖又本〈枕中記〉以作《邯鄲記》傳奇，其事遂大顯於世。原文呂翁無名，《邯鄲記》實以呂洞賓，殊誤。洞賓以開成年下第入山，在開元後，不應先已得神仙術，且稱翁也。然宋時固已溷爲一談，吳曾《能改齋漫錄》，趙與岩《賓退錄》皆嘗辨之。明胡應麟亦有考正，見《少室山房筆叢》中之〈玉壺遐覽〉。

《太平廣記》所收唐人傳奇文，多本《異聞集》。其書十卷，唐末屯田員外郎陳翰撰，見《新唐書．藝文志》，今已不傳。據《郡齋讀書志》（十三）云，「以傳記所載唐朝奇怪事，類爲一書」，及見收於《廣記》者察之，則爲撰集前人舊文而成。然照以他書所引，乃同是一文，而字句又頗有違異。

或所據乃別本，或翰所改定，未能詳也。此集之〈枕中記〉，即據《文苑英華》錄，與《廣記》之採自《異聞集》者多不同。尤甚者如首七句《廣記》作「開元十九年，道者呂翁經邯鄲道上，邸舍中設榻，施擔囊而坐。」「主人方蒸黍」作「主人蒸黃粱爲饌」。後來凡言「黃粱夢」者，皆本《廣記》也。此外尚多，今不悉舉。

〈任氏傳〉見《廣記》四百五十二，題曰〈任氏〉，不著所出，蓋嘗單行。「天寶九年」上原有「唐」字。案《廣記》取前代書，凡年號上著國號者，大抵編錄時所加，非本有，今刪。他篇皆仿此。

右第一分

李吉甫〈編次鄭欽說辨大同古銘論〉，清趙鉞及勞格撰之《唐御史臺精舍題名考》（三）云，見於《文苑英華》。先未寫出，適又無《文苑英華》可借，因據《廣記》三百九十一錄其文，本題〈鄭欽說〉，則複依趙鉞、勞格說改也。文亦原非傳奇，而《廣記》注云出〈異聞記〉，蓋其事奧異，唐宋人固已以小說視之，因編於集。李吉甫字弘憲，趙人，貞元初，爲太常博士；累仕至翰林學士中書舍人。元和二年，以中書侍郎同中書門下平章事，出爲淮南節度使，旋複入相。九年十月，暴疾卒，年五十七。贈司空，謚忠懿。兩《唐書》（舊一四八新一四六）皆有傳。鄭欽說則《新唐書》（二百）附見《儒學》〈趙冬曦傳〉中。云開元初繇新津丞請試五經擢第，授鞏縣尉，集賢院校理，右補闕，內供奉。雅爲李林甫所惡。韋堅死，欽說時位殿中侍御史，嘗爲堅判官，貶夜郎尉，卒。

〈柳氏傳〉出《廣記》四百八十五，題下注云許堯佐撰。《新唐書》（二百）〈儒學〉〈許康佐傳〉云：「貞元中，舉進士宏辭，連中之。……其諸弟皆擢進士第，而堯佐最先進；又舉宏辭，爲太子校書郎。八年，康佐繼之。堯佐位諫議大夫。」柳氏事亦見於孟棨〈本事詩〉（〈情感〉第一），自云開成中在梧州聞之大梁夙將趙唯，乃其目擊。所記與堯佐傳並同，蓋事實也。而述翃複得柳氏後事較詳審，錄之：後罷府閒居，將十年。李相勉鎮夷門，又署爲幕吏。時韓已遲暮，同列皆新進後生，不能知韓。舉目爲「惡詩」。韓邑邑不得意，多辭疾在家。唯末職韋巡官者，亦知名士，與韓獨善。一日，夜將半，韋叩門急。韓出見之，賀曰：「員外除駕部郎中，知制誥。」韓大愕然曰：「必無此事，定誤矣。」韋就座曰：「留邸狀報制誥闕人。中書兩進名，御筆不點出。又請之，且求聖旨所與。德宗批曰：『與韓翃。』時有與翃同姓名者，爲江淮刺史。又具二人同進。御筆複批曰：『春城無處不飛花，寒食東風御柳斜。日暮漢宮傳蠟燭，輕煙散入五侯家。』又批曰：『與此韓翃。』」韋又賀曰：「此非員外詩耶？」韓曰：「是也。是知不誤矣。」質明，而李與僚屬皆至。時建中初也。後來取其事以作劇曲者，明有吳長孺《練囊記》，清有張國壽《章台柳》。

〈柳毅傳〉見《廣記》四百十九卷，注云出《異聞集》。原題無傳字，今增。據本文，知爲隴西李朝威作，然作者之生平不可考。柳毅事則頗爲後人採用，金人已摭以作雜劇（語見董解元《弦索西廂》）；元尚仲賢有《柳毅傳書》，翻案而爲《張生煮海》；李好古亦有《張生煮海》；明黃說仲有《龍簫記》。用於詩篇，亦複時有。而胡應麟深惡之，曾云：「唐人小說如柳毅傳書洞庭事，極鄙誕不根，文士亟當唾去，而詩人往往好用之。夫詩中用事，本不論虛實，然此事特誑而不情。造言者至此，亦橫議可誅者也。何仲默每戒人用唐宋事，而有『舊井潮深柳毅祠』之句，亦大鹵莽。今特拈出，爲學詩之鑑。」（《筆叢》三十六）中繹此意，則爲凡漢晉人語，倘或近情，雖誣可用。古人欺以其方，即明知而樂受，亦未得爲篤論也。

〈李章武傳〉出《廣記》卷三百四十。原題無傳字，篇末注云出李景亮爲作傳，今據以加。景亮，貞元十年詳明政術可以理人科擢第，見《唐會要》，餘未詳。

〈霍小玉傳〉出《廣記》四百八十七，題下注云蔣防撰。

防字子徵（《全唐文》作微），義興人，澄之後。年十八，父誡令作〈秋河賦〉，援筆即成。於簡遂妻以子。李紳即席命賦〈韝上鷹〉詩。紳薦之。後歷翰林學士中書舍入（明淩迪知《古今萬姓統譜》八十六）。長慶中，紳得罪，防亦自尚書司封員外郎知制誥貶汀州刺史（《舊唐書》〈敬宗紀〉），尋改連州。李益者，字君虞，系出隴西，累官右散騎常侍。太和中，以禮部尚書致仕。時又有一李益，官太子庶子，世因稱君虞爲「文章李益」以別之，見《新唐書》（二百三）〈李華傳〉。益當時大有詩名，而今遺集零落，清張澍曾裒集爲一卷，刻《二酉堂叢書》中，前有事輯，收羅李事甚備。〈霍小玉傳〉雖小說，而所記蓋殊有因，杜甫〈少年行〉有句云：「黃衫年少宜來數，不見堂前東逝波」，即指此事。時甫在蜀，殆亦從傳聞得之。益之友韋夏卿，字雲客，京兆萬年人，亦兩《唐書》（舊一六五新一六二）皆有傳。李肇（《國史補》中）云：「散騎常侍李益少有疑病」，而傳謂小玉死後，李益乃大猜忌，則或出於附會，以成異聞者也。明湯海若嘗取其事作《紫蕭記》。

右第二分

李公佐所作小說，今有四篇在《太平廣記》中，其影響於後來者甚鉅，而作者之生平顧不易詳。從文中所自述，得以考見者如次：貞元十三年，泛瀟湘蒼梧。（〈古嶽瀆經〉）十八年秋，自吳之洛，暫泊淮浦。（〈南柯太守傳〉）元和六年五月，以江淮從事受使至京，回次漢南。（〈馮媼傳〉）八年春，罷江西從事，扁舟東下，淹泊建業。（〈謝小娥傳〉）冬，在常州。

（〈經〉）九年春，訪古東吳，泛洞庭，登包山。

（〈經〉）十三年夏月，始歸長安，經泗濱。（〈謝傳〉）《全唐詩》末卷有李公佐僕詩。其本事略謂公佐舉進士後，爲鐘陵從事。有僕夫執役勤瘁，迨三十年。一旦，留詩一章，距躍淩空而去。詩有「顓蒙事可親」之語，注云：「公佐字顓蒙」，疑即此公佐也。然未知《全唐詩》採自何書，度必出唐人雜說，而尋檢未獲。《唐書》（七十）《宗室世系表》有千牛備身公佐，爲河東節度使說子，靈鹽朔方節度使公度弟，則別一人也。《唐書》〈宣宗紀〉載有李公佐，會昌初，爲楊府錄事，大中二年，坐累削兩任官，卻似顓蒙。然則此李公佐蓋生於代宗時，至宣宗初猶在，年幾八十矣。惟所見僅孤證單文，亦未可遽定。

〈古嶽瀆經〉出《廣記》四百六十七，題爲〈李湯〉，注云出《戎幕閒談》，《戎幕閒談》乃韋絢作，而此篇是公佐之筆甚明。元陶宗儀《輟耕錄》（二十九）云：「東坡〈濠州塗山〉詩『川鎖支祁水尚渾』注，『程演曰：《異聞集》載〈古嶽瀆經〉：禹治水，至桐柏山，獲淮渦水神，名曰巫支祁。』」其出處及篇名皆具，今即據以改題，且正《廣記》所注之誤。〈經〉蓋公佐擬作，而當時已被其淆惑。李肇《國史補》（上）即云：「楚州有漁人，忽於淮中釣得古鐵鎖，挽之不絕。以告官。刺史李湯大集人力，引之。鎖窮，有青獮猴躍出水，複沒而逝。後有驗《山海經》云，水獸好爲害，禹鎖於軍山之下，其名曰無支祁。」驗今本《山海經》無此語，亦不似逸文。肇殆爲公佐此作所誤，又誤記書名耳。且亦非公佐據《山海經》逸文，以造〈嶽瀆經〉也。至明，遂有人徑收之《古逸書》中。胡應麟（《筆叢》三十二）亦有說，以爲「蓋即六朝人踵《山海經》體而贗作者。或唐人滑稽玩世之文，命名〈嶽瀆〉可見。以其說頗詭異，故後世或喜道之。宋太史景濂亦稍隱括集中，總之以文爲戲耳。羅泌《路史》辯有無支祁；世又訛禹事爲泗州大聖，皆可笑。」所引文亦與《廣記》殊有異同：禹理水作禹治淮水；走雷作迅雷；石號作水號；五伯作土伯；搜命作授命；千作等山；白首作白面；奔輕二字無；聞字無；章律作童律，下重有童律二字；鳥木由作烏木由，下亦重有三字；庚辰下亦重有庚辰字；桓下有胡字；聚作叢；以數千載作以千數；大索作大械；末四字無。頗較順利可誦識。然未審元瑞所據者爲善本，抑但以意更定也，故不據改。

朱熹《楚辭辯證》（下）云：「〈天問〉，鯀竊帝之息壤以堙洪水，特戰國時俚俗相傳之語，如今世俗僧伽降無之祁，許遜斬蛟蜃精之類。本無依據，而好事者遂假託撰造以實之。」是宋時先訛禹爲僧伽。王象之《輿地紀勝》（四十四淮南東路盱眙軍）云：「水母洞在龜山寺，俗傳泗州僧伽降水母於此。」則複訛巫支祁爲水母。褚人獲《堅瓠續集》（二）云：「〈水經〉載禹治水至淮，淮神出見。形一獼猴，爪地成水。禹命庚辰執之。遂鎖於龜山之下，淮水乃平。至明，高皇帝過龜山，令力士起而視之。因拽鐵索盈兩舟，而千人撥之起。僅一老猿，毛長蓋體，大吼一聲，突入水底。高皇帝急令羊豕祭之，亦無他患。」是又訛此文爲〈水經〉，且堅嫁李湯事於明太祖矣。

〈南柯太守傳〉出《廣記》四百七十五，題〈淳于棼〉，注云出《異聞錄》。〈傳〉是貞元十八年作，李肇爲之贊，即綴篇末。而元和中肇作《國史補》，乃云「近代有造謗而著者，〈雞眼〉、〈苗登〉二文；有傳蟻穴而稱者，李公佐〈南柯太守〉；有樂伎而工篇什者，成都薛濤；有家僮而善章句者，郭氏奴（不記名）。皆文之妖也。」（卷下）約越十年，遂詆之至此，亦可異矣。棼事亦頗流傳，宋時，揚州已有南柯太守墓，見《輿地紀勝》（三十七淮南東路）引《廣陵行錄》。明湯顯祖據以作《南柯記》，遂益廣傳至今。

〈廬江馮媼傳〉出《廣記》三百四十三，注云出《異聞傳》。事極簡略，與公佐他文不類。然以其可考見作者蹤跡，聊複存之。《廣記》舊題無傳字，今加。

〈謝小娥傳〉出《廣記》四百九十一，題李公佐撰。不著所從出，或嘗單行歟，然史志皆不載。唐李復言作《續玄怪錄》，亦詳載此事，蓋當時已爲人所豔稱。至宋，遂稍訛異，《輿地紀勝》（三十四江南西路）記臨江軍人物，有謝小娥，云：「父自廣州部金銀綱，攜家入京，舟過霸灘，遇盜，全家遇害。小娥溺水，不死，行乞於市。後傭於鹽商李氏家，見其所用酒器，皆其父物，始悟向盜乃李也。心銜之，乃置刀藏之，一夕，李生置酒，舉室酣醉。娥盡殺其家人，而聞於官。事聞諸朝，特命以官。娥不願，曰：『已報父仇，他無所事，求小庵修道。』朝廷乃建尼寺，使居之，今金池坊尼寺是也。」事蹟與此傳似是而非，且列之李邈與傳雱之間，殆已以小娥爲北宋末人矣。明淩濛初作通俗小說（《拍案驚奇》十九），則據《廣記》。

貞元十一年，太原白行簡作〈李娃傳〉，亦應李公佐之命也。是公佐不特自製傳奇，且亦促儕輩作之矣。〈傳〉今在《廣記》卷四百八十四，注云出《異聞集》。元石君寶作《李亞仙花酒麴江池》，明薛近兗作《繡襦記》，皆本此。胡應麟（《筆叢》四十一）論之曰：「娃晚收李子，僅足贖其棄背之罪，傳者亟稱其賢，大可哂也。」以《春秋》決傳奇獄，失之。行簡字知退（《新唐書》〈宰相世系表〉云，字退之），居易弟也。貞元末，登進士第。元和十五年，授左拾遺，累遷司門員外郎主客郎中。寶曆二年冬，病卒。兩《唐書》皆附見〈居易傳〉（舊一六六新一一九）。有集二十卷，今不存。傳奇則尚有〈三夢記〉一篇，見原本《說郛》卷四。其劉幽求一事尤廣傳，胡應麟（《筆叢》三十六）又云：「《太平廣記》夢類數事皆類此。此蓋實錄，余悉祖此假託也。」案清蒲松齡《聊齋志異》中之〈鳳陽士人〉，蓋亦本此。

《說郛》於〈三夢記〉後，尚綴〈紀夢〉一篇，亦稱行簡作。而所記年月爲會昌二年六月，時行簡卒已十七年矣。疑僞造，或題名誤也。附存以備檢：行簡云：長安西市帛肆有販粥求利而爲之平者，姓張，不得名。家富於財，居光德里。其女，國色也。嘗因晝寢，夢至一處，朱門大戶，棨節森然。由門而入，望其中堂，若設燕張樂之爲，左右廊皆施幃幄。有紫衣吏引張氏於西廊幕次，見少女如張等輩十許人，花容綽約，花鈿照耀。既至，吏促張妝飾，諸女迭助之理澤傅粉。有頃，自外傳呼「侍郎來！」自隙間窺之，見一紫綬大官。張氏之兄嘗爲其小吏，識之，乃言曰：「吏部沈公也。」俄又呼曰：「尚書來！」又有識者，並帥王公也。逡巡複連呼曰：「某來！」「某來！」皆郎官以上，六七箇坐廳前。紫衣吏曰：「可出矣。」群女旋進，金石絲竹鏗，震響中署。酒酣，並州見張氏而視之，尤屬意。謂之曰：「汝習何藝能？」對曰：「未嘗學聲音。」使與之琴，辭不能。曰：「第操之！」乃撫之而成曲。予之箏，亦然；琵琶，亦然。皆平生所不習也。王公曰：「恐汝或遺。」乃令口受詩：「鬟梳鬧掃學宮妝，獨立閒庭納夜涼。手把玉簪敲砌竹，清歌一曲月如霜。」張曰：「且歸辭父母，異日複來。」忽驚啼，寤，手捫衣帶，謂母曰：「尚書詩遺矣！」索筆錄之。問其故，泣對以所夢，且曰：「殆將死乎？」母怒曰：「汝作魘耳。何以爲辭？乃出不祥言如是。」因臥病累日。外親有持酒肴者，又有將食味者。女曰：「且須膏沐澡瀹。」母聽，良久，豔妝盛色而至。食畢，乃遍拜父母及坐客，曰：「時不留，某今往矣。」自授衾而寢。父母環伺之，俄爾遂卒。會昌二年六月十五日也。二十年前，讀書人家之稍豁達者，偶亦教稚子誦白居易〈長恨歌〉。陳鴻所作傳因連類而顯，憶《唐詩三百首》中似即有之。而鴻之事蹟頗晦，惟《新唐書·藝文志》小說類有陳鴻《開元升平源》一卷，注云：「字大亮，貞元主客郎中。」又《唐文粹》（九十五）有陳鴻〈大統紀序〉云：「少學乎史氏，志在編年。貞元丁（案當作乙）酉歲，登太常第，始閒居遂志，迺修《大統紀》三十卷。……七年，書始成，故絕筆於元和六年辛卯。」《文苑英華》（三九二）有元稹撰〈授丘紓陳鴻員外郎制〉，云：「朝議郎行太常博士上柱國陳鴻，堅於討論，可以事舉，可虞部員外郎。」可略知其仕歷。〈長恨傳〉則有三本。一見於《文苑英華》七百九十四；明人又附刊一篇於後，云出《麗情集》及《京本大麯》，文句甚異，疑經張君房輩增改以便觀覽，不足據。一在《廣記》四百八十六卷中，明人掇以實叢刊者皆此本，最爲廣傳。而與《文苑》本亦頗有異同，尤甚者如「其年複四月」至篇末一百七十二字，《廣記》止作「至憲宗元和元年，盩厔白居易爲歌以言其事。並前秀才陳鴻作傳，冠於歌之前，目爲〈長恨歌傳〉」而已。自稱前秀才陳鴻，爲《文苑》本所無，後人亦決難臆造，豈當時固有詳略兩本歟，所未詳也。今以《文苑英華》較不易見，故據以入錄。然無詩，則以載於《白氏長慶集》者足之。

《五色線》（下）引陳鴻〈長恨傳〉云：「貴妃賜浴華清池，清瀾三尺，中洗明玉，既出水，力微不勝羅綺。」今三本中均無第二三語。惟《青瑣高議》（七）中〈趙飛燕別傳〉有云：「蘭湯灩灩，昭儀坐其中，若三尺寒泉浸明玉。」宋秦醇之所作也。蓋引者偶誤，非此傳逸文。

本此傳以作傳奇者，有清洪昉思之《長生殿》，今尚廣行。蝸寄居士有雜劇曰《長生殿補闕》，未見。

〈東城老父傳〉出《廣記》四百八十五。《宋史．藝文志》史部傳記類著錄陳鴻〈東城老父傳〉一卷，則曾單行。傳末賈昌述開元理亂，謂「當時取士，孝悌理人而已，不聞進士宏詞拔萃之爲其得人也。」亦大有敘「開元升平源」意。又記時人語云：「生兒不用識文字，鬥雞走馬勝讀書。賈家小兒年十三，富貴榮華代不如。」同出於陳鴻所作傳，而遠不如《長恨傳》中「生女勿悲酸，生男勿喜歡」之爲世傳誦，則以無白居易爲作歌之爲之也。

《資治通鑑考異》卷十二所引有《升平源》，雲世以爲吳兢所撰，記姚元崇藉射邀恩，獻納十事，始奉詔作相事。司馬光駁之曰：「果如所言，則元崇進不以正。又當時天下之事，止此十條，須因事啟沃，豈一旦可邀。似好事者爲之，依託兢名，難以盡信。」案兢，汴州浚儀人，少勵志，貫知經史。魏元忠薦其才堪論撰，詔直史館，修國史。私撰《唐書》、《唐春秋》，敘事簡核，人以董狐目之。有傳在《唐書》（舊一百二新一三二）。《開元升平源》，《唐志》本云陳鴻作，《宋史．藝文志》史部故事類始著吳兢《貞觀政要》十卷，又《開元升平源》一卷。疑此書本不著撰人名氏，陳鴻、吳兢，並後來所題。二人於史皆有名，欲假以增重耳。今姑置之〈東城老父傳〉之後，以從《通鑑考異》寫出，故仍題兢名。

右第三分

元稹字微之，河南河內人，以校書郎累仕至中書舍人，承旨學士。由工部侍郎入相，旋出爲同州刺史，改越州，兼浙東觀察使。太和初，入爲尚書左丞，檢校戶部尚書，兼鄂州刺史武昌軍節度使。五年七月，卒於鎮，年五十三。兩《唐書》（舊一六六新一七四）皆有傳。於文章亦負重名，自少與白居易唱和。當時言詩者稱「元白」，號爲「元和體」。有《元氏長慶集》一百卷，《小集》十卷，今惟《長慶集》六十卷存。〈鶯鶯傳〉見

《廣記》四百八十八。其事之振撼文林，爲力甚大。當時已有楊巨源李紳輩作詩以張之；至宋，則趙令畤拈以制《商調蝶戀花》（在《侯鯖錄》中）；金有董解元作《弦索西廂》；元有王實甫《西廂記》，關漢卿《續西廂記》；明有李日華《南西廂記》，陸采亦有《南西廂記》，周公魯有《翻西廂記》；至清，查繼佐尚有《續西廂》雜劇云。

因〈鶯鶯傳〉而作之雜劇及傳奇，曩惟王關本易得。今則劉氏暖紅室已刊《弦索西廂》，又聚趙令時《商調蝶戀花》等較著之作十種爲《西廂記十則》。市肆中往往而有，不難致矣。

〈鶯鶯傳〉中已有紅孃及歡郎等名，而張生獨無名字。王楙《野客叢書》（二十九）云：「唐有張君瑞，遇崔氏女於蒲。崔小名鶯鶯。元稹與李紳語其事。作〈鶯鶯歌〉。」客中無趙令畤《侯鯖錄》，無從知《商調蝶戀花》中張生是否已具名字。否則宋時當尚有小說或曲子，字張爲君瑞者。漫識於此，俟有書時考之。

〈周秦行紀〉餘所見凡三本。一在《廣記》卷四百八十九；一在顧氏《文房小說》中，末一行云「宋本校行」；一附於《李衛公外集》內，是明刊本。後二本較佳，即據以互校轉寫，並從《廣記》補正數字。三本皆題牛僧孺撰。僧孺，字思黯，本隴西狄道人，居宛葉間。元和初，以賢良方正對策第一，條指失政，鯁訐不避權貴，因不得意。後漸仕至御史中丞，以戶部侍郎同中書門下平章事。又累貶爲循州長史。宣宗立，乃召還，爲太子少師。大中二年，年六十九卒，贈太尉，謚文簡。兩《唐書》（舊一七二新一七四）皆有傳。僧孺性堅僻，與李德裕交惡，各立門戶，終生不解。又好作志怪，有《玄怪錄》十卷，今已佚，惟輯本一卷存。而〈周秦行紀〉則非眞出僧孺手。晁公武（《郡齋讀書志》十三）云：「賈黃中以爲韋瓘所撰。瓘，李德裕門人，以此誣僧孺」者也。案是時有兩韋瓘，皆嘗爲中書舍人。一年十九入關，應進士舉，二十一進士狀頭，榜下除左拾遺，大中初任廉察桂林，尋除主客分司。見莫休符《桂林風土記》。一字茂宏，京兆萬年人，韋夏卿弟正卿之子也。「及進士第，仕累中書舍人。與李德裕善。……李宗閔惡之，德裕罷，貶爲明州長史。」見《新唐書》（一六二）〈夏卿傳〉，則爲作〈周秦行紀〉者。胡應麟（《筆叢》三十二）云：「中有『沈婆兒作天子』等語，所爲根蒂者不淺。獨怪思黯罹此巨謗，不亟自明，何也？牛李二黨曲直，大都魯衛間。牛撰《玄怪》等錄，亡只詞構李，李之徒顧作此以危之。於戲，二子者，用心覩矣！牛迄功名終，而子孫累葉貴盛。李挾高世之才，振代之績，卒淪海島，非忌刻忮害之報耶？輒因是書，播告夫世之工譖愬者。」乙靈於果報，殊未足以饜心。然觀李德裕所作〈周秦行紀論〉，至欲持此一文，致僧孺於族滅，則其陰譎險狠，可畏實甚。棄之者眾，固其宜矣。論猶在集（外集四）中，迻錄於後：言發於中，情見乎辭。則言辭者，志氣之來也。故察其言而知其內，翫其辭而見其意矣。余嘗聞太牢氏（涼國李公嘗呼牛僧孺爲太牢。涼公名不便，故不書。）好奇怪其身，險易其行。以其姓應國家受命之讖，曰：「首尾三麟六十年，兩角犢子恣狂顛，龍蛇相鬥血成川。」及見著《玄怪錄》，多造隱語，人不可解。其或能曉一二者，必附會焉。縱司馬取魏之漸，用田常有齊之由。故自卑秩，至於宰相，而朋黨若山，不可動搖。欲有意擺撼者，皆遭誣坐，莫不側目結舌，事具史官劉軻《日曆》。餘得太牢〈周秦行紀〉，反覆覩其太牢以身與帝王后妃冥遇，欲證其身非人臣相也，將有意於「狂顛」。及至戲德宗爲「沈兒」，以代宗皇后爲「沈」，令人骨戰。可謂無禮於其君甚矣！懷異志於圖讖明矣！余少服臧文仲之言曰：「見無禮於其君者，如鷹鸇之逐鳥雀也。」故貯太牢已久。前知政事，欲正刑書，力未勝而罷。余讀國史，見開元中，御史汝南子諒彈奏牛僊客，以其姓符圖讖。雖似是，而未合「三麟六十」之數。自裴晉國與余涼國（名不便）彭原（程）趙郡（紳）諸從兄，嫉太牢如仇，頗類余志。非懷私忿，蓋惡其應讖也。太牢作鎮襄州日，判復州刺史樂坤〈賀武宗監國狀〉曰：「閒事不足爲賀。」則恃姓敢如此耶！會餘複知政事，將欲發覺，未有由。值平昭義，得與劉從諫交結書，因竄逐之。嗟乎，爲人臣陰懷逆節，不獨人得誅之，鬼得誅矣。凡與太牢膠固，未嘗不是薄流無賴輩，以相表裏。意太牢有望，而就佐命焉，斯亦信符命之致。或以中外罪余於太牢愛憎，故明此論，庶乎知余志。所恨未暇族之，而餘又罷。豈非王者不死乎？遺禍胎於國，亦餘大罪也。倘同餘志，繼而爲政，宜爲君除患。歷既有數，意非偶然，若不在當代，必在於子孫。須乙太牢少長，咸置於法，則刑罰中而社稷安，無患於二百四十年後。嘻！余致君之道，分隔於明時。嫉惡之心，敢辜於早歲？因援毫而攄宿憤。亦書〈行紀〉之跡於後。論中所舉劉軻，亦李德裕黨。《日曆》具稱《牛羊日曆》，牛羊，謂牛僧孺、楊虞卿也，甚毀此二人。書久佚，今有輯本，繆荃蓀刻之《藕香零拾》中。又有皇甫松，著《續牛羊日曆》，亦久佚。《資治通鑑考異》（卷二十）引一則，於〈周秦行紀〉外，且痛詆其家世，今節錄之：太牢早孤。母周氏，冶蕩無檢。鄉里云：「兄弟羞赧，乃令改醮。」既與前夫義絕矣，及貴，請以出母追贈。《禮》云：「庶氏之母死，何爲哭於孔氏之廟乎？」又曰：「不爲伋也妻者，是不爲白也母。」而李清心妻配牛幼簡，是夏侯銘所謂「魂而有知，前夫不納於幽壤，歿而可作，後夫必訴於玄穹。」使其母爲失行無適從之鬼，上罔聖朝，下欺先父，得曰忠孝智識者乎？作〈周秦行紀〉，呼德宗爲「沈婆兒」，謂睿眞皇太后爲「沈婆」。此乃無君甚矣！蓋李之攻牛，要領在姓應圖讖，心非人臣，而〈周秦行紀〉之稱德宗爲「沈婆兒」，尤所以證成其罪。故李德裕既附之論後，皇甫松《續曆》亦嚴斥之。今李氏《窮愁志》雖尚存（《李文饒外集》卷一至四，即此），讀者蓋寡；牛氏《玄怪錄》亦早佚，僅得後人爲之輯存。獨此篇乃屢刻於叢書中，使世間由是更知僧孺名氏。時世既遷，怨親俱泯，後之結果，蓋往往非當時所及料也。

李賀《歌詩編》（一）有〈送沈亞之歌〉，序言元和七年送其下第歸吳江，故詩謂「吳興才人怨春風，桃花滿陌千里紅，紫絲竹斷驄馬小，家住錢塘東複東。」中複云「春卿拾才白日下，擲置黃金解龍馬，攜笈歸江重入門，勞勞誰是憐君者」也。然《唐書》已不詳亞之行事，僅於〈文苑傳序〉一舉其名。幸《沈下賢集》迄今尚存，並考宋計有功《唐詩紀事》，元辛文房《唐才子傳》，猶能知其概略。亞之字下賢，吳興人。元和十年，進士及第，歷殿中侍御史內供奉。太和初，爲德州行營使者柏耆判官。耆貶，亞之亦謫南康尉；終郢州掾。其集本九卷，今有十二卷，蓋後人所加。中有傳奇三篇。亦並見《太平廣記》，皆注云出《異聞集》，字句往往與集不同。今者據本集錄之。

〈湘中怨辭〉出《沈下賢集》卷二。《廣記》在二百九十八，題曰〈太學鄭生〉，無序及篇末「元和十三年」以下三十六字。文句亦大有異，殆陳翰編《異聞集》時之所刪改歟。然大抵本集爲勝。其「逐我」作「逐我」，則似《廣記》佳。惟亞之好作澀體，今亦無以決之。故異同雖多，悉不復道。

〈異夢錄〉見集卷四。唐谷神子已取以入《博異志》。《廣記》則在二百八十二，題曰〈邢鳳〉，較集本少二十餘字，王炎作王生。炎爲王播弟，亦能詩，不測《異聞集》何爲沒其名也。《沈下賢集》今有長沙葉氏觀古堂刻本，及上海涵芬樓影印本。二十年前則甚希覯。餘所見者爲影鈔小草齋本，既錄其傳奇三篇，又以丁氏八千卷樓鈔本校改數字。同是十二卷本《沈集》，而字句複頗有異同，莫知孰是。如王炎詩「擇水葬金釵」，惟小草齋本如此，他本皆作「擇土」。顧亦難遽定「擇水」爲誤。此類甚多，今亦不備舉。印本已漸廣行，易於入手，求詳者自可就原書比勘耳。

夢中見舞弓彎，亦見於唐時他種小說。段成式《酉陽雜俎》（十四）云：「元和初，有一士人，失姓字，因醉臥廳中。及醒，見古屏上婦人等悉於床前踏歌。歌曰：『長安女兒踏春陽，無處春陽不斷腸。舞袖弓腰渾忘卻，蛾眉空帶九秋霜。』其中雙鬟者問曰：『如何是弓腰？』歌者笑曰：『汝不見我作弓腰乎？』乃反首，髻及地，腰勢如規焉。士人驚懼，因叱之。忽然上屏，亦無其他。」其歌與〈異夢錄〉者略同，蓋即由此曼衍。宋樂史撰《楊太眞外傳》，卷上注中記楊國忠臥覩屏上諸女下床自稱名，且歌舞。其中有「楚宮弓腰」，則又由《酉陽雜俎》所記而傳訛。凡小說流傳，大率漸廣漸變，而推究本始，其實一也。

〈秦夢記〉見集卷二，及《廣記》二百八十二，題曰〈沈亞之〉，異同不多。「擊體舞」當作「擊髆舞」，「追酒」當作「置酒」，各本俱誤。「如今日」之「今」字，疑衍，小草齋本有，他本俱無。

〈無雙傳〉出《廣記》四百八十六，注云薛調撰。調，河中寶鼎人，美姿貌，人號爲「生菩薩」。咸通十一年，以戶部員外郎加駕部郎中，充翰林承旨學士，次年，加知制誥。郭妃悅其貌，謂懿宗曰：「駙馬盍若薛調乎。」頃之，暴卒，年四十三，時咸通十三年二月二十六日也。世以爲中鴆雲（見《新唐書》〈宰相世系表〉，《翰苑群書》及《唐語林》四）。胡應麟（《筆叢》四十一）云：「王仙客……事大奇而不情，蓋潤飾之過。或烏有無是類，不可知。」案範攄《雲溪友議》（上）載「有崔郊秀才者，寓居於漢上，蘊精文藝，而物產罄懸。

亡何，與姑婢通，每有阮咸之從。其婢端麗，饒彼音律之能，漢南之最也。姑鬻婢於連帥。帥愛之，以類無雙，給錢四十萬，寵眄彌深。郊思慕不已，即強親府署，願一見焉。其婢因寒食來從事塚，值郊立於柳陰，馬上連泣，誓若山河。崔生贈以詩曰：『公子王孫逐後塵，綠珠垂淚滴羅巾。侯門一入深如海，從此蕭郎是路人。』詩聞於帥，遂以歸崔。無雙下原有注云：「即薛太保之愛妾，至今圖畫觀之。」然則無雙不但實有，且當時已極豔傳。疑其事之前半，或與崔郊姑婢相類；調特改薛太尉家爲禁中，以隱約其辭。後半則頗有增飾，稍乖事理矣。明陸采嘗拈以作《明珠記》。

柳珵〈上清傳〉見《資治通鑑考異》卷十九。司馬光駁之云：「信如此說，則參爲人所劫，德宗豈得反云『蓄養俠刺』。況陸贄賢相，安肯爲此。就使欲陷參，其術固多，豈肯爲此兒戲。全不近人情。」亦見於《太平廣記》卷二百七十五，題曰〈上清〉，注云出《異聞集》。「相國竇公」作「丞相竇參」，後凡「竇公」皆只作一「竇」字；「隸名掖庭」下有「且久」二字；「怒陸贄」上有「至是大悟因」五字；「老」作「這」；「恣行媒孽」下有「乘間攻之」四字；「特敕」下有「削」字。餘尚有小小異同，今不備舉。此篇本與〈劉幽求傳〉同附《常侍言旨》之後。《言旨》亦珵作，《郡齋讀書志》（三）云，記其世父柳芳所談。芳，蒲州河東人；子登，冕；登子璟，見《新唐書》（一三二）。珵蓋璟之從兄弟行矣。

〈楊娼傳〉出《廣記》四百九十一，原題房千里撰。千里字鵠舉，河南人，見《新唐書》〈宰相世系表〉。《藝文志》有房千里《南方異物志》一卷，《投荒雜錄》一卷，注云：「太和初進士第，高州刺史，」是其所終官也。此篇記敘簡率，殊不似作意爲傳奇。《雲溪友議》（上）又有〈南海非〉一篇，謂房千里博士初上第，遊嶺徼。有進士韋滂自南海致趙氏爲千里妾。千里倦遊歸京，暫爲南北之別。過襄州遇許渾，託以趙氏。渾至，擬給以薪粟，則趙已從韋秀才矣。因以詩報房，云：「春風白馬紫絲韁，正值蠶眠未採桑。五夜有心隨暮雨，百年無節待秋霜。重尋繡帶朱藤合，卻認羅裙碧草長。爲報西遊減離恨，阮郎才去嫁劉郎。」房聞，哀慟幾絕云云。此傳或即作於得報之後，聊以寄慨者歟。然韋縠《才調集》（十）又以渾詩爲無名氏作，題云：「客有新豐館題怨別之詞，因詰傳吏，盡得其實，偶作四韻嘲之。」

〈飛煙傳〉出《說郛》卷三十三所錄之《三水小牘》，皇甫枚撰。亦見於《廣記》四百九十一，飛煙作非煙。《三水小牘》本三卷，見《宋史．藝文志》及《直齋書錄解題》。今止存二卷，刻於盧氏《抱經堂叢書》及繆氏《雲自在龕叢書》中。就書中可考見者，枚字遵美，安定人。三水，安定屬邑也。咸通末，為汝州魯山令；光啟中，僖宗在梁州，赴調行在。明姚咨跋云：「天蒐庚午歲，旅食汾晉，為此書。」今書中不言及此，殆出於枚之自序，而今失之。繆氏刻本有逸文一卷，收〈非煙傳〉，然僅據《廣記》所引，與《說郛》本小有異同，且無篇末一百餘字。《廣記》不云出於何書，蓋嘗單行也，故仍錄之。

〈虬髯客傳〉據明顧氏《文房小說》錄，校以《廣記》百九十三所引〈虬髯傳〉，互有詳略，異同，今補正二十餘字。

杜光庭字賓至，處州縉云人。先學道於天臺山，仕唐為內供奉。避亂入蜀，事王建，為金紫光祿大夫，諫議大夫，賜號廣成先生。後主立，以為傳眞天師，崇眞館大學士。後解官，隱青城山，號東瀛子。年八十五卒。著書甚多，有《諫書》一百卷，《歷代忠諫書》五卷，《道德經廣聖義疏》三十卷，《錄異記》十卷，《廣成集》一百卷，《壺中集》三卷。此外言道教儀則，應驗，及仙人，靈境者尚二十餘種，八十餘卷。今惟《錄異記》流傳。光庭嘗作《王氏神仙傳》一卷，以悅蜀主。而此篇則以窺神器為大戒，殆尚是仕唐時所為。《宋史．藝文志》小說類著錄作「〈虬髯客傳〉一卷」。宋程大昌《考古編》（九）亦有題〈虬鬚傳〉者一則，云：「李靖在隋，常言高祖終不為人臣。故高祖入京師，收靖，欲殺之。太宗救解，得不死。高祖收靖，史不言所以，蓋諱之也。〈虬鬚傳〉言靖得虬鬚客資助，遂以家力佐太宗起事。此文士滑稽，而人不察耳。又杜詩言『虬鬚似太宗』。小說亦辨人言太宗虬鬚，須可掛角弓。是虬鬚乃太宗矣。而謂虬鬚授靖以資，使佐太宗，可見其為戲語也。」髯皆作鬚。今為虬髯者，蓋後來所改。惟高祖之所以收靖，則當時史實未嘗諱言。《通鑑考異》（八）云：「柳芳《唐曆》及《唐書》〈靖傳〉云：『高祖擊突厥於塞外。靖察高祖，知有四方之志。因自鎖上變，將詣江都，至長安，道塞不通而止。』案太宗謀起兵，高祖尙未知；知之，猶不從。當擊突厥之時，未有異志，靖何從察知之？又上變當乘驛取疾，何爲自鎖也？今依《靖行狀》云：『昔在隋朝，曾經忤旨。及茲城陷，高祖追責舊言，公忼慨直論，特蒙宥釋。』」柳芳唐人，記上變之嫌，即知城陷見收之故矣。然史實常晦，小說輒傳，〈虬髯客傳〉亦同此例，仍爲人所樂道，至繪爲圖，稱曰「三俠」。取以作曲者，則明張鳳翼張太和皆有《紅拂記》，淩初成有《虬髯翁》。

右第四分

〈冥音錄〉出《廣記》四百八十九。中稱李德裕爲「故相」，則大中或咸通後作也。《唐人說薈》題朱慶余撰，非。

〈東陽夜怪錄〉出《廣記》四百九十。敘王洙述其所聞於成自虛，夜中遇精魅，以隱語相酬答事。《唐人說薈》即題洙作，非也。鄭振鐸《中國短篇小說集》云：「所敘情節，類似牛僧孺的《元無有》，也許這兩篇是同出一源的。」案《元無有》本在《玄怪錄》中，全書已佚。此條《廣記》三百六十九引之：寶應中，有元無有，常以仲春末獨行維揚郊野。値日晚，風雨大至。時兵荒後，人戶多逃。遂入路旁空莊。須臾霽止，斜月方出。無有坐北窗，忽聞西廊有行人聲。未幾，見月中有四人，衣冠皆異，相與談諧吟詠甚暢。乃云：「今夕如秋，風月若此，吾輩豈不爲一言以展平生之事也？」其一人即曰云云。吟詠既朗，無有聽之具悉。其一衣冠長人，即先吟曰：「齊紈魯縞如霜雪，寥亮高聲予所發。」其二黑衣冠短陋人，詩曰：「嘉賓良會清夜時，煌煌燈燭我能持。」其三故敝黃衣冠人，亦短陋，詩曰：「清冷之泉候朝汲，桑綆相牽常出入。」其四故黑衣冠人，詩曰：「爨薪貯泉相煎熬，充他口腹我爲勞。」無有亦不以四人爲異，四人亦不虞無有之在堂隍也，遞相褒賞。觀其自負，則雖阮嗣宗〈詠懷〉，亦若不能加矣。四人遲明方歸舊所。無有就尋之，堂中惟有故杵，燈檯，水桶，破鐺。乃知四人即此物所爲也。

〈靈應傳〉出《廣記》四百九十二，無撰人名氏。《唐人說薈》以爲于逖作，亦非。〈傳〉在記龍女之貞淑，鄭承符之智勇，而亦取李朝威〈柳毅傳〉中事，蓋受其影響，又稍變易之。涇原節度使周寶字上珪，平州盧龍人。在鎮務耕力，聚糧二十萬石，號良將。黃巢據宣歙，乃徙寶鎮海軍節度使，兼南面招討使。後爲錢鏐所殺。《新唐書》（一八六）有傳。

右第五分

《隋遺錄》上下卷，據原本《說郛》七十八錄出，以《百川學海》校之。前題唐顏師古撰。末有無名氏跋，謂會昌中，僧志徹得於瓦棺寺閣南雙閣之荀筆中。題《南部煙花錄》，爲顏公遺稿。取《隋書》校之，多隱文。後乃重編爲《大業拾遺記》。原本缺落，凡十七八，悉從而補之矣云云。是此書本名《南部煙花錄》，既重編，乃稱《大業拾遺記》。今又作《隋遺錄》，跋所未言，殆複由後來傳刻者所改歟。書在宋元時頗已流行，《郡齋讀書志》及《通考》並著《南部煙花錄》；《通志》著《大業拾遺錄》；《宋史．藝文志》史部傳記類亦有顏師古《大業拾遺》一卷，子部小說類又有顏師古《隋遺錄》一卷，蓋同書而異名，所據凡兩本也。本文與跋，詞意荒率，似一手所爲。而託之師古，其術與葛洪之《西京雜記》，謂鈔自劉歆之《漢書》遺稿者正等。然才識遠遜，故罅漏殊多，不待吹求，已知其僞。清《四庫全書總目》（一四三）云：「王得臣《麈史》稱其『極惡可疑。』」姚寬《西溪叢語》亦曰：『《南部煙花錄》文極俚俗。又載陳後主詩云，夕陽如有意，偏傍小窗明。此乃唐人方域詩，六朝語不如此。唐《藝文志》所載《煙花錄》，記幸廣陵事，此本已亡，故流俗僞作此書云云。』然則此亦僞本矣。今觀下卷記幸月觀時與蕭後夜話，有『儂家事一切已託楊素了』之語，是時素死久矣。師古豈疏謬至此乎？其中所載煬帝諸作，及虞世南贈袁寶兒作，明代輯六朝詩者，往往採掇，皆不考之過也。」

〈煬帝海山記〉上下卷，出《青瑣高議》後集卷五，先據明張夢錫刻本錄，而校以董氏所刻士禮居本。明鈔原本《說郛》三十二卷中亦有節本一卷，並取參校。篇題下原有小注，上卷云「說煬帝宮中花木」，下卷云「記煬帝後苑鳥獸」，皆編者所加，今削。其書蓋欲侈陳煬帝奢靡之跡，如郭氏《洞冥》，蘇鶚《杜陽》之類，而力不逮。中有〈望江南〉調八闋，清《四庫目》云，乃李德裕所創，段安節《樂府雜錄》述其緣起甚詳，亦不得先於大業中有之。

〈煬帝迷樓記〉錄自原本《說郛》三十二。明焦竑作《國史．經籍志》，並〈海山記〉皆著錄，蓋嘗單行。清《四庫目》（一四三）謂「亦見《青瑣高議》。……竟以迷樓爲在長安，乖謬殊甚。」然《青瑣高議》中實無有，殆紀昀等之誤也。周中孚（《鄭堂讀書記》）更推闡其評語，以爲「後稱『大業九年，帝再幸江都，有迷樓。』末又稱『帝幸江都，唐帝提兵號令入京，見迷樓，太宗曰：「此皆民膏血所爲！」乃命焚之。經月，火不滅。』則竟以迷樓爲在長安，等諸項羽之焚阿房，何乖謬至於此極」云。

《煬帝開河記》從原本《說郛》卷四十四錄出。《宋史．藝文志》史部地理類著錄一卷，注云不知作者。清《四庫目》以爲「詞尤鄙俚，皆近於委巷之傳奇，同出依託，不足道。」按唐李匡文《資暇集》（下）云：「俗怖嬰兒曰『麻胡來！』不知其源者，以爲多髯之神而驗刺者，非也。隋將軍麻祜，性酷虐。煬帝令開汴河，威稜既盛，至稚童望風而畏，互相恐嚇曰『麻祜來！』稚童語不正，轉祜爲胡。」末有自注云：「麻祜廟在睢陽。鄜方節度使李丕即其後。丕爲重建碑。」然則叔謀虐焰，且有其實，此篇所記，固亦得之口耳之傳，非盡臆造矣。惜李丕所立碑文，今未能見，否則當亦有足資參證者。至塚中諸異，乃頗似本《西京雜記》所敘廣陵王劉去疾發塚事，附會曼衍作之。

右四篇皆爲《古今逸史》所收。後三篇亦見於《古今說海》，不題撰人。至《唐人說薈》，乃並云韓偓撰。致堯生唐末，先則顚沛危朝，後乃流離南裔，雖賦豔詩，未爲稗史。所作惟《金鑾密記》一卷，詩二卷，《香奩集》一卷而已。且於史事，亦不至荒陋如是。此蓋特里巷稍知文字者所爲，眞所謂街談巷議，然得馮猶龍掇以入《隋煬豔史》，遂彌複紛傳於世。至今世俗心目中之隋煬，殆猶是晝遊西苑，夜止迷樓者也。

明鈔原本《說郛》一百卷，雖多脫誤，而〈迷樓記〉實佳。以其尚存俗字，如「你」之類，刻本則大率改爲「爾」或「汝」矣。世之雅人，憎惡口語，每當纂錄校刊，雖故書雅記，間亦施以改定，俾彌益雅正。宋修《唐書》，於當時恆言，亦力求簡古，往往大減神情，甚或莫明本意。然此猶撰述也。重刊舊文，輒亦不赦，即就本集所收文字而言，宋本《資治通鑑考異》所引〈上清傳〉中之「這獠奴」，明清刻本《太平廣記》引則俱作「老獠奴」矣；顧氏校宋本《周秦行紀》中之「屈兩箇娘子」及「不宜負他」，《廣記》引則作「屈二娘子」及「不宜負也」矣。無端自定爲古人決不作俗書，拚命復古，而古意乃寖失也。

右第六分

《綠珠傳》一卷出《琳琅秘室叢書》。其所據爲舊鈔本，又以別本校之。末有胡珽跋，云：「舊本無撰人名氏。案馬氏《經籍考》題『宋史官樂史撰』。宋人《續談助》亦載此傳，而刪節其半。後有西樓北齋跋云：『直史館樂史，尤精地理學，故此傳推考山水爲詳，又皆出於地志雜書者。』餘謂綠珠一婢子耳，能感主恩而奮不顧身，是宜刊以風世云。咸豐三年八月，仁和胡珽識。」今再勘以《說郛》三十八所錄，亦無甚異同。疑所謂舊鈔本或別本者，即並從《說郛》出爾。舊校稍煩，其必改「越」爲「粤」之類，尤近自擾，今悉不取。

《楊太眞外傳》二卷，取自顧氏《文房小說》。署史官樂史撰，《唐人說薈》收之，誣謬甚矣。然其誤則始於陶宗儀《說郛》之題樂史爲唐人。此兩本外，又嘗見京師圖書館所藏丁氏八千卷樓舊鈔本，稱爲「善本」，然實凡本而已，殊無佳處也。《宋史・藝文志》史部傳記類著錄「曾致堯《廣中台記》八十卷，又《綠珠傳》一卷」，頗似《傳》亦曾致堯作；又有「《楊妃外傳》一卷」，注云：「不知作者」；又有「樂史《滕王外傳》一卷，又《李白外傳》一卷，《洞仙集》一卷，《許邁傳》一卷，《楊貴妃遺事》二卷，」注云：「題岷山叟上」。書法函胡，殆不可以理析。然《續談助》一跋而外，尚有《郡齋讀書志》（九，傳記類）云：「《綠珠傳》一卷，又「《楊貴妃外傳》二卷，右皇朝樂史撰。敘唐楊妃事蹟，訖孝明之崩。」而《直齋書錄解題》（七，傳記類）亦云：「《楊妃外傳》一卷，直史館臨川樂史子正撰。」則綠珠楊妃二傳，皆樂史之作甚明。《楊妃傳》卷數，宋時已分合不同，今所傳者蓋晁氏所見二卷本也。但書名又小變耳。

樂史，撫州宜黃人，自南唐入宋，爲著作佐郎，出知陵州。以獻賦召爲三館編修，遷著作郎，直史館。觀綠珠太眞二傳結銜，則皆此時作。後轉太常博士，出知舒黃商三州，再入文館，掌西京勘磨司，賜金紫。景德四年卒，年七十八。事詳《宋史》（三百六）〈樂黃目傳〉首。史多所著作，在三館時，曾獻書至四百二十餘卷，皆敘科第孝悌神仙之事。又有《太平寰宇記》二百卷，徵引群書至百餘種，今尚存。蓋史既博覽，複長地理，故其輯述地志，即緣濫於採錄，轉成繁蕪。而撰傳奇如《綠珠》、《太眞傳》，又不免專拾舊文，如《語林》、《世說新語》、《晉書》、《明皇雜錄》、《開天傳信記》、〈長恨傳〉、《酉陽雜俎》、《安祿山事蹟》等，稍加排比，且常拳拳於山水也。

右第七分宋劉斧秀才作《翰府名談》二十五卷，又《摭遺》二十卷，《青瑣高議》十八卷，見《宋史・藝文志》子部小說類。今惟存《青瑣高議》。有明張夢錫刊本，前後集各十卷，頗難得。近董康校刊士禮居寫本，亦二十卷，又有別集七卷，《宋志》所無。然宋人即時有引《青瑣摭遺》者，疑即今所謂別集。《宋志》以爲《翰府名談》之《摭遺》，蓋亦誤爾。其書雜集當代人志怪及傳奇，漫無條貫，間有議，亦殊淺率。前有孫副樞序，不稱名而稱官，甚怪；今亦莫知爲何人。此但選錄其較整飭曲折者五篇。作者三人：曰魏陵張實子京，曰譙川秦醇子復（或作子履），曰淇上柳師尹。皆未考始末。一篇無撰人名。

〈流紅記〉出前集卷五，題下原有注云「紅葉題詩取韓氏」，今刪。唐孟棨《本事詩》（〈情感〉第一）有顧況於洛乘門苑水中得大梧葉，上有題詩，況與酬答事。「帝城不禁東流水，葉上題詩欲寄誰」者，況和詩也。范攄《雲溪友議》（下）又有〈題紅怨〉，言盧渥應舉之歲，於御溝得紅葉，上有絕句，置於巾箱。及宣宗放宮人，渥獲其一。「睹紅葉而顰嗟久之，曰：『當時偶題隨流，不謂郎君收藏巾篋。』驗其書，無不訝焉。詩曰：『水流何太急，深宮盡日閑。殷勤謝紅葉，好去到人間。』」宋人作傳奇，始迴避時事，拾舊聞附會牽合以成篇，而文意並瘁。如〈流紅記〉，即其一也。

〈趙飛燕別傳〉出前集卷七，亦見於原本《說郛》三十三，今參校錄之。胡應麟（《筆叢》二十九）云：「戊辰之歲，余偶過燕中書肆，得殘刻十數紙，題《趙飛燕別集》。閱之，乃知即《說郛》中陶氏刪本。其文頗類東京，而末載梁武答昭儀化黿事。蓋六朝人作，而宋秦醇子復補綴以傳者也。第端臨《通考》漁仲《通志》並無此目。而文非宋所能。其間敘才數事，多俊語，出伶玄右，而淳質古健弗如。惜全帙不可見也。」又特賞其「蘭湯灩灩」等三語，以爲「百世之下讀之，猶勃然興。」然今所見本皆作別傳，不作集；《說郛》本亦無刪節，但較《高議》少五十餘字，則或寫生所遺耳。《高議》中錄秦醇作特多，此篇及〈譚意歌傳〉外，尚有〈驪山記〉及〈溫泉記〉。其文蕪雜，亦間有俊語。倘精心作之，如此篇者，尚亦能爲。元瑞雖精鑑，能作《四部正訛》，而時傷嗜奇，愛其動魄，使勃然興，則輒冀其爲眞古書以增聲價。猶今人聞伶玄《飛燕外傳》及《漢雜事秘辛》爲僞書，亦尚有怫然不悅者。

〈譚意歌傳〉出別集卷二，本無「傳」字，今加。有注云：「記英奴才華秀色」，今削。意歌，文中作意哥，未知孰是。唐有譚意哥，蓋薛濤、李冶之流，辛文房《唐才子傳》曾舉其名，然無事蹟。秦醇此傳，亦不似別有所本，殆竊取〈鶯鶯傳〉、〈霍小玉傳〉等爲前半，而以團圓結之爾。

〈王幼玉記〉出前集卷十，題下有注云：「幼玉思柳富而死」，今刪。

〈王榭〉出別集卷四，有注云：「風濤飄入烏衣國」，今刪；而於題下加「傳」字。劉禹錫〈烏衣巷〉詩，本云：「朱雀橋邊野草花，烏衣巷口夕陽斜。舊來王謝堂前燕，飛入尋常百姓家。」此篇改謝成榭，指爲人名，且以烏衣爲燕子國號，殊乏意趣。而宋張敦頤《六朝事蹟編類》乃已引爲典據，此眞所謂「俗語不實流爲丹青」者矣。因錄之，以資談助。

〈梅妃傳〉出《說郛》三十八，亦見於顧氏《文房小說》，取以相校，《說郛》爲長。二本皆不云何人作，《唐人說薈》取之，題曹鄴者，妄也。唐宋史志亦未見著錄。後有無名氏跋，言「得於萬卷朱遵度家，大中二年七月所書。」又云「惟葉少蘊與予得之。」案朱遵度好讀書，人目爲「朱萬卷」。子昂，稱「小萬卷」，由周入宋，爲衡州錄事參軍，累仕至水部郎中。景德四年卒，年八十三。《宋史》（四三九）〈文苑〉有傳。少蘊則葉夢得之字，夢得爲紹聖四年進士，高宗時終於知福州，是南北宋間人。年代遠不相及，何從同得朱遵度家書。蓋並跋亦僞，非眞識石林者之所作也。今即次之宋人著作中。

〈李師師外傳〉出《琳琅秘室叢書》，記所據爲舊鈔本。後有黃廷鑑跋云：「《讀書敏求記》云，吳郡錢功甫秘冊藏有〈李師師小傳〉，牧翁曾言懸百金購之而不獲見者。偶聞邑中蕭氏有此書，急假錄一冊。文殊雅潔，不類小說家言。師師不第色藝冠當時，觀其後慷慨捐生一節，饒有烈丈夫概。亦不幸陷身倡賤，不得與墜崖斷臂之儔，爭輝彤史也。張端義《貴耳集》載有師師佚事二則，傳文例舉其大，故不載，今並附錄於後。又《宣和遺事》載有師師事，亦與此傳不盡合，可並參觀之。琴六居士書。」《貴耳集》二則，今仍迻錄於後，然此篇未必即端義所見本也。道君北狩，在五國城或在韓州，凡有小小凶吉喪祭節序，北人必有賜賚。一賜必要一謝表。北人集成一帙，刊在榷場中。傳寫四五十年，士大夫皆有之，余曾見一本。更有〈李師師小傳〉，同行於時。

道君幸李師師家，偶周邦彥先在焉。知道君至，遂匿於床下。道君自攜新橙一顆，云「江南初進來」。遂與師師謔語。邦彥悉聞之，檃括成〈少年游〉云：「並刀如水，吳鹽勝雪，纖手破新橙。」後云：「城上已三更，馬滑霜濃，不如休去，直是少人行。」李師師因歌此詞。道君問誰作。李師師奏云：「周邦彥詞。」道君大怒，坐朝宣諭蔡京云：「開封府有監稅周邦彥者，聞課額不登，如何京尹不案發來？」蔡京罔知所以，奏云：「容臣退朝呼京尹叩問，續得複奏。」京尹至，蔡以御前聖旨諭之。京尹云：「惟周邦彥課額增羨。」蔡云：「上意如此，只得遷就。」將上，得旨：「周邦彥職事廢弛，可日下押出國門！」隔一、二日，道君複幸李師師家，不見李師師。問其家，知送周監稅。道君方以邦彥出國門爲喜，既至，不遇。坐久至更初，李始歸，愁眉淚睫，憔悴可掬。道君大怒云：「爾往那裏去？」李奏：「臣妾萬死，知周邦彥得罪，押出國門，略致一杯相別。不知官家來。」道君問：「曾有詞否？」李奏云：「有〈蘭陵王〉詞。」今「柳陰直」者是也。道君云：「唱一遍看。」李奏云：「容臣妾奉一杯，歌此詞爲官家壽。」曲終，道君大喜，複召爲大晟樂正。後官至大晟樂樂府待制。邦彥以詞行，當時皆稱美成詞；殊不知美成文筆，大有可觀，作〈汴都賦〉。如箋奏雜著，皆是傑作，可惜以詞掩其他文也。當時李師師家有二邦彥，一周美成，一李士美，皆爲道君狎客。士美因而爲宰相。籲，君臣遇合於倡優下賤之家，國之安危治亂，可想而知矣。右第八分終。

解讀

魯迅編選的《唐宋傳奇集》，八卷，收唐宋兩代傳奇小說四十五篇，另附《稗邊小綴》一卷。由上海北新書局於一九二七年十二月、一九二八年二月分上下兩冊出版。一九三四年五月合爲一冊，由上海聯華書局再版。

稗邊小綴，是本書所收各篇的出處、版本、歷史上印行、流傳的情況和有關作者、作品及其影響的說明。這些說明性的短文，向讀者和學者提供了已做梳理的有用的資料，我們可與《中國小說史略》和其他文章參讀。

《唐宋傳奇集》序例（《古籍序跋集》）

東越胡應麟在明代，博涉四部，嘗云：「凡變異之談，盛於六朝，然多是傳錄舛訛，未必盡幻設語。至唐人，乃作意好奇，假小說以寄筆端。如〈毛穎〉、〈南柯〉之類尚可，若〈東陽夜怪〉稱成自虛，《玄怪錄》元無有，皆但可付之一笑，其文氣亦卑下亡足論。宋人所記，乃多有近實者，而文彩無足觀。」其言蓋幾是也。饜於詩賦，旁求新途，藻思橫流，小說斯燦。而後賢秉正，視同土沙，僅賴《太平廣記》等之所包容，得存什一。顧複緣賈人貿利，撮拾彫鐫，如《說海》，如《古今逸史》，如《五朝小說》，如《龍威秘書》，如《唐人說薈》，如《藝苑捃華》，爲欲總目爛然，見者眩惑，往往妄制篇目，改題撰人，晉唐稗傳，黥劓幾盡。夫蟻子惜鼻，固猶香象，嫫母護面，詎遜毛嬙，則彼雖小說，夙稱卑卑不足廁九流之列者乎，而換頭削足，仍亦駭心之厄也。昔嘗病之，發意匡正。先輯自漢至隋小說，爲《鉤沉》五部訖；漸複錄唐宋傳奇之作，將欲匯爲一編，較之通行本子，稍足憑信。而屢更顛沛，不遑理董，委諸行篋，分飽蟫蠹而已。今夏失業，幽居南中，偶見鄭振鐸君所編《中國短篇小說集》，埽蕩煙埃，斥僞返本，積年堙郁，一旦霍然。惜〈夜怪錄〉尚題王洙，〈靈應傳〉未刪於逖，蓋於故舊，猶存眷戀。繼複讀大興徐松《登科記考》，積微成昭，鉤稽淵密，而於李徵及第，乃引李景亮〈人虎傳〉作證。此明人妄署，非景亮文。彌歎雖短書俚說，一遭篡亂，固貽害於談文，亦飛災於考史也。頓憶舊稿，發篋諦觀，黯澹有加，渝敝則未。乃略依時代次第，循覽一周。諒哉，王度〈古鏡〉，猶有六朝志怪餘風，而大增華豔。千里〈楊倡〉，柳珵〈上清〉，遂極庳弱，與詩運同。宋好勸懲，摭實而泥，飛動之致，眇不可期，傳奇命脈，至斯以絕。惟自大曆以至大中中，作者雲蒸，郁術文苑，沈既濟、許堯佐擢秀於前，蔣防、元稹振彩於後，而李公佐、白行簡、陳鴻、沈亞之輩，則其卓異也。特〈夜怪〉一錄，顯託空無，逮今允成陳言，在唐實猶新意，胡君顧貶之至此，竊未能同耳。自審所錄，雖無秘文，而曩曾用心，仍自珍惜。複念近數年中，能懇懇顧及唐宋傳奇者，當不多有。持此涓滴，注彼說淵，獻我同流，比之芹子，或亦將稍減其考索之勞，而得翫繹之樂耶。於是杜門攤書，重加勘定，匝月始就，凡八卷，可校印。結願知幸，方欣已歡：顧舊鄉而不行，弄飛光於有盡，嗟夫，此亦豈所以善吾生，然而不得已也。猶有雜例，並綴左方：

一、本集所取資者，爲明刊本《文苑英華》；清黃晟刊本《太平廣記》，校以明許自昌刻本；涵芬樓影印宋本《資治通鑑考異》；董康刻士禮居本《青瑣高議》，校以明張夢錫刊本及舊鈔本；明翻宋本《百川學海》；明鈔本原本《說郛》；明顧元慶刊本《文房小說》；清胡珽排印本《琳琅秘室叢書》等。

一、本集所取，專在單篇。若一書中之一篇，則雖事極煊赫，或本書已亡，亦不收採。如袁郊《甘澤謠》之〈紅線〉，李復言《續玄怪錄》之〈杜子春〉，裴鉶《傳奇》之〈崑崙奴〉、〈聶隱娘〉等是也。皇甫枚〈飛煙傳〉，雖亦是《三水小牘》逸文，然《太平廣記》引則不云出於何書，似曾單行，故仍入錄。

一、本集所取，唐文從寬，宋制則頗加決擇。凡明清人所輯叢刊，有妄作者，輒加審正，黜其僞欺，非敢刊落，以求信也。日本有〈遊仙窟〉，爲唐張文成作，本當置〈白猿傳〉之次，以章矛塵君方圖版行，故不編入。

一、本集所取文章，有複見於不同之書，或不同之本，得以互校者，則互校之。字句有異，惟從其是。亦不歷舉某字某本作某，以省紛煩。倘讀者更欲詳知，則卷末具記某篇出於何書何卷，自可覆檢原書，得其究竟。

一、向來涉獵雜書，遇有關於唐宋傳奇，足資參證者，時亦寫取，以備遺忘。比因賓士，頗複散失。客中又不易得書，殊無可作。今但會集叢殘，稍益以近來所見，並爲一卷，綴之末簡，聊存舊聞。

一、唐人傳奇，大爲金元以來曲家所取資，耳目所及，亦舉一二。第於詞曲之事，素未用心，轉販故書，諒多訛略，精研博考，以俟專家。

一、本集篇卷無多，而成就頗亦匪易。先經許廣平君爲之選錄，最多者《太平廣記》中文。惟所據僅黃晟本，甚慮訛誤。去年由魏建功君校以北京大學圖書館所藏明長洲許自昌刊本，乃始釋然。逮今綴緝雜笥，擬置卷末，而舊稿潦草，複多沮疑，蔣徑三君爲致書籍十餘種，俾得檢尋，遂以就緒。至陶元慶君所作書衣，則已貽我於年餘之前者矣。

廣賴眾力，才成此編，謹藉空言，普銘高誼云爾。

中華民國十有六年九月十日，魯迅校畢題記。時大夜彌天，璧月澄照，饕蚊遙歎，余在廣州

解讀

本文是《唐宋傳奇集》的序例。序例交代本書所收材料的來源、本書收集的原則、體例、編排方法等。後學可以通過這篇序例學習輯編古籍的方法。

本文全用文言撰寫，最後題寫撰文的時間和地點用駢體文言：「時大夜彌天，壁月澄照，饕（tāo，貪）蚊遙歎，余在廣州。」這樣優美蒼勁的語句，顯示了魯迅的翩翩文采。但這種藝術效果爲文言所專長，白話文是達不到這個水準的，一心宣導白話文的魯迅也只能用駢體文言來表達。縱觀優秀的白話文，尤其是論說文，都必須是白話和文言的完美結合，才能寫得好。可見優秀的文化傳統是極具生命力的，是當今人寫好文章的必備基礎，否則只能「創作」味同嚼蠟的大白話速朽文章。

《遊仙窟》序言（《集外集拾遺》）

《遊仙窟》今惟日本有之，是舊鈔本，藏於昌平學；題寧州襄樂縣尉張文成作。文成者，張之字；題署著字，古人亦常有，如晉常璩撰《華陽國志》，其一卷亦云常道將集矣。張，深州陸渾人；兩《唐書》皆附見〈張薦傳〉，云以調露初登進士第，爲岐王府參軍，屢試皆甲科，大有文譽，調長安尉遷鴻臚丞。證聖中，天官劉奇以爲御史；性躁卞，儻蕩無檢，姚崇尤惡之；開元初，御史李全交劾訕短時政，貶嶺南，旋得內徙，終司門員外郎。《順宗實錄》亦謂博學工文詞，七登文學科。《大唐新語》則云，後轉洛陽尉，故有〈詠燕詩〉，其末章云，「變石身猶重，銜泥力尚微，從來赴甲第，兩起一雙飛。」時人無不諷詠。《唐書》雖稱其文下筆立成，大行一時，後進莫不傳記，日本新羅使至，必出金寶購之，而又訾爲浮豔少理致，論著亦率詆誚蕪穢。書之傳於今者，尚有《朝野僉載》及《龍筋鳳髓判》，誠亦多詆誚浮豔之辭。《遊仙窟》爲傳奇，又多俳調，故史志皆不載；清楊守敬作《日本訪書志》，始著於錄，而貶之一如《唐書》之言。日本則初頗珍秘，以爲異書；嘗有注，似亦唐時人作。河世寧曾取其中之詩十餘首入《全唐詩逸》，鮑氏刊之《知不足齋叢書》中；今矛塵將具印之，而全文始復歸華土。不特當時之習俗如酬對舞詠，時語如嫈嫇，可資博識；即其始以駢儷之語作傳奇，前於陳球之《燕山外史》者千載，亦爲治文學史者所不能廢矣。

中華民國十六年七月七日，魯迅識

解讀

本文介紹《遊仙窟》及其作者張鷟。參見《中國小說史略釋評》第八篇正文和注【10】。

嫈嫇（ㄇㄥˊ），眼皮低垂，羞澀的樣子。是唐代俗語。

《絳洞花主》小引（《集外集拾遺補編》）

《紅樓夢》是中國許多人所知道，至少，是知道這名目的書。誰是作者和續者姑且勿論，單是命意，就因讀者的眼光而有種種：經學家看見《易》，道學家看見淫，才子看見纏綿，革命家看見排滿，流言家看見宮闈秘事……

在我的眼下的寶玉，卻看見他看見許多死亡；證成多所愛者，當大苦惱，因爲世上，不幸人多。惟憎人者，幸災樂禍，於一生中，得小歡喜，少有罣礙。然而憎人卻不過是愛人者的敗亡的逃路，與寶玉之終於出家，同一小器。但在作《紅樓夢》時的思想，大約也止能如此；即使出於續作，想來未必與作者本意大相懸殊。惟被了大紅猩猩氈斗篷來拜他的父親，卻令人覺得詫異。

現在，陳君夢韶以此書作社會家庭問題劇，自然也無所不可的。先前雖有幾篇劇本，卻都是爲了演者而作，並非爲了劇本而作。又都是片段，不足統觀全局。《紅樓夢散套》具有首尾，然而陳舊了。此本最後出，銷熔一切，鑄入十四幕中，百餘回的一部大書，一覽可盡，而神情依然具在；如果排演，當然會更可觀。我不知道劇本的作法，但深佩服作者的熟於情節，妙於剪裁。燈下讀完，僭爲短引云爾。

一九二七年一月十四日，魯迅記於廈門

解讀

絳洞花主，是《紅樓夢》第三十七回中講到的賈寶玉的別號。《絳洞花主》是廈門大學學生陳夢韶（字敦仁，福建同安人）根據《紅樓夢》改編的劇本，共十五幕。本文為《絳洞花主》而作，論及《紅樓夢》。本文第一、二段的論述，是研究和研讀《紅樓夢》者必須了解的魯迅的著名觀點。

尤其是關於《紅樓夢》的「命意，就因讀者的眼光而有種種：經學家看見《易》，道學家看見淫，才子看見纏綿，革命家可見排滿，流言家看見宮闈秘事。」魯迅認為，這些都是因讀者和評者將自己的主觀色彩強加在作品上，從而對《紅樓夢》的理解和評論產生了荒謬的偏頗。但我們也要看到另一種情況，由於文藝巨著的內涵極其豐富，根據「形象大於思想」的美學原理，讀者可以對作品作多層次多角度的深入理解，只要抓住原作的描寫內容，言之成理，持之有故，皆可成立；有的因某種理論上的創造性的需要，而對原著作有意的誤解、創造性的誤解，也是一種不容否定的有效方法。而且對一部成就極高的文學巨著，我們應該從多角度、多層次的深入理解和欣賞，盡力地深入認識和挖掘其極其寬廣的思想和藝術的內涵和意義，而在這方面，魯迅先生本人則有時顯得相當不足。

又，近有學者經考證後指出，「絳洞花主」是「絳洞花王」之誤，《紅樓夢》中的原文應該是「絳洞花王」。這個觀點值得重視。

《何典》題記（《集外集拾遺》）

《何典》的出世，至少也該有四十七年了，有光緒五年的《申報館書目續集》可證。我知道那名目，卻只在前兩三年，向來也曾訪求，但到底得不到。現在半農加以校點，先示我印成的樣本，這實在使我很喜歡。只是必須寫一點序，卻正如阿Q之畫圓圈，我的手不免有些發抖。我是最不擅長於此道的，雖然老朋友的事，也還是不會捧場，寫出洋洋大文，俾於書，於店，於人，有什麼涓埃之助。

我看了樣本，以爲校勘有時稍迂，空格令人氣悶，半農的士大夫氣似乎還太多。至於書呢？那是，談鬼物正像人間，用新典一如古典。三家村的達人穿了赤膊大衫向大成至聖先師拱手，甚而至於翻筋斗，嚇得「子曰店」的老闆昏厥過去；但到站直之後，究竟都還是長衫朋友。不過這一個筋斗，在那時，敢於翻的人的魄力，可總要算是極大的了。

成語和死古典又不同，多是現世相的神髓，隨手拈掇，自然使文字分外精神，又即從成語中，另外抽出思緒：既然從世相的種子出，開的也一定是世相的花。於是作者便在死的鬼畫符的鬼打牆中，展示了活的人間相，或者也可以說是將活的人間相，都看作了死的鬼畫符和鬼打牆。便是信口開河的地方，也常能令人彷彿有會於心，禁不住不很爲難的苦笑。夠了。並非博士般角色，何敢開頭？難違舊友的面情，又該動手。應酬不免，圓滑有方；只作短文，庶無大過云爾。

中華民國十五年五月二十五日，魯迅謹撰

解讀

《何典》是章回體小說，共十回，著者署名過路人，原名張南莊，上海人。清光緒四年（一八七八）上海申報館出版。《何典》是一部很奇特的小說，它採用了「幽默」的文體，運用方言俗語，在中國近代小說中別具一格。小說通過「下界陰山」「鬼谷」中的「三家村」土財主活鬼一家兩代的不同遭遇，諷刺了閻羅王與妖魔鬼怪所在的陰曹地府的種種。它一反舊小說的「文人氣」，無章無典，無規無矩；滿目髒字卻不下流，油嘴滑舌卻很嚴肅。一九三二年，日本打算編印《世界幽默全集》，魯迅把《何典》作爲中國的八種幽默作品之一，推薦給增田涉，並在五月二十二日致增田涉信中說：《何典》一書「近來當作滑稽本；頗有名聲」。魯迅此舉可見其文藝觀的通達平正的一面。

文中提到的半農是魯迅的朋友、新文學運動初期重要作家之一的劉復（一八九一——一九三四），號半農，江蘇江陰人。後留學法國，爲著名語音學家，曾任北京大學教授、北平大學女子文理學院院長等。

望勿糾正（《熱風》）

汪原放君已經成了古人了，他的標點和校正小說，雖然不免小謬誤，但大體是有功於作者和讀者的。誰料流弊卻無窮，一班效顰的便隨手拉一部書，你也標點，我也標點，你也作序，我也作序，他也校改，這也校改，又不肯好好的做，結果只是糟蹋了書。

《花月痕》本不必當作寶貝書，但有人要標點付印，自然是各隨各便。這書最初是木刻的，後有排印本；最後是石印，錯字很多，現在通行的多是這一種。至於新標點本，則陶樂勤君序云，「本書所取的原本，雖屬佳品，可是錯誤尚多。餘雖都加以糾正，然失檢之處，勢必難免……」我只有錯字很多的石印本，偶然對比了第二十五回中的三四葉，便覺得還是石印本好，因爲陶君於石印本的錯字多未糾正，而石印本的不錯字兒卻多糾歪了。

「釵黛直是個子虛烏有，算不得什麼……」

這「直是個」就是「簡直是一個」之意，而糾正本卻改作「眞是個」，便和原意很不相同了。

「秋痕頭上包著縐帕……突見痴珠，便含笑低聲說道，『我料得你挨不上十天，其實何苦呢？』

「……痴珠笑道，『往後再商量罷。』……」

他們倆雖然都淪落，但其時卻沒有什麼大悲哀，所以還都笑。而糾正本卻將兩個「笑」字都改成「哭」字了。教他們一見就哭，看眼淚似乎太不値錢，況且「含哭」也不成話。

我因此想到一種要求，就是印書本是美事，但若自己於意義不甚了然時，不可便以爲是錯的，而奮然「加以糾正」，不如「過而存之」，或者倒是並不錯。

我因此又起了一個疑問，就是有些人攻擊譯本小說「看不懂」，但他們看中國人自作的舊小說，當眞看得懂麼？

一月二十八日

這一篇短文發表之後，曾記得有一回遇見胡適之先生，談到汪先生的事，知道他很康健。胡先生還以爲我那「成了古人」云云，是說他做過許多工作，已足以表見於世的意思。這實在使我「誠惶誠恐」，因爲我本意實不如此，直白地說，就是說已經「死掉了」。可是直到那時候，我才知道這先前所聽到的竟是一種毫無根據的謠言。現在我在此敬向汪先生謝我的粗疏之罪，並且將舊文的第一句訂正，改爲：「汪原放君未經成了古人了。」

一九二五年九月二十四日，身熱頭痛之際，書

解讀

此文發表於一九二四年一月二十八日北京《晨報副刊》，署名風聲。文中提及的汪原放（一八九七—一九八〇），安徽績溪人。一九二〇年代他標點《水滸傳》、《紅樓夢》等多種小說，書前刊載胡適的前言，由上海亞東圖書館出版。《花月痕》（五十二回）是清末魏秀仁（子安）描寫文士與妓女故事的長篇小說。

流氓的變遷（《三閑集》）

孔墨都不滿於現狀，要加以改革，但那第一步，是在說動人主，而那用以壓服人主的傢伙，則都是「天」。孔子之徒爲儒，墨子之徒爲俠。「儒者，柔也」，當然不會危險的。惟俠老實，所以墨者的末流，至於以「死」爲終極的目的。到後來，真老實的逐漸死完，止留下取巧的俠，漢的大俠，就已和公侯權貴相饋贈，以備危急時來作護符之用了。

司馬遷說：「儒以文亂法，而俠以武犯禁」，「亂」之和「犯」，決不是「叛」，不過鬧點小亂子而已，而況有權貴如「五侯」者在。

「俠」字漸消，強盜起了，但也是俠之流，他們的旗幟是「替天行道」。他們所反對的是奸臣，不是天子，他們所打劫的是平民，不是將相。李逵劫法場時，掄起板斧來排頭砍去，而所砍的是看客。一部《水滸》，說得很分明：因爲不反對天子，所以大軍一到，便受招安，替國家打別的強盜——不「替天行道」的強盜去了。終於是奴才。

滿洲入關，中國漸被壓服了，連有「俠氣」的人，也不敢再起盜心，不敢指斥奸臣，不敢直接爲天子效力，於是跟一個好官員或欽差大臣，給他保鑣，替他捕盜，一部《施公案》，也說得很分明，還有《彭公案》、《七俠五義》之流，至今沒有窮盡。他們出身清白，連先前也並無壞處，雖在欽差之下，究居平民之上，對一方面固然必須聽命，對別方面還是大可逞雄，安全之度增多了，奴性也跟著加足。

然而爲盜要被官兵所打，捕盜也要被強盜所打，要十分安全的俠客，是覺得都不妥當的，於是有流氓。和尚喝酒他來打，男女通姦他來捉，私娼私販他來凌辱，爲的是維持風化；鄉下人不懂租界章程他來欺侮，爲的是看不起無知；剪髮女人他來嘲罵，社會改革者他來憎惡，爲的是寶愛秩序。但後面是傳統的靠山，對手又都非浩蕩的強敵，他就在其間橫行過去。現在的小說，還沒有寫出這一種典型的書，惟《九尾龜》中的章秋穀，以爲他給妓女吃苦，是因爲她要敲人們竹槓，所以給以懲罰之類的敘述，約略近之。

由現狀再降下去，大概這一流人將成爲文藝書中的主角了，我在等候「革命文學家」張資平「氏」的近作。

解讀

本文徹底否定儒家和墨家，是魯迅全盤否定傳統文化的一種表現，是一種錯誤的觀點。同樣，本文全盤否定《史記．遊俠列傳》中的人物，也是可以商榷的。

接著順勢評論《水滸傳》，說《水滸》中的造反者，雖也是「俠」之流，他們的旗幟是「替天行道」，其實是「強盜」，是奴才：他們只反奸臣，不反天子，打劫的是平民，不是將相，大軍一到，便受招安，替國家打別的強盜去了。終於是奴才。這個看法也已成爲研究《水滸傳》的經典性的觀點。又舉李逵爲例，說他「劫法場是，掄起板斧來排頭砍去，而所砍的是看客」。

接著否定和批判狹邪小說，並以《九尾龜》小說中的章秋穀爲例，批判在妓院中欺淩妓女的流氓。關於造反者的本質，本文目光尖銳，筆力千鈞。針對《水滸》中的英雄以燒殺劫掠爲鬥爭手段，而受害的多是平民的大量描寫，魯迅對此持否定批判態度，並因此認《水滸》中的「起義英雄」爲強盜，這樣的對《水滸傳》的評價，牽涉到對於農民起義的總體評價這樣的重大問題，本文的觀點雖不全面，卻見解獨到，認識深刻，令人深長思之。

魯迅對今人所謂的農民起義（魯迅的時代尚無「農民起義」這個名稱和概念）是絕端反感和痛恨的，提到此類人必予以揭露和諷刺。例如他的回憶錄《朝花夕拾》中的〈阿長與《山海經》〉記敘阿長，也即在百草園給少年魯迅講神話故事的那個保姆。她出身卑微，不識字，連名字也沒有。據周作人日記，阿長的一生，經歷了洪秀全的太平軍（「長毛」）活動的全過程，所以她常給迅哥講「長毛」故事。此文中，阿長說當年「長毛」把門房的頭砍掉太嚇人了。迅哥不以爲然，說我不是門房，我不怕。阿長說，小孩和好看的姑娘也要抓去的，去當「小長毛」。迅哥頂了她一句：長毛不會抓你的，因爲你長得也不好看。阿長急著反駁說：「哪裏話？她嚴肅地說。我們就沒有用嗎？我們也要被擄去。有兵來攻的時候，長毛就要我們脫下褲子站城牆上，大炮就放不出來了……」另如魯迅雜文中對張獻忠這個殺人狂，深惡痛疾；將「黃巢殺人」與「始皇焚書」並題，剝掉了以「農民起義領袖」之桂冠而在二十世紀後半期中國大出其名的黃巢的畫皮（《看書瑣記》）。

黃巢不僅殺人，還吃人，其搶掠婦女，殘害百姓的罪惡，陳寅恪先生和俞平伯先生都有名文在評述韋莊的千古名作、長詩〈秦婦吟〉時給予揭示和批判。（見陳寅恪〈韋莊秦婦吟校箋〉，《寒柳堂集》第一三三—一四〇頁，北京：三聯書店二〇〇一年版；俞平伯〈讀陳寅恪〈秦婦吟校箋〉〉，《論詩詞曲雜著》第四一九—四二二頁，上海古籍出版社一九九三年版。又可參見金性堯〈韋莊與秦婦吟〉，《飲河集》第一三五—一三六頁，北京：中國社會科學出版社一九九七年版。）

不僅黃巢吃人，太平天國起義軍也吃人：尤其是到了後期，內訌加上清兵、湘淮軍八面圍堵，洪秀全搜刮財貨的餘地所剩無多，安徽人食人，人肉明碼標價一斤一百二十文；江蘇更是慘不忍睹，南京城內吃剩下的軍民加起來都不過區區幾萬人了。（參見劉緒義〈盛名之下的《湘軍志》〉，《書屋》二六年第十二期）其軍紀之壞，受到馬克思和中國現代學者的批判，參見拙著《流民皇帝——從劉邦到朱元璋》中論述太平天國的專節。

關於農民起義的軍紀壞，搶占、欺淩良家婦女，還可以參見《史略》第二十二篇解讀第二段。

不僅在古代，現代的戰爭也存在著這個問題，只有極少數仁義之師紀律嚴明，在戰爭中注意保護百姓，因此，即使在正義的戰爭中，遭殃的也往往是平民老百姓。以美軍爲例，在諾曼地登陸的美軍在攻打納粹的同時，強姦眾多法國婦女，騷擾百姓之事也很多，給歐洲人民留下不少傷害。盟軍在對納粹德國空襲時，由於德軍對軍事和重工業設施防範甚嚴，美國空軍就決定對德國城市採取所謂「戰略轟炸」，即實施以德國產業工人聚居區爲目標的轟炸，目的是爲了最大限度地殺傷德國工人，至少也要使他們無家可歸，以使德國的戰爭機器癱瘓下來。在戰後美國空軍領導人仍然認爲這個計畫是有效的和正確的。這還算與戰爭的勝負有關，更可惡的是，還有盟軍對既非軍事目標，又非工業目標的德國文化古城德累斯頓的毀滅性轟炸，將這座歷史悠久的文化古城夷爲平地，造成了幾十萬德國平民的傷亡，其目的似乎只是爲了報復。（參見王炎〈從「虐俘」談「帝國」的內部矛盾〉的評論，《讀書》二〇〇五年第一期）接著美軍在進攻日本時，以原子彈轟炸廣島和長崎的平民作爲對日本軍國主義的迫降的威脅，而不是轟炸日軍。這不僅喪盡天良，還反而給當今日本某些陰險的人以可乘之機，他們不懺悔當年的戰爭罪責，卻借廣島受原子彈的禍害另做文章，妄圖借此轉移世界人民對日本軍國主義清算的視線。

德國獲得一九九九年諾貝爾獎的作家君特．格拉斯在其新作《蟹行》中也描寫了這樣的史實：一九四五年德國豪華游輪「古斯特洛夫號」被蘇軍潛艇擊沉，船上近萬人喪命，其中有四千多個少年兒童。這件比「泰坦尼克號」更大的海難，卻無人敢提及，更不要說將其作爲小說素材來源。其原因較複雜。簡言之，儘管如此多生命被海浪吞食，而且又有這麼多無辜兒童，但擊沉者是代表戰爭正義方的蘇軍潛艇；「古斯特洛夫號」又是發動二戰的法西斯納粹德國的船，船上確實載有數千名德軍士兵，包括三百多名德國海軍輔助女兵，她們漂亮嬌媚地戴著有國徽上的鷹的船形軍帽，可最終卻在魚雷爆炸中與船上游泳池的玻璃馬賽克鑲嵌畫一起，成爲被撕碎的肢體。對於正義懲罰與人道主義裹脅成一團，「你中有我、我中有你」的這麼件史實，簡單譴責其不講人道、毫無人性，或者讚揚打得好，都必然面臨兩難的尷尬境地。這歷史事件仿佛是爲德國那些新納粹主義的光頭黨提供的口實，成爲德國左翼正義力量望而生畏的「陷阱」。

可是反過來，在戰爭中濫殺無辜和砍殺看客是兩回事，魯迅先生將兩者混淆，需要辨正。我們再回到李逵砍看客的問題，其中也包含著複雜性。李逵之所以要砍看客，是因爲看客也非常可惡。大批看客堵擁在周圍，圍得水泄不通，起義軍救人得手後要儘量快速離開，避免大量官軍追來圍剿。而看客堵著他們撤退的路，隨便這麼呼叫，不肯或無法離開——有時因爲看客實在太多，層層包圍，前面的看客被後面的看客層層堵住，也無法撤離。難怪李逵在緊急中只好亂砍看客，看客成爲他們當前的大敵，他們已經被看客團團圍住，看客豈非變成了官軍的幫兇？李逵滿腔怒火不可遏制，先砍看客，這是沒有經歷過在緊急中被圍困的人，難以理解和體會的。陳寅恪先生提出研究歷史的人對歷史上的人和事要有「同情的理解」的原則，我們必須牢記在心。魯迅先生顯然於此有所欠缺。更且李逵對看客本有新仇舊恨，金聖歎對看客的批評，入木三分，可以參見我編校的《金聖歎全集》中〈金批水滸〉李逵在江州中張順之計，落水被淹這段情節的解讀。

看客礙事的狀況，當今也經常發生。譬如著名的上海文化廣場在文革中的七十年代，發生重大火災，圍觀的群眾多的水泄不通，消防車無法開進去救火。造成文化廣場嚴重損毀，無法使用，竟然充當了二十年的賣花場。

魯迅本人也是非常痛惡那些圍觀的看客的。上世紀初，魯迅在日本看教學電影時，「我竟在畫片上忽然會見我久違的許多中國人了，一個綁在中間，許多站在左右，一樣是強壯的體格，而顯出痲木的神情。據解說，則綁著的是替俄國做了軍事上的偵探，正要被日軍砍了頭顱來示眾，而圍著的便是來賞鑑這示眾盛舉的人們。」魯迅看後極其憤慨和痛心，他說：「凡是愚弱的國民，即使體格如何健全，如何茁壯，也只都做毫無意義的示眾的材料和看客，病死多少是不必以爲不幸的。所以我們的第一要著，是在改變他們之精神。」（《吶喊．自序》）魯迅看到這次圍觀殺人現象後，看客們的惡劣表現給他的精神刺激之大，難以言喻。他因此而徹底改變專業方向，棄醫從文，參加並參與領導了改變中國國民靈魂的鬥爭，成爲文化革命的主將。

可是二、三十年過去後，中國人依舊故我。魯迅又再次寫道：「假使有一個人在路旁吐一口唾沫，自己蹲下去，看著，不久準可以圍滿一堆人……」（《花邊文學．一思而行》）魯迅還曾指出中國人不要倚強欺弱，要尊重失敗者，尤其是頑強鬥爭到底而壯志未遂的失敗者，譬如看人賽跑，不嘲笑跑在最後一個而堅持跑到底的人，那麼中國就有救了。魯迅對中國人喜歡圍觀，尤其在圍觀中不分是非曲直，既不站出來伸張正義，還多倚強笑弱也是深惡痛疾之極的。

當代的中國人依舊此病常犯，並未改正。每見有人圍觀火災，弄得消防車開不進；圍觀鬧事和抓人，弄得員警難以工作；圍觀外賓，引起人家不滿和反感；甚至圍觀火葬場的車子到居民家中運死人……。眞是痼疾難改。

因此我說，不做無聊的看客，是《水滸傳》提供的人生智慧。而魯迅寫文章往往自相矛盾，一會兒說看客可惡，「病死多少是不必以爲不幸的」，一會兒不切實際地指責李逵亂殺看客，這是魯迅撰文論學的主要缺陷之一。

談金聖歎（《南腔北調集》）

講起清朝的文字獄來，也有人拉上金聖歎，其實是很不合適的。他的「哭廟」，用近事來比例，和前年《新月》上的引據三民主義以自辯，並無不同，但不特撈不到教授而且至於殺頭，則是因爲他早被官紳們認爲壞貨了的緣故。就事論事，倒是冤枉的。

清中葉以後的他的名聲，也有些冤枉。他抬起小說傳奇來，和《左傳》、《杜詩》並列，實不過拾了袁宏道輩的唾餘；而且經他一批，原作的誠實之處，往往化爲笑談，布局行文，也都被硬拖到八股的作法上。這餘蔭，就使有一批人，墮入了對於《紅樓夢》之類，總在尋求伏線，挑剔破綻的泥塘。

自稱得到古本，亂改《西廂》字句的案子且不說罷，單是截去《水滸》的後小半，夢想有一個「嵇叔夜」來殺盡宋江們，也就昏庸得可以。雖說因爲痛恨流寇的緣故，但他是究竟近於官紳的，他到底想不到小百姓的對於流寇，只痛恨著一半：不在於「寇」，而在於「流」。

百姓固然怕流寇，也很怕「流官」。記得民元革命以後，我在故鄉，不知怎地縣知事常常掉換了。每一掉換，農民們便愁苦著相告道：「怎麼好呢？又換了一隻空肚鴨來了！」他們雖然至今不知道「欲壑難填」的古訓，卻很明白「成則爲王，敗則爲賊」的成語，賊者，流者之王，王者，不流之賊也，要說得簡單一點，那就是「坐寇」。中國百姓一向自稱「蟻民」，現在爲便於譬喻起見，姑升爲牛罷，鐵騎一過，茹毛飲血，蹄骨狼藉，倘可避免，他們自然是總想避免的，但如果肯放任他們自齧野草，苟延殘喘，擠出乳來將這些「坐寇」餵得飽飽的，後來能夠比較的不復狼吞虎嚥，則他們就以爲如天之福。所區別的只在「流」與「坐」，卻並不在「寇」與「王」。試翻明末的野史，就知道北京民心的不安，在李自成入京的時候，是不及他出京之際的利害的。

宋江據有山寨，雖打家劫舍，而劫富濟貧，金聖歎卻道應該在童貫高俅輩的爪牙之前，一個個俯首受縛，他們想不懂。所以《水滸傳》縱然成了斷尾巴蜻蜓，鄉下人卻還要看〈武松獨手擒方臘〉這些戲。

不過這還是先前的事，現在似乎又有了新的經驗了。聽說四川有一隻民謠，大略是「賊來如梳，兵來如篦，官來如剃」的意思。汽車飛艇，價值既遠過於大轎馬車，租界和外國銀行，也是海通以來新添的物事，不但剃盡毛髮，就是刮盡筋肉，也永遠塡不滿的。正無怪小百姓將「坐寇」之可怕，放在「流寇」之上了。

事實既然教給了這些，僅存的路，就當然使他們想到了自己的力量。

五月三十一日

解讀

本文借助民謠對害民的官兵和貪官的劣跡做了揭露和批判，入木三分。

但是本文根據野史所說的李自成的記載並不符合史實，野史大量記載的是李自成軍在北京城裏的劫財劫色，擾民害民，迅速腐敗，造成慘敗。爲此，郭沫若特撰《甲申三百年祭》，以李自成腐敗致敗的史實爲鑑，借古諷今，受到毛澤東的高度重視和肯定。有興趣的讀者也可以參看拙著《流民皇帝——從劉邦到朱元璋》的第五章第五節〈腐敗致敗——流產的流民皇帝李自成〉（上海畫報出版社二〇〇四、上海錦繡文章出版社二〇一二）中的敘述和評論。

本文對金聖歎和金批諸作的批評更是完全錯誤的。金聖歎的「哭廟」，雖然不是造清朝的反，卻確是控訴貪官汙吏的正義行爲，不容隨意否定。至於他將《離騷》、《左傳》、《史記》、杜詩、《水滸傳》、《西廂記》並列爲「六才子書」，在封建社會鄙視通俗文學的時代，抬高了小說戲曲的地位，更是功勳卓著，影響巨大而深遠。金批《水滸》和金批《西廂》是中國美學史上的經典之作，又極具動人魅力，故而在整個清代達到了「一時學者愛讀聖歎書，幾於家置一編」的普及程度，並進而造成清代普通讀者對於小說非評點不讀的熱衷程度，是封建時代成效卓著的美育素質教材。金聖歎通過這兩部著作，建立了評點文學完整的體例和體系，其所取得的巨大理論成就，是領先於世界的偉大成果，即使魯迅本人也遠所不及。文學評點是我國獨有的批評體裁和形式，受到讀者極其熱烈的歡迎，是中國美學家和文藝批評家爲世界美學史和文藝批評史作出的傑出貢獻之一。有興趣的讀者可以參看拙編《金聖歎全集》（四卷，江蘇古籍出版社一九八五，小十六開六卷七冊法式精裝本，萬卷出版公司二〇〇九），這是中國和世界文化史上最傑出的巨著之一，是人文和文藝學科的基本教材。

《水滸》後半部寫武松做封建皇朝的爪牙走狗，跟隨宋江攻打方臘農民起義軍，還賣力擒拿方臘，最後由假行者變成眞和尚，形象受到極大醜化。聖歎砍去《水滸》後半部，給人們留下對武松美好的印象，豈不功德無量。但他卻因此而受到本文的誤解和批評。魯迅說：「宋江據有山寨，雖打家劫舍，而劫富濟貧，金聖歎卻道應該在童貫高俅輩的爪牙之前，一個個俯首受縛，他們想不懂。所以《水滸傳》縱然成了斷尾巴蜻蜓，鄉下人卻還要看〈武松獨手擒方臘〉這些戲。」這段言論的偏頗性是很明顯的。首先，「俯首受縛」云云是對金批《水滸》結尾噩夢的誤解，我在《金批〈水滸〉思想論》（《華東師大學報》一九八七年六期，中國人民大學資料中心《中國古近代文學研究》一九八八年二期）中已評論噩夢的意義，聖歎對梁山起義的眞誠擁護和精當認識，此不贅述。第二，武松獨手擒方臘正是宋江偕武松等人主動投降以後的劣跡，這比「俯首受縛」更加等而下之。更且魯迅自己早就說過：「一部《水滸》，說得很分明：因爲不反對天子，所以大軍一到，便受招安，替國家打別的強盜——不『替天行道』的強盜去了。終於是奴才。」（《三閑集．流氓的變遷》）那麼這個「獨手擒方臘」的武松，不眞就是魯迅自己所批評的打不「替天行道」的強盜的奴才麼?!而金聖歎砍掉《水滸》後半，不眞是與魯迅先生「英雄所見略同」，深惡痛疾於投降和農民義軍間自相殘殺的醜惡，將此書改變成爲反對天子，造反到底的農民革命教科書，並維護和捍衛了包括武松在內的梁山英雄的光輝形象。魯迅先生爲了否定金聖歎，在自己的兩篇文章中的觀點出現不應有的自相矛盾，未免有「英雄欺人」之嫌。

另須指出的是，《水滸傳》中抓獲方臘的是魯智深，而不是武松，魯迅弄錯了人物；《水滸傳》是虛構的小說，歷史上也根本沒有魯智深這個人物。史實是，抓獲方臘的是抗金名將韓世忠。當年他還是一個默默無聞的青年低級軍官，所以這個功勞被童貫冒去。魯迅此文混淆小說與歷史，混淆《水滸》與傳說，自己的文章還互相「打架」，觀點矛盾，這都是他撰文治學不夠嚴謹的地方，值得後人警惕。

對於此文的眾多錯誤，筆者另有〈魯迅的金聖歎評論述評〉（拙著《金聖歎文藝美學研究》，又全文刊於中國水滸學會「國際水滸網路」．「周錫山說《水滸》專欄」）。

看書瑣記（《花邊文學》）

高爾基很驚服巴爾扎克小說裏寫對話的巧妙，以爲並不描寫人物的模樣，卻能使讀者看了對話，便好像目睹了說話的那些人。（八月份《文學》內〈我的文學修養〉）

中國還沒有那樣好手段的小說家，但《水滸》和《紅樓夢》的有些地方，是能使讀者由說話看出人來的。其實，這也並非什麼奇特的事情，在上海的弄堂裏，租一間小房子住著的人，就時時可以體驗到。他和周圍的住戶，是不一定見過面的，但只隔一層薄板壁，所以有些人家的眷屬和客人的談話，尤其是高聲的談話，都大略可以聽到，久而久之，就知道那裏有那些人，而且彷彿覺得那些人是怎樣的人了。

如果刪除了不必要之點，只摘出各人的有特色的談話來，我想，就可以使別人從談話裏推見每個說話的人物。但我並不是說，這就成了中國的巴爾扎克。

作者用對話表現人物的時候，恐怕在他自己的心目中，是存在著這人物的模樣的，於是傳給讀者，使讀者的心目中也形成了這人物的模樣。但讀者所推見的人物，卻並不一定和作者所設想的相同，巴爾扎克的小鬍鬚的清瘦老人，到了高爾基的頭裏，也許變了粗蠻壯大的絡腮鬍子。不過那性格，言動，一定有些類似，大致不差，恰如將法文翻成了俄文一樣。要不然，文學這東西便沒有普遍性了。

文學雖然有普遍性，但因讀者體驗的不同而有變化，讀者倘沒有類似的體驗，它也就失去了效力。譬如我們看《紅樓夢》，從文字上推見了林黛玉這一個人，但須排除了梅博士的「黛玉葬花」照相的先入之見，另外想一個，那麼，恐怕會想到剪頭髮，穿印度綢衫，清瘦，寂寞的摩登女郎；或者別的什麼模樣，我不能斷定。但試去和三、四十年前出版的《紅樓夢圖詠》之類裏面的畫像比一比罷，一定是截然兩樣的，那上面所畫的，是那時的讀者心目中的林黛玉。

文學有普遍性，但有界限；也有較爲永久的，但因讀者的社會體驗而生變化。北極的遏斯吉摩人和非洲腹地的黑人，我以爲是不會懂得「林蕉玉型」的；健全而合理的好社會中人，也將不能懂得，他們大約要比我們的聽講始皇焚書，黃巢殺人更其隔膜。一有變化，即非永久，說文學獨有仙骨，是做夢的人們的夢話。

八月六日

解讀

此文否定《水滸傳》和《紅樓夢》對話的高度成就，本書附錄一第六講的解讀已做批評。

本文中提到的「黛玉葬花」是梅蘭芳早年曾根據《紅樓夢》第二十三回的情節編演京劇《黛玉葬花》。民國時照相館常掛有他演此劇的照片。《紅樓夢圖詠》清代改琦畫的《紅樓夢》人物像，共五十幅，圖後附有王希廉、周綺等題詩，光緒五年（一八七九）木刻本刊行。又有清代王墀畫的《增刻紅樓夢圖詠》，共一百二十幅，圖後附有薑祺（署名蟫生）題詩，光緒八年（一八八二）上海點石齋石印，後屢經翻版。另，遏斯吉摩人（今譯愛斯基摩），居住北極圈一帶，以漁獵為生的一個民族。

魯迅對京劇和梅蘭芳有很大的偏見，寫過否定性的文章，本文提到他演的《黛玉葬花》語帶諷刺。這都是錯誤的。但魯迅對林黛玉的藝術形象抱否定態度，所以他說「健全而合理的好社會中人，也將不懂得」，實際上是不喜歡。而對黃巢殺人與始皇焚書並提，則是魯迅反對農民起義領袖黃巢的一貫立場。黃巢不僅殺人，還吃人，本書解讀中也已提到過。

言論自由的界限（《僞自由書》）

看《紅樓夢》，覺得賈府上是言論頗不自由的地方。焦大以奴才的身分，仗著酒醉，從主子罵起，直到別的一切奴才，說只有兩個石獅子乾淨。結果怎樣呢？結果是主子深惡，奴才痛嫉，給他塞了一嘴馬糞。

其實是，焦大的罵，並非要打倒賈府，倒是要賈府好，不過說主奴如此，賈府就要弄不下去罷了。然而得到的報酬是馬糞。所以這焦大，實在是賈府的屈原，假使他能做文章，我想，恐怕也會有一篇〈離騷〉之類。

三年前的新月社諸君子，不幸和焦大有了相類的境遇。他們引經據典，對於黨國有了一點微詞，雖然引的大抵是英國經典，但何嘗有絲毫不利於黨國的惡意，不過說：「老爺，人家的衣服多麼乾淨，您老人家的可有些兒髒，應該洗它一洗」罷了。不料「荃不察余之中情兮」，來了一嘴的馬糞：國報同聲致討，連《新月》雜誌也遭殃。但新月社究竟是文人學士的團體，這時就也來了一大堆引據三民主義，辨明心跡的「離騷經」。現在好了，吐出馬糞，換塞甜頭，有的顧問，有的教授，有的秘書，有的大學院長，言論自由，《新月》也滿是所謂「爲文藝的文藝」了。

這就是文人學士究竟比不識字的奴才聰明，黨國究竟比賈府高明，現在究竟比乾隆時候光明：三明主義。

然而竟還有人在嚷著要求言論自由。世界上沒有這許多甜頭，我想，該是明白的罷，這誤解，大約是在沒有悟到現在的言論自由，只以能夠表示主人的寬宏大度的說些「老爺，你的衣服……」爲限，而還想說開去。

這是斷乎不行的。前一種，是和《新月》受難時代不同，現在好像已有的了，這《自由談》也就是一個證據，雖然有時還有幾位拿著馬糞，前來探頭探腦的英雄。至於想說開去，那就足以破壞言論自由的保障。要知道現在雖比先前光明，但也比先前利害，一說開去，是連性命都要送掉的。即使有了言論自由的明令，也千萬大意不得。這我是親眼見過好幾回的，非「賣老」也，不自覺其做奴才之君子，幸想一想而垂鑑焉。

四月十七日

解讀

本文論及《紅樓夢》中焦大這個藝術形象，魯迅對這個人物形象的評價頗爲中肯，故而這個觀點已是紅學研究中著名的觀點。

接著用焦大的忠言逆耳和因忠獲禍來比喻和諷刺新月社諸家批評當局的遭遇。新月社是一九二三年在北京成立的民主知識份子的文學和著名政治團體，成員主要有胡適、陳源、梁實秋、徐志摩、羅隆基等，他們於一九二七年在上海創辦新月書店，於一九二八年三月創辦《新月》月刊。他們在一九二九年於《新月》上發表談人權等問題，提出解決中國政治問題的意見，受到執政的國民黨的多家報刊圍攻，蔣介石政權的教育部還奉命對胡適加以「警誡」。本文全盤否定這些民主人士在擁護當局統治的前提下要求民主的鬥爭，並諷刺他們是「做奴才之君子」，是當時階級鬥爭非常激烈的年代的語境中的產物，故而在評價上是不夠公允的，對他們的人格（例如罵梁實秋是資本家的「乏走狗」等）做了不正確的否定和謾罵。即使如此，新月社諸公對魯迅還是相當溫柔敦厚的，梁實秋在魯迅逝世後沒有攻擊過魯迅，而新月社中後來當上國民黨政府的外交部長的著名學者葉公超，他在魯迅逝世後連發兩篇長文，對當局痛恨的魯迅及其雜文所取得的成就還做了極高的評價。

書苑折枝（《集外集拾遺補編》）

余頗懶，常臥閱雜書，或意有所會，慮其遺忘，亦慵於鈔寫，但偶夾一紙條以識之。流光電逝，情隨事遷，檢書偶逢昔日所留紙，輒自詫置此何意，且悼心境變化之速，有如是也。長夏索居，欲得消遣，則錄其尚能省記者，略加案語，以貽同好云。十六年八月八日，楮冠病叟漫記。唐歐陽詢《藝文類聚》二十五引梁簡文帝〈誡當陽公大心書〉：立身之道，與文章異。立身先須謹重，文章且須放蕩。

案：帝王立言，誡飭其子，而謂作文「且須放蕩」，非大有把握，那能爾耶？後世小器文人，不敢說出，不敢想到。

清褚人獲《堅瓠九集》卷四：《通鑑博論》：「漢高祖取天下，皆功臣謀士之力。天下既定，呂後殺韓信、彭越、英布等，夷其族而絕其祀。傳至獻帝，曹操執柄，遂殺伏後而滅其族。或謂獻帝即高祖也；伏後即呂後也；曹操即韓信也；劉備即彭越也；孫權即英布也。故三分天下而絕漢。」雖穿鑿疑似之說，然於報施之理，似亦不爽。

案：韓信託生而爲曹操，彭越爲孫權，陳豨爲劉備，三分漢室，以報夙怨，見《五代史平話》開端。小說尚可，而乃據以論史，大奇。《博論》明宗室涵虛子（？）作，今傳本頗少。

宋張耒《明道雜誌》：京師有富家子，少孤專財，群無賴百方誘導之。而此子甚好看弄影戲，每弄至斬關羽，輒爲之泣下，囑弄者且緩之。一日，弄者曰：雲長古猛將，今斬之，其鬼或能祟，請既斬而祭之。此子聞，甚喜。弄者乃求酒肉之費。此子出銀器數十。至日，斬罷，大陳飲食如祭者，群無賴聚享之，乃白此子，請遂散此器。此子不敢逆，於是共分焉。舊聞此事，不信。近見事，有類是事。聊記之，以發異日之笑。

案：發笑又作別論。由此可知宋時影戲已演三國故事，而其中有「斬關羽」。我嘗疑現在的戲文，動作態度和畫臉都與古代影燈戲有關，但未詳考，記此以俟博覽者探索。

解讀

此文談論有關小說《三國演義》的言論。首則轉錄梁簡文帝「文章且須放蕩」，並給予讚揚，極為有見。徐中玉師的論文〈文章必須放蕩——發揚我國指導青年創作「必須放」的優良傳統〉闡發其深意說：青年撰文必須「放蕩」，即不拘禮法，任性而行，不受陳規舊矩的束縛，「吐言天拔，出於自然」（亦為蕭綱語）。在「放蕩」的前提下，初欲賓士，久當守節，即「少小尚奇偉」，波瀾壯闊，即使有點狂想，「志欲圖霸王」（韓愈語）也是好的，充分馳騁自己的才縱橫、意縱橫、氣縱橫；只有在青年時代全在「勇往」的基礎上，追求變，在能變之後，漸趨平淡，才是自然的趨向，也即如杜甫那樣，「少而銳，壯而肆，老而嚴」。也正如清代梁章鉅所說：「少年作文，以英發暢滿為貴，不宜即求高簡古淡。」和蘇東坡所說的：「凡文字，少小時須令氣象崢嶸，采色絢爛，漸老漸熟乃造平淡；其實不是平淡，絢爛之極也。」

魯迅的古文根柢極深，他對「文章且須放蕩」做了應有的讚頌和肯定。現代不少學者不知「放蕩」的原意，按照當今語義的字面解釋來理解，誤讀了古人的金玉良言，甚至做了錯誤的否定——誤認為「放蕩」是提倡描寫和歌頌行為放蕩、道德淪喪的內容。徐中玉先生這篇文章講清了原義，並將歷代的有關論點彙集起來，做了全面精當的闡發。

書苑折枝（二）（《集外集拾遺補編》）

宋周密《癸辛雜識》續集下：鹽官縣學教諭黃謙之，永嘉人，甲午歲題桃符雲，「宜入新年怎生呵」，「百事大吉那般者」。爲人告之官，遂罷。

案：元上諭多用白話直譯，「怎生呵」「那般者」皆諭中習見語，故黃以爲戲。今人常非薄今白話而不思元時敕，蓋以其已「古」也。甲午是忽必烈至元三十一年（一二九五），其年正月，忽必烈死。

同上別集下：或作散經名《物外平章》，云，「堯舜禹湯文武，一人一堆黃土；皐夔稷卨伊周，一人一個髑髏。大抵四五千年，著什來由發顛？假饒四海九州都是你底，逐日不過吃得半升米。日夜宦官女子守定，終久斷送你這潑命。說什公侯將相，只是這般模樣。管甚宣葬敕葬，精魂已成魍魎。姓名標在青史，卻干俺咱甚事？世事總無緊要，物外只供一笑。」此語亦可發一笑也。

案：近長沙葉氏刻《木皮道人鼓詞》，崑山趙氏刻《萬古愁曲》，上海書賈又據以石印作小本，遂頗流行。二書作者生明末，見世事無可爲，乃強置己身於世外，作旁觀放達語，其心曲與此宋末之作正同。

宋唐庚《文錄》：〈南征賦〉，「時廓舒而浩蕩，複收斂而淒涼。」詞雖不工，自謂曲盡南遷時情狀也。

案：今日用之〈民氣賦〉或〈群眾運動賦〉，亦自曲盡情狀。

清嚴元照《蕙櫋雜記》：西湖岳廟有嚴嵩和鄂王〈滿江紅〉詞石刻，甚宏壯。詞既慷慨，書亦瘦勁可觀，末題華蓋殿大學士。後人磨去姓名，改題夏言。雖屬可笑，然亦足以懲奸矣。

案：嚴嵩偏和嶽飛詞，有如是詐僞；後人留詞改名，有如是自欺；嚴先生以爲可笑而又許其懲奸，有如是兩可。寥寥六十字，寫盡三態。

解讀

此文摘錄筆記中的有關言論並加評析。

書苑折枝（三）（《集外集拾遺補編》）

明陸容《菽園雜記》四：僧慧涉獵儒書而有戒行，永樂中嘗預修《大典》，歸老太倉興福寺。……嘗語坐客云：「此等秀才，皆是討債者。」客問其故，曰：「洪武間秀才做官，吃多少辛苦，受多少驚怕，與朝廷出多少心力，到頭來小有過犯，輕則充軍，重則刑戮，善終者十二三耳。其時士大夫無負國家，國家負士大夫多矣。這便是還債的。近來聖恩寬大，法網疏闊，秀才做官，飲食衣服輿馬宮室子女妻妾，多少好受用，幹得幾許好事來？到頭全無一些罪過。今日國家無負士大夫，天下士大夫負國家多矣。這便是討債者。」

案：無論什麼局面，當開創之際，必靠許多「還債的」；創業既定，即發生許多「討債者」。此「討債者」發生遲，局面好；發生早，局面糟；與「還債的」同時發生，局面完。嗚呼「還債的」也！

元人《東南紀聞》一：劉平國宰，京口人。（中略）有《漫塘集》，文挾偉氣。其尺牘有云：「今之所謂豪傑士者，古之所謂破落戶者也。」意有所指，知者以爲名言。（下略）

案：也可以說：豪傑士者，破落戶之已闊者也。破落戶者，豪傑士之未闊或終於不闊者也。

清陳祖範《掌錄》上：行事之顛倒者：三國時孫吳立制，奔親喪者罪大辟；北齊敕道士剃發爲沙門；宋宣和中，敕沙門著冠爲道士；……元祐焚《史記》於國子；……政和間著令，士庶習詩賦者杖一百！

案：知道古來做過如許顛倒事，當時也並不爲奇，便可以消去對於時事的詫異心不少。

解讀

　此文摘錄筆記中的有關言論，對明朝和歷史上士大夫的表現和命運、豪傑和破落户的關係等做了幽默而深刻的評論。

附錄五　中國小說研究資料

破《唐人說薈》（《集外集拾遺補編》）

近來在《小說月報》上看見〈小說的研究〉這一篇文章裏，有「《唐人說薈》一書爲唐人小說之中心」的話，這誠然是不錯的，因爲我們要看唐人小說，實在尋不出第二部來了。然而這一部書，倘若單以消閒，自然不成問題，假如用作歷史研究的材料，可就誤人很不淺。我也被這書瞞過了許多年，現在覺察了，所以要趁這機會來揭破他。

《唐人說薈》也稱爲《唐代叢書》，早有小木板，現在卻有了石印本了，然而反加添了許多脫落，誤字，破句。全書分十六集，每集的書目都很光怪陸離，但是很荒謬，大約是書坊欺人的手段罷。只是因爲是小說，從前的儒者是不屑辯的，所以竟沒有人來掊擊，到現在還是印而又印，流行到「不亦樂乎」。

我現在略舉些他那胡鬧的例：

一是刪節。從第一集《隋唐嘉話》到第六集《北戶錄》止三十九種書，沒有一種完全，甚而至於有不到二十分之一的，此後還不少。

二是硬派。如〈洛中九老會〉、〈五木經〉、〈錦裙記〉等，都不過是各人文集中的一篇文章，不成爲一部書，他卻硬將他們派作一種。

三是亂分。如〈諾臯記〉、〈支諾臯〉、〈肉攫部〉、〈金剛經鳩異〉，都是《酉陽雜俎》中的一篇，他卻分爲四種，又別出一種《酉陽雜俎》。又如〈花九錫〉、〈藥譜〉、〈黑心符〉，都是《清異錄》中的一條，他卻算作三種。

四是亂改句子。如《義山雜纂》中，頗有當時的俗語，他不懂了，便任意的改篡。

五是亂題撰人。如《幽怪錄》是牛僧孺做的，他卻道王惲。〈枕中記〉是沈既濟做的，他卻道李泌。〈迷樓記〉、〈海山記〉、〈開河記〉不知撰人，或是宋人所作，他卻道韓偓。

六是妄造書名而且亂題撰人。如什麼《雷民傳》、《壟上記》、《鬼塚志》之類，全無此書，他卻從《太平廣記》中略抄幾條，題上段成式褚遂良等姓名以欺人。此外還不少。最誤人的是題作段成式做的《劍俠傳》，現在幾乎已經公認爲一部眞的完書了，其實段成式何嘗有這著作。

七是錯了時代。如做〈太眞外傳〉的樂史是宋人，他卻將他收入《唐人說薈》裏，做〈梅妃傳〉的人提起葉少蘊，一定也是宋人，他卻將撰人題爲曹鄴，於是害得以目錄學自豪的葉德輝也將這兩種收入自刻的《唐人小說》裏去了。

其餘謬點還多，講起來話太長，就此中止了。

然而這胡鬧的下手人卻不是《唐人說薈》，是明人的《古今說海》和《五朝小說》，還有清初的假《說郛》也跟著，《說薈》只是採取他們的罷了。那些胡鬧祖師都是舊板，現已歸入寶貝書類中，我們無力購閱，倒不必怕爲其所惑的。目下可惡的就只是《唐人說薈》。

爲避免《說薈》之禍起見，我想出一部書來，就是《太平廣記》。這書的不佳的小板本，不過五元而有六十多本，南邊或者更便宜。雖有錯字，但也無法，因爲再好便是明板，又是寶貝之類，非我輩之力所能得了。我以爲《太平廣記》的好處有二，一是從六朝到宋初的小說幾乎全收在內，倘若大略的研究，即可以不必別買許多書。二是精怪、鬼神、和尚、道士，一類一類的分得很清楚，聚得很多，可以使我們看到厭而又厭，對於現在談狐鬼的《太平廣記》的子孫，再沒有拜讀的勇氣。

解讀

《唐人說薈》，筆記小說叢書，原是明末桃源居士輯本，共收一百四十四種；清代乾隆年間山陰陳世熙（蓮塘居士）又從《說郛》等書中補入二十種，編成二十卷。後來有的坊刻本改名爲《唐代叢書》。魯迅同意此書爲「唐人小說之中心」的說法，因爲要看唐人小說，只有這一部。但是作爲研究，則誤人不淺。其錯誤有七：刪節、硬派、亂分、亂改句子、亂題撰人、妄造書名而且亂題撰人、錯了時代。其餘謬點還多。

魯迅建議閱讀《太平廣記》，好處有二：從六朝到宋初的小說幾乎全收在內；分類清楚，聚集的作品很多。

本篇提到多種書目，今略做解說：

《小說月報》，文學月刊，一九一〇年八月創刊於上海，商務印書館出版。最初由惲鐵樵主編，一九一八年一月起由王蘊章（西神）接編，成爲鴛鴦蝴蝶派主要刊物之一。一九二一年一月第十二卷第一期起，由文學研究會的沈雁冰主編，內容大加改革，成爲宣導新文學的重要刊物。一九二三年第十四卷起，改由鄭振鐸主編。一九三一年十二月出至第二十二卷第十二期停刊。

〈小說的研究〉，瞿世英所作文學論文，連載於《小說月報》第十三卷第七期至第九期（一九二二年七月至九月）。

《隋唐嘉話》唐代劉餗著，三卷。主要記載唐人言行、故事。《北户錄》，唐代段公路著，三卷。主要記述嶺南風土物產。

〈洛中九老會〉，《唐人說薈》署白居易作，按《白居易集》中有〈九老圖詩並序〉一篇。〈五木經〉，唐代李翺所寫的一篇記述古代樗蒲遊戲的文章，見《李文公集》卷十八。〈錦裙記〉，唐代陸龜蒙所寫的一篇記述李尹所藏古錦裙的雜記，見《笠澤叢書》卷四，題爲〈記錦裙〉。

《酉陽雜俎》，唐代段成式著，二十卷，又續集十卷。〈諾皋記〉，見該書卷十四、十五，〈支諾皐〉，見《續集》卷一、二、三，皆述怪異故事。〈肉攫部〉見卷十二，記述養鷹方法。〈金剛經鳩異〉，見《續集》卷七，記述金剛經靈異故事。

《清異錄》，宋代陶穀編，二卷。主要輯集唐、五代文人小品。〈花九錫〉，唐代羅虬撰，見《清異錄》「百花門」；〈藥譜〉，唐代侯寧極撰，見「藥品門」；〈黑心符〉，唐代于義方撰，見「女行門」。

《義山雜纂》未題撰人，一卷。主要集錄唐代「俚俗常談鄙事」。宋代陳振孫以爲唐代李商隱作。《唐人說薈》亂改該書中的唐時俗語，如將「不窮」改爲「富貴」，「反側」改爲「惶恐」，「分張」改爲「分析」之類。

《幽怪錄》又名《玄怪錄》，唐代牛僧孺撰，十卷，已佚。《太平廣記》錄有三十一篇，主要記載鬼怪故事。牛僧孺（七七九—八四七），字思黯，狄道（今甘肅臨洮）人，官至禦使中丞同平章事。王惲，唐武宗時進士。

〈枕中記〉，寫盧生黃粱一夢故事。沈既濟（約七五〇—約八〇〇），蘇州吳（今江蘇蘇州）人，唐代傳奇作家，官至禮部員外郎。李泌（七二二—七八九），字長源，唐代京兆（今陝西西安）人，官至中書侍中同平章事。

〈迷樓記〉一卷，記述隋煬帝建迷樓、幸美女等荒淫生活。〈海山記〉，一卷，記述隋煬帝造西苑、鑿五湖等事。〈開河記〉，一卷，記述麻叔謀爲隋煬帝開運河掘墓虐民事。魯迅在〈中國小說史略·宋之志怪及傳奇文〉中指出，「〈海山記〉已見於《青瑣高議》中，自是北宋人作，餘當亦同」。韓偓（八四四—九二三），字致堯（一作致光），唐代萬年（今陝西西安）人，官至翰林學士、中書舍人。

《太平廣記》，類書，宋代李昉等奉敕纂集，共五百卷。書成於太平興國三年（九七八），內收六朝至宋代初年的小說、野史很多，引用書四百七十餘種，多種今已失傳。

段成式（？—八六三），字柯古，唐代齊州臨淄（今山東淄博）人，曾任校書郎，官至太常少卿。褚遂良（五九六—六五八），字登善，錢塘（今浙江杭州）人，唐代書法家，官至尚書右僕射。

《劍俠傳》，《唐人說薈》中題爲段成式撰的《劍俠傳》共十二篇。除〈蘭陵老人〉、〈盧生〉等四篇原出段成式《酉陽雜俎》外，其他如〈聶隱娘〉、〈崑崙奴〉原出唐代裴刑《傳奇》，〈荊十三娘〉原出五代孫光憲《北夢瑣言》，〈賈人妻〉原出唐代薛用弱《集異記》，皆與段成式無關。這便是魯迅所批評此書的亂題撰人。

〈太眞外傳〉，《唐人說薈》題作〈楊太眞外傳〉，二卷。樂史（九三〇—一〇〇七），宋代撫州宜黃（今屬江西）人，官至三館秘書。著有《太平寰宇記》。明代陶宗儀《說郛》誤以其爲唐人，《唐人說薈》沿誤。

〈梅妃傳〉一卷，未題撰人，寫唐玄宗愛妃江采蘋故事。書後附作者所寫讚語，有「此傳……惟葉少蘊與予得之」等語。葉少蘊（一〇七七—一一四八），名夢得，字少蘊，南宋長洲（今江蘇吳縣）人，官至戶部尚書。著有《石門避暑錄話》等。

曾鄴字鄴之，桂州（今廣西桂林）人，晚唐詩人，官至洋州刺使。

葉德輝（一八六四—一九二七），字奐彬，湖南湘潭人，著名學者、藏書家。他刻印的觀古堂本《唐人小說》共六種，於一九一一年出版。

《古今說海》明代嘉靖年間陸楫等編，共一三五種，一四二卷，分「說選」、「說纂」、「說略」、「說淵」四部分。其中選編唐宋小說較多。《五朝小說》，明末桃源居士編，共四百七十餘種，分魏晉小說、唐人小說、宋元小說、明人小說四部分。

假《說郛》，指陶珽所編刊的《說郛》。按《說郛》，爲元末明初著名學者、文學家陶宗儀（一三一六—一四〇三以後）所編的筆記叢書，綴錄明代以前的筆記小說，一百卷（別本爲一百二十卷）。原書已佚。今存明抄《說郛》原本，凡五冊，即原書的卷三、卷四、卷二十三至三十二，共十二卷。陶珽編刊的假《說郛》，是揉雜竄亂陶宗儀的一百二十卷本《說郛》而成。

關於小說目錄兩件（《集外集拾遺補編》）

去年夏，日本辛島驍君從東京來，訪我於北京寓齋，示以涉及中國小說之目錄兩種：一爲《內閣文庫書目》，錄內閣現存書；一爲《舶載書目》數則，彼國進口之書帳也，云始元祿十二年（一六九九）或其前年而迄於寶曆四年（一七五四），現存三十本。時我方將走廈門避仇，卒卒鮮暇，乃託景宋君鈔其前者之傳奇演義類，置之行篋。不久復遭排擯，自閩走粵，迄無小休，況乃披覽。而今復將北逭，整裝睹之，蠹食已多，悵然興歎。竊念錄中之刊印時代及作者名字，此土新本，概已刪落，則此雖止簡目，當亦爲留心小說史者所樂聞也，因借《語絲》，以傳同好。惜辛島君遠隔海天，未及徵其同意，遂成專擅，因以爲歉耳。別有清錢曾所藏小說目二段，昔從《也是園書目》鈔出，以其可知清初收藏家所珍庋者是何等書，並綴於末。

一九二七年七月三十日之夜，魯迅於廣州東堤寓樓記

甲　內閣文庫圖書第二部漢書目錄

子第十類，小說。

一雜事（未鈔）

二傳奇演義，雜記

《歷代神仙通鑑》（二十二卷，目一卷。明陽宣史撰。清版。二十四本。）

《盤古唐虞傳》（明鐘惺。清版。二本。）

《有夏志傳》（明鐘惺編。清版。四本。）

《有夏志傳》（同上。清版。八本。）
《列國志傳》（明陳繼儒校。明版。十二本。）
《英雄譜》（一名《三國水滸全傳》。二十卷，目一卷，圖像一卷。明熊飛編。明版。十二本。）
《水滸全書》（百二十回。明李贄評。明版。三十二本。）
《忠義水滸傳》（百回。明李贄批評。明版。二十本。）《水滸傳》（七十回；二十卷。王望如評論。清版。二十本。）《水滸傳》（七十回；七十五卷，首一卷。清金聖歎批註。雍正十二年刊。二十四本。）
《水滸傳》（同上。伊達邦成等校。明治十六年刊。十二本。）
《水滸後傳》（四十回；十卷，首一卷。清蔡奡評定。清版。五本。）
《水滸後傳》（同上。清版。十本。）
《水滸志傳評林》（二十五卷。第一至七卷缺。明版。六本。）
《南北兩宋志傳》（二十卷。明陳繼儒。明版。十本。）
《繡像金槍全傳》（五十回，十卷。第四十六回以下缺。清廢閑主人校。道光三年刊。八本。）
《皇明英武傳》（八卷。萬曆十九年刊。四本。）
《皇明英烈傳》（明版。六本。）
《皇明中興聖烈傳》（五卷。明樂舜日。明版。二本。）
《全像二十四尊羅漢傳》（六卷。明朱星祚編。萬曆三十二年刊。二本。）
《平妖傳》（四十回。宋羅貫中。明龍子猶補。明版。八本。）
《平妖傳》（四十回。明張無咎校。明版。六本。）
《平虜傳》（吟嘯主人。明版。二本。）
《承運傳》（四卷。明版。二本。）

《八仙傳》（明吳元泰。明版。二本。）
《金雲翹傳》（二十回，四卷。青心才人。清版。二本。）
《鍾馗全傳》（四卷。安正堂補正。明版。一本。）
《飛龍全傳》（六十回。清吳璿刪訂。嘉慶二年刊。十六本。）
《繡像飛跎全傳》（三十二回，四卷。嘉慶二十二年刊。二本。）
《再生緣全傳》（二十卷。清香葉閣主人校。道光二年刊。三十二本。）
《金石緣全傳》（二十四回。清版。六本。）
《玉茗堂傳奇》（四種，八卷。明湯顯祖。明版。八本。）
《玉茗堂傳奇》（同上。明沈際飛點次。明版。八本。）
《五種傳奇再團圓》（五卷。步月主人。清版。二本。）
《兩漢演義傳》（十八卷，首一卷。明袁宏道評。明版。十六本。）
《三國志演義》（十二卷。宋羅貫中。萬曆十九年刊。十二本。）
《三國志演義》（二十卷。萬曆三十三年刊。八本。）
《三國志演義》（二十卷。明楊春元校。萬曆三十八年刊。五本。）
《後七國樂田演義》（二十回。煙水散人。乾隆四十五年刊。二本。）
《唐書演義》（八卷。明熊鐘谷。嘉靖三十二年刊。四本。）
《唐書演義》（明徐渭批評。明版。八本。）
《殘唐五代史演義傳》（六十回，二卷。宋羅本。明湯顯祖批評。清版。四本。）
《反唐演義全傳》（姑蘇如蓮居士編。清版。十本。）
《兩宋志傳通俗演義》（二十卷。明陳尺蠖齋評釋。明版。十本。）

《封神演義》（百回，二十卷。明許仲琳編。明版。二十本。）
《人物演義》（四十卷，首一卷。明版。十六本。）
《孫龐鬥志演義》（二十卷。吳門嘯客。明版。四本。）
《孫龐鬥志演義》（同上。明版。三本。）
《孫龐演義》（四卷。澹園主人編。清版。二本。）
《武穆演義》（八卷。明熊大本編。《後集》三卷，明李春芳編。嘉靖三十一年刊。十本。）
《宋武穆王演義》（十卷。明熊大本編。明版。五本。）
《岳王傳演義》（明金應鼇編。明版。八本。）
《全相平話》（十五卷。元版。五本。）
《新編宣和遺事》（二集二卷。清版。二本。）
《聖歎外書三國志》（六十卷，首一卷。第三十八至四十二卷缺。清毛宗崗評。乾隆十七年刊。二十二本。）
《東周列國志》（二十三卷，首一卷。清蔡奡評。清版。二十四本。）
《新列國志》（百八回。墨憨齋。明版。十二本。）
《禪真逸史》（四十回。明清心道人編。清版。十二本。）
《禪眞逸史》（同上。清版。四本。）
《豔史》（四十四回；首一卷。明齊東野人編。明版。九本。）
《女仙外史》（百回。清呂熊。清版。二十本。）
《蟫史》（二十卷，繡像二卷。磊砢山房主人。清版。十二本。）
《西洋記》（百回，二十卷。明羅懋登。清版。二十本。）
《西遊記》（百回。明李贄批評。明版。十本。）

《全像西遊記》（百回。華陽洞天主人校。明版。十本。）
《西遊眞詮》（百回。明李贄等評。清版。十本。）
《繡像西遊眞詮》（百回。清陳士斌評；金人瑞加評。清版。二十四本。）
《繡像西遊眞詮》（同上。清版。二十本。）
《繡像西遊眞詮》（同上。清版。十本。）
《西遊證道書》（百回。明汪象旭等箋評。明版。二十本。）
《後西遊記》（四十回。清天花才子評點。乾隆四十八年刊。十本。）
《丹忠錄》（四十回。明孤憤生。熱腸人偶評。明版。四本。）
《醋胡蘆》（二十回，四卷。伏雌教主編。心月主人等評。明版。四本。）
《全像金瓶梅》（百回，二十卷。明版。二十一本。）
《金瓶梅》（百回。清張竹坡批評。清版。二十四本。）
《金瓶梅》（同上。清版。二十本。）
《國色天香》（十卷。明謝友可。萬曆二十五年刊。十本。）
《玉嬌梨》（二十卷。荑荻散人編。明版。四本。）
《新編剿闖通俗小說》（十回。明版。二本。）
《新編剿闖通俗小說》（同上。西吳懶道人。日本寫本。二本。）
《古今小說》（四十卷。綠天館主人評次。明版。五本。）
《紅樓夢》（百二十回。清程偉元編。清版。二十四本。）
《紅樓夢圖詠》（清改琦。明治十五年刊。四本。）
《龍圖公案》（聽玉齋評點。明版。五本。）

《繡像龍圖公案》（十卷。明李贄評。嘉靖七年刊。六本。）
《拍案驚奇》（三十九卷。《宋公明鬧元宵雜劇》一卷。明版。八本。）
《袖珍拍案驚奇》（十八卷。清版。八本。）
《海外奇譚》（《忠臣庫》十回。清鴻蒙陳人譯。文化十二年刊。三本。）
《海外奇譚》（同上。日本版。三本。）
《飛花詠》（一名《玉雙魚》。十六回。明版。四本。）
《韓湘子》（三十回。雉衡山人編。明版。六本。）
《警寤鐘》（十六回，四卷。嗤嗤道人。清版。二本。）
《五鳳吟》（二十回。嗤嗤道人。清版。二本。）
《引鳳簫》（十六回，四卷。楓江半雲友。清版。二本。）
《幻中眞》（十回，四卷。煙霞散人編。清版。二本。）
《鴛鴦配》（十二回，四卷。煙水散人編。清版。二本。）
《療妒緣》（八回，四卷。靜恬主人。清版。二本。）
《照世杯》（四回，四卷。酌元亭主人。諧道人批評。明和二年刊。五本。）
《隔簾花影》（四十八回。清版。八本。）
《馮伯玉風月相思小傳》（明版。一本。）
《孔淑方雙魚扇墜傳》（明版。一本。）
《蘇長公章台柳傳》（明版。一本。）
《張生彩鸞燈傳》（明版。一本。）
《綠窗女史》（明版。十四本。）

《情史類略》（二十四卷。詹詹外史。明版。十二本。）
《吳姬百媚》（二卷。宛瑜子。明版。二本。）
《鐵樹記》（十五回，二卷。明竹溪散人鄧氏編。明版。二本。）
《飛劍記》（十一回。明竹溪散人鄧氏編。明版。二本。）
《咒棗記》（十四回，二卷。明竹溪散人。明版。二本。）
《東遊記》（明吳元泰。明版。二本。）
《增補全相燕居筆記》（十卷。明林近陽編。明版。四本。）
《增補燕居筆記》（十卷。明何大掄編。明版。四本。）
《荊釵記》（明版。二本。）
《人海記》（清查慎行。日本寫本。二本。）
《清平山堂志》（十五種。明版。三本。）
《豐韻情書》（六卷。明竹溪主人編。明版。二本。）
《山水爭奇》（三卷。明鄧志謨。明版。二本。）
《風月爭奇》（三卷。明鄧志謨。明版。一本。）
《花鳥爭奇》（三卷。明鄧志謨。明版。二本。）
《童婉爭奇》（三卷。明竹溪風月主人編。日本寫本。一本。）
《梅雪爭奇》（三卷。明鄧志謨編。明版。一本。）
《蔬果爭奇》（三卷。明鄧志謨。明版。一本。）
《鼓掌絕塵》（四集四十回；首一卷。明金木散人。明版。十二本。）
《霞房搜異》（二卷。明袁中道編。明版。四本。）

《豔異編》（四十卷。續十九卷。明王世貞。湯顯祖批評。明版。十六本。）
《豔異編》（十二卷。明版。六本。）
《廣豔異編》（三十五卷。明吳大震。明版。十本。）
《一見賞心編》（十四卷。鳩茲洛源子編。明版。四本。）
《一見賞心編》（同上。明版。二本。）
《吳騷合編》（騷隱居士。明版。四本。）
《灑灑編》（六卷。明鄧志謨校。明版。四本。）
《金谷爭奇》（明版。四本。）
《今古奇觀》（四十卷。清版。十六本。）
《怪石錄》（清沈心。日本寫本。一本。）
《豆棚閒話》（十二卷。艾衲居士。嘉慶三年刊。四本。）
《海天餘話》（四卷。芙蓉汫老漁編。清版。二本。）
《花陣綺言》（十二卷。楚江仙叟石公編。明版。七本。）
《醒世恆言》（四十卷。明可一居士評。明版。十六本。）
《喻世明言》（二十四卷。明可一居士評。明版。六本。）
《西湖二集》（三十四卷。附〈西湖秋色一百韻〉。明周輯。明版。十二本。）
《西湖拾遺》（四十八卷。清陳樹基。清版。十六本。）
《西湖佳話》（十六卷。清墨浪子。清版。十本。）
《五色石》（八卷。服部誠一評點。明治十八年刊。四本。）
《八洞天》（八卷。五色石主人編。明版。二本。）

《綴白裘》（十二集，四十八卷。清錢德倉。乾隆四十二年刊。二十四本。）
《人中畫》（四卷。乾隆四十五年刊。二本。）
《笑林廣記》（十二卷。遊戲主人編。乾隆四十六年刊。四本。）
《笑林廣記》（同上。乾隆四十六年刊。二本。）
《開卷一笑》（十四卷。明李贄編。明版。五本。）
《開卷一笑》（同上。明版。六本。）
《四書笑》（開口世人編。日本寫本。一本。）
《笑府》（十三卷。清墨憨齋。清版。四本。）
《笑府》（鈔錄，二卷。日本版。二本。）
《笑府》（鈔錄，一卷。森仙吉編。明治十六年刊。一本。）
《三笑新編》（四十八回，十二卷。清吳毓昌。嘉慶十八年刊。十二本。）
《花間笑語》（五卷。清釀花使者。日本寫本。二本。）
《慵齋叢話》（十卷。朝鮮成任。日本寫本。五本。）
《筆苑雜記》（二卷。朝鮮徐居正。日本寫本。一本。）
《溪谷漫筆》（二卷。朝鮮張維。日本寫本。一本。）
《補閑》（三卷。朝鮮崔滋。日本寫本。一本。）
三雜劇（以下均未鈔）
四異聞
五瑣語

迅案：此目雖非詳密，而已裨多聞。如《女仙外史》，俞樾見《在園雜誌》，始知誰作（《茶香室叢鈔》云），此則明題呂熊。《封神演義》編者爲明許仲琳，而中國現行衆本皆逸其名，梁章鉅述林樾亭語（見《浪跡續談》及《歸田瑣記》），僅云「前明一名宿」而已。他如竹溪散人及風月主人之爲鄧志謨；日本之《忠臣藏》，在百餘年前（文化十二年即一八一五年）中國人已曾翻譯，曰《海外奇譚》，亦由此可見。墨憨齋馮猶龍好刻雜書，此目中有三種，曰：《平妖傳》、《新列國志》、《笑府》。記北京《孔德月刊》中曾有考，似未列第二種。自品青病後，月刊遂不可複得，舊有者又被人持去，無從詳案矣。

乙　也是園書目

宋人詞話

《燈花婆婆》
《種瓜張老》
《紫羅蓋頭》
《女報冤》
《風吹轎兒》
《錯斬崔寧》
《山亭兒》
《西湖三塔》
《馮玉梅團圓》
《簡帖和尚》
《李煥生五陣雨》
《小金錢》
《宣和遺事》四卷
《煙粉小說》四卷
《奇聞類記》十卷
《湖海奇聞》二卷

通俗小說

《古今演義三國志》十二卷

《舊本羅貫中水滸傳》二十卷

《梨園廣記》二十卷

迅案：詞話中之《錯斬崔寧》及《馮玉梅團圓》兩種，今見於江陰繆氏所翻刻之宋殘本《京本通俗小說》中；錢曾所收，蓋單行本。

解讀

本文收錄小說目錄兩件：日本《內閣文庫圖書第二部漢書目錄》中傳奇演義類書目和清代錢曾《也是園書目》中所藏小說目二段。從日本內閣書目中刊印時代及作者名字，中國新本，皆已刊落，這爲留心小說者提供了有用的資料。從《也是園書目》可知清初收藏家所珍藏的是何等樣的書。但是這份日本小說目錄中，混入數種戲曲著作，如《玉茗堂傳奇》、《綴白裘》，魯迅對戲曲不熟，未予指出。

本篇涉及多個人名和多種書目，今簡解如下：

辛島驍（一九〇三—一九六七），日本漢學家，當時是東京帝國大學的學生，一九二六年八月十七日、十九日曾到魯迅寓所訪問。

《內閣文庫書目》，日本內閣文庫的藏書目錄。內閣文庫是日本總理府大臣辦公廳的書庫，其前身是慶長七年（一六〇三）由德川家康氏建立的富士見文庫（又稱紅葉山文庫、楓山秘閣）。明治維新後，由政府接收，一八八五年改稱內閣文庫。該庫藏有大量宋元以來的中國小說善本。

《舶載書目》，日本海關記載清乾隆以前中國運往長崎的書籍的目錄，現藏日本宮內省圖書館。元祿，日本東山天皇的年號（一六八八—一七〇三）。寶曆，日本桃園天皇的年號（一七五一—一七六四）。

景宋即許廣平（一八九八—一九六八），筆名景宋，廣東番禺人。北京女子師範大學國文系畢業。魯迅的學生和夫人。

錢曾（一六二九—一七〇一），字遵王，號也是翁，江蘇常熟人，清代著名學者和藏書家。他的藏書室名述古堂，又稱也是園。《也是園書目》，錢曾的家藏書目，共十卷。

東堤寓樓指廣州東堤的白雲樓，魯迅於一九二七年三月離開中山大學住所，移居於此。

《女仙外史》，以明代永樂年間唐賽兒起義爲素材的講史小說，一百回。有光緒二十一年（一八九五）鈞璜軒刊本，署「古稀逸田叟著」。

俞樾（一八二一—一九〇七），字蔭甫，晚號曲園老人。浙江德清人。清末著名學者、文學家。著有《春在堂全書》。《茶香室叢鈔》爲他所著《春在堂全書》之一。他在〈茶香室叢鈔・十七〉中說：「國朝劉廷璣《在園雜誌》云，吳人呂文兆熊，性情孤冷，舉止怪僻，所衍《女仙外史》百回亦荒誕，而平生學問心事皆寄託於此。按：《女仙外史》余在京師曾見之，不知爲呂文兆所作也。」

《在園雜誌》，筆記集，清代康熙年間遼海劉廷璣著，四卷。

呂熊，字文兆，號古稀逸田叟，浙江新昌（一說江蘇吳縣）人，清初小說家。

《封神演義》，神魔小說，一百回，日本內閣文庫所藏係明代萬曆末年原本，在第二卷第一頁上題「鍾山逸叟許仲琳編輯」。許仲琳，號鐘山逸叟，明代應天府（今江蘇南京）人。

梁章鉅（一七七五—一八四九），字閎中，號退庵，清代長樂（今屬福建）人。著有《浪跡叢談》十一卷，續八卷，《歸田瑣記》八卷。他在《浪跡續談》卷六中說：「憶吾鄉林樾亭先生嘗與余談，《封神演義》是前明一名宿所撰。」林樾亭，名喬蔭，字樾亭，號育萬，清代侯官（今福建閩侯）人。著有《瓶城居士集》、《樾亭雜纂》等。

鄧志謨字景南，明代饒安（今江西安仁）人。

《忠臣藏》日本古劇本《假名手本忠臣藏》的簡稱，竹田出雲、三好松洛、並木千柳合作。此劇寫元祿十五年（一七〇二）大星由良之助等義士爲冤死的鹽冶判官報仇故事。清代鴻蒙陳人重譯本題名《海外奇談》，又名《日本忠臣庫》，前有譯者乾隆五十九年（一七九四）自序。

馮猶龍（一五七四—一六四六），名夢龍，字猶龍，號墨憨齋主人，長洲（今江蘇吳縣）人，明代文學家。編著有著名話本集《喻世明言》、《警世通言》、《醒世恆言》及傳奇、散曲等多種。

《平妖傳》以北宋王則起義爲素材的講史小說。原爲元末明初羅貫中作，二十回，後由馮夢龍增補爲四十回。內閣文庫所藏兩種，一種題「天許齋批點北宋《三遂平妖傳》」，署「宋東原羅貫中編」，「明隴西張無咎校」，爲明代泰昌元年（一六二〇）刊本；另一種題「墨憨齋手校《新平妖傳》」，署「宋東原羅貫中編，明東吳龍子猶據補」，爲明代崇禎年間金閶嘉會堂刻本，是前一種毀版後的重刻本。《新列國志》，講史小說，十八回。馮夢龍以余邵魚的《列國志傳》爲基礎，根據舊籍加以改訂而成。內閣文庫所藏爲明代金閶葉敬池原刻本。《笑府》，古笑話總集，馮夢龍編，共一百則，分八類。中國有大連圖書館所藏原本十三卷。

《孔德月刊》，北京孔德學校同學會文藝部創辦的一種文藝刊物。一九二六年十月創刊於北京。一九二八年六月停刊，共出十五期。該刊第一、二兩期一九二六年十月、十一月載有馬廉譯述並加按語的日本鹽谷溫在東京帝國大學的講演稿〈明代之通俗短篇小說〉，其中考證了馮夢龍的生平和著作。按這一講演稿和馬廉的按語中，未提及《新列國志》，也未提及《平妖傳》和《笑府》。

王品青（？—一九二七），河南濟源人，北京大學畢業，曾任北京孔德學校教員。

江陰繆氏，指繆荃孫（一八四四—一九一九），字筱珊，號藝風，江蘇江陰人，著名學者、藏書家、版本學家。《京本通俗小說》，不著撰人，現存殘本七卷，一九一五年繆荃孫據元人寫本影刻，收入《煙畫東堂小品》中。

題《淞隱漫錄》（《集外集拾遺補編》）

《淞隱漫錄》十二卷

原附上海《點石齋畫報》印行，後有匯印本，即改稱《後聊齋志異》。此尚是好事者從畫報析出者，頗不易覯。戌年盛夏，陸續得二殘本，併合爲一部存之。

九月三日南窗記

解讀

本文介紹筆記小說《淞隱漫錄》的版本來源。

《淞隱漫錄》，筆記小說，清代王韜著，共十二卷。多記花精狐魅、奇女名娼故事。光緒十三年（一八八七）秋附《點石齋畫報》印行時，配有吳友如、田子琳繪製的插圖。魯迅購藏的畫報本，重裝爲六冊。

《點石齋畫報》清末石印畫報，旬刊，吳友如編繪。一八八四年五月八日創刊於上海，由上海申報館附設的點石齋石印書局出版。隨《申報》發行，也單獨發售。一八九八年停刊。

題《淞隱續錄》殘本（《集外集拾遺補編》）

《淞隱續錄》殘本

自序云十二卷，然四卷以後即不著卷數，蓋終亦未全也。光緒癸巳排印本《淞濱瑣話》亦十二卷，亦丁亥中元後三日序，與此序僅數語不同，內容大致如一；惟十七則爲此本所無，實一書爾。

九月三日上海寓樓記

解讀

本文介紹筆記小說《淞隱續錄》的版本。

《淞隱續錄》，筆記小說，清代王韜著。原附《點石齋畫報》印行，前四卷，每卷十則故事，另有十一則不分卷，張志瀛繪圖。魯迅購藏的畫報本重裝爲二冊。匯印本改題《淞濱瑣話》，十二卷，共收故事六十八則，於光緒（十九年）癸巳（一八九三）秋九月由淞隱廬出版。

丁亥即光緒十三年（一八八七）。中元，夏曆七月十五日，俗稱「中元節」。

魯迅年表

一八八一—一八九七在紹興

一八八一年　一歲，八月初三（西曆九月二十五日），生於浙江紹興城內東昌坊口。姓周，名樹人，字豫才，小名樟壽，至三十八歲，始用魯迅為筆名。

一八八六年　六歲，是年入塾，從從叔祖玉田先生初誦《鑑略》。

一八八八年　八歲，十一月，以妹端生十月即夭，當其病篤時，先生在屋隅暗泣，母太夫人詢其何故，答曰：「為妹妹啦。」

是歲一日，本家長輩相聚推牌九，父伯宜亦與焉。先生在旁默視，從伯慰農先生因詢之曰：「汝願何人得贏？」先生立即對曰：「願大家均贏。」其五、六歲時，宗黨皆呼之曰「胡羊尾巴」。譽其小而靈活也。

一八九二年　十二歲，正月，往三味書屋從壽鏡吾先生懷鑒讀。

在塾中，喜乘閑描畫，並搜集圖畫，而對於二十四孝圖之「老萊娛親」、「郭巨埋兒」獨生反感。

先生外家為安橋頭魯姓，聚族而居，幼時常隨母太夫人前往，在鄉村與大自然相接觸，影響甚大。《社戲》中所描寫者，皆安橋頭一帶之景色，時正十一、二歲也。外家後遷皇甫莊、小皋步等處。

十二月三十日曾祖母戴太君卒，年七十九。

一八九三年　十三歲，三月祖父介孚公丁憂，自北京歸。

秋，介孚公因事下獄，父伯宜公又抱重病，家產中落，出入於質鋪及藥店者累年。

一八九六年　十六歲，九月初六日父伯宜公卒，年三十七。

父卒後，家境益艱。

一八九八—一九一一在南京、日本、紹興

一八九八年　十八歲，閏三月，往南京考入江南水師學堂。

一八九九年　十九歲，正月，改入江南陸師學堂附設礦路學堂，對於功課並不溫習，而每逢考試輒列前茅。課餘輒讀譯本新書，尤好小說，時或外出騎馬。

一九〇一年　二十一歲，十二月，礦路學堂畢業。

一九〇二年　二十二歲，二月，由江南督練公所派赴日本留學，入東京弘文學院。課餘喜讀哲學與文藝之書，尤注意於人性及國民性問題。

一九〇三年　二十三歲，是年為《浙江潮》雜誌撰文。秋，譯《從地球到月球》畢。

一九〇四年　二十四歲，六月初一日，祖父介孚公卒，年六十八。八月，往仙台入醫學專門學校肄業。

一九〇六年　二十六歲，六月回家，與山陰朱女士結婚。同月，複赴日本，在東京研究文藝，中止學醫。

一九〇七年　二十七歲，是年夏，擬創辦文藝雜誌，名曰《新生》，以費絀未印，後為《河南》雜誌撰文。

一九〇八年　二十八歲，是年從章太炎先生炳麟學，為「光復會」會員，並與二弟作人譯域外小說。

一九〇九年　二十九歲，是年輯印《域外小說集》二冊。六月歸國，任浙江兩級師範學堂生理學化學教員。

一九一〇年　三十歲，四月初五日祖母蔣太君卒，年六十九。八月，任紹興中學堂教員兼監學。

一九一一年　三十一歲，九月紹興光復，任紹興師範學校校長。冬，寫成第一篇試作小說〈懷舊〉，閱二年始發表於《小說月報》第四卷第一號。

一九一二—一九二六　在北京、廈門、廣州

一九一二年　卅二歲，一月一日，臨時政府成立於南京，應教育總長蔡元培之招，任教育部部員。

五月，航海抵北京，住宣武門外南半截胡同紹興會館藤花館，任教育部社會教育司第一科科長。八月任命為教育部僉事。

是月公餘纂輯謝承《後漢書》。

一九一三年　三十三歲，六月，請假由津浦路回家省親，八月搭船返京。

十月，公餘校《嵇康集》。

一九一四年　三十四歲，是年公餘研究佛經。

一九一五年　三十五歲，一月輯成《會稽郡故書雜集》一冊，用二弟作人名印行。

同月刻《百喻經》成。

是年公餘喜蒐集並研究金石拓本。

一九一六年　三十六歲，五月，移居會館補樹書屋。

十二月，請假由津浦路歸省。

是年仍蒐集研究造像及墓誌拓本。

一九一七年　三十七歲，一月初，返北京。

七月初，因張勳復辟亂作，憤而離職，同月亂平即返部。

是年仍蒐集研究拓本。

一九一八年　三十八歲，自四月開始創作以後，源源不絕，其第一篇小說〈狂人日記〉，以魯迅為筆名，載在《新青年》第四卷第五號，掊擊家族制度與禮教之弊害，實為文學革命、思想革命之急先鋒。

是年仍蒐羅研究拓本。

一九一九年

三十九歲，一月發表關於愛情之意見，題曰〈隨感錄四十〉，載在《新青年》第六卷第一號，後收入雜感錄《熱風》。

八月買公用庫八道灣屋成，十一月修繕之事略備，與二弟作人俱移入。

十月發表關於改革家庭與解放子女之意見，題曰〈我們現在怎樣做父親〉，載《新青年》第六卷第六號，後收入論文集《墳》。

十二月請假經津浦路歸省，奉母偕三弟建人來京。

是年仍蒐羅研究拓本。

一九二〇年

四十歲，一月，譯成日本武者小路實篤著戲曲《一個青年的夢》。

十月，譯成俄國阿爾志跋綏夫著小說《工人綏惠略夫》。

是年秋季起，兼任北京大學及北京高等師範學校講師。

是年仍研究金石拓本。

一九二一年

四十一歲，二、三月又校《嵇康集》。

仍兼任北京大學，北京高等師範學校講師。

一九二二年

四十二歲，二月、八月又校《嵇康集》。

五月譯成俄國愛羅先珂著童話劇《桃色的雲》。

仍兼任北京大學，北京高等師範學校講師。

一九二三年

四十三歲，八月遷居磚塔胡同六十一號。

九月小說第一集《吶喊》印成。

十二月買阜成門內西三條胡同二十一號屋。

同月，《中國小說史略》上卷印成。

一九二四年

是年秋起，兼任北京大學，北京師範大學，北京女子高等師範學校及世界語專門學校講師。

四十四歲，五月，移居西三條胡同新屋。

六月，《中國小說史略》下卷印成。

同月又校《嵇康集》，並撰校正《嵇康集》序。

七月往西安講演，八月返京。

十月譯成日本廚川白村著論文《苦悶的象徵》。

仍兼任北京大學，北京師範大學，北京女子高等師範學校及世界語專門學校講師。

是年冬起為《語絲》週刊撰文。

一九二五年

四十五歲，八月，因教育總長章士釗非法解散北京女子師範大學，先生與多數教職員有校務維持會之組織，被章士釗違法免職。

十一月雜感第一集《熱風》印成。

十二月譯成日本廚川白村著《出了象牙之塔》。

是年仍為《語絲》撰文，並編輯《國民新報》副刊及《莽原》雜誌。

是年秋起，兼任北京大學，北京女子師範大學，中國大學講師，黎明中學教員。

一九二六年

四十六歲，一月女子師範大學恢復，新校長易培基就職，先生始卸卻職責。

同月教育部僉事恢復，到部任事。

三月，「三一八」慘案後，避難入山本醫院、德國醫院、法國醫院等，至五月始回寓。

七月起，逐日往中央公園，與齊宗頤同譯《小約翰》。

八月底，離北京向廈門，任廈門大學文科教授。

九月《彷徨》印成。

十二月因不滿於學校，辭職。

一九二七—一九三六　在上海

一九二七年

四十七歲，七月演講於知用中學，及市教育局主持之「學術講演會」，題目為〈讀書雜談〉、〈魏晉風度及文章與藥及酒之關係〉。

八月開始編纂《唐宋傳奇集》。

十月抵上海。八日，移寓景雲里二十三號，與許廣平女士同居。

同月《野草》印成。

學，中華大學，光華大學等。

十二月應大學院院長蔡元培之聘，任特約著作員。

同月《唐宋傳奇集》上冊出版。

一九二八年

四十八歲，二月《小約翰》印成。

同月為《北新》半月刊譯《近代美術史潮論》，及《語絲》編輯。

《唐宋傳奇集》下冊印成。

五月往江灣實驗中學講演，題曰：〈老而不死論〉。

六月《思想．山水．人物》譯本出。《奔流》創刊號出版。

十一月短評《而已集》印成。

一九二九年

四十九歲，一月與王方仁、崔真吾、柔石等合資印刷文藝書籍及木刻《藝苑朝花》，簡稱朝花社。

五月《壁下譯叢》印成。

六月盧那卡爾斯基作《藝術論》譯成出版。

九月二十七日晨，生一男。
十月為柔石校訂中篇小說《二月》。
同月盧那卡爾斯基作《文藝與批評》譯本印成。

一九三〇年
五十歲，開始譯《毀滅》。
二月「自由大同盟」開成立會。
三月二日參加「左翼作家聯盟」成立會。
四月回寓。與神州國光社訂約編譯《現代文藝叢書》。
八月往「夏期文藝講習會」講演。
同月譯雅各武萊夫長篇小說《十月》訖。
九月為賀非校訂《靜靜的頓河》。
十一月修正《中國小說史略》。

一九三一年
五十一歲，二月梅斐爾德《士敏土之圖》印成。
同月二十八日回舊寓。
三月，先生主持「左聯」機關雜誌《前哨》出版。
四月往同文書院講演，題為：〈流氓與文學〉。
八月十七日請內山嘉吉君教學生木刻術，先生親為翻譯，至二十二日畢。二十四日為一八藝社木刻部講演。
十一月校《嵇康集》以涵芬樓影印宋本。
同月《毀滅》制本成。
十二月與友人合編《十字街頭》旬刊出版。

一九三二年　五十二歲，一月二十九日遇戰事，在火線中。次日避居內山書店。
二月六日，由內山書店友護送至英租界內山支店暫避。
四月編一九二八及二九年短評，名曰《三閑集》。編一九三〇年至三一年雜文，名曰《二心集》。
五月自錄譯著書目。
九月編譯新俄小說家二十人集上冊訖，名曰《豎琴》。編下冊訖，名曰《一天的工作》。
十月排印《兩地書》。

一九三三年　五十三歲，一月四日蔡元培函邀加入「民權保障同盟會」，被舉為執行委員。
二月十七日蔡元培函邀赴宋慶齡宅，歡迎蕭伯納。
三月《魯迅自選集》出版於天馬書店。
七月，《文學》月刊出版，先生為同人之一。
十月先生編序之《一個人的受難》木刻連環圖印成。
同月「木刻展覽會」假千愛里開會。
又短評集《偽自由書》印成。

一九三四年　五十四歲，一月《北平箋譜》出版。
三月校雜文《南腔北調集》，同月印成。
五月，先生編序之木刻《引玉集》出版。
八月編《譯文》創刊號。
十月《木刻紀程》印成。
十二月短評集《准風月談》出版。

一九三五年　五十五歲，一月譯蘇聯班台萊夫童話《表》畢。

二月開始譯果戈理《死魂靈》。
四月《十竹齋箋譜》第一冊印成。
六月編選《新文學大系》小說二集並作導言畢，印成。
九月高爾基作《俄羅斯的童話》譯本印成。
十月編瞿秋白遺著《海上述林》上卷。
十一月續寫《故事新編》。
十二月整理《死魂靈百圖》木刻本，並作序。

一九三六年

五十六歲，一月二十日與友協辦之《海燕》半月刊出版。
又校《故事新編》畢，即出書。
二月開始續譯《死魂靈》第二部。
四月七日往良友公司，為之選定《蘇聯版畫》。
同月編《海上述林》下卷。
五月十五日再起病，醫云胃疾，自後發熱未愈，三十一日，史沫特黎女士引美國鄧醫生來診斷，病甚危。
七月，先生編印之《凱綏．珂勒惠支版畫選集》出版。
八月為《中流》創刊號作小文。
契訶夫作《壞孩子和別的奇聞》譯本印成。
同月八日往青年會觀第二回「全國木刻流動展覽會」。
十八日未明前疾作，延至十九日上午五時二十五分逝世。

（資料來源：魯迅文化百科（據許壽裳《魯迅先生年譜》））

經典名著文庫010

中國小說史略(匯編釋評)

作　　者── 魯　迅
釋　　評── 周錫山
發 行 人── 楊榮川
總 經 理── 楊士清
文庫策劃── 楊榮川
副總編輯── 蘇美嬌
實習編輯── 康婉鈴
封面設計── 謝瑩君
出 版 者── 五南圖書出版公司
地　　址── 臺北市大安區106和平東路二段339號4樓
電　　話── 02-27055066(代表號)
傳　　真── 02-27066100
劃撥帳號── 01068953
戶　　名── 五南圖書出版股份有限公司
網　　址── http://www.wunan.com.tw
電子郵件── wunan@wunan.com.tw
法律顧問── 林勝安律師事務所 林勝安律師
出版日期── 2009年 3 月初版一刷
── 2018年 2 月二版一刷
定　　價　650元

國家圖書館出版品預行編目資料

中國小說史略　匯編釋評 / 魯迅作 ; 周錫山釋評. -- 二版. --
臺北市 : 五南, 2018.02
面 ; 公分
ISBN 978-957-11-9176-8(平裝)

1.中國小說 2.中國文學史

820.97　　106006770